D1728809

Der blaue Fahrkartenautomat

Ein urbanpfälzischer Schelmenroman

Stephen Krug

Der blaue Fahrkartenautomat

Ein urbanpfälzischer Schelmenroman

Stephen Krug

Ein Buch aus dem WAGNER VERLAG

Lektorat: Hilke Bemm, M.A.. Affing
Umschlaggestaltung: Wagner Verlag GmbH
Titelmotive: © djama, Eric Isselée - Fotolia.com
1. Auflage

ISBN: 978-3-86279-762-2

Bibliografische Information der Deutschen Nationalbibliothek:
Die Deutsche Nationalbibliothek verzeichnet diese Publikation in der Deutschen Nationalbibliografie; detaillierte bibliografische Daten sind im Internet über http://dnb.d-nb.de abrufbar.

Schreiben Sie? Wir suchen Autoren, die gelesen werden wollen.

Über dieses Buch können Sie auf unserer Seite www.wagner-verlag.de mehr erfahren!
www.wagner-verlag.de/presse.php
www.facebook.com/meinverlag
Neue Bücher kosten überall gleich viel.
Wir verwenden nur FSC-zertifiziertes Papier.

Druck: Heimdall Verlagsservice, Rheine, info@lettero.de

Erster Teil

Zweiter Teil

Dritter Teil

Erster Teil

1
Der blaue Fahrkartenautomat

„Lässt du mich mal beißen?“
„Wenn ich nachher von deine' Pommes was krieg' …“
„Ja, klar.“
„He! Lass mir noch was dran!“

„Nächste Haltestelle: Berliner Platz! In Richtung Mundenheim/Rheingönheim, bitte umsteige'!“

„Her! Und jetzert is' die zwee Woche in Urlaub!“
„Des wär' mir scheißegal.“

Die Straßenbahn legte sich langsam in die Kurve, und mein Ellbogen rutschte vom viel zu schmalen Fensterrahmen auf meinen Oberschenkel. Ich knallte mit der Schläfe gegen die Scheibe, und bevor die Kurve richtig fertig gezogen war, blieben wir auch schon mit einem Ruck stehen. Es wurde hektisch um mich herum.

Ich öffnete verwirrt die Augen und schaute zum Fenster hinaus. Tatsächlich – der Berliner Platz! Ich musste bereits vor einer Viertelstunde eingenickt sein, und es kam mir vor wie gerade mal zwei Minuten. Die Leute drückten und schoben wie ein nervöses Hühnervolk beim alltäglichen Verlassen des Stalls, um als Erste dem Gedränge zu entkommen, was durch diejenigen erschwert wurde, die gleichzeitig von außen drückten und schoben, um in der sich täglich wiederholenden *Reise nach Jerusalem* einen der für kurze Zeit frei gewordenen Sitzplätze zu ergattern. Draußen in der Menschenmenge erkannte ich Bozo[1] und Jörg, die sich aufgeregt unterhielten und sich mit ihren Blondschöpfen von den sonst eher einheitlichen Feierabendköpfen abhoben. Nachdem sich die Lage wieder beruhigt hatte und die neuen, leer ausgegangenen Fahrgäste stangehaltend und mit grimmigen Feierabendgesichtern auf die Abfahrt warteten, sprang ich zum Verdruss meines Sitznachbarn endlich auf und stieg benommen aus, gerade als die Tür zum Schließen ansetzte.

Es ging mal wieder hoch her am Berliner Platz. Um diese Uhrzeit lief der erste Feierabendverkehr an, freitags pünktlicher noch als unter der Woche. Bozo und Jörg standen zusammen mit zwei mir unbekannten Gestalten um den blauen Fahrkartenautomaten herum, und Jörg setzte gerade eine Zweiliterflasche Lambrusco an und schielte auf die darin elegant aufsteigenden Luftblasen, während seine imposante Gurgel im gleichen Takt auf und ab ging. Ich steckte mir in der hohlen Hand eine Zigarette an, ließ das Streichholz zwischen meine Füße fallen und drückte mich durch die Wartenden zu ihnen durch.

„Na“, sagte Bozo, als er mich entdeckte, und reichte mir die Riesenflasche herüber, nachdem sie Jörg mit glasigem Blick auf den Fahrkartenautomaten abgestellt hatte, „wie sieht’s aus heute?“

Bozo hatte hellblondes, halblanges Haar mit gepflegtem Seitenscheitel, das ein wenig an Howard Carpendale erinnerte. Er trug, wie an jedem Tag, einen Anzug mit Hemd und eine Krawatte, die ihm jetzt feierabendhaft lo-

---

[1] Bozo – mit stimmhaftem „s“, wie in „Dose“

cker und aus dem Lot geraten um den Kragen hing. Er arbeitete auf der örtlichen Bayerischen Bank, und die dortigen Kleidervorschriften waren nicht verhandelbar. Nicht, dass er damit ein Problem gehabt hätte – ganz im Gegenteil, Bozo trug gerne Anzug. Und so zog er sich nach Feierabend gar nicht erst um, wie es viele seiner Zunft taten, um ja nicht als angepasst zu gelten. Ob nun Bozo angepasst war oder nur anpassungsfähig – ich wusste es nicht. Es war mir auch egal. Wie's heute aussähe, wollte er wissen.

„Weiß nicht", sagte ich, wie jeden Freitag um diese Zeit. Ich nahm einen warmen, schaumigen Schluck, der im Mund aufging wie Kinderbrause, schluckte ihn in Raten hinunter und stellte die Flasche wieder auf dem Automaten ab. Es war mal wieder Wochenende.

Der Berliner Platz war eigentlich nichts Weiteres als eine große Straßenbahn- und Bushaltestelle, an der fast alle Busse und Bahnen der Stadt zusammenliefen, und bildete ansonsten lediglich den schmucklosen Vorhof zum Kaufhaus *Kaufgut*, unter dessen gedrungenem Überbau er zur Hälfte lag.

Das *Kaufgut* war rund wie eine Tortenschachtel und wurde denn auch gemeinhin von den Leuten so genannt: *„die Torte'schachdel"* – auch wenn meiner Auffassung nach eine herkömmliche Tortenschachtel eher einen quadratischen Grundriss hatte, was ja auch irgendwie logischer war. Nicht nur waren Herstellung und Lagerung von quadratischen Tortenschachteln viel einfacher als von runden, man konnte sie auch müheloser mit einer Torte bestücken und schließlich auch wieder öffnen, wenn man das erste Tortenstück herausholen wollte. Ich hätte eher für *„die Hutschachdel"* plädiert – Hutschachteln waren in der Tat rund, wie das *Kaufgut* eben. Die Fehlbezeichnung traf eh nur auf die oberen Stockwerke zu. Das Erdgeschoss war nämlich nur eine halbe Tortenschachtel, an deren Gerade sich etwas links von der Mitte der Haupteingang des *Kaufgut* befand, zwischen den Schaufenstern, in deren tristen Auslagen Schaufensterpuppen mit gelangweilten Gesichtern billige Grabbeltischmode vorführten. Die fehlende Hälfte waren wir, der Berliner Platz, der mit zwei dicken, schmucklosen Betonsäulen die oberen Etagen abstützte. Eine Treppe führte außen zum zweiten Stockwerk hinauf, aber die war wohl nur für den Notfall gedacht und wurde so hauptsächlich von der weniger eiligen Bevölkerung als Zuschauertribüne genutzt, von der aus sich das tägliche Feierabendtreiben vorzüglich beobachten ließ.

Der Fahrkartenautomat stand genau in der Mitte des Berliner Platzes. Es war ein großer, blauer Würfel mit einer Kurbel an der Bedienfront und einem einzigen, dicken Standbein. Er diente im Grunde nicht so sehr seinem eigentlichen Zweck, nämlich dem, verbilligte Fahrkarten im Viererblock zu verkaufen, sondern vielmehr als Stehtisch und als geographischer Orientierungspunkt. Man verabredete sich *„am Automat"*, oder wenn man sich zu Hause durch drohende Tristesse zum Handeln genötigt fühlte, vor allem vor einem Wochenende, an dem man vergessen hatte, sich etwas vorzunehmen, ging man *„zum Automat"*, wo man dann auch meist irgendjemanden antraf, den man kannte und dem das gleiche Schicksal gedroht hatte. Dann legte man zusammen und kaufte sich beim *Albertini* um die Ecke eine Flasche Lambrusco, wenn nicht gar eine bereits auf dem Automaten stand – oder, insbesondere nach Ladenschluss oder an Sonntagen, beriet sich über den weiteren Verlauf des Tages und brach dann zu spannenderen Ufern auf. Aus diesem Grund benutzten auch nur wenige den Fahrkartenautomaten, um sich tatsächlich eine Fahrkarte zu ziehen. Das machte auch gar nichts, denn die Automaten gab es noch nicht lange, und die Leute hatten eh noch kein rechtes Vertrauen zu ihnen – einfach so zwei Mark einzuwerfen und keiner weit und breit, wenn nach dem Kurbeln nichts dafür herauskam. Dann nutzten einem auch die gesparten zehn Pfennige pro Fahrkarte nichts, mit dem die kühne Teilnahme am Fortschritt einen belohnte. Sie kauften ihre Fahrkarte lieber beim Fahrer, zu dessen Entlastung der Automat überhaupt aufgestellt worden war.

Eine der zwei Gestalten, die ich nicht kannte, nahm die Flasche und trank sie in mehreren Schlucken leer.

„Wer holt'n die nächste?", fragte er mit mühelos tönendem Bass, nachdem er die leere Flasche wieder abgestellt hatte, und stieß mit einem deutlichen *Zisch* durch die Zähne auf.

„Ich geh", sagte Jörg, bereitwillig wie meist, und rückte sich seinen Jackettkragen zurecht. „Das macht fünfzig Pfennige von jedem."

„Hol aber glei' zwei", forderte ihn sein Auftraggeber auf und legte ihm eine Mark auf den Automaten.

„A, nee!", meinte mit kritischer Miene und heller Stimme der zweite Unbekannte, der sich offenbar unabhängig vom ersten am Automaten eingefunden hatte, „doch net schon wieder von dem billige' Zeug – könnt' ihr net mal was G'scheites kaufe'?"

„Wieso denn?", fragte Bozo und pickte sich eine Zigarette aus seiner Schachtel. „Du musst das mal vom Preis-Leistungs-Verhältnis her betrachten. Da gibt's nichts Besseres als Lambrusco." Bozo, der Kaufmann, kannte sich mit Preis-Leistungs-Verhältnissen aus.

Die Lambrusco-Bomben waren aber auch wahrhaftig ein billiges Zeug – in jeder Hinsicht. Nicht nur, weil die Zweiliterflasche gerade mal 2 Mark 49 kostete; der fragwürdige Inhalt hatte dafür auch nur sieben Prozent Alkohol und war wahrscheinlich nur deshalb mit Kohlensäure versetzt, damit man ihn überhaupt runter bekam.

Jeder legte eine Mark auf den Tisch.

„Gehst du mit, Peter?", fragte mich Jörg und ließ das Geld in die Hosentasche gleiten.

„Alla hopp."

Nachdem eine ganze Reihe von Straßenbahnen nacheinander losgefahren war, überquerten wir die Schienen und liefen zum *Albertini* um die Ecke.

Beim *Albertini* war es erwartungsgemäß sehr voll, wie es um diese Uhrzeit beim *Albertini* immer war. Durch seine unmittelbare Nähe zum Berliner Platz, dem großen Straßenbahn- und Busknotenpunkt, und zusammen mit seinen unschlagbaren Preisen, drängte er sich zum Feierabendeinkauf auf dem Nachhauseweg geradezu auf. Da nahm man den stillosen Direktverkauf ab Palette gerne in Kauf, denn so preiswert wie beim *Albertini* war es nirgends in der Stadt.

An den Kassen standen lange und auf unterschiedliche Weise gewundene Schlangen bis weit in die Gänge hinein, und die Kassiererinnen (vom *Albertini*-Kunden viel passender *Tippistinnen* genannt) hauten in die Tasten, was das Zeug hielt, obwohl – aus Kostenersparnisgründen – nirgends auf der Ware ein Preisaufkleber war. Es ging das Gerücht um, dass sie nicht nur alle Preise auswendig kennen mussten, sondern diese auch noch mit soundsovielen

Anschlägen pro Minute fehlerfrei in die Kasse zu hämmern hatten.

„Bleib du hier stehen – ich kenne eine der Kassiererinnen", sagte Jörg und verschwand zielsicher im Trubel.

Jörg Bieneck war eine komische Figur. Er trug tagaus, tagein seltsam antiquierte Anzüge und einfache weiße Hemden, die noch aus den Vierzigerjahren stammten. Sie hatten ursprünglich seinen Vater gekleidet, den er nie gekannt hatte und der bereits vor fünfundzwanzig Jahren gestorben war – in russischer Kriegsgefangenschaft, wie er uns einmal erzählt hatte.

Die Anzüge waren allesamt schwarz oder grau – manche hatten kaum mehr sichtbare, längst verblasste Nadelstreifen – und die Hosenbeine wurden nach unten hin zunehmend enger, bis sie, viel zu kurz, in einem lächerlichen kleinen Aufschlag endeten. Die dünnen, grauen Socken und die schwarzen, spitzen Lederhalbschuhe entstammten zweifellos demselben Fundus. Jörg hatte eigentlich nie Arbeit, folglich auch kein Geld, und war demnach auf diese posthumen Spenden angewiesen.

Diesen Aufzug zierte oben ein breiter, meist roter Kopf mit wässrigblauen, weit auseinander stehenden Froschaugen und einer großen, aufdringlichen, hühnerschnabelähnlichen Nase, die im Innern von der Natur mit einem großzügigen feinblonden Haarwuchs bedacht war, der sich wuchernd nach außen drängte, den er aber, trotz seines sonst eher ungeregelten Lebenswandels, stets geradezu elegant gestutzt zu halten verstand. Und als wollte er diesem Erscheinungsbild noch eins draufgeben – wenn schon, denn schon –, trug Jörg obendrein eine schreiend hellblonde und aus lauter leichten Engelslocken bestehende, pilzförmige Frisur, die er ringsum akkurat auf

Kinnlänge hielt. Das alles zusammen verlieh ihm eine seltene Originalität, an die nur ganz wenige in Ludwigshafen herankamen.

„Scheißdreck, do!", brummelte neben mir ein wichtigtuerischer, hyperaktiver Penner vor sich hin und schob die von den Kunden einfach stehen gelassenen Einkaufswagen vor der Kassenfront mit übertriebenem Eifer zusammen, wofür er vermutlich von einer gutherzigen Angestellten die eine oder andere angeschlagene Flasche Bier oder verbeulte Dose Thunfisch zugesteckt bekam. Ihm war anzusehen, dass er sich als zwar kleines, jedoch unverzichtbares Rädchen im großen *Albertini*-Getriebe verstand, und als er schließlich anfing, im Kartonstall die wild übereinandergeworfenen, leeren Warenkartons lautstark ineinanderzustapeln, ging ich ihm vorsichtshalber aus dem Weg, um nicht unter die Räder zu geraten.

Nach einer Weile tauchte Jörg mit einer vollen Lambrusco-Flasche in jeder Hand in der Menge wieder auf und drückte sich höflich an einer der wartenden Schlangen vorbei. An der falschen Seite der Kasse klemmte er sich die eine Flasche zwischen die Knie und tippte der Kassiererin auf die Schulter. Sie schaute auf.

„Oh wie, Jörg", sagte sie und tippte blind weiter.

„Da, wir ham's eilig", sagte er. Er kramte das Geld umständlich aus seiner antiken Hosentasche heraus und legte es ihr oben auf die Kasse. „Der Rest ist für dich."

„Her, aber hallo!", rief jemand empört aus der Schlange. Jörg nahm die Flasche zwischen den Knien hervor und schlängelte sich schmunzelnd hinaus. Ich nahm sie ihm ab und wir gingen rasch zurück zum Berliner Platz.

Wir stellten die Flaschen wortlos auf dem Automaten ab und reihten uns wieder in die Runde ein. Jörg nahm sich eine Zigarette aus Bozos Schachtel und zündete sie sich zufrieden an.

Es hatte sich in der Zwischenzeit ein weiterer seltener Vogel unauffällig im Anziehungskreis des Automaten dazugesellt, den offenbar überhaupt niemand von uns kannte, auch nicht unsere zwei nunmehrigen Teilhaber; ein seltsamer Typ, ein wenig ungepflegt, stumm und mit nervösen Fingern, deren abgekaute Fingernägel sich ständig gegenseitig an den wunden Nagelbetten zu schaffen machten. Die vollen, in der Nachmittagssonne in einem kräftigen Rubinrot leuchtenden Lambrusco-Flaschen zogen seinen Blick immer wieder magisch an, doch wehrte er sich jedes Mal dagegen und schaute dann ziellos umher.

Dass der Automat in erster Linie gar keiner war, hatte sich natürlich längst herumgesprochen, und so kam es nicht selten vor, dass sich der eine oder andere durstige, jedoch mittellose Fremde einfach dazustellte, in der Hoffnung, unauffällig im allgemeinen Umtrunk einen Schluck oder zwei abzubekommen.

Einer der anderen – der, der den aktuellen Nachschub in Auftrag gegeben hatte – nahm die erste Flasche vom Automatendeckel, biss ihr mit den Backenzähnen geschickt und offenbar geübt den Kronkorken ab und spuckte ihn lässig zur Seite auf den Boden.

„Hopp, Dschambes, auf ex!“, tönte er laut und hielt dem Neuen, ohne ihn direkt anzuschauen, die riesige Flasche hin. Dem Blick nach war der sich nicht sicher, ob er richtig gehört hatte. Er zögerte kurz und nahm ihm schließlich die Flasche ab. Alle Teilhaber schauten ihr stumm nach – denn wenn er sie schaffen sollte, hatten wir nur noch eine. Er holte ein paar Mal tief Luft, als wollte er Sauerstoff für die nächsten zehn Minuten tanken, und mit einem konzentrierten Blick nach innen atmete er noch einmal tief ein und führte schließlich die Riesenflasche an seine Lippen. Große Blasen begannen sie langsam mit Luft zu füllen.

Ein alter, hagerer Mann mit leuchtgelb-schwarzem Gehstock und einsatzbereiten Münzen in der Hand stand plötzlich zwischen uns und wollte an den Automaten, um sich Fahrkarten zu kaufen.

„Her, macht emol Platz do, ihr Rocker!", herrschte er uns an und fuchtelte zur Unterstreichung seiner Forderung saftlos mit seinem Stock. „Ihr seid hier net allein hier!"

Wir traten zur Seite und machten ihm den Weg frei zur selten benutzten Bedienfront, auf der der kleine, vor Umwelteinflüssen geschützte Münzeinwurfschlitz, die Kurbel und die ebenfalls geschützte Fahrkartenauffangschale den riesigen Ausmaßen des gesamten Automaten Hohn spotteten. In der Mitte füllte eine ausführliche, für Idioten und Fortschrittsskeptiker verfasste Bedienungsanleitung die reichlich vorhandene Restfläche aus. Mit tattrigen Fingern suchte er mit seinen Münzen den Schlitz und ließ sie nacheinander in das geheimnisvolle Räderwerk fallen. Die Letzte jedoch fiel immer wieder durch.

Unser Auf-ex-Trinker legte derweil eine Verschnaufpause ein, ohne jedoch die Flasche abzusetzen oder überhaupt den Einlaufwinkel zu verändern. Es war ein ungeschriebenes Gesetz am Automaten – und jeder kannte es –, dass nur so der Tatbestand des Auf-ex-Trinkens aufrechterhalten werden konnte. Ein Lambrusco-Rinnsal lief ihm am Mundwinkel herunter und färbte seinen Hemdkragen rot.

„Es soll Leute geben, die sich Lambrusco sogar spritzen“, sagte Bozo, ohne die Vorgänge am Münzeinwurfschlitz aus den Augen zu lassen.

„Ach ja?“, meinte Jörg.

„Wozu denn das?“, fragte ich.

„Um Lambrusco zu sparen. Der macht so keine kostspieligen Umwege. Was meinst du, was über den Verdauungstrakt alles vergeudet wird?“

„Schmecken tut er ja eh nicht“, meinte Jörg.

„Ja, aber der schäumt doch, wenn er warm wird! Und überhaupt – was da sonst noch alles drin herumschwebt! Das Zeugs kostet nicht umsonst nur zwo Mark fünfzig.“

„Das mag ja sein. Jedenfalls weiß ich von Leuten, die sich das Zeug angeblich spritzen und noch putzmunter sind.“

Die ersten Zuschauer blieben in sicherer Entfernung stehen und schauten auf unseren Marathontrinker.

„Mutti, guck emol den Mann do!“, rief ein kleines Mädchen ganz aufgeregt und zog seiner Mutter den Arm lang. „Was macht’n der?“

Die Frage war berechtigt, tat er doch für jemanden, der eben erst dazugekommen war, nichts Weiteres, als eine halbvolle Zweiliterflasche falsch herum und mit hervortretenden Augen auf den nassen Lippen zu balancieren.

„Du kriegscht glei’ e’ paar von dene’, die nix koschte’!“, sagte Mutti laut und selbstgefällig, und mit einem Ruck war die Kleine wieder bei Fuß und stolperte ihr erneut hinterher.

Blasen stiegen von Neuem auf, erst langsam und klein, dann immer größer und schneller werdend. Die zwei anderen feuerten ihn an, und aus dem bescheidenen Publikum klatschte einer zaghaft im Takt. Bozo wechselte dem Alten die widerspenstige Münze, und diesmal klappte es. Er kurbelte dreimal, bis es klingelte – wie im Halbrund über der Kurbel angekündigt –, und nahm schließlich seinen Fahrkartenblock unter der durchsichtigen Regenklappe heraus. Er drehte sich um, und eine dicke Frau mit vollem Einkaufsnetz und krummbeinigem Minihund an der Leine, deren Aufmerksamkeit die ganze Zeit dem Alten und der blauen Höllenmaschine gegolten hatte, fühlte sich ertappt und verschwand rasch in der Menge. Sein Blick fiel nun auf den Trinker, der gerade mit knallrotem Kopf und geblähten Nüstern in den letzten Zügen lag. Dessen Gurgel sprang auf und ab, die Brühe lief ihm in den Nacken, und endlich war die Flasche leer. Er knallte sie laut auf den Fahrkartenautomaten und rülpste lange und ordinär.

„A na!", sagte eine stehen gebliebene Oma empört und ging schnell weiter.

Ein paar jugendliche Umstehende, die unsere Runde mittlerweile ein wenig erweitert hatten, grölten und klatschten mit der Zigarette im Mundwinkel und angestrengtem, rauchabwehrende Blick Beifall. Der alte Mann, sichtlich verunsichert, in was er da hineingeraten war, drückte seine Fahrkarten an die schmale Brust und machte sich in kleinen Schritten mit seinem Leuchtstock in Richtung Straßenbahn davon.

Jörg nahm die zweite Flasche vom Automaten und setzte sie wie selbstverständlich an seinem Gebiss an, als hätte er sie noch nie anders aufgemacht. Ein unangenehmes Krachen und ein kurzer, aber lauter Aufschrei bezeugten jedoch das Gegenteil, und fast wäre ihm unsere letzte Flasche aus den Fingern geglitten.

„Scheiße“, sagte er und massierte seinen missbrauchten Eckzahn, der für diesen Zweck eindeutig falsch gewählt war.

„Geb’ her“, sagte Bozo und nahm ihm die Flasche ab. Er setzte den Rand des Kronkorkens an der oberen Kante des Automaten an – nicht als Erster, wie man an den Kratzern unschwer erkennen konnte – und klopfte sie mit der flachen Hand auf. Der Kronkorken fiel auf den Boden und rollte im Halbbogen zwischen unsere Füße.

„Die Verkehrsbetriebe könnten hier ruhig einen gescheiten Flaschenöffner anbringen“, sagte er.

„Aber ehrlich“, meinte Jörg und prüfte die Spitze seines Zahnes mit der Daumenkuppe, „so wie die an den Cola-Automaten.“

Bozo nahm mit geschlossenen Augen einen langen Schluck und stellte dann mit ausgestrecktem Arm die Flasche zur allgemeinen Verfügung. Ich nahm sie ihm ab, und als ich sie ansetzte, schaute mich unser anonymer, neu gekrönter Lambrusco-König mit großen, glasigen Augen an, stieß noch einmal ruckartig auf und lief schließlich davon.

Es wurde zunehmend voller unter der runden Tortenschachtel, und da der Platz in der Fläche begrenzt und der Hauptanziehungspunkt der Leute nun einmal die Bahnsteige beiderseits der Straßenbahnschienen beziehungsweise die Bushaltestellen waren, schwoll der Menschenbrei nicht an, sondern dickte vielmehr ein.

Unter seinem schweren Überbau war der Berliner Platz geradezu düster, und wenn draußen, wie heute, die Sonne schien, dann wirkte er aufgrund des Kontrasts umso düsterer. Aus diesem Grund mühten sich an der hohen Decke, zwischen der Straßenbahnoberleitung und den Schaufenstern des *Kaufgut*, nackte und schmutzige Neonstangen, deren Wirkung zwar den Passanten unten völlig versagt blieb, die aber dafür sogar am helllichten Tage endlos Schwärme kleiner Nachtfalter in die teilweise schon verrotteten, leise wehenden Spinnweben lockten.

Rechts neben dem Haupteingang des *Kaufgut* saß ein bettelnder Penner mit hochgerolltem Hosenbein auf dem Boden und stellte eine ausgestreckte Beinprothese zur Schau, die so rosa und sauber daherkam wie das Plastikbein einer Barbiepuppe. Sie reichte ihm vermutlich bis an die Hüfte, und teilweise konnte man auch die Strapse sehen, mit denen sie auf geheimnisvolle Weise angeschnallt war. Er sortierte und zählte auf dem Boden neben sich die Münzen, die ihm offenbar beeindruckte Passanten in den Plastikbecher geworfen hatten, der jetzt leer und auf der Seite liegend leise im Wind schaukelte. Offensichtlich zufrieden mit der Ausbeute, pickte er das Geld vom Boden auf und ließ es in die Seitentasche seines speckigen Jacketts fallen, entrollte das Hosenbein wieder über die Prothese und richtete sich mühsam auf. Er nahm seine Krücke, die er neben sich ans Schaufenster gelehnt hatte, und ließ sich mit den Feierabendmassen in das *Kaufgut* treiben.

Jemand tippte mir von hinten auf die Schulter. Ich drehte mich um, den Flaschenhals fest im Griff, und schaute auf den sauberen, geradegezogenen Scheitel von Uschi. Uschi tauchte immer freitags um diese Uhrzeit auf, unterhielt uns eine halbe Stunde lang und nahm dann pünktlich ihren Bus nach Hause in die Gartenstadt. Sie war ungewöhnlich hübsch, geradezu schön. Sie hatte den besonderen Blick, den es sonst nur in der Kosmetikwerbung gab, eine Nase zum Reinbeißen und einen perfekt geformten Mund, ein Dreiklang, der mein Herz jedes Mal von Neuem höher schlagen ließ.

„Hallo, Uschi“, sagte ich, „schon wieder eine Woche um? Wie die Zeit vergeht …“ Sie war klein und zierlich und ging mir gerade bis zur Brust.

„Hallo, du Säufer“, sagte sie und lächelte ihr besonderes Lächeln. Sie zog mich an meinem Arm zu sich herunter und drückte mir einen Kuss auf den Mund. Das war unser Freitagnachmittagsritual und gleichzeitig die ungeschriebene äußerste Grenze unserer gegenseitigen Zuneigungsbekundung. „Geht's dir gut?“

„Ich denke schon“, meinte ich und gab die Flasche an Bozo weiter.

„Hallo, Uschi“, sagte der und nahm einen Schluck.

Wie Uschi das erste Mal an uns geraten war, wusste keiner mehr so genau. Eigentlich passte sie überhaupt nicht zu uns – sie, die blutjunge, hübsch-wie-gemalte Schülerin, die weder trinken noch rauchen mochte und deren oberstes Gebot es war, pünktlich nach Hause zu kommen. Und wir, ein Haufen langhaariger Feierabendsäufer, die sich ihre Inspirationen fürs Wochenende mitten auf dem Berliner Platz aus der Zweiliter-Lambrusco-Flasche holten. Sie war wie eine völlig deplatzierte knackigfrische Salatgarnitur auf einem Teller aufgewärmter und wieder kalt gewordener Leberknödel. Aber vielleicht war es gerade dieser Gegensatz, der sie freitags an den Berliner Platz lockte, ein kurzes Eintauchen in die ungeregelte Müßigkeit, bevor sie in die geordnete Sicherheit der Familie zurückkehrte. Wahrscheinlich hatte sie sich damals einfach dazugestellt, ihre Visitenkarte gewissermaßen auf den Automaten gelegt und angefangen zu reden, während die trinkende Runde verdutzt auf sie herunterschaute. Denn das konnte sie, reden – ununterbrochen, mit wenig eigentlichem Inhalt, dafür aber marktschreierisch und schrill (im ziemlichen Gegensatz zu ihrer Statur, aber vermutlich gerade durch sie bedingt).

„Na, Spatz“, sagte Jörg, der inzwischen im Besitz der Flasche war, mit lang gezogenem „a“ und schmunzelndem, väterlichem Unterton, „willst du dem Onkel nicht auch einen Kuss geben?“

„Um Himmels willen!“, quietschte sie laut und theatralisch, sodass einige der Vorübergehenden sich zu uns umdrehten. Jörg, der nicht jeden Abend zu Hause schlief, litt unter chronischen, unsichtbaren, da hellblonden Bartstoppeln, die Uschis zarte Wangenhaut schon mehr als einmal für Tage in ein glühendes Pickelfeld verwandelt hatten, was ihr bei mir erspart blieb.

Wo Uschi auftauchte, war auch die Hilde-mit-den-Mohrenköpfen nicht weit. Sie hatte ein unerklärliches Faible für Uschi und erschien jedes Mal lautlos wie aus dem Nichts und zupfte von hinten an ihrem Ärmel oder stellte sich, wie jetzt, ganz nah in ihren Schatten. Sie hielt in der gefächerten linken Hand geschickt vier Mohrenköpfe und stopfte sich gerade mit der rechten einen fünften in einem Stück in den weit aufgesperrten Mund. Hilde war noch einen halben Kopf kleiner als Uschi, dafür dick und hässlich, schätzungsweise Mitte vierzig, und sie spukte tagtäglich irgendwo auf dem Berliner Platz herum. Geistig war sie um einiges zurückgeblieben und ernährte sich, wie es schien, ausschließlich von Mohrenköpfen, die sie – aus welchen Mitteln auch immer – tagtäglich am Zeitungskiosk erwarb. Ob ihre Ernährung eine Folge ihrer Geistesqualität war oder umgekehrt, war ein am Automaten häufig diskutiertes Thema.

„Hopp, Hilde“, sagte Jörg und hielt ihr die Flasche hin, „’n Schluck Wein zum Essen.“

„Aber des passt doch überhaupt net!“, prustete sie mit einem hysterischen Aufschrei heraus und verschwand hinter Uschis schützendem Rücken. Kleine, weiße Schaumsprenkel zierten nun die Flasche und Jörgs schwarzen Jackettärmel.

„Her! G’hört euch die Flasche jetzert ganz allein, oder dürfe’ mir zwische’durch vielleicht a’ mol trinke’?“, fragte der zweite unserer unbekannten Teilhaber laut.

„Hoppla“, meinte Jörg und stellte die Flasche auf den Automaten, „ich dachte, die *erste* Flasche wär’ eure gewesen.“

„Ich geb’ dir glei’, die Erschte!“ Er stemmte die Faust in die Hüfte und nahm zurückgebeugt einen langen Schluck, während Jörg ein altes, vergammeltes Taschentuch aus der Hosentasche schüttelte und anfing, seinen Ärmel damit sauber zu rubbeln. Uschi lauschte geduldig Hildes sinnlosen, aber geheimnisvoll tuschelnd vorgetragenen Erzählungen. Hilde verehrte sie, wie eine Erstklässlerin ihre Frau Lehrerin, und verehrt werden verpflichtet nun mal.

Unser Penner mit der Krücke kam wieder aus dem *Kaufgut* gehumpelt, eine braune Papiertüte in der Hand, die in etwa die Form einer Flasche hatte – allerdings nicht so groß wie eine Lambrusco-Bombe. Männer seines Kalibers bevorzugten härtere Drogen, zumal bei denen das Preis-Leistungs-Verhältnis das von Lambrusco noch um einiges übertraf. Er platzierte sich etwas abseits hinter einer der dicken *Kaufgut*-Säulen, legte den Flaschenhals frei und schraubte ihn auf. Mit nach innen gekehrtem Blick setzte er ihn an und legte den Kopf weit in den Nacken, bis die Flasche senkrecht auf seinen Lippen stand und seine Gurgel die Schlucke langsam zählte. Das harte Leben auf der Straße verlangte hin und wieder seine versöhnlicheren Momente.

Es wurde allmählich eng um den Automaten und die Traube derer, die sich ihm direkt oder indirekt zugehörig fühlten, ging nahtlos in die Masse der Übrigen über. Deren Gesichter jedoch, die alle dem blauen Würfel zugewandt waren, erlaubten dennoch eine Abgrenzung. Nicht, dass sie sich alle an der Flasche gütlich taten; die gehörte nur dem harten Kern, der sie finanziert hatte und der daher die unangefochtenen Nutzungsrechte der Automatenoberfläche besaß.

Irgendwann tauchte wie aus dem Nichts ein kleiner, dünner, anbiedernd Grinsender mit schütterer, farbloser Schnittlauchfrisur und ausgewaschenem *Keep-on-truckin'*-T-Shirt auf und versuchte, sich in diesen harten Kern einzukaufen. Das tat er, indem er die zur Neige gehende Lambrusco-Flasche durch eine neue, volle ersetzte, was denn zugegebenermaßen die Aufnahme sehr vereinfachen konnte, wenn auch nur vorübergehend. Zwei Mark 49 war ein Spottpreis für den Anschluss an das gesellschaftliche Leben.

Der zweite große Feierabendschub lief an, und der Berliner Platz wurde zum großen Personenumschlag. Die Menschenmassen drängten sich bis an die Haltebuchten der Omnibusse, die die nervöse Herde von der Straße trennten. Das Gros der Heimkehrer musste hier umsteigen, und freitagnachmittags war der Andrang stets am größten. Die meisten größeren Fabriken der Stadt schlossen freitags ihre Tore früher, und kaum jemand ließ es sich nehmen, das Wochenende pünktlich starten zu lassen. Die einen nutzten das Umsteigen, um in hektischer Torschlusspanik ihre Wochenendeinkäufe unten im *Kaufgut* oder beim *Albertini* um die Ecke zu tätigen, bevor ihre Fahrscheine verfielen. Für die anderen, meist Jüngeren und Einkaufsunabhängigeren, die mittlerweile die Treppe und die Liegewiese dahinter bevölkerten, hatte das Wochenende schon längst begonnen.

Der Inhalt der neuen Flasche nahm stetig ab, und nach und nach verließ einer nach dem anderen – von außen nach innen – die traute Runde. Unser edler Spender verließ die Gesellschaft frühzeitig, bevor die Abnahme den Flaschenboden erreicht hatte. Die Aufnahme in die Automatenriege war ihm trotz versuchten Einkaufs nicht gelungen, und so überließ er uns den Rest in der Flasche und verwies – sein Gesicht wahrend – auf das nächste Mal. Und tschüs. Ein Pavianfelsen funktionierte nun mal anders.

Irgendwann kam Uschis Bus, und mit einem flüchtigen Kuss war auch sie weg. Bis zum nächsten Freitag.

Gegen halb sieben und pünktlich zur letzten Runde legte unser Penner den Leuten noch einmal sein rosanes Plastikbein in den Weg. Nun war endgültig Feierabend. Die Geschäfte machten gleich zu, und wer jetzt noch aus dem *Kaufgut* kam, konnte eigentlich nur noch nach Hause gehen. Entsprechend schnell nahm auch der eben noch einmal rasch angeschwollene beziehungsweise eingedickte Menschenbrei wieder ab. Es blieb dann nur noch das *Kaufgut*-Personal selbst, aber das benutzte vermutlich einen unauffälligeren Ausgang auf der Rückseite der Tortenschachtel.

Am rechten Seiteneingang räumte der Brezelpeter seinen leeren Korb zusammen. Er klopfte ihn kopfüber aus, dass Salz und Laugenbrösel aufs Trottoir rieselten, verstaute Zange und zusammengelegtes rot kariertes Abdecktuch darin und schlurfte schließlich, den riesigen Korb über den gebeugten Rücken gehängt, zwischen *Kaufgut* und dem Imbiss *Die Tränke* davon. Auch für ihn war für heute Schluss.

Der Brezelpeter war der letzte verbliebene mobile Brezelverkäufer Ludwigshafens. Alle hatten sie ihren festen Stammplatz, meist an den Eingängen der großen Kaufhäuser, und der rechte Seiteneingang vom *Kaufgut* gehörte ihm. Wenn aber die Geschäfte schlecht liefen – schließlich stand am Haupteingang bereits die Konkurrenz –, dann zog er mit seinem umgehängten Brezelkorb los. Er verließ sich nicht auf den Zufall, sondern nahm sein Geschick selbst in die Hand. Er schleppte die Brezel zum Kunden, anstatt stumm wie ein *Wachturm*-Verkäufer an der Ecke zu stehen und seine Ware wie saures Bier anzubieten. Pünktlich zum Feierabend um halb fünf stand er dann oft an einem der Werkstore der großen Sodafabrik, samstagnachmittags vorm Südweststadion, und manchmal sah man ihn sogar noch spätnachts von Wirtschaft zu Wirtschaft ziehen, um seine trockenen Restposten zu verschachern. Die Wirte ließen ihn in Ruhe, denn der Brezelpeter war schwach im Kopf, und schwache Köpfe ließ man nun mal gewähren. Außerdem machten trockene Brezeln durstig, was den Wirten wiederum zugutekam. Das alles gab Anlass zur Annahme, dass der Brezelpeter ein Unabhängiger war, ein freiberuflicher Brezelmann, dem es auf die letzte verkaufte Brezel ankam und der nachts seinen Korb mit nach Hause nahm und neben ihm schlief. Dass er es allerdings tatsächlich immer wieder schaffte, seinen Korb leer zu bekommen, war uns trotz seines Geschäftssinns ein Rätsel. Er war alt und ziemlich ungepflegt und roch etwas streng, wie man gerne umschreibend sagt. Ständig fuhr er sich mit der flachen Hand übers unrasierte Gesicht, rauf und runter, bevor er damit seine Brezeln zum x-ten Mal neu ordnete (verkauft hat er sie dann ordnungsgemäß mit der Brezelzange). Wir jedenfalls kauften lieber beim *Wachturm*-Verkäufer.

Um den flaschengekrönten Fahrkartenautomaten standen jetzt nur noch Bozo, Jörg und ich – sowie ein Mädchen, das niemand kannte und das irgendwie aus dem ganzen Haufen übrig geblieben war. Das kam vor, und dafür war der Automat ja schließlich da. Sie war hübsch und etwa so jung wie Uschi, nur etwas farbloser und unauffälliger, was ihr eine keineswegs unsympathische Durchschnittlichkeit verlieh. Sie wirkte ein wenig schüchtern.

„Und", sagte Bozo und nahm die Flasche, die unaufhaltsam ihrem Ende zusteuerte, vom Automaten, „was machen wir jetzt?"

Diese Frage leitete immer die Abschlussphase ein, bevor die Bühne für die nächste Szene freigemacht und umgebaut wurde. Sie forderte dazu auf, die Flasche leer zu trinken, sich noch eine letzte Zigarette anzuzünden und die Schachtel schon mal zu verstauen – und nicht zuletzt im Kopf seine Finanzen durchzugehen, was bei der Beantwortung der Frage schon entscheidenden oder zumindest eingrenzenden Einfluss haben konnte. Meist blieb sie jedoch vorerst unbeantwortet und wurde nach einer Weile erneut gestellt.

Ich entdeckte am anderen Ende des nun fast leeren Platzes Joe, der gerade im Begriff war, ihn zu überqueren. Joe gehörte zur zweiten Liga unseres mehrschichtig aufgebauten Bekanntenkreises insofern, als unser Kontakt eher gering, dafür aber umso herzlicher war. Joe hieß eigentlich Josef, was er seinen Eltern nie verziehen hatte, und war letztendlich froh, dass sich sein unzeitgemäßer Name doch relativ leicht zeitgemäß umformen ließ. Er trug wie immer sein gammeliges, aber stets tadellos sauberes ehemals schwarzes Jackett über einem aus der Form geratenen, billigen Batik-T-Shirt und hielt eine quadratische Schallplattentüte unterm Arm.

Joe war für einen Mann ziemlich klein, wenn auch recht kräftig gebaut, hatte kaum einen Hals, dafür aber einen ständig grinsenden Mund, ähnlich dem der berühmten Cheshire-Katze aus dem Wunderland. Sein langes, schwarzes Haar war vorne sauber an den Augenbrauen entlang geschnitten, und manche vertraten die Meinung, wäre vor ein paar Jahren *Planet der Affen* nicht in den Kinos gelaufen, man wüsste gar nicht, womit man ihn hätte vergleichen sollen. Dieser Vergleich ging ihm, wie er meinte, am Hintern vorbei, und das konnte gut sein, denn schließlich zwang ihn ja niemand zu seiner Frisur. Dennoch war Joe ein *ladies' man*, was an seinem Charme lag, wie ihn nur wenige Männer besaßen und dem auch sie in der Regel erlagen.

„Na, ihr drei!", grinste er, als er vor uns stand, „wie geht's euch?"

„Danke."

„'s muss."

„Zwo bis drei, und selbst?"

„'s geht, danke. Wen habt ihr denn da dabei?" Er neigte den Kopf leicht zur Seite und betrachtete wohlwollend unsere unbekannte Freundin.

„Keine Ahnung", sagte ich. „Nachdem alle gegangen waren, war sie übrig geblieben."

„Vielleicht ist sie ein Groupie", meinte Bozo mit gespielter Nachdenklichkeit. Sie lächelte verlegen, und ihr Teint glühte kurz auf.

„Hast du 'ne neue Platte gekauft?", fragte ich. „Zeig mal …"

„Ja, *The Flock*", sagte Joe und reichte mir die Tasche, „ein Geburtstagsgeschenk für jemand."

Jazzrock – Joe kannte sich mit Musik aus. Mir sagte das eher nicht zu. Ich steckte die Platte wieder in die Tüte, und Joe klemmte sie sich wieder unter den Arm.

„Naja", sagte er und schaute auf seine Armbanduhr, „ich muss jedenfalls weiter. Ich bin auf einer Party eingeladen und sollte eigentlich um sieben dort sein."

„Wo denn?"

„Kennst du nicht. Hab ich letzte Woche erst kennen gelernt. Also dann, macht's gut – bis demnächst!" Er klopfte mir stellvertretend für alle auf die Schulter, grinste dem Mädchen zu, als wollte er es sich für ein nächstes Mal vormerken, und setzte seinen Gang über den Berliner Platz fort. Joe trank nicht, rauchte nicht und war – wahrscheinlich deswegen – stets freundlich und gut gelaunt. Man hatte ihn einfach gerne in seiner Nähe. Auf Dauer war er allerdings ein wenig langweilig – zwangsläufig.

Joes Grinsen schwebte noch eine Weile um und herum, bevor es schließlich ganz verschwand.

Die Lambrusco-Flasche war so gut wie leer.

„Und, was machen wir jetzt?", fragte Bozo erneut.

„Keine Ahnung."

„Lasst uns doch in die *Shiloh Ranch* gehen“, schlug Jörg vor.

„Wohin?“

„In die *Shiloh Ranch*.“

„Was is’n das?“

„Das ist so eine große Bretterbude hinterm alten Bahnhof – da, wo der neue Brückenkopf gebaut wird. Tagsüber ist es die Kantine für die Bauarbeiter, und abends kann jeder rein.“

„Und was ist so besonders an der *Shiloh Ranch*?“

„Da kriegt man für zwölf Mark einen Kasten Bier auf den Tisch gestellt.“

„Hoppla! Einfach so?“

„Einfach so.“

„Und worauf warten wir?“, fragte Bozo und steckte seine Zigaretten ein.

„Dass die Flasche leer wird.“ Ich nahm einen letzten Schluck und ließ einen Anstandsrest übrig.

„Ich hab’ allerdings nicht mehr viel Geld“, meinte Jörg.

„Macht nix. *Den* Kasten bezahle ich.“ Bozos ständige Liquidität hatte weniger mit seinem Beruf als Bankmann zu tun als vielmehr mit seinem wohlhabenden Elternhaus.

„Kommst du mit?“, fragte ich das Mädchen.

„Nein. Ich müsste eigentlich schon längst zu Hause sein“, antwortete sie leise.

„Alla hopp – vielleicht das nächste Mal.“

Sie nickte zustimmend und lächelte, wobei sie wieder leicht errötete.

Bozo nahm die Flasche, trank sie endgültig aus und stellte sie wieder zu den drei anderen auf den Automat. „Auf zur *Shiloh Ranch*!“, sagte er.

2
DIE *SHILOH RANCH*

Die *Shiloh Ranch* war groß wie ein Bierzelt und im Grunde genommen auch wie ein Bierzelt angelegt und eingerichtet. In drei langen Reihen waren hölzerne Brauereitische aufgestellt, an denen ein lautstarkes, derbes Völkchen beisammensaß, die meisten von ihnen im Blaumann. Das waren dann wohl die Bauarbeiter, die den neuen Brückenkopf hochzogen, der, wenn er fertig war, mit seinen Betonsäulen und Auffahrtschnecken den alten Bahnhof unter sich begraben haben würde. Der Brückenkopf gehörte zu einer neuen, riesigen, den Rhein überspannenden Pylonbrücke, die nicht nur Ludwigshafen mit Mannheim verbinden sollte – das tat ja bereits die alte hinterm Berliner Platz –, sondern auf dicken Stelzen ihren verunstalterischen Weg quer durch die Stadt zum neuen Bahnhof stampfen würde, wo ein Anschluss an die bereits vor drei Jahren darüber gebaute neue Pylonhochstraße geplant war. Pylon war im Moment der letzte Schrei, und Pylonbrücken respektive -hochstraßen schossen überall in Deutschland wie Pilze aus dem Boden.

Der Fußboden und die Wände der *Shiloh Ranch* waren aus rohen Brettern zusammengezimmert, was dem Ganzen den Geruch eines Heimwerkerbaumarktes verlieh. Eine Decke als solche gab es nicht, dafür aber ein Gerüst aus schweren, groben Holzträgern auf der Ebene, wo sie gewesen wäre, hätte es doch eine gegeben. Dadurch ging der Blick ungehindert bis zu den Dachbalken hoch, was den Bierzeltcharakter noch zusätzlich unterstrich. Als Baustellenkantine war die *Shiloh Ranch* wohl nur eine vorübergehende Erscheinung, aber wie der große, saisonbedingt kalte Ofen in der Mitte des Raumes mitsamt seiner abenteuerlich verwinkelten Ofenrohrkonstruktion verriet, würde sie noch viel Zeit haben, ehe sie wie ein Tapeziertisch zusammengeklappt und woanders, abrissschneiseaufwärts, wieder aufgebaut werden würde.

Es war laut und verraucht und roch nach längst verschüttetem Bier. Wir liefen die erste Reihe hinunter und suchten nach einem freien Platz, der nicht zu nah am Ausgang und weg vom Schuss war, jedoch auch nicht gerade mitten im blauen Pulk. Ein bisschen kamen wir uns schon wie Eindringlinge vor, zumal die meisten Anwesenden uns im Vorbeigehen kritisch musterten und dabei leise miteinander tuschelten. Aber das waren wir ja gewohnt. Eine dicke, ältere Bedienung wischte gerade einen frei gewordenen Tisch sauber, und wir nahmen die stumme Einladung an. Jörg schlüpfte automatisch auf die hintere Bank, um Bozo und mir, wie immer, gegenüberzusitzen.

„Na, Buwe[2], was darf's denn sein?“, fragte die Bedienung, während sie sich die Hände an ihrer Schürze abtrocknete.

„Einen Kasten Bier, bitte“, sagte Bozo wie selbstverständlich und legte seine Zigaretten und sein Feuerzeug auf den Tisch. „Gibt's hier auch was zu essen?“

„Ja, klar.“

„Und was würden Sie heute empfehlen?“

„Wie wär's mit 'ner heißen Bockwurscht mit Brot.“

„Alla hopp – dann noch drei heiße Bockwürscht' mit Brot.“ Er stieg über die hölzerne Sitzbank und setzte sich

---

[2] Buben, Jungs

neben mich. „Als kleine Unterlage, sozusagen“, fügte er hinzu.

„Kommt sofort.“ Die Bedienung nahm ihren Wischlappen und ging zum Schalter, wo sie ihn ohne hinzuschauen zielgenau in einen Eimer mit Wasser warf, der daneben auf dem Boden stand. Anschließend gab sie unsere Bestellung weiter.

„Bist du öfters hier?“, fragte ich Jörg.

„Ja, manchmal.“

Nach wenigen Minuten schleppte die Bedienung tatsächlich einen Kasten Bier heran. Mit einem lauten „Vorsehen, bitte!“, woraufhin wir alles, was auf dem Tisch lag, an uns rissen und zurückwichen, knallte sie ihn uns scheppernd vor die Nase, dass der Tisch ins Wanken geriet. Sie langte in ihre Schürze, fummelte einen Flaschenöffner heraus und legte ihn dazu.

„'n Kaschte' Bier – zum Wohlsein“, sagte sie. „Braucht ihr Gläser?“

„Nö – wir trinken aus der Flasche.“

„Is' recht.“ Sie ließ ihren Blick durch den Raum schweifen und schaute, wo noch was fehlte.

Ich steckte mir eine Zigarette an und schaute mich um, um mich mit unserer neuen Umgebung ein wenig vertraut zu machen. Dass uns die Existenz der *Shiloh Ranch* so lange verborgen geblieben war, grenzte an ein Wunder, entsprach sie doch ganz und gar unseren Bedürfnissen – zumal Jörg hier offenbar ein- und ausging.

Eine Reihe neben uns und einen Biertisch weiter saß ein älterer, in einen billigen braunen Wirtschaftswunderanzug gekleideter Mann mit ebenso braunem Hut und hielt mit beiden Händen eine einzelne Flasche Bier vor sich fest. Sein runder, verschämt nach unten blickender roter Kopf war schräg zur Seite geneigt und pendelte pausenlos hin und her, während er nervös auf seinem verbitterten Mund herumkaute – wie ein Zahnloser beim Suppeessen.

Jörg beugte sich etwas vor und schaute konspirativ nach links und rechts. „Den kenn' ich aus der *Bürgerstube*", sagte er leise und schlug die Beine übereinander. „Man sagt, er sei während des Krieges nach einem Bombenangriff auf Ludwigshafen tagelang unter seinem Haus verschüttet gewesen." Kunstpause. Er stellte die ersten drei Bierflaschen nebeneinander auf den Tisch und machte sie auf. „Als man ihn dann schließlich fand und befreien konnte, hatte er bereits begonnen, mit dem Kopf zu wackeln, und hat bis heute nicht mehr damit aufgehört – nach fast dreißig Jahren!"

„Dann wird er's wohl auch nimmer", meinte ich. Mir fiel auf, dass jedes Mal, wenn er einen Schluck aus seiner Flasche nahm, sein Kopfwackeln vorübergehend aussetzte. So ungerecht das Leben im Ganzen manchmal war, so gnädig konnte es dann doch im Detail sein. Dennoch konnte unser Wackelpeter wohl genauso wenig ständig trinkend durchs Leben gehen, wie ein Stotterer singend, nur um nicht aufzufallen.

„Prost", sagte Jörg laut, nachdem er sich wieder aufgerichtet hatte, und hielt uns seine schaumgekrönte Flasche entgegen. Wir stießen an. Das Bier war warm und quoll im Mund rasch auf, und nachdem wir die Flaschen wieder auf den Tisch gestellt hatten, trat nach kurzer Zeit der Schaum erneut hervor.

Kurz darauf kam die Bedienung und brachte unsere heißen Würstchen auf drei schlaffen, rechteckigen Papptellern.

„So – das waren jetzt zwölf Mark fürs Bier und dreimal eins dreißig für die Würscht' – macht genau fuffzehn Mark neunzig." Sie zog ihren großen Geldbeutel unter ihrer Schürze hervor und legte ihn vor sich auf den Tisch.

„Das Bier ist warm", sagte Bozo vorwurfsvoll, während er sein Geld zusammensuchte.

„Ja, was dachten Sie? Soll ich euch für zwölf Mark auch noch die Bierkäschte' in den Kühlschrank stellen?"

„Ich meinte ja nur." Bozo zählte sechzehn Mark zusammen und schob sie ihr hin. „Der Rest ist für Sie", sagte er und zwinkerte ihr wohlwollend zu.

„Hoppla – danke!"

„Her, Fraa Wertschaft!", rief jemand hinter uns.

„Jaja, ich komm ja schon!" Sie klang leicht genervt. Sie legte ihren Geldbeutel zusammen und verstaute ihn wieder unter ihrer Schürze. „Lasst's euch schmecken", sagte sie und ging weiter.

„Ich war am letzten Heiligabend hier …", sagte Jörg und drückte sein Senfbeutelchen auf seinen Pappteller aus.

„Was? Gibt's die *Shiloh Ranch* schon so lange?", fragte Bozo überrascht. „Wir haben jetzt bald September!"

„Ja, klar – und noch viel länger. Seit hier gebaut wird, eben."

„Klingt logisch. Aber dass sie uns noch nie aufgefallen ist …"

„Nun ja, solange der alte Bahnhof noch steht, sticht sie ja nicht gerade ins Auge." Das stimmte wohl, schirmte doch das alte, mehrstöckige Bahnhofsgebäude mit seinen leeren Fensterhöhlen das Gelände, auf dem sich ehedem die Bahnsteige und nunmehr die *Shiloh Ranch* befanden, vor neugierigen Blicken ab. „Jedenfalls war es hier am

Heiligabend gerammelt voll. Sämtliche Penner der Umgebung müssen da gewesen sein und was weiß ich noch für Leute, die keine Lust hatten, allein zu Hause zu sitzen, sofern sie überhaupt eins hatten. Da hinten in der Ecke stand ein großer geschmückter Tannenbaum mit richtigen Kerzen, auf den Tischen standen Teller mit Weihnachtsgebäck, und alles hat zusammen Weihnachtslieder gesungen und gesoffen. Viele haben auch geweint."

Mit einer Drehbewegung überzog er das untere Ende seiner Wurst mit Senf und biss mit einem Blick ins Grenzenlose nachdenklich hinein. Jörg war ein sensibles Kerlchen und für solche Melodramen sehr empfänglich; vor allem angesichts seines eigenen, irgendwie missratenen Lebens – keine Arbeit, kein Geld, von den meisten Leuten hauptsächlich als Kuriosum wahrgenommen und zu Hause – er wohnte zwangsläufig noch bei seiner Mutter – mehr toleriert als akzeptiert. Und so war er wohl fester Bestandteil dieser hier versammelten, vom Leben verratenen Existenzen gewesen und hatte kräftig mitgesungen, mitgesoffen und vermutlich auch mitgeweint.

„Ich ess' die Kardoffle alleweil mit der Haut", sagte einer am Nebentisch zu seinem Gegenüber und setzte zur Unterstreichung seines Statements seine Bierflasche laut auf.

„Hört, hört", sagte ich mit vollem Mund und stand auf. „Ich geh' mal pinkeln."

Ein handgeschriebenes Pappschild neben dem Essensschalter führte mich nach hinten zur Tür hinaus und über einen Kiesweg zu einem Klowagen, wie man ihn sonst auch auf dem Messplatz antraf. Das Ganze hier erinnerte überhaupt mehr an einen Besuch auf der Mess[3] als an einen freitagabendlichen Kneipengang. Es standen noch eine ganze Menge Bauwagen mit Kaminchen auf den Dächern kreuz und quer herum, die ich auf einer normalen Baustelle als die mobilen Frühstücksräume gedeutet hätte, in denen in den Pausen die Plastikthermosflaschen, die langweiligen Arbeiterfrühstücksbrote und die großen, dünnen Zeitungen ausgepackt wurden, über deren nicht minder dünnen Inhalt dann mit vollem Mund laut polemisiert wurde. Da es aber zu diesem Zweck das Bierzelt gab, handelte es sich hier wohl eher um die Schlafwagen für die Montagearbeiter, was die für diese Uhrzeit übermäßige Präsenz von Blaumännern in der *Shiloh Ranch* erklären würde. Die Baumannschaften für diese doch mehr oder minder stationären Großprojekte wurden in der Regel nicht aus den Reihen der örtlichen Baufirmen rekrutiert, sondern bestanden aus einem Heer ortsfremder, Spesen verschlingender Wanderarbeiter. Wahrscheinlich oblag die Organisation und Finanzierung dem Land – oder in diesem Fall eher noch dem Bund, angesichts der länderübergreifenden Natur des Bauwerks –, sodass lokale Interessen erst gar nicht in Erwägung gezogen wurden.

Ich stieg die drei Metallgitterstufen hoch und trat ein in die grellweiße Enge des Klowagens. Es war schon jemand da, ein alter, etwas übergewichtiger Blaumann mit einem Schraubenzieher in der schmalen Hosenbeintasche, wo sonst der Klappmeter steckte. Er hatte Mühe, beim Pinkeln das Gleichgewicht zu halten, und summte leise vor sich hin. Es stank nach abgestandenem Urin.

---

[3] Kirmes, Jahrmarkt

„Mahlzeit“, murmelte ich instinktiv und stellte mich dazu. Die verzinkte Pinkelrinne sah aus, als sei sie ursprünglich als Dachrinne konzipiert gewesen und führte geradewegs nach draußen ins Freie. Das tiefer gelegene Ende war mit einer großzügigen Handvoll Billigklosteinen blockiert; es waren die weißen, undurchsichtigen, die in Aussehen und Duft eher an Kernseife denn an Klosteine erinnerten.

Kaum war es mir gelungen, meinem angestauten Bedürfnis freien Lauf zu gewähren – das verlangte mir in unmittelbarer Gesellschaft Fremder immer ein wenig Konzentration ab –, als mein Pinkelnachbar unverhofft und ohne erkennbare Hemmung furzte, und zwar derart ausdrucksstark, dass der derbe Misston erst einmal förmlich im Raum stand und ihn dann langsam ausfüllte. Sein edler Spender lachte dabei so dämlich und vergnügt wie einer, der aufgrund gehemmter Intelligenz immer wieder über seinen eigenen, schlecht erzählten Witz lacht. Ich blickte ihn missbilligend an, doch er hob schwankend und mit glasigem, jedoch erfahrungsschwangerem Blick seinen Zeigefinger.

„Pießen ohne Furz ist wie Hochzeit ohne Musiek!“, rezitierte er mit angestrengt unterdrücktem Lallen aus seiner sicherlich mühsam erlangten Lebensphilosophie. Er war Pole oder so etwas Ähnliches. Er knöpfte umständlich und leise in sich hineinkichernd seine Hose wieder zu, wankte beschwerlich und gefährlich die Stufen hinunter und knirschte langsam über den Kies zurück zur Kantine.

Ich knüpfte da an, wo ich unterbrochen wurde, und pinkelte in Ruhe zu Ende. Eine Spülung gab es nicht – nur die Schwerkraft und die Klosteine. Ich musste an die

Kotzbecken mit der Haltestange denken, die es in den Klohäuschen auf der Mannheimer Mess gab, um den dort andernfalls unvermeidlichen Pinkelrinnenverstopfungen vorzubeugen. Die gab es nur in Deutschland, so wie es das Bidet nur in Frankreich gab, und sie boten, wie dieses, für den Fremden reichlich Anlass zur Spekulation, was deren eigentlichen Zweck betraf.

Ich warf noch einen beiläufigen Blick in den Spiegel neben der Tür, schüttelte mit den Fingern von unten mein Haar ein wenig auf und ging zurück in die *Shiloh Ranch*.

Auf dem Rückweg stellte ich mich in die Reihe vor dem Essensschalter, um uns noch eine Tüte Popcorn mitzunehmen, die ich vorher im Vorbeigehen aus dem Augenwinkel erspäht hatte. Ein Kasten Bier verlangte nach mehr als nur einer heißen Bockwurst, wenn wir die heutige Nacht durchstehen wollten, und Popcorn schien mir angesichts seiner Schwimm- und Schwammeigenschaften hierfür genau das Richtige, vorausgesetzt die Einnahme erfolgte gleichmäßig über den Abend verteilt. Die Bockwurst diente eh nur als momentaner Puffer, um das Bier und den Lambrusco auseinanderzuhalten, damit sie nicht miteinander in Konflikt gerieten. An der Wand neben dem Schalter hing noch die Tafel mit dem nunmehr überholten Hinweis auf das Tagesessen von heute Mittag: *„Schnitzel, paniert, mit Tomatensoße und Spaghetti"*. Aber hallo, dachte ich, da sind wir ja in einer richtigen Drei-Sterne-Kantine gelandet.

„Was kriegscht'n, Großer?" Ich war dran. Der Wirt war dick und schaute wie eine ungeduldige Kröte aus seinem tief gelegenen Schalter zu mir hoch.

„Eine Tüte Popcorn, bitte."

„Was für welches?“

„Gesalzen.“ Bozo hasste das Buntgezuckerte, und zum Bier passte das Gesalzene allemal besser. Der Wirt drehte sich um und zog die Tüte mit einem Ruck vom Klammerständer.

„Eine Mark“, sagte er und warf sie mir hin.

Ich bezahlte, und als ich meinen Geldbeutel wieder einstecken wollte, knallte ich unverhofft mit dem Ellbogen so hart gegen irgendetwas hinter mir, dass es in meinen Fingerspitzen zu kribbeln begann. Das zeitgleiche klatschende Geräusch und ein kurzes, gedämpftes Stöhnen klangen dabei höchst befremdlich, und ich drehte mich erschrocken um.

Ich hatte tatsächlich einer Frau, die offenbar gerade im Begriff gewesen war, in ein Fischbrötchen zu beißen, dieses mit dem Ellbogen tief in den Mund gerammt. Sie schaute mich fassungslos an und fing in gedämpften Schüben an zu lachen. Genau ins Schwarze, dachte ich, und das, ohne hinzuschauen. Das Brötchen ragte gerade noch zur Hälfte heraus und klaffte am freien Ende ein wenig auseinander, sodass eine Zwiebelscheibe herunterzufallen drohte.

„Her! Wollen Se sich bei der Dame net entschuldische’?“, fragte mich der Mann, der hinter ihr stand, barsch.

„Aber klar …“ Ich stand ziemlich verloren da, und alle Augen waren auf mich und das Ergebnis meines Missgeschicks gerichtet. „Tut mir leid, irgendwie“, suchte ich nach den passenden Worten, „das hab ich so nicht gewollt …“ Oh je.

Daraufhin fing sie wieder an zu lachen, diesmal etwas intensiver.

„Her! Seid ihr bald fertisch do vorne?“, rief einer von weiter hinten.

Ich überlegte mir, ob ich ihr das Fischbrötchen wieder herausziehen sollte. Dazu hätte ich ihr allerdings mit der flachen linken Hand großflächig das Gesicht festhalten und mit der rechten das Brötchen behutsam lockern und aus ihrem Gebiss befreien müssen. Ich hätte ihr aber auch stattdessen wenigstens die Zwiebelscheibe ein Stückchen reinschieben können, damit sie nicht auf den Boden fiel.

„Was'n los, Großer?“, fragte die Kröte leise. „Tret' mal zur Seite, damit's hier weitergeht!“

Ich entschied mich gegen beide Optionen, schnappte mir stattdessen meine Popcorntüte und ging schnell durch ein Spalier gaffender Blaumänneraugen zurück an unseren Tisch.

„Was ist denn passiert?“, fragte Bozo mit vollem Mund, und putzte sich mit der Serviette die Senffinger ab.

„Ich hab ihr versehentlich mit dem Ellbogen ihr Fischbrötchen in den Kopf gerammt.“ Ich setzte mich und drückte mit einem Knall die Tüte auf. Ein paar Popkörner sprangen dabei heraus und rollten über den Tisch hinweg. Mein Opfer hatte sich mittlerweile selbst von ihrem Brötchen befreit und lief laut lachend zu ihrem Tisch zurück, ohne sich am Schalter etwas gekauft zu haben.

„Wenn du so etwas für einen Film drehen müsstest, bekämst du es vermutlich nie hin“, meinte Bozo.

„Ganz sicherlich nicht“, fügte Jörg hinzu und warf sich ein Popcorn im eleganten Bogen geschickt in den Mund (Leute wie Jörg lebten von solchen kleinen Tricks).

Das beherrschende Thema am Nachbartisch war nach wie vor die Kartoffel, die sich allerdings im Verlauf meiner Abwesenheit einige Sprossen auf der Kulturleiter hochgearbeitet hatte.

„Bei mir g'höre Gurke nei in de Kardoffelsalat."

„Un' Schinke' – schää[4] g'schnitte'!"

Es war in diesen Breiten eine landläufige Spielart der Konversation, leidenschaftliche Diskussionen über die unterschiedlichen Veredelungsbräuche der hiesigen, derben Küche zu führen. Für den Pfälzer verlief die Veredlung allerdings in der Regel von oben nach unten, das heißt, je derber, desto „feiner". Das Kraut (sowohl das saure als auch das rote) musste nach Möglichkeit zweimal wieder aufgewärmt sein, die absichtlich übrig gebliebene Pellkartoffel vor der Weiterverarbeitung auf dem Schneidebrett und in der Bratpfanne mindestens eine Woche offen im Kühlschrank liegen, die Zwiebel für obendrauf schwarzgebräunt und beim Kopfsalat der Wurzelstrunk samt Haut und Haar mit hinein geschnitten – weil der ja sowieso *„das Beschte am Ganze"* ist.

Diese Debatten arteten nicht selten in einen überhitzten Schlagabtausch aus, wobei der jähe Bruch einer langjährigen Freundschaft billigend in Kauf genommen wurde.

„A, du Arschloch! Schinke' in de Kardoffelsalat – do is' jo die Brüh' teurer als die Brocke'!"

„Her! Deswege' bin ich aber noch lang' kä Arschloch!"

Ein alter Mann war mittlerweile an meinem Tischende stehen geblieben und betrachtete uns schon eine ganze Weile, ohne dass ihn jemand beachtet hätte. Um sich Gehör zu verschaffen, stieß er wie ein königlich-bayerischer Gerichtsdiener seinen Gehstock dreimal auf den hölzer-

---

[4] schön

nen Fußboden. Ich wandte mich vom Kartoffelkrieg am Nachbartisch ab und schaute zu ihm hoch. Er war hager, geradezu knochig, altersfleckig und gebeugt, und sein stechender, feuchter Blick musterte uns aufmerksam. Nachdem in der näheren Umgebung alles still geworden war, furzte er plötzlich lange und geradezu polyphon, ohne mit der Wimper zu zucken – so, als wäre es gar nicht er gewesen. Nun verstummten auch die Leute an den umliegenden Tischen und drehten sich fragend um.

„Hier muss es irgendwo ein Nest geben", sagte ich leise zu Bozo.

„Wieso?"

„Vorhin auf dem Klo war schon mal so einer."

Als sich alles wieder beruhigt hatte, hob der Alte, einem Lehrer Lämpel gleich, den langen, gichtigen Zeigefinger.

„Erlauben Sie, dass ich mich vorstelle", sagte er bedächtig und in sauberem Hochdeutsch. Ein verschmitztes Funkeln spielte dabei in seinen Augen. „Mein Name ist Richard Eimer, mit weichem Ei. Als ich noch so jung war wie Sie, da hatte ich einen so großen Schwanz, dass mir regelmäßig schwarz vor Augen wurde, wenn ich einen Ständer bekam. Ich war bei den Mädels bekannt im ganzen Land." Im Hintergrund schwenkte unser Wackelpeter mit dem Kopf.

„Her! Wo bleibscht'n, du Suppe'kaschper!", rief eine alte, heisere Stimme hinter uns.

„Ich glaube, man verlangt nach Ihnen", sagte Bozo und steckte sich eine Zigarette an.

„Jaja, die alten Herren – die kann man keine fünf Minuten alleine lassen." Er klopfte mit seinen Knöcheln auf die Tischkante, ließ seinen Adlerblick noch einmal über die Runde schweifen und tastete sich dann mit seinem Gehstock wieder davon.

Bozo machte sich stumm ein neues Bier auf.

„Warum is'n dem immer schwarz vor Augen geworden, wenn er einen Harten bekam?“, fragte Jörg.

„Weil ihm dann ein Liter Blut im Hirn gefehlt hat.“

„Ach so.“ Jörg stand auf, warf sich im hohen Bogen ein zweites Popcorn in den Mund und ging nach hinten aufs Klo.

„Da hat er uns aber wo hingeführt“, meinte ich. „Ein wahres Gruselkabinett.“

„Aber das Bier ist billig. So billig bekommt man es kaum beim Getränkehändler.“

„Das ist wahr. Umsonst ist eben nichts.“

„Was meinst du, wie das mit dem Popcorn eigentlich funktioniert?“, meinte Bozo nach einer Weile. Er hob ein besonders gelungenes Exemplar mit spitzen Fingern vom Tisch auf und hielt es hoch.

„Was denn?“

„Naja – dass so ein kleines, hartes Maiskorn einfach mir nichts, dir nichts platzt und sich aufs Mehrfache aufpufft und genießbar wird.“

„Keine Ahnung. Ich denke, da ist eine Luftblase drin, die sich durch die Hitze ausdehnt und das Ganze zum Platzen bringt.“

„Das würde aber nicht erklären, warum es das Zeug so gleichmäßig aufschäumt. Mit der Luftblase allein würde es genügen, wenn das Maiskorn in der Hitze einen Sprung in der Schale bekommt. Das Ding ist aber doch bestimmt zehnmal größer als das ursprüngliche Korn.“ Er kramte so ein ursprüngliches Korn aus den Tiefen der Tüte hervor und legte sie nebeneinander auf den Tisch.

Es waren wohl immer ein paar dabei, die nicht aufgegangen waren; die hatten dann entweder eine undichte Stelle, oder die Schale war zu dick geraten.

„Das kommt sicherlich hin“, meinte ich. Ich nahm die Tüte und suchte die Gewichtsangabe. „Hundert Gramm. Das würde also heißen, wenn sich ein Maiskorn ums Zehnfache vergrößert, dann müsste in eine solche Tüte ein Kilo ungepoppte Maiskörner hineinpassen.“

„Das erscheint mir durchaus realistisch.“

„Und demnach könnte man aus einer solchen Tüte Maiskörner wiederum zehn Tüten Popcorn herstellen.“

„Und aus zehn solcher Tüten, wenn sie wiederum mit Maiskörnern gefüllt wären, *hundert* Tüten Popcorn.“

„Ein wahres Wunder!“

„Was meinst du denn, wie viel man bräuchte, um ein ganzes *Zimmer* mit Popcorn aufzufüllen?“

„Nach unseren bisherigen Berechnungen, ein Zehntelzimmer voll.“

„Ich meine, wie viele Kilo, oder Zentner?“

„Keine Ahnung – es käme auf das Zimmer an. Man müsste es einfach ausprobieren.“

„So ist es.“

Bozo legte sich das Prachtexemplar auf die ausgestreckten Fingerrücken und versuchte, es mit der anderen Hand im hohen Bogen in seinen Mund zu katapultieren. Das Popcorn flog ihm stattdessen über die Schulter, prallte sanft am Rücken des Blaumanns, der am Biertisch hinter uns saß, ab und rollte zwischen die ausgetretenen Kippen auf dem Boden, wo es in einer Bierpfütze endete.

„Und wenn man es dann wüsste?“, meinte ich. Ich nahm mir eine neue Handvoll aus der Tüte und legte sie in einem Häufchen vor mir auf den Tisch. „Was würde man mit einem Zimmer voll Popcorn anstellen?"

„Was weiß ich – eine Party drin feiern oder so etwas."

„Aber wenn es doch schon voller Popcorn ist?"

„Dann macht man das Zimmer eben nur halbvoll. Es ist dann dafür auch nur halb so teuer."

Aha, dachte ich und machte mir ein neues Bier auf. Dann macht man's eben nur halbvoll – ist doch klar. Eigentlich gar keine so schlechte Idee. Es gab sicherlich Langweiligeres, als in einem Zimmer voller Popcorn Partys zu feiern.

Jörg kam hinten wieder zur Tür herein und blieb an einem Tisch stehen, an dem eine Gruppe von Männern und die Frau mit dem Fischbrötchen saßen. Die gaben eine ganze Weile schon, begleitet von einer kleinen sechskantigen Ziehharmonika, die sich mit einfachen Knöpfen anstelle von Tasten begnügte, das zum Besten, was sie – und vermutlich der Großteil der *Shiloh-Ranch*-Besucher ebenso – unter „Stimmungsliedern" verstanden. Jörg verhandelte kurz mit ihnen, ließ sich dann das Instrument geben und setzte sich dazu.

Jörg war ein kleines, verkanntes Musikgenie, der das eine oder andere Instrument beherrschte wie ein anderer seine rechte Hand, darunter eben auch die Zieh- und insbesondere die Mundharmonika, die er virtuos in die hohlen Hände hinein und mit professionell zuckender Gesichtsmuskulatur zu spielen verstand. Seine größte Begabung lag jedoch im Schlagzeugspiel, mit dem er vor Jahren sogar einmal zusammen mit ein paar Profi-Jazzern beim großen Peter Frankenfeld im Fernsehen zu sehen und zu hören war. Aber zum Schlagzeugspiel gehörte nun mal auch ein Schlagzeug. Doch das, das er einmal besessen hatte, hatte er irgendwann unter dem Einfluss von Entzugserscheinungen ins Pfandhaus geschleppt, den Erlös in wenigen Tagen versoffen, und aus war der Traum von der Max-Greger-Band im moosgrünen Gala-Jackett mit dem noch moosgrüneren Samtrevers.

Nachdem er zum Aufwärmen wirkungsvoll einige Tonleitern rauf und runter geklettert war, ging er nahtlos zu *„Wenn in Capri die rote Sonne …“* über. Jörg hatte eine eigentlich schöne, helle Kreidestimme, die im Tenorbereich angesiedelt war und mit der er bestens umzugehen verstand. Zudem konnte er sich problemlos auf das Niveau seiner Zuhörer einstellen, wenn es darum ging, die Leute für sich zu gewinnen, denn er hatte ein schier unerschöpfliches Repertoire an Liedern der unterschiedlichsten Genres. Auch seine ganze chimärenhafte Erscheinung, die über alle Evolution erhabene Kombination von alten Anzügen, langen Haaren, vollendeten Umgangsformen (wenn's darauf ankam) und Lambrusco-Flecken am Hemd – das alles verhalf ihm zu einem hohen Bekanntheitsgrad bei den unterschiedlichsten Leuten. Irgendeinen gemeinsamen Nenner teilte er mit jedem, entweder tatsächlich oder aber gut aufgesetzt.

Mit seinen Parodien von Fritz Wunderlich oder Karel Gott (samt göttlichem Akzent) entzückte er die alten Mädels auf der Straße in gleichem Maße wie seinesgleichen (Jörg war fünf oder sechs Jahre älter als wir) mit seinen Elvis-Presley-Interpretationen, deren ihm unverständliche englische Texte er durch eigene, ähnlich klingende Blindtexte ersetzte. Und mit seiner schluchzenden Elvis-Version des Deutschlandliedes – mangels besseren Wissens in der Vorkriegsversion – hatte er nach Bedarf sogar die noch reichlich vorhandenen Ewiggestrigen auf seiner

Seite. Da Jörg ja kaum arbeitete, ersang er sich eben seine Biere, egal von wem – und das recht erfolgreich.

Ohne Pause ging er – vom begeisterten Beifall fast übertönt – in *„Ein Lied geht um die Welt"* über, sein Paradestück, köstlicher dargeboten noch als vom großen, vom Schicksal betrogenen Joseph Schmidt selbst. In dessen zweiter Zeile – *„Ein Lied, das euch gefällt"* – machte er zwischen *„ge-"* und *„-fällt"* eine raffinierte, der Spannungserzeugung dienende Zäsur, die die Leute nicht nur am Tisch, sondern auch in der näheren Umgebung zu lautstarken Zustimmungsbekundungen hinriss. Uns war es eher peinlich.

„Oh je", sagte Bozo und drückte seine Zigarette aus.

Jörgs Zuhörer spendierten ihm nach dem sehr hoch dargebotenen finalen *„… gefällt"* und einem eher unpassenden Schlussakkord ein Bier, erfahrungsgemäß das erste von mehreren. Sie hielten geschlossen ihre Flaschen in die Höhe, riefen einigermaßen unisono *„hopp, hopp, in de' Kopp – hopp, hopp, in de' Kopp!"* – dabei stampften sie im gleichen Rhythmus mit den Füßen auf den Boden – und tranken auf sein Wohl.

„Her, is' do noch frei?", erkundigte sich jemand ein paar Tische weiter bei einem sichtbar angetrunkenen und allein sitzenden Blaumann, der schon eine beachtliche Menge Leergut vor sich versammelt hatte.

„Nee."

„Aber do sitzt doch niemand!"

Mit außer Kontrolle geratenem Blick schaute sich der Angesprochene um und stieß lautlos auf. Dann nahm er sein Bierglas und kippte es über die gesamte Länge der Sitzbank aus. „So, jetzert kannscht dich hie'hocke'."

Der Kopf des Fragestellers lief von unten nach oben rot an. Mit einem *„Ich geb' dir glei', hie'hocke'!"*, packte er das Ende der Bank und riss es mit einer leichten Drehbewegung ruckartig hoch, woraufhin sein Kontrahent am anderen Ende samt Bierglas auf den Boden rutschte. Er hatte sich dabei am Tisch festgeklammert, sodass der gleich mit umfiel, mit allem, was draufstand.

Das Ganze artete rasch zu einem wilden Gerangel auf dem Boden aus, und die wogenden Tische und die dabei häufig ausgestoßenen Begriffe aus dem Fäkalduden waren das Einzige, was man von unserem Platz aus mitbekam.

In null Komma nichts war der Wirt mit seiner Bedienung zur Stelle, Letztere bereits mit Schippe und Besen gewappnet.

„Darf ich die Herren zur Tür begleiten?", rief er barsch. Er hatte die Fäuste in seinen Seitenspeck gestemmt und strahlte in seinem Unterhemd und dem über die Schulter geworfenen Geschirrtuch vollendete Autorität aus.

Es wurde ruhig unter den Tischen, und Jörgs weiches Vibrato und die klagenden Akkorde seines Instruments traten wieder in den Vordergrund. Die Herren erhoben sich langsam und reuig aus den Trümmern, klopften sich ihre Hosenbeine wieder glatt und ließen sich widerstandslos abführen, während die Bedienung kopfschüttelnd mit den Aufräumungsarbeiten begann. Die ganze Aktion lief so routiniert ab, als hätte es dafür einen festgelegten Einsatzplan gegeben.

„Die schlagen sich jetzt draußen ungebremst die Schädel ein", meinte Bozo.

Jörg beendete hinten seinen Auftritt und kam unter stürmendem Applaus und „Zu-ga-be"-Rufen mit zwei überschäumenden Flaschen Bier zwischen den Fingern zurück an unseren Tisch.

„Idioten, einer wie der andere“, sagte er leise mit einer abwinkenden Handbewegung und setzte sich.

„Her, Großer“, sagte der Mann, der auf der Bank hinter ihm saß und sich nun zu ihm herumdrehte, „domit is' viel Geld zu verdiene'. Musik wolle' die Leut' alleweil höre'!“ Er saß mit seinem Bier allein und suchte offenbar, daran etwas zu ändern, um den Abend noch zu retten.

Jörg holte eine rote Tafel Ritter-Sport, die er offenbar auf dem Weg zur Toilette am Schalter erworben hatte, aus seiner Jacketttasche hervor und packte sie sorgfältig aus. Die ansprechende optische Kombination aus leise raschelnder, glänzender Silberfolie unter dem steifen, dunklen Geleerot des Zellophans stufte das dicke Schokoladenquadrat, das sie nun preisgaben, fast zur Nebensache herunter. Aber nur fast. Jörg brach uns jedem eine Rippe ab und überreichte sie uns feierlich, wie ein etwas altmodischer Lehrer, der zwei fleißige Schüler belohnte. Wir nahmen sie ihm artig ab, und er verpackte den Rest, ohne sich selbst etwas zu gönnen, und verstaute ihn wieder in seinem Jackett.

Er nahm einen tiefen Schluck aus seiner ersten Flasche, mit einem selten gesehenen Anflug von Arroganz im Blick, der uns andeuten sollte, dass er für die nächsten zwei Stunden ausnahmsweise auf eigene Rechnung trank. Seine blauen Froschaugen trugen bereits einen leichten Rotstich.

„Kennt ihr Biersuppe?“, fragte er und stieß vornehm auf, während er sich mit dem Handrücken über den Mund fuhr.

„Nee“, sagten Bozo und ich gleichzeitig mit vollem Mund und leckten unsere schokoladenverschmierten Fingerspitzen.

„Kennen Sie Biersuppe?“, fragte er seinen Hintermann, ohne sich richtig zu ihm umzudrehen.

„Ja, klar“, sagte der. Er nahm seine Flasche und saß plötzlich neben Jörg. „Ich will emol so sage' – glei' nach'm Krieg, da hat's des bei uns daheim öfters gewwe. Damals hat mer noch net so viel g'habt, verstehscht?“

Jörg suchte nach der Bedienung und winkte sie her.

„Was gibt's?“, fragte sie und wischte automatisch mit dem Lappen über den Tisch. Der war durch das ewige Überschäumen der Bierflaschen total verklebt und nass.

„Bringen Se mir mal eine Scheibe Brot, einen Suppenteller und einen Löffel.“

„Wozu soll'n des gut sein?“

„Ich will den jungen Leuten hier mal zeigen, was eine Biersuppe ist. Die kennen heute so etwas nicht mehr.“ Sein Nebenmann nickte zustimmend, und Bozo schaute mich an, während er sich eine neue Zigarette aus seiner Schachtel fingerte.

„Na, alla – wenn's der Weiterbildung dient.“ Sie knallte unser Leergut in den Kasten, nahm ihren Lappen und ging zurück an den Schalter.

Nach kurzer Zeit kam sie zurück mit einem tiefen Teller und einem Brotkörbchen, in dem sich neben dem Brot und einem in eine Stoffserviette gewickelten Löffel auch noch ein Beutelchen Senf befand.

„Zum Wohlsein“, sagte sie und stellte alles ordentlich vor Jörg auf den Tisch. „Die Scheib' Brot macht zwanzig Pfennig.“

„Was soll ich bitteschön mit dem Senf?“, fragte er übermütig und legte ihn raus. „Haben Sie schon mal von Biersuppe mit Senf gehört?“

Ich nicht. Ich hatte noch nicht mal von Biersuppe *ohne* Senf gehört.

„Macht der Gewohnheit“, sagte sie lapidar und steckte das Tütchen kurzerhand in ihre Geldtasche.

Jörg suchte umständlich zwei Zehner in seinen Jacketttaschen zusammen und bezahlte. Sie warf sie zum Senf, sammelte unsere leeren Würstchenpappteller ein und ging wieder an den Schalter, von wo aus sie uns mit verschränkten Armen aufmerksam beobachtete.

„Also“, sagte Jörg. Er brach das Brot in kleine Stücke – eine für Jörg typische altmodische Handbewegung beim Essen – und legte diese mit geheimnistuerischer Geste in den Teller. Dann machte er ein neues Bier auf – eins aus dem Kasten, natürlich – und leerte es darüber. Es schäumte rasch auf und beruhigte sich allmählich wieder, bis man die Brotstücke in der gelben Brühe wieder sehen konnte.

„Wer will zuerst probieren?“, fragte er.

„War's das schon?“ Ich schaute mir das aufgeweichte Brot an und lehnte dankend ab. Das Ganze erinnerte stark an ein verstopftes Urinal. Bozo, der beim Essen eh schon sehr eigen war, schaute es sich erst gar nicht weiter an.

„Ihr seid ein verwöhnter Haufen“, sagte Jörg und schüttelte abschätzig den Kopf. Er rührte die Suppe ein wenig auf und begann genüsslich zu löffeln.

„Also, ich weiß net“, sagte der Mann neben ihm, der dem Ganzen argwöhnisch zugeschaut hatte, „bei uns daheim hamma des ganz anders gemacht. Erschtmol hot die

Mutter mit'm Löffel Mehl so eine Einbrenne gemacht – verstehscht? – aufm Herd mit e' bissel Fett. Un' dann kam's Bier nach und nach dazu. Des wurde dann so richtig sämig ...“

„Oh, wie Jörg – heute schon genickt?“, sagte jemand hinter ihm im Vorbeigehen und drückte ihm mit der flachen Hand den Kopf zweimal in den Teller. Jörg war bekannt wie ein bunter Hund.

„Arschloch“, sagte er leise, als sein Attentäter wieder außer Hörweite war und fummelte sich die Serviette aus dem Brotkorb.

„So“, sagte Bozo leise und nahm den Faden von vorhin wieder auf, „bis jetzt haben wir also eine Party in einem Zimmer voller Popcorn – das hört sich schon mal gut an. Nur – das allein wird auf Dauer niemanden vom Hocker reißen. Es müsste noch irgendetwas her – ein Motto oder so.“

Ich stimmte ihm zu – aber was? Jörg hatte sich das Gesicht trocken getupft und schlabberte genüsslich seine Suppe weiter. Man konnte an seinen eigentlich überflüssigen Kaubewegungen förmlich ablesen, wie er die vollgesogenen Brotstücke mit der Zunge am Gaumen ausdrückte wie einen Badeschwamm, sie grob zermalmte und mit dem nächsten brotfreien Löffelvoll herunterspülte.

„Wir könnten ja im Bad eine Biersuppe in der Wanne ansetzen, wie eine Bowle“, bot ich an. „Und dann setzen wir Jörg hinein, nackt und mit einer Suppenkelle in der Hand, mit der er sie dann nach Bedarf an die Leute austeilt. Damit hätten wir gleichzeitig was zu trinken und zu lachen.“

„Und zu essen!", sagte Bozo und schielte mit sichtbarem Ekel auf Jörgs Teller.

„Genau!"

„Da würde Jörg ja aussehen wie eine Formalinleiche."

„Nur von der Brust abwärts."

Bozo fummelte eine ganze Weile schon die nicht aufgegangenen Körner aus der Tüte und reihte sie gleichmäßig auf dem Tisch auf.

„Aber du hast doch gar kein Bad", meinte er, „geschweige denn eine Badewanne."

„Ja, und?", sagte ich. „Wieso …"

„Wo wollen wir die Party denn sonst stattfinden lassen? Ich wohne bei meinen Eltern – da geht's ganz bestimmt nicht." Er spannte den Zeigefinger und schnippte das erste Korn über den Tisch hinweg, an dem vor Kurzem noch der Frei-oder-nicht-frei-Konflikt ausgetragen wurde und der nun wieder ordentlich eingereiht und sauber gewischt auf neue Kundschaft und neue Abenteuer wartete.

„*Was* geht bestimmt nicht? Das meinten wir doch nicht im Ernst …" Ich machte mir ein neues Bier auf. „Oder doch?"

„Wieso nicht? Die Idee mit dem Popcorn ist doch schon mal gut!"

Ich nahm einen warmen Schluck und versuchte, es mir vorzustellen. Klar, war die Idee gut!

„Naja", sagte ich zögerlich, „warum eigentlich nicht?" Ich begann, mein geistiges Bild auszumalen. „Ich könnte dafür ja mein Schlafzimmer ganz ausräumen. Und ein Bad bräuchten wir auch nicht – wir klauen uns einfach irgendwo von einer Baustelle eine Badewanne und stellen sie gleich mit ins Popcornzimmer – is' sowieso besser …"

„So gefällst du mir."

„... genau in die Mitte, vielleicht etwas erhöht, auf einem Podest oder so etwas – als Blickfang!"

Bozo schnippte das zweite Korn in Richtung Wackelpeter, verfehlte ihn aber um einen ganzen Meter.

„Dann kann Jörg wie ein Suppenkönig über der Popcornmasse thronen und nach allen Seiten die Suppenteller ständig nachfüllen!" Ich kam so richtig in Fahrt. „Wir kleben ihm eine Krone aus Popcorn zusammen, und als Zepter dient die Flasche Bier, an der er gerade hängt."

„Was für eine Flasche Bier? Jörg würde doch kein Wasser in den Rhein tragen." Das dritte Korn prallte mit einem *Klack* vom Ofenrohr ab und landete unverhofft auf einem vollbesetzten Tisch zwischen den Flaschen und Gläsern, wo es kurz für Verwirrung sorgte.

„Stimmt. Dann also die Suppenkelle."

Jörg schaute uns mit glasigen Froschaugen misstrauisch an. Ähnlich wie durch den Strohhalm getrunken, führte gelöffeltes Bier offenbar auch rasch und zuverlässig zum Ziel.

„Ich hab's genau gehört", sagte er mit ernstem Gesicht und vollem Mund und wischte sich mit der Serviette einen Biertropfen vom Kinn. „Ihr macht euch über mich lustig."

Er war tatsächlich beleidigt. Aber das war nichts Ungewöhnliches, in irgendeiner Form kam diese Stelle jeden Freitag. Das war nur eine Frage der Zeit und wurde ganz einfach dadurch ausgelöst, dass Jörgs Alkoholpegel ein gewisses Niveau überstieg. Und dies geschah höchst zuverlässig, jede Woche, und wurde daher von uns nicht sonderlich ernst genommen.

„Stell dich nicht so an“, sagte Bozo, „wir machen doch nur Spaß.“ Das vierte und vorerst letzte Korn traf Jörgs Brust frontal und landete in seinem Suppenteller.

„Sag ich doch, und zwar auf meine Kosten. Mir könnt ihr nichts vormachen. Ich hör’ euch schon eine ganze Weile zu!“ Jörg löffelte das Korn aus seiner Suppe und legte es pikiert zur Seite.

Ganz Unrecht hatte er natürlich nicht, wir machten uns schon über ihn lustig. Schließlich waren es seine unmögliche Figur und überhaupt sein gesamter skurriler Habitus, die uns veranlassten, *ihn* nackt in die Suppe zu setzen und nicht Bozo oder mich oder sonst jemanden.

„Also gut, Jörg“, sagte ich, bevor das Ganze solche Blüten trieb, dass wir es nicht mehr einfangen konnten, „ich setze mich selbst in die Badewanne – es war ja schließlich meine Idee. Zufrieden?“

Er antwortete nicht. Er nahm den Teller in die Hand und trank den letzten Rest samt den aufgeweichten Bröseln aus. Kurz darauf schlief er am Tisch ein.

„Tjaaa …“, sagte Bozo langsam, „das mit der Biersuppe gefällt mir nicht so recht. Im Grunde ist die Idee mit der Badewanne auf’m Podest ja gut. Aber Biersuppe? – Ich weiß nicht. Irgendeine andere Suppe vielleicht – eine Gulaschsuppe, oder eine Bohnensuppe …“

„… eine Kraftbrühe mit Ei …“, bot Jörgs Nachbar an, der gar nicht wusste, worum es ging.

„… so etwas wollen die Leute essen, aber keine Biersuppe.“

„Eine Biersuppe wäre ohnehin zu kalt, um einen ganzen Abend drinzusitzen.“

„Und wahrscheinlich viel zu teuer.“

„Och, ich weiß nicht – das ist sicherlich nicht das Problem. Wenn man das Bier im Fass holt – was in diesem Fall ja das Naheliegende wäre –, kostet es höchstens eine Mark je Liter. Denk an die Party, die wir zu Jörgs angeblichem dreißigsten Geburtstag veranstalteten – da hat das Fünfzigliterfass genau fünfzig Mark gekostet.“ (Damals hatten alle für das erfundene runde Wiegenfest Geschenke mitgebracht, und wir mussten Jörg am nächsten Morgen in ein Taxi stecken, damit er alles nach Hause bekam. Es war Jörgs Idee gewesen, und ich muss gestehen, ich fand sie genial!)

„Aber nur, weil wir den Hugo kannten.“ Der Hugo arbeitete in Oggersheim bei der Brauerei und hatte uns damals auch noch zwanzig Bierkrüge kostenlos zugesteckt.

„Den kennen wir heute immer noch. Aber, egal – ob jedenfalls ein Liter Gulaschsuppe oder Bohnensuppe da billiger käme, wage ich eher zu bezweifeln. Nee – Biersuppe ist ganz einfach zu blöd.“

„Und zu kalt.“

„So isses.“

„Teuer käme das Ganze ohnehin. Stell dir vor – ein Zimmer voller Popcorn! Die Tüte hier kostet schon eine Mark. Da könnten wir die Suppe wahrscheinlich mit dem Wechselgeld finanzieren!“

Die Bedienung kam und räumte Jörgs Geschirr zusammen. Sie rüttelte ihn leicht an der Schulter, und er drehte schnaufend seinen Kopf auf die andere Seite.

„Was is’n mit euerm Freund los?“, fragte sie.

„Nix. Der war beleidigt und ist nach dem Essen gleich ins Bett.“

„Das ist eigentlich die Idee!“, sagte ich, nachdem sie wieder weg war. „Warum auch nicht – wir füllen die Badewanne mit einer dicken Bohnensuppe, mit Würstchen und allem Drum und Dran, und ich setze mich mit einer dicken Frau mit großen Brüsten die ganze Party über hinein!“ Jörgs Nachbar spitzte die Ohren und nickte wie ein aufmerksamer Zuhörer.

Bozo musste lachen. „Eine *dicke* Frau?“

„Ja. Das passt einfach zu einer dicken Bohnensuppe, wie die Würstchen auch. Außerdem bräuchte man mit einer dicken Frau auch weniger Suppe.“

„Und warum ausgerechnet eine Bohnensuppe, warum keine Gulaschsuppe, oder – bitteschön – eine Kraftbrühe mit Ei?“ Bozo wies mit seiner Hand auf Jörgs Freund, der sich nickend und mit ernstem Gesichtsausdruck dieser Frage anschloss.

„Weil dazu eine dicke Frau *nicht* passen würde, genauso wenig wie Würstchen in eine Gulaschsuppe passen. Das hat was mit Harmonie zu tun – das verstehst du nicht. Eine Bohnensuppe sieht zudem auch besser aus, sie ist abwechslungsreicher. Und nicht zuletzt sind Bohnen viel billiger als Gulasch.“

„Auch wieder wahr. Frag' doch mal die dicke Doris, vielleicht hat die Lust. Die hab ich gerade heute in der Mittagspause mal wieder getroffen. Die wär' geradezu ideal.“

„Oh je“, meinte ich, „da bliebe ja kein Platz mehr in der Wanne für die Suppe, geschweige denn für mich!“

Die dicke Doris war in der Tat dick, und damit es auch jeder mitbekam, war sie darüber hinaus auch noch ziemlich groß und trug dazu eine lächerliche kleine Topffrisur, die das ganze grobe Erscheinungsbild noch zusätzlich verstärkte. Sie hatte ein besonderes Faible für Bozo und suchte deshalb immer wieder auf geradezu penetrante Weise seine Gesellschaft. Meistens tauchte sie während Bozos Mittagspause wie bestellt aus dem Nichts auf, ähnlich wie die Hilde-mit-den-Mohrenköpfen bei Uschi, und versuchte, ihn zum Mittagessen oder zumindest zu einer Tasse Kaffee zu verführen. Bozo spielte ein wenig mit ihr, war (glaube ich) auch ein wenig geschmeichelt, hielt sie aber meist auf Distanz. Doris' Eltern waren alter Ludwigshafener Geldadel, daraus machte sie kein Geheimnis, und Bozos saßen ja auch nicht schlecht im Fett, was Doris offenbar dazu veranlasste, in Bozo ihr vom Schicksal herbeigewehtes Pendant zu sehen.

„Du darfst nicht so wählerisch sein, wir kennen sonst keine dicken Frauen. Oder willst du vielleicht irgendeine fremde Molle auf der Straße ansprechen und fragen, ob sie Lust hätte, mit dir in einer Wanne voll Bohnensuppe zu baden, während zwanzig andere aus einem Meer von Popcorn zuschauen?"

Er nahm seine Flasche und trank sie aus. „Muss es denn überhaupt eine Frau sein? Der Carl Weisbrodt, zum Beispiel – ich könnt' mir vorstellen …"

„Vergiss es", unterbrach ich ihn, „es *muss* eine Frau sein."

„Naja, du musst es ja schließlich wissen." Er machte uns zwei neue Biere auf. „Irgendwie kriegen wir das schon hin."

„Daran hab ich keinen Zweifel." Ich nahm meine, und wir stießen an. Der Schaum quoll oben heraus, lief über unsere Hände und klatschte auf den Tisch.

„Das Bier wird immer wärmer."

„Scheiß drauf. Prost, Bozo! Auf unsere Biersuppe!“ Wir nahmen einen tiefen Schluck, und Jörgs Nebenmann schloss sich, ohne zu fragen, einfach an.

„Bohnensuppe“, verbesserte mich Bozo und wischte sich den Schaum vom Mund.

„Natürlich.“

Unser Wackelpeter von schräg gegenüber war schon eine ganze Weile dabei, sein Kleingeld zu zählen, als ihm einige Münzen unter den Tisch fielen. Er hatte mittlerweile schon ordentlich geladen, wie man an den leeren Flaschen vor ihm unschwer erkennen konnte, und es dauerte seine Zeit, bis ihm die veränderte Sachlage richtig bewusst wurde. Durch Zufall entdeckte er die Münzen dann vor seinen Füßen, und er bückte sich langsam unter den Tisch, noch auf der Bank sitzend, um sie wieder aufzuheben. Der Abstand zwischen der Tischkante und seinen Knien – da, wo er seinen schmalen Oberkörper mitsamt Jackett und ordentlich gebundener Krawatte durchgezwängt hatte – war jedoch viel zu knapp, sodass er nur bis auf etwa zehn Zentimeter an die nächstgelegene Münze herankam, bevor er schließlich feststeckte. Sein ausgestreckter Arm und seine gespreizten Finger wuchsen allmählich noch um einige Zentimeter aus seinem braunen Jackettärmel heraus, doch es reichte immer noch nicht ganz. In dieser Stellung verharrte er schließlich, wobei sein pendelnder Kopf langsam eine knallrote Farbe annahm.

Bozo und ich hatten ihn schon fast wieder vergessen, als ein Bauarbeiter, der gerade vom Klo zurückkam, ihn entdeckte und an seinem Tischende stehen blieb. Er ging runter auf die Knie, schaute ihn an – der schaute falsch herum zurück – und schubste ihm die Münzen gerade so in Reichweite.

„So was nennt man Hilfe zur Selbsthilfe“, sagte Bozo.

Diese besondere Form der Hilfe schlug jedoch fehl, und so sammelte der Blaumann die Münzen schließlich doch noch ein und legte sie oben auf den Tisch zu den anderen. Der Alte hingegen blieb, wo er war. Seine glasigen Augen traten ihm fast aus dem Kopf, und er schien sich zu überlegen, was er dort unten, zwischen seinen Knien, eigentlich gewollt hatte.

„A, so’n Depp hab ich schon lang’ nimmer g’sehen!“, lachte sein Wohltäter laut und ging vergnügt weiter zu seinem Platz, wo er sich hinsetzte und einen tiefen Schluck aus seiner Flasche nahm.

Kurz darauf konnten wir sehen, wie sich der Tisch langsam hob und der Alte allmählich weiter nach unten rutschte, bis er plötzlich auf den Boden plumpste und auf allen vieren unterm Tisch kniete.

„Von da unten kommt er nicht mehr so schnell heraus“, meinte Bozo. Jörg fing leise an zu schnarchen.

Die Leute am Tisch hinten, wo Jörg vorhin gespielt und gesungen hatte, standen irgendwann auf, um zu gehen. Einer von ihnen war so betrunken, dass er kaum allein gehen konnte und von zwei anderen auf einem halbwegs geraden Kurs gehalten werden musste. Als die Gruppe an unserem Tisch vorbeikam, blieb er stehen, visierte mich mühsam an und kam zu uns hergetorkelt. Er ließ sich mit dem Oberkörper auf den Tisch fallen und versuchte, mir in die Augen zu schauen.

„Her! Du Langhaariger! Hast du eben ‚Arsch‘ zu mir gesagt?“ Er stank nach aufgestoßenem Bier.

„Nee“, sagte ich, „warum?“

„Kumm, Karlche'", sagte einer seiner Begleiter und zog ihn weg, „lass die junge' Leut' in Ruh'."

„Da hascht du aber Glück gehabt", lallte er. Seine Freunde nahmen ihn in die Mitte und gingen mit ihm raus.

„A, her! Ihr könnt doch den alte' Mann net einfach unterm Tisch liege' lasse'!" Die Bedienung hatte unseren Wackelpeter entdeckt und bückte sich zu ihm runter. Sie half ihm heraus und setzte ihn wieder an seinen Platz. Dort entdeckte er seine Münzen und begann, sie wieder langsam zu zählen.

„Das darf man ja niemand erzähle'!" Sie schüttelte fassungslos den Kopf und ging nach hinten an den frei gewordenen Ziehharmonikatisch, um ihn abzuräumen.

„Was meinst du denn, wo man so viel Popcorn überhaupt herbekommt?", fragte Bozo.

„Keine Ahnung." Ich schaute auf die Tüte. „Die Firma hier ist in Ladenburg. Aber ich glaub' eh nicht, dass wir uns fertiges Popcorn in diesen Mengen leisten können. Das wäre ja eine ganze Lkw-Ladung! Nee – ich denke, wir werden es selbst herstellen müssen."

„Ungepoppte Maiskörner, also."

„Ja."

„Und wo bekommt man *so etwas* her?"

„Weiß nicht – von der Walzmühle, denk' ich doch." Die Walzmühle befand sich gleich hinterm Berliner Platz und sorgte – zusammen mit der *Bürgerbräu*-Brauerei – für den charakteristischen Gestank der Ludwigshafener Innenstadt.

„Ach ja, die gibt's ja auch. Das wäre dann also nur noch das Zehntel einer Lkw-Ladung."

„Eben. Das hört sich ja schon mal besser an."

Jörgs Freund fielen andauernd die Augen zu, aber er fing sich jedes Mal rechtzeitig wieder und schaute uns dann erstaunt an.

„Das muss ja Wochen dauern, bis du dein Schlafzimmer voll hast."

„Wenn's reicht. Ich weiß ja noch nicht mal, wie man eine *herkömmliche* Menge Popcorn richtig herstellt, geschweige denn ein ganzes Zimmer voll. Das hält ja keine Herdplatte aus."

„Ich glaub', man lässt etwas Butter in einem Topf heiß werden", meinte Bozo, „dann eine Handvoll Maiskörner dazu und den Deckel drauf. Irgendwann fängt's dann an zu poppen, und am Ende ist der Topf voll bis zum Rand."

„Meine Scheiße! – Pro Topf einen Batzen Butter! Bei hunderten oder gar tausenden von Töpfen – da fault uns ja das Ganze unter den Händen weg, bevor wir überhaupt richtig angefangen haben." Ich nahm meine Flasche und trank sie leer. „Es muss aber auch irgendwie anders gehen – dieses Popcorn jedenfalls ist überhaupt nicht fettig." Ich hielt eins hoch und drehte es zwischen den Fingern. Es war völlig trocken.

„Das ist wohl wahr. Aber ohne Fett hat man die Temperatur im Topf nicht im Griff, die Maiskörner würden ruckzuck verbrennen. So eine Popcornfirma hat da natürlich ganz andere Möglichkeiten als du in deiner Küche."

„Oh je – das fängt ja schon mal gut an."

„Ach was, das kriegen wir schon noch raus." Bozo nahm ein neues Bier aus dem Kasten. „Jetzt aber mal die andere Frage: Wie viel Suppe kriegt man denn eigentlich in eine Badewanne hinein?"

„Zweihundert Liter bestimmt. Ein Putzeimer fasst ja schon mal zehn Liter."

„Und du meinst, zwanzig Putzeimervoll würden reichen?"

„Naja – man verdrängt ja auch noch einiges zu zweit. Zumal mit einer dicken Frau."

Bozo machte die Flasche auf und stellte sie mir hin.

„Da, trink", sagte er und nahm sich die nächste. „Eine große Dose weiße Bohnen kostet beim *Albertini* übrigens nur 59 Pfennige."

„Ach ja? Das ist ja geschenkt."

„Ja. Und dafür ist sogar noch eine kleine ‚Gemüseeinlage' inklusive."

„Was ist denn eine ‚Gemüseeinlage'?"

„Naja – so'n Stück Petersilie und eine Scheibe Karotte oder so was Ähnliches. Damit's auf dem Etikett nicht so blass daherkommt. Wie die schlappe, ölige Zwiebelscheibe und die einsame Erbse im Dosenthunfisch."

„Das sind ja dann richtige Feinschmeckerbohnen für ihre 59 Pfennige." Ich versuchte vorbeugend, den Schaum aus der Flasche zu saugen, aber er wuchs einfach wieder nach. „Seit wann kennst du dich mit Bohnenpreisen aus?"

„Ach, das hab ich mal am Automat aufgeschnappt. Die Penner kaufen die immer, weil sie eben spottbillig sind und darüber hinaus auch noch gesund – das Preis-Leistungs-Verhältnis ist gut, wie beim Lambrusco."

„Was ist denn an weißen Bohnen gesund?" Außer, dass sie der Blähsucht Vorschub leisteten, fiel mir zu weißen Bohnen nichts ein.

„Viel Eiweiß, denk' ich."

„Was? Eiweiß – in Bohnen?"

„Was weiß ich. Jedenfalls kostet eine Dose beim *Albertini* 59 Pfennige."

Nachdem wir grob überschlagen hatten, wie viele Dosen weiße Bohnen mit Gemüseeinlage in einer Badewanne inklusive zweier Personen – davon eine dick – Platz finden könnten (wir kamen auf zirka dreihundert, allerdings ohne Berücksichtigung weiterer Zutaten, die die Bohnenmenge zwar verringern, die Suppe aber gleichzeitig erheblich verteuern würden), war ich endgültig davon überzeugt, dass das ganze Unternehmen ein undurchführbares Hirngespinst war. Gleichwohl fühlte ich mich dazu angespornt, die Herausforderung anzunehmen, trotz aller Widrigkeiten – oder vielmehr, gerade deswegen.

„Lass uns über was anderes reden", sagte Bozo und schnippte das letzte Popcorn, das in einer Bierpfütze vollgesogen auf dem Tisch lag, in Jörgs Engelshaare. „Wie läuft's denn inzwischen im Geschäft?" Im Gegensatz zu Bozo, der auf seiner Bayerischen Bank richtige Karriereziele verfolgte (auch wenn er es nicht zugab), arbeitete ich seit geraumer Zeit bei den US-Streitkräften in Mannheim. Dort geriet man karrieremäßig höchstens in irgendwelche Sackgassen, dafür konnte man aber seine bescheidenen Englischkenntnisse auf Vordermann bringen und ohne Umwege vom Hippiedasein in Kalifornien träumen. Zudem hatte man uneingeschränkten Zugang zu Hamburgern und Donuts wie auch hin und wieder zu hochprozentigen amerikanischen Rauschgetränken in der 1,8-Liter-Henkelflasche – sofern man die richtigen Connections pflegte. Die US-Army war keine nach Gewinnmaximierung strebende kommerzielle Einrichtung und entsprechend unbeschwert und wenig aufregend verlief dort der Alltag.

„Och, da läuft's wie immer. Nur mein Personalchef geht mir in letzter Zeit auf den Wecker. Der kreuzt immer dann auf, wenn man's am wenigsten gebrauchen kann, und schaut nach, was man gerade macht. Dabei gibt's ja kaum was zu tun bei uns. Ich meine, bei ihm ja auch nicht – sonst hätte er nicht die Zeit, den ganzen Tag herumzulaufen und anderen auf die Finger zu schauen. Ich muss mir immer ein halbausgefülltes Bestellformular zurechtlegen, damit ich was zu schreiben hab', wenn er reinplatzt."

„Das kenn' ich. Bei mir ist das die Frau Krebs."

„Ich glaub', er hat's speziell auf mich abgesehen. Er lässt keine Gelegenheit aus, eine saublöde Bemerkung über meine Haare abzulassen – *‚Oh! Hat sich Ihr Frisör de' Arm gebroche'?'* – und so'n unqualifiziertes Zeug."

„Die schalen Sprüche sind aber auch überall dieselben. Mich fragen sie immer, ob mein Frisör die *‚Treppe hinuntergefallen'* ist. Wo sie die wohl immer herhaben …"

„Die tauschen sie wahrscheinlich untereinander aus, wenn sie Klassentreffen haben. So verbreiten sie sich allmählich flächendeckend über die ganze Region."

„So wird's sein."

„Feierabend!", zerschnitt die Bedienung irgendwann jäh und schrill die derbe Geräuschkulisse der *Shiloh Ranch* und bewappnete sich mit ihrem großen Geldbeutel. Es war Punkt zwölf. Sie begann alsdann am ersten Tisch, der mit einem Kasten Bier bestückt war, das Geld für die nicht geöffneten Flaschen zu erstatten. Sie hatte zu diesem Zweck einen leeren Bierkasten mitgebracht, mit dem sie sie einsammelte. Ein großes Zischen ging durch den Raum, als überall die letzten Biere für unterwegs aufgemacht wurden.

Jörg knirschte mit den Zähnen. Wir versuchten, ihn zu wecken, aber er ließ sich nicht.

Die Lichter wurden – begleitet von offensichtlich routinierten Protestbekundungen – plötzlich auf halbe Kraft heruntergefahren, um den Gästen die Entscheidung zum Aufbruch zu erleichtern. In den Clubs in Mannheim war es genau umgekehrt; dort wurden zur Polizeistunde sämtliche zur Verfügung stehenden Lichter eingeschaltet, woraufhin jeder beim ernüchternden Anblick des nackten, staubigen und nunmehr grellen Kellerlochs, in dem er sich die halbe Nacht aufgehalten hatte, sich seine Zigaretten schnappte und freiwillig und unverzüglich das Weite suchte. Die *Shiloh Ranch* leerte sich allmählich und in gleichem Maße, wie die nicht getrunkenen Flaschen wieder eingezogen wurden – bis auf den einen oder anderen, der sich bereits zu Hause im Bett wähnte. Dazu zählte auch der Wackelpeter, der neben seinen Münzen eingeschlafen war und dessen Pendel nun herzerweichend unschuldig stillstand.

Die Bedienung schleppte einen voll gewordenen Bierkasten an den Schalter und kam dann mit einem neuen, leeren an unseren Tisch.

„Alla hopp, Buwe – Feierabend. Wie viel gehen retour?“ Ihre Augen huschten über den Kasten und zählten die wahllos darin verteilten, noch verschlossenen Flaschen.

Bozo nahm noch schnell zwei heraus für unterwegs und stellte sie zur Seite. „Vier“, sagte er und holte seinen Geldbeutel aus dem Jackettinneren.

„Drei“, verbesserte ich ihn und steckte mir auch noch eine in die Parkatasche.

Unser Mann neben Jörg war wieder hellwach und schaute mit gespielter Überraschung und wichtigtuerisch auf seine Armbanduhr. „Oh oh – ich muss schleunigst heim!“, sagte er und stand auf, „ich hab meiner Fraa heut’ noch e’ Kind versproche’!“

„Geb’ net so an“, meinte die Bedienung, „die wird g’rad auf dich Suffkopp warten.“ Sie legte Bozo eine Mark achtzig auf den Tisch. „So – drei Flasche’ retour. Ihr bringt mir die Leeren wieder?“

„Aber klar.“

„Un’ vergesst net, euern Freund mitzunehmen.“

„Ach so, ja.“

Sie ließ den Kasten an unserem Tischende stehen und ging zum nächsten weiter.

„Alla hopp, Männer …“

„Meinst du, wir kriegen den noch wach?“, meinte Bozo und steckte seinen Geldbeutel wieder ein, während Jörg Unverständliches vor sich hin brabbelte.

„Warum nicht? Es gibt für alles ein erstes Mal.“

„Naja – dann wollen wir mal.“

Wir steckten unsere Zigaretten ein und standen auf. Mein Hintern war regelrecht taub geworden vom langen Sitzen auf der harten Holzbank.

„Oh je, mein Arsch ist eingeschlafen.“

Bozo verstaute seine zwei Flaschen links und rechts in die Seitentaschen seines Jacketts, sodass sie noch zu einem Drittel herausragten, und ich stellte mir vor, wir würden draußen auf der Straße in diesem Aufzug seiner Frau Krebs von der Bayerischen Bank und ihrem Gatten auf dem Heimweg von Theater begegnen. Aber Bozo hatte mit diesen Dingen eh kein Problem und pflegte diesbezüglich ein durchaus gesundes Selbstbewusstsein.

Wir liefen um den Tisch herum, wo wir Jörg hochhievten, über die Bank zogen und zwischen uns in die Mitte nahmen. Seine Augen gingen dabei kurz auf, schauten uns wässrigblau und blind an und fielen langsam wieder zu.

Wir legten uns seine Arme um die Schultern und gingen mit ihm hinaus.

Draußen standen noch einige dunkle Schatten herum und unterhielten sich leise, während sie ihr letztes Bier austranken. Man konnte sie gerade noch sehen, denn außer dem Licht, das von drinnen mit scharfen Konturen auf die Holzstufe und die zwei Quadratmeter vor der Tür fiel und die am Rand abgestellten leeren Flaschen von der Seite anstrahlte, war es stockdunkel auf dem ehemaligen Bahnhofsgelände. Die alte, nun nutzlos gewordene Bahnhofshalle, deren kurzes Leben als Nachkriegs-Notbau nach gerade mal achtzehn Jahren ausgehaucht war, ragte wie eine düstere Mauer vor uns auf und versperrte uns den Blick auf die Lichter der Innenstadt. Sogar im Landratsamt, das noch in einem Flügel des Gebäudes untergebracht war, war es tot. Dort standen die Möbel auch schon zum Umzug bereit, wie uns Jörg, der sporadisch die eine oder andere Mark bei einer Möbelspedition verdiente, kürzlich anvertraut hatte. Auf dem Lichtstreifen des alten Viadukts, das in einiger Entfernung über das Bahnhofsgelände führte und dessen Straßenlampen die einzige Orientierung im Dunkeln boten, schob sich gerade die vermutlich letzte Straßenbahn quietschend in die Kurve in Richtung Depot. Es war angenehm warm, die Sterne präsentierten sich in einer scheinbar nie dagewesenen Fülle, und irgendwie schien mir die Nacht noch nicht gelaufen zu sein.

Wir hatten bald Herbst, das roch man bereits in der Luft, vor allem jetzt in der Nacht, wenn die Sinne nicht anderweitig abgelenkt wurden. Und in diesem Winkel der Erde stand der Herbst für Dinge wie warmer Zwiebelkuchen, nach Erbrochenem riechender neuer Wein, für nieselnde Sonntagmorgende mit faulenden Äpfeln im Gras, für den Dürkheimer Wurstmarkt mit seinen immer kälter werdenden Nächten und für bullernde Kohleöfen in den Wirtschaften – für all die Dinge, an die man sich vom letzten Herbst her gerne erinnerte. Die angenehme Erinnerung daran erleichterte den Übergang zum bevorstehenden Winter, weil alles, was Vergangenheit ist, als angenehm wahrgenommen wird – ein Naturgesetz, das freilich nur so lange anhielt, bis sich das Vergangene wiederholte und wieder gegenwärtig war.

„Ich könnte noch eine Kleinigkeit zu mir nehmen“, meinte Bozo.

„Ich auch.“

„Hopp, wir holen uns noch eine Ladung Brötchen Deluxe an der *Tränke*.“

„Gebongt!“, sagte ich.

Wir schüttelten uns Jörgs Schwere noch einmal zurecht und machten uns langsam auf den Weg durch die Dunkelheit.

3
Brötchen Deluxe

Die *Tränke* war die Imbisshalle neben der Tortenschachtel, die jetzt, von uns aus gesehen, am anderen Ende der Innenstadt lag. Nachdem wir uns vorsichtig im Dunkeln um das ausgemusterte Bahnhofsgebäude herumgetastet hatten und ins Licht der Stadt hinausgetreten waren, überquerten wir den leeren Vorplatz und steuerten auf die Ludwigstraße zu, die nach demselben Ludwig benannt war, wie die Stadt selbst (dem Ersten von Bayern) und den alten Bahnhof mit dem Berliner Platz verband. Es war der kürzeste Weg, der uns zur Verfügung stand, was für die Wahl unserer bevorstehenden Marschroute entscheidend war, hatten wir doch einiges zu schleppen. Physik hin und Logik her – ein toter Mensch wog einfach mehr als ein lebender, und ein bewusstloser mehr als ein munterer.

Irgendwie endeten unsere Freitage immer damit, dass wir Jörg irgendwohin tragen mussten. Dabei war es meistens so, dass er immer dann wieder halbwegs zu sich kam und seine Fortbewegung selbst in die Hand zu nehmen begann, wenn wir eh schon kurz vorm Ziel waren, und zwar völlig unabhängig von der zurückgelegten Strecke. Das veranlasste uns gelegentlich dazu, uns über die Glaubwürdigkeit dieser chronischen Ohnmacht unsere Gedanken zu machen. Andererseits konnten wir uns nur schwer vorstellen, dass es für irgendjemanden bequemer war, sich schlafend stellend kilometerweit schleifen zu lassen, als selbst zu gehen. Zudem wussten wir vom Hörensagen, dass Jörg, wenn er mal allein auf der Walz' war und dabei umkippte, auch tatsächlich bis zum Morgen liegen blieb.

Nachdem wir ihn am schmalen Ludwigsplatz entlangmanövriert hatten, ließen wir uns auf der letzten Parkbank nieder, um erst einmal eine Zigarette zu rauchen. Danach, das wussten wir, würde es bis zum *Kaufgut* keine Sitzgelegenheiten mehr geben.

Die Ludwigshafener Innenstadt hatte den letzten Krieg praktisch nicht überlebt, sah man vom *Großen Bürgerbräu* und einer kaum ins Gewicht fallenden, weit verstreuten Handvoll verschont gebliebener Häuser einmal ab. Man fand in ihr daher die langweilige Schnellbauweise der meisten Nachkriegsinnenstädte – nur, dass sie hier nahezu in Reinkultur zu bestaunen war und daher weniger aus der Not geboren als vielmehr stilmäßig gezielt gebaut daherkam. Bei ihrer Betrachtung musste der Besucher unweigerlich an *Fischertechnik*-Baukästen denken. Die Stadt war um diese Uhrzeit völlig ausgestorben, und die Stille und die Leere der kalt beleuchteten Straßen gaben einem das Gefühl, sich in der Kulisse eines deutschen Schwarzweißkrimis aus den Fünfzigerjahren zu befinden.

„Man kommt sich hier direkt unbefugt vor", sagte ich. Abgesehen von einem Penner, den wir eben in der Eingangspassage eines Schuhgeschäfts hatten schlafen sehen, waren wir auch tatsächlich allein.

Der Ludwigsplatz war der lang gezogene optische Vorhof zum alten Bahnhof, im Sommer beliebter Treffpunkt bei Kaffee und Kuchen im *Café Laul*, dessen runder Pavillon das bahnhofsnahe Ende des Platzes zierte und gleichzeitig der FDP-Ortsgruppe als Büro diente, und im Winter Schauplatz des Ludwigshafener Weihnachtsmarktes mit seinen riesigen schneegekrönten Märchenfiguren, der den Kindern zur rechten Weihnachtsstimmung verhelfen sollte. Wie sich der Platz machen würde, wenn der alte Bahnhof durch einen mehrere Stockwerke hohen, grauen Brückenkopf aus Beton ersetzt sein würde, das würde sich noch zeigen. Dieser jedem alteingesessenen Ludwigshafener lieb gewordenen und gemütlichen Ecke würde die eine Wand eingerissen werden, und der kalte Wind der reinen Zweckarchitektur würde ungehindert die Ludwigstraße hinunterfegen, bis hin zum Berliner Platz, und letztlich auch dort seine tristen Spuren hinterlassen.

„Alla hopp", sagte Bozo und schnippte seine Kippe weit hinaus auf die Fahrbahn, wo sie sich Funken sprühend überschlug und in die Straßenbahnschiene rollte. Ich nahm noch einen tiefen Zug und schnippte meine hinterher.

„Also, auf drei", sagte ich. Wir schulterten unsere Last, zählten bis drei und standen gleichzeitig auf. Da Jörg von selbst nach vorne kippte und dank der Schwerkraft und seiner ausgestreckten Arme an uns hängen blieb, mussten wir, außer das einseitige Gewicht zu schleppen, eigentlich nur noch vorsichtig im Gleichschritt laufen, damit seine Füße, die irgendwie instinktiv mitliefen, nicht zu sehr aus dem Takt gerieten. Wir waren eben gut eingespielt.

„Hier könnte man nachts eine Leiche spazieren führen", meinte Bozo, „und keiner würde es merken."

„Was heißt *könnte*?"

Nachdem wir unter dem wuchtigen Vorbau des *Großen Bürgerbräu* mit seinen eckigen Säulen hindurchgegangen waren, nahm die Ludwigstraße eine lang gezogene Kurve, die bis an unser Ziel reichte.

Das *Große Bürgerbräu* war eine geräumige, innen ebenfalls mit eckigen Säulen gestützte, verrauchte Bierhalle der alten Schule, unten getäfelt und oben geweißt, in der Jörg, Bozo und ich seit geraumer Zeit Lokalverbot hatten. Weshalb und auf wessen Missetat beruhend, ließ sich nicht mehr nachvollziehen. Das *Große Bürgerbräu* diente, zusammen mit seinem Pendant, dem rückwärtig in der Bismarckstraße gelegenen *Kleinen Bürgerbräu*, als Brauereiausschank der im Innenhof untergebrachten und vor sich hin stinkenden *Bürgerbräu*-Brauerei. Ein Lokalverbot im *Großen Bürgerbräu* galt immer auch automatisch für das *Kleine*, wobei es sich uns noch nie offenbart hatte, auf welch geheimnisvolle Weise die Übermittlung des vom jeweiligen Wirt erlassenen Banns eigentlich vonstattenging, wurde das Personal doch – unseres Wissens – immer nur im jeweiligen Lokal eingesetzt und niemals ausgetauscht.

Das *Große Bürgerbräu* war bereits geschlossen und mit herabgelassenen schweren Rollläden von der nächtlichen Schattenwelt Ludwigshafens abgeschottet.

Die im krassen Gegensatz zur Straße geradezu grell erleuchteten Schaufenster der Ludwigstraße boten die ganze Palette provinzieller Biederkeit feil, die Ludwigshafen so sehr von Mannheim absetzte. Mannheim war längst in der Gegenwart angekommen, während man sich diesseits des Rheins noch fest im Griff der Wirtschaftswunderjahre wähnte. Ludwigshafen war eine graue, ehrliche Arbeiterstadt, deren brave Bürger abends früh ins Bett gingen, um morgens ausgeschlafen im billigen Anzug und mit der Thermosflasche, der *Rheinpfalz* und dem zweiten Frühstück in der Mappe mit der Straßenbahn in die große Sodafabrik zu fahren. Freitagabends hätte man mit der frühen Nachtruhe wohl eine Ausnahme machen können, wären da nicht die Kinder gewesen, die samstagmorgens abermals raus mussten, um noch einmal bis zwölf die Schulbank zu drücken, während Vater zu Hause in seinem Mief ausschlief und Mutter schon mal die Wäsche aufsetzte und die Kartoffeln schälte, solange noch Ruhe im Haus war. In dieser Stadt war kein Platz für die lauten Kellerclubs und grellen Hinterhofdiskotheken, die die glitzernde Schwester am anderen Rheinufer so verführerisch machten, und so starb Ludwigshafen jeden Freitag, ohne Wenn und Aber, nach der *Tagesschau* und dem *Kommissar* aus.

Als wir auf halber Strecke die hell ausgeleuchtete Kreuzung erreichten, wo die Kaiser-Wilhelm-Straße mit ihren Straßenbahnschienen langsam einbog, fetzte plötzlich aus dem Nichts, fast lautlos, aber mit Höchstgeschwindigkeit, ein Auto in die Kurve, dessen Insassen den glückseligen Gesichtsausdruck zweier begeisterter Achterbahnfahrer besaßen. Ein pulsierendes blaues Licht, in das die Straßenschlucht mit zunehmender Intensität getaucht wurde, kündigte den stummen Verfolger an, einen kleinen Polizeikäfer, der jetzt mit seiner eigenen bescheidenen Höchstgeschwindigkeit, quietschend und fast auf zwei Rädern fahrend, ebenfalls in die Kurve ging. Das Blaulicht konnten wir noch eine Weile an den Mauern pochen sehen, dann waren wir wieder allein. Es war wie eine plötzliche Halluzination, die so rasch wie sie gekommen auch schon wieder weg war.

„Darf die Polizei denn eigentlich in ein fremdes Bundesland fahren?“, fragte ich. Ich hatte in Mannheim noch nie einen Polizeikäfer mit Neustädter Nummernschild gesehen, genauso wenig wie einen Polizeikäfer mit Karlsruher Kennzeichen in Ludwigshafen, was die Vermutung zuließ, dass auf der Rheinbrücke, genau in der Mitte, für beide jeweils Sense war.

„Ich glaube nicht – warum?"

„Ich mein', dann könnte der andere doch einfach nach Mannheim rüberfahren – dann wär' er sie los."

„Das stimmt – aber bei den ungleichen Verhältnissen hat er sie eh schon längst abgehängt."

Jörg erlangte langsam sein Bewusstsein wieder und lief nunmehr etwas kontrollierter mit.

„Wohin gehen wir?", fragte er. Er roch nach Biersuppe.

„Zur *Tränke*, ein Brötchen Deluxe essen."

„Brötchen Deluxe – das ist gut."

Am Berliner Platz war es, bis auf die ewigen spinnwebenbehangenen Neonfunzeln, schon dunkel. Der sogenannte „Lumpensammler" war bereits abgefahren. Das war der allerletzte Bus, der um Punkt ein Uhr hier losfuhr und auf einer umständlichen Strecke durch ganz Ludwigshafen die vorletzten Säufer ins Bett brachte.

Nur in und an der *Tränke* war noch Licht, und deren vorhanglose und zur Straße hin halbrund gebogene Fensterfront machte sie in ihrem dunklen, längst schlafenden Umfeld zum gläsernen Schaukasten nächtlicher Schattenkultur. Wir warfen einen Blick hinein.

Es war gerammelt voll, denn nur hier konnte man jetzt noch was zu essen oder zu trinken bekommen. Und im *Athen* natürlich, wie in jeder Stadt, aber das war ein Genre für sich. Düstere Gestalten saßen hier im Rauch, und bei einigen der Gesichter hatte man das Gefühl, sie vorhin bereits in der *Shiloh Ranch* gesehen zu haben. An einem der hinteren Tische saß eine Gruppe staubiger Penner in grauen, nicht gerade jahreszeitgemäßen Mänteln, zwischen ihnen eine der seltenen Pennerinnen. Sie hatte kleine verquollene Meckiaugen und knutschte ausgiebig, aber regungslos mit einem der anderen, während sie auf dem Tisch ihre Bierflasche eisern festhielt.

Zwischen den Tischen ging ein Nachtkellner mit dem Tablett hin und her, mit pomadig zurückgestriegeltem Haar und einem tadellosen, weinroten Jackett mit schwarzem Revers. Er bediente seine Penner mit der Zuvorkommenheit eines Wiener Kaffeehaus-Kellners, und wahrscheinlich fühlte er sich auch zum barocken Mokkatempel berufen, aber verkannt, und träumte davon, wenn er in den frühen Morgenstunden durch die leeren *Fischertechnik*-Straßen allein und elegant rauchend nach Hause lief.

Uns war's zu voll und zu stickig, und so gingen wir wieder nach draußen. Ein fettiger Pommes-frites- und Bratwurstrauch quoll aus dem gläsernen Imbisskasten gleich neben der Tür, hinter dessen speckigen Scheiben noch einige eingeschlafene Frikadellen und Würste auf späte Kundschaft hofften, bevor sie am Ende anderweitige Verwendung finden würden. Der blaue Neon-*Imbiß*-Schriftzug hinten an der Wand hatte eine Macke und waberte nervös in seiner Röhre, wobei das Eszett immer mal wieder für kurze Zeit ganz ausfiel. Bozo ging an den Schalter und bestellte für jeden von uns zwei Brötchen Deluxe.

Ein Brötchen Deluxe kostete gerade mal vierzig Pfennige, dafür bestand es auch nur aus einem Brötchen, das mit normalerweise kostenlosen Beilagen belegt wurde. Jörg hatte sie irgendwann mal in einem Anfall von spätem

Hunger, gepaart mit Geldnot, hier eingeführt und benannt.

Wir hatten Glück. Der Verkäufer, der heute dran war, war der einzige, der bereit war, sie für uns zu machen. Er schnitt die schon hörbar trockenen Brötchen mit einem langen gezackten Messer routiniert entzwei und breitete sie in zwei Sechserreihen vor sich aus. Dann nahm er die Bratwurstzange und belegte die untere Reihe großzügig mit Zwiebelscheiben, einem Salatblatt, Senf, Ketchup und Mayonnaise.

„Was ist mit der Tomatenscheibe?“, meinte Bozo, wie jedes Mal, obwohl er Tomaten verabscheute. Aber er wusste, dass Tomatenscheiben eh nicht zur stillen Abmachung gehörten. Bozo provozierte eben gerne ein bisschen.

„Tut mir leid, das kostet extra“, sagte der Imbissmann, wie jedes Mal. Zum Schluss setzte er krönend die Brötchendeckel drauf und drückte sie fest, während Jörg, wieder voll Herr seiner Sinne, von hinten ein Lachsersatzbrötchen klaute, zwischen dessen Hälften die falschen Lappen leuchtend rot hervorquollen.

Ein Nebenarm dieser Brötchen-Deluxe-Kultur war bereits bis in die Wirtschaften vorgedrungen, wo sich der Belag allerdings meist auf Senf und Maggi beschränkte. In den Wochen vor Ostern jedoch wurde sie erheblich aufgewertet durch die hart gekochten und gefärbten Ostereier, die in manchen Lokalen zusätzlich zu den Brötchenkörben auf den Tischen standen, allen voran im *Wienerwald* in der Ludwigstraße. Da die Eier aber an sich schon kostenpflichtig waren, im Gegensatz zum Belag der Brötchen Deluxe von der *Tränke*, entsprachen sie nicht ganz den Spielregeln. Eine billige Mahlzeit boten sie aber allemal. Ob man sie dann auch tatsächlich bezahlte, war freilich eine andere Sache.

„Bitteschön – zwo vierzig“, sagte der Imbissmann und reihte die Brötchen, nicht ohne Stolz, auf der schmalen Theke auf, jedes auf einer eigenen dünnen Papierserviette. Bozo bezahlte. Wir nahmen uns jeder zwei, samt den Servietten, und stellten uns ein wenig zur Seite.

Neben mir knackte ein nicht mehr ganz frischer und seit Tagen unrasierter älterer Italiener den kleinen, roten Deckel von seinem Magenbitterfläschchen auf und klärte einen sichtbar desinteressierten Zuhörer über die Vorzüge seiner Wahlheimat auf.

„Hier in Deutscheland, gut – gibte Kindergeld, Urlaubgeld, Weihnachtegeld. In Idaalia – gibte Hundsfotze’.“ Er nahm das Fläschchen mit dem Gewinde zwischen die Zähne, legte den Kopf in den Nacken und ließ es langsam und freihändig leer klackern.

„Scheißedreck, do“, sagte er mit künstlich angewiderter Grimasse, wie ein Kind nach der Einnahme einer bitteren, aber notwendigen Medizin, und warf das leere Fläschchen im hohen Bogen – über Bande – in den Abfallkorb unter der Theke.

Der Konsum eines Brötchen Deluxe war eine Kunst für sich, die zu meistern schon eine gewisse Übung abforderte. Ähnlich wie bei den muschelförmigen, doppelten Eiswaffeln, die die Kühnsten unter den Eisliebhabern an den Straßenschaltern der Eisdielen verlangten, musste man nach jedem Biss den herausgequollenen rotweißgelben Brei ringsum ablecken, wobei das anfangs trockene Brötchen allmählich aufweichte und seinem Beiwort „deluxe“ immer weniger gerecht wurde. Dafür hatte man aber ganz sicher die Gewissheit, dass niemand auch nur auf die Idee kam, einem einen Bissen abzuverlangen.

„Her, habt ihr mol ’n Schluck für uns?“

Wir drehten uns um, wobei mir eine Ladung Soße vom Brötchen glitt und genau zwischen meinen Schuhen auf den Boden platschte. Ich beugte mich vor und trat einen Schritt zurück. Es waren zwei in speckige Parkas gehüllte dürre Gestalten mit langen, schütteren Haaren und knallengen, viel zu kurzen Cordhosen an den dünnen Beinen. Sie standen da im Halbdunkel des seitlichen Eingangsbereichs des *Kaufgut*, die Schultern hochgezogen, wie zwei frierende Störche, die Fingerspitzen in die straff gespannten Hosentaschen gezwängt. Ich reichte ihnen wortlos meine Bierflasche, die ich auf dem schmalen Sims des Imbisskastens abgestellt hatte, und aß weiter.

Es standen noch einige größtenteils ältere Männer herum, die meisten von ihnen in billigen Anzügen mit noch billigerem Perlonhemd und Krawatte. Vor dem endgültigen Heimgang stillten sie ihren späten Hunger mit einer schlaffen Wurst oder einer erkalteten Frikadelle, oder sie tranken ein letztes Bier aus der gedrungenen, kleinen Stuppiflasche, die es hier am Schalter ja auch noch gab. Das Licht der *Tränke* zog um diese Uhrzeit alles an, was noch auf der Straße war, wie ein nächtliches Wasserloch die Tiere in der Wüste. Alles, was sich tagsüber gegenseitig das Leben schwermachte, säumte nachts Schulter an Schulter das Ufer und trank gemeinsam. Und wenn heute Abend im Pfalzbau-Theater irgendwas auf dem Programm gewesen wäre, dann stünden von denen auch noch ein paar in Frack und Schal herum – obwohl, so spät vielleicht doch wieder nicht.

Die zwei ließen tatsächlich noch was übrig und gaben mir die Flasche zurück.

„Her, was koscht'n so e' Brötche'?", fragte der eine, offensichtlich der Wortführer der beiden. Der andere stand nervös und mit weit geöffneten Pupillen in dessen Schatten.

„Vierzig Pfennige", sagte ich.

„Un' *wie* heißen die?"

„Brötchen Deluxe."

Er fummelte mit einem Finger sein Geld aus der engen Hosentasche und zählte die Münzen zusammen.

„Her, Chef, mach uns auch mal so e' paar Brötche' Delüx!"

„A her! Ich glaub's geht los! Wenn da jeder nur noch käm und Brötche' Delüx bestelle' tät!"

„Es bleibt unner uns, Chef. Un' überhaupt, sinse froh, dass Sie die alte' Brötche' so spät noch loskriege'."

Wieso, dachte ich, die braucht er doch morgen früh für die Frikadellen.

„Mir wär's lieber, ich bekäm die alte' Bratwürscht noch los", sagte er und schnitt widerwillig zwei Brötchen auf, die noch trockener klangen als vordem unsere.

„Hopp, wir laufen rüber nach Mannheim", schlug Jörg mit vollem Mund vor und wischte sich seine gespreizten Finger einzeln mit den dünnen Servietten ab.

„Warum nach Mannheim?"

„Hast du um diese Uhrzeit eine bessere Idee?"

„Nee, wenn ich's mir recht überlege." In Mannheim hatte noch das eine oder andere auf.

„Also." Jörg, blitzwach und mit beiden Füßen wieder fest im Diesseits, nahm meine Bierflasche vom Sims und spülte, noch kauend, nach.

„Tschüs, Männer“, sagte Bozo mit leicht sarkastischem Tonfall in die ungleiche Runde, und keiner antwortete. Wir ließen den Lichtkegel und die Pommes-frites- und Bratwurstdunstglocke hinter uns, überquerten die Straße und tauchten ein ins Dunkel des Rheinufers, wo ein Kiesweg zur Treppe an der Rheinbrücke führte.

„Guckt euch mal die an“, sagte Bozo leise. Halb im Dunkel unter der Brückenauffahrt lagen zwei Männer auf einem großen, schmutzigen Stück Teppich und schliefen fest. Der eine schnarchte sogar. Sie waren zugedeckt mit einem zweiten Teppich, der sich steif über ihre Körper bog. Am Kopfende standen zwei pralle Plastiktüten und ein Waschmitteleimer, aus dem ein grauer Ärmel hing.

Zwischen dem verwahrlosten Gestrüpp, das für seine furchtlose nächtliche Rattenpopulation bekannt war, weshalb ich hier trotz Dunkelheit nur ungern pinkeln ging, führte in zwei rechten Winkeln eine Treppe hinauf zur Brücke, wo es wieder hell war und wo sogar noch ein wenig Autoverkehr herrschte. Wir tauchten oben aus der Dunkelheit auf und ließen das schlafende Ludwigshafen unter uns zurück.

Hier oben strahlten diese neuartigen Schnellstraßenlampen ihr aprikosenes Licht aus, das, ohne grell zu sein, taghell machte und dennoch nächtliche Vogelschwärme nicht in die aufreibende Endlosumlaufbahn lockte. Gegenüber, auf der anderen Straßenseite, ragte die Walzmühle mit ihrer alten Backsteinfassade düster in den Nachthimmel und stank elendig vor sich hin.

Jörg war wieder guter Dinge. Er langte vorsichtig in seine Jackentasche und holte sein unrechtmäßig erworbenes, zur Hälfte in eine speckige Serviette gewickeltes

Lachsersatzbrötchen hervor. Er brach es auseinander und gab uns jedem ein Stück.

Mannheim präsentierte sich von dieser Seite aus gesehen mit dem Kurfürstlichen Schloss, das jetzt die Universität war und sich am anderen Ende der Brücke vornehm angestrahlt vor uns ausbreitete. Es galt als das größte barocke Schloss überhaupt, und wenn man seinen Blick langsam vom linken Bildrand zum rechten schweifen ließ, um das nicht enden wollende verwinkelte Ausmaß des Bauwerks zu erfassen, fiel es einem schwer zu glauben, dass sich die Stadtväter beim Wiederaufbau nach dem Krieg lediglich auf eine abgespeckte Version verständigt hatten. Eigentlich hatte man ursprünglich die Gunst der Stunde nutzen und das komplette Gebäude schleifen wollen, um Platz für eine Brückenauffahrt direkt von der Innenstadt, ohne umständliche Kurven und Windungen, zu schaffen. Nur ein kühner Versuch in Sachen Basisdemokratie – sprich: ein Volksentscheid – hatte schließlich die Stadt vor der Gesichts- und Geschichtslosigkeit bewahrt.

Mannheim war die große Schwester von Ludwigshafen und erschien in den Atlanten oft allein, gleichsam stellvertretend für beide. Die Stadt verdankte ihr Leben und ihre unverkennbare Straßensymmetrie dem Kurfürsten Friedrich dem Vierten und nicht, wie Ludwigshafen, der großen, ewig rauchenden Sodafabrik, die schon längst die Luft verpestet hatte, bevor jemand überhaupt auf die Idee kam, ihr eine Stadt anzugliedern. Die Sodafabrik war allerdings ursprünglich ein Kind von Mannheim gewesen, und Mannheim daher eigentlich doch nicht die große Schwester von Ludwigshafen, sondern vielmehr dessen Großmutter.

Wer in Ludwigshafen was auf sich hielt, der siedelte, sobald er flügge war, nach Mannheim über, und wenn er es sich nicht leisten konnte, verkehrte er zumindest dort. Dort tauchte er allabendlich in die verbotene Welt des *Genesis* (mit deutsch ausgesprochenem „*G*") oder des *Domizil* ein, neuerdings auch des *Mash*, das in einem verwinkelten ehemaligen jugoslawischen Kino, ohne erkennbaren Notausgang, irgendwo im Erdreich unterhalb des Kaufhauses *Karstadt* in der Breiten Straße untergebracht war. Allesamt verwinkelte, verrauchte Aschenbecher, auf Keller- oder Hinterhofclub getrimmt, die im krassen Gegensatz zur *Tanzdiele Capri* in Ludwigshafen standen, wohin der junge, herausgeputzte Stadtpfälzer sein Mädel ausführte, über die Tanzfläche drehte und pünktlich um 22 Uhr wieder zu Hause ablieferte. Mit einer Alibi-Clubkarte vom *Genesis* im Geldbeutel wies man sich in Ludwigshafen als „schuldlos am falschen Flussufer" geboren aus.

Ich wohnte nicht in Mannheim und verkehrte nicht allzu oft dort. Aber ich konnte immerhin von mir behaupten, dass ich in Mannheim arbeitete und nicht, wie halb Ludwigshafen, in der Sodafabrik.

Am anderen Ende der Brücke führte die gleiche rechtwinklige Treppe hinunter wie in Ludwigshafen hinauf und mündete in einen langen, blassgelb gekachelten Tunnel, über den zu rechtschaffenen Uhrzeiten die Straßenbahn fuhr. Mitten in der Nacht war hier jedoch Niemandsland, und wenn man zu später Stunde das Bedürfnis verspürte, sich in schlechte Gesellschaft begeben zu müssen, ging man am besten hierher – allein. Hier standen zuweilen mitten in der Nacht dubiose Gestalten ganz allein am Wegrand oder saßen lautlos auf einer Parkbank und schauten einem beim eiligen Vorbeimarsch bedrohlich interessiert nach. Im Gestrüpp neben den Eisenbahngleisen gingen die abgemagerten Stricher vom nahe gelegenen Hauptbahnhof, die mit den kleinen Hintern und den knallengen Hosen, zusammen mit ihrer Kundschaft ihren Geschäften nach und hinterließen ihre Marken in Gestalt wenig appetitlich anmutender Prophylaktika, um die sich dann die Ratten zankten und über die ich gelegentlich stolperte, wenn ich tagsüber auf dem Nachhauseweg von der Arbeit hier zum Pinkeln abtauchte.

Wir gingen hallenden Schrittes durch den Tunnel und blieben, nachdem wir am anderen Ende wieder ins Freie hinausgetreten waren, auf der nachfolgenden Fußgängerüberführung stehen. Wir schauten hinunter auf die Schnellstraße, die hinter dem Schloss, einem trocken gelegten Kanal gleich, parallel zum Rhein und zur Eisenbahn verlief und auf der für diese Uhrzeit noch einigermaßen Betrieb war.

„Ob die da unten heute schon einen nackten Hintern gesehen haben?“, fragte Bozo und spuckte hinunter, wobei er das angepeilte Auto großzügig um einige Meter verfehlte. Bozo, der außerhalb der großen Stadt wohnte, war mit den nächtlichen Begebenheiten hinterm Schloss weniger vertraut und ging entsprechend arglos mit ihnen um.

„Der Tag ist noch jung“, sagte ich. „Ich denke, eher nicht.“

„Vielleicht einen“, meinte Jörg, „aber sicherlich nicht drei.“

„Dann sollten wir ihnen ihr Glück nicht länger vorenthalten.“ Bozo stellte seine Bierflasche auf dem Boden ab, und Jörg stellte meine dazu.

Wir warteten noch eine größere Lücke im Verkehr ab, und Bozo und ich zogen schnell unsere Hosen hinunter bis zu den Kniekehlen und setzten uns, vergnügt wie kleine Kinder, die das Böse dieser Welt noch nicht erkannt haben, auf das kalte, rostige Eisengeländer. Jörg kämpfte noch eine Weile mit seinem dünnen Gürtel und seinen altmodischen Hosenknöpfen und setzte sich dann rechtzeitig zum ersten Auto dazu, nicht ohne vorher die Flügel ein wenig zu spreizen. Wenn schon, denn schon, dachte ich und tat es ihm gleich.

„Mein Gott, ist die kalt!", sagte er. Seine Unterhose trug den gleichen Vorkriegsstempel wie der Rest seiner Tracht.

Ich schaute unter meinem Arm hindurch auf die Straße hinunter. Eine Lampe hing quer darüber gespannt und strahlte uns, leicht schaukelnd und von einem Schwarm Motten umschwirrt, aus etwa drei Metern Entfernung schräg von unten an. Eine angenehme Brise streifte unter mir hindurch und ließ mich an die kühlen, glatten und eng gespannten Bettlaken in der allerersten prickelnden Nacht denken, die ich als präpubertierender Knabe heimlich ohne Schlafanzughose verbracht hatte.

Die ersten zwei Autos fuhren offenbar unbeeindruckt unter uns hinweg.

„Aber hallo!", empörte sich Jörg. „Was issen mit denen los?"

„Die gucken wohl zu viele Pornos, wegen so was schauen die nicht extra hoch", meinte Bozo und breitete, um unserer Botschaft Nachdruck zu verleihen, ebenfalls seine Flügel aus.

„Achtung – der Nächste."

Das nächste Auto quietschte unvermittelt mit den Reifen und geriet unter der Brücke hörbar ins Schleudern. Als wir es auf der anderen Seite wieder sehen konnten, fing es sich gerade noch, bevor es – fast seitwärts – in die Kurve Richtung Rheinlust-Hochhaus verschwand.

„Oh oh! Das war knapp!“, lachte Bozo und glitt von der Brüstung herunter. „Kommt, wir hauen ab, bevor er sich überlegt, ob er die Einladung annehmen soll.“

„Wahrscheinlich hielt er uns für drei Frauen“, sagte ich, während ich mein T-Shirt wieder in den Hosenbund stopfte. „Schließlich hat das Geländer den Blick auf unser verräterisches Detail versperrt.“ Außerdem hatten wir alle langes Haar, vor allem ich, Bozo und Jörg noch dazu in blond. Ich versuchte, mir drei lebensbejahende Frauen vorzustellen, die sich freitagnachts um halb zwei aus lauter Übermut entblößten und auf einem Brückengeländer sitzend der Mannheimer Nachtwelt ihr letztes Geheimnis offenbarten.

„Vielleicht war's aber auch eine Frau, und sie hielt uns für drei Männer“, meinte Jörg.

„Das ist natürlich auch möglich.“ Ich pfropfte den Mittelfinger in meine Flasche und hob sie auf.

Wir liefen weiter in die direkt an die Fußgängerüberführung angrenzende schmucklose Grünanlage hinterm Schloss, gewissermaßen hinein in den kurfürstlichen Hinterhof. Irgendwann, vor dreihundert Jahren, befand sich hier fraglos ein wunderschöner, symmetrisch angelegter Schlossgarten, wie der in Schwetzingen, der bis hinunter an einen unbegradigten und ruhig dahinfließenden, mit stolzen Schwänen bestückten Rhein reichte und in dem puderperückte Beaus zum Klang der scheppernden Cembali mit noch puderperückteren Damen prunkvolle Gartenpartys veranstalteten, zwischen kastenförmig gestutzten Platanenreihen mit ihren abblätternden Borken. Heute dagegen herrschte hier ein Kreuz und Quer aus Eisenbahngleisen und Straßen, Fußgängerüber- und -unterführungen, Fahrradwegen und einer Brückenauf- beziehungsweise -abfahrt für die Straßenbahn von und nach Ludwigshafen. Und was davon verschont geblieben war, diente jetzt der Uni als Parkplatz.

Es war wieder dunkel, bis auf die gelblich beleuchtete, alles beherrschende Schlossfassade im Hintergrund und zwei blasse Lampen hinter einem Gebüsch, zu denen ein paar Stufen und ein schmaler, gebogener Weg führten. Es waren die Eingänge zu zwei unterirdischen öffentlichen Toiletten, die in Bezug auf ihren Standort überflüssiger nicht hätten sein können. Allerdings bedurfte es keiner ausgefeilten Fantasie, sich vorzustellen, dass sie gerade deshalb, und gerade in dieser Umgebung, gerne für Aktivitäten in Anspruch genommen wurden, die über das bloße öffentliche Ausscheiden körperlichen Unflats hinausgingen.

Am Automaten hatte ich mal gehört, dass die frivolen Schmierereien auf den Kabinentüren der öffentlichen Frauenklos denen der Männer in nichts nachstünden – ja, in der Regel sie eher noch überträfen. Von der Aussage her seien sie generell vielleicht ein wenig niveauvoller, aber dennoch durchaus unverblümt und auf den Punkt gebracht. Die Gunst der späten Stunde bot sich an, dieser Behauptung einmal auf den Grund zu gehen.

„Hopp, wir schauen uns mal das Frauenklo an“, schlug ich vor und nahm einen Schluck aus der Flasche.

„Wozu denn das?“, fragte Bozo.

„Och – mal sehen, was die so alles an die Wand schreiben."

„Was werden die schon schreiben – *‚Jim Morrison – in meinem Herzen lebst du immerfort!'."*

„Jim Morrison?", fragte Jörg.

Wir gingen den kleinen, gepflasterten Weg hoch. Die zwei Eingänge standen jeder für sich in einem kalten blauen Lichtkegel und wirkten hier im Dunkeln völlig unwirklich und deplatziert, wie die verführerischen Eingänge in eine andere, verbotene Welt.

„Wer geht denn schon hierher zum Pinkeln?", fragte Bozo kopfschüttelnd.

Eine Treppe führte hinunter zum eigentlichen Eingang, der sich links befand und durch dessen offene Tür man die helle, weiß gekachelte Wand erkennen konnte. *Frauen* stand auf einem vergitterten, von hinten beleuchteten schmutzigen Glasschild – nicht *Damen*, wie an den U-Klos in der Mannheimer Innenstadt. Das niedrige, grünspanfarbene Eisengitter, das die Treppe oben an drei Seiten einfasste, erinnerte entfernt an eine alte Pariser Metrostation, und im Geiste ergänzte ich es an der vorderen Seite mit einem entsprechenden geschwungenen Jugendstilbogen, auf dem in eleganten Chat-Noir-Lettern *Femmes* stand.

Auf Zehenspitzen fast gingen wir hintereinander die Treppe hinunter, auf unerlaubtes Terrain. Auf halber Strecke überraschte uns ein Geräusch von unten, das uns innehalten ließ. In meinen Ohren hörte ich, wie mein Herz plötzlich einen Gang höher schaltete. Unten schien tatsächlich jemand zu sein. Wir gingen leise weiter und traten vorsichtig durch die Tür.

Wir schauten uns an. Es war sehr warm und grell, und wir sahen im kalten Licht blass und verbraucht aus. Es stank genauso nach altem Urin, vor Bremsspuren starrenden Kloschüsseln und abgestandenem Rohrwasser, wie in den vielen ebenfalls von den Behörden vergessenen öffentlichen Herrenklos auch, die wir auf unseren Runden frequentierten. Dieser vertraute Gestank war jedoch zusätzlich durchdrungen von einem aufdringlichen Frauenparfum, das fast sichtbar im Raum waberte. Hinter einer verschlossenen Kabinentür kam ein seltsames, gequältes Stöhnen hervor, das sich krampfartig steigerte und dann wieder verstummte, um nach kurzer Pause wieder von Neuem einzusetzen.

Bozo klopfte leise gegen die Tür. „Ist alles in Ordnung da drin?“ Seine Stimme hallte unnatürlich laut von den Kacheln.

Ich ging auf die Knie und schaute unter der Tür hindurch, wo mein Blick auf zwei Paar hochhackige Frauenschuhe fiel, von denen ein Paar vorne offen war und tadellos pedikürte und knallrosa lackierte Zehennägel zur Schau stellte. Mir wurde im grellen Licht vor lauter Alkohol ganz schwummerig um die Augen, und ich blieb erst einmal unten.

„Meine Freundin bekommt ein Kind“, sagte eine herrisch anmutende Frauenstimme, „lasst uns in Ruhe und verschwindet!“

Wenn’s sonst nichts ist, dachte ich und schaute zu Bozo hoch, dem sichtlich unwohl war. Jörg studierte indes schmunzelnd die offene Kabinentür nebenan mit der Bierflasche in der Hand und las.

Der ganze Raum summte wie ein überladener Sicherungskasten. Ein großer, brauner Falter kreiste wie blöd um den Drahtkäfig der grellen Deckenlampe, der mit einem Vierkantschloss gesichert war, damit man die Glühbirne nicht klauen konnte. In regelmäßigen Abständen riss das Licht seinen Trabanten aus der Bahn, auf dass dieser mit ihm zusammenstieß, was jedes Mal ein trockenes, papiernes Geräusch verursachte. Das Stöhnen wurde heftiger und lauter.

„Sollen wir einen Arzt rufen, oder einen Krankenwagen?", fragte ich, noch immer auf den Knien. Auf der Klotür war eine kleine, schwarze Filzstiftzeichnung und darunter der dazugehörende Spruch: *„Helga saugt Männerschwänze."*

„Nee", sagte die Stimme, als das Stöhnen wieder verstummte. „Haut jetzt endlich ab!"

„Komm, wir gehen", sagte ich. Ich stand mühsam wieder auf und klopfte mir die Hosenbeine ab.

„Alla hopp."

„Tschüs, macht's gut", sagte Jörg. Er trank seine Flasche aus und rülpste.

„Danke", hörte ich noch leise, und wir gingen wieder hintereinander die Treppe hoch ins Freie und in die dunkle, kühle Vertrautheit der Nacht. Oben holte ich meinen Hausschlüssel aus der Tasche hervor und hebelte unser letztes Bier auf.

„Sollte ich mal eine Frau haben und die bekommt ein Kind, dann bring ich sie auch hierher zum Entbinden", meinte Jörg und stellte sein Leergut neben der Treppe ab.

„Ach, die hat doch nie im Leben ein Kind gekriegt", sagte ich und trank den Schaum ab, der sich sofort aus der Flasche erhob.

„Vielleicht haben sie eins gemacht."

„Es waren doch zwei Frauen! Ich hab doch ihre Füße gesehen!"

„Ja und?"

„Außerdem hört sich das anders an."

„Wahrscheinlich hat sie zu viel von irgendwas genommen."

„Oder nicht genug."

„Oder so."

Jörg stellte sich an einen Baum zum Pinkeln. „Und, wohin gehen wir jetzt?"

„Ich hab ehrlich gesagt gar keine Lust mehr, irgendwohin zu gehen", sagte ich und stellte mich dazu. Ich fühlte mich in diesem Zustand, um diese Uhrzeit, beim Gedanken ans Eintauchen ins hektische Mannheimer Nachtleben nicht sonderlich wohl.

„Jetzt sind wir extra nach Mannheim gelaufen."

„Es ist spät, und ich bin müde. Du hast ja in der *Shiloh Ranch* schon mindestens zwei Stunden geschlafen. Außerdem hat ja sowieso kaum noch was auf." Ich wusste gar nicht, was er wollte – er hatte ja eh kein Geld.

„Wir können uns ja unten auf der Rheinwiese schlafen legen", schlug Bozo vor, „und morgen früh gehen wir irgendwohin frühstücken."

„Das hört sich gut an – kalt ist es ja nicht gerade." Ich schaute zurück zu den Toiletten und sah, wie die zwei Frauen langsam die Treppe hochkamen – beide in dramatisch enge Miniröcke gekleidet, die eine auf die andere gestützt – und in Richtung Hauptbahnhof verschwanden. Irgendwelches wie auch immer geartetes Gepäck hatten sie offensichtlich nicht dabei, und ich überlegte kurz, ob wir im Klo noch einmal nachschauen sollten. Ich verwarf den Gedanken aber gleich wieder – ich wollte es irgendwie gar nicht mehr wissen.

„Also gut", sagte Jörg und knöpfte seine Hose wieder zu. Ich gab ihm die Flasche, er nahm einen Schluck und wir gingen zurück zum Weg, auf dem wir hergekommen waren.

Wir mussten dieselbe Strecke wieder zurücklaufen, über die Fußgängerüberführung mit dem kalten Eisengeländer und durch den Tunnel mit den blassgelben Kacheln, die die Wandschreiber offenbar genauso zum Handeln herausforderten wie die Kabinentüren im Frauenklo. Das eingelassene fahle Licht an der Decke machte diesen Ort ebenso trostlos wie die Filzstiftverlautbarungen an der Wand *(„Chio Waldhof – aber jetzt!", „Lady D'Arbanville lebt!" usw.)*, und man fragte sich, wer sich die Mühe überhaupt machte, mit der Klappleiter hin und wieder hierher zu kommen, um die Birne auszuwechseln. Kurz vor der Treppe, die linker Hand wieder in die aprikosene Lichterwelt der Brücke hinaufführte, gingen wir rechts runter auf die Wiese, die sich in völliger Dunkelheit vor uns ausbreitete.

Die Mannheimer Rheinwiese war uns keineswegs fremd. Unsere Freitag- und Samstagabende endeten nicht selten so wie heute, und da Bozo weit außerhalb in einem Weindorf nahe Neustadt wohnte und sein letzter Zug bereits kurz nach Mitternacht fuhr (der letzte Bus ab Neustadt noch viel früher), legten wir uns in einem Akt der Solidarität hin und wieder hier gemeinsam zum Schlafen nieder. Im Gegensatz zur Rheinwiese in Ludwigshafen, wo viele Penner zu schlafen pflegten und, wie gesagt, die Ratten nachts auf dem Rasen tanzten, hatte man hier in der Regel seine Ruhe. Mannheim war eben eine vornehme Stadt.

Wir stolperten wie drei aneinandergekettete Sträflinge über den Rasen, ohne einander richtig sehen zu können, bis wir ans andere Ende gelangten, wo er an drei Seiten vom vertrauten Schneebeeren-Buschwerk begrenzt war und wir das sichere Gefühl hatten, morgen früh nicht mitten im Weg aufzuwachen, wie es uns bei unserer ersten Übernachtung hier passiert war. Damals hatten wir unwissentlich einen Fahrradweg gesäumt und waren vom morgendlichen Klingelverkehr geweckt worden. Hier waren wir jedoch aus der Schusslinie, und wir ließen uns im Gras nieder.

„Der Boden ist nass“, sagte Jörg wie zum Vorwurf und legte sich, so wie er war, gleich lang. Er legte die Arme eng um seinen Oberkörper und rückte sich zurecht, um die Unebenheiten an Rücken und Boden einander anzugleichen.

„Der ist nur klamm“, meinte Bozo, „nass wird's erst gegen Morgen.“

Das beruhigte nicht gerade, doch die Erfahrung gab ihm Recht. Spätestens in zwei Stunden würden wir vor Kälte zitternd und mit erhöhtem Harndrang aufwachen – wahrscheinlich handelte es sich dabei um eine natürliche Warnvorrichtung, die verhindern sollte, dass man unschuldig im Schlaf erfror – und wir würden versuchen, uns durch die Schaffung von Luftpolstern zwischen Jacke und Körper zu ein wenig Wärme zu verhelfen.

„Ist noch was in der Flasche?“, fragte Bozo.

„Sie ist noch fast voll“, sagte ich und reichte sie ihm rüber. Ich friemelte uns zwei Zigaretten aus meiner Packung und warf ihm eine zu.

„Willst du auch noch ’n Schluck, Jörg?“, fragte er, nachdem er getrunken hatte, und fuhr sich mit dem Handrücken über den Mund. Aber Jörg rührte sich nicht mehr. Er atmete tief und langsam durch als schliefe er jeden Abend hier.

„Der ist schon längst hinüber.“ Ich zündete ein Streichholz an und gab uns in der hohlen Hand Feuer. Das plötzliche Licht der Flamme war grell, sodass man das Aderngeflecht in den Augen zu sehen glaubte, und wir waren danach erst mal wieder blind. Auf dem gegenüberliegenden Ufer blinkten die Reklamelichter von Ludwigshafen herüber und versuchten, eine lebhafte moderne Stadt vorzugaukeln, als wüsste der Mannheimer nicht, was da drüben abging, beziehungsweise was nicht.

„Wie spät ist es denn?“

Bozo hielt seine Uhr vor das Gesicht und zog an seiner Zigarette. „Schon zwei durch.“

Jörg fing leise an zu schnarchen.

Von der Sodafabrik, deren ewig brennende Schornsteine den ganzen Wolkenhimmel über Ludwigshafens nördlichen Ablegern orange färbten, drang eine Geräuschkulisse herüber, die den Anschein erweckte, als ließe man aus sämtlichen Kesseln und Rohren den Überdruck ab. Dieses infernale Fauchen konnte man nur nachts hören, entweder weil es tagsüber genug übergeordnete Geräusche gab oder, was wahrscheinlicher war, weil geruchsbelästigende Abgase – von denen die Sodafabrik mehr als genug im Portfolio hatte – aus eben diesem Grund nur nachts abgelassen werden durften, wenn der rechtschaffene Mensch zu Hause hinter heruntergelassenen Rollläden und mit herabgesetzter Sinneswahrnehmung unter dicken Decken in der Kuhle lag.

„Ich geh' ins Bett", sagte Bozo schließlich und schnippte seine Kippe in die Dunkelheit hinein.

„Ich mach' auch nimmer lang", sagte ich. „Gut' Nacht – träum' was Süßes."

„Ich werd' mir Mühe geben." Er zog sein Jackett aus, legte sich hin und deckte sich damit zu. Nun war ich allein.

Ich beschloss, noch eine Weile zu sitzen und die Ruhe zu genießen und steckte mir eine letzte Zigarette an. Ich schnupperte fasziniert den Nachtgestank der nahe gelegenen Schoko AG, der sich langsam über die Wiese gelegt hatte. Dieser Gestank, dem Mannheim jede Nacht anheimfiel, und der ganz einfach nach Schokolade roch, war schon wiederholt Gegenstand erfolgloser Bürgerbegehren gewesen, die dessen Beseitigung forderten. Der Mannheimer war verwöhnt. In Ludwigshafen stanken die Sodafabrik und die Walzmühle um die Wette, und der Mannheimer beklagte sich, weil seine Stadt nachts nach Schokolade roch.

Ein Heer nachtaktiver Kerbtiere surrte ohne Unterlass und in monotonem, jedoch beruhigendem Gleichmaß und hielt die laue Nachtluft in Schwingung. Immer mal wieder raschelte etwas durch das Gestrüpp, und es blieb meiner Fantasie überlassen, das Geräusch einer mir mehr oder weniger wohlgesonnenen Kreatur zuzuordnen. Ich hatte einmal gelesen, dass der Mann aus dem Grund zum Schnarcher geschaffen wurde, damit er seiner Sippe nachts Säbelzahntiger und Beutelwölfe vom Hals halten konnte, und wenn Jörg so weitermachte, dann hatten wir nichts zu befürchten, egal, wie sehr es raschelte. Die Rheinbrücke, auf der nun kaum noch Betrieb war, bog sich elegant beleuchtet zur Walzmühle hinüber und verschwand dann in der Dunkelheit.

Zigarette und Bierflasche waren gleichzeitig alle, und ich schnippte die Kippe im hohen Bogen hinter mich und warf die Flasche hinterher. Eine Grille, die die ganze Zeit unermüdlich und ohne Luft zu holen gezirpt hatte, verstummte plötzlich. Entweder hatte ich sie genau getroffen oder – nein, da war sie schon wieder.

Ich zog meinen Parka aus, schlüpfte mit den Armen aus den Ärmeln meines T-Shirts, sodass es mir aufgerollt und in sich verdreht um den Hals hing, und zog den Parka wieder an. Das Zuknöpfen der Jacke von innen heraus gestaltete sich schwierig, aber wenn man sich von oben nach unten vorarbeitete, und mit ein wenig Übung, die ich ja hatte, ging es schon. Abschließend zog ich unter der Jacke mein T-Shirt wieder über den Bauch und legte mich, meine Haarpracht nach hinten werfend, ins kalte Gras. Nichts wärmte besser als die nackten Arme unterm Hemd um den nackten Oberkörper. So tauschten sie nicht nur gegenseitig Körperwärme aus, sie schufen zudem isolierende Hohlräume, die dafür sorgten, dass die so generierte Wärme nicht gleich an die Umwelt abgegeben wurde. Freilich, wenn wir heute Nacht überfallen würden, hätte ich in meiner Zwangsjacke schlechte Karten. Aber wenn nicht – und davon ging ich einfach mal aus –, würde ich von uns dreien als Letzter erfrieren.

Daheim stand mein großes Bett, verwaist, breiter noch als lang – und wir lagen hier auf der Rheinwiese im feuchten Gras. Alle drei hätten wir hineingepasst!

Die Grashalme piekten mein Gesicht, und ganz weit weg in der Ferne hörte ich einen Schrei. Jörg knirschte mit den Zähnen.

4
Die Postkantine

Mit einem höllischen Lärm fetzte ein Zug vorbei und verschwand heulend wieder in die Ferne. Es zwitscherte allenthalben und roch nach feuchtem Gras. Vor meinen Lidern war es hell, und ich öffnete vorsichtig die Augen. Die Sonne schlug ein wie ein Blitzwürfel aus nächster Nähe. Bozo und Jörg lagen da wie zwei Obdachlose, und für die bald zu erwartenden ersten Radfahrer waren wir genau das – drei Penner, die schnarchend, schnaufend und schmatzend ihren billigen Rausch ausschliefen. Die Wiese um uns herum war über und über bevölkert von hektisch kauenden Kaninchen in allen Größen. Ich drehte den Kopf zur Seite. Eins fraß keinen Meter neben mir und starrte mich mit großen, schwarzen Augen und zuckender Nase an. Ich fror.

„Scheiße“, fluchte Bozo mit heiserer Stimme und drehte sich unter seinem Jackett auf die andere Seite. Der Schmerz in meinen Augen zog sich pochend über die Augenbrauen und unter meinem Scheitel entlang bis in den Nacken. Rasch verloren sich meine Gedanken und ich schlief bald wieder ein.

Als der nächste Zug vorbeischoss, wurde ich abermals wach. Wir lagen hier immerhin keine zwanzig Meter neben der Eisenbahnstrecke nach Frankfurt, die samstags um diese Uhrzeit gut ausgelastet war. Der Rasen unter mir war nass und kalt.

Nach dem dritten Zug richtete ich mich mühsam auf und zog mir meine nächtliche Zwangsjacke über die Knie, um noch mehr wärmenden Isolierraum zu schaffen. Ich hatte einen üblen Geschmack im Rachen, nach

Jod fast oder eher nach Mottenkugeln, und die Sonne drückte mir ihre Daumen fest auf die Augäpfel, während mein müder Blick über die Wiese wanderte. Von dem Kaninchenheer grasten nur noch einige wenige in sicherer Nähe zum Gestrüpp.

Jörg saß offenbar schon eine ganze Weile, mit rotem Kopf, verquollenen Augen und zerzaustem Engelshaar. Mit umgehängtem Jackett hielt er seine angewinkelten Beine umklammert und schaute, ein leicht verklärtes Lächeln im Gesicht, hinüber aufs heimatliche Ufer, wie einer, der sich stumm und einsichtig und letztendlich nicht unzufrieden seinem Schicksal ergeben hat, da er ihm eh nichts entgegenzusetzen hatte.

Die beschauliche Samstagsstimmung und das zwitschernde frühmorgendliche Idyll, das sich uns bot, entlohnten für die unbehagliche, nasskalte Nacht im Gras und den summenden Schmerz, der sich in meinem Kopf nun fest eingenistet hatte. Ludwigshafen lag in einem weichen, strahlenden Dunst, und Möwen schwebten schreiend im Gegenlicht kreuz und quer über das Wasser, auf dem sich die Lastkähne leise tuckernd aneinander vorbei schoben. Das war der Blick, der dem morgendlichen Penner, der gähnend in seine Welt hinausblinzelte, zumindest in den Sommermonaten gelegentlich das Gefühl gab, dem ausschlafenden Alltagsmenschen etwas vorauszuhaben. Es versprach, ein schöner Samstag zu werden.

Auf der Brücke war wieder Leben, das Quietschen der Straßenbahnen wurde bis zu uns heruntergetragen, und von der Walzmühle, deren rote Mauern majestätisch über den Dunst schwebten, drang heimatlicher Gestank herüber.

„Love me, please love me – je suis fou …“ begann Jörg mit dem ihm eigenen Timbre zu trällern und schaffte beim lang gezogenen *fou* den schwierigen Wechsel in die nächsthöhere Stimmlage mit bravouröser Leichtigkeit.

„Halts Maul“, sagte Bozo und drehte sich um.

Ich schälte mich aus meinem Nachtzeug, legte meinen Parka mit der Innenseite nach außen grob zusammen und drückte meine Arme wieder durch die Ärmel meines mittlerweile völlig zerknitterten T-Shirts. Die Sonne wärmte allmählich, da lud es ein, ihr ein wenig nackte Haut anzubieten. Ich holte meine Pferdebürste, die ich stets bei mir trug, aus meiner Parkatasche und begann, mein Haar vorsichtig zu striegeln. Auch wenn ich immer glaubte, hier auf der Wiese einen ruhigen, bewegungslosen Schlaf zu haben (ich wachte stets in der gleichen Rückenlage auf, in der ich eingeschlafen war), mein Haar war morgens jedes Mal ein heilloses Durcheinander, und ich musste mich mit der Bürste vorsichtig von den gebrochenen Spitzen zu den Wurzeln hoch arbeiten, um die Verluste möglichst gering zu halten. Ein Haargummi bot sich da natürlich an, aber dann wachte man morgens mit einem Rundumknick auf – und darauf verzichtete ich gerne. Auch wenn meine Haare in erster Linie sichtbarer Ausdruck meines zumindest eingebildeten Nonkonformismus waren, sie mussten dennoch stets *ordentlich* nonkonform daherkommen.

Jörg zog es vor sich zu bewegen, um sich in Gang zu bringen, und er stand auf, um sich die Füße zu vertreten. Vor sich hin summend verschwand er ins Gebüsch, um zu pinkeln, und die ersten Radfahrer fuhren in sicherem Abstand vorbei und schauten verstohlen hinüber zu den wilden Männern im Gras. Morgentoilette auf der Wiese – eine Augenweide für jeden Impressionisten. Fehlten nur noch die sitzenden nackten Frauen, die Wein nachschenkten oder sich mit glatt rasierten Achselhöhlen die Haare hinterm Kopf zusammenbanden.

Ich steckte mir eine Zigarette an, um die Mottenkugeln in meinem Mund auszuräuchern, und schüttelte meinen Parka aus. Er roch leicht modrig, aber auch noch immer nach dem ursprünglichen Imprägniermittel, mit dem ich ihn vor zwei Jahren im US-Army-Surplus-Laden gekauft hatte und das dafür sorgte, dass er nicht schon längst verrottet war.

Bozo setzte sich schließlich mit mieslaunigem Gesicht auf, und ich warf ihm meine Zigarettenpackung hin.

„Ich brauch' jetzt dringendst eine Tasse Kaffee", sagte er und steckte sich eine an. „Wo könnte man denn jetzt zum Frühstücken hingehen?" Gras hing überall in seinem Haar und an seinem zerknitterten Bayerischebank-Jackett. Wenn ihn jetzt nur seine Frau Krebs sehen könnte – oder noch besser, die dicke Doris!

„Wie wär's mit der Postkantine?", schlug ich vor. „Dort ist es am billigsten, und wir fallen nicht so auf."

„Hm", meinte er und warf mir meine Zigaretten zurück.

„Ich hab aber kein Geld mehr", sagte Jörg und begann mit meiner Bürste an seinen verknoteten Locken zu reißen. Sein zartes Engelshaar stand in krassem Widerspruch zu seinem aufgedunsenen, breiten Gesicht.

„Na und – was hat das mit uns zu tun?", meinte Bozo. Er stand auf und strich sich, Zigarette im Mundwinkel, das Gras vom Jackett. „Du kannst ja so lange draußen warten."

Jörg steckte die Abfuhr unbeeindruckt ein. Es war Bozos übliche Samstagmorgenstimmung und hing sicherlich damit zusammen, dass er noch im großen Elternhaus wohnte, wo ihm alles und jeder auf die Nerven ging und Missstände stets auf irgendjemanden geschoben werden konnten. Ich, der ich allein lebte, war meines eigenen Glückes Schmied und für jeden Kopfschmerz und jeden Mottenkugelgeschmack im Rachen selbst verantwortlich. Es war auch meine Sache, etwas dagegen zu tun, entweder im Voraus, was mir weniger lag, oder im Nachhinein, wofür ich – in Gestalt zweier Aspirin – vergessen hatte vorzusorgen.

Jörg sammelte die einzig auffindbare leere Bierflasche ein (meine war wohl im Schneebeeren-Gestrüpp untergegangen), und nachdem Bozo vom Pinkeln im Gebüsch zurück war, gab er ihm die Bürste, und wir brachen auf in Richtung Rheinbrücke.

Auf der Brücke herrschte ein reger, einseitiger Samstagmorgenverkehr. Überfüllte Straßenbahnen, in denen die Gesichter fast an den Scheiben klebten, schoben sich langsam nach Mannheim hinüber. Die Bahnen, die zum Ausgleich notwendigerweise in die entgegengesetzte Richtung fuhren, waren dagegen fast leer. Der Ludwigshafener putzte sich samstagsmorgens gerne heraus und fuhr dann mit Kind und Kegel nach Mannheim, in die große Stadt, um einzukaufen. Dort fiel er dann genauso auf wie der ländliche Pfälzer seinerseits auf seinem Stadtgang durch Ludwigshafen. Dass ein Mannheimer sich mal zum Einkaufen zum kleinen Bruder verirrte, kam höchstens mal am Dreikönigstag vor, an dem in Mannheim, im Gegensatz zu Ludwigshafen, die Räder stillstanden. Ab etwa zwölf Uhr Mittag würde sich der Verkehrsfluss umkehren, wenn der urbane Pfälzer vollbepackt und zufrieden und brezelkrümelnd die Heimfahrt antrat.

Am heimatlichen Ufer gingen wir die Treppe hinunter. Unter der Brückenauffahrt, wo gestern Nacht noch die zwei Penner mit ihrem Omo-Eimer den Schlaf der Gerechten geschlafen hatten, lagen jetzt die Teppichböden ordentlich aufgerollt hinterm Gebüsch. Es roch nach altem Urin.

„So riechen immer der Meta ihre saure Nieren", meinte Jörg. Die Meta war Jörgs alte Mutter, bei der er noch wohnte und die genauso aussah wie er, nur dass sie einen Kopf kleiner und ihr Haar nicht golden war, sondern silbern. Trotz der respektlosen Bemerkungen, mit der Jörg sie häufig bedachte, verehrte er sie – so wussten wir – aufs Höchste.

„Hat die's an den Nieren?", fragte Bozo. „Das wusste ich gar nicht."

„Saure Nieren sind was zum Essen", klärte ich ihn auf.

„Ach so."

Wir überquerten die Straße, die das Rheinufer vom Berliner Platz trennte, und drückten uns durch die herumstehenden Menschenmassen. Es ging mal wieder hoch her, und nach unserem ruhigen Anlauf auf der Kaninchenwiese, noch dazu ungewaschen und noch von keinem Spiegel für gut befunden, machte mich die Hektik nervös. Jörg löste am Zeitungskiosk seine leere Bierflasche ein und kündigte den Kauf einer Tomate beim Gemüsehändler in der Wredestraße an. Dabei warf er seine Münzen kurz in die Höhe, fing sie elegant wieder auf und steckte sie in die Seitentasche seines Jacketts. Die Wredestraße lag bei der *Tränke* gerade um die Ecke und das Gemüsegeschäft direkt gegenüber vom *Albertini.* Jörg liebte Tomaten über alles, und man konnte ihm manchmal mit einer mitgebrachten Tomate eine größere Freude machen, als mit einer Flasche Bier – und das wollte was heißen!

„So – un' jetzert krieg ich noch zwee Pfund Birne'", sagte im Gemüsegeschäft die Frau vor uns und wackelte dabei leicht mit dem Kopf. „Sind die gut?"

„Jaja – die kamma esse'."

„Dann machense mir drei Pfund."

„'s is' recht."

Im Laden war überhaupt nichts los. Es war nicht weit bis zum Samstagsmarkt hinterm Arbeitsamt, und bei diesem Wetter zog es die Leute eher dorthin zum Einkaufen als in ein dunkles, staubiges Gemüsegeschäft mit seinen überhöhten Preisen.

„Was kriegt'n ihr, Männer?", fragte der Ladenbesitzer, der gerade vom Kistenschleppen von draußen hereinkam und sich die Hände an seiner grünen Gemüsehändlerschürze abwischte.

„Ich krieg' eine Tomate für zwanzig Pfennig", sagte Jörg. Er hielt seine zwei Zehner hoch und rieb sie sirrend aneinander, um zu unterstreichen, dass er nicht mehr hatte.

Der Gemüsehändler suchte ihm ein paar schöne, große aus und legte sie nacheinander auf die Waage, bis er eine hatte, die genau zwanzig Pfennige wog. Der Vorteil beim Kauf eines einzelnen Stücks Obst oder Gemüse lag darin, dass der Händler nur schwer ein faules mit reinschmuggeln konnte – wenn ihm an Stammkundschaft gelegen war.

„Darf's noch was sein?", fragte er und verpackte die Tomate mit einer flinken Handbewegung in eine kleine, braune Spitztüte, auf die ein sütterlineskes *Obst ist gesund* mit geschwungenem Strich über dem *U* gedruckt war.

„Ja, ein bisschen Salz."

„Was?"

„Für die Tomate."

„Ach so." Er suchte kurz unter der Theke herum, wo er tatsächlich eine angebrochene Packung Salz fand, riss ein Stückchen Zeitungspapier vom Stapel ab und schüttete ein kleines Häufchen darauf.

„So – das macht genau zwanzig Pfennig", sagte er und faltete das Papier zu einem kleinen Briefchen zusammen.

„Das ist aber billig", meinte Jörg und legte sein Geld auf den Zeitungsstapel. Tadellos höflich wünschte er der kleinen Runde einen schönen Sonntag, und wir gingen wieder hinaus auf die Straße.

Bis wir die Bismarckstraße hinuntergelaufen und an der Hauptpost mit dem antennenbestückten Luftschutzbunker um die Ecke zur Postkantine abgebogen waren, war die Tomate säuberlich verspeist und der grüne Strunk zusammen mit dem Salzbriefchen ordentlich entsorgt worden.

Die Postkantine lag in Spuckweite des Hauptpostamts genau im Schatten des Viadukts, das über das alte Bahnhofsgelände führte, auf dem sich in meinem Weltbild seit gestern auch die *Shiloh Ranch* befand. Die Viaduktmauer war an dieser Stelle am höchsten, und hoch über uns quietschten die Straßenbahnen bedrohlich und im Schritttempo um die Kurve.

In erster Linie diente die Postkantine natürlich den Angestellten des Hauptpostamts, wie ja der Name bereits verriet. Sie befand sich im Erdgeschoss eines der noch wenigen alten Häuser der Ludwigshafener Innenstadt und hatte mit ihrem Eckeingang und dem *Postkantine*-Schild darüber das Aussehen einer einfachen alten Wirtschaft. Während der Mittagspause war sie ausschließlich für das leibliche Wohl der Postler reserviert, die in mehreren Schichten herbeiströmten, um mit vornehmem Blick und abgespreiztem kleinen Finger ihre Suppe zu löffeln. Ansonsten aber konnte jedermann rein. Und es ging auch jedermann rein, allen voran die Schüler des benachbarten Gymnasiums und nicht zuletzt auch eine alte Großtante von mir, die ich kaum kannte, und die jeden Tag den langen Fußweg von Mannheim auf sich nahm, um genau hier an ihrem Viertel Gewürztraminer zu nippen.

Absoluter Publikumsmagnet waren die billigen Preise; ein gut belegtes Wurst- oder Käsebrötchen kostete gerade mal fünfzig Pfennige und eine Tasse Kaffee nur vierzig. Das dadurch angelockte Publikum war entsprechend: Schüler und Rentner, wie gesagt, aber auch Penner und Fürsorgeempfänger und wer sonst noch zu den zu kurz gekommenen Verbrauchern dieser Stadt gehörte. So betrachtet verband die Postkantine eine enge Verwandtschaft mit der *Shiloh Ranch*, nur dass sie, im Gegensatz zu jener, keine vorübergehende, sondern eine ständige Institution war.

Wir traten unsere Füße ab und gingen nacheinander hinein. Drinnen herrschte diese biedere, billige Wohnzimmeratmosphäre, die es auch in den kleinen Cafés gab, die von namenlosen Bäckereien nebenher betrieben wurden, um sich über Wasser zu halten, und wo es zum Kaffee höchstens eine Schneckennudel oder einen Bienenstich gab. Die mit den kleinen Wohnzimmerfenstern und -gardinen, der wasserfleckigen, gestreiften Tapete, dem knarrenden Dielenfußboden unter den grauen Filzläufern und der nichtvorhandenen Bedienung. Auch hier gab es keine Bedienung, dafür einen kleinen Schalter in der Wand, an dem man sich seine belegten Brötchen selbst abholte. Kantine eben.

Es war noch früh am Morgen. Das Gymnasium nebenan tagte noch, drum waren die meisten Tische noch frei. Bozo und Jörg setzten sich erst einmal hin, dort, wo die Zeitungsstangen noch vollzählig an den Mantelhaken hingen. Ich, der ich vorhin auf der Wiese nicht das Gestrüpp aufgesucht hatte, ging indessen weiter aufs Klo.

Die bis zur Decke hin in Handtuchgrau gehaltene Herrentoilette war dem Typus „Kneipenklo“ der ersten Nachkriegsgeneration zuzuordnen, die sich neben dem vorherrschenden Grau vor allem durch die typische gekachelte Pinkelwand mit der ebenfalls gekachelten, kantigen Ablaufrinne unten am Boden definierte. Neben der gekachelten Version gab es vielerorts noch die aus einem Guss gefertigte Porzellanpinkelwand der Vorkriegszeit, die jedoch eher in Bahnhofstoiletten und anderen öffentlichen Klos vorherrschte, vor allem in den unterirdischen Bedürfnisanstalten der Innenstädte. Die waren in der Pflege etwas schwieriger und setzten viel eher Kalk und Urinstein an, und waren für Verfärbungen, Bakterien und somit Gestank viel anfälliger. Bei dem Durchgangsverkehr, der in diesen Institutionen vorherrschte, spielte das eine eher untergeordnete Rolle. In einer Kneipe hingegen war man seiner Stammkundschaft eine schmucke und möglichst geruchsarme Pinkelrinne einfach schuldig, und so war hier die pflegeleichte Kachelwand die Regel – sofern der allenthalben um sich greifende Einzelurinalwahn, der, vermutlich wie so viele neumodische Dinge aus

Amerika zu uns herübergeschwappt war, noch nicht zugeschlagen hatte.

Da draußen kaum was los war, gehörte mir das Klo jetzt ganz allein und es bestand wenig Aussicht, dass mir in absehbarer Zeit irgendjemand in die Quere kommen würde. Es summte leise, fast einlullend, von den Wänden. Solch eine Anlage wünschte ich mir zu Hause: eine komplette Herrentoilette, samt Fünfmeterrinne, drei Toilettenkabinen, zwei Waschbecken und den absonderlichsten Automaten an den Wänden. Und vor allem niemand, der mich störte. Daheim hingegen hatte ich noch nicht einmal eine Kloschüssel, die ich mein Eigen nennen und auf der ich in Ruhe sitzen konnte, ohne dass sich eine ungeduldige Schlange mit großen kritischen Ohren und Nasen vor der Tür bildete. Ganz zu schweigen von einem Waschbecken, Spiegel oder Wandautomaten. Die Toilette, deren Benutzung mir laut Mietvertrag zustand, befand sich jenseits meiner Wohnungstür, und sie stand nicht nur in *meinem* Mietvertrag, sondern auch in denen einer ganzen Reihe von Nachbarn. Manchmal träumte ich sogar, vor allem morgens nach dem Aufstehen, von einer freistehenden Kloschüssel mitten in der Küche, auf der ich nackt, Zeitung lesend und Kaffee trinkend, zeitlich unbegrenzt und akustisch wie auch olfaktorisch vollkommen entspannt sitzen konnte. Träume definieren Ziele, hatte ich mal auf einer Klotür gelesen, und wenn die Postkantine irgendwann Pleite machen und versteigert werden sollte, würde ich sie unverändert als Wohnung übernehmen und mich häuslich darin einrichten.

Ich baute mich vor der Pinkelwand auf, friemelte Kleinpeter heraus und öffnete die Schleusen, sodass mir ein Schauer über den Rücken lief. Ich hatte seit dem

Aufwachen auf der Wiese einen Druck in mir aufgestaut, der sich bereits bedrohlich in den roten Bereich bewegt hatte.

Ich begann, Reihe für Reihe und mit eingespielter Präzision eine immer größer werdende Fläche von Kachelfugen nass zu pinkeln, wobei sich das Weiß der Fugen sofort dunkelgrau verfärbte. Das machte jeder, auch wenn niemand darüber sprach; aber man konnte es allseits beobachten, wenn man sich in der Kneipe die Hände wusch und sich der Eben-noch-Pinkelnachbar unbeobachtet fühlte. Ich schaffte diesmal aufgrund der langen Nacht eine so große Fläche, dass ich sogar einen Schritt nach links machen musste, um seitlich anzubauen. Es gab ein ungeschriebenes Gesetz, das festlegte, dass das angestrebte grau gepinkelte Kachelraster stets ein Rechteck bilden musste, sodass man nicht einfach hin- und herpinkeln konnte, sondern fein säuberlich eine senkrechte Kachelreihe nach der anderen hinzufügen musste. Die Kunst lag daher weniger darin, eine möglichst große Fläche zu schaffen, sondern vielmehr so zu haushalten, dass die zuletzt in Angriff genommene Kachelreihe gerade so vollendet wurde. Eine unfertige Reihe machte das gesamte Projekt zunichte. Das Kunststück gelang selten, so auch diesmal nicht.

Ich zog meinen Reißverschluss wieder hoch, entging dabei nur knapp einer unschönen Verbindung von zarter Haut und kaltem Stahl, und begab mich weiter zu den Waschbecken. Dort beugte ich mich vor und blickte in den stumpfen Spiegel.

Meine Scheiße!, dachte ich. Das war wohl mein übliches Samstagmorgengesicht, und doch erschrak ich jedes Mal von Neuem. Aber was sollte man nach einer solchen alkohollastigen Nacht auf der feuchten Wiese schon erwarten? Ich hatte sogar noch Gras in den Haaren! Wenn ich wenigstens rasiert wäre. Aber vielleicht hatten wir es hier auch nur mit einem schlechten Spiegel zu tun. Wie gut ein Spiegel ein Gesicht wiedergab hing letztlich mit der Position der dazugehörigen Lichtquelle zusammen. Ob sie zum Beispiel direkt über dem Spiegel an der Wand angebracht war (guter Spiegel) oder aber irgendwo hinter dem Betrachter an der Decke, wie hier (schlechter Spiegel). In ersterem Fall bildete das angestrahlte Gesicht den optischen Mittelpunkt, und die durch die feuchte Nacht ruinierte Frisur war lediglich dekoratives Beiwerk. Im Letzteren war es umgekehrt, da sich das Gesicht in seinem eigenen Schatten versteckte und der schlechten Frisur unterordnete. Der billige Rahmen stahl dem eigentlichen Bild gewissermaßen die Schau.

Also, erst einmal das Gesicht kalt abwaschen, das gab schon mal rote Bäckchen und straffte die Haut. Das sah nicht nur gut aus, man fühlte sich auch gleich viel besser, vorausgesetzt man rubbelte das Gesicht nicht mit dem Handtuch ab, sondern ließ es langsam an der Luft trocknen. Ich richtete mein Augenmerk auf die Seifenmühle, die rechts neben dem Waschbecken an der Wand hing und *Wirtschaftlichkeit durch eine sparsame Produktdosierung* versprach. Ich hielt meine linke Hand darunter und drehte mit der rechten, der aufgedruckten Gebrauchsanweisung folgend, zweimal am Glücksrad, bis ein trauriges Häufchen trockenen Seifenpuders meine Hand eingestäubt hatte. „Sparsame Produktdosierung" war nicht zu viel versprochen. Ich ließ das Rädchen noch ein paar Mal kreisen, bis sich das Ergebnis schließlich sehen lassen konnte, feuchtete meine Hände an und schmierte mir das nach Schulseife riechende Resultat ins Gesicht und auf die Stirn. Es bedurfte einiges an kaltem Wasser und Fingerspitzengymnastik, um die Haut wieder davon zu befreien, und ich wendete mich alsdann dem Endloshandtuchspender zu, der mit nasser, ausgeleierter Handtuchschlaufe darauf wartete, dass man an ihm zog.

Handtuch mit beiden Händen bis zum … Po ziehen. Sehr komisch. Die allerorts tätigen Buchstabenkratzer leisteten ganze Arbeit und ließen keinen Automaten aus. Und dafür hatte man mit viel Aufwand und für teures Geld das über Jahrzehnte hinweg missbrauchte Wort *Anschlag* überall durch *Stopp* ersetzt. Ich zog die Schlaufe ein weiteres Stück in die Länge, ohne dass sie sich hinten wieder aufrollte, und trocknete mir die Hände.

Zähne putzen. Das machte schon mal den halben Kerl aus. Zu diesem Zweck führte ich stets eine kleine, zusammensteckbare Reisezahnbürste bei mir sowie eine kleine Tube Zahnpasta, die es in der Drogerie nur ganz selten mal zu kaufen gab – meist nur als unlautere Werbezugabe beim Kauf einer Zahnbürste.

Ich schrubbte und kreiste fünf Minuten lang in sämtlichen Winkeln und Zwischenräumen, sogar auf der Zunge, wo sich die allerschlimmsten Übeltäter tummelten. Als mir irgendwann der Schaum in den falschen Hals vordrang, nahm ich einen Mund voll kaltes Wasser (warmes gab es in der Postkantine nicht), schwallte ausgiebig, gurgelte in verschiedenen Tonlagen und spuckte schließlich aus. Damit war der Mottenkugelgeschmack im Abfluss, und meine Zunge präsentierte sich im Spiegel wieder glatt und rosa.

Neben dem Spiegel hing ein kleiner, grauer „Kölnischwasser"-Automat, wie dem altmodischen Schriftzug zu entnehmen war, aus dessen Mitte eine dünne Stange mit einem flachen, münzgroßen Knopf an der Spitze ragte. Na also, dachte ich, wer sagt's denn! Ich verstaute mein Zahnputzzeug in meiner Jacke, suchte mir einen Zehner aus der Hosentasche und warf ihn oben in den Münzschlitz. *Knopf bis zum Arsch… hineindrücken* – na, da hatten ja die Automatenaufsteller doch tatsächlich einen übersehen!

Ich drückte die Stange mit dem Knopf ganz hinein – doch es tat sich nichts. Da gab es auch nirgendwo etwas Augenfälliges, wo was hätte herauskommen können, in welcher Form auch immer (ich tippte auf ein Päckchen mit eingeschweißtem nassen Tüchlein). Außer, dass ich den Knopf bis zum Arsch reindrücken sollte, war sonst nichts zu lesen. Dann eben nicht, dachte ich. Ich ließ ihn wieder los – und da sprühte es plötzlich, eine feine, nur durch das Seitenlicht sichtbare Wolke für zehn Pfennige, direkt aus der Knopfmitte aus einer winzigen Düse, an deren Stelle sich eben noch meine Daumenkuppe platt gedrückt hatte. Dabei schob sich die Stange langsam wieder heraus. Fasziniert hielt ich meine Hände davor, um noch etwas davon einzufangen, und rieb mir Gesicht und Hals damit ein. Es roch billig und die Haut glühte, aber ich fühlte mich endlich wieder einigermaßen hergestellt. Den Rest schmierte ich mir auf die Unterarme. Jetzt noch so ein Ding für Deospray, dachte ich, und ich komme jeden Morgen hierher!

Ich fuhr mir noch einmal mit den Fingern von unten durch die Haare, um sie ein wenig aufzulockern, und ging wieder zurück ins Lokal, wo es verführerisch nach Kaffee, frischen Brötchen und Wurst roch. Jörg und Bozo frühstückten bereits.

„Wo warst du denn so lange?“, fragte Bozo, ohne von seinem Teller aufzuschauen.

„Morgentoilette machen.“

„Das riecht man allerdings.“

„Was esst'n ihr?“, fragte ich.

„Fleischkäs'“, spuckte Jörg aus vollem Mund und deckte zum Beweis sein Brötchen auf. „Und ein hartes Ei.“ Das stand kolumbusmäßig auf dem Tisch neben seiner Kaffeetasse.

Bozo lüftete wortlos eins seiner Laugenbrötchen: Kalbsleberwurst mit Senf. So lange ich Bozo kannte, gab es für ihn fast ausnahmslos Kalbsleberwurst mit Senf zum Frühstück; das war schon bei seinen Pausenbroten früher in der Schule so, die immer so zahlreich gewesen waren, dass ich jedes Mal die Hälfte abbekam.

Ich entschied mich für dasselbe, und ging vor an den Schalter. Auf einem Laugenbrötchen schmeckte die Kalbsleberwurst noch einmal so gut, nur wusste das niemand außer Bozo und mir – und Bozos Mutter natürlich. Sie musste nur großzügig aufgetragen und mit einem dünnen Film Senf überzogen sein. Nachteilig an dieser Variante waren allerdings die vier hart gebackenen Zacken oben am Brötchen, die einem regelrechte blutende Wunden am Gaumen zufügen konnten, sowie die groben Salzkörner, die ganz genau aufzeigten, an welchen Stellen die tägliche Zahnhygiene versagt hatte. Und natürlich auch die aufgeweichten Laugenschuppen, die sich am Gaumen festsetzten und nur mit der halben Hand im Mund gewaltsam wieder entfernt werden konnten, was in Gesellschaft nicht besonders vornehm herüberkam. Wenn man *das* jedoch alles im Griff hatte, war der Genuss eines Laugenbrötchens mit Kalbsleberwurst nur schwer zu übertreffen.

Der erste Schluck Kaffee tat gut, löste aber sofort große Unruhe in meinem Bauch aus, und ich setzte mich vorsichtshalber gerader hin. Wir frühstückten geruhsam, jeder für sich, ohne viel zu reden. Wir waren müde.

Nachdem Bozo fertig war, fegte er mit der Hand die Brösel über den Tischrand auf seinen Teller und stellte ihn unter seine Kaffeetasse. Noch kauend nahm er sich eine Zeitung an ihrem langen Stiel von den Mantelhaken hinter sich und begann alsdann aufmerksam und mit flinkem Blick darin zu blättern. Obwohl das Ticken der Uhr an der Wand deutlich zu hören war, herrschte im Lokal eine Art Samstagmorgenstille, als bewegte sich die Zeit überhaupt nicht. Die Geräusche auf der Straße und vom Viadukt herunter sowie die staubigen, steilen Lichtbalken vor den Fenstern, kamen von weit her.

„Her! Willscht du mir e' Fut uff de Backe' male', oder was?[5]", zerriss jemand plötzlich die Stille und hielt ein aufgeklapptes Leberwurstbrötchen auf der ausgestreckten Hand. „Ich hab doch g'sacht mit Schwarte'mage'!"

„Aber die ham doch kein' Schwarte'mage' mehr g'habt", verteidigte sich sein Gegenüber kleinlaut.

„A, den Scheißdreck kannscht g'rad selber fresse'!"

„Hey, hey, aber hallo!", empörte sich ein Herr im dunklen Anzug, der Akten lesend am Fenstertisch saß – offenbar ein besserer Angestellter von der Post in der Morgenkaffeepause.

„Probt hier ein Volkstheater oder was?", fragte Bozo leise, ohne den Blick von seiner Zeitung zu heben.

---

[5] *„Sag' mal, willst du mich verarschen?"*

Der Kantinenwirt streckte seinen dicken Kopf durch den kleinen Schalter. „Her! Wenn ihr euch net anständisch benehme' könnt, dann esst ihr eure Brötche' auf der Straße weiter!"

Diese Ermahnung beeindruckte nicht sonderlich, und als der um seine Wurst Betrogene den Kantinenwirt auch noch dazu aufforderte, „seine Ferz' zu fresse'", kam der herum und warf sie beide kurzerhand hinaus.

„Des wär' ja noch schöner!", sagte er, als er zurückkam, und verschwand mit hochrotem Kopf wieder hinter seinem Schalter.

Nachdem Bozo die Zeitung einmal durch hatte, blätterte er sie noch einmal von hinten nach vorne durch und holte sich die im ersten Durchgang vorgemerkten Artikel von zweitrangigem Interesse heraus. Damit konnte er sich weitere fünfzehn Minuten wach halten. Irgendwann hängte er sie an ihrem langen Stiel wieder hinter sich an den Haken und stand auf.

„Ich geh mal aufs Klo", sagte er.

„Viel Glück."

Jörg war mittlerweile am Tisch eingeschlafen und lag jetzt mit offenem Mund zwischen unserem Frühstücksgeschirr. Ich ging an den Schalter und holte mir noch eine Tasse Kaffee, denn mir ging es kaum besser. Mir fielen seit einer halben Stunde fortlaufend die Augen zu, ohne dass ich dagegen erfolgreich ankämpfen konnte, egal wie verbissen ich mich bemühte, mich auf das Wachbleiben zu konzentrieren. So erging es uns immer nach einer Nacht auf der Wiese; vermutlich waren unsere Körper in der Nacht zu sehr mit Frieren beschäftigt gewesen, als dass wir uns tatsächlich ausgeruht hätten. Klappernd balancierte ich meine Kaffeetasse zurück zum Tisch und setzte mich wieder hin.

Ich schaute mich um. Das Lokal war inzwischen um einiges voller geworden. Die ersten Gymnasiasten belagerten bereits den großen Tisch neben der Tür und verliehen der Postkantine ihre ganz eigene Geräuschkulisse, während sie sich einen einzigen Literstein „kalten Kaffee“ teilten – ein halber Liter Cola gemischt mit der gleichen Menge gelben Sprudels. Das war der Vorteil einer fehlenden Bedienung – keiner kontrollierte, was und wie viel man trank, oder ob überhaupt.

Neben den Schülern waren es überwiegend einfache Leute, die die Postkantine bevölkerten und die meist für sich allein an den Tischen saßen, Menschen, denen es zu Hause am Samstagmorgen zu eng geworden war, während draußen auf der Straße die Sonne lachte und in der Innenstadt geschäftiges Treiben herrschte – freilich nur bis der Doppelturm der St.-Ludwigs-Kirche um zwei Uhr die scheintote zweite Hälfte des Wochenendes einläutete. Gewiss war der eine oder andere auch vor dem allwöchentlichen Großputz zu Hause geflohen, dem nervtötenden, nicht enden wollenden Singen des Staubsaugers, der aufdringlichen, samstäglichen Geruchskomposition aus frisch gewaschener, dampfender Kochwäsche und leise vor sich hin köchelnden Pellkartoffeln für die sauren Scheiben mit Petersilie und Fleischwurst zum Mittagessen und dem ewigen Gepiepse und Hin- und Hergehopse des geisteskranken Kanarienvogels in seinem viel zu kleinen Käfig. Es war erstaunlich, aber letztendlich vielleicht auch verständlich, wie viele von ihnen um diese Uhrzeit bereits ein Bier vor sich stehen hatten. Für die war das Wochenende wohl jetzt schon gelaufen, und die Werkssirene der

Sodafabrik am Montagmorgen würde wie die herbeigesehnte Erlösung klingen.

Zwei Tische vor uns saßen zwei ältere Damen und unterhielten sich mit lauter Stimme. Die eine war derb, ziemlich aus der Form geraten und in der Aussprache ordinär; die andere kam in Wort und Erscheinung etwas vornehmer rüber. Die Vertrautheit, mit der sie miteinander stritten, ließ auf ungleiche Schwestern oder ehemalige, sich trotz unterschiedlicher Werdegänge treu gebliebene Schulfreundinnen schließen.

Ihre kontroverse Unterhaltung hatte das ewige Streitthema „Spätzle und Sauerkraut" zum Inhalt, das in der Pfalz immer wieder gerne diskutiert wurde, wobei es stets, wie auch hier, um das Vermengen der beiden an sich eher nicht harmonierenden Speisen ging. Dies wurde vom Pfälzer allgemein mit dem Prädikat *was Feines* versehen. Allerdings war es allgemein verpönt, Spätzle und Sauerkraut gezielt zu kochen, um sie dann miteinander zu vermengen; *was Feines* wurde es erst, wenn zumindest eine der beiden Komponenten ein angetrockneter Essensrest vom Vortag war, oder noch älter. Ganz Verwegene brachten es sogar fertig, dem Gemenge Linseneintopfreste und einen Schuss Essig beizugeben, was jedoch, im Gegensatz zur einfacheren Version, als recht kühner und deshalb umstrittener Schritt galt.

„Ich mach' mir alleweil e' paar Spätzle mehr, und am nächsten Tag mach' ich mir dann e' Kraut dazu", sagte die etwas Vornehmere und wackelte anschließend leicht mit dem Kopf.

„Des mache' mir annerscht. Du kannscht doch net wege' e' paar Spätzle anfange', Kraut zu koche'!"

„Und warum net, wenn ich fragen darf?"

„A, so e' Kraut kocht doch ewig und drei Tag'! Wenn *ich* mal *Kraut* übrig hab, dann haach[6] ich mir g'rad e' paar Spätzle vom Brett, un' dann is' des ruckzuck fertig. Außerdem schmeckt Sauerkraut nochemal aufgewärmt sowieso besser!"

Das stimmte allerdings.

„Du kannst es ja so mache', wenn's dir Spaß macht. *Ich* mach's andersherum."

„A, mach doch g'rad was'd willscht. Des is' doch *mir* egal!"

Diese an sich harmlose Auseinandersetzung hatte beide leicht erregt, und nun saßen sie stumm da, und jede stierte in eine andere Leere.

Sie hatten natürlich beide Recht. Das Thema wurde ja aus dem Grund so leidenschaftlich diskutiert, weil beide Betrachtungsweisen ihre jeweiligen Vorteile hatten – und ihre Nachteile natürlich. Ein am nächsten Tag noch einmal aufgewärmtes Sauerkraut schmeckte in der Tat besser als ein frisch gekochtes. Außerdem entsprach das vielleicht einstündige Kochen von Sauerkraut nicht unbedingt der Vorstellung des „Durch-die-Pfanne-Jagens" eines Essensrests. Ein aufgewärmter Rest benötigte gerade mal fünf Minuten, bis er servierbereit war.

Andererseits hatten Spätzle ebenfalls die Eigenschaft, am nächsten Tag geeigneter zu sein für die Pfanne, als wenn sie tropffrisch aus dem Kochwasser kamen. Am besten war's wohl, wenn das eine wie das andere von einer früheren Mahlzeit stammte.

„Ich mach mir alleweil e' bissel Brüh' drüber."

„Des mache' mir net."

---

[6] hauen

Jörg schreckte kurz zusammen, wobei sein Kaffeelöffel vom Unterteller fiel. Ich nahm seine Tasse und sein Ei und stellte sie weiter weg.

„Ich hab mir dies' Jahr viererlei Äppel eingekellert. Als Erstes muss der Goldene Delizius weg – der wird bis Weihnachte' schwammig und schmeckt dann nimmer. Aber die andere' ..."

(Kunstpause)

„Was denn für andere?"

„A, die Grüne', mit de' rote' Backe' – die sehen im April noch aus wie aus'm Lade'."

„Die Manuela isst kä Äppel. Mandarine isst se. Oder Orange' –, aber nur wenn ich se ihr schäl'."

Ich tippte auf die halbwüchsige Tochter.

„Und so wie ich dich kenn', schälst du sie ihr natürlich auch."

„A ja, ich bin froh, wenn se welche isst."

„Und wenn sie mal verheirat' is' – ob ihr de Mann dann auch die Orange' schält?"

„Was weeß ich. Die soll erschtemol ihr Abitur mache – dann kannse ans Heirate' denke'."

Die Klotür ging auf, und Bozo kam mit einer billigen Kölnischwasserfahne im Schlepptau zurück.

„Na?", sagte ich.

„Es geht doch nichts über einen erfolgreichen Morgenschiss", sagte er und setzte sich. Er steckte sich eine Zigarette an und lehnte sich, zufrieden mit sich und der Welt, zurück.

Irgendwann, so gegen halb zwölf, kam eine verschreckt wirkende Frau mit umgebundener Schürze aus der Küche und begann, Salz- und Pfefferstreuer sowie in Papierservietten gewickeltes Besteck auf den Tischen zu verteilen. Das war das Zeichen zum Austrinken und das Feld zu räumen; es wurde Mittag, und die Post war an der Reihe. Die Verteilerin deckte die Tische wie in einem Spießrutenlauf. Sie musste seitens einiger Herren einiges an dummen und derben Kommentaren über sich ergehen lassen und war gewiss froh über den bevorstehenden Schicht- und Niveauwechsel.

Nach einer letzten Zigarette standen Bozo und ich auf und weckten Jörg.

„Was is'?", fragte er laut und blickte erschrocken um sich.

„Feierabend – wir müssen gehen. Vergiss dein Ei nicht."

„Warum denn so plötzlich?" Er stand verwirrt auf, nahm sein Ei an sich und stolperte uns benommen hinterher.

Es war hell und warm auf der Straße, und Leute huschten im Einkaufsrausch von allen Seiten an uns vorbei.

„Warum gibt's denn heute überhaupt Mittagessen in der Postkantine?", fragte ich. „Arbeitet denn irgendjemand samstagnachmittags in der Post? Ich dachte, die machen um zwölf den Laden zu, und dann ist Feierabend."

„Ich weiß nicht", meinte Bozo. „Vielleicht schafft der eine oder andere noch im Büro. Auf der Bank ist ja auch noch lange nicht Feierabend, wenn um vier die Tür abgeschlossen wird. Und so viele passen ja eh nicht rein in die Postkantine."

„Das ist wahr." Ich warf einen Blick hoch zum oberen Rand des Viadukts. Es war so nah an dic Häuser gebaut, dass hier unten, außer jetzt für kurze Zeit am späten Vormittag, nur klamme, bemooste Düsterheit herrschte. Wir bogen um die Ecke und liefen in Richtung Marktplatz.

Gleich hinter der Postkantine befand sich eines der gelegentlich noch anzutreffenden leeren Trümmergrundstücke Ludwigshafens und darauf, zwischen dem nach über fünfundzwanzig Jahren nunmehr historischen Schutt, lag ein alter rostiger, verbogener Kinderwagen wie ein zertretener Käfer auf dem Rücken und ruderte mit letzter Kraft mit den Beinen – zumindest drehten sich zwei seiner Räder leise im Wind. Jörg stieg mit seinen spitzen Halbschuhen hinüber und holte ihn heraus. Er stellte ihn aufrecht aufs Trottoir, bog ihn einigermaßen zurecht, prüfte die Beweglichkeit der Räder und legte schließlich sein hart gekochtes Ei auf den Sitz.

„Is' ja gut, Spatz", sagte er mit väterlichem Ton und streichelte ihm über die Stirn, „wir sind ja bald zu Hause." Eine dicke Frau, die uns gerade mit vollem Einkaufsnetz entgegenkam, riss die Schweinsäuglein auf und wechselte auf der Stelle die Straßenseite.

Wir gingen gemächlich, Jörg sein Kind vor sich her schiebend, bis an die Ecke der Oggersheimer Straße, die direkt zum neuen Bahnhof führte und daher vorgesehen war, gegen den Willen der alteingesessenen Ludwigshafener demnächst in „Bahnhofstraße" umgetauft zu werden – was genau genommen sinnvoll war, da der neue Bahnhof seit nunmehr drei Jahren den direkten Weg nach Oggersheim versperrte. Wir blieben stehen.

„Ich glaub', ich fahr' nach Hause", sagte Bozo. Er klang müde.

„*Wie* bitte?", meinte Jörg ungläubig, seinen Kinderwagen fest im Griff.

„Ich werde nach Hause fahren."

„Das wird für mich sicherlich auch das Beste sein“, sagte ich. „Ich muss mich unbedingt noch ein paar Stunden hinlegen.“

„Sagt mal – ihr könnt doch nicht einfach plötzlich alle nach Hause gehen!“, protestierte Jörg. „Es ist doch erst zwölf!“

„Was heißt *erst*?“, meinte Bozo, „ich will bis heute Abend wieder fit sein – ich bin noch wo eingeladen. Bis ich zu Hause bin, ist es vorneweg zwei Uhr – eher später.“

Jörgs Blick schwenkte Hilfe suchend zu mir, aber er erkannte gleich, dass auch hier nichts zu holen war. Ich war todmüde, relativ ungewaschen und meine klammen Klamotten rochen nach Karnickelwiese. *Und* ich hatte eine Wohnung mit einem riesigen Bett. Und wenn heute eines nicht auf meiner Tagesordnung stand, dann war es aus Solidarität in der prallen Sonne mit Jörg durch die allmählich aussterbende Innenstadt zu ziehen.

„Naja, wenn ihr meint“, sagte er achselzuckend. „dann geht halt nach Hause in euer Bettchen und ruht euch aus. Mir wird schon was einfallen.“

„Stell’ dich nicht so an“, sagte Bozo.

„Wir sehen uns spätestens am nächsten Freitag wieder am Automat“, fügte ich hinzu.

„Is’ gut. Bis spätestens nächsten Freitag also.“ Er war sichtlich enttäuscht. Man spürte förmlich den leeren Samstag, der sich nun vor ihm ausbreitete. Nach Hause ging er tagsüber ja nie – was sollte er auch dort? Er lebte, wie gesagt, bei seiner alten Mutter in Oppau, das zwar zu Ludwigshafen gehörte, aber für einen kurzen Sprung dann doch zu weit außerhalb lag, zumal er ja über keinerlei finanzielle Ressourcen verfügte. Nicht, dass er ein besonders ehrlicher Straßenbahnfahrgast war, aber die Haltestellen auf der grünen Strecke vor Oppau lagen weit auseinander und stellten damit doch ein gewisses Risiko dar.

Jörg nahm seinen Kinderwagen und schob ihn Richtung Arbeitsamt und Pfalzbau. Eine Querstraße weiter stellte er ihn ab, klopfte sein Ei an einer Hauswand auf und lief allein weiter. Wir schauten ihm noch eine Weile nach, bis er an der Kaiser-Wilhelm-Straße um die Ecke bog, sein Ei vermutlich säuberlich verspeist und die Schale ordentlich entsorgt.

„Ich ruf' dich nächste Woche mal im Geschäft an", sagte ich schließlich zu Bozo.

„Alla hopp – mach' das. Bis dann!" Er steckte sich eine Zigarette an und machte sich dann auf den Weg zum neuen Bahnhof, um die lange, umständliche Heimreise anzutreten.

Ich musste über das Viadukt und lief deshalb wieder zurück in Richtung Postkantine.

5
Der Hemshof

Das Viadukt verband die Ludwigshafener Innenstadt mit dem Hemshof, dem alten, dunklen Arbeiterstadtteil, der sich zur Stadt hin mit dem schmucken Rathaus präsentierte. Von oben sah das Viadukt wohl aus wie ein großes, auf der Seite liegendes *H*, wobei der Querstrich die eigentliche Brücke war. Die restlichen Striche waren die vier Rampen, die von allen Seiten zur Brücke hinaufführten. An beiden Enden, unten im Schatten der Straße, spuckte ein Brunnen Wasser aus der Mauer in ein steinernes, halbrundes Becken.

Über das Viadukt musste jeder, der von Norden her in die Innenstadt wollte oder in umgekehrter Richtung aus ihr hinaus. Hier drängten sich Fußgänger, die Werksfahrräder der großen Sodafabrik, Autos und Lkw sowie die zahlreichen Straßenbahnen, die sich von überall her durch diesen Flaschenhals schoben, sich abenteuerlich um die rechten Winkel schlichen und aus denen man in die Wohnungen über der Postkantine hineinschauen konnte.

Unter ihm dehnte sich die riesige, nunmehr rostige Gleisanlage des alten Bahnhofs aus, der ein unpraktischer Sackbahnhof gewesen war. Er wurde, wohl aus diesem Grund, vor einigen Jahren stillgelegt, zugunsten des angeblich modernsten Bahnhofs Europas, der abseits der Innenstadt als Durchgangsbahnhof hingestellt wurde und nun Ludwigshafen mit der Welt verband. Seitdem wucherte der alte unter Johanniskraut und geil treibenden Essigbäumen langsam zu.

Die Stadt – vielmehr deren Verwaltung – hegte schon lange den Plan, den Bahnhof, die Gleisanlagen und das dadurch unnötig gewordene Viadukt abzureißen und an deren Stelle, neben dem Brückenkopf der bis dahin fertig gestellten neuen Rheinbrücke, ein riesiges Hochhaus mit Einkaufszentrum hinzusetzen, in das dann auch das Rathaus einziehen sollte. Ludwigshafen hatte schon immer Probleme mit seiner Identität, in derart unmittelbarer Nachbarschaft zum barocken Mannheim, und suchte nun mit diesem Schritt die Symptome anstatt die Ursachen zu bekämpfen, statt – was weitaus ehrlicher gewesen wäre – sich einfach zu seinem Blaumann zu bekennen. Er war ja schließlich keine Schande und ohnehin unübersehbar. Eine Stadt, deren Zentrum sich nach außen hin mit Lagerhallen und Getreidemühlen präsentierte, war nun mal eine Arbeiterstadt. Großstadtflair lässt sich nicht verschreiben; es entsteht entweder von selbst oder gar nicht.

Aber wichtiger an einer Stadt als Flair ist ihr Herz, und das schlug in Ludwigshafen im Hemshof, von vielen als derbes Arbeiter- und Gastarbeiterviertel verachtet. Es war aber das einzige wirklich gewachsene Viertel der Stadt und damit deren eigentliche Keimzelle. Die vielen umliegenden Stadtteile, ausgenommen die Innenstadt, waren ursprünglich alte Dörfer gewesen und besaßen wenig städtischen Charakter. Sie wurden lediglich der Stadt angegliedert, nachdem diese bereits stand.

Der Hemshof wuchs zusammen mit der Sodafabrik heran, die Mitte des 19. Jahrhunderts gegründet wurde und sogleich dem Hemshöfer den Zugang zum Rhein versperrte. Hier waren die Wohnhäuser wuchtig, aus Sandstein und Ziegeln gebaut, meist vier, fünf Stockwerke hoch und zum Teil, dem ursprünglichen Zeitgeist entsprechend, reich verziert, was man jedoch vor lauter Ruß und Gewohnheit gar nicht richtig wahrnahm. Hier gab es Pferdemetzgereien und Wassertürme, und die vielen Gastarbeiter, die hier lebten – hauptsächlich Italiener, Jugoslawen und Türken –, gaben dieser Stadt die verlorene Farbe zurück.

Aber auch hier drohte das gleiche Unheil wie dem alten Bahnhof und dem Viadukt, wenn auch nicht so schnell. Was die Bombenteppiche vor dreißig Jahren nicht geschafft hatten, sollte jetzt planmäßig mit der Abrissbirne nachgeholt werden. Ludwigshafen sollte auf Biegen und Brechen modern werden; der Stadt sollte das Herz entrissen und dieses durch eine billige Plastikpumpe ersetzt werden. Ein solcher Eingriff war aber bis jetzt noch nirgends geglückt; das neue Herz würde einfach nicht schlagen wollen. Aber noch schlug das alte aus Fleisch und Blut, und ich, Peter Dumfarth, wohnte mittendrin.

Ich schloss meine Wohnungstür auf und trat ein. Sie führte geradewegs vom Treppenhaus in die kleine Küche, ganz ohne Flur oder Vestibül und somit im Winter auch ganz ohne Kältepuffer. Es war dunkel und kühl und roch nach gebrauchten, feuchten Geschirrtüchern und längst versprühtem Deospray.

Ich öffnete das Küchenfenster, um die Fensterläden aufzustoßen und Licht hereinzulassen, und versuchte, die Samstagszeitung, die mir dabei entgegenkam, mit beiden Armen aufzufangen. Barbara, eine langjährige Kneipenfreundin von mir, trug in diesem Teil des Hemshofs die *Rheinpfalz* aus, und da es nie auszuschließen war, dass die eine oder andere Zeitung beschädigt war oder dass sich irgendjemand bei der Aufteilung in der Zentrale verzählt hatte, waren stets vorsorglich zwei oder drei mehr hinzugelegt worden, wovon ich dann jeden Morgen kostenlos eine ans Küchenfenster geliefert bekam. Dafür servierte ich meiner dankbaren Zeitungsfrau jedes Mal pünktlich eine Tasse Kaffee ans Fenstersims, außer samstags natürlich – da übernachtete ich meistens woanders, und wenn nicht, dann lag ich um jene Uhrzeit noch im Bett. Die Samstagszeitung war aufgrund der vielen Werbebroschüren und Wochenendbeilagen in der Regel doppelt bis dreimal so dick wie unter der Woche und ließ sich nur auseinandergeklappt hinter den geschlossenen Fensterladen schieben. Ich sammelte sie vom Boden auf und setzte mich hin.

Auf dem Küchentisch stand noch eine halbvolle Tasse Kaffee mit Milch, auf deren kalter Oberfläche inzwischen Schimmel herangereift war. Er war in der Mitte etwas erhaben und lief zum Rand hin aus, wie ein winziges schwimmendes Spiegelei mit erblindetem Dotter.

Trotz des Frühstücks in der Postkantine hing mir der Alkohol der vergangenen Nacht noch mächtig in den Knochen, und die aus langjähriger Erfahrung einzige wirklich effektive Maßnahme, um mich für den heutigen Abend wieder halbwegs instand zu setzen, bestand aus einer groß angelegten Blutwäsche. Das bedeutete, Tee in großen Mengen oben hineinzufüllen, um das Blut zu verwässern und die Nierentätigkeit und somit den Harnfluss anzuregen, bis irgendwann unten nur noch Tee herauskam. Und dann ab ins Bett. Ich musste vor einem neuen Abend in der Kneipe, oder wo auch immer, gewissermaßen mein abgegriffenes Glas von gestern spülen.

Ich setzte in meinem federleichten, verbeulten Blechkessel (einem der unzähligen im Mietvertrag fest verankerten Bestandteile der Kücheneinrichtung) Wasser auf, holte die Kanne (dito) und mein Teesammelsurium aus dem Schrank – Kamille, Pfefferminze, Hagebutte und den namenlosen Schwarzen, die ganze billige Palette vom *Konsum* – und nahm je einen Beutel aus den bunten Packungen. Routiniert zwirbelte ich sie mit einer geschickten Drehung zusammen, hängte sie hinein und klemmte sie mit dem Deckel fest, damit sie mit den farbenfroh bedruckten Etiketten nicht hineinfielen und später im heißen Aufbrühwasser ausbluteten.

Ich warf einen Blick auf die Uhr am Herd – es war schon fast eins. Die Geschäfte im Hemshof machten in wenigen Minuten zu, und ich hatte kaum noch etwas im Kühlschrank. Schräg gegenüber gab es einen Eckladen, wo man nicht so genau auf die Uhr schaute, und so nahm ich meinen Schlüssel vom Tisch und meinen Parka vom Stuhl und ging noch einmal aus dem Haus.

Als ich draußen auf der Straße meine Fensterläden ganz aufklappte und arretierte, warf ich einen Blick hinüber zum Eckladen. Die Tür stand noch offen, und drinnen waren noch schemenhaft Lebenszeichen zu erkennen. Zudem stand neben den halbrunden Stufen, die über Eck zum Eingang hinaufführten, des Ladens treueste Stammkundin und nahm schwankend und just in diesem Moment einen tiefen Zug aus ihrer Bierflasche. Es war die schwarz gekleidete Stadtstreicherin, die beinahe jeden Tag in ihrem Berg praller Plastiktüten da stand, eine Pennerin von geradezu exotischer Prägung und schätzungsweise Mitte vierzig bis fünfzig. Sie gehörte zum Eckladen wie das Parkverbotsschild davor oder wie am Goerdelerplatz die gewöhnlichen Penner zum *Konsum* (der sich neuerdings *co-op* nannte, aber das hatte sich im täglichen

Sprachgebrauch noch nicht durchgesetzt). Sie war eine Unabhängige und hob sich deutlich von Ludwigshafens üblicher Pennergemeinde ab, und der Eckladen war ihr ureigenes Revier, wo sie, wenn auch nicht gänzlich akzeptiert, doch zumindest wohlwollend toleriert wurde. Sie sprach mich jedes Mal an, wenn ich nur in ihre Nähe kam, verwickelte mich in ein inhaltsloses Gespräch und ließ mich dann nicht mehr los. Sie kannte sogar meinen Namen, ich hatte keine Ahnung woher. Ich nahm jeden Umweg in Kauf, um ihr zu entkommen, aber dazu hatte ich jetzt keine Zeit mehr.

„Aah – Herr Dumfarth!", rief sie laut, als ich die erste Stufe geschafft hatte, und stieß mitten im Satz hörbar auf, „wie geht's uns heute?"

„Danke der Nachfrage", erwiderte ich.

„Und der Frau Dumfarth?" Das fragte sie jedes Mal.

„Es gibt keine Frau Dumfarth."

„Waas!? Ein Mann wie Sie!" Auch das sagte sie jedes Mal. Es war ein Begrüßungsritual, dessen Sinn man nicht mehr kannte und aus lauter Ehrfurcht vor der Tradition auch nicht hinterfragte. Ich ging hinein und schüttelte mir einen Drahtkorb aus dem Stapel.

Sie hatte keinen Namen. Meine Vermieterin nannte sie immer *die Schwarz'*, wenn die Rede von ihr war, weil sie tagaus, tagein ausnahmslos in schwarzen Kleidern auftrat (wahrscheinlich waren es immer dieselben – ich achtete nie darauf). Sogar ihre Perlonstrümpfe waren schwarz – nicht gerade was Alltägliches, zumindest nicht am helllichten Tag auf der Straße. Sie wirkte gar nicht so ungepflegt für eine Stadtstreicherin – fast schon elegant, wenn man die beständige Bierfahne und ihre mitgeführten Habseligkeiten zu ihren Füßen nicht zählte. Frauen geben da vielleicht nicht so schnell auf wie Männer. Andererseits – wenn ich an die regungslos knutschende, staubige Pennerin gestern in der *Tränke* dachte …

Ich nahm mir einen Beutel Schnittbrot, einen Becher Margarine und zwei Flaschen Cola für die Schorle aus dem Regal. Zu Hause hatte ich noch eine Zweiliterflasche *Tiroler Bauerntrunk*. Das war der billige, leicht perlende Weißwein vom *Konsum*, der zum Mischen besser war als nichts – ähnlich dem Lambrusco, nur weiß eben.

Ich bezahlte, ließ mir alles in eine große Plastiktüte packen sowie ein schönes Wochenende wünschen und trat wieder hinaus in die Sonne.

Die Schwarz' fixierte mich sogleich mit ihren glasigen Augen, und ich blieb stehen. Mein Zeug hatte ich ja.

„Hamse schon gehört, Herr Dumfarth …", sagte sie leise, geradezu verschwörerisch, und beugte sich zu mir vor, „heut' Abend kommense wieder."

Sie trug einen schwarzen Topfhut, aus dessen vorderem Rand ein schmales, schwarzes Netz mit kleinen, bunten Glasperlen ragte, das auf ihre Stirn und ihren besorgten Blick einen feinen, von winzigen bunten Lichtpunkten durchsetzten Schatten warf.

„Wer denn?", fragte ich.

„Na, wer denn – die Lottozahlen!" Sie fing an, laut zu lachen. „Der war gut, was?"

„Hm, der war klasse."

Ihr Lachen hörte nicht mehr auf und steigerte sich übergangslos zu einem ungesunden Hustenanfall.

„Hamse mal 'ne Zigarette?", sagte sie atemlos und nahm einen hektischen Schluck aus ihrer Flasche. Ich holte meine Packung aus der Tasche hervor und gab ihr eine.

„Oh – ’ne Kurmark! Das ist gut!“

„Ich muss heim, mein Wasser kocht“, sagte ich und gab ihr Feuer.

„Aha – was gibt’s ’n Gutes?“

„Tee. Also dann – tschüs.“

„Wiedersehen, Herr Dumfarth! Und grüßen Sie mir die Gattin!“

„Mach’ ich.“

Als ich die Haustür aufschloss, drehte ich mich noch einmal um, und sie rief mir winkend noch einen schönen Sonntag, Herr Dumfarth, zu.

Mein Teewasser war mittlerweile längst verkocht, und ich füllte den Kessel wieder auf. Er holte die Verzögerung jedoch rasch wieder ein, und nachdem es erneut zu kochen begann, überbrühte ich mein Beutelbündel und setzte mich mit der Zeitung an den Küchentisch.

Die Samstagszeitung war zwar umfangreich, ging jedoch mit ihren Wochenendbeilagen ziemlich an meinen Bedürfnissen vorbei, bestanden die doch nur aus Stellen- und Immobiliengesuchen respektive -angeboten, bunten Werbeprospekten von *Kaufgut*, *Konsum* und Co. und dem *Pfälzer Feierabend*, einem Gruselkabinett aus billigen Bilderwitzen, „lustigen“ Mundartgeschichten, Reiseberichten aus dem Spessart und dem Rundfunk- und Fernsehprogramm, wovon ich weder/noch besaß.

Nachdem mein Tee lange genug gezogen hatte, stand ich auf und spülte meine schimmelige Tasse aus, und als ich mir meinen ersten Waschgang einschenkte, fiel mein Blick ins Schlafzimmer. Dabei kam mir unser Popcornfest wieder in den Sinn, das ich den ganzen Morgen über völlig vergessen hatte. Ich versuchte, es mir bildlich vorzustellen, und was sich vor meinem geistigen Auge auftat, gefiel mir. Aber es ging ja gar nicht ums Gefallen – die Idee *war* ganz einfach gut. Es ging vielmehr darum, ob sich das Ganze überhaupt zustande bringen ließe, und vor allem, wie. Ich baute in Gedanken ein ein Meter hohes Podest in der Zimmermitte auf, setzte eine Badewanne drauf und hatte plötzlich die Deckenlampe genau zwischen mir und meiner dicken Freundin. Dabei wurde mir klar, dass wir noch viel Arbeit vor uns hatten.

Meine Wohnung war sehr klein und maß keine dreißig Quadratmeter. Im Mietvertrag war von einer „möblierten Wohnung mit einem Zimmer, einer Küche, einem Korridor und einer Toilette mit Dusche“ die Rede. Tatsächlich aber befand sich die Toilette im Treppenhaus neben der Hoftür und musste zudem mit vier anderen Parteien geteilt werden, in deren Mietverträgen wohl ebenfalls von einer integrierten Toilette mit Dusche die Rede war. Wo sich besagter Korridor befand, hatte sich mir bis dato noch nicht offenbart. In meiner Wohnung jedenfalls nicht, so viel stand fest.

Die Dusche gab es allerdings. Sie war offensichtlich nachträglich von außen an die Küche angebaut und maß etwa einen Meter im Quadrat (wenn überhaupt – das eigentliche Duschbecken füllte nämlich, bis auf einen dreißig Zentimeter breiten Streifen zwischen ihm und der Tür, die gesamte Fläche aus). Und anstelle eines Fensters fand sich in der Dusche eine dicke grüne Styroporplatte genau da in der Wand, wo es wohl ursprünglich vorgesehen war. Die Platte verwehrte zwar Licht und Luft den Zutritt, dafür aber auch im Winter der Kälte, und ließ dem Duschdampf einzig die Möglichkeit, durch die Schwingtür in die Küche zu entweichen.

Und möbliert, das war sie auch, meine Wohnung – und wie! Dem Stil nach hatte die Kücheneinrichtung schon mindestens zwanzig Jahre lang zahllosen Junggesellen und einsamen Gastarbeitern als trostlose Kulisse gedient (die Türken zumindest, früher auch die Italiener und wer sonst noch im Wirtschaftswunderland sein Glück gesucht hatte, hatten in der Regel ihre Familien nicht mitgebracht). Aber es war alles da – ein weißgrauer Resopalschrank mit passendem Hängeschrank darüber, ein grau gestrichener Küchentisch mit Plastiktischdecke und Sitzbank, ein einfacher Elektroherd, Kühlschrank, Heizkörper. Sogar Geschirr, ein paar Blechtöpfe und zwei Bratpfannen, nicht zuletzt auch mein verbeulter Wasserkessel, gehörten dazu. In der Ecke, neben der Schwingtür zur Dusche und dem Straßenfenster, war ein kastenförmiger, gelblicher Spülstein mit den eingefärbten Riefen aus zwanzig Jahren Teeausgießen und Geschirrspülen. Darüber hingen ein nierentischförmiger Spiegel mit einer schwarzen Ablage aus Plastik für das Rasierzeug (mit verchromter Einfriedung, damit nichts abstürzte und in die Tiefe fiel) sowie ein Fünfliter-Wasserboiler.

An der gegenüberliegenden Wand führte eine Tür direkt ins Schlafzimmer. Und das war's. Ach ja, der schwarze Stromzähler neben der Tür zum Treppenhaus, auf dem der Briefkastenschlüssel lag; die Küche war so klein, dass auch er schon fast ein Möbelstück darstellte.

Worauf man im Mietvertrag nicht vergessen hatte hinzuweisen, war die Definition des Begriffs „möblierte Wohnung“. Offiziell galten die nämlich nur für den „vorübergehenden Gebrauch“, sozusagen als Dauerhotelzimmer mit monatlicher Abrechnung. So ähnlich hatte ich sie damals auch begutachtet und genommen, wie ein Hotelzimmer für eine Nacht. Das bedeutete im Klartext, dass man die Wohnung jederzeit kurzfristig bis zum Monatsende kündigen konnte, was in einer normalen Wohnung nicht so formlos ging. Es bedeutete aber ebenfalls, dass einem genauso schnell auch gekündigt werden *konnte*, zum Beispiel wenn man die Treppe wiederholt nicht putzte oder man sich von einer Frau besuchen ließ – oder eine sonstige Ungehörigkeit beging. Und zweifelsohne auch, wenn man sein möbliertes Schlafzimmer ausräumte, um es mit Popcorn aufzufüllen.

Es klopfte kurz und energisch an der Tür. Ich erhob mich langsam, lief um den Tisch herum und machte auf. Es war Frau Kamp, meine Vermieterin, die genau über mir wohnte. Sie war in Begleitung ihrer hektischen kleinen Möpsin, die Cleo hieß und, wie es schien, nie von ihrer Seite wich – außer nachts, wenn sie allein im Treppenhaus wachte. Cleo raste mit ihren kurzen, roboterhaften Beinchen an ihr vorbei und hetzte mit satt patschenden Ballen und tackernden Krallengeräuschen durch meine Küche, schnüffelte inspizierend in sämtlichen Ecken und Nischen. Sie holte dabei wiederholt tief und laut hörbar Luft durch die Nase, um sämtliche vorhandenen Gerüche zu analysieren, und ließ sich schließlich schnaubend neben meinem Mülleimer nieder, um zweimal aufgeregt und feucht zu niesen. Möpse waren aufgrund ihres hohen Energiebedarfs wandelnde Scheunendrescher und verweilten vornehmlich dort, wo es am ehesten nach Essen roch.

Für einen Mops war Cleo ungewöhnlich klein, ein Zwergmops sozusagen, wie es ihn allerdings – laut Frau Kamp – als solchen nicht gab. Cleo muffelte unablässig leise vor sich hin, einem Pekinesen nicht unähnlich, dessen platt gestaltete Vorderfront sowie röchelnde Kurzatmigkeit und Niessucht sie teilte. Wie alle Möpse besaß sie einen markanten Darmausgang, und damit dieser der Aufmerksamkeit des Betrachters auch ja nicht entging, wurde er meist vom kurzen Ringelschwanz gleichmäßig eingerahmt. Im Grunde war sie ein groteskes kleines Monster, jedoch mit ihren großen, fragenden schwarzen Glupschaugen und ihrem aufgedrehten Gebaren auch irgendwie possierlich. Ich mochte sie jedenfalls.

Frau Kamp kam grußlos herein, wie immer, und setzte sich sogleich an den Küchentisch. Sie bewegte sich in meiner Wohnung, als wäre sie zu Hause, und ich ging davon aus, dass sie das alles auch so auffasste. Nicht nur, weil einem der Status einer möblierten Wohnung nun mal nicht so viel Privatsphäre zugestand, wie ich mir zuweilen wünschte – in einem regulären Hotelzimmer hatte man das schließlich auch nicht –, sondern auch weil sie, wie sie mir schon unzählige Male erzählt hatte, schon immer in diesem Haus gewohnt hatte und als Kind, zusammen mit ihren Geschwistern, in eben diesen Räumen. Erschwerend kam für mich hinzu, dass das Mobiliar, in der Küche wie auch im Schlafzimmer, ihre erste eigene Einrichtung gewesen war nach der Heirat mit ihrem Prinzgemahl (der den ganzen Tag im Blaumann und mit Rohrzange und Klappmeter im Haus nach dem Rechten sah). Welche eigenen Ansprüche konnte ich dem schon entgegensetzen, zumal ich erst seit Anfang des Jahres hier wohnte? Manchmal kam sie sogar rein, wenn ich im Geschäft war, und räumte mein Geschirr zusammen oder machte mein Bett. Und das zweiwöchentliche Wechseln der Bettwäsche stand ihr laut Mietvertrag sogar zu.

„Waren Sie heute Nacht nicht zu Hause, Herr Dumfarth?“, fragte sie fast vorwurfsvoll und steckte sich eine meiner Zigaretten an. Ich setzte mich wieder.

„Nein“, sagte ich und stellte ihr den Aschenbecher hin, „ich habe woanders geschlafen. Warum?“

„Da war heute früh so ein langhaariger junger Mann und hat bei Ihnen geklingelt. Er ist dann wieder gegangen.“ Sie wedelte den Rauch, kaum dass sie ihn wieder aus ihrem Mund entlassen hatte, mit skeptischem Blick wie eine lästige Fliege von sich.

„Das war sicherlich mein Bruder. Da schau ich vielleicht später mal vorbei.“

Ich schätzte Frau Kamp so um die fünfzig. Sie war klein, wirkte mit ihren vielen Pölsterchen der Länge nach etwas aufgestaucht und hatte, zwischen ihre großen, weichen Wangen gezwängt, ein gnomenhaftes, kleines Gesicht mit lustigen, ungeschminkten Augen. Ihre blonden Haare trug sie rigoros zusammengeschnitten als kleine praktische Topffrisur. Sie hatte keine Kinder und regierte über ihr Reich mit gutgemeinter, strengmütterlicher Autorität, was bei den alleinlebenden männlichen Ausländern im Haus sogar gut ankam (ihnen blieb wohl auch nichts anderes übrig).

„Der Boden im Treppenhaus hat ja schon eine Ewigkeit kein Wasser mehr von unten gesehen“, sagte sie.

„Ja, ich weiß.“ Ich senkte in Gedanken mein Haupt.

„Die Itaker von Gegenüber sind ja eine Weile außer Landes. Die Signora war ja hochschwanger, wie Sie sicherlich bemerkt haben, und da sind die zum Werfen runtergefahren. Die werfen immer daheim, verstehen Sie, damit die Bankert italienische Staatsbürger sind, wenn sie auf die Welt kommen.“ Sie musste es wohl wissen – außer mir (und ihr und ihrem Gatten) wohnten nur Ausländer im Haus.

„Aber die junge Türkin von hinten, mit ihrem vielen Herrenbesuch, die bringt den meisten Dreck rein von der Straße. Sie wissen ja, dass die da hinten rumhurt?"

Ich wusste es nicht. „Da hinten" – das waren drei winzige Wohnungen im Hinterhof, alle noch viel kleiner als meine. Soviel ich wusste, bestanden sie aus jeweils nur einem Raum, plus Dusche. Sie waren entweder zum Zweck einer Gewinnmaximierung nachträglich gebaut worden oder, was wahrscheinlicher war, da sie aus denselben Backsteinen gebaut waren wie das Haus selbst, ehemalige Geräteschuppen oder Pferdeställe. Besagte Türkin wohnte in der hintersten Wohnung.

„Ich erledige das nachher mit dem Hausgang", versprach ich.

„Aber auch richtig – sie wissen ja, nicht nur den Dreck hin und her fuhrwerken. Und zum Schluss noch einmal trocken aufziehen – und die Türen auf Durchzug stellen, damit's schneller trocknet. Sonst rutscht mir noch einer aus!"

Es furzte plötzlich laut und geradezu menschlich aus der Ecke, und Cleo setzte sich hastig auf und trat ruhelos mit den Vorderpfoten auf der Stelle. Möpse neigten häufig zur Blähsucht, was sie in regelmäßigen Abständen kundzutun pflegten.

„Hoppla, Frollein!", sagte Frauchen, „'ne feine Dame hört sich aber anders an!"

Sie drückte ihre Zigarette aus und schaute auf die Uhr. „Oh Gott, ich muss die Kartoffeln aufsetzen", sagte sie und sprang auf. „Also, Herr Dumfarth, Sie wissen Bescheid."

Mit einem knappen „Tschüs“ war sie schon wieder draußen. Cleo hechelte an ihr vorbei, und ich machte leise hinter ihnen zu. Ihre Schritte entfernten sich rasch nach oben, die Tür fiel ins Schloss, und es war wieder still.

Meine Nieren kamen allmählich auf Touren, und ich musste fortlaufend meine Zeitungslektüre unterbrechen, um im Treppenhaus das Klo aufzusuchen. Das Klo war ein düsteres, kleines Rattenloch unter der Treppe, und ich benutzte es – wenn überhaupt – ausschließlich zum Pinkeln; alles andere erledigte ich im Geschäft oder in der Wirtschaft. Nicht, dass ich Probleme damit gehabt hätte, die Toilette mit den Italienern von Gegenüber und den drei Türken vom Hinterhof zu teilen – das tat ich ja im Geschäft und in der Wirtschaft auch. Es fühlte sich hier einfach niemand für die Instandhaltung zuständig, mich nicht ausgeschlossen, und dementsprechend sah es auch aus.

Und es sah nicht nur so aus. Der Topf selbst starrte vor undefinierbarem Schmutz; die rot angepinselte Klobrille, die gesamte Außenseite der Schüssel und vor allem der Sockel mit den zwei großen Muttern, wo alles zusammenlief und sich absetzte, waren von einem widerwärtigen Schorf überzogen. Der zeugte nicht nur von der mangelnden Treffsicherheit der männlichen Benutzer – es war ja auch nicht gerade hell in der Toilette, was kaum jemand motivierte, sich mit Zielübungen überhaupt auseinanderzusetzen –, sondern auch, da ich davon ausging, dass die weiblichen Benutzer es vorzogen, beim Pinkeln keinen direkten Hautkontakt mit der Klobrille zu riskieren, dass diese wohl an der zweifelhaften Hygiene keinen geringen Anteil hatten.

Irgendwann übertraf mein Beitrag unter der Treppe die investierte Teemenge, und ich hatte allmählich das Gefühl, meinem Körper einen guten Dienst geleistet zu haben. Es war zwei Uhr vorbei und Zeit für den zweiten Teil meiner Kur, dem Nachholen meiner entgangenen Nachtruhe.

Nachdem ich mir unter der Dusche die letzten Überreste von *Shiloh Ranch* und Rheinwiese heruntergespült und zum Ausdampfen der auf etwa fünf Zentimeter Sichtweite zugenebelten Duschkabine die Schwingtür hinter einen Küchenstuhl geklemmt hatte, der zu diesem Zweck dort stand, zog ich im Schlafzimmer den Vorhang zu und legte mich nackt und nur unzureichend abgetrocknet aufs Bett.

Mein Schlafzimmer lag nach hinten, zum Hof hin. Es war etwas größer als die Küche, eher quadratisch, und war beherrscht von einem riesigen alten Doppelbett, das in keinem Verhältnis zur geringen Größe der Wohnung stand. Ein hoher, schmuckloser Kleiderschrank in der Ecke neben dem Hoffenster und ein sogenannter Waschtisch mit scharniertem Spiegel-Triptychon füllten vor dem Fußende des Betts den spärlichen Rest des Raumes größtenteils aus.

Über dem Kopfende hing, in einem schmalen, goldfarbenen, pseudobarocken Pressrahmen, ganz ohne Passepartout, der obligatorische, verblasste Schlafzimmerschinken. In den meisten alten Wohnungen stellte dieser einen knallblau berockten Jesus dar, der sein ehedem verlorenes und nunmehr wiedergefundenes Lamm im Schoße hielt; in meinem Fall jedoch war eine schlafende, friedlich lächelnde Fee in einem Ruderboot abgebildet, umgeben von einem Schwarm kleiner, dicker Putten, von denen ihr einige ganz unverfroren das hauchdünne Kleid lüfteten und neugierig beziehungsweise entzückt darunterschauten. Daneben baumelte eine alte, mit seidenglänzendem, grünlichem Goldfaden umsponnene Nachtkordel, die allerdings längst ihrer eigentlichen Aufgabe entbunden war und irgendwo in der Wand ins Leere lief.

Als ich wieder zu mir kam, war es immer noch hell hinterm Vorhang, wenn auch irgendwie verändert. Meine Blase war angeschwollen wie ein vergessenes Euter und drohte, bei der geringsten Bewegung zu platzen. Während ich mir überlegte, ob die Blase in diesem Zustand kugelrund war wie die prallen, angetrockneten Schweinsblasen, die donnerstags wie derbe Luftballone leise über den Straßenschaltern der Wirtschaften wehten, um auf frische Wurstsuppe hinzuweisen, oder ob sie sich der Form ihrer verdrängten Nachbarorgane anpasste, stand ich vorsichtig auf und quälte mich langsam, mit kurzen Schritten, durch die Küche zur Dusche. Ich hatte weder Zeit noch Muße, mich anzuziehen und im Treppenhaus das Klo aufzusuchen, das womöglich auch noch belegt war. Und überhaupt – zum Pinkeln benutzte ich eh meistens die Dusche, zumindest, wenn ich vom Bett kam. Ich wohnte ja schließlich allein.

Auf dem gekachelten Duschwannenrand stehend, drehte ich noch schnell den Wasserhahn auf, bevor ich mich schließlich mit Mühe entkrampfte und es freihändig laufen ließ. Der abgelassene Überdruck schmerzte im ersten Moment noch mehr als zuvor, wurde dann aber rasch von einer wohligen Gänsehautwelle verdrängt, die er hoch bis zum Scheitel und wieder hinunter bis in die nackten Fußsohlen aussendete.

Während ich an der Kachelwand lehnte und langsam auslief, fiel mein Blick auf den Wäscheeimer vor der Dusche, der vor lauter Unterhosen, Strümpfen, T-Shirts und Geschirrtüchern überquoll. Ich hatte fast nichts mehr im Schrank, und es war höchste Zeit, sie in der Duschwanne mit Waschmittel einzuweichen, um sie anschließend einzeln durchzukneten, zwei- bis dreimal in klarem Wasser zu spülen, mit aller Kraft auszuwringen und abschließend straff zu ziehen und zum Trocknen an sämtlichen Stuhllehnen, Türklinken und kalten Heizkörpern aufzuhängen beziehungsweise auszubreiten.

Seit Tagen nun schon konnte ich für diese langwierige Prozedur die rechte Startenergie nicht aufbringen, und ich überlegte mir nun, ob ich sie vielleicht erst einmal einweichen sollte, was ja noch keine richtige Arbeit war – und danach *musste* ich sie einfach irgendwann auswaschen und aufhängen, spätestens wenn ich das nächste Mal unter die Dusche wollte.

Ich konnte sie allerdings auch in eine Tüte packen und am morgigen Sonntag beim Schorlefriedel vorbeischauen. Der wohnte mit seiner Freundin gerade um die Ecke und besaß eine richtige Waschmaschine. Ja, genauso würde ich es auch tun! Komisch, dass mir diese Option erst jetzt eingefallen war. So sauber würde meine Wäsche noch nie gewesen sein, und noch dazu ohne eigenes Zutun!

Meine Blase fühlte sich an, als wäre sie schneller ausgelaufen, als sie sich wieder zusammenziehen konnte, und die Schlussfolgerung, sie müsse dann vor lauter Unterdruck nun Luft anziehen, ließ mich die Vorstellung als untauglich verwerfen. Ich spülte mit der Brause die Wanne kurz aus und ging zurück in die Küche.

Ich warf einen Blick in den Spiegel. Inzwischen sah ich viel besser aus als heute Morgen in der Postkantine – bis auf meinen 17-Uhr-Schatten. Der hatte mittlerweile genau drei Tage Verspätung, und ich entschloss mich zur Rasur.

Ich holte einen von Frau Kamps verbeulten Blechtöpfen, in denen mir regelmäßig das Essen anbrannte, unten aus dem Küchenschrank hervor, stellte ihn in den Spülstein und ließ heißes Wasser einlaufen. Mit dem heißen Wasser in der Küche musste man sparsam umgehen, da der Boiler gerade mal fünf Liter fasste und eine Ewigkeit brauchte, bis er wieder aufgeheizt war. Wahrscheinlich war er hoffnungslos verkalkt, aber wie man einen in sich geschlossenen Boiler entkalkte, entzog sich meiner Kenntnis.

Ich sprühte mir einen Schaumklecks auf die Handfläche, verteilte ihn erst auf beide Hände und dann im nassen Gesicht und tauchte meinen Einmalrasierer ins heiße Wasser. Mit dem üblichen Grimassenspiel kratzte ich mich Stück für Stück wieder frei. Eine kleine, gelbe Fliege, die auf dem Spiegel saß und mich anzuschauen schien, rieb sich die Hände, als wollte sie mit einem *„Ha!"* einen Hechtsprung in den heißen Topf machen.

Die Einmalrasierer, die ich weit öfter als einmal benutzte, obwohl sie nach dem ersten Mal rasch an Schärfe verloren, bekam ich von meinem Bruder Berthold, der sie wiederum von einer Freundin bezog, die Krankenschwester war und im Krankenhaus damit den Blinddarmpatienten vor dem Eingriff die Schamhaare wegrasierte – allerdings trocken und ohne Schaum. Diejenigen, die mein Bruder Berthold und danach ich bekamen, stammten natürlich nicht vom Abfallkorb im OP, sondern vom Lager, und waren stets in einen knisternden, sterilen Zellophanbeutel verpackt.

Mit einem Schnitt am Adamsapfel – ich hatte im falschen Moment geschluckt – beendete ich meine Rasur. Ich trocknete mir den Schaum vom Gesicht, schabte noch einmal kurz über eine Stelle am Kinn, die ich übersehen hatte, und spülte den Topf aus.

Anschließend ging ich ins Schlafzimmer und zog den Vorhang wieder auf. Es war schön draußen, und die tief liegende Spätsommersonne legte sich über das halbe Bett. Ich nahm mein Rasierwasserfläschchen vom Waschtisch und schraubte es auf. Es war das billigste, das es beim *Konsum* zu kaufen gab, hellblau wie eine Glasmurmel, vermutlich zu hundert Prozent aus Alkohol aus europäischen Kartoffelüberschüssen bestehend, und hatte zur sparsameren Dosierung ein weiches Schaumgummischwämmchen obendrauf. Diese ungewöhnliche Verabreichungsform nannte sich laut Etikett *dab-on*, ein Amerikanismus, der sich nicht durchsetzen dürfte.

Mit glühenden Wangen und tränenden Augen ging ich zurück in die Dusche und leerte meine Wäsche auf den Boden. Es galt, noch ein Versprechen einzulösen. Ich ließ den Eimer mit warmem Wasser volllaufen, gab einen sinnlosen Spritzer Spüli dazu – ich hatte nichts geeigneteres – und ging damit vor die Tür, um den Hausgang zu putzen.

Unter der Treppe, neben der Klotür, lehnte ein Mopp mit langem Stiel kopfüber an der Wand. Ich nahm ihn und ließ das Moppende nach unten schwingen, und gerade als ich ihn drehend in den Eimer stopfen wollte, kam die junge Türkin vom Hinterhof durch den Gang getackert.

„Was mache'?", fragte sie mit einer angenehm warmen Stimme und blieb stehen. Ihr Parfum bemächtigte sich sofort des Treppenhauses.

„Hausgang putzen." Nach was sieht's denn aus?, fügte ich in Gedanken hinzu.

„Aber diese Woche, ich putze'."

„Wieso?"

„Diese Woche, ich putze'!"

„Alles klar – Entschuldigung." Ich stellte den Mopp wieder an die Wand – Kopf nach unten diesmal, da er mittlerweile mit Spülwasser vollgesogen war – und ging mit meinem Eimer schnell zurück in meine Wohnung, während sie an ihrem Briefkasten nach der Post schaute.

Das war sie also, meine Nachbarin. Sie sah richtig gut aus, und so gut angezogen! Einen etwas breiten und tief sitzenden Hintern zwar, aber das konnte ebenso gut mein Problem sein und nicht ihres.

Ich leerte den Eimer in das Duschbecken und stopfte die Wäsche wieder hinein. So viel also zum Hausgang. Es war inzwischen viertel nach fünf. Ich beschloss, nachzuschauen, ob mein Bruder zu Hause war, was nicht allzu oft der Fall war. Er kam auch nicht sehr oft vorbei, obwohl er ganz in der Nähe wohnte, und wenn, wie heute Morgen, dann hatte es immer einen Grund.

Ich ging an den Spülstein und putzte mir schnell die Zähne. Das Becken war noch voll mit eingetrockneten Rasierschaumresten und Tausenden von kurzen Haarsprenkeln. Im Gesicht hatten sie noch ausgesehen, als könnte man sie zählen. Mit einem einzigen geschickten Schlenker mit dem Zahnputzglas spülte ich sie weg und ging ins Schlafzimmer, um mir die Schuhe anzuziehen. Dann nahm ich meinen Schlüssel vom Tisch und ging.

Im Treppenhaus warf ich im Vorbeigehen noch einen Blick nach hinten zum Klo. Dort stand meine Nachbarin in ihren Stöckelschuhen und stampfte gerade den Mopp in den Abfluss der Kloschüssel, während sie gleichzeitig an der Spülung zog. Dann begann sie, in großen Bogen den Boden aufzuziehen. Aber hallo, dachte ich, und ging auf die Straße.

Berthold wohnte keine fünfzig Meter um die Ecke, ganz oben unterm Himmel, zwischen Dachgauben und ewig gurrenden Tauben. Bei ihm war es sogar bei schlechtem Wetter noch hell. Dass wir so nah beisammen wohnten, war reiner Zufall und fiel auch kaum auf, da wir uns ohnedies nicht allzu oft sahen. Bertholds Wirkungskreis lag in Mannheim, wo die Uhren schneller tickten. In Ludwigshafen wohnte er nur, weil hier die Mieten erheblich niedriger lagen – vor allem hier im Hemshof – und weil die schlafende Stadt seiner Väter ein praktisches Rückzugsgebiet bot, wenn die Umstände ein solches erforderten.

Ich klingelte und ging ein paar Schritte zurück. Nach einer Weile steckte er seinen Kopf aus der Gaube. Volltreffer.

„Moment", rief er herunter und verschwand wieder.

Außer Berthold wohnte im Haus eine ganze Riege alleinstehender alter Damen, die alle auf verschlungenen Wegen miteinander verwandt waren, und die Tag und Nacht ihre Haustür unten abgeschlossen hielten. Wir nahmen an, dass er die Wohnung nur deshalb bekommen hatte, damit ständig ein Mann im Haus sein würde. Jedenfalls zahlte er gerade mal einhundert Mark Miete, was weit weniger als die Hälfte dessen war, was ich für meine bezahlen musste. Die Rechnung ging allerdings nicht auf, da Berthold nur selten zu Hause anzutreffen war.

Es pfiff kurz von oben, und schon segelte ein schwerer Schlüsselbund herunter und knallte scheppernd vor meinen Füßen aufs Trottoir. Ich bückte mich und hob ihn auf.

Die Schlüssel waren allesamt mindestens zehn Zentimeter lang und unterschieden sich kaum voneinander. Erst der Dritte passte, und ich musste ihn im Schloss dreimal drehen, bis die Tür endlich aufsprang. Ich trat ein, schloss wieder dreimal ab, und die Straßengeräusche waren mit einem Mal weit in den Hintergrund gerückt.

Ich stand in einer Art Einfahrt, die hinten in einem verschlossenen Hoftor endete und die von unten bis fast oben unter die Decke sauber und hellgelb gekachelt war. Hellgelbe Kacheln müssen nach dem Krieg *der* Renner gewesen sein – man begegnete ihnen allenthalben, auf den Wirtschafts- und Bahnhofstoiletten, in Fußgängerunterführungen, an den Häuschen der Straßenbahnendhaltestellen und in den Metzgerläden – ganz besonders in den Metzgerläden! Und eben in den Einfahrten von Altedamenhäusern. Vielleicht waren sie aber auch nur die billigsten oder gar die einzigen, die es nach dem Krieg gab. Das Wirtschaftswunder kam ja erst nach dem Wiederaufbau.

Unter dem satten Hall des rasselnden Schlüsselbundes und meiner schallenden Schritte kam ich mir vor wie ein Gefängniswärter auf Rundgang, der erst die eine Tür abschloss, bevor er zur nächsten weiterging. Auf halbem Weg ging es von der Einfahrt aus rechts ab und nach drei Treppenstufen nach oben an den Briefkästen vorbei, und die Frage drängte sich auf, wie das hier eigentlich tagtäglich mit dem Briefträger ablief. Aber vielleicht bekamen die alten Damen einfach keine Post mehr, da ihre Welt an der abgeschlossenen Haustür endete.

Das Treppenhaus war noch sauberer als die Einfahrt, und man konnte direkt sehen, dass hier kaum Verkehr herrschte. Alles war aus altem Holz – die gesamte Treppe (in den meisten alten Häusern war nur das letzte Stück zum obersten Stockwerk aus Holz), das Treppengeländer und sogar die untere Hälfte der Wände, wild gemasert und auf Hochglanz poliert, wie in einer besseren Gaststätte. Es roch nach Möbelpolitur und nicht, wie bei mir, nach billigem Bohnerwachs und öffentlicher Toilette. Hier war es hell und vollkommen still, und das flach einfallende Sonnenlicht bildete keine Balken im Raum, nur einen Streifen an den Wänden und auf dem Boden, da es keine tänzelnden Staubkörnchen gab, die die Strahlen hätten einfangen können. Es war, als ließen die alten Damen mit ihrer Abschließerei nicht nur die hektische Welt da draußen, sondern auch die Zeit vor der Tür stehen, wie einen alten, charmeurhaften Verehrer, der sie hoffnungsfroh nach Hause begleitet und vergebens auf die sonst obligatorische Tasse Kaffee spekuliert hatte.

Ich stieg die Treppe hinauf und geriet, als Erdgeschossbewohner, zunehmend außer Atem. Es knarrte mit jedem Schritt, und ich nahm aus schlechtem Gewissen nur jede zweite Stufe, die dafür umso lauter knarrte. Ich schlich mich auf jeder Etage an den jeweils zwei direkt nebeneinanderliegenden Wohnungstüren vorbei, hinter denen die Tage vermutlich so eintönig verstrichen, wie das stete Tropfen eines seit Jahren undichten Wasserhahns.

In der Biegung des Geländerabschnitts, der zum obersten Stockwerk führte, wo Berthold wohnte, lag ein sauber gefaltetes blassblaugelbes Staubtuch. Das regelmäßige Abstauben dieses letzten Teilstücks war fest in Bertholds Mietvertrag verankert, und damit er es auch nie vergaß, schob er beim Weggehen das Staubtuch einfach mit nach unten und beim Heimkommen wieder nach oben, wo es dann auffordernd über dem Abschlussknauf lag. Diesmal hatte er es offenbar doch versäumt, und so holte ich es für ihn nach.

Die Tür war angelehnt, und ich trat ein. Der wohlvertraute säuerliche Geruch von ungespültem Geschirr und feuchtem Spülschwamm schlug mir entgegen, und ich schloss die Tür leise hinter mir. Die Wohnung war relativ groß und bestand aus zwei Zimmern und einer Küche. Das erste Zimmer, das gegenüber der Küche auf der Rückseite des Hauses lag, war völlig leer, und die Sonne zeichnete die nackten Fensterrahmen auf den staubigen Dielenboden.

Berthold saß im zweiten Zimmer auf einer dreigeteilten, blau gestreiften Matratze auf dem Boden mit dem Rücken an die Wand gelehnt und versuchte sich mit seiner Gitarre – mehr schlecht als recht – am Intro zu *Stairway to Heaven*. Ein langes, dünnes Elend von fast zwei Metern, das ließ sich auch im Sitzen nicht verbergen. Unterstützt von seiner orthopädisch bedenklichen Haltung, überragten seine angewinkelten, dünnen Beine mit ihren eckigen Kniegelenken fast seinen Kopf. Er sah blass aus, was bei ihm allerdings nichts Ungewöhnliches war. Zu seinen knochenengen Cordhosen trug er ein grünes Träger-T-Shirt, und seine Haare hatte er mit einem nackten

Gummi zu einem langen, dünnen Pferdeschwanz zusammengebunden.

Die Zimmereinrichtung bestand lediglich aus der Matratze und einer Vielzahl von Büchern und Heften – darunter eine bescheidene Sammlung der grenzenlos derben amerikanischen *Sam Lick'em Kleen* U-Comix sowie ein abgegriffenes Exemplar von *Like a Fart in the Dark* von Christopher Belle –, die zum Teil in leeren Obstkisten aufgereiht waren, was die Gitarre enorm aufwertete, wenn sie, wie sonst, an der Wand lehnte und wie das einzige Möbelstück im Raum erschien. An der Tapete hingen, mit flach eingeschobenen Stecknadeln befestigt, einige Postkarten mit unnatürlich blauen mediterranen Küsten beziehungsweise dem Eiffelturm sowie das obligatorische Schwarzweißposter mit Frank Zappa auf dem Klo, dessen obere rechte Ecke herunterhing und im Zimmer die dritte Dimension vertrat.

Die Zimmerdecke war größtenteils schräg, da die Wohnung direkt unterm Dach lag, sodass es weniger leer erschien, als es eigentlich war. Ich stellte mich mit den Händen in den Hosentaschen ans Fenster, das ja von dieser Seite aus eine Gaube von innen war, und schaute hinaus. Die Baumwipfel vom Schulhof gegenüber befanden sich weit unter mir, und ich konnte bis ans hintere Ende der Sodafabrik weit draußen in Oppau schauen, dort, wo nachts die Schornsteine flackerten.

„Warst du das, der heute Morgen bei mir geklingelt hat?"

„Ja", sagte er geradezu gelangweilt, ohne sein unsägliches Geklimper zu unterbrechen. Er tat überhaupt so, als hätte er meine Anwesenheit kaum wahrgenommen. „Ich wollte mir ein Päckchen Nudeln von dir leihen."

„Wie – *leihen*? Du meinst, im Sinne von *irgendwann wieder zurückgeben*?"

„So ist es."

„Kannst du dir denn keine Nudeln *kaufen*?"

„Wenn ich Geld hätte, dann könnte ich mir welche kaufen. Aber ich hab' keins."

„Und was ist mit der Blutbank?", fragte ich. „Das sind immerhin 35 Mark in der Woche – das müsste doch fürs Essen reichen."

Wie ich ja inzwischen wusste, kostete eine Dose Bohnen beim *Albertini* nur 59 Pfennige – da müsste er ja eigentlich vor Kraft strotzen. Stattdessen sah er aus wie ein verblasster Strich an der Wand. Berthold ging, wie auch ich, seit einigen Jahren in Mannheim zur wöchentlichen Blutplasmaspende, wodurch ich mein bescheidenes Gehalt aufbesserte und Berthold, seit er nicht mehr arbeitete, seinen gesamten Lebensunterhalt bestritt. Bis jetzt jedenfalls.

„Die Blutbank meint, sie hätten zurzeit keine Verwendung für mich", sagte er mit leicht überheblichem Blick und legte seine Gitarre endlich zur Seite. „Meine *Blutwerte* seien zu schlecht, was immer das auch bedeutet."

„Naja, was wird das denn schon bedeuten? Wenn man sich nur von Nudeln ernährt, dann fehlt einem vermutlich irgendwas im Blut, was die für ihre Zwecke brauchen."

Seine lang gehaltenen Fingernägel an der rechten Hand waren dünn und brüchig und wiesen zahlreiche weiße Flecken auf. In einer der Frauenzeitschriften bei unserer Mutter zu Hause hatte ich einmal in einer Anzeige für Dr. Soundsos Gelatinekapseln gelesen, dass diese Flecken eine Mangelerscheinung ersten Ranges darstellten. Vielleicht sollte sich Berthold anstelle einer Packung Nudeln lieber eine Tüte Puddingpulver leihen.

„Mehr kann ich mir nicht leisten, und im Moment noch nicht einmal das."

„Ein richtiger kleiner Teufelskreis, also", befand ich.

„Quasi", erwiderte er. Er liebte dieses Wort und benutzte es geradezu willkürlich und in nervendem Übermaß.

Mein Blick fiel auf ein kleines Päckchen in der Dachrinne. „Was ist denn das?"

„Was denn?"

„Dort, in der Regenrinne." Ich beugte mich hinaus und hob es mit spitzen Fingern auf. Es war ein unten klitschnasser, zugeschweißter Tiefkühlbeutel, der mit einer gefährlich aussehenden, schwarzen Flüssigkeit gefüllt war. Ich erkannte die spätsütterline Handschrift unserer Mutter: *Spargel, Juni '72*. Wir hatten jetzt Ende August!

„Mein lieber Mann", sagte ich und ließ das Päckchen wieder fallen. Es glitt langsam über die drei Reihen Dachpfannen und nahm seinen alten, feuchten Platz in der Rinne wieder ein. „Ich schlage vor, wir gehen zu mir und machen uns was zu essen – sozusagen als Soforthilfemaßnahme. Was meinst du?"

„Mhm", sagte er, ohne jegliche Begeisterung in der Stimme.

„Ich geh mal derweil auf dein Klo."

„Fühl' dich wie zu Hause." Mit einer lässigen Handbewegung deutete er zur Tür.

Eben nicht, dachte ich. Ich ging hinaus in den Gang und nahm den großen Kloschlüssel von seinem rohen Nagel, der neben der Wohnungstür in die Wand geschlagen war. Ich kam nicht allzu oft hierher, aber wenn, dann nahm ich stets die Gelegenheit wahr, Bertholds Toilette aufzusuchen. Wegen der besonderen Klositutation bei mir zu Hause beherrschte ich, zumindest an den Wochenenden, die Kunst der Fähigkeit, nach Bedarf und fast auf Kommando zu können. Bertholds Toilette befand sich zwar ebenfalls im Treppenhaus, war aber gewissermaßen Teil seiner Wohnung, gehörte also ihm allein. Das heißt, es gab auf jedem Zwischenstockwerk zwei davon – also zehn Toiletten im ganzen Haus! Ich ging die halbe Treppe hinunter und schloss auf.

Auch hier herrschte viel Holz vor, ganz wie im Treppenhaus, und alles war picobello sauber. Nicht ein fettiger Fingerabdruck verunzierte die polierten Paneele. Ich nahm an, dass die alte Vermieterin, die ihre Wohnung genau neben Bertholds hatte und deren Toilette sich nebenan befand, das Klo einfach mitputzte, wenn sie das Treppenhaus wienerte. Bertholds Handschrift war dies jedenfalls nicht.

Ich legte zwei Blatt Papier auf die saubere Auffangfläche, öffnete Fenster und Hose und setzte mich auf die angenehm kühle, glatte Brille. Vor mir an der Tür hing, mit vier Reißzwecken befestigt, ein großes Werbeplakat, auf dem ein weich gezeichneter sitzender Mädchenpo mit dem schlauen Spruch *Zartes braucht Zartes* für ein zartes Klopapier warb. Um mich herum summte es vor Stille, und draußen, ganz weit weg, hörte ich Kinder spielen. Es war Samstagnachmittag im Hemshof, und die Zeit war zum Stillstand gekommen.

Wieder oben in der Wohnung, hängte ich den Schlüssel zurück an seinen Platz neben der Tür und ging in die Küche, um mir an der Spüle die Hände zu waschen. Dieser einsame Kaltwasserhahn war der einzige Anschluss an das städtische Versorgungsnetz in Bertholds Wohnung, die einzige Waschgelegenheit, die ihm zur Verfügung stand, was mir zwar bisher nicht verborgen geblieben war, mir aber jetzt erst richtig bewusst wurde. Aus Mangel an geeigneteren Alternativen drückte ich mir einen Spritzer Spüli auf die nasse Handfläche und versuchte – vergebens – die glitschige Schmiere zum Schäumen zu bewegen. Im Spülbecken lag ein aufgeweichtes, blaues Schwammtuch und ein ausgebluteter Kassenzettel von *Lichdi* zwischen den schmutzigen, ihrem Geruch nach bereits in nasse Verwesung übergegangenen Tellern. Nirgends gab es ein Handtuch oder Geschirrtuch, nicht mal ein feuchtes, auf die Spülablage geworfenes, und so trocknete ich mir die Hände an den Hosenbeinen ab, wie auf einem Bahnhofsklo.

Die einzige Einrichtung, die die Küche sonst vorzuweisen hatte – außer dem Gasherd, der zur Wohnung und somit der Vermieterin gehörte und gleichzeitig eine Heizung war – war ein Tisch ohne Stühle, auf dem, wie auch auf dem Boden ringsum, sich weitere Berge ungespülten Geschirrs stapelten. Deren Essensreste waren allerdings längst versteinert und würden erst im eher unwahrscheinlichen Fall, dass sie in absehbarer Zeit gespült werden sollten, zum Problem werden. Gerade versuchte ich, mir vorzustellen, wie Berthold zwischen alldem wie ein nackter Storch bei der Morgentoilette sich den Waschlappen gab (oder gar das Schwammtuch?), als er hereinkam.

„Dafür, dass du nichts zu essen hast, verbrauchst du ganz schön viel Geschirr“, bemerkte ich.

„Och, das läppert sich so zusammen.“

Angesichts dieser akuten Hungersnot kam mir meine Popcornparty wieder in den Sinn.

„Apropos nichts zu essen", sagte ich und begann, ihm ausführlich von Bozos und meiner Idee zu erzählen und von den zu erwartenden Schwierigkeiten, die wir bei deren eventueller Realisierung zu erwarten hätten. Dabei bekam ich zunehmend den Eindruck, je mehr ich ins Detail ging und mit Zahlen um mich warf, desto weniger lustig fand er die Idee.

„Du findest es sicherlich sehr komisch", bemerkte er mit angehobenen Augenbrauen, aber ansonsten ausdruckslosem Gesicht, „in einem Hektoliter Bohnensuppe zu baden, während andere sich nicht mal eine *Dose* Bohnen leisten können! Ich kann deinen Humor jedenfalls nicht teilen."

„Mir kommen bald die Tränen", gab ich zurück. „Da trau' ich mich ja kaum noch zu sagen, dass Bozo und ich eher von zwei Hektolitern ausgehen."

„Na, bravo!"

„Vergiss' nicht, wenn es so weit ist, mit einem Putzeimer zu kommen; du kannst dir dann, wenn alles vorbei ist, eine Ladung Suppe mit nach Hause nehmen. Das Zeug muss ja dann eh irgendwie entsorgt werden. Im Übrigen ist es nicht meine Schuld, wenn du freiwillig aufhörst zu arbeiten." Jawoll!

„Ob ich arbeiten gehe oder nicht, musst du schon mir überlassen. Wenn du dich in deiner spießigen Vierzigstundenwoche wohlfühlst – bitteschön. Es sollte aber schon jedem selbst überlassen sein, ob er sich anpassen will oder nicht."

„Hoppla! Ganz schön kühne Worte, dafür, dass der angepasste Spießer nun zur Sicherung deiner Ernährungsbedürfnisse herhalten soll!"

Berthold entschloss sich zu schweigen. Ich betrachtete etwas verlegen meine Fingernägel (sie wiesen nur einen ganz kleinen weißen Fleck auf), und man konnte sogar die sonst unhörbaren Schritte der Vermieterin nebenan hören.

Ich dachte an die ungleichen Schwestern heute Morgen in der Postkantine und musste schmunzeln. Komisch – für eine gute Idee war er normalerweise immer zu haben. Es musste an den schlechten Blutwerten liegen.

„Stell dir vor", wechselte Berthold vernünftigerweise das Thema, „neulich hat mich ein Gerichtsvollzieher beehrt, der wegen einer nicht bezahlten Rechnung abkassieren wollte. Da ich aber, wie du ja weißt, im Moment etwas knapp bei Kasse bin, fing er an, durch meine Wohnung zu gehen, um entsprechende Wertgegenstände zu beschlagnahmen."

„Was denn für Wertgegenstände?"

„Eben. Er musste wieder unverrichteter Dinge abziehen, weil ich nicht mal das besitze, was er quasi gar nicht pfänden dürfte."

„Was, zum Beispiel?"

„Zum Beispiel Stühle, ein Bett oder ein Radio. Sogar ein Fernseher stünde mir zu!"

„Deine Gitarre hattest du im Klo versteckt?"

„Dazu hätte ich gar keine Zeit gehabt. Bis mir klar wurde, wem ich da eigentlich aufgeschlossen hatte, war er bereits mit seinem Klemmbrett in der Wohnung. Er hat sie, glaube ich, bewusst übersehen. Er glaubte wohl an den *Armen Poeten*." So sah sich Berthold vermutlich selbst.

„Wie bezahlst du denn eigentlich deine Miete?", fragte ich.

„Ach, die hab ich schon eine ganze Weile nicht mehr bezahlt."

„Oh je! Komm', zieh dich an – ich krieg jetzt auch langsam Hunger."

„Alla hopp." Er ging ins Zimmer und schlüpfte in seine senkellosen Fünfmarkneunzig-Turnschuhe. Im Flur schnappte er sich sein dünnes Samtjäckchen mit den engen Ärmeln vom Nagel, und schon waren wir draußen.

Während Berthold hinter uns seine Wohnungstür abschloss, nahm ich das Staubtuch vom Knauf und ließ es von selbst bis zur ersten Biegung hinuntergleiten.

„Ich glaube, dir fehlt fürs Geländerabstauben der nötige Ernst", meinte er trocken, wieder Herr seines bescheidenen Humors.

Auf der Straße angelangt, schloss Berthold seine alten Damen wieder ein.

„Damit sie mir nicht abhandenkommen", sagte er und drückte den schweren Schlüsselbund in die enge Hosentasche, durch die sich dann ein jeder einzeln abzeichnete.

Es war angenehm warm, und es wehte eine leichte Brise. Wir überquerten die Straße, um im Schatten der Platanen am Schulhof zu laufen, auf dem noch vereinzelt Kinder spielten. Als wir schweigend nebeneinander herliefen, kam uns ganz langsam und sichtlich geistesabwesend eine junge Frau auf leisen Sohlen entgegen. Als ich einen Schritt zur Seite trat, um sie vorbeischweben zu lassen, blieb sie stattdessen vor Berthold stehen und schaute wie in Trance zu ihm hoch. Sie schienen sich zu kennen, und die Situation war ihm offenkundig unangenehm.

„Hättest du mal eine Mark für mich – für Brötchen?“, fragte sie langsam und leise mit dunkler, rauchgeschädigter Stimme und zupfte dabei nervös an seinem Ärmel. Sie hatte ein fahles Gesicht und sehr langes, hennagefärbtes Haar, das an den Wurzeln bereits zwei Zentimeter in undefinierbarem Braun nachgewachsen und an den Spitzen hoffnungslos gebrochen war. Die hektische Unentschlossenheit in ihren Augen und ihre fahrigen Bewegungen ließen den Schluss zu, dass ihr irgendwas fehlte.

„Tut mir leid – ich hab überhaupt kein Geld“, sagte er. „Aber die Geschäfte haben jetzt eh schon längst geschlossen.“

„Wieso?“

„Es ist Samstagnachmittag.“

„Ah.“

„Komm doch einfach mit“, schlug ich vor, „wir wollten uns sowieso gerade was zu essen machen.“

Sie drehte sich um und schaute mich staunend an, ganz so, als hätte sie noch gar nicht bemerkt, dass da noch jemand war. Ihre ruhelosen Pupillen waren ganz winzig, nicht größer als ein Punkt auf der Schreibmaschine, und ich fragte mich, wie viel Licht sich da eigentlich durchzwängen konnte und wie vermindert sie ihre Umwelt folglich wohl wahrnahm. Sie sagte nichts und nickte stattdessen kaum merklich mit dem Kopf. Wir nahmen sie in die Mitte – Berthold warf mir dabei mit rollenden Augen einen skeptischen Blick zu –, und sie lief einfach mit.

Mit drei Personen war meine Küche gut besetzt, und Berthold und Gabi, wie die Frau inzwischen hieß, setzten sich an den Tisch wie zwei ungleiche Gäste zu später Stunde in der *Tränke*. Ich holte Beutelbrot und Margarine aus dem Kühlschrank und ging ins Schlafzimmer, um mein bescheidenes Angebot mit zwei Dosen Fisch zu vervollständigen. Dort, in Frau Kamps schmucklosem Kleiderschrank, bunkerte ich meine Notrationen für die magere Zeit gegen Ende des Monats, wenn ich außer meinem Blutgeld nichts mehr hatte. Das trug ich dann doch lieber in die Kneipe.

„Hast du auch Marmelade?“, fragte Gabi mit ihrer geheimnisvollen tiefen Stimme, als sie die Dosen sah und erkannte, welcher Natur deren Inhalt war.

„Ja – Marmelade hab ich auch.“ Ich holte ein halbvolles Glas Johannisbeergelee, das mir Frau Kamp irgendwann zugesteckt hatte, aus dem Hängeschrank und stellte es, zusammen mit drei Tellern, vor ihr auf den Tisch, während Berthold vom Boden der ersten Fischdose den Schlüssel abbrach und ihr, vorsichtig und routiniert, am Tischrand den Deckel abrollte. Der Duft von billigen Heringsfilets in noch billigerer Meerrettich-Sahnesoße erfüllte plötzlich den Raum.

„Eigentlich esse ich nur Brot und Marmelade“, sagte sie und strich sich das lange Haar aus dem Gesicht.

„Is’ wahr?“ Da ist uns ja eine richtige Asketin über den Weg gelaufen, dachte ich bei mir. Ich holte noch meine Flasche *Tiroler Bauerntrunk* plus Cola aus dem Schlafzimmer sowie drei Gläser, die ich irgendwann mal aus der Wirtschaft mitgenommen und stets kopfüber vor dem Triptychon auf dem Waschtisch stehen hatte, wo sie sich aus verschiedenen Blickwinkeln mehrfach spiegelten. Das sah irgendwie gut aus, fand ich, vor allem abends, wenn ich nur das Nachttischlämpchen anhatte – wie in einem alten Vierzigerjahre-Film. Ich lud alles auf dem Tisch ab, holte noch Besteck aus der Schublade und setzte mich schließlich dazu.

„Trinkst du auch eine Schorle?“, fragte ich Gabi, während ich die Weinbombe aufschraubte.

„Was? Nein – nur eine Cola.“ Anstatt des Kaffeelöffels, den ich ihr zu diesem Zweck hingelegt hatte, stocherte sie mit dem Margarinemesser in meinem Johannisbeergelee herum, und es bereitete ihr sichtlich Schwierigkeiten, die Glibbermasse erfolgreich auf der Klinge herauszubalancieren. Aus Höflichkeit zwang ich mich, nicht hinzuschauen, was mir allerdings nicht leichtfiel, zumal mir die Vorstellung von bröselbehafteten Margarineschlieren in der rubinfarbenen Reinheit des Gelees ein Gräuel war. Schließlich nahm sie das Glas in die Hand und fummelte den Inhalt einfach mit dem Messer heraus und auf ihr Brot, wo sie es schließlich platt drückte. Sie war in Gedanken in ihrer eigenen Welt.

Berthold dagegen war voll da und aß mit geradezu gierigem Appetit. Aufgrund eigener Erfahrung fragte ich mich, wie lange sein entwöhnter Magen da mitspielen würde. Mägen passten sich irgendwann der ihnen einverleibten Nahrungsmenge an und schrumpften einfach, wenn man sie vernachlässigte. Bei Wiederaufnahme der Ernährung waren sie in null Komma nix voll und darüber hinaus wenig strapazierfähig. Ich füllte unsere Gläser bis an den Rand, und sie schwappten leicht über.

„Da“, sagte ich zu Berthold und stellte sein Glas vorsichtig neben seinen Teller, wo es sofort eine Pfütze bildete, „nimm mal zwischendurch einen Schluck.“

„Danke“, sagte er und trank, noch kauend, das Glas halbleer.

„Sag' mal“, meinte ich und nahm mir eine Scheibe Brot aus dem Beutel, „das kann doch mit dir nicht so weitergehen, du musst doch irgendwie zu etwas Geld kommen.“ Ich lud mir mit der Gabel ein größeres Stück Fisch auf und ertränkte es anschließend mit Gabis verschmähtem Kaffeelöffel großzügig in Meerrettich-Sahnesoße, deren Anteil, gemessen am Doseninhalt, über Gebühr hoch war, dafür aber zum Schluss reichlich Gelegenheit bot, sein Essen mit viel Brot zu strecken.

„Von deinen Blutwerten einmal ganz abgesehen – irgendwann schmeißen dich die alten Damen einfach aus deiner Wohnung raus; das kommt dann zu deinem Nudelmangel noch dazu. Dann hast du aber einen *richtigen* Teufelskreis, aus dem du nicht mehr so schnell herauskommst.“

„Sprichst du mit mir?“, fragte Gabi kleinlaut.

„Nee, mit Berthold.“

„Du hast natürlich Recht“, sagte er und nahm noch einen großen Schluck, um das zuletzt Gekaute hinunterzuspülen. „Ich hab auch schon was in Aussicht, eine vorübergehende Arbeit als Verkehrszähler. Das wäre aber erst in ein paar Wochen. Eine Frau, die ich kenne, hört dann dort auf.“

„Was ist denn ein Verkehrszähler?“

„Der zählt den Verkehr – die Autos und so.“

„Ach.“

„Naja – der sitzt den ganzen Tag in so einem Wohnwagen an irgendeiner Straßenkreuzung und zählt Autos – meistens zu zweit, ganz locker. Du hast sie bestimmt schon mal gesehen.“

„Ich hab' gerade gestern einen in Mannheim am Paradeplatz gesehen“, warf Gabi ein (die offenbar doch näher am Geschehen war, als es den Anschein hatte, zumindest zeitweise) und fuhr mit dem Geleemesser nun zurück in den Margarinebecher. Der Paradeplatz befand sich im Herzen der Mannheimer Innenstadt auf den Planken, der Haupteinkaufsstraße, die den Ludwigshafener samstags so magisch anzog.

„Ganz genau. Autos, Lkw und Motorräder werden getrennt gezählt, auf so einer Zählmaschine, wo man jedes Mal, wenn was vorbeifährt, auf den entsprechenden Knopf drückt. Und abends weiß man dann, wie viele es von jedem waren."

„Und wozu soll das gut sein?" Ich spürte, wie mich Gabi ständig anschaute, während sie langsam kaute. Es machte mich nervös.

„Das braucht man für die Verkehrsplanung. Zum Beispiel jetzt, mit dem Paradeplatz – die wollen doch irgendwann die Planken für den Verkehr sperren und eine Fußgängerzone daraus machen ..."

„Eine was?"

„Eine Fußgängerzone. Da dürfen dann nur noch Fußgänger laufen. Quasi eine autofreie Straße."

„Wusste gar nicht, dass es so etwas gibt."

„Doch, das ist dann wie die Hauptstraße in Heidelberg nach Ladenschluss – nur, dass es dann den ganzen Tag über und für immer sein soll. Das bedeutet aber auch, dass alle Autos und Lkw, die jetzt durch die Planken brettern, auf irgendwelche Parallelstraßen ausweichen müssen – also durch die Kunststraße beziehungsweise die Fressgass', je nachdem, wo sie herkommen. Und wenn die dann wissen, wie viele das sind – dank der Verkehrszähler – dann können sie sich ausrechnen, ob die anderen Straßen das überhaupt verkraften können."

„Das bezweifle ich."

„Ich auch." Berthold nahm sein Glas und trank es leer.

„Seid ihr Brüder?", fragte Gabi. Sie war fertig mit essen, und das Messer steckte kopfüber im Johannisbeergelee.

„Ja", sagte ich.

„Hättest du mal eine Mark für mich, für Zigaretten?"

„Mal schauen …" Ich kramte mein Kleingeld aus der Hosentasche, blies die Taschenfusseln weg und legte ihr ein Markstück auf den Tisch. Sie hob es mit ihren langen, abgebrochenen Fingernägeln auf und steckte es wortlos ein. Dann stand sie auf, gab Berthold einen flüchtigen Kuss – immerhin auf den Mund, was ihm sichtlich peinlich war –, und mit einem schnellen, rauchigen „Ade!" war sie weg.

Ich machte die Tür leise hinter ihr zu. Berthold schwieg betreten, und ich wartete, bis draußen die Haustür ins Schloss fiel und Gabis Scheitel am Küchenfenster vorbeigeschwebt war.

„So – und wer war das?"

Berthold wischte mit einem Stück Brot die restliche Soße in der Fischdose auf. „Das war Gabi", sagte er und warf sich das triefende Stück in den Mund.

„Sag' bloß. Und woher kennst du diese Gabi?" Ich nahm die Flaschen vom Küchenschrank und schenkte uns nach.

„Na ja – ich kenne sie erst seit gestern Abend. Ich wollte nach Mannheim ins *Genesis* und wartete am Berliner Platz auf die Straßenbahn, und da hat sie mich einfach angesprochen. Wo ich denn hinginge, wollte sie wissen, und wo ich wohnte. Und dann hat sie gefragt, ob ich sie mal besuchen würde, einfach so – sie wohne gar nicht weit von mir weg, blablabla. Naja, hab' ich gesagt, bei Gelegenheit käm' ich gerne mal vorbei." Er nahm die zweite Fischdose und drehte sie um. „Das hatte ich natürlich nicht wirklich vor. Hast du einen Dosenöffner? Die hier hat nichts."

Ich beugte mich nach vorn und kramte Frau Kamps Dosenöffner aus der Schublade hervor. „Und dann?"

„Und dann hat sie mir ihre Adresse gesagt, ist in die nächste Straßenbahn Richtung Viadukt gestiegen, und weg war sie."

„Passiert einem auch nicht alle Tage." Ich nahm Gabis Messer aus dem Geleeglas und legte es zur Seite.

„Naja, für ganz *alltäglich* hielt ich sie ja auch nicht."

„Was hat sie denn eigentlich für ein Problem?"

„Sie drückt."

„Was drückt sie denn?"

„Naja – Heroin, nehm' ich mal an. Was drückt man denn schon?"

„Lambrusco, zum Beispiel."

„Was?"

„Das hab ich neulich gehört."

„Was denn – du kannst dir doch keinen Lambrusco spritzen. Der sprudelt doch."

„Der Bozo kennt jemand, der sich Lambrusco spritzt."

„Naja, egal – vielleicht spritzt sie sich auch Lambrusco. Jedenfalls, nachts, auf dem Heimweg – es war schon halb drei –, da hab' ich mir gedacht, warum eigentlich nicht? Sie wohnt übrigens gerade eine Straße weiter, in dem Haus genau hinter diesem. Ich hab also geklopft, und sie war tatsächlich da – und noch wach obendrein. Ich blieb dann die ganze Nacht."

Berthold klopfte mit der flachen Hand den Dorn des Dosenöffners durch den Deckel der Dose und begann, sie wortlos aufzudrehen. Seine Geschichte schien zu Ende zu sein. Wie meine Schulaufsätze früher, dachte ich – am Anfang alles breittreten, und dann mangels weiterer Lust die zweite Hälfte in einem kurzen Aufwasch rasch zu Ende bringen.

„Hast du mit ihr geschlafen?"

„Ja. Heute Morgen bin ich dann gegangen. Ich hab bei dir geklingelt, aber du warst ja nicht da."

„Meine Vermieterin hat dich gesehen. Ich bin erst heute Mittag heimgekommen."

„Sie ist erst zwanzig Jahre alt und hat schon ein fünfjähriges Kind! Das lebt bei ihren Eltern irgendwo im Odenwald. Sie selbst lebt von der Stütze."

„Stütze?"

„Von der Fürsorge."

Berthold leerte seine zweite Schorle. Es ging ihm bereits sichtlich besser. „Wenn du irgendwann mal nichts Besseres zu tun hast, kannst du sie ja mal besuchen. Sie würde sich bestimmt freuen. Ich glaube, viele Kontakte hat sie nicht – sonst würde sie wohl kaum wildfremde Männer auf der Straße ansprechen."

Er nahm einen labberigen Zwiebelring aus der Fischdose und ließ ihn sich von oben in den Mund fallen.

„Sie wohnt im Erdgeschoss links. Die Haustür ist immer offen – Klingeln und Namensschilder gibt es nicht." Er nahm meine Zigarettenpackung und steckte sich eine an. „Du kannst ja Brötchen und Marmelade mitbringen."

„Is' ja schon gut!"

Er stand auf und ging, noch leicht kauend, hinaus aufs Klo, während ich uns noch einmal nachschenkte. Brötchen und Marmelade – das wäre eine billige Eintrittskarte. Daran hapert's doch meistens, oder? – an der Eintrittskarte.

„Ist das eigentlich dein Ernst mit dieser Popcornparty?", fragte Berthold, als er zurückkam und die Tür hinter sich schloss.

„Ja, klar."

„Willst du das Popcorn etwa selbst herstellen?"

„Muss ich wohl. Ich kann ja wohl kaum eine ganze Lkw-Ladung fertiges Popcorn kommen lassen. Was meinst du, was das kostet?"

„Tja – ich weiß nicht. Was würde es denn sonst kosten?"

„Gute Frage – keine Ahnung. Auf jeden Fall ist es ungepoppt volumenmäßig erheblich weniger. Das dürfte die Lieferung schon mal billiger machen. Und die Produktionskosten fielen auch weg. Maiskörner sind ein reiner Rohstoff, die können nicht so teuer sein."

„Dafür musst *du* aber die Produktion übernehmen. Weißt du, was das bedeutet? Ein ganzes Zimmer voll?"

„Ja, ich weiß …"

„Aber die Idee find' ich schon mal gut! Du müsstest einfach mal feststellen, um wie viel sich bei der Herstellung das Volumen vergrößert, und dann rechnest du aus, wie viele Kubikmeter du benötigst – und schon weißt du, wie viele Maiskörner du bestellen musst."

„Du kannst mir ja dabei behilflich sein. Auf jeden Fall frag' ich mal bei der Walzmühle nach, was Mais überhaupt kostet."

„Die Walzmühle – genau! Ich hab mir gerade überlegt, wo man das Zeug hier in der Stadt überhaupt herbekommt."

Berthold schaute auf die Uhr. „Oh je, ich muss weiter – ich treff' mich noch mit jemandem in Mannheim."

„Mit wem denn?"

„Mit der Ingrid – kennst du nicht. Du hast übrigens ganz schön viele Ameisen auf dem Boden – ist dir das schon aufgefallen?"

„Jaja – die sind furchtbar. Die kommen von irgendwo unterm Küchenschrank her."

„Versuch's doch mal mit einer Ameisendose – das klappt immer."

„Was ist denn eine Ameisendose?"

„Das ist so eine kleine, flache Dose mit einem Loch an der Seite. Da gehen die Ameisen rein und holen sich so einen vergifteten Köder ab, den sie dann an die Queen und an die Brut verfüttern. Die sterben dann alle. Verstehst du, keine Königin, keine Brut – keinen Nachwuchs. Hättest du vielleicht noch ein Päckchen Nudeln für mich? Für morgen?"

Ich ging an den Schlafzimmerschrank und holte ihm eins raus. Ich musste aufpassen – meine Notration war bald keine mehr.

„Und vielleicht noch einen Brühwürfel?", rief er. „So ein Brühwürfel reißt das Ganze erst richtig raus."

Die waren wiederum im Küchenschrank. Ich gab ihm zwei. „Da – damit du übermorgen auch noch was hast."

„Danke! Das wird ja ein richtiges Fest!" Er steckte die Brühwürfel in die Brusttasche seiner Jacke und klemmte sich die Nudeln unter den Arm. „So."

„Gehst du jetzt so nach Mannheim?"

„Nee – ich bring sie erst hoch. Wann bist du mal wieder zu Hause?"

„Was weiß ich – schau einfach mal vorbei. Und vergiss deine Schorle nicht."

„Wie könnte ich." Er nahm sein Glas und trank es auf einmal aus. „Also, bis dann", sagte er und stellte es in den Spülstein. Er fuhr sich mit dem Handrücken über den Mund, stieß leise auf und ging.

Draußen wurde es allmählich dunkel. Es war Samstagabend, und ich saß mal wieder allein zu Hause. Ich schaute in mein Johannisbeergeleeglas, schraubte den Deckel drauf und warf es resigniert in den Mülleimer.

Ich ging ins Schlafzimmer, um den Vorhang zuzuziehen. Gegenüber, am anderen Ende des Hinterhofs, sah ich Licht im Erdgeschoss. Das müsste sie eigentlich sein. Ob ich einfach mal vorbeischaue? Ach was – wie sieht denn das aus, gleich am ersten Abend und ohne Eintrittskarte. Jetzt bot sich schon mal die Gelegenheit mit den Brötchen und der Marmelade. Vielleicht am nächsten Samstag, zum Frühstück – das hatte mehr Stil. Ich ging zurück in die Küche und räumte den Tisch ab.

Der Abend war noch lange nicht gelaufen, und ich entschied mich, auf einen Sprung ins *Pino* zu gehen. Das war eine Pizzeria weiter hinten in Friesenheim, wo ich immer hinging, wenn ich samstagabends daheim zu vereinsamen drohte. Dort kannte ich den einen oder anderen Dauergast, darunter auch Barbara – die, die mir die Zeitung ans Fenster brachte – und nicht zuletzt auch Pino selbst.

Ich trank meine Schorle aus, ließ ein wenig Wasser ins Glas laufen und prüfte im Spiegel mein Gebiss. Dann nahm ich meinen Parka von der Türklinke, den Schlüssel vom Tisch und machte mich auf den Weg.

Auf der Straße wehte ein kühler Wind. Es war bald Herbst, keine Frage. Am Horizont jagten die letzten angestrahlten Wolken davon, und Ludwigshafen war nun endgültig ausgestorben.

6
Pizzeria Pino

Pino Iagallo kannte ich schon seit Jahren, genauer gesagt, seit jenem Tag, an dem er das gutbürgerliche Lokal übernommen und in eine Pizzeria umgewandelt hatte, was damals allerorten passierte und so manchem wie eine um sich greifende Krankheit von einem anderen Stern erschien.

Damals wohnte ich aufgrund mangelnder Ressourcen noch bei meiner Mutter, hier ganz in der Nähe, und *Pinos Pizzeria* bot mir stets Zuflucht, wenn ich es zu Hause nicht mehr aushielt, mir meine Jacke vom Haken riss und schreiend davonrannte.

Meine Mutter verbrachte ihre Abende vornehmlich damit, sich durch ihre Flut von Frauenzeitschriften zu blättern und sich über die Märchenwelt von Soraya & Co. auf den neuesten Stand zu bringen, um für ihre täglichen Schwatzrunden mit der alten Frau Schäfer am Kiosk und den gleichgesinnten Nachbarinnen an der Straßenecke gewappnet zu sein.

Es war ihr stets ein Bedürfnis, mich mit ausgesuchten Bonbons an ihrem neu erworbenen Wissen teilhaben zu lassen, und so verbrachte *ich meine* Abende wiederum damit, mich von ihrer geistlosen Hofberichterstattung berieseln zu lassen. Dies lief dann meist als inhaltsloser Blindtext im Hintergrund ab, während ich mich mit geistig höheren Dingen befasste.

Ich ließ es geschehen, was blieb mir auch anderes übrig; die Wohnung war nun mal klein, und man konnte sich nur schwer aus dem Weg gehen. Überschritt sie allerdings meine relativ hoch angesetzte Toleranzgrenze, beispielsweise wenn ich im Radio zur vollen Stunde Nachrichten lauschte und sie mir – um mich dabei nicht zu stören – ihre Nichtigkeiten ins Ohr flüsterte, dann ergriff ich die Flucht und bat bei Pino um Asyl.

„Na, wieder Ärger mit der Mamma?“, stellte Pino dann mit einem Blick fest und schenkte mir unaufgefordert eine Schorle ein.

Er hatte die Kneipe damals eigentlich weniger umgewandelt als vielmehr ergänzt mit all dem, was dem gängigen Adria-Urlauber beim Stichwort *Italien* spontan in den Sinn kam. Die ursprüngliche glänzende Wandtäfelung an den unteren anderthalb Metern und die dicken, viereckigen und ebenfalls unten getäfelten Säulen waren noch da. Aber unter der Decke hing nun ein großes, vergammeltes Fischernetz mit dunklen bakelitroten Schwimmern, das aussah, als sei es vor zwanzig Jahren an irgendeinem italienischen Strand an Land gespült worden, und in das einige eingetrocknete Seesterne und anderes unansehnliches Meeresungeziefer eingeflochten waren.

„Ein wahrer Staubfänger“, hätte meine Mutter mit kritischem Blick nach oben als Erstes gesagt, hätte ich sie aus irgendeinem Grund einmal mit hierher gebracht, anstatt vor ihr Reißaus zu nehmen.

Das ganze Lokal war über Gebühr vollgestopft mit allem möglichen teuren Kitsch von der Sorte, mit der sich der deutsche Gast beim Pizzasäbeln eben gerne umgab. Jedem vernünftigen Menschen musste klar sein, dass es in ganz Italien nicht eine Kneipe gab, die sich so klischeehaft darstellte.

Links und rechts von der Tür standen zwei riesige „antike“ Amphoren, jede in einem schmiedeeisernen Ständer ruhend, die vollständig mit hochglanzlackierten, gleichmäßigen kleinen Muscheln beklebt waren, die in ihren verschiedenen Farbnuancen mediterran anmutende Muster darstellen sollten. Irgendwann hatte Pino mir mal verraten, dass jedes dieser Monster 1.500 Mark gekostet hatte.

Die Theke war ein einziges Kuriositätenkabinett, so vollgestopft, dass gerade noch das Tablett hinpasste, auf das Pino die gefüllten Gläser stellte, bevor er es dann von der anderen Seite aufnahm und an die Tische trug. Abenteuerliche, überdimensionierte Flaschen mit nicht alltäglichen Spirituosen standen da herum, manche so groß wie Putzeimer. Eine ruhte gar gekippt auf einem Holzgestell mit Speichenrädern, ganz so wie die fahrbaren Riesenfeuerlöscher im Geschäft, und war unten mit einem winzigen kleinen Zapfhahn ausgestattet; andere wiederum hatten ellenlange Hälse, wie Korkenzieher gedreht, in die mehr hineinzupassen schien als in den Flaschenkörper selbst. Zwischen alldem fletschte ein ausgestopfter Mungo seine Zähne, im Kampf um Leben und Tod mit einer lackierten Kobra zur grotesken Statue erstarrt.

Wie die alten Wappenschilder an einem toskanischen Rathaus, schmückten auf Hochglanz polierte Schildkrötenpanzer den hölzernen Überbau der Theke, der zusätzlich am Rand von kleinen hängenden Korbflaschen gesäumt war, die ihr Rentendasein nicht als kitschige Tropfkerzenhalter auf den Tischen fristen mussten. Ein schreiend bunter adriatischer Sonnenuntergang in Öl sowie eine Reihe gebleichter Haifischgebisse füllten die noch verbliebenen Lücken aus – ein wahres Panoptikum!

Es war um diese Uhrzeit noch kaum was los. Ich setzte mich neben das Fenster an Pinos Privattisch, an dem er und seine Bedienungen sich ausruhten, wenn die Zeit es zuließ, um eine Zigarette zu rauchen. Die rauchte sich nach zwei, drei schnellen Zügen dann meist von alleine zu Ende; mehr Pause ließ ihr hektisches Gewerbe selten zu. Von hier aus hatte ich das ganze Lokal gut im Blick, und die Lesezirkelhefte lagen in Reichweite auf der Holzverkleidung der Heizung unterm Fenster und dienten mir nach Bedarf zur Zerstreuung. Draußen quietschten in regelmäßigen Abständen die Straßenbahnen langsam um die Ecke, um nach drei Minuten unverrichteter Dinge wiederzukehren und ihre Fahrt in die hinteren, älteren Bezirke von Friesenheim fortzusetzen. Es war einzig die Halteschleife am Ebertpark – gerade mal eine Ecke weiter – für die sie den Umweg machten.

Hinter mir, über dem ewig summenden elektrischen Standzigarettenautomaten, blubberte unentwegt ein großes Aquarium vor sich hin, Pinos ganzer Stolz, das, auch wenn man nichts davon verstand, als eindeutig überbelegt ins Auge fiel. Es herrschte ständige Bewegung, und der Schwarm der silbernen kleinen Fischleiber erinnerte, wenn er immer wieder völlig synchron eine neue Richtung einschlug, an eins dieser von innen beleuchteten Flimmergläser, die so manch geschmacklich Verirrter zu Hause auf dem Fernseher stehen hatte. Wenn nur *ein* Fisch von hier nach dort wollte, musste sich die ganze Gesellschaft verlagern, um überall entsprechend Platz zu schaffen. Dieses ständige Umschichten wurde regelmäßig von fünf größeren Raubfischen durchkreuzt, die wie kleine schwarzrote Haie aussahen und immer wieder einen ihrer kleineren Mitinsassen ein paar Mal um die Runde jagten, bis dieser sich schließlich in das bunte Porzellanhäuschen am Aquariumboden in Sicherheit bringen konnte. Dabei wurde die ganze Suppe ordentlich umgerührt. In meinen fiesesten Tagträumen ließ ich schon mal heimlich ein Päckchen Tapetenkleister hineinrieseln, um zu sehen, wer wann stecken blieb und wo. Die Räuber, mutmaßte ich, würden mit ihrer Stromlinie und ihren spitzen Mäulern, und nicht zuletzt aufgrund ihrer Geschwindigkeit, am längsten der Sülze trotzen.

Pino bediente heute selbst und kam mit einem Stapel abgeräumter Teller an meinen Tisch. Er war wie immer reichlich unrasiert, und sein Fünftagebart ging nahtlos in die volle Brustbehaarung über, die er ungeniert unter seinem halboffenen Hemd zur Schau stellte.

„Colaweiß?", fragte er mit seiner charakteristisch quäkenden Stimme und warf mir einen Bierdeckel auf den Tisch.

„Ich bitte drum."

„Una Colaweiß!", rief er der Frau hinter der Theke zu und verschwand mit seinem Tellerstapel rückwärts durch die Schwingtür in die Küche. Ich stand auf und ging aufs Klo.

Die Luft in Pinos Herrentoilette war wie immer hochschwanger von dem aufdringlichen Parfum der Klosteine, die in Rosa und Gelb zuhauf in den Urinalen und am Bodenabfluss, wo die Urinalabflüsse zusammenliefen, wie hingestreutes Konfetti herumlagen. Ich entschied mich für das Becken gleich neben dem Fenster, baute mich breitbeinig davor auf und stellte meine Augen auf die blanke Wand vor mir ein. Sie war erst kürzlich neu gestrichen und von den Unflatschreibern noch nicht entdeckt worden. Nur die alten eingeritzten Mitteilungen waren noch da, wenn auch mit abgeschwächten Konturen, und ließen sich im Seitenlicht noch halbwegs entziffern. Noch zwei Renovierungen, und sie würden Geschichte sein.

Ich erspähte einen kleinen rosafarbenen Klosteinrest, der sich gerade noch auf einem der Abflusslöcher hatte halten können, und versuchte ihm, mittels gezielten Einsatzes sowie erhöhten Drucks, den letzten Schliff zu verpassen, damit er durchfiel und in die Tiefe entschwand. Das war die Urinalbeckenversion des Kachelfugenspiels, die ich irgendwann mal aus Mangel an Alternativen als fortlaufende Herausforderung entdeckt hatte. Es war keine leichte Aufgabe und gelang mir demnach auch äußerst selten, so auch dieses Mal nicht. Fortsetzung folgt, dachte ich und merkte mir den Stein. Ich warf einen kritischen Blick in den Spiegel und kehrte aus der ernüchternden Grelle der Toilette und des Toilettengangs wieder zurück in das warme, gedämpfte Licht des Lokals.

Als ich wieder an meinem Platz war, stand meine Schorle bereits auf dem Tisch und sprudelte leise klimpernd vor sich hin. Ich setzte mich, nahm einen großen Schluck und schaute mich um.

Es war das übliche Frühabendprogramm, in der Hauptsache junge Pärchen, die sich über ihren abgegessenen Spaghettitellern und Pinos obligatorischen Nelkensträußchen verliebt und wortkarg anblickten, während die Musikbox ihnen mit einer seichten Melange aus *Occhi neri* und *Weine nicht, kleine Eva* unter die Arme zu greifen versuchte.

Am Tisch vor mir, mit dem Gesicht zum Fenster, saß ein beleibter Herr mit wirrem Haar und außer Kontrolle geratenem Vollbart, der nervös am letzten Rest seiner Pizza sägte, während er gleichzeitig in der Zeitung las, die er neben seinem Teller auf dem Tisch ausgebreitet hatte. Sein Bart sah aus, als wüchse er schneller nach, als man ihn mit der Schere in die Schranken weisen konnte. Er hob seine Gabel mit dem ergatterten Bissen und stach sie auf gut Glück irgendwo zwischen das Gestrüpp. Seine eckigen Kaubewegungen sowie seine geblähten, schnaubenden Nüstern vermittelten den Eindruck, als hätte er es einerseits eilig, andererseits wollte er es sich aber auch nicht nehmen lassen, in südländischer Gelassenheit einer künstlich zur Schau gestellten Lebenskunst zu frönen. Er wirkte förmlich von sich selbst gehetzt. Nach jedem Bissen nahm er, noch während er kaute, einen Schluck aus seinem Weizenbierkrug, und als er fertig war, putzte er sich noch ruckzuck die Nase in die Serviette, legte seine Zeitung zusammen und rief laut nach der Bedienung, um zu bezahlen.

Ich ließ mir anschließend von Pino die große ledergebundene Speisekarte geben, nachdem er seinen Geldbeutel wieder hinten im Hosenbund verstaut und seinen dicken Gast zu dessen Entzücken auf Italienisch verabschiedet hatte. Pino wusste, was er seinen Kunden schuldete. Ich verspürte schon wieder eine gewisse Nachfrage in der Magengegend. Außerdem hatte sich ein gutes Schorlepolster noch nie als Fehlinvestition erwiesen. Ich steckte mir eine Zigarette an und ergab mich der wohlvertrauten Qual der Wahl.

Vom Rind und *Vom Schwein* ließ ich gleich links liegen; die lagen weit über meinen Verhältnissen – *Vom Kalb* ganz zu schweigen. *Aus dem Meer* entsprach eher meinem Geschmack – und dem Klischee – doch überblätterte ich es ebenfalls schleunigst, um den mediterranen Verlockungen nicht anheimzufallen und meine letzten Ressourcen für den Monat zu verprassen. Für unsereinen kam der Fisch aus der Dose, entweder als derbe Ölsardine oder als Heringsfilet in Meerrettichsoße, und nicht als *fritto misto di pesci azzurri* in Zitronenspalten gebettet aus Pinos Werkstatt. Und all die Spaghettinis und Tortellini und wie die Nudeln alle hießen, waren zwar relativ preiswert, sahen aber immer nach so wenig aus (was sie am Ende dann gar nicht waren). Und so blieb ich, wie immer, an der Pizzaseite hängen, die zwar mit ihren Nummern und der nach Preis und Belag gestaffelten Reihenfolge schön übersichtlich war, einem damit aber keineswegs die Wahl erleichterte.

Pizza Margherita – die führte jede Pizzariege an, denn sie war die billigste von allen. Sie kostete gerade mal vierfünfzig, bestand dafür aber auch nur aus Tomaten und Käse. Sie galt als die Pizza schlechthin, sozusagen die Urpizza, und alle anderen hatten sie zur Grundlage. Ich hatte mal in den blauen *Guten Appetit*-Kochbüchern meiner Mutter gelesen, dass sie einst für eine italienische Königin gleichen Namens kreiert worden war, weil sie die drei Farben der italienischen Trikolore „aufs Verführerischste in sich vereinte". Tomaten und Käse waren bei mir allerdings nur zwei Farben. Vielleicht war's aber auch eine polnische Königin Margherita gewesen, oder eine österreichische – wer weiß. Jedenfalls viel zu langweilig und viel zu billig.

Sophia Loren – da lag ein doppeltes Spiegelei drauf, was allgemein als lustig wahrgenommen wurde. Die Gleiche ging anderswo als *Pizza Mona Lisa* durch. Die bestellten sich siebzehnjährige Lehrlinge von ihrem kargen Lehrlingslohn und ließen anzügliche Bemerkungen vom Stapel, während sie lachend die Dotter mit der Gabel aufstachen und auslaufen ließen. Die nächste.

Casalinga – die aß jeder.

Quattro stagioni – die sowieso.

Pizza Chef, Pizza Pino – belagtechnisch waren beide grundverschieden, während Pino und der Chef ein und derselbe waren.

Pizza Siciliana – schwarze Oliven und Sardellen. Die stank immer wie der Fährhafen von Brindisi, da, wo die schweren Autofähren nach Korfu ablegten. Allerdings lag Brindisi in Apulien und nicht in Sizilien; aber wahrscheinlich stanken alle Fährhäfen in Italien nach Pizza Siciliana.

Pizza Marinara … Tja, die war's dann meistens, das Trostpflaster für diejenigen, denen *aus dem Meer* eine Nummer zu groß war. Sie kam schön bunt und dampfend heiß auf den Tisch und schlitterte mehltrocken und schwerelos auf dem riesigen Teller herum. Eine *Pizza Marinara* hüllte einen sofort ein in den Geruch von InterRail-Abenteuern in südlichen Gefilden, von warmer zikadenzirpender Meeresluft durchs offene Zugfenster und von kleinen, billigen Strandrestaurants am wahllos ausgesuchten Tageszielort, in denen der Hauswein in großen Plastikkrügen aus der Kühlvitrine auf den Tisch kam und man nur das bezahlen musste, was man davon tatsächlich getrunken hatte. Die Muscheln kamen beim Draufbeißen so exotisch und elastisch daher, wie sie aussahen; die kleinen, rosafarbenen Tintenfischringe konnte man mit der Zunge am Gaumen zerdrücken, und die Krabben waren immer groß, immer bissfest und immer frisch – wenn auch immer mit ungenießbarem Schwanzfächer ausgestattet, den man dann mühsam mit den Fingern abdrehen musste. Schließlich die scheinbar achtlos darüber gestreuten Kapern, die dem Ganzen die ausgleichende säuerliche Note verliehen, die ihr sonst gefehlt hätte. Relativ teuer war das Ganze auch – aber was soll's. Immer noch billiger als *Vom Rind* oder *Vom Schwein* – *Vom Kalb* ganz zu schweigen. Ich schaute einfach nicht auf die sieben Mark, sondern auf die eine Mark oder die Markfünfzig, die sie nur mehr kostete als die meisten anderen Pizzas.

„Her, Pinno!", rief ein Sologast laut und riss mich aus meinen Gedanken, „bring mer mol 'e Bohne'supp', aber mit viel Brot!"

Bohne'supp'? Ach ja! Da war doch was … Ich blätterte zurück zu den Suppen, wo an zweiter Stelle – nach der obligatorischen Kraftbrühe mit Ei und vor der Schildkrötensuppe und der Minestrone – eine Bohnensuppe für zwei Mark achtzig zur Auswahl stand. Ich klappte die Speisekarte zusammen und legte sie zur Seite. Also, dachte ich bei mir – ich bestelle mir jetzt keine *Pizza Marinara*, sondern eine Bohnensuppe; ich musste mich schließlich mit meinem künftigen Element vertraut machen. Außerdem würde das eingesparte Geld den Gegenwert von zwei Schorlen ausmachen. Richtig essen konnte ich ja schließlich zu Hause.

„Pino, bring mir bitte auch so eine Bohnensuppe", sagte ich, als er an meinem Tisch vorbeikam, „wenn du schon dabei bist."

„Was? Warum eine Bohne'supp'?", sagte er in dem ihm eigenen pfälzisch-italienischen Tonfall. „Esse doch 'e Pizza, oder Spagheet – des is' doch nix, eine Bohne'supp'."

„Sie steht aber auf der Speisekarte, und mir ist jetzt danach. Und noch eine Colaweiß." Mein Glas war zwar noch halbvoll, aber es dauerte immer eine Weile, bis das nächste kam.

Diesmal ging's allerdings recht flott, und ich hatte plötzlich anderthalb Schorlen vor mir stehen. Ich hatte vergessen, dass noch kaum was los war. Das sah mir dann doch zu sehr nach Säufer aus, und so trank ich die Erste schnell leer.

Pino verwendete für seine Schorlen – wie es sich gehörte – stets Pfälzer Weine, meist einen Müller-Thurgau oder einen Morio-Muskat, und nicht, wie die meisten seiner Zunft, die blassen italienischen aus der Anderthalbliterflasche. Die hatten sicherlich auch ihre Berechtigung und waren gewiss nicht mit anderem großkalibrigen italienischen Wein der untersten Preisklasse in einen Topf zu werfen. Aber in einem Schorleglas, mit Cola vermengt, hatten sie nichts zu suchen. Er servierte sie auch nicht in den oben aufgeblähten Halbliter-Colagläsern, bei denen man nicht trauen konnte, ob der Wirt beim Mischen eigentlich wusste, wo genau sich die Mitte befand. Bei Pino kam die Schorle ins große Zylinderglas, und das war gut so.

So ein Schorleglas hatte bei aller Einfachheit eine außergewöhnliche Form. Auf den ersten Blick war es natürlich nur ein schmuckloser Glaszylinder, schätzungsweise fünfzehn Zentimeter hoch und etwa die Hälfte breit, der einen halben Liter fasste, was etwa einen Zentimeter unterm Rand durch einen amtlich eingeätzten Strich auch bestätigt wurde. Das Außergewöhnliche an ihm verbarg sich in einer optischen Täuschung. Stellte man nämlich zwei dieser Gläser nebeneinander, sodass sich die oberen Ränder berührten, standen sie unten noch einen guten Zentimeter auseinander. Also doch kein Zylinder, sondern eher ein auf dem Kopf stehender Kegelstumpf. Die logische Schlussfolgerung, dass ein tatsächlich perfekter Zylinder ein sich nach oben verjüngendes Gefäß vorgaukelte, bestätigte sich, wenn man eins von Pinos großen Altbiergläsern in Augenschein nahm.

In Speyer, im Pfalzmuseum, stellte man in einer gesicherten Glasvitrine das Ur-Schorleglas aus, ein alter Schoppenglas-Prototyp mit Goldrand, königlich-bayerischem Wappen und einem für alle einschlägigen Streitigkeiten verbindlichen königlichen Eichstrich. Alle Schorlegläser dieser Welt wurden nach seinem Ebenbild geschaffen.

Hinten, neben der Klotür, stand ein Wahnsinniger am Geldspielautomat und hämmerte wie im Rausch mit der Faust dagegen, während er mit der anderen Hand das mittlere, entscheidende Zahlenfeld verdeckte. Sein Bierglas, das er oben abgestellt hatte, um beide Hände frei zu haben, rückte mit jedem Schlag ein bisschen näher an den Rand und drohte, als Nächstes herunterzufallen.

„Hey, hey, HEY!", quäkte Pino laut durch die Kneipe, als er mir mit fünf Pizzas auf dem linken Arm gerade meine Bohnensuppe und ein Körbchen Brot brachte. Die murmelnde Geräuschkulisse verstummte so plötzlich, dass das Blubbern des Aquariums in den Vordergrund rückte und alles sich umdrehte, um neugierig und missbilligend zu meinem Tisch herüberzusehen, was ich wohl verbrochen hatte. „Arscheloch, blöder", fügte Pino gedämpft hinzu und wünschte mir einen guten Appetit.

„Danke", sagte ich und nahm mir den Löffel und eine Scheibe Brot aus dem Körbchen.

Ich rührte die Suppe mit dem Löffel ein wenig auf. Eigentlich war sie recht einfach – eine Handvoll weiße Bohnen in einer dünnen, rötlichen Brühe, etwas Petersilie, ein paar Fettaugen und zwei Stückchen aufgeweichten, gräulichen Speck – das war's schon. Nichts Aufregendes, aber immerhin – eine Bohnensuppe.

Ich setzte meine Fantasie in Gang, und langsam stellte sich vor meinem geistigen Auge das gewünschte Bild ein. Ich sah mich ganz klein und leger im Suppenteller sitzen, die Arme auf dem Tellerrand ausgebreitet, mit einem Schorleglas in der einen Hand und einer Zigarette in der anderen. Und mir gegenüber saß SIE, meine ausladende, strahlende, noch anonyme Freundin, deren große Brustwarzen und angewinkelten Knie halb aus der Suppe ragten. Ich tauchte meinen Löffel erneut ein, und das Bild verschwand wieder unter der aufgewühlten Oberfläche.

Zwischen den Monsteramphoren ging unter einem Klingeln plötzlich die Tür auf, und Barbara betrat die Bühne. Barbara, die mir morgens immer die Zeitung ans Fenster brachte. Sie wohnte gerade einen Katzensprung von hier entfernt bei ihren Eltern, und wir saßen abends nicht selten an diesem Tisch zusammen, meist unverabredet und ohne irgendwelche Erwartungen. Wir konnten stundenlang miteinander reden und trinken, ohne dass wir uns leid wurden. Wir spielten uns gegenseitig die Rolle des Zuhörers und machten uns dabei die Tatsache zunutze, dass wir Männlein und Weiblein waren, bezogen sich doch die meisten Probleme auf die Beziehung zum jeweils anderen Geschlecht. Barbara wusste, wie Frauen funktionierten, und hatte zumeist, wenn auch nicht immer eine Lösung, doch zumindest eine Erklärung für die Dinge, die mir am weiblichen Geschlecht zuweilen noch ein Rätsel waren. Umgekehrt funktionierte es genauso, und ich hatte später auf dem Nachhauseweg stets das sichere Gefühl, dass diese zweigeschlechtlichen, aber fleischlosen Beziehungen die einzig wahren waren; ungetrübt von den alltäglichen Belanglosigkeiten, die einem in einer festen Liaison das Leben unnötigerweise, aber offenbar unweigerlich schwermachten. In Gang gehalten wurden sie offenbar durch den heimlichen, oft unbewussten Wunsch, eines Tages doch noch einen Schritt weiter zu gehen und die Fleischlosigkeit durch ihre eigene Aufhebung zu feiern. Wenn man Glück hatte und es beim Wunsch blieb, dann konnten diese Verbindungen ewig bestehen.

Barbara trug ihre obligatorische schwarze Footballjacke aus Filz, mit der großen, orangenen Acht über ihrem gewaltigen Busen und den kleinen orangenen Achten an den Ärmeln. Die hatte sie vor ein paar Jahren von einem Schüleraustausch aus Amerika mitgebracht und sie seitdem, wie mir schien, nicht wieder ausgezogen.

Sie entdeckte mich und lachte mir mit ihrem strahlenden Sportlerzahnkremlachen zu. Bei ihrem Anblick gingen meine Gedanken unwillkürlich zurück zu meiner Suppe, und ich schaute wieder auf meinen Teller. Aber natürlich! Erst hatte ich sie gar nicht erkannt, aber jetzt sah ich's ganz genau – es war Barbara, die mir in meinem Suppenteller gegenübersaß, mit ihren halb aus der Suppe lugenden Brustwarzen und Knien sowie ihrem lachenden Gesicht! Warum war ich nicht gleich auf sie gekommen? – Sie war doch für mein Projekt schlichtweg ideal!

Sie setzte sich mir gegenüber und legte ihre Hand zur Begrüßung kurz auf meine, während sie sich um Pinos Aufmerksamkeit bemühte und nach einem Pils rief. Barbara hatte langes, glattes, senffarbenes Haar mit Mittelscheitel, das wunderbar zu ihrer Footballjacke passte (sie sah aus wie eine dieser Cheerleaderinnen in den billigen amerikanischen Highschool-Fernsehserien), und ihr weiches, ungeschminktes Gesicht strahlte ungebrochene und zufriedene Ruhe aus. Ich war deshalb nicht auf sie gekommen, weil ihre Körperfülle eigentlich gar nicht wirklich auffiel, sie entsprach auch überhaupt nicht ihrem Typ. Vom Typus her war sie eher schlank; lediglich die vielen Biere, die sie hier schon geleert hatte, hatten ihr liebevoll ein weiches Polster umgehängt. Ihre ungebührlich großen Brüste waren freilich noch nie zu übersehen gewesen.

„Und“, sagte sie, „wie geht's dir?“

„Gut! Sag mal – hättest du Lust, mit mir in einer Badewanne voll Bohnensuppe zu baden?“

„Was – wie?“ Ich hatte sie überrumpelt.

„Ich hatte da gestern so eine Idee“, sagte ich und erzählte ihr von meinem Plan. Sie hörte mir aufmerksam zu.

„Und was sind das denn sonst noch für Leute?“, fragte sie, als ich fertig war, nach einer kurzen Pause. Sie nahm mich tatsächlich ernst.

Pino stellte ihr im Vorbeigehen, ohne hinzuschauen, ein Pils auf den Tisch. „'n Abend, Barbara“, sagte er.

„Hallo.“

„Ach, das weiß ich jetzt noch nicht“, meinte ich, als er wieder weg war. „Das Ei ist ja noch ungelegt. Jedenfalls nur solche, die das Ganze auch zu würdigen wüssten.“

Sie saugte langsam die Schaumkrone von ihrem Bier. „Naja“, sagte sie schließlich, „warum nicht? Klingt jedenfalls originell.“

Bingo!, dachte ich. Ich beugte mich vor und drückte ihr einen Kuss auf den Mund. „Du wirst die schönste Frau sein, die je nackt in einer Bohnensuppe saß!“

„Danke“, sagte sie, etwas verwirrt ob dieses ungewohnten Gefühlsausbruchs. Ich legte ihr einen Bierdeckel hin, und sie stellte ihr Glas wieder ab.

Im Glauben, diesen für mich verbuchten ersten Erfolg besser sichern zu können – ich hatte mir das Problem mit der dicken Frau eher als eine der schwierigeren Aufgaben unseres Vorhabens vorgestellt und traute deshalb meinem Glück noch nicht so ganz –, zog ich fürs Erste einen Strich unter das Thema, damit es sich Barbara nicht doch noch überlegte. Wenn ihre Zustimmung erst mal tief genug eingedrungen und genügend Zeit vergangen war, dann würde sie nicht so einfach wieder abspringen.

„Und, erzähl'" sagte ich, um uns vom Thema abzulenken, „wie geht's *dir* so?".

„Oh je!", löste die Frage spontan bei ihr aus. Barbara, trotz all ihrer positiven Schwingungen, war natürlich genauso wenig gegen Sorgen gefeit wie jeder andere auch. Sie erzählte mir die Geschichte von ihrer keineswegs fleischlosen Beziehung zu einem schon 35-jährigen, verheirateten Mann, der obendrein noch zwei Kinder hatte, und mit dem sie sich immer donnerstagabends traf. Sie hatte die Sache vor einiger Zeit schon einmal am Rande erwähnt. Seine Frau ließ er im Glauben, dass er an diesen Abenden zum Turnen ginge und hatte deshalb auch stets seine Sporttasche dabei. Unterm Strich schliefen sie nur miteinander, noch dazu völlig unromantisch und unbequem in seinem Auto, irgendwo am Stadtrand (Barbara wohnte ja noch bei ihren Eltern). Anschließend ging er mit seiner Sporttasche, sicherlich überzeugend durchgeschwitzt, wieder nach Hause zu seiner Familie, wo er seinen Kleinen wahrscheinlich noch eine Gutenachtgeschichte vorlas, um sich dann mit einem Glas Rotwein zu seiner Frau vor den Fernseher zu setzen. Wie in einem schlechten Film, beschwor er Barbara gegenüber stets seine Liebe und malte ihre gemeinsame Zukunft in den schillerndsten Farben aus. Es war diese „Liebe“ zwischen Lenkrad und Kindersitz, draußen am Baggerweiher oder sonst wo, in der Barbara sich zunehmend verarscht oder zumindest ausgenutzt vorkam.

„Ich denke, er bringt die Sache genau auf den Punkt, wenn er seiner Frau erzählt, er ginge donnerstags Sport treiben“, meinte ich. Aber das war’s sicherlich nicht, was Barbara hören wollte, und so wechselten wir erneut das Thema und redeten den Rest des Abends über erfreulichere Dinge.

Nach drei Bieren, respektive drei weiteren Colaweiß – unsere Trinkgeschwindigkeiten hatten sich im Laufe der Jahre aufeinander eingestellt – zog Barbara die Bremse und bestellte sich einen Espresso. Damit leitete sie immer die Abschlussphase ein, bevor sie bezahlte und nach Hause ging, und ich konnte mich nun für dasselbe entscheiden und meinerseits nach Hause gehen oder noch eine Weile alleine sitzen bleiben. Sie wusste immer, wann sie genug hatte, und darum beneidete ich sie.

Der Espresso war winzig klein, zudem nur halb voll, und er erschien eigentlich völlig sinnlos. Er roch wie immer ein wenig nach Katzenpisse, wie früher bei meiner Mutter hinter dem Küchenherd, wenn das Katzenklo nicht frisch gemacht wurde und die Katzen sich pikiert in unzugänglichen Winkeln der Küche Alternativen zuwandten. Mit spitzen Fingern kippte sie ihn, ohne Zucker, wie einen Schnaps, und winkte Pino erneut herbei, um zu bezahlen, während sie sich den feinen Schaum mit der äußersten Zungenspitze von der Oberlippe streifte.

„Feierabend“, sagte sie leise und lächelte.

Pino hatte keine Zeit zum Trödeln. Er kam, kassierte ab und war schon wieder, laut Bestellungen rufend, in der Küche verschwunden.

„Also“, sagte Barbara, als sie ihren Geldbeutel wieder in der schrägen Seitentasche ihrer Footballjacke verstaut hatte und aufstand, „mach mir nimmer so lange. Bis Montag, dann.“

Mit Montag meinte sie ihre frühmorgendliche Tasse Kaffee bei mir am Küchenfenster.

„Bis Montag“, sagte ich und schaute ihr nach. In der Tür drehte sie sich noch einmal um, zwinkerte mit zu und winkte mit den Fingerspitzen, von denen schon ihre Hausschlüssel baumelten. Ich mochte sie und war froh, dass sie es sein würde, die mit mir in die Wanne stieg. Und Bozo wollte mir noch die dicke Doris andrehen – beziehungsweise den Carl Weisbrodt!

Ich entschied mich fürs Sitzenbleiben und bestellte mir per Handzeichen noch eine Schorle. Es war mittlerweile richtig voll geworden, ohne dass ich es bemerkt hatte, wahrscheinlich weil ich lange nicht mehr aufgestanden war, um aufs Klo zu gehen. Eine flache Geräuschkulisse aus Gemurmel und gelegentlichem Frauengelächter (Männergelächter ging meist im Gemurmel unter), dem Klimpern von Besteck und anstoßenden Gläsern sowie *„Her, Pinno!“*-Rufen baute sich vor mir auf wie eine unsichtbare, aber doch deutlich spürbare Wand. Dazwischen läutete fast ununterbrochen die Klingel am Küchenschalter, um darauf hinzuweisen, dass etwas zum Abholen bereitstand.

Im Aquarium hatte sich bereits das Licht ausgeknipst, nur noch ein paar wenige Nachtschwärmer nutzten die Ruhe und zogen gemächlich ihre Bahnen, bevor auch sie sich eine Lücke suchen und sich in die dahinschwebende Gemeinschaft einreihen würden. Bei deren Betrachtung fiel mir zum ersten Mal so richtig auf, dass Fische gar keine Augenlider besaßen und man folglich nie mit Sicherheit sagen konnte, ob sie nun schliefen oder nicht, zumal man sie mit Handbewegungen oder sonstigen Faxen nicht auf sich aufmerksam machen konnte. (Pino hatte mir irgendwann mal erklärt, dass sie aufgrund von Spiegelungen an den Scheiben gar nicht aus ihrem Glaskäfig herausschauen konnten.) Demnach lag es nahe, dass das Augenlid in erster Linie dem Benetzen des Augapfels diente, damit es nicht austrocknete, und erst in zweiter Linie als Schlafhilfe; unter Wasser konnte das Auge gar nicht austrocknen.

„Una Schorle“, holte mich Pino wieder zurück und tauschte mein leeres Glas gegen ein volles aus.

„Ich zahl’ dann gleich“, sagte ich und zwängte meine Finger in die Hosentasche.

„Sechse Colaweiß un’ eine Bohne’supp’“, sagte er und zog hinter seinem Rücken den großen Geldbeutel aus dem Hosenbund, „machte genau dreizehn Mark sechzig.“ Ich bewunderte Pino für seine Gelassenheit. Er schien den ganzen Trubel mühelos im Griff zu haben.

„Was kostet denn die Bohnensuppe?“

„Zwo-achtzig.“

„Das ist ja billig“, meinte ich und legte einen Zwanziger auf den Tisch.

„Is’ ja auch nixe drin.“ Er legte mir das Wechselgeld hin und stürzte sich gleich wieder ins Geschehen.

Ich trank ab und warf einen Blick zur Theke.

„Ciao, Peter.“ Es war Gaetano, Pinos älterer Bruder und eine – im Gegensatz zu ihm – wandelnde Adrenalinspritze, der sich an der Küchentür gerade eine Zigarettenpause gönnte. Ihm unterstand die Küche samt dem Personal, wo er mit eiserner Faust regierte. Er warf seine Kippe in den Aschenbecher und verschwand wieder nach drinnen, wo die ersten Takte seiner ewig üblen Laune sofort das Schnippeln und Töpfeklappern überlagerten, bevor ihm die Schwingtür mit dem kleinen, runden Bullauge das Wort abschnitt, kurz wieder zurückgab und endgültig zublieb.

„Hopp, Peter – hock' dich her!"

Ich drehte mich wieder nach vorne. Am Tisch vor mir saß der Herbert-mit-dem-dicken-Schnurrbart, der jeden Abend dort saß und sich mit jedem unterhielt, der sich seiner annahm. Darauf beschränkte sich anscheinend weitgehend sein soziales Umfeld und seine Freizeitgestaltung, und hin und wieder erbarmte ich mich, meist spät, wie jetzt, wenn ich nicht mehr denken wollte. Das musste man bei ihm nämlich nicht.

Herbert war so um die vierzig, im Grunde ganz nett, jedoch ein wenig einfältig, und er trug zu seinem dicken, gezwirbelten Schnorres eine strähnige, zurückgekämmte Proletenfrisur, die sich hinten an den Spitzen ein wenig nach außen bog.

Ich nahm mein Schorleglas und meinen Bierdeckel und setzte mich zu ihm. „Und sonst, Herbert?", sagte ich. Ich war müde geworden.

„Danke der Nachfrage", erwiderte er mit einer beachtlichen Bierfahne. Meine plötzliche Gesellschaft hatte ihn irgendwie aufgeputscht. „Her, Peter, kommscht nochhin noch auf'n Sprung zu mir rauf?"

Wie bitte?, dachte ich bei mir.

„… wegen dem Radio, den ich dir neulich versproche' hab!"

Ach so, ja – das hatte ich völlig vergessen. Herbert hatte mich vor nicht allzu langer Zeit gefragt, ob ich ein Radio gebrauchen könnte, da er den Kasten von seiner verstorbenen Mutter endlich aus dem Haus haben wollte; ansonsten würde er ihn wegwerfen. Da ich zu Hause über keinerlei Musik oder sonstige Unterhaltung verfügte, hatte ich Interesse angemeldet. „Ja klar – wenn's nicht zu spät wird."

„Ach wo – mir könne' glei' gehe'." Er nahm sein Bierglas und trank es in einem Zug aus.

„Hopp, Pinno!", sagte er, als der gerade vorbeikam, und streifte den Schaum mit einer antiquierten Kaiser-Wilhelm-Gebärde von seinem komischen Bart, „zieh' mer des mol ab."

Pino zog seinen schwarzen Geldbeutel hervor und warf ihn auf den Tisch. „Wie viel?"

„Höchstens viere!"

„Ich glaube eher, mindestens sechse …"

„Alla hopp", meinte Herbert und zwinkerte mir zu, „dann waren's wohl sechse."

„Man versucht's, wo mer kann", meinte er grinsend, nachdem Pino wieder weg war, und es klang, als zöge er jedes Mal die gleiche Routine ab, wenn er bezahlte und jedes Mal von Neuem darüber lachte.

Ich räusperte mich verlegen, hob mein Glas und trank aus. Wir standen auf, wobei Herbert erst einmal sein Gleichgewicht sichern musste, steckten unsere Zigaretten ein und schlüpften zur Seitentür hinaus in die Dunkelheit. Ich betete, dass niemand, den ich kannte, im Lokal saß und mir nachschaute.

Draußen war es angenehm frisch geworden, und die vermutlich letzte Straßenbahn nahm gerade hell erleuchtet und leer die Kurve zum Ebertpark, der zu dieser späten Stunde zur Endstation geworden war. Wer weiter hinten in Friesenheim wohnte, musste nunmehr laufen.

Herbert wohnte gerade einen Block weiter in Richtung Hemshof, in meine Richtung also. Wir betraten ein stockdusteres Treppenhaus, in dem nicht ein einziger Lichtschalter seinen fahlen geistergrünen Nachtschein abgab. Irgendetwas huschte an meinen Füßen vorbei und verschwand draußen raschelnd im Gestrüpp des Vorgartens. Ich verdrängte aufkommende Spekulationen und konzentrierte mich auf meine vorsichtig suchenden Schritte.

„Das Licht is' kaputt", sagte Herbert leise, und ich tastete mich knapp hinter ihm im Dunkeln die Treppe hoch. Auf halbem Weg nach oben blieb er schließlich stehen, schloss zielsicher auf, und wir traten ein. Er knipste das Licht an, und meine Augen verkrochen sich hinter meinen zugekniffenen Lidern.

Seine Wohnung war noch zwei Nummern kleiner als meine, sie war vor allem sehr schmal und die Decke gerade mal zwei Meter hoch. Was sie im Wesentlichen von meiner Wohnung unterschied war jedoch die Tatsache, dass sie einen Flur besaß. Der war zwar winzig und bestand fast nur aus Türen – an der vollbehängten Garderobe musste man sich regelrecht vorbeizwängen und dabei den Kopf um die Deckenlampe herummanövrieren –, aber er schenkte dem Ganzen erst die Intimsphäre, die bei mir fehlte, den Puffer zwischen Wohnung und der bösen Welt da draußen. Ich beneidete ihn fast darum.

Möbliert war sie auch, allerdings eine ganze Stilgeneration älter noch als bei mir – genau das Richtige für einen alleinstehenden vierzigjährigen Mann, der seit seiner Entlassung aus der altmütterlichen Obhut nichts Eigenes dazugelernt hatte. In der Ecke, neben der Schlafcouch, bog sich ein Wäscheständer unter der Last riesiger, weißer, offenbar handgewaschener Unterhosen, denen er zum Abtropfen eine Zeitung untergelegt hatte. An der einen oder anderen prangte im Schritt ein deutlich sichtbarer dunkler Streifen. Die Selbstverständlichkeit, mit der er sie in meiner Gegenwart ignorierte, ließ darauf schließen, dass in seinem Weltbild jeder Mann (und womöglich auch jede Frau) in überdimensionalen Bummfuddeln mit unvermeidlichen Bremsspuren durchs Leben lief.

Er knipste in der Kochnische eine flackernde Neonfunzel an, die sich erst nach einigen Sekunden beruhigte und anblieb, und zeigte auf das Radio, das auf einem weißen Deckchen auf dem Kühlschrank stand. Es war einer dieser alten, an den Ecken abgerundeten Holzkästen mit dem grünen Auge, der indirekten Beleuchtung und den hundert Städtenamen auf der Frontscheibe, die es teilweise in Wirklichkeit gar nicht gab. Die knisterten immer, wenn man sie einschaltete, und dann roch es nach warmem Staub, während man wartete, bis sich irgendetwas tat.

„Wie viel willst du dafür?"

„'n Zehner."

Hoppla!, das ist ja geschenkt. Ich grub mein Kleingeld aus der Hosentasche und pickte zehn Mark in Münzen heraus.

„Trinkscht noch e' Bier?", fragte er, nachdem er das Geld eingesteckt hatte. Er hatte bereits den Kühlschrank auf, der einen Lichtbalken auf den staubigen, altmodisch gesprenkelten Linoleumbelag davor zeichnete. „… so nach getanem Geschäft."

Auch das noch! „Nein, lass' mal, ich bin hundemüde – Freitag, weißt du. Ich hab' eine anstrengende Woche hinter mir."

„Heut' is' Samstag", sagte er und schaute auf seine billige Armbanduhr, „und des net mal mehr."

„Umso schlimmer." Mir war heute nicht nach Therapeut, zudem vertrug sich Bier und Schorle bei mir schlecht. Ich klemmte mir mein Radio unter den Arm und zog das Steckerkabel an Bord.

„Also, Herbert. Nochmals danke schön."

„Nix zu danken", sagte er und begleitete mich zur Wohnungstür. Er schaute mir nach, wie ich mich langsam die dunkle Treppe hinuntertastete. Ich hatte es nicht mehr weit bis nach Hause.

Fünf Meter neben meiner Haustür hatte jemand hingekotzt, und gleich neben der Tür noch einmal, nur etwas weniger als beim ersten Mal. Ich tippte auf heruntergeschlungene Pommes frites und Ketchup, aber der Schlagschatten von der nahen Straßenlampe verzerrte das Ganze zu sehr, als dass ich's hätte richtig beurteilen können. Ich schloss auf und trat in die Stille des warmen Treppenhauses ein wie ein Heimkehrer in den Mutterschoß. Cleo steckte ihren Kopf hechelnd durch die Baluster und schaute mit ihren schwarzen Froschaugen zu mir herunter. Ein Sabberfaden löste sich von ihren Lefzen und schlug leise auf der Treppe auf. Ich musste unwillkürlich an einen müde tröpfelnden gotischen Wasserspeier denken.

Meine Küche war immer so klein und grell, wenn ich spätnachts alkoholisiert nach Hause kam, und es roch ewig nach abgestandenem Abfluss und nicht trocknen wollenden Geschirrtüchern. Ich schloss die Wohnungstür leise hinter mir und stellte das Radio auf den Kühlschrank, wo es offenbar hingehörte. Mein *Tiroler Bauerntrunk* und die fast leere Flasche Cola standen noch auf dem Tisch, und ich schenkte mir einen Betthupfer ein. Der Radiostecker reichte gerade bis zur nächsten Steckdose, und ich stöpselte ihn erwartungsfroh ein. Ich drückte auf den vergilbten Plastiktasten herum – aber es tat sich nichts. Das Radio war wohl an, das erkannte man am Knistern und am grünen Lichtauge, das sich langsam einstellte, aber ein- und ausschalten ließ es sich offenbar nur mit dem Stecker. Nun denn.

Irgendwann erklang eine Art Allerwelts-Günter-Noris-Verschnitt im Raum mit einer Tanzschulversion von *I'm Her Yesterday Man*, und es ward zum ersten Mal Musik in meinen engen vier Wänden. Einen Sender zu wählen ging allerdings nicht, der große Wählknopf schien innen ausgehängt zu sein und ließ sich in beide Richtungen endlos drehen, ohne dass sich irgendetwas änderte. Welcher Sender mir nun aufs Auge gedrückt wurde, würde ich erst morgen früh erfahren – jetzt lief bereits das gemeinsame Nachtprogramm. Zehn Mark – nun ja, immerhin war ich jetzt nicht mehr allein.

Nachdem ich die Fensterläden verriegelt hatte, trank ich meine Schorle aus, widerstand der Versuchung, mir noch eine einzuschenken und putzte mir halbherzig die Zähne. Es war schon spät. Ich zog den Radiostecker, machte in der Küche das Licht aus und ging nach nebenan ins dunkle Schlafzimmer.

Dort zog ich mich mit Mühe aus und legte mich auf meinem ungemachten Bett auf den Rücken. Die ausgeschaltete Deckenlampe meines Schlafzimmers mit ihrem langen Schatten, und überhaupt die ganze, von irgendeinem Licht aus den Tiefen des Hinterhofs blassblau angehauchte Decke, drehten sich, und zum ersten Mal fiel mir auf, dass sich alles eindeutig nach links drehte, gegen den Uhrzeigersinn – auch wenn sich die Drehung im Grunde nur in meinem Kopf abspielte. Aber es war eindeutig.

Ich hatte mal gelesen, dass sich dieser kleine Wasserstrudel, der sich über dem Badewannenabfluss bildete, wenn man das Wasser abließ, auch stets nach links drehte, ebenso die Wirbelstürme und die Strudel auf den Meeren – allerdings nur auf der nördlichen Erdhalbkugel. Südlich des Äquators dagegen drehte sich angeblich alles, was sich eben drehte, genau umgekehrt, also *mit* dem Uhrzeiger. Das hing irgendwie mit der Erddrehung zusammen. Legte sich also ein Australier oder ein Feuerländer oder ein Hottentotte nachts um zwei mit zu vielen Schorlen ins Bett, müsste sich bei ihm die Schlafzimmerdecke folglich nach rechts drehen.

Und was war mit Frau Kamps Möpsin? Die hatte einen Drehwurm, wie alle Möpse, der vor allem dann zum Ausdruck kam, wenn sie sich über etwas freute. Ich hatte dabei noch nie auf ihre Drehrichtung geachtet, aber ich machte mir für ihren nächsten Besuch einen geistigen Vermerk.

Das grüne Licht aus dem Inneren meines Weckers störte, und ich drehte ihn zur Wand, was allerdings wenig half, da er nun die Wand anstrahlte.

Wie sah es demnach genau am Äquator aus – in Singapur, oder in Ekuador? Floss dort das Badewannenwasser geradewegs in den Abfluss, ohne jegliche Drehung? Wenn ja, dann wollte ich mir über die Wirbelstürme und die Wasserstrudel erst gar nicht den Kopf zerbrechen. Hatten die in Ekuador überhaupt Badewannen?

Fragen über Fragen.

Wozu hatte ich eigentlich ein so großes Doppelbett, wenn ich immer nur allein drin lag?

7
Der Schorlefriedel

Bis ich am nächsten Morgen genügend Willenskraft beisammen hatte, um mich zum Wecker umzudrehen und ihn wiederum von der Wand, wohin ich ihn vor dem Einschlafen unsinnigerweise verbannt hatte, war es bereits elf Uhr vorbei. Die blassen Lichtstreifen, die die Fensterläden an die Decke warfen, hatte ich schon vor Stunden wahrgenommen, war aber wieder eingeschlafen. Dazwischen hatten irgendwann die Glocken der nahen Apostelkirche geläutet und versucht, den Hemshöfer für den Gottesdienst zu erwärmen.

Ich zog meine Beine an, warf das Deckbett geübt und elegant über das Fußende meines Riesenbetts und setzte mich mit einem kräftigen Schwung auf. Die gedämpfte, in die Ferne gerückte Geräuschkulisse im Haus, im Hinterhof und draußen auf der Straße war wohltuend auf Sonntagmorgen eingestellt. Trotz der langen Tagung gestern Abend bei Pino war mein Kopf heute Morgen frei von jeglichem Druck, Schmerz oder sonstigen auf erhöhten Alkoholkonsum zurückzuführende Erscheinungen geblieben. Im Gegenteil, er war geradezu leer.

Aus langjähriger Erfahrung wusste ich, dass sich diese schmerzhaften und schmerzfreien Morgende stets abwechselten, und ich hatte irgendwann dieser Tatsache eine kühne Theorie zugrunde gelegt: Ich mutmaßte, dass der Kopf, wenn er am Abend als Alkoholtrichter missbraucht wurde, zur Produktion gewisser einschlägiger Antikörper angeregt wurde, die sich im Verlauf unserer Kulturgeschichte auf die Bekämpfung von übermäßig vorhandenem Alkohol im Blut festgelegt hatten. Die Produktion und letztendliche Ausschüttung dieser Antikörper waren allerdings sehr zeitaufwendig, und der Einsatz dieser gar nicht so schnellen Eingreiftruppe kam am Ende stets viel zu spät, um noch irgendetwas ausrichten zu können. Der Missbrauch des Kopfes war dann bereits viel zu weit fortgeschritten. Die nun im Körper ziellos umherirrenden Antikörper bekamen jedoch gleich am folgenden Abend einen erneuten Auftrag, den sie alsbald gierig, da geradezu ausgehungert, in Angriff nahmen. Dies hatte zur Folge, dass der Kopf – der von alledem natürlich keine Ahnung hatte – am darauf folgenden Morgen völlig beschwerdefrei blieb. Am dritten Tag fing dann der Zyklus wieder von vorne an, und wenn man ein wenig Buch führte, konnte man auf solche Tage, an denen man sich keine Kopfschmerzen leisten konnte, gezielt hinarbeiten. Aber wie gesagt, das war reine Theorie.

Ach ja, fiel mir wieder ein – ich wollte ja heute mit meiner Wäsche beim Schorlefriedel vorbeischauen, um sie dort waschen zu lassen. Ich schwang meine Beine über die Bettkante und stand auf, stöpselte auf dem Weg durch die Küche meinen neuen hölzernen Zimmergenossen ein in der Hoffnung, nun doch nicht gerade den volkstümlichsten Sender erwischt zu haben, und begab mich unter die Dusche, während die Röhren in seinem geräumigen Inneren langsam aufglühten und sich warm knisterten.

Meine nass gewordenen Haarspitzen rubbelnd, trat ich wieder aus dem Nebelquader meiner Duschnische hinaus und sperrte die Tür auf, damit der Dampf in die Küche abfließen konnte. Ich warf einen Blick in den Spiegel, bevor er, vom Nebel getroffen, beschlug und erblindete. Im Spülstein stand noch das Geschirr von gestern Abend.

Ich setzte Kaffeewasser auf und holte meine letzte frische Unterhose aus dem Schlafzimmerschrank.

In der Küche hatte sich mittlerweile sonntäglich anmutende Klaviermusik breitgemacht, die sorglos-leicht aus dem Radio perlte und die letzten Winkel meiner Wohnung mit Leben erfüllte. Mit meinem leer laufenden Senderwählknopf konnte ich mir meine künftige häusliche Begleitmusik ja nicht aussuchen. Die Musik, die sonst meinen Beifall fand, hatte schon im Alltagsradio ihre festen, stark begrenzten Zeitfenster; sonntags wurde ihre Existenz gänzlich verleugnet, und alle Sender versanken in eine zeitentrückte Stimmung der Besinnung. Welche Welt der Unterhaltung ich mir da letztendlich nach Hause getragen hatte, würde sich mir also erst am morgigen Montag offenbaren; heute jedenfalls musste ich mit dem einsamen Pianeur vorliebnehmen. Aber es war ja schließlich Sonntag, und da gab es gewiss Schlimmeres.

Meine Großmutter hatte früher ein ganz ähnliches Gerät auf ihrem Kühlschrank stehen gehabt, das jedoch noch viel größer, brauner und staubiger daherkam als meins. Auch wurde ihr Radio von weitaus mehr und viel exotischer klingende Städtenamen geziert.

Als Kind hätte ich noch unbestritten geglaubt, dass sich dieser Klavierspieler auch tatsächlich *im* Radio befand, wie auch sonst sämtliche Sänger, Tanzkapellen und Orchester, die im Laufe des Tages zu hören sein würden, zusammen mit dem Nachrichtensprecher und den Leuten von der Werbung. Als Kind denkt man eben logisch.

Nachdem mir mit zunehmendem Jugendalter irgendwann klar wurde, dass diese Sicht der Dinge ganz und gar nicht logisch war, standen sie sich in meiner Fantasie jahrelang mit ihren Instrumenten und Skripten im Studio gegenseitig im Weg herum und warteten gelangweilt auf ihren Einsatz.

Ich öffnete das Küchenfenster, um die Fensterläden zu entriegeln, und ging kurz hinaus auf die Straße, um sie ganz aufzuschwingen und festzustellen. Die Sonne schien tief in meine Küche hinein und machte jedes Detail von außen sichtbar. Ich hatte Glück mit der Lage meiner Wohnung – morgens bestrahlte die Sonne meinen Frühstückstisch, und nachmittags wärmte sie mein Bett für die Nacht. Außer mitten im Sommer, wenn sie für Letzteres zu hoch stand. Aber dann war es ja auch nicht so wichtig. Erdgeschosswohnungen besaßen in der Regel gerade diese Vorzüge nicht, aber der flache Nachkriegsschulbau gegenüber mit seinem ausgedehnten Schulhof machte bei mir, wie auch bei meinen Erdgeschossnachbarn entlang der Straße, eine erfreuliche Ausnahme.

Das Wasser kochte bereits, als ich wieder in die Küche kam. Ich überbrühte meinen löslichen Kaffee, deckte den Tisch mit meiner spärlichen Kost aus Brot und Margarine (von meinem Johannisbeergelee hatte ich mich ja nach Gabis gestrigem Intermezzo getrennt) und setzte mich schließlich hin. Ich versuchte, so gut es ging, Gabis Geleespuren mit dem Messer aus der Margarine zu kratzen und streifte sie am Tellerrand ab. Anschließend schmierte ich mir ein Brot, biss mehrmals großzügig hinein und schlug kauend die gestrige Zeitung auf.

Ich liebte solche Sonntagmorgende am offenen Fenster, vor allem jetzt, da der Herbst vor der Tür stand. Sie hatten dann so etwas Morbid-Schönes und Zeitloses an sich, wie die Musik im Radio und die vermodernden Blätter unter den Bäumen am Zaun des Schulhofs. Auf der Straße war es friedlich. Aus unterschiedlichen Entfernungen und in unterschiedlichen Lautstärken kam das Glockengeläut der Kirchen herübergeweht, sonntäglich gekleidete Menschen gingen am Küchenfenster vorbei, und bei Frau Kamp klapperte das mittägliche Kochgeschirr. Sogar die Vögel im Hinterhof wussten, dass es Sonntag war, und hatten eine andere Platte drauf als sonst. So könnte ich ewig sitzen. Ein freier Tag unter der Woche, der genauso begangen wurde, war dafür kein Ersatz. Allein das Bewusstsein, dass am Goerdelerplatz die Geschäfte alle aufhatten.

Gegen eins war die Sonne weg vom Frühstückstisch und weiter zum Küchenschrank gewandert. Bei Frau Kamp ging es nun ans Geschirrspülen, die Hinterhofvögel hatten sich wieder zerstreut, und die Zeitung hatte mir, egal wie ich sie auch wendete, nichts mehr zu bieten.

Ich stellte mein Geschirr in den Spülstein und die Margarine zurück in den Kühlschrank, stopfte meine Wäsche in einen Plastikbeutel und ging schließlich aus dem Haus, in der Hoffnung, dass Friedel heute nicht bei Muttern aß. Aber das tat er, soviel ich wusste, nie.

Wie auch Berthold, wohnte der Schorlefriedel gerade mal fünfzig Meter die Straße runter, allerdings in eine andere Richtung, in der Gaußstraße, direkt gegenüber vom Getränkehändler und dem wuchtigen Luftschutzbunker mit seiner schützenden grauen Beton-Madonna über dem Eingang, die von eben denselben Leuten dort angebracht worden war, die den Bunker erst nötig hatten werden lassen.

Der Schorlefriedel – man ahnt es bereits – hatte seinen Namen wegen seines auffallenden Schorlekonsums bekommen. Obwohl *Schorle* ein Sammelbegriff war, und wenn überhaupt spezifisch angewandt, dann für die klassische saure Weinschorle, bedeutete das Wort in Friedels Wortschatz ausschließlich *Cola-Weißwein* oder schlicht *Colaweiß*. Er sprach es auch eher *Scholle* aus, wie den Fisch oder die Ackerscholle, und verstand es stets, im Gegensatz zur *Schorle*, wie auch zum Fisch et cetera, als Maskulinum – *der Scholle*, also.

Friedel ernährte sich regelrecht davon, und man sah ihn auch tatsächlich selten beim Essen. Für ihn war *de' Scholle* schon fast eine Philosophie. Er war es auch gewesen, der mich vor Jahren in die Schorlegesellschaft überhaupt eingeführt hatte, indem er mich zu meinem allerersten Cola-Weißwein einlud. Es war ein Dreiliter-Glasstiefel gewesen, den man mit der Spitze nach unten trinken musste, damit einem nicht irgendwann unverhofft beim Absetzen der ganze Inhalt um die Ohren und in die Haare flog. Oder war's die Spitze nach oben? Vieles sprach für die eine wie auch für die andere Handhabung – rein theoretisch. In der Praxis galt nur die eine. Ich hielt an diesem Tag jedenfalls den Dreiliterstiefel falsch herum.

Friedel mochte seinen Namenszusatz nicht – er meinte, es hörte sich gerade so an, als würde er sich von Schorle buchstäblich ernähren. Nun denn, ich nannte ihn so, wie seine Mutter ihn nannte – Friedel, eben.

Ich klingelte. Nach einer Weile drückte jemand auf den Öffner, und ich ging die Treppe hinauf. Friedel wohnte mit seiner Freundin auf der obersten Etage. Nach dem dritten Stock linste ich durch das Geländergewirr hoch und konnte sie oben am Abschlussknauf lehnen sehen und herunterschauen. Dort blieb sie, bis ich schließlich, ein wenig außer Atem, oben ankam.

„Ach, du bist's", sagte sie müde und richtete sich auf.

„Hallo – wie geht's dir? Ich hab mir gedacht, ich könnte vielleicht meine Wäsche heute bei euch waschen?"

„Klar. Komm rein." Sie wirkte ein wenig bedrückt.

„Ist irgendwas?", fragte ich, als ich die Tür hinter mir schloss und ihr in die Wohnung folgte.

„Ja. Mein Goldhamster ist heute Nacht gestorben. Jedenfalls lag er heute Morgen tot in seinem Käfig."

„Das tut mir aber leid. War er denn alt?"

„Wer isses'n, Fraa?", rief Friedel aus dem Wohnzimmer.

„Der Peter!" Sie nahm mir meinen Wäschebeutel ab. „Was heißt schon alt – die werden ja nur drei Jahre alt."

Nur drei Jahre alt – für einen Hamster klang das für mich schon alt. Das *nur* war natürlich relativ, verglichen beispielsweise mit meiner Großmutter, die im Alter von vierundsiebzig Jahren gestorben war. Meine Mutter rechnete solche Tieralter-Angaben gerne gleich um. Wenn jemand sie fragte, wie alt denn ihre Katze sei, dann sagte sie: „Achtundfünfzig Jahre" – und fügte dann lapidar *in Katzenjahren* hinzu. Dementsprechend war der Hamster von Friedels Freundin wahrscheinlich mit achtzig gestorben – *in Hamsterjahren* natürlich.

Friedel saß am Wohnzimmertisch in einer Rauchwolke und hatte das *Rheinpfalz*-Fernsehprogramm vor sich ausgebreitet, denn Friedel und seine Freundin besaßen einen richtigen Fernseher, um den ich sie an so manchem trüben Abend zu Hause beneidete. Der Tisch, der Schrank und die Sitzmöbel sahen aus wie die erste eigene Wohnzimmergarnitur seiner oder ihrer (eher ihrer) Eltern nach dem Krieg, die gerade den üblichen Umweg über die Kinder zum Sperrmüll machte.

Friedel hatte sehr lange, fettige Haare, die oben am breiten, rosa gekratzten Mittelscheitel eng anlagen und nach unten hin in zunehmend wirren Wellen über seine Schultern verstreut lagen. Er hatte kleine Schweinsäuglein, die einen selten richtig ansahen, und rote, wulstige Lippen, die immer nass zu sein schienen. Er sah mit seinen jungen Jahren aus wie ein alter Indianer an der Bar in einem alten amerikanischen Schwarzweiß-Western, der stur nach vorne schaute und eisern sein Whiskyglas festhielt. Der Hamster lag mit seinen kleinen, nackten Rattenfüßchen nach oben und leicht zur Seite gekippt auf dem Tisch neben Friedels halbvollem Schorleglas.

„Oh wie, Peter", sagte er, als ich hereinkam, „brauchscht 'n tote' Hamschter?"

„Friedel!", fuhr ihn seine Freundin an.

„Nein danke, kein Bedarf zurzeit", sagte ich und setzte mich, das Bein über die Armlehne gelegt, auf einen der abgewetzten Sessel. „Ich hab' meine Wäsche mitgebracht – ich hatte diesmal einfach keine Lust mehr, sie mit der Hand zu waschen."

„Jo, so was kenn' ich – gebse de' Fraa, die macht des schon. Trinkscht 'n Scholle mit?"

„Danke nee, im Moment nicht." Ich sah im Geiste auf meine Küchenuhr. Ich war ja gerade mal zwei Stunden auf den Beinen.

Friedels Freundin ging mit meinem Beutel in die Küche und begann, meine Wäsche in die Maschine zu stopfen. Ich wollte gerade aufspringen, um wenigstens anstandshalber aus nächster Nähe zuzuschauen und banale wäschebezogene Nichtigkeiten von mir zu geben, aber schon hörte ich das Bullauge einrasten, die Programmwahl in Stellung knattern und den ersten Wasserstrahl zwischen meine Unterhosen und Geschirrtücher schießen.

„Mir geht das einfach nicht aus dem Kopf“, meinte sie kopfschüttelnd und mit ungläubiger Miene, als sie zurückkam und sich lustlos auf die Couch fläzte. „Gestern Abend, als ich ihm sein Futter und sein Wasser gab, war er noch putzmunter.“

„Mein Gott, Fraa!“, sagte Friedel und setzte sein Glas so heftig auf, dass ein großer Tropfen über den Rand sprang und augenblicklich von der *Rheinpfalz* aufgesogen wurde, „man kann's bald nimmer höre' – de' ganze Tag geht des schon! Was koscht'n so e' Vieh – vielleicht sechs Mark! Do geht mer morge' hie und kaaft sich 'n Neue!“ Dabei nahm er das Tier in die flache Hand und ließ es unsanft wieder auf den Tisch klatschen, um dessen geringen Materialwert und problemlose Ersetzbarkeit zu unterstreichen.

„FRIEDEL!“

Oh je, dachte ich, jetzt dreht sie durch. Ihre Hände verkrampften sich, als sie aufschrie. Sie schnappte sich den missbrauchten Leichnam und verschwand damit in die Küche, wo sie ihn rasch in ein Stück Zeitungspapier wickelte – wie eine dicke Leberwurst beim Metzger – und in eine kleine Plastiktüte steckte.

„Nimmst du ihn mit runter, wenn du gehst“, sagte sie und legte mir die zugeknotete Tüte auf den Tisch, „und wirfst ihn in den Mülleimer im Hof?“

„Oh? Keine Trauerfeier?“, sagte Friedel leise und drückte seine Zigarette aus.

„Mach' ich“, sagte ich. Ironischerweise zierte das süßliche Konterfei eines raffzahnigen, grinsenden Goldhamsters die Tüte, in der sie wohl noch vor Kurzem das letzte Futter vom Zoogeschäft nach Hause getragen hatte.

„Sagt mal – habt ihr Lust, auf einen Sprung mit in die Probierstube zu gehen, bis die Wäsche fertig ist? Ich lad' euch ein.“ Das war ja wohl das Mindeste.

„Mir ist jetzt nicht nach Probierstube – aber ich wäre dir dankbar, wenn du mir den Friedel für eine Weile abnehmen würdest.“

„Alla hopp“, sagte der und stand auf. Er nahm sein Schorleglas, stemmte sich die Rechte in die Hüfte und trank es auf einmal aus. Er rülpste laut und hielt das leere, speckige Glas mit musterndem Kennerblick gegen das Licht, während er sich mit dem Handrücken über den nassen Mund fuhr. Seine Freundin stand seufzend auf und ging in die Küche.

„Bis nachher“, rief ich ihr nach.

„Mit der kannscht jetzert vorerscht net rechne'.“

Ich hängte die Hamstertüte an den kleinen Finger (er wog mehr als er aussah), Friedel griff sich seinen abgegriffenen grünen Parka, und wir gingen.

„Die stellt sich vielleicht an“, meinte er, als wir die Treppen hinunterstiegen. „Wege' 'me Hamschter für sechs Mark so e' Theater!“

Unten auf der Straße stellte ich fest, dass ich vergessen hatte, den Hamster in den Mülleimer zu werfen. Am Bunker, neben dem schmalen, moosgepolsterten Treppenaufgang, befand sich einer dieser grau angestrichenen Stromverteilerkästen und summte laut vor sich hin. So unauffällig es ging, warf ich die Tüte im hohen Bogen an die hässliche Betonmauer darüber und ließ sie hintenrein fallen.

„Jo – weg damit“, meinte Friedel.

Die Probierstube lag von Friedels wie auch von meiner Wohnung aus gerade um die Ecke, in der Bessemerstraße, einer Verlängerung der Falkenstraße (oder umgekehrt), in der sich unter anderem auch mein Eckladen und Bertholds Altedamenburg befanden. Sie gehörte Frau Schrader, einer alten, dicken Hemshöferin, die seit dem Krieg in einer der Seitenstraßen noch ein großes Getränkelager unterhielt – für die breite Auslieferkundschaft, nicht um die Probierstube zu versorgen.

Die Probierstube selbst diente ihr ausschließlich zum Zeitvertreib, als Beschäftigung in ihrem wohlverdienten Ruhestand, denn ihre Niedrigstpreise waren kaum geeignet, Wohlstand anzuhäufen. Wohlhabend war sie tatsächlich (wenn man es ihr auch nicht ansah), aber das hing mit ihrem Getränkebetrieb als solchem zusammen. Das Lager wurde von ihrem selbst nicht mehr allzu jungen, immerzu mürrischen Sohn betrieben, den man ab und zu sah, wenn er im grauen Kittel mit Nachschub auf dem Sackkarren vorbeischaute, ohne zu grüßen.

In der Probierstube selbst wurde Frau Schrader von ihrer geistig zurückgebliebenen Nichte unterstützt, die mit jedem Auge in eine andere Richtung schaute und nach Bedarf von ihrem Versteck irgendwo in den hinteren Räumlichkeiten hergerufen wurde, um Weinkisten herumzuschleppen. Ob die gestörte Nichte in Wahrheit die Tochter von Frau Schraders misslaunigem Sohn und das Produkt seines angeblichen, zumindest ehemals übermäßigen Alkoholkonsums war, war in der Probierstube häufig Anlass getuschelter Spekulationen.

Wie in einem Schreibwarengeschäft klingelte es oben an der Tür, als Friedel und ich eintraten. Frau Schrader lehnte wie immer großmütterlich lächelnd und gelassen über ihrer Theke, auf ihren großen Brüsten ruhend, wie so viele alten Frauen in den Erdgeschossfenstern auf ihren Kissen.

„Tach, Fraa Schrader", grüßte Friedel mit ungewohnter Höflichkeit. Für ihn war sie nährende Mutter, die mit all dem Respekt bedacht wurde, den er anderen verweigerte.

„Tach, Buwe – was kriege' mer'n? Zwee Colaweiß?"

„Aber immer!"

Sie richtete ihr Gewicht mühsam auf und bewegte sich mit ihren unterschiedlich langen Krampfadergummistrümpfen schwerfällig zum mannshohen Kühlschrank, der hinter ihr stand. Sie entnahm ihm eine Flasche Cola, holte vom Regal darüber zwei Schorlegläser herunter und stellte alles mit eingespielten Handgriffen nebeneinander auf die Theke, wo die offene Weinflasche schon bereitstand.

Frau Schrader trug unter ihrer blonden Perücke eine dicke, stark vergrößernde Brille, die am Bügel mit einem Heftpflaster geflickt war. Wenn sie sich zur Seite drehte, sodass man zwischen ihren Augen und der Brille hindurchschauen konnte, befanden sich ihre vergrößerten Augen wie durch ein Wunder immer noch auf den Brillengläsern, wie zwei vorne aufgeklebte Wackelbilder, und ich hatte keinen Zweifel daran, dass sie auch dort blieben, wenn sie ihre Brille auszog und auf die Theke legte, um das Etikett auf der Flasche aus nächster Nähe besser lesen zu können.

Frau Schrader schenkte ihre Schorle nach der heutzutage nur noch selten zu beobachtenden Standardmethode ein, das heißt, sie goss zuerst den Wein ins Glas und dann die Cola hinterher. Im Grunde war das ja auch die logischste und selbstverständlichste, da einfachste Methode; so verfuhr man schließlich auch zu Hause. Doch die meisten Wirte zogen es heute vor, beide Komponenten gleichzeitig ins Glas zu gießen, scheinbar um ihre Professionalität zur Schau zu stellen; in Wirklichkeit taten sie dies, um das Mischungsverhältnis heimlich zu ihren Gunsten beeinflussen zu können. Das konnte heißen, dass die Weinflasche in einem unmerklich flacheren Winkel gehalten wurde als die Colaflasche, damit der Wein langsamer floss, oder sie wurde gleich ganz senkrecht hineingehalten, sodass die aufsteigenden Luftblasen den steten Zufluss bremsten. Auch bestand die Möglichkeit, sich das Aufschäumen der Cola zunutze zu machen, doch dazu bedurfte es eines gewissen Maßes an Erfahrung und Fingerfertigkeit, damit der betrügerische Schuss nicht nach hinten losging. Dem ungeübten und gutgläubigen Auge blieb das alles natürlich verborgen.

Frau Schrader aber hatte all das gar nicht nötig. Der halbe Liter Schorlewein kostete bei ihr nur eine Mark fünfzig und der halbe Liter Cola ebenfalls. Also kostete der halbe Liter Colaweiß auch nur eine Mark fünfzig, und zwar völlig unabhängig davon, wie das Mischungsverhältnis war. Und da fand sich auch schon der Haken bei Frau Schraders Schorle – entsprechend großzügig fiel nämlich das Mischungsverhältnis bei ihr aus.

Wir waren ihre „Buwe“, und so füllte sie wohlwollend die Gläser mindestens zu drei Vierteln mit Wein und färbte ihn dann praktisch nur noch ein wenig mit der Cola nach, um der Bezeichnung *Colaweiß* ein wenig gerecht zu werden. Das Ergebnis schmeckte grässlich, zumindest nach meinem Dafürhalten, und man musste beim Schlucken und eine ganze Weile danach die Luft anhalten, um den Geschmacksnerven Zeit zu geben, sich wieder zu beruhigen. Aber Frau Schrader meinte es gut mit uns, und so tranken wir, was auf den Tisch kam.

„Drei Mark“, sagte sie und schraubte die Colaflasche wieder zu. Bei ihr musste man immer gleich bezahlen.

Frau Schraders Schorle hatten auf der Oberfläche stets einen Hauch von Schaumkrone, meist in der Mitte und wie ein kleiner Spiralnebel geformt, der dadurch entstand, dass die Schorle durch das seitliche Zugießen der Cola regelrecht umgerührt wurde und sich noch eine ganze Weile danach langsam drehte. Der Schaum kam vom billigen Wein, den sie zum Mischen verwendete, vermutlich von der Hefe, die sich noch nicht ganz verbraucht hatte und heimlich auf Sparflamme weitergärte. Bei einem Endverbraucherpreis von drei Mark pro Liter wurde er sicherlich nicht so sorgfältig geklärt, bevor er in die Flasche kam. Aber was sollte man schon erwarten – außer einem nüchternen *Winzerschoppen* und ein paar klein gedruckten, schlecht gesetzten Zahlen fand sich weiter nichts auf dem schmucklosen Etikett. Und wenn Frau Schrader den Schoppen Colaweiß schon für eine Mark fünfzig ausschenkte, durfte man eine kleine Schaumkrone wohl erwarten, wenn nicht sogar regelrecht verlangen.

Ich legte drei Mark auf die Theke, nahm unsere Gläser und ging an einen der Stehtische, wo Friedel bereits seinen Platz eingenommen hatte.

Die Probierstube war winzig klein, und möglicherweise war das auch als Berechtigung für die niedrigen Preise und für die Bezeichnung *Probier*-Stube sogar eine gewerberechtliche Voraussetzung – ich wusste es nicht. Jedenfalls war vor der Theke, ausgenommen für die zwei Stehtische, nur noch Platz für die Musikbox, aus der ein kaum hörbares *All Right Now* von *Free* für einen gewissen musikalischen Rahmen sorgte. Ich schätzte den Gästebereich auf höchstens zehn Quadratmeter.

Mit Friedel und mir sowie den zwei Gästen, die bereits da waren, als wir hereinkamen, war die Probierstube schon fast voll. Der eine saß brav in seinem sauberen Parka auf der langen Sitzbank zwischen den Stehtischen und dem Fenster mit seinen Händen auf dem Schoß und trug eine kleine, drahtumrandete Nickelbrille zwischen seinen langen, farblosen, an Schnittlauch erinnernden Frisurhälften – eben einer dieser allenthalben anzutreffenden ungezählten Möchtegern-John-Lennons, die erscheinungsmäßig ihrem Idol immer einige Jahre hinterherhinkten. Seine Anwesenheit fiel kaum auf, da er vom zweiten Stehtisch fast verdeckt war. Vor ihm, auf der unteren Ablage, genau vor seiner Brille, stand eine seltsame, gelb sprudelnde Schorle.

Der Zweite stand neben der Tür am Geldspielautomaten, den breiten, fettgepolsterten Rücken uns zugewandt. Er trug einen billigen, blauen Trainingsanzug aus Perlon mit weißen Seitenstreifen, der über die überquellenden Speckseiten hinwegtäuschen sollte, was jedoch kläglich misslang. Er hielt eine Flasche Bier in der linken Hand, aus der er hin und wieder einen hastigen Schluck nahm, während er mit der rechten, wie alle Typen seines Kalibers, das mittlere Feld verdeckte, um erst durch das Klingelzeichen von seinem Zwanzigpfenniggewinn zu erfahren. Das verlieh seinem langweiligen Sport eine gewisse Spannung.

Friedel und ich stießen an, und ich schlürfte von meiner Schorle den Schaum ab (Friedel hatte dies schon längst getan). Der erste Schluck am Tag fuhr mir jedes

Mal wie ein kalter senkrechter Strich direkt in den Magen, wo er sich dann langsam zwischen meinen Eingeweiden verteilte und erwärmte.

Ich erzählte Friedel von meiner geplanten Popcornparty, von der Badewanne voller Bohnensuppe und der dicken Frau, die ich hineinsetzen wollte und die ich bereits gefunden hatte. Die Idee machte ihm sichtlich Spaß.

„Wie fett isse denn?“, wollte er wissen.

„Naja, nicht gerade fett. Große Brüste hat sie, sehr große sogar. Sagen wir mal, eine ästhetische Rubens'sche Erscheinung.“

„Na, alla. Un' – wann soll'n die sein, deine *Rubens'sche* Popcornparty?“ Er hob das Adjektiv mit zwei akustischen Gänsefüßchen hervor.

„Oh je, das weiß ich jetzt noch nicht. Ich hab' die Idee ja erst seit vorgestern. Ich weiß bis jetzt noch nicht mal, wie man einen Topf voll Popcorn überhaupt herstellt, geschweige denn ein ganzes Zimmer voll! Da kommt noch ganz schön viel Planung auf mich zu, und vor allem viel Arbeit bei der Umsetzung.“

„Was dei' Wirtin wohl dazu sagt?“, meinte er eher beiläufig.

„Oh Gott – die darf ich erst gar nicht fragen!“ An diesen Punkt hatte ich überhaupt noch nicht gedacht. Frau Kamp, die fortwährend unangemeldet bei mir ein- und ausging, und eine Popcornparty in ihrem alten Schlafzimmer!

„Sagt mal, wisst ihr eigentlich, dass da Blut dranklebt?“, fragte eine gekünstelt-hochdeutsche Stimme hinter uns, die an einen Mannheimer Jurastudenten denken ließ. Friedel und ich drehten uns gleichzeitig um. Unser schlechtes John-Lennon-Double mit den farblosen

Schnittlauchhaaren stand nun neben seinem Tisch und schaute uns mit erhobenen dicken Augenbrauen (die waren allerdings gelungen) aus der Tiefe seiner winzigen Brille wissend an.

„Was is'?", fragte Friedel.

„An euren Schorlegläsern klebt Blut." Er akzentuierte jedes Wort, damit wir es diesmal auch verstanden.

Friedel hob sein Glas gegen das Licht und schaute es an. „Wieso klebt an mei'm Scholleglas Blut?"

„Was meinst du wohl, aus was die Cola hergestellt wird?"

„A na!"

„Falsch. Aus der Kolanuss – und die wird vor allem in Afrika angebaut, in der Dritten Welt, damit der genusssüchtige Europäer beziehungsweise Amerikaner seine Coca Cola trinken kann, während der Afrikaner am Hungertuch nagt!"

„Sicherlich bekommt der arme Afrikaner Geld dafür, dass er für den Europäer Kolanüsse anbaut", warf ich ein. „Sonst würde er es ja nicht tun."

Er lachte kurz und ernst. „Du hast ja gar keine Ahnung von den Sozialstrukturen dort. Dort herrscht noch das Feudalsystem!"

„Was für e' System?", fragte Friedel mit einem gewissen Spott in der Stimme und schaute zu mir rüber.

Hurra!, wir wollen diskutieren – dachte ich bei mir.

„Das Feudalsystem. Der besitzlose Bauer pachtet vom Großgrundbesitzer eine Handvoll Kolabäume, die er dann bis zur Ernte pflegt. Und wenn's dann so weit ist, sahnt erst mal der Großgrundbesitzer ab, verstehst du, und zwar unabhängig von der Erntemenge. Der Bauer kann sich dann mit dem eventuellen Rest begnügen und versuchen, ihn auf dem Markt zu verkaufen. Das reicht dann gerade noch zum Verhungern."

„Soll er doch sei' Kolaniss' esse', der Neger", sagte Friedel. Wir schauten ihn beide stumm und mit großen Augen an. „Oh pardong! Ich mein' natürlich *der Nigerianer.*" Er setzte sein Glas an und trank es aus. „Fraa Schrader, noch e' Colaweiß!"

„Euch fehlt es einfach am nötigen Problembewusstsein", wendete sich unser Freund nun an mich, in der Hoffnung, mir eher ins Gewissen reden zu können. „Außerdem kann man Kolanüsse nicht essen. Das ist ja das Problem – der Bauer, der sich eine Flasche Cola gar nicht leisten könnte, wenn es sie dort überhaupt zu kaufen gibt, kann sich mit seinem Produkt nicht mehr identifizieren!"

„Coca Cola und Pepsi gibt es überall auf der Welt, auch in Afrika", hielt ich dagegen.

„Aber wer kann sich so etwas schon leisten? Im Übrigen gibt es in China und in Indien *keine* Cola – die Chinesen halten sie für kapitalistisches Teufelswerk, und die Inder wollen ihre eigene Sprudelindustrie schützen."

„Und – wie sieht's mit *deinem* Problembewusstsein aus?", fragte ich und blickte auf die Ablage unter seinem Tisch. „Was ist das denn für ein gelbes Zeug in deinem Glas?"

Bühnenreif nahm er sein Glas von der Ablage und stellte es, ohne seinen Blick von uns zu wenden, oben auf den Tisch. Ich stellte mir – innerlich lächelnd – dabei vor, er hätte ihn verfehlt und die gelbe Wunderdroge wäre klirrend am Boden zerschellt. Frau Schrader hätte, ohne mit der Wimper zu zucken, nach ihrer gestörten Nichte und dem Putzeimer gerufen.

„Das hier ist eine Gilb!“, sagte er nicht ohne Stolz – so, als hielte er die Lösung aller neokolonialistischen Ungereimtheiten dieser Erde in der Hand. „Manche sagen *Gääße*[7]*-Schorle* dazu, oder einfach *Gääß*. Ich sage *Gilb*. Sie besteht zur Hälfte aus Weißwein und zur Hälfte aus gelbem Sprudel!“

„Du kannscht dir ja dei’ *Gilb* patentiere’ lasse’“, meinte Friedel und trank von seiner neuen Schorle das Häubchen ab.

„Ich habe das Gefühl, dein Freund mag mich nicht.“

„Ach, weißt du – du legst gerade seine Lebensgrundlage auf die moralische Waagschale. Er fühlt sich in seiner Existenz bedroht.“ Ich bot ihm eine Zigarette an.

„Oh danke“, sagte er freudig und zog sich mit spitzen Fingern eine aus der Schachtel, „du bist nett!“

Friedel hielt mit dem Glas auf der Unterlippe kurz inne und schaute mich, die Augen unauffällig verdrehend, an.

„Das Zeug kann doch nicht schmecken, so wie es aussieht“, meinte ich, um ihn ein wenig zu provozieren.

„Naja, ob eine schwarze Schorle unbedingt ästhetischer daherkommt – das liegt wohl im Auge des Betrachters. Mir schmeckt’s jedenfalls.“

Naja, dachte ich – ganz Unrecht hatte er ja nicht. Ich setzte mein Glas an, legte meinen Kopf in den Nacken und trank aus. Frau Schraders Schorlegläser hatten unten alle einen unschönen, außen angebrachten roten Farbklecks, den man erst beim Austrinken sah und der angeblich verhindern sollte, dass man sie mitgehen ließ. Schorlegläser gab es nämlich für den Normalsterblichen nir-

---

[7] Geiß *(weibl. Ziege)*

gends zu kaufen, und wer seine Schorle zu Hause nicht aus dem Saftglas oder dem Bierkrug trinken wollte, war darauf angewiesen, seine Zylindergläser aus der Kneipe oder auf einem der zahlreichen Weinfeste, die im Herbst dem Pfälzer zur Unterhaltung dienten, mitgehen zu lassen. Ich überlegte mir, ob Orangen, die zumindest geschmacklich die Grundlage eines jeden gelben Sprudels bildeten, nicht auch irgendwelchen feudalistischen Wachstumsbedingungen ausgesetzt waren.

„Also, eine *rote* Gilb solltest du mal sehen – *die* ist wirklich hässlich!"

„Was ist denn eine *rote* Gilb?", fragte ich verwundert.

„Naja, dasselbe wie eine Gelbe, nur mit Rotwein statt Weißwein."

Ich konnte die Farbe genau vor mir sehen, wie ein sprudelnd sauberer Blutorangensaft. Vom *Cola*-Rotwein, der sich optisch noch eine Schattierung schwärzer darbot als eine Colaweiß, wusste ich, dass er beim Trinker schlechte Laune oder gar Aggressionen auslöste, was aber weder dem Rotwein noch der Cola zuzuschreiben war, sondern irgendwie dem geheimnisvollen Zusammenspiel der beiden.

Ich stellte mein leeres Glas auf die Theke.

„Frau Schrader, eine Gilb – aber eine gelbe." Friedel warf mir einen abschätzigen *Du-Judas*-Blick zu.

„Oh – geh' mer fremd?", fragte sie und tauchte mein Glas kurz ins trübe Spülwasser.

„Sagen wir mal so", meinte ich, „ich entwickle mein Problembewusstsein. Machen Sie ihn diesmal aber bitte halb und halb."

„JA! JA! JA!“, rief unser Sportsfreund am Automat plötzlich mit gereckter Faust und trampelte wie ein dicker Idiot mit den Füßen auf dem Boden. Er schien eine Art Volltreffer gelandet zu haben – jedenfalls ergoss sich nun eine Kaskade von Lichteffekten und Klingeltönen über ihn. Das Zuhalten hatte sich offenbar gelohnt. Er stellte seine Bierflasche oben auf dem Automaten ab und zündete sich eine neue Zigarette an. Wie ein strahlender Held stand er nun im pulsierenden Gegenlicht und bediente mit endlich bestätigtem Sachverstand die Tasten.

Ich bezahlte und ging mit meiner gelben Schorle zurück an unseren Tisch. Sie war kalt und versprühte winzige Tröpfchen um sich, wie ein Glas Alka Seltzer, das man morgens mit hämmernden Schläfen ungeduldig in der Hand hielt, während man darauf wartete, dass sich die träge Monsterpille endlich auflöste.

Ich nahm einen vorsichtigen Schluck, und Friedel schaute mich erwartungsvoll-skeptisch aus seinen Schweinsäuglein an. Die Gilb schmeckte genauso wie sie aussah – gelb, sprudelig, ein wenig nach orangenen Gummibärchen. Mir war schon klar, dass das Verdünnen von Wein mit *Cola* nicht unbedingt die Anstrengungen des Winzers honorierte, aber irgendwie harmonierten die zwei Geschmäcker miteinander, zumal die Cola darüber hinaus auch noch dafür sorgte, dass man allem Alkoholzuspruch zum Trotz wach und voller Tatendrang blieb – wenn's sein musste, die ganze Nacht hindurch. Und schließlich gab es ja auch genügend minderwertigere Weine, die so auch ein wenig zu Ehren kamen. Frau Schraders Schorleweine hätte man ohne Schorle höchstens zu einem billigen Essig zum Entkalken von röchelnden Kaffeemaschinen weiterverarbeiten können.

Aber einen Wein mit *gelbem Sprudel* zu strecken, das war für den Winzer ein Tritt direkt gegen das Schienbein. Wenn er das geahnt hätte, als er im Winter wochenlang mit der Rebschere zwischen den Reihen gestanden hatte, hätte er es wahrscheinlich sein lassen.

„Und?“

„Also, ich weiß nicht – gelber Sprudel und Wein, das gehört einfach nicht zusammen. Sie gehen keine geschmackliche Verbindung ein, sie harmonieren nicht.“

Ich erwischte mich dabei, wie ich, unwillkürlich ins Grenzenlose blinzelnd, nach den passenden Worten suchte, wie ein Kunstkritiker im Fernseher. „Und überhaupt, hat sich dafür unser afrikanischer Kolabauer abgerackert, dass wir dann gelbes Sprudel in unseren Wein schütten?“

Friedel grunzte zufrieden, nickte und nahm einen Schluck aus seinem Glas. Unser Freund mit den Schnittlauchhaaren sagte nichts. Er holte sich ein Päckchen Javaanse aus der hinteren Hosentasche und begann, sich eine Zigarette zu drehen. Dabei schaute er mich argwöhnisch durch seine kleine Brille an, während das Päckchen mit der Laschenecke zwischen seinen Fingern hing. Er fuhr mit der Zungenspitze über den gummierten Rand und rollte seine Zigarette auf. Wir hatten nichts begriffen.

Unser Held am Automaten drückte auf den Knopf unter seinem Kontostand und ließ sich den vorläufigen Gewinn auszahlen. Sicher ist sicher. Diesmal klimperten keine Zehner in der Auffangschale, diesmal schlug schweres Metall auf, als die satten Fünfmarkstücke einzeln ausgespuckt wurden. Er schaufelte sie sogleich zur Seite, um den Nachschub nicht zu behindern.

„Stellt euch vor“, sagte ich nach dem zweiten Schluck, „man würde bei einer Gilb vor dem Mischen die Kohlensäurebläschen austauschen, also vom Sprudel in den Wein.“

„Häh?“, meinte Friedel und nahm sich eine von meinen Zigaretten.

„Ich meine, wenn vor dem Mischen der *Wein* sprudeln würde und nicht der gelbe Sprudel.“

„Un’ dann?“, sagte Friedel und steckte sie sich an, „wenn’s doch eh zusammenkommt.“

„Genau! Eben. Mit dem Unterschied, dass, wenn der Wein vorher sprudelt und der Sprudel nicht, dann hätte man statt Wein und gelbem Sprudel – na? – Sekt und Orangensaft!“

„Aber einen sehr billigen Orangensaft“, meinte unser Freund.

„Und einen sehr billigen Sekt – macht ja nix. Und wenn man diesen Sekt mit dem billigen Orangensaft zusammenkippt, verteilen sich die Bläschen, und man hat dasselbe im Glas wie das hier. Nur, dass man dann von einem Sekt-Orange spricht anstatt von einer Gilb.“

„Na un’?“

„Naja, Sekt-Orange hat gesellschaftlich einen ganz anderen Stellenwert als Gilb und preislich sowieso. Dabei sind sie inhaltlich genau dasselbe, also Wein, Orange und Kohlensäurebläschen. Man verteilt eine Gilb auf vier Sektschalen, und schon hat man einen kleinen Stehempfang!“

„Na, na, na!“, warf unser Freund ein, „es bliebe noch festzustellen, ob nicht *möglicherweise* ein geschmacklicher Unterschied besteht.“ Das Wort *möglicherweise* schmückte er mit den Fingern und den Augenbrauen ein wenig sarkastisch aus.

Ich drehte mich um. „Frau Schrader, haben Sie Sekt?"

„Ich kann euch 'n Pikkolo uffmache'."

„Genau das Richtige. Und Orangensaft? Einen billigen?"

„Ja klar. Ich hab' *nur* billigen Orange'saft."

„Alla hopp, dann machense uns bitte eine billige Sektorangensaftschorle."

„Habt ihr was vor?"

„Wir machen einen Verbrauchertest."

„Der koscht' aber e' bissel mehr als e' Mark fuffzisch, euern Verbrauchertest."

„Das macht nix."

Frau Schrader machte sich ans Werk, und als sich der Orangensaft mit dem Sekt verquickte, konnte ich sehen, dass meine Theorie bereits an der Farbe scheiterte. Während die Gilb von einem durchscheinenden, sprudeligen Plastikgelb war, stand ihr Pendant wie eine leuchtende, saftgelbe Säule auf der Theke. Ich trug ihn an unseren Tisch und stellte sie nebeneinander.

„Des sieht jo 'n Blinde mit ei'm Aug'", meinte Friedel.

„Naja, das seh' ich jetzt auch." Ich nahm das Glas, roch daran und nahm einen Schluck.

„Und?", fragte unser Freund, „nach was schmeckt er denn?"

„Nach Orangensaft. Und Sekt."

„Na also", sagte er und zupfte sich ein neues Zigarettenblättchen. Er legte ein Knäuel Tabak darauf und zog es zufrieden in die Länge.

Unser Mann am Automaten hatte Mühe, seine Geldstücke unter Kontrolle zu halten. Er schaufelte sie sich links und rechts in die Reißverschlusstaschen seiner billigen Trainingshose, ging an die Theke und leerte sie wieder aus. Er schaute zu uns rüber, wo unser Freund gerade mit der Zunge an seinem Blättchen entlangfuhr.

„Oh! Raache' mer Hasch?"

„Was dagegen?"

„Komm, loss die Buwe in Ruh'", sagte Frau Schrader, „des sin' anständische' Leut'!"

„Was – die do?"

Die Tür ging mit einem Klingeln auf, und noch so ein Kaliber wie unser Glücksspieler kam herein, nur eine Nummer kleiner und nicht so dick. Er trug einen speckigen, braunen Breitkordhut, dessen Krempe hinten hochgeklappt war.

„Her, Alfred – mach', dass'd herkummscht!"

Alfred nickte freundlich in die Runde und stellte sich an die Theke.

„Oh – was'n do los? Hoscht im Lotto gewunne'?" Seine Stimme war glockenhell.

„So ungefähr. Was trinkscht'n, Alfred? Ich geb' heut' enner aus!"

„Oh!" Er überlegte kurz. „'n sauer abg'spritzte Weißherbscht", sagte er dann, „aber net so fett, wenn's geht."

„Aha, 'n Feinschmecker", meinte Frau Schrader und bückte sich unter die Theke, um die richtige Flasche zu suchen.

„A jo, de Alfred – der hot schun immer 'n penetrante' G'schmack g'habt, wenn's um Wein geht!"

„Ganz klor kann der aber net sei'", meinte Friedel leise.

„Un', was is' mit de Buwe?", sagte Frau Schrader.

„Was soll'n mit dene' sei'?"

„A – ich dacht', du gibscht enner aus?“

„A na – !“

„Ich krieg 'n Colaweiß“, sagte Friedel und trank schnell aus.

„Zwei“, fügte ich hinzu.

„Eine Gilb“, schloss unser Problembewusstling, und schon standen vier Schorlegläser in einer Reihe auf der Theke.

„So billisch kummscht mit enner Lokalrund' woanders net weg“, sagte Frau Schrader und stellte ihm eine neue billige Schorleweinflasche mit eingeschraubtem Korkenzieher hin. „Da, mach mer die mol uff.“

„Auch des noch!“

„Was trinkscht'n du überhaupt?“

„E' Fläschel Bier“, sagte er kleinlaut. Er klemmte sich die Flasche zwischen die Knie und zog mit einem lauten *Plopp!* den Korkenzieher wieder raus.

Die Gläserreihe verwandelte sich allmählich in eine bunte Schorle-Kolonnade. Die saure Weißherbstschorle war von einem blassen, gläsernen Altrosa und hob sich vornehm von ihren derben Nachbarn ab.

Wir holten uns im Gänsemarsch nacheinander unsere Gläser ab und bedankten uns artig. Mein Schorle-Arsenal war nun auf drei angewachsen.

Wir warteten noch, bis unser Gönner endlich sein Bier bekommen hatte, und tranken anstandshalber auf sein Wohl.

„Hopp, hopp, in de Kopp …“, fing Alfred an, und Frau Schrader zwinkerte uns unauffällig zu, während sie mit der flachen Hand die Korken wieder in die Flaschen haute.

Nach der spendierten zweiten Colaweiß und der gemeinsamen Edelgilb war ich für diese Uhrzeit an meine Grenzen gestoßen. Eine weit verbreitete – aber wissenschaftlich nicht bestätigte – Theorie besagte, dass die Leber bis fünf Uhr nachmittags schlummerte und folglich nicht arbeitete, was der Grund dafür war, dass drei Schorle am Mittag eine Auswirkung hatten wie sechs Schorle am Abend. Jedenfalls hatte ich einen im Tee, und ich beschloss nun – bevor der Punkt kam, wo es mir egal war –, die Sitzung zu Ende zu bringen.

„Was meinst du, Friedel – ob die Wäsche schon fertig ist?“

„Schon zweemol.“

„Wollen wir gehen?“

„Alla hopp.“

Gut so. Ich schob unserem Freund meine Gilb hin, von der ich lediglich zwei Probeschlucke abgetrunken hatte. „Da, wir müssen weiter.“

„Oh, klasse – danke!“

Friedel leerte sein Glas auf ex und rülpste kurz und leise, und ich stellte es zusammen mit den anderen auf die Theke.

„Ich krieg noch drei Mark vun euch“, sagte Frau Schrader, gerade als ich mich auf meinem Absatz zur Tür drehen wollte.

„Wofür?“

„Für euern Orange’saftschorle.“

„Ach ja.“ Ich bezahlte und schloss mich dann Friedel an, der bereits an der Tür wartete und mit den Händen in den Hosentaschen das klein gedruckte Hinweisschild studierte, das die Unterachtzehnjährigen auf ihre eingeschränkten Rechte im Lokal hinwies. Als ob das irgendjemand ernsthaft lesen würde, bevor er sich eine Schorle bestellte.

„Hammas?“

„Japp.“

„Tschüs, Fraa Schrader!“, rief er über seine Schulter und reichte mir die Tür weiter.

„Macht’s gut, Buwe.“ Sie lehnte wieder über ihrer Theke auf ihren Brüsten und lachte, dass ihre Brille mit dem geflickten Bügel auf ihrer Nase tanzte.

„Allo!“, sagte unser Freund, hob sein gelbes Glas, und ich winkte kurz zurück.

Komischer Vogel, dachte ich, als wir wieder draußen waren, und schaute im Vorbeigehen noch einmal durchs Fenster.

Die Wäsche war schon längst fertig, und Friedels Freundin hatte sie grob zusammengelegt und auf dem Küchentisch gestapelt. Der Hamsterkäfig war inzwischen sauber und stand nun zum Abtropfen kopfüber in der Spüle.

„Ich danke dir fürs Waschen“, sagte ich und stopfte die Wäsche in die Plastiktüte. „So sauber war sie bestimmt noch nie.“ Es war nicht sonderlich originell, das war mir klar, aber irgendwas Nettes muss man ja schließlich sagen, wenn man nicht bezahlt. „Ich geh’ dann auch gleich.“

„Du kannst sie ruhig öfter vorbeibringen“, sagte sie mir an der Tür.

„Danke. Tschüs, Friedel“, rief ich über ihren Kopf hinweg ins Wohnzimmer. „Ihr seid übrigens zu meiner Popcornparty eingeladen“, fügte ich wieder leise hinzu.

„Popcornparty?“

„Ja. Der Friedel erklärt dir das. Also – mach’s gut.“

„Tschüs." Sie klang immer noch ein wenig traurig. Sie schaute mir nach, bis ich im Erdgeschoss endgültig aus ihrem Blickfeld verschwunden war, und ging dann wieder rein. Jedenfalls hörte ich von ganz unten die Wohnungstür leise ins Schloss fallen.

Es war angenehm kühl in der Küche, als ich meine Tür aufschloss und eintrat, und so sonntagnachmittäglich still, dass man den Grundton der Wände hören konnte.

Ich kippte meine feuchte Wäsche auf den Küchentisch und begann, meine T-Shirts und Hemden auf Kleiderbügel zu hängen und in der ganzen Wohnung zu verteilen. Meine Unterhosen und Strümpfe legte ich über die Stuhllehnen und friemelte sie durch die Querstangen, die unten die Stuhlbeine miteinander verbanden, oder zog sie durch die Griffe am Küchenschrank und im Schlafzimmer, bis überall bunte Unordnung herrschte und es wunderbar feucht und sauber roch.

Ich nahm ein Stück Papier und einen Bleistift und ging noch einmal aus dem Haus. Am Goerdelerplatz wollte ich mir in der Telefonzelle die Anschrift der Ludwigshafener Walzmühle heraussuchen.

In der Zelle hatte ich seit dem letzten Winter, unsichtbar für den Rest der Welt, Bozos Telefonnummer deponiert, um mir die ewigen zwanzig Pfennige für die Auskunft zu sparen. Ich hatte sie mir damals geben lassen und sie mangels Stift mit dem Finger auf die angelaufene Glasscheibe geschrieben. Sie war natürlich bereits am nächsten Tag nicht mehr zu sehen; aber wenn man die Stelle anhauchte, dann kam sie noch heute zum Vorschein – was einiges über die Häufigkeit der Telefonzellenreinigung verriet (wenn es überhaupt eine gab; wenn ich's mir recht überlegte, hatte ich noch nie städtisches

Reinigungspersonal mit Sprühflasche, Fensterwischer und einem Lederlappen über der Schulter in einer Telefonzelle arbeiten gesehen, während draußen die Kundschaft ungeduldig wartete).

Auf dem Rückweg klingelte ich bei Berthold, aber er war nicht da.

Abends schrieb ich der Walzmühle eine Karte, mit der Bitte um Preisangaben, da ich die Absicht hätte, mir einige Zentner Mais zu bestellen.

Ich steckte die Karte mit der Ecke hinter den Türrahmen, damit ich sie am nächsten Morgen nicht vergaß.

Zweiter Teil

8
Gabi

„Was hab' ich denn da in den Haaren?"

„Zeig' mal. Hmm – ein Insekt isses jedenfalls net, die ham nur sechs Beine ..."

„HEY!"

„Geht's vielleicht e' bissel leiser do hinne?"

Wie immer mittwochabends um diese Uhrzeit saß ich in der Straßenbahn auf der Heimfahrt von der Blutbank, wo ich meine wöchentliche Blutplasma-Ration abgegeben hatte und wo Berthold inzwischen zur *Persona non grata* erklärt worden war.

Die Blutbank befand sich im Mannheimer Stadtteil Almenhof genau neben der Tankstelle an der Technischen Hochschule, und war Sammelstätte einer großen, treuen Klientel von Studenten, Arbeitslosen und Pennern sowie Flüchtlingen aus dem Ostblock, die im nahen Flüchtlingswohnheim wohnten und denen sonst keine Einnahmequellen zugestanden wurden.

Das Blutplasmaspenden brachte mir jedes Mal 35 Mark ein und jedes zehnte Mal sogar noch einmal zusätzlich 25 Mark „Treueprämie". Dieses Zubrot stellte eine wichtige Ergänzung meines Lebensunterhalts dar, was vor allem gegen Ende des Monats, wenn ich mich von eingebunkertem Dosenfisch und Beutelbrot ernährte, geradezu überlebenswichtig wurde.

Man gewöhnte sich schnell an diese regelmäßige Zugabe und hing am Ende regelrecht davon ab. Einfach wieder aufzuhören hätte bedeutet, auf 150 Mark im Monat zu verzichten. Das entsprach dem Gegenwert von zehnmal abends weggehen oder dem Großteil meiner Lebensmitteleinkäufe. Also ging man immer wieder hin, ohne darüber nachzudenken und unabhängig davon, wie man sich fühlte – die klassische Definition einer Sucht.

Ich war müde. Ich schloss die Augen und versuchte, mir einzubilden, die Straßenbahn führe in die umgekehrte Richtung. Ich versuchte, die Bewegungen und das Rütteln so umzudeuten, dass sie sich letztendlich der neuen, eingebildeten Fahrtrichtung anpassten, was mir sehr viel Konzentration abverlangte. Realität und Einbildung wechselten sich dabei immer wieder ab, bis die Einbildung schließlich die Oberhand gewann und die Straßenbahn wieder schnurstracks zurück in Richtung Blutbank fuhr. Der Clou des Spiels, das ich bereits als Kind auf dem Autorücksitz gespielt hatte, kam jedoch, als ich die Augen wieder öffnete und mir die tatsächliche Fahrtrichtung mit einer solchen Wucht entgegenschlug, dass ich zusammenzuckte. Die Frau, die neben mir saß, blickte von ihrem Taschenbuch auf und schaute mich vorwurfsvoll an. Ich setzte mich wieder gerade hin.

Wir waren bereits auf der Rheinbrücke, und die Straßenbahn befand sich im scheinbaren Wettrennen mit dem Zug auf der parallel verlaufenden Eisenbahnbrücke. Der Zug war schneller, er verließ in Höhe der Walzmühle seinen Stahlträgerkäfig und rauschte an den alten Häuserreihen entlang in Richtung neuer Bahnhof, während wir abtauchten und zur Kurve ansetzten, die zum Berliner Platz führte.

Die übliche Hektik brach aus, als die halbe Straßenbahn aufstand, um auszusteigen, dazwischen auch ein älterer Mann mit braunem Hut und braunem Anzug, den ich unschwer als den Wackelpeter aus der *Shiloh Ranch* wiedererkannte. Er hangelte sich kopfschwenkend vor zur mittleren Tür und drückte mehrmals auf den Halteknopf an der Stange, die den Ausgang senkrecht teilte, um das Ein- und Ausstiegschaos in geordnete Bahnen zu lenken. Im Gegensatz zum vergangenen Freitag schien er diesmal stocknüchtern zu sein, und er starrte mit versteinertem Gesicht zum Fenster hinaus. Auf dem Sitz direkt vor der Tür saß ein kleines Mädchen neben seiner dicken Mutter und schaute mit großen Augen und offenem Mund zu ihm hoch.

„Mama – warum wackelt'n der Mann so mit'm Kopp?“, fragte es laut und unschuldig.

„PSCHT!“, zischte die Mutter. Sie schnappte sich das kleine Händchen und stierte verlegen zum Fenster hinaus. Jeder in der Straßenbahn tat es ihr gleich, so als könnten sie sich an ihrem Blick entlang einfach davonstehlen. Ich beobachtete, wie der Wackelpeter einen hochroten Kopf bekam, wie neulich unter dem Biertisch, und mir war, als wackelte er noch viel heftiger als zuvor. Als die Straßenbahn am Berliner Platz endlich hielt und die Tür aufklappte, stieg er rasch aus und verschwand in der anonymen Menge.

Ich überlegte schnell, ob ich nicht auch aussteigen sollte, um am Automaten nach dem Rechten zu sehen. Aber eine plötzliche Regung von Vernunft hielt mich zurück, und nach kurzer Zeit fuhren wir wieder weiter in Richtung Viadukt und Hemshof.

Ich saß recht unbequem. Normalerweise ruhte mein Ellbogen auf dem schmalen unteren Fensterrahmen, damit ich meinen Kopf mit der Hand stützen und ein wenig dösen konnte. Aber die Schwester auf der Blutbank, die mir heute zum Abschluss die Armbeuge verpackt hatte, hatte es so kurz vor dem Feierabend irgendwie eilig gehabt und den Verband einfach mehrmals straff um den Ellbogen gewickelt, anstatt ihn wie sonst abwechselnd über Kreuz zu binden, um den Ellbogen freizuhalten. Das hatte zur Folge, dass ich den Arm nicht mehr anwinkeln konnte. Links am Fenster hätte ich sitzen sollen, aber da waren keine Plätze mehr frei gewesen.

Das Blutplasmaspenden war eine fast zweistündige, endlose Prozedur. Man lag halb aufrecht auf einem grauen, kippbaren Liegestuhl mit einer streichholzdicken Kanüle im Arm, zusammen mit etwa fünfzig weiteren Wohltätern unterschiedlichster Couleur, und gab sein Blut in zwei Raten ab, während man gelangweilt einen Stapel Frauenzeitschriften vom Lesezirkel durchblätterte (*Stern* und *Quick* waren meist vergriffen) und gegen das Einschlafen ankämpfte. Im krassen Gegensatz dazu hetzten zehn oder zwölf blütenweiß gestärkte Schwestern umher, führten die nötigen Handgriffe durch, versorgten Weggetretene mit gut gemeinten und gut gezielten Ohrfeigen und einem Gläschen Bitteres und überwachten ganz allgemein den Warenumschlag, damit nichts verwechselt wurde, was für Spender und Blutbank gleichermaßen unangenehme bis fatale Folgen gehabt hätte.

Der Beutel für das Blut lag neben dem Stuhl auf einem tiefer gelegenen Tischchen und funktionierte nach dem althergebrachten Syphonprinzip. Er war durchsichtig, und gefüllt erinnerte er in Farbe und Form an eine dicke, weiche Blutwurst.

Sobald der Beutel prall gefüllt war, wurde er von einer Schwester abgenommen und, an der Klemmschere baumelnd, nach nebenan in die Wurstküche gebracht, wo er in einer Zentrifuge so lange geschleudert wurde, bis sich sein Inhalt in seine einzelnen Bestandteile getrennt hatte. Das Plasma wurde dann abgezogen, tiefgefroren und später für viel Geld verkauft, über dessen Summe die wildesten Gerüchte kursierten. Der schlaffe Beutel mit dem traurigen Rest wurde anschließend mit Kochsalzlösung wieder teilweise aufgefüllt, wie eine abgestandene Ketchupflasche aufgeschüttelt und schließlich mit einer aufpumpbaren Gummimanschette wieder zurück in den warmen Körper gedrückt. Dakapo hieß es dann, und die ganze Prozedur ging wieder von vorne los.

Wenn man Pech hatte, konnte es einem passieren – während man auf die Rückgabe seines Beutels wartete – dass die Vene, in der die Kanüle stak, in aller Stille zusammenfiel und die Wände verklebten. Wenn dann die Gummimanschette das Blut mit Karacho wieder hineinpresste, blähte sich die Vene in null Komma nix auf wie ein gebrochener Fahrradmantel und platzte. Das bescherte einem dann ein Trostpflaster von 60 Mark statt der üblichen 35, dafür aber auch einen Monat Aussetzen – nicht etwa, weil sich der halbe Arm nun langsam in einen einzigen Bluterguss verwandelte (man hatte ja noch einen), sondern weil man als unfreiwilliger Vollblutspender einen Monat statt einer Woche zum Regenerieren benötigte. Wer sich ausschließlich von der Blutbank ernährte – und das waren nicht wenige, allen voran die Penner, die aufgrund ihres etwas strengen Odeurs eine Ecke für sich hatten – dem ging es dann schlecht.

Ich machte das Spiel schon seit zwei Jahren mit. Das bedeutete, dass zirka einhundert Einstiche an etwa derselben Stelle meine rechte Armbeuge verunzierten. Das blieb natürlich nicht ohne Folgen; wenn ich meinen Spenderarm leicht anwinkelte, sah die geschundene Narbe aus wie ein kleines Hühnerarschloch.

„Wie alt deine Frau?“, fragte der deutsch aussehende Mann, der vor mir saß, seinen türkisch aussehenden Nebenmann. Er trug eine blaue Arbeiterschiebermütze über seinem feisten, ausrasierten Nacken und hielt mit beiden Händen eine abgegriffene Ledermappe brav auf dem Schoß fest, aus der links und rechts eine fleckige Plastikthermosflasche lugte.

„Zweiundzwanzig.“ Ich schätzte, es waren Arbeitskollegen auf der Heimfahrt.

„Oh, dann ist sie aber noch recht jung!“

„Ja, geboren vierundvierzig.“

„Jaaa – aber dann ist sie ja schon achtundzwanzig!“

„Nix! Höchstens fünfundzwanzig!“

Ich war mir nicht sicher, aber ich glaubte einige Sitze vor mir Gabi vom vorigen Samstag zu erkennen. Ich konnte sie zwar nur von hinten sehen, aber die auffällige Haarfarbe mit dem ungeraden Scheitel und die resignierte Körperhaltung ließen wenig Zweifel offen. Nun ja, die Marienkirche bog langsam um die Ecke; hier musste ich aussteigen, und sie wohl auch – wenn es tatsächlich Gabi war.

Die Marienkirche war, im Gegensatz zu den anderen Kirchen der Umgebung, ganz und gar schmucklos und besaß noch nicht einmal einen Kirchturm. Es war quasi eine Rumpfkirche. Wahrscheinlich war der Turm im Krieg umgefallen, und man hatte ihn danach einfach unter den Teppich gekehrt, als sei nichts gewesen, oder war plündernd über seine Backsteine hergefallen. Mir war’s recht, denn die Marienkirche war eine katholische Kirche, und die pflegten bekanntlich jeden Sonntagmorgen um sechs ihre Glocken zu überprüfen, was mir, der ich gerade zwei Straßen weiter wohnte, somit erspart blieb. In der Innenstadt standen die Überreste der ehemaligen Lutherkirche, von der der Krieg ausgerechnet nur den Turm übrig gelassen hatte. Fast hätte man aus zweien eine machen können, aber wie die Namen schon verrieten, sie passten nicht zueinander.

Die Straßenbahn hielt an, und ich stieg als Einziger aus. Ich hatte mich also geirrt. Ich zwängte meine Finger in die Hosentaschen und machte mich auf den Weg nach Hause, und gerade als die mittlere Tür zum Schließen ansetzte, hechtete Gabi im letzten Augenblick doch noch heraus und stand plötzlich vor mir.

„Hallo“, sagte sie überrascht und sah mit großen, dick geschminkten Augen zu mir hoch. Sie ging mir gerade bis zur Brust. „Wo kommst *du* denn her?“

„Auch aus der Straßenbahn. Ich komme gerade von der Blutbank.“ Ich hielt ihr zum Beweis meinen bandagierten Ellbogen hoch.

„Sollten wir etwa den gleichen Weg haben?“

„Ich denke schon.“

Wir liefen schweigend nebeneinander her, und ich überlegte mir, was ich jetzt Schlaues sagen könnte. Ich musste baldmöglichst ein Gespräch in Gang bringen, bevor es zu spät war und sich unsere Wege wieder trennten. Das war jetzt genau *die* Gelegenheit, sie zu einer Schorle bei mir einzuladen, oder zu Brot und Marmelade oder was auch immer. Das war auf jeden Fall besser als samstagmorgens mit einer Tüte Brötchen einfach bei ihr aufzukreuzen. So hätte ich Heimvorteil – und überhaupt, vielleicht wäre sie am Samstagmorgen gar nicht zu Hause, oder sie schlief noch und wäre ob der frühen Störung misslaunig, oder verunsichert und verlegen ob ihrer zerzausten und ungewaschenen Erscheinung. Oder sie hätte Übernachtbesuch, der noch im Bett lag, oder mit seiner eigenen Tüte Brötchen bereits am Küchentisch saß – Berthold womöglich! Egal – jetzt ging es ums Heute – und immerhin liefen wir schon mal nebeneinander her. Hopp, Dumfarth, dass sie nicht Nein sagen würde, gilt doch als gesichert! Ich hatte noch etwa einhundert Meter bis zur Ecke, an der sie theoretisch Tschüs sagen und abbiegen musste.

Sie schaute zu mir hoch und lächelte, während ich unwillkürlich und hilflos unsere Schritte zählte. Sollte ich das als Ermunterung aufnehmen? Irgendwie wirkte sie heute direkt normal. Und jetzt, mit der Abendsonne im Gesicht, sah sie fast gut aus. Auf jeden Fall war sie bei Weitem nicht so fertig wie am vorigen Samstag.

„Bist du nachher zu Hause?“, fragte sie.

„Ja.“ Achtung, jetzt!

„Ich komm’ mal auf einen Sprung vorbei – was meinst du?“

„Ja, gerne!“ Wie unkompliziert sie war. Aber das hatte ich ja vorher schon gewusst. An der Ecke zur Sauerbruchstraße, in der sie wohnte, blieben wir stehen.

„Hättest du vielleicht noch ein paar Flaschen Bier zu Hause?“

„Nee.“ Mit meiner Redegewandtheit werd’ ich’s noch mal weit bringen.

„Kannst du noch was besorgen?“

„Ich versuch’s.“ Es war bereits viertel vor sieben.

„Also dann, bis gleich“, flüsterte sie fast und berührte mich am Arm.

„Bis gleich“, sagte ich. Sie verschwand um die Ecke, und in meiner Magengrube entstand kurz ein Gefühl wie in einem Hochgeschwindigkeitsfahrstuhl auf dem Weg nach unten.

Der zwanglose Umgang mit Frauen, die ich noch nicht kannte, fiel mir zuweilen schwer, da ich noch nicht erkennen konnte, wie sie tickten. Entsprechend schwer konnte ich sie und ihre Absichten einschätzen. Das traf insbesondere dann zu, wenn sich die fragliche Dame in ihrem gesamten Habitus jenseits einer gewissen, bei mir recht großzügig abgesteckten Norm bewegte, was man von Gabi mit gutem Gewissen durchaus behaupten konnte. Aber zum Glück hatte *sie* ja die Tür aufgestoßen, und ich konnte nun über die Schwelle treten und mich mit der Strömung erst einmal treiben lassen. Und – ich hatte eine kleine, wenngleich zeitlich nicht näher definierte Gnadenfrist (wie viel Zeit stellte *bis gleich* überhaupt dar?), in der ich mich ein wenig aufwärmen konnte, bevor sie in mein Leben einbrach.

Die Crux dabei war nur, dass ich bei meinem Beitrag zu dem, was auch immer heute auf mich zukommen würde, ein kleines logistisches Problem hatte. Diejenigen Geschäfte, die mittwochnachmittags überhaupt aufhatten, und das waren außerhalb der Innenstadt nicht viele, hatten seit einer Viertelstunde Feierabend. An den Straßenschaltern der Wirtschaften zahlte man für eine Flasche Bier vorneweg das Doppelte, und Frau Schraders Probierstube hatte heute ihren Ruhetag.

Was Gabi wohl dazu veranlasst hatte, sich bei mir einzuladen? Dachte sie womöglich an dasselbe wie ich? Schließlich war sie auch nur ein Mensch – und ein einsamer obendrein. Nun ja, und wenn schon – wenn die gegenseitigen Beweggründe unausgesprochen und somit reine Spekulation blieben, traute sich erfahrungsgemäß sowieso weder der eine noch der andere, den ersten Schritt zu tun, aus lauter Furcht, empört abgewiesen und schroff dazu aufgefordert zu werden, doch lieber mit sich selbst vorliebzunehmen. Folglich würden beide den ganzen Abend an ihren wahren Bedürfnissen vorbeireden, um am Ende jeweils für sich allein ins Bett zu gehen. Und ich würde mir dann unter der linksdrehenden Deckenlampe versuchen einzureden, dass sie sowieso nichts anderes gewollt hätte und einfach mal nicht allein sein wollte.

Und warum auch nicht? Nicht allein sein zu wollen, ist doch legitimer Grund genug, bei jemandem abends vorbeizuschauen. Wer wird denn gleich an sein überproportioniertes Doppelbett denken? Außerdem … was nicht beim ersten Mal ist, kann ja auch beim zweiten oder dritten Mal zustande kommen. Schließlich traf die Sache mit dem Weg und dem Ziel in besonderem Maße auf den Weg zu, der zu einem fleischlichen Abenteuer führte.

Der Eckladenbesitzer von Gegenüber kniete gerade auf dem Trottoir vor seinem Geschäft und putzte seine halbrunde steinerne Ecktreppe. Mein Bierproblem schien sich von selbst zu lösen. Ich überquerte die Straße und blieb hinter ihm stehen.

„Entschuldigung …“

Er schaute von seinem nassen Werk auf. „Was gibt's, Großer?“

„Kriegt man noch was bei Ihnen?“

„Aber ja“, sagte er und schaute verschwörerisch links und rechts die Straßen hinunter. „Gehnse ruhig rein.“ Er wrang seinen groben, grauen Putzlumpen über dem Eimer aus und legte ihn elegant vor mir auf den Fußboden. „Wischense sich aber die Schuh' vorher ab. Ich hab g'rad sauwer gemacht."

Ich trat ein paar Mal auf der Stelle und ging hinein. Der Boden war bis in die hintersten Ecken hinein glänzend nass und gefährlich glitschig, und ich musste aufpassen, dass ich nicht ausrutschte und in die vollen Regale stürzte. Ich griff mir einen Einkaufskorb und ging nach hinten zu den Getränken, wo das Licht bereits ausgeschaltet war. Paarweise nahm ich mir zehn Flaschen Bier aus dem Regal – die durften wohl reichen – und legte auf dem Weg zur Kasse noch einen Beutel Brot und eine Dose *Pußta-Heringe* (als ob's in der Pußta Heringe gab) obendrauf, für morgen im Geschäft. Der Tragbügel des Korbs bog sich bedrohlich durch. Als ich ihn auf die Ladentheke hievte, kam der Besitzer herein und wischte sich die nassen Hände an den Hosenbeinen ab.

„So, dann wollen wir mal sehen …", sagte er und ging hinter die Theke. Hinter ihm türmten sich all die süßen Träume meiner Kindheit kreuz und quer im Regal, die mich nun, wo ich sie mir mittlerweile alle leisten konnte, völlig kalt ließen. „Zwo-vier-sechs-acht-zehn Bier, macht sieben-fünfzig – ein Beutel Brot, eine Dose Pußta" – er schaute kurz in sich hinein und legte mir dabei blind eine Tüte auf den Korb – „das macht zehn Mark achtzig. Sie bringen mir die Flaschen wieder?"

„Aber selbstverständlich." Ich gab ihm von meinem Blutgeld den Zwanziger. „Moment, ich hab', glaub' ich, noch achtzig Pfennige klein."

Ohne den Betrag hineinzutippen, drückte er einfach mit abenteuerlich gespreizten Fingern die Tasten, wie einen raffinierten Klavierakkord, und die Kasse sprang auf. Das musste ich mir merken.

„Das ist aber jetzt nett gewesen, dass Sie mir die achtzig Pfennige noch gegeben haben – so ist es viel einfacher mit dem Herausgeben. So, und hier sind dann Ihre zehn Mark zurück."

So ein Idiot, dachte ich und verstaute den Zehner in der Hosentasche und die Flaschen in der Tüte.

„Geht's so?"

„Muss ja wohl." Ich nahm sie mit beiden Armen und drückte sie mir an die Brust. „Also, nochmals vielen Dank – auf Wiedersehen."

„Wiedersehen!" Er sang es regelrecht, als hätte ich ihm mit meinem späten Einkauf doch noch den Tag gerettet.

An der Tür schloss sich der Kreis meiner Fußstapfen wieder, und ich trat hinaus in die Abendsonne.

Zu Hause legte ich die Flaschen gleich in den Kühlschrank. Mit etwas Gewalt brachte ich zwei davon oben im zugewucherten Eisfach unter, während feiner Schnee auf meine Handrücken und auf den Boden rieselte. Bis die geleert waren, so nahm ich an, durften die anderen ebenfalls auf Trinktemperatur sein.

So, dachte ich und schaute mich um. Womit fang ich an? Wie viel Zeit hatte ich eigentlich?

Ich begann mit einem Blick in den Spiegel. Dieser empfahl mir, mich als Erstes einmal zu rasieren. Aber dazu reichte die Zeit womöglich nicht mehr. Ich stellte mir vor, es klingelte, während ich Grimassen schneidend mein Gesicht gerade zur Hälfte wieder freigeschabt hatte. Außerdem würde das ja auffallen; eben noch einen vier Tage alten 17-Uhr-Schatten, und plötzlich … Und überhaupt, vielleicht gefiel es ihr aber auch so wie es war –

rau, kratzig, männlich. Das soll's ja auch geben. Wir lebten schließlich in den Siebzigern und nicht mehr in den sauberen, glatten, schwarzweißen Heinz-Erhardt-Jahren. Aber von alldem mal abgesehen – mein bandagierter Arm ließ sich ja gar nicht anwinkeln, und ich war nun mal Rechtsrasierer.

Ich ließ es also sein und ging ins Schlafzimmer, um mir eine frische Unterhose und Strümpfe aus der Kommode zu holen. Weitaus wichtiger als zarte Wangen war in dieser Situation ein gepflegter Körper. Ich sprang aus meinen Kleidern und unter die Dusche, wo ich mich mit hochgerecktem Spenderarm wie selten zuvor bis in die letzten Winkel hinein einseifte und schrubbte, bis ich mich im Dampf schließlich selbst nicht mehr sehen konnte.

Mir hatte Bozo einmal erzählt, dass er sich in ähnlichen Situationen meist vorbeugend an sich selbst vergriff, um sicherzugehen, dass er sich später, wenn es denn tatsächlich dazu kommen sollte, aufgrund langer Abstinenz nicht sofort entlud, sondern die Sache musterhaft in die Länge ziehen konnte. Ein wohllöblicher Gedanke, war es doch wichtiger, beim ersten Mal eine gute Visitenkarte zu hinterlassen, anstatt nur an sein eigenes Wohlergehen zu denken. So konnte man sich auch eher ein zweites Mal sichern, und – wer weiß – vielleicht auch noch ein drittes. Aber andererseits würde ich mir damit die wesentliche Antriebsfeder sperren, und so ließ ich es sein – zumal meine Pflegemaßnahmen eh schon so gut wie abgeschlossen waren. Ich setzte auf die beruhigende Wirkung von fünf Bieren.

Ich trat aus meinem treuen Freund, dem Dampfblock, heraus in die Küche und trocknete mich ab. Jetzt konnte eigentlich nichts mehr schiefgehen. Ich fuhr mir mit der Pferdebürste durchs locker-feuchte Schamhaar, das ich zur Feier des Tages mit Shampoo gewaschen hatte (was ungemein aufwertete), und zog mich wieder an.

Am Spülstein putzte ich mir anschließend so lange die Zähne, bis das Zahnfleisch summte und der Schaum, der zwischen den ungespülten Tassen und Tellern herunterklatschte, allmählich von Weiß ins Rosafarbene überging. Frau Kamp musste in der Wohnung gewesen sein; heute Morgen stand das Geschirr noch auf dem Tisch. Ich spülte es noch rasch und verstaute es im Schrank.

Schnell noch ein kritischer Blick ins Schlafzimmer. Das Bett! Ich zog das Laken glatt, bürstete mit der Hand die vielen Weberknechtbeinchen ab und schüttelte die Federn auf. Das Bild mit den geilen Putten und der schlafenden Fee hing ein wenig schief. Oder? Ich richtete es aus und stellte noch einen sauberen Aschenbecher auf den Nachttisch. Nein, das fällt nicht auf – ich könnte ja immer einen sauberen Aschenbecher auf dem Nachttisch stehen haben. Viele Leute haben das. Ach ja – Streichhölzer.

Warum bin ich denn überhaupt so aufgeregt? Fixerinnen haben ganz andere Dinge im Kopf als gemütliche, aufgeschüttelte Federdecken und Aschenbecher im Schein einer Nachttischlampe. Aller Wahrscheinlichkeit nach wird sie ohnehin heute Nacht wieder nach Hause gehen, ohne überhaupt einen Blick ins Schlafzimmer geworfen zu haben. Aber sicher ist sicher – ich holte das Radio aus der Küche und stellte es auf den Boden neben dem Nachttisch. Nachdem ich den Stecker eingestöpselt hatte und sich die Musik langsam einstellte, drehte ich sie leise. So, das sollte genügen, dachte ich und ging zurück in die Küche.

Ich setzte mich an den Tisch und trommelte nervös mit den Fingern auf der Zeitung. Das gab ein schönes, sattes Geräusch, wie eine Fliege, die man in einer zugedrehten Brötchentüte gefangen hielt. Mein Gott, wann hatte ich denn überhaupt das letzte Mal …? Seit ich hier wohnte, jedenfalls nicht. Ich wusste ja schon gar nicht mehr, wie ein Frauenkörper überhaupt aussah, sich anfühlte, roch. Ob ich überhaupt noch die richtigen Knöpfe finden würde? Die lagen ja bei jeder Frau anders. Oder würde ich einfach wild drauflos arbeiten und danach ernüchtert, nackt und entlarvt mit dem Blick zur Schlafzimmerdecke wieder zu mir kommen? Meine Fantasie begann heißzulaufen.

Man sollte meinen, dass man sich in mageren Zeiten notfalls selbst genug sei. Dass dem nicht so war, wurde klar, wenn man sich die quälenden Jahre zwischen dem plötzlichen Ausbruch der Pubertät und dem ersten tollpatschigen Griff in die Wundertüte vergegenwärtigte. Wenn man mit einer Frau schlief, konnte man sich, wenn's sein musste, einen ganzen Monat davon ernähren, bevor der Hunger einen wieder einholte; von sich selbst zehrend, höchstens ein paar Tage. Das war wie in den schlechten Zeiten gegen Ende des Monats, in denen man seinen Hunger mit Würfelbrühe und Reis oder billigen, eierlosen Nudeln stillte. Der Bauch war voll, man war satt, und man konnte sich wieder anderen Dingen zuwenden. Aber nach einer Stunde war das Loch im Magen plötzlich wieder da – die Brühe war rasch versickert, und der Reis oder die Nudeln waren eh nur armselige Füllmasse gewesen. Dann war es noch besser, man ließ sich ganz in Ruhe und aß überhaupt nichts – der Magen schrumpfte, und nach zwei Tagen wollte man schon gar nichts mehr. Aber wer konnte schon einen Teller Würfelbrühe und Reis verschmähen, wenn der Magen knurrte. Einen Vorteil hatte unsereins allerdings demjenigen gegenüber, der nicht allein leben musste – *der* aß jeden Tag was Anständiges, ohne darüber nachzudenken, und wusste am Ende oft gar nicht mehr, wie gut es ihm eigentlich ging.

Ich schaute auf die Uhr; es war mittlerweile Viertel vor acht vorbei. Eine Stunde war bereits verstrichen, seit Gabi mich am Arm berührt und *bis gleich* gehaucht hatte. Wer weiß, vielleicht hatte sie's auch schon längst wieder vergessen. Ich stand auf und putzte mir sicherheitshalber noch einmal die Zähne. Mein Mund war seit dem ersten Mal längst wieder eingeschlafen.

Ich verfolgte den Zeiger noch bis Punkt acht Uhr und machte mir dann ein Bier auf – eins von den zweien im Eisfach. Es war zahnergreifend kalt und bitter, wobei Letzteres wahrscheinlich auf die Zahnpasta zurückzuführen war.

Ich hatte seit der Mittagspause nichts mehr gegessen, außer einen kleinen Werbeschokoriegel bei der Blutbank (die stets zur gefälligen Selbstbedienung an der Rezeption in einem Körbchen lagen), und das Bier packte meinen Kopf bereits nach dem ersten tiefen Schluck in Watte ein. Meine Nervosität ließ allmählich nach, und ich atmete tief durch. Mein Kreislauf dankte es mir und legte einen schonenderen Gang ein.

Ich begann lustlos in der *Rheinpfalz* zu blättern, ohne mich richtig auf den Inhalt zu konzentrieren – und dann klingelte es plötzlich, so laut und so schrill wie nie zuvor.

Ich sprang auf, eilte mit zwei Schritten zur Tür und drückte lange und mehrmals auf den Öffner. Gabis Schuhe tackerten über den Schwartenmagenboden und blieben vor der Tür stehen. Ich öffnete und ließ sie herein. Cleo, die Möpsin, saß klein und nervös schnaufend auf der Treppe und trat mit den Vorderpfoten auf der Stelle, als überlegte sie, ob sie mit hineinflitzen sollte.

Gabi rauschte an mir vorbei, eine leichte, süßliche Patchoulifahne hinter sich herziehend (das Markenzeichen einer jeden hennagefärbten Teppichfrau), und ließ sich seufzend auf den Stuhl fallen.

„Ich hab schon gar nicht mehr daran geglaubt“, sagte ich und machte rasch die Tür wieder zu, bevor Cleo zu einem Entschluss kam. Ich spürte, wie mich das Bier ein wenig gelockert hatte.

„Ach, da ist noch jemand vorbeigekommen, und das hat sich und hat sich gezogen. Ich brauch' jetzt sofort ein Bier!“

Während ich noch überlegte, wer da wohl vorbeigekommen sein mochte, holte ich eine Flasche von unten aus dem Kühlschrank, wo sie nun mittlerweile kalt genug geworden waren, und füllte die Lücke mit der aus dem Eisfach wieder auf, bevor ich sie vergaß und sie irgendwann erstarrte und im Verborgenen leise ihre Hülle sprengte.

„Brauchst du ein Glas?“, fragte ich und machte ihr die Flasche auf.

„Nee, nee.“ Sie schnappte sie mir aus der Hand und nahm einen dankbaren Schluck.

Ich setzte mich ihr gegenüber und legte die Zeitung neben mir auf die Sitzbank. Sie hatte sich ein wenig zurechtgemacht – ihre Haare waren frisch gewaschen, stumpf wohl, wie bei allen, denen die Freude am Leben vergangen war, aber dennoch locker und luftig. Ein unruhiger, etwas schlampig ausgeführter schwarzer Strich zierte jedes ihrer vier Lider, oder versuchte dies zumindest. Sie war blass und mager, und ihr dicker Pulli hing etwas leer und unförmig an ihr herum. Keiner von uns sagte etwas, und die Stille drängte, je länger sie anhielt.

An was sie jetzt wohl dachte? Ihre langen Finger, die in Farbe und Gestalt an dünne, blasse Suppenspargel der untersten Preiskategorie erinnerten, spielten nervös an ihrer Flasche herum und machten sich am abgelösten Rand des Etiketts zu schaffen, dessen Papierbrösel nach und nach auf Frau Kamps Plastiktischdecke rieselten. Sie hatte lange, teilweise abgebrochene Fingernägel, an denen vereinzelt noch rote Nagellackreste klebten und an bessere Zeiten erinnerten. Sie sah wieder ganz schön fertig aus, und ich musste gestehen, dass ich irgendetwas daran aufregend fand.

„Es hatte gerade noch gereicht mit dem Bier", sagte ich, um ein bisschen Bewegung in unsere verspätete ungleiche Runde zu bringen. „Der Ladenbesitzer an der Ecke war noch am Putzen und hat mir noch was verkauft."

„Ja?" Sie betrachtete mit seltsamem Interesse ihr zerstörerisches Werk und kratzte sich dabei auffallend oft.

„Wie viel kriegst du eigentlich für dein Blut?", fragte sie plötzlich aus dem Nichts.

„Was? Ach so – fünfunddreißig Mark die Woche. Und noch einmal fünfundzwanzig nach jedem zehnten Mal." Ich hatte meinen Verband völlig vergessen. Den konnte man nach zwei Stunden wieder abnehmen, und die waren schon seit über einer Stunde um. „Und wenn ich jemanden werbe, bekomme ich nach dessen fünftem Mal weitere fünfzig Mark Werbeprämie."

„Wieso pro Woche? Beim Roten Kreuz kann man nur alle sechs Wochen hin und bekommt dafür nur ein warmes Essen und eine Cola."

Ich erklärte ihr den Unterschied zwischen Blut als Fertigprodukt und Blut als ausbeutbarem Rohstoff, zwischen Spenden aus Idealismus und aus rein kommerziellen Beweggründen. Ich wickelte mir dabei den Verband ab, der dieses Mal vorneweg zwei Meter aufwies. Er war beim Duschen nass geworden.

„Das wär' doch was für dich", sagte ich und warf ihn, wieder aufgerollt, hinter mir in den Mülleimer. „Fünfunddreißig Mark pro Woche, das gibt jede Menge Brötchen und Marmelade!" Hoppla, Dumfarth! Fixen und Blutspenden, das ließ sich wohl kaum unter einen Hut bringen.

In der Armbeuge, in die sich durch den Verband ein feines Mullgittermuster eingeprägt hatte, das noch eine ganze Weile bestehen bleiben würde, klebten noch zwei kleine Papierkissen übereinander, ein getrockneter, brauner Blutfleck in der Mitte. Meist waren die Kissen blutfrei und fielen beim Abwickeln einfach zu Boden – diesmal jedoch nicht. Nun hieß es, an was Schönes zu denken, und schnell runter damit. Als ich wieder hinschaute, lief ein leuchtendrotes Blutrinnsal langsam an meinem Unterarm hinunter.

„Und jetzt?", fragte Gabi. Nur gut, dass wir ein Gesprächsthema hatten – das würde mich eine Weile über die Runden bringen, oder gar eine richtige Gesprächslawine auslösen.

„Das passiert, wenn es nach dem Verbinden noch nachblutet – so was kommt schon mal vor, wenn auch selten. Und jetzt hab ich den Einstich eben noch einmal aufgerissen."

„Du hättest es mit warmem Wasser ablösen sollen."

„Naja, meistens klappt es ja so. Ich lasse es jetzt einfach trocknen und wische es dann später ab." Das kannte ich vom Rasieren, wenn ich mir mit Bertholds superscharfen OP-Rasierern immer wieder dieselbe Unebenheit an der Nase absenste. Man ließ das Blut einfach laufen, egal wie man dabei aussah, und hoffte, dass es noch vor dem Zeitpunkt, da man das Haus verlassen musste, geronnen war und sich vorsichtig abwaschen ließ.

Gabi hatte ihre erste Flasche vergleichsweise schnell geleert. Ich holte uns die nächste Runde aus dem Kühlschrank und stellte sie auf den Tisch. „Machst du die mal auf?"

„Natürlich", sagte sie leise.

Nachdem sie ihre Flasche rasch geköpft und gleich abgetrunken hatte, machte sie meine nur halb auf und ließ den Kronkorken drauf, sodass sich der Schaum nur mühsam zwischen den Zacken herausquälen konnte.

„Wohnst du schon lange hier?", fragte sie und reichte mir die Flasche rüber.

„Seit dem sechsten Januar."

„Dem sechsten Januar?", lachte sie, „das weißt du noch so genau?"

„Der sechste Januar war Heilige Drei Könige – das ist in Mannheim ein Feiertag und hier in Ludwigshafen nicht. Ich hatte frei, und da stand diese Wohnung eben in der Zeitung."

Ich konnte mich an diesen Tag noch sehr gut erinnern. Ich hatte damals noch bei meiner Mutter gewohnt, und sie hatte bereits seit geraumer Zeit darauf gedrängt, dass ich die für alle Beteiligten mittlerweile ungemütlich gewordene Lebensgemeinschaft verließ und mir was Eigenes suchte. Das hatte zwar auch voll und ganz meinen Vorstellungen entsprochen, doch hatte ich irgendwie den Aufwand gescheut. Jedenfalls war ich morgens spät und an nichts Böses denkend aufgestanden und hatte beim Frühstück in der Zeitung geblättert, um noch am selben Abend bereits dem strengen Regime von Frau Kamp zu unterstehen.

Einen Umzug im herkömmlichen Sinne, mit Freunden und VW-Bus, hatte es keinen gegeben; alles was ich besaß, und das waren im Grunde nur Klamotten sowie ein paar Toilettenartikel, hatten in drei *Lichdi*-Tüten Platz gefunden. Die hatte ich abends einfach vollgestopft, bei meiner Mutter den Schlüssel abgegeben und mich zu Fuß auf den Weg in die einsame Selbstständigkeit gemacht. So schnell wendet sich manchmal ein Blatt.

Nun saß ich hier in meiner Küche mit einer Frau, die ich vor einer Woche noch gar nicht kannte und die sich zudem selbst eingeladen hatte, und überlegte mir, wie ich den Lauf des Abends in die richtige Richtung lenken konnte. Ich konnte sie ja fragen – später, wenn wir unsere letzten zwei Biere aufmachten und sie ihr baldiges Aufbrechen ankündigte – ob sie nicht noch zum Frühstück bleiben wollte.

„Komisch, dass ich dich vorher noch nie gesehen habe“, unterbrach sie meine Gedanken.

„Naja – du kennst mich ja auch erst seit vorigen Samstag. Ich bin dir vorher halt noch nie aufgefallen.“

„Du wärst mir ganz bestimmt aufgefallen“, sagte sie und schaute mir dabei eindringlich in die Augen, während ihre Fingernägel unsicher auf den Tisch klopften.

Das war ein Signal, Dumfarth, ein mir zugespielter Ball! Von der könnte ich direkt noch was lernen. Nun war ich am Zug – aber was sollte man angesichts einer solchen Bemerkung schon sagen? Ich steckte mir unbeholfen eine Zigarette an, und jeder Handgriff war überlaut zu hören, besonders das Schaben des Streichholzkopfes auf der Reibfläche, das erst beim fünften Mal zum gewünschten Erfolg führte. Schade um den schönen Satz mit dem Frühstück.

„Wovon lebst du eigentlich?“, fragte ich aus lauter Verlegenheit – und ließ den Ball wieder fallen. *Die* Frage hätte es später auch noch getan.

„Von der Stütze. Wieso?“

„Och, nur so – es interessiert mich eben, wie du so lebst.“ Naja, immerhin – hätte schlimmer sein können.

„Also, das Sozialamt bezahlt mir jeden Monat die Wohnung und was sonst so dazugehört – Strom, halt, und Wasser. Möbel bekommt man gebraucht als sogenannte Sachleistung. Und dann krieg’ ich noch soundso viel Mark im Monat zum Leben. Die muss ich mir in wöchentlichen Raten selbst abholen.“

„Soundso viel?“

„Is’ ja nicht so wichtig. Viel isses jedenfalls nicht.“

„Und wieso in wöchentlichen Raten?“

„Damit man nicht alles auf einmal versäuft, oder es für sonst was ausgibt.“

„Für sonst was?“ Ich wusste ja offiziell nichts von ihrem Laster.

„Naja – für Stoff. Für die gelt’ ich ja als suchtkrank.“

„Und – bist du es?“

Sie nahm einen längeren Schluck und schaute dabei nachdenklich zum Stromzähler neben der Tür, auf dem der Briefkastenschlüssel lag.

„Wahrscheinlich“, sagte sie schließlich und stellte ihre Flasche wieder ab, ohne sie jedoch loszulassen. „Ich brauch’ aber nicht viel. Und wenn’s sein muss, genügen mir auch schon ein paar Flaschen Bier.“ Dabei lächelte sie mir verschwörerisch zu und sah für einen kurzen Augenblick geradezu liebenswert aus.

Ein paar ist gut, dachte ich und löste mich von ihrem Blick – sie war kaum eine halbe Stunde da und hatte ihre zweite Flasche schon fast leergetrunken. Wenn das so weiterging, säßen wir womöglich früher auf dem Trockenen, als sie eigentlich nach Hause zu gehen gedacht hätte. Ich musste mir, was meine amourösen Ziele anging, langsam was einfallen lassen.

„Besauft euch lieber, Buwe, als dass ihr mir anfängt, euch Hasch zu spritzen!“, kam mir einer der Lieblingssprüche meiner Mutter in den Sinn, und diese harmlose Einschätzung des Alkoholkonsums teilten viele diesseits des Rheins. Allerdings, wenn Gabi ein paar Flaschen Bier auch schon genügten, waren die wohl tatsächlich die bessere Option.

Ich hatte mal gelesen, dass sich Fixer ihren Schuss manchmal an den unmöglichsten Stellen setzten, damit man ihnen ihre üble Gewohnheit nicht ansehen konnte – sogar ins Gemächt oder unters Augenlid! Und warum eigentlich nicht ins Gemächt, wurde es doch in der Regel genau von jener Vene geziert, die die Schwestern auf der Blutbank bei den ganz Dünnen und den ganz Dicken in der Armbeuge so oft vergeblich suchten. Aber unters Augenlid …?

Gabi erzählte mir dann die druckreife Geschichte von der armen Drückerin, die mit zwanzig bereits eine fünfjährige Tochter hatte, die sie über alles liebte und an deren Vater sie sich partout nicht mehr erinnern konnte.

Von den braven Eltern mit dem Milchgeschäft in einer anonymen Kleinstadt irgendwo im Odenwald (wo sie selbst geboren und groß geworden war, bevor die böse Stadt sie angelockt und verschlungen hatte).

Eltern, die ihre gänzliche Untauglichkeit als Mutter kompensierten, indem sie sie als solche ersetzten; und von dem daraus folgenden schlechten Gewissen den Eltern und der geliebten Tochter gegenüber, das sie tagtäglich plagte.

Und sie erzählte mir von den langen, einsamen Nächten in ihrer tristen Sozialamtswohnung und von der großen Sehnsucht, die sie dann befiel, eines Tages doch noch aus diesem Sumpf herauszuklettern, sich ihr Kind zu schnappen und erhobenen Hauptes ans andere Ende des gesellschaftlichen Spektrums zu wandern, dorthin, wo sie, wäre sie in diesen Sumpf erst gar nicht hineingeraten, sich nicht mal hätte tot erwischen lassen: ins Lager der sorgenden Mütter und braven Hausfrauen, die im Austausch für ein wenig Liebe und Sicherheit ihren schwer arbeitenden Männern den Teller pünktlich auf den Tisch stellten. Und was sonst noch alles.

Aha, dachte ich, davon träumte sie also. Ich betrachtete sie aufmerksam, mit ihrem hennagefärbten Haar, ihren abgebrochenen Fingernägeln, ihrer fahlen Haut und ihrem mutlosen Blick. Wovon träumte eigentlich die sorgende Mutter und brave Hausfrau, wenn sie nächtens im

Bett lag und auf die wandernden Lichtmuster an der Schlafzimmerdecke starrte? Ich konnt's mir denken.

Die Zeit lief uns geradezu davon. Irgendwann holte ich die letzten zwei – mittlerweile eiskalten – Flaschen aus dem Kühlschrank. Ich hatte also noch genau ein Bier Zeit.

Irgendetwas an Gabis Geschichte fehlte mir noch – der Höhepunkt. Der große Knall. Geschichten dieser Art schlossen stets mit einem großen Knall – oder tatsächlich mit einem Happy End. Aber Gabis Geschichte war ja auch noch nicht fertig geschrieben – das Ende kam sicherlich noch. Ich machte die Flaschen auf und setzte mich wieder hin.

„Was hat denn dein Bruder alles über mich erzählt?", fragte sie dann.

„Och jo – eigentlich nicht viel. Dass er dich am Berliner Platz getroffen hatte ..."

„Sicherlich hat er dir erzählt, dass er bei mir übernachtet hat."

„Ja, schon."

„Und dass er mit mir geschlafen hat?"

„Naja – er ist mein Bruder." Das Thema hätten wir mal.

„Findest du das in Ordnung?"

„Was denn? Dass er mein Bruder ist?" Darüber ließe sich tatsächlich streiten.

„Dass man seine Bettgeschichten einfach herumerzählt."

Bettgeschichten – das ist gut! Meine Mutter hätte es nicht besser formulieren können.

„Hör mal – Berthold ist nicht nur mein Bruder, er ist auch so etwas wie ein Freund. Irgendjemanden braucht man ja schließlich, mit dem man über solche Dinge reden kann."

Als ob sie das nicht auch brauchte. Den ganzen Abend über breitete sie schon ihr kaputtes Leben auf dem Tisch vor mir aus – vor mir, den sie gar nicht kannte. Sogar von ihrem Freund Stefan hatte sie erzählt, der beim Bund war und alle zwei Wochen für eine Nacht vorbeischaute, um sich seine *Bettgeschichten* abzuholen (um sie dann – vermutlich – zur gefälligen Kurzweil vor seinen Kameraden zum Besten zu geben), und der sich ansonsten einen Dreck um sie kümmerte. Also – was soll's.

Sie stellte wortlos ihre Bierflasche auf meine Seite des Küchentischs und stand auf. Obacht, irgendwas passiert jetzt! Die ungefähre Richtung war nicht zu übersehen, aber welches Konzept sie dabei verfolgte, ließ sich noch nicht erkennen. Jedenfalls hatte sie jetzt die Fäden in der Hand, und mir war's, ehrlich gesagt, recht so. Reagieren war immer bequemer als Agieren.

Sie kam herum und kniete sich vor mir auf den Boden. Hoppla!, dachte ich und geriet fast ein wenig in Panik, was wird *das* denn? Sie wird doch nicht gleich mit der Tür ins Haus fallen wollen? Wo bleibt da die Spannung? Von so etwas liest man doch nur in den abgegriffenen Schmuddelheften der älteren Kollegen im Büro! Naja, frisch geduscht war ich ja, und unter der Treppe war ich seitdem auch noch nicht gewesen – was mich allerdings wunderte, bei vier Flaschen Bier. Sie hatte feine Schuppen entlang des Scheitels, da, wo ihr braunes Haar bereits ein gutes Stück nachgewachsen war. Ich wurde zunehmend nervös.

„Du hast mir gleich gut gefallen, als ich letzte Woche hier war", sagte sie und begann, langsam mein Hemd aufzuknöpfen, einen Knopf nach dem anderen und von oben nach unten. Nach dem Letzten würde sie unauffällig zum Levis-Knopf übergehen können und dabei halbwegs die Form wahren.

Mein Bauch sah von oben plötzlich so fett aus. Klar – das kam vom Bier, und morgen früh würde er wieder weg sein. Aber das wusste sie ja nicht. Für sie war es nun eine Tatsache, dass Peter Dumfarth einen Bauch hatte. Sie fuhr mir mit ihren gespreizten Fingern von unten nach oben langsam durch die Haare auf meiner Brust, so, als wollte sie sie alle auf einheitliche Länge scheren, und dann weiter über meine Schulter.

„Wenn dein Bruder neulich nicht da gewesen wäre, dann wäre ich womöglich länger geblieben."

„Ohne meinen Bruder wärst du überhaupt nicht hier gewesen."

„Das stimmt", sagte sie und nahm ihre Flasche vom Tisch. „Eigentlich müssten wir ihm dankbar sein."

Und warum müssten *wir* ihm denn dankbar sein?, dachte ich; bis jetzt hatte ich auf ihre plötzliche Aktion noch gar nicht reagiert – zumindest nicht nach außen hin.

Sie nahm einen tiefen Schluck und schaute mir dabei – und danach – lange in die Augen, als wollte sie noch etwas sagen, bevor sie losschlug. Sie sagte aber nichts. Stattdessen streckte sie sich hoch und begann, mich ohne Umwege zu verschlingen, wie eine ausgehungerte Stadtstreicherin, die sich gierig über ein weggeworfenes Schulbrot hermachte. Ihre Zunge war glatt und vom Bier ganz kalt, und sie bohrte sich in voller Länge tief in meinen Mund hinein. Es gab Dinge, die weniger aufregend waren!

„Möchtest du mit mir schlafen?", fragte sie trocken.

Aber hallo! – jetzt kommt es aber Schlag auf Schlag! Vor zehn Minuten noch hatte ich mir überlegt, wie ich unserer Unterhaltung den richtigen Schliff verpassen konnte, bevor das simultane Austrinken der letzten zwei Flaschen einen Schlussstrich unter den Abend zog – und nun kniete sie vor mir auf dem Küchenboden vor meinem aufgeknöpften Hemd mit einer Flasche Bier in der Hand und fragte mich wie selbstverständlich, ob ich mit ihr schlafen wollte.

„Aber ja!"

„Naja – wie aus der Pistole geschossen kam das ja nicht gerade", meinte sie mit leichtem Vorwurf in der Stimme. „Musstest wohl erst darüber nachdenken?"

„Ach was – im Gegenteil. Ich wollte nur nicht den Eindruck erwecken, ich hätte den ganzen Abend auf nichts anderes gewartet." Genau – wir wollen ja kein falsches Bild von mir vermitteln.

„Na, dann komm'", sagte sie leise, fast mütterlich, und stand auf. Sie nahm meine Hand und zog mich hinter sich her in mein schummrig beleuchtetes Schlafzimmer, wo, wie immer mittwochabends, *Vom Telefon zum Mikrofon* leise im Radio lief. Sie setzte sich auf die Bettkante und zog sich ohne Umschweife ihren unförmigen Pulli knisternd über den Kopf, während ich am Fußende stand und ihr verdutzt zusah. Mir war, als hätte ich diese Szene schon einmal irgendwo gesehen, in einem Film vielleicht, oder auf einem impressionistischen Bild, aus der Kategorie *Absinthtrinkerin mit Freier*, oder etwas Ähnliches. Sie war arg mager und hatte kleine, leere Brüste, die nur deswegen ein wenig Form besaßen, weil ihre Arme hochgereckt waren.

„Was ist?“, sagte sie, als ihr Kopf wieder zum Vorschein kam, und ihre Brüste fielen wieder in sich zusammen. Ihre Haare waren durcheinandergeraten und standen elektrisiert in langen, roten Strähnen kreuz und quer gegen den Strich.

„Nix – ich glaub’, ich geh nochmal schnell aufs Klo.“ Meinen Blasendruck hätte ich zwar eigentlich außer Acht lassen können – der männliche Körper hatte da schon seine Prioritäten und konnte mühelos die entsprechenden Weichen neu stellen –, aber mir lief das hier alles viel zu schnell ab. Gestern hatte ich noch fantasierend zur Deckenlampe geblickt, und heute rollte sich die Absinthtrinkerin bereits die Seidenstrümpfe von den Beinen herunter. Ich lief durch die helle Küche zur Dusche und fing die Schwingtür hinter mir auf, um sie nicht ins Kreuz zu bekommen. Es hatte so gar kein Aufbau stattgefunden – und danach würde ich sie genauso wenig kennen wie zuvor.

Ich hörte förmlich mein Herz in der Brust pochen. Wenn ich jetzt Blut spenden würde, läge der Beutel bereits nach einer Minute prall und glänzend und gefährlich schaukelnd auf dem Beistelltischchen. Ach ja – mein Arm. Ich ließ das Wasser warm laufen und wusch mir den getrockneten Blutstreifen ab, bis nur noch ein schwarzer Punkt übrig blieb. Dann drehte ich den Hahn auf kalt und ließ meiner Blase freien Lauf. Eine kräftige Gänsehaut packte mich am Rücken und schüttelte mich, bis sie an den Armen und Beinen wieder ablief. Das Pinkeln gestaltete sich etwas schwierig, da mein Körper mir um einiges voraus war und sich bereits unter der Bettdecke wähnte. Aber die Dusche war ja an drei Seiten zu und darüber hinaus bis oben hin gekachelt.

In der Küche, am Spülstein, gurgelte ich noch mit einem Streifen Zahnpasta, machte das Licht aus und ging zurück ins Schlafzimmer.

Da lag sie im blassen, gelben Lichtkegel der Nachttischlampe und wartete, aufnahmebereit sozusagen, eingehüllt von der einlullenden, sonoren Radiostimme des Moderators. Sie hatte die Arme lässig verschränkt und kaute an einem ihrer langen Fingernägel, während ihre angewinkelten Knie den Blick auf die Fleischwerdung meiner allnächtlichen Fantasien freigaben. Ihre Augen verfolgten mich stumm, während ich mich auszog. Gabi und Peter, die Erste, dachte ich bei mir. So ähnlich muss es im Pornostudio ablaufen. Ich stieg aus meiner Unterhose und legte mich zu ihr.

Gabi war so kalt wie sie blass war, insbesondere ihre Hände und ihre Füße. Sogar im Schritt, an den ich mich zögernd heranwagte und der durch das von ihr gesteckte Ziel des Abends eigentlich mit Wärme hätte durchflutet sein müssen. Stattdessen war er kalt wie ein Frosch. Ihre Haut, ihr ganzer Körper roch noch nicht einmal, weder gut noch schlecht – einfach nach nichts. Wahrscheinlich hatte ihre Hautflora längst die Flucht ergriffen und ihr Glück anderswo versucht.

„Komm“, sagte sie leise und lenkte mich mit ihren dünnen Beinen auf sich, und bevor ich mir noch überlegen konnte, ob ich sie nun um Hilfestellung bitten sollte, hatte sie mich geschickt in sich hineinbugsiert. Jedenfalls war ich plötzlich drin, und ich kam mir mit zunehmendem Schwung geradezu lächerlich vor. So viel Sachlichkeit ließ fast zwanghaft die Frage nach dem eigentlichen Sinn der ganzen Operation aufkommen. Machte sie das vielleicht öfter, Männer am Berliner Platz ansprechen und ihre Adresse hinterlassen, oder sich bei flüchtigen Bekanntschaften auf der Straße selbst zum Umtrunk einladen? Hatte sie gar mehr mit der Absinthtrinkerin gemein als mir lieb war? Mit soundso viel Mark im Monat, abzüglich Zigaretten, Brötchen und Marmelade, konnte man als Junkie schließlich keine großen Sprünge machen.

Sie beteiligte sich überhaupt nicht an unserem gemeinsamen Unterfangen; sie lag einfach da wie ein Käfer auf dem Rücken und schaute mich an, als wollte sie mein Verhalten studieren. Wie man in den Augen eines solch nüchternen Betrachters dabei wohl aussah? In den Schmuddelheften im Büro hatte ich mal gelesen, dass es in Amerika neuerdings Puppen aus Gummi gab, die man nach Bedarf einfach aufblasen und mit ins Bett nehmen konnte.

Ich begann, ein Register nach dem anderen zu ziehen, was meine bescheidene Erfahrung eben so hergab, in der Hoffnung, den alles entscheidenden Zündknopf zu finden. Der befand sich ja bei jeder Frau woanders. Aber bei Gabi war er anscheinend nirgends zu finden, zumindest nirgends mehr.

Das Spektakel war auch ziemlich schnell vorüber. Ich hätte mich vorhin unter der Dusche vielleicht doch desensibilisieren sollen – das letzte Mal lag einfach zu weit zurück. Ich stützte mich auf meinen Ellbogen auf und blickte sie an. Also, eine Gummipuppe hätte ich wenigstens praller aufblasen können.

„Es war schön", sagte sie trocken, als lese sie vom Skript ab.

Schön?, dachte ich bei mir – naja, Bescheidenheit ist die Stärke der Zukurzgekommenen. Ich wollte gerade vorsichtig rausschlüpfen, aber sie hielt mich mit überraschend viel Kraft in den Beinen fest.

„Bleib da“, sagte sie, „mach’s noch einmal.“

Auch das noch! Gabi und Peter, die Zweite. Im Radio hatte gerade jemand, Ehrfurcht vor schneeweißen Haaren.

Ich war eigentlich noch nicht so weit, da ich mich aber bereits in Position befand, versuchte ich erneut, mit suchenden Händen sie ein wenig einzustimmen. Hätte ich vorhin unter der Dusche tatsächlich vorgebeugt, dann hätte ich jetzt passen müssen.

Diesmal taute sie allmählich auf. Sie reihte sich langsam in meinen Rhythmus ein und verkündete ihren plötzlichen Sinneswandel – untermalt vom hektischen Quietschen der Federn und dem gefährlichen Knarren des Bettgestells – durch laute, kurze Schreie, in denen ich zwischendurch sogar meinen Namen zu erkennen glaubte. Die Fensterläden und das Oberlicht waren noch offen, und irgendjemand tackerte gerade durch den Hof und schloss seine Tür auf.

Mir drängte sich das Bild eines eingerosteten Gartenbrunnens auf, an dem man schon lange nicht mehr die Pumpe betätigt hatte. Die normalerweise durch regelmäßigen Gebrauch oben gehaltene Wassersäule hatte sich längst wieder in die Tiefe verkrochen und der abgestandenen Luft, dem Ungeziefer und den sonstigen tristen Dingen des Lebens Platz gemacht. Da bedurfte es eben mehr als nur einmal zu pumpen, um das herabgesunkene Lebensnass wieder ans Licht zu hebeln und die alten Spinnweben wegzuspülen.

Mit einem heiseren Schrei drückte sie mir ihre dünnen Oberschenkel in die Taille und grub ihre langen Fingernägel mit ihren vereinzelten Nagellackresten aus besseren

Zeiten so fest in den Rücken, dass ich sie einzeln zählen konnte.

Wir lagen noch eine Weile da, so wie wir waren, im grellen Scheinwerferlicht – wie zwei pralle Kröten, die nach dem Kopulieren mit leerem Blick noch zwei Stunden lang eng umschlungen zusammenklebten.

„Holst du mal die Zigaretten aus der Küche?", sagte Gabi leise. Sie wirkte entspannt und lächelte zufrieden. Komisch, aus der Fliege-auf-der-Nasenspitze-Perspektive sahen alle Frauen aus wie Schwestern. Obwohl – auf wie vielen Nasenspitzen hatte ich denn schon gesessen?

Ich stand auf und machte in der Küche das Licht an. Ich kam mir vor wie nach dem Ablegen einer schweren Prüfung, erschöpft, aber auch irgendwie befreit. Die Küche sah im Grunde noch genauso aus wie vor einer halben Stunde, aber irgendwas war anders. Sie war grell ausgeleuchtet, das war klar, nach der dezenten Beleuchtung im Sündenpfuhl. Aber sie war auch viel kleiner als zuvor – oder ich war größer geworden.

Wir hatten unsere letzten zwei Biere nicht ausgetrunken. Mir drängte sich plötzlich die Frage auf, ob sie überhaupt die Pille nahm, oder sonst etwas, das dem gleichen Zweck diente. So viel Disziplin, wie die tägliche Einnahme der Pille einem abverlangte, konnte ich mir bei ihr allerdings nicht vorstellen – letzten Samstag wusste sie ja noch nicht einmal, welchen Wochentag wir hatten! Ob ihr das Sozialamt so etwas auch bezahlte? Eine Prophylaxe im eigenen Interesse wäre es allemal. Aber Ämter arbeiteten in der Regel nicht prophylaxemäßig; sie flickten immer nur am Schaden herum, nachdem es zu spät war. So wie ich.

Nun ja, seufzte ich. Ich nahm die Zigaretten und die Flaschen vom Tisch, machte das Licht wieder aus und ging zurück ins Schlafzimmer, wo der Scheinwerfer nun wieder ein blasser Lichtkegel war. *„Zwei kleine Italiener ...“*, tönte es frech aus dem Radio. Ich setzte mich auf die Bettkante und steckte uns zwei Zigaretten an.

„Sag mal“, fragte ich und steckte ihr eine zwischen die Lippen, „nimmst du eigentlich die Pille?“

„Nein – wieso?“ Sie zog lange an ihrer Zigarette und entließ eine nicht enden wollende Rauchfahne, die im Licht der Nachttischlampe abenteuerliche gelbe Wirbel beschrieb.

„Och – nur so.“ Ich strich ihr mit der Hand die Strähnen aus dem Gesicht und fuhr weiter über ihren Körper. Er war nunmehr warm. Bei der Gartenpumpe dürfte es jetzt vermutlich andersherum gewesen sein.

„Ich muss morgen früh um sechs Uhr aufstehen“, sagte ich. „Du kannst natürlich liegen bleiben.“

„Wenn ich dich einmal mit einer anderen Frau sehen sollte, kratz' ich ihr die Augen aus.“ Gabi setzte ihre Bierflasche an und trank sie in einem Zug aus, während sie mich mit einem geradezu drohenden Blick fixierte.

Na, bravo! – das hab' ich jetzt davon. Naja, dass man in der Liebe nichts geschenkt bekam, war ein ehernes Naturgesetz, dem ich mich längst ergeben hatte. Aber warum eigentlich *ihr*? War es denn nicht naheliegender, *mir* gegebenenfalls die Augen auskratzen zu wollen? Aber Frauen besaßen in diesen Dingen ihre eigene Logik.

Wir rauchten unsere Zigaretten wortlos zu Ende und drückten fast gleichzeitig die Stummel in den Aschenbecher. Ich zog den Radiostecker, knipste das Nachttischlämpchen aus und kletterte wieder zu ihr unter die warme

Decke. Sie legte ihren Kopf auf meine Schulter und den Arm über meine Brust, und fast hätte sie noch angefangen zu schnurren. Doch – auch wenn's nicht umsonst war, so konnte man's schon aushalten.

Sie roch leicht verschwitzt. Gott sei Dank, dachte ich mit einem Lächeln und zog die Decke über uns glatt – sie riecht, also ist sie.

Der Wecker summte um Punkt sechs, wie an jedem Morgen – und doch klang er diesmal anders als sonst. Ich war schon im Schlaf gut drauf gewesen. Ich hatte die Stunden abwechselnd friedlich dümpelnd und abenteuerlich träumend im Grenzbereich zwischen Halbbewusstsein und Schlaf verbracht und konnte so die hautwarme, ineinanderverkeilte und leise schnarchende Zweisamkeit wie in einem endlosen Strom genießen. Entsprechend schnell war ich beim Summen des Weckers zu mir gekommen und schaute nun blitzwach auf die grüne Zeitanzeige. Ich schaltete ihn aus, löste meinen Oberschenkel aus Gabis kräftiger Klammer und schwang mich leise hoch, um sie nicht aufzuwecken. Ich saß mit klaren Sinnen auf der Bettkante, als hätte ich im ganzen Leben noch kein Glas geleert und noch keine Zigarette geraucht. Ein gutes Gefühl!

Mit meiner zusätzlichen Hälfte des Deckbetts puppte ich Gabi gänzlich ein, sodass nur noch ihre roten Strähnen und ihre blasse Nase oben herausschauten. Ich stand auf und ertastete mir aus der Waschtischschublade eine frische Unterhose.

In der Küche war es bereits Tag, und ich machte die Tür zum Schlafzimmer vorsichtig zu. Es war das erste

Mal seit ich hier wohnte, dass ich dazu einen Anlass hatte, und das gefiel mir.

Morgende wie dieser waren einem im Leben nur wenige vergönnt, und umso mehr wusste ich sie zu genießen. Draußen auf der Straße hallten abenteuerliche Vogelpfeifübungen, die selbstverständlich immer um diese Uhrzeit dort stattfanden, nur dass man sie an einem gewöhnlichen Morgen nicht wahrnahm. Wenn Gabi in der kommenden Nacht wieder hier übernachten würde – nur mal angenommen –, dann wäre es morgen früh schon nicht mehr dasselbe.

Ich schaute in den Spiegel über dem Spülstein und erschrak. Ganz im Gegensatz zum inneren Bild meines Kopfes, war sein Äußeres abartig aufgedunsen und aus der Form geraten. Das kam vom Bier, das ich viel zu selten trank, als dass meine Körperabwehrkräfte es spontan als „in friedlicher Absicht kommend" erfassen konnten.

Eine ähnlich erschreckende Erscheinung mit der Bildunterschrift *Leprakranker mit Löwengesicht, 19 Jh.* hatte ich mal in einem Pathologiebuch entdeckt, das früher bei meiner Mutter im Bücherschrank stand und in erster Linie dazu diente, uns Kindern zu zeigen, was passierte, wenn man seine Petersilienkartoffel nicht aufaß oder heimlich ohne Schlafanzughose ins Bett ging. Nur hatten die Unglückseligen, die mit diesem Makel behaftet waren, wenig Aussicht, nach der Morgentoilette wieder in alter Frische dazustehen. Jetzt war mir auch klar, warum Mannequins abends nichts trinken durften. Allein die Vorstellung, sie würden mit einem solchen Antlitz zum morgendlichen Fototermin erscheinen! Aber ich war kein Mannequin, und schon gar kein Aussätziger, und verschwand deshalb relativ gleichgültig unter die Dusche.

Als ich mit dampfender Haut wieder herauskam und die Tür mit dem Stuhl festklemmte, roch ich wie ein warmes, frisch gewaschenes Baby. Fröhlich vor mich hin summend, setzte ich das Kaffeewasser auf und machte mich anschließend am Spülstein daran, mich endlich zu rasieren. Ich schaute vorsichtig in den Spiegel. Na alla, wer sagt's denn – die Schwerkraft war so zuverlässig wie des Säufers allmorgendlicher Harndrang.

Heute roch sogar mein murmelblaues Rasierwasser gut. Mit glühenden Wangen ging ich leise ins Schlafzimmer, um mir das Radio zu holen. Gabi lag in dem fahlen Licht, das sich durch den Vorhang gemogelt hatte, friedlich da und schlief. Ich setzte mich auf die Bettkante und betrachtete sie. Sie hatte das entspannte Gesicht eines schlafenden Kindes, das noch nicht eingeschult war und noch an das Gute im Leben glaubte. Im Moment hatte sie sich und alles, was ihr das Leben so schwermachte, vergessen. Menschen, die seit Jahren im Koma liegen, sollen sogar wahre Engelsgesichter bekommen.

Ich hörte das Wasser kochen, und so klemmte ich mir das Radio unter den Arm, sammelte das Kabel ein und ging zurück in die Küche.

Ich richtete zwei Tassen mit Sofortlöslichem (die eine war für Barbara), brühte sie auf und setzte mich dann mit meinem Kaffee an den Tisch, wo ich bereits Dosenmilch und Zucker abgestellt hatte. Ich war voller Energie, nicht irgendeiner, sondern einer ganz besonderen, die sich nur schwer in Worte fassen ließ, da sie mir bis dato noch nicht allzu oft zuteil geworden war.

Wie feinfühlig die menschliche Seele doch war, dass sie sich so leicht ausgleichen ließ. Gestern Nachmittag hatte ich noch lustlos Blutbeutel gefüllt und in Frauenzeitschriften geblättert, und heute hörte ich im Hinterhof zum ersten Mal wochentags die Vögel singen.

Was wird aber sein, wenn ich heute Abend von der Arbeit nach Hause komme? Dann singen sie nicht mehr, die Vögel. Ich hatte gestern beim Spekulieren über den Anlass von Gabis Vorbeikommen in beiden Fällen Recht gehabt; sie war gekommen, um nicht allein zu sein *und* um mich unter die Decke zu locken – Letzteres aber nur, um sich Ersteres eine Zeitlang zu sichern. Der Pavianhügel ließ grüßen.

Es lag also nun an mir, diese archaische Rechnung nicht aufgehen zu lassen. Das Zwischenmenschliche war wie ein lebender Organismus, dessen Gleichgewicht zu erhalten eine Menge Fingerspitzengefühl erforderte. Unüberlegtes Reinschaufeln am einen Ende konnte am anderen leicht zu Verdauungsstörungen führen. Keine Rechnung blieb auf Dauer offen.

Es klopfte an die Scheibe. Barbara! Ich sprang auf und öffnete ihr das Fenster.

„Guten Morgen!“, sagte sie mit fröhlicher, aber offizieller Zeitungsausträgerinnenstimme und reichte mir die zusammengelegte *Rheinpfalz* durchs Fenster.

„Guten Morgen!“, erwiderte ich. Wie sich der Mensch doch von Fall zu Fall unterscheidet. Barbara, mit ihrem großen Busen und ihrem strahlenden, gesunden Milchmädchengesicht, die pünktlich und stets guter Dinge an jedem Morgen der Welt die Zeitung brachte, und Gabi, die Blutarme, für die es keinen vernünftigen Grund gab, morgens überhaupt aufzustehen. Ich nahm Barbaras Tasse vom Tisch und stellte sie ihr aufs Fensterbrett.

„Mir pressiert’s heute“, sagte sie und leerte ihren Kaffee auf einen Zug. „Ich bin etwas spät dran.“ Sie stellte ihre leere Tasse außen auf dem Fenstersims ab, zwinkerte mir zu und verschwand nach nebenan. Frauen konnten im Notfall, davon war ich schon lange überzeugt, sogar kochendes Wasser trinken, ohne zu Schaden zu kommen.

Ich räumte die leeren Bierflaschen von gestern Abend unter den Spülstein und setzte mich wieder hin. Ich schrieb Gabi einen Zettel und beschwerte ihn mit dem Wohnungsschlüssel und einem Markstück. Konnte sie überhaupt lesen? Sie solle sich für das Geld Brötchen kaufen; ein neues Glas Marmelade und Margarine stünden im Schrank beziehungsweise im Kühlschrank. Die Abschlusstür solle sie mit einer Zeitung oder sonst was festklemmen, damit sie nach dem Brötchenholen wieder reinkäme – so Frau Kamp will, natürlich. Und wenn sie endgültig geht (das wird sie doch wohl?), solle sie den Wohnungsschlüssel in den Briefkasten (Dumfarth) werfen. Den Haustürschlüssel und den Briefkastenschlüssel steckte ich ein.

Ich schaute auf die Uhr – es war höchste Zeit! Ich trank meinen Kaffee aus und zog den Radiostecker. Hoffentlich kapiert sie's mit dem Schlüssel und dem Briefkasten, sonst wird es heute Abend kompliziert.

Mit der Zeitung unterm Arm und der Fischdose für die Mittagspause in der Brusttasche ging ich schließlich aus dem Haus.

Als ich am Abend bei mir um die Ecke bog, wünschte ich mir schon ein wenig, dass Gabi noch da wäre. Ich hatte mir den ganzen Tag im Geschäft die Weiterentwicklung der vergangenen Nacht in all ihren Variationen und in den grellsten Farben ausgemalt.

In der ersten Nacht sucht man doch eigentlich nur nach dem passenden Schlüssel. Bis man ihn dann endlich gefunden hat, ist das Ganze auch schon wieder vorbei und für alle Beteiligten noch relativ unbefriedigend. Beim nächsten Mal kann man mit diesem Wissen allerdings schon einiges mehr anstellen. Und nach dem dritten, vierten Mal kann man dann der drohenden Routine zuvorkommen und rechtzeitig vom Zug abspringen. Sie hatte ja schließlich noch ihren Freund Stefan, und der würde schon dafür sorgen, dass mein Absprung keine ernsthaften Konsequenzen nach sich ziehen würde.

Ich schloss die Haustür auf und schaute in meinen Briefkasten. Es war ein dickes, braunes, mürbes Päckchen drin, als dessen Absender sich ein Mannheimer Kraftfutterwerk erwies. Das hing wohl mit meiner Anfrage bei der Walzmühle zusammen.

Der Wohnungsschlüssel lag natürlich nicht drin, was allerdings auch bedeuten konnte, dass Gabi tatsächlich noch da war. Ich klopfte an meine Wohnungstür und spitzte die Ohren. Wird sie jetzt mit strahlendem Hausfrauengesicht die Tür aufmachen, mir mit umgebundener Küchenschürze, den Kochlöffel in der Hand und nach hinten abgewinkeltem Bein den Fünfzigerjahre-Begrüßungskuss auf die Wange drücken und mich an den gedeckten Tisch führen, während ich mir das Jackett auszog und die Krawatte lockerte? Nein. Würde sie nicht. Drinnen rührte sich auch gar nichts. Es war ihr dann wohl doch zu kompliziert gewesen. Hoffentlich war sie jetzt wenigstens bei sich zu Hause.

Ich ging wieder aus dem Haus und machte mich auf den Weg in die Sauerbruchstraße.

Die Haustür war nur angelehnt, und ich trat vorsichtig ein. Ich stand in einem dusteren Hausflur, auf dessen stumpfem Schwartenmagenboden – eigentlich erinnerte er in Farbe und Muster mehr an einen Bierschinken – etliche Generationen von Wurfsendungen verstreut lagen. Die ursprünglich mal schönen Kacheln an den Wänden mit der Jugendstilbordüre zeugten davon, dass das Haus schon bessere Zeiten gesehen hatte.

Unten links, hatte Berthold gesagt – wie meine Wohnung auch. Ich ging leise an die Tür. Drinnen hörte ich Stimmen, eine sonore männliche, deren Worte im Gemurmel untergingen, und die von Gabi. Da ich nirgends eine Klingel entdeckte, klopfte ich kurz.

Nach einer Weile hörte ich, wie sich Frauenschritte näherten. Die Tür ging einen Spalt auf, und Gabi lächelte mit einen Auge heraus.

„Mir ist die Haustür heute Morgen zugefallen", sagte sie leise und reichte mir den Schlüssel heraus. „Stefan ist da – er darf dich auf *keinen* Fall sehen." Sie lächelte mir noch einmal zu und schloss wieder vorsichtig die Tür.

Oh fuck!, dachte ich und ging wieder.

Zurück in meiner Wohnung zog ich erst einmal den Vorhang im Schlafzimmer auf. Es roch nach Frau, und das aufgewühlte Bett zeugte vom Anbruch eines neuen Zeitalters in meinen vier Wänden. Ich hatte zum ersten Mal das Gefühl, dass ich hier tatsächlich wohnte, und nicht nur übernachtete.

Ich setzte mich an den Küchentisch und sah mir mein Päckchen genauer an. Eigentlich war es gar kein Päckchen, sondern vielmehr eine grobe, braune Tüte. Ich holte ein Messer aus dem Schieber und schnitt sie am zugeklebten Ende auf. Es befanden sich eine gute doppelte

Handvoll Maiskörner drin, von denen einige eher rot als gelb waren, und dazwischen steckte eine Karte.

Auf der Karte teilte man mir mit, dass man meinen Wunsch *„betreffend Mais"* von der Walzmühle weitergeleitet bekommen hatte, da sie – die Walzmühle – Mais *„nur in größerem Umfange verarbeitet und verschifft und sich deshalb aus technischen Gründen mit der von mir gewünschten kleinen Menge leider nicht befassen kann"*. So, so – ein paar Zentner Mais stellten also eine kleine Menge dar. Wie auch immer. Auf jeden Fall läge ein 500-Gramm-Muster *Futtermais, ganz* zur Probe bei, und ich könne ihn jederzeit zum Preis von 32 Mark pro Zentner inkl. Mehrwertsteuer bei ihnen bestellen. Das hörte sich auf den ersten Blick schon mal gut an.

Ich legte die Karte zur Seite, setzte Kaffeewasser auf und richtete mir eine Tasse. *Futtermais* – war das nun eine Sorte oder eine Qualitätsstufe? Ich wollte ihn ja nicht essen, sondern nur poppen und auf den Boden kippen.

Ich holte mir einen Suppenteller aus dem Schrank und leerte den Inhalt der Tüte hinein. Die Körner waren überraschend groß und derb; etliche davon waren gebrochen und nicht, wie auf der Karte behauptet wurde, ganz.

Nachdem das Wasser gekocht hatte, überbrühte ich meinen Kaffee und begann, den Maisbruch auszusortieren, was sich als recht langwierig erwies. Nach etwa zwanzig Minuten war der Haufen mit dem Bruch genauso groß wie der übrig gebliebene Haufen auf dem Teller. Die Rädchen in meinem Kopf begannen, sich zu drehen, und schließlich kam ich zu dem Ergebnis, dass ich für einen Zentner poppfähigen Mais zwei Zentner 33,3 Stunden lang sortieren musste, wobei das Resultat dann nicht 32, sondern vielmehr 64 Mark pro Zentner kosten würde. Vielleicht könnte ich dann den Bruch an einen Kleintierzuchtverein weiterverkaufen und mir dadurch einen Teil meiner Kosten zurückholen. Wer weiß, wie viele Zentner ich überhaupt insgesamt brauchen würde.

Naja, dachte ich, ich versuche mal, die Handvoll, die ich habe, in Popcorn zu verwandeln. Vielleicht findet sich dann ein Kraftfutterwerk, das es mit seinen Angaben ernster nimmt.

Ich warf einen Blick in den Kühlschrank. Margarine hatte ich, aber mein Instinkt sagte mir, dass Margarine irgendwann anfängt zu rauchen und schwarz wird, wenn die Temperatur im Topf nicht durch wasserhaltige Zugaben in Schach gehalten wird. Ich brauchte Öl, oder Biskin – am besten beides.

Ich leerte meine Tasse, nahm meinen Hausschlüssel vom Tisch und ging noch einmal aus dem Haus, um einzukaufen. Der *Konsum* am Goerdelerplatz schien mir für meine Zwecke geeigneter als der Eckladen gegenüber.

Beim *Konsum* war es, so kurz vor Ladenschluss, fast leer. Ich legte zusätzlich zu einer Flasche Billigstpflanzenöl undefinierbarer Herkunft und einem Block Palmin (Biskin war alle) noch je eine Flasche Weißwein sowie Cola in den Korb und war schneller durch die Kasse und wieder auf der Straße, als ich hereingekommen war. Auf dem Rückweg klingelte ich noch bei Berthold, der war aber wie immer nicht zu Hause.

Wieder daheim, nahm ich einen von Frau Kamps alten, verbeulten Blechtöpfen unten aus dem Schrank, stellte ihn auf den Herd und schaltete diesen an. Ich gab einen Batzen Margarine hinein und ließ ihn langsam zerlaufen, und nachdem der alles entscheidende Kochlöffeltest den richtigen Zeitpunkt ermittelt hatte, warf ich eine kleine Handvoll Maiskörner hinein und wartete ab, was passierte. Außer aber, dass sich ein zarter Schaum um die Körner herum bildete, dessen Bläschen leise kamen und gingen, passierte nichts. Ich zog mir einen Stuhl an den Herd und setzte mich.

Nach kurzer Zeit wurde der Topf plötzlich ganz still. Eine seltsame Spannung entstand, die sich schlagartig entlud, als ein Korn mit einem lauten Knall aus dem Topf sprang und in der Lücke zwischen Herd und Kühlschrank verschwand.

Der Topf fing daraufhin leise an zu säuseln, und nach etwa einer Minute sprang das zweite Korn heraus. Es blieb in einem fetten Fleck auf dem Herd liegen und hatte einen Sprung in der Schale. Na, immerhin.

Die restlichen Körner schaukelten inzwischen bedrohlich hin und her, und es begann tatsächlich nach Popcorn zu riechen. Sie bekamen allmählich eine dunkle, glänzende Patina, die sich langsam, aber zielstrebig in Richtung Schwarz bewegte. Als sie dann endlich dort angelangt war, nahm ich den inzwischen stark rauchenden Topf vom Herd und kippte den Inhalt in den Abfall. Ich hatte Recht gehabt – Margarine verbrennt zu schnell.

Ich schenkte mir eine Schorle ein und wartete, bis sich der Topf etwas abgekühlt hatte.

Diesmal goss ich Öl hinein und stellte ihn wieder auf den Herd. Laut Kochlöffel wurde das Öl rasch heiß – das sah man an den Bläschen, die um ihn herumtänzelten – und ich warf erneut eine Handvoll Körner hinein.

Diesmal ging alles sehr schnell. Das Öl war viel aggressiver und lauter als die Margarine, es kochte regelrecht, vermochte aber genauso wenig wie diese, die Körner zum Poppen zu bewegen. Irgendwann wurden auch sie schwarz, ohne dass auch nur ein Korn sich dazu entschlossen hätte, den Topf zu verlassen. Ich gab erneut auf.

Palmin. Mit dem Palmin ging es rasch wie im Zeitraffer. Es sprudelte beunruhigend laut, wie in der *Tränke*, wenn der Imbissmann nasse Pommes frites in die Fritteuse warf. Dieser dritte Versuch haute so schnell daneben, dass ich den Topf gerade noch rechtzeitig von der Platte ziehen konnte, bevor mir das heiße Fett samt Popkörner um die Ohren geflogen wäre. Ich setzte mich zu meiner Schorle an den Tisch und dachte nach.

Das Experiment war also fehlgeschlagen. Ich hatte noch viel zu lernen, bevor ich anfangen konnte, zentnerweise Popcorn herzustellen. Es muss am Mais gelegen haben; sicherlich war Futtermais nicht der richtige. Vielleicht fehlte ihm einfach die berühmte Luftblase, wenn es sie überhaupt gab. Die Körner kamen mir auch gleich am Anfang so groß und so eckig, regelrecht *unpopcornmäßig* vor.

Nachdem der Topf sich abgekühlt hatte, stand ich auf und leerte ihn abermals in den Müll. Ich kratzte ihn mit dem Topfschwamm so gut es ging sauber und stellte ihn dann zum Austrocknen auf die noch warme Herdplatte. Dabei kam mir die Idee, es einfach mal trocken zu probieren, also ganz und gar ohne Fett. Wenn das klappte, wäre es allemal besser, als das Popcorn fetttriefend in mein Schlafzimmer zu schleudern beziehungsweise meine geladenen Gäste halbnackt darin tanzen zu lassen.

Ich schaltete die Herdplatte noch einmal an, wartete eine Weile – ohne Kochlöffeltest; dem fehlte diesmal das Medium – und warf dann meinen letzten Einsatz in den Topf.

Der Topf wurde immer heißer, und die Körner begannen tatsächlich ein wenig zu hüpfen. Aber sie platzten auch diesmal nicht, und als der Topf am Boden allmählich zu glühen begann, nahm ich ihn schnell mit dem zusammengelegten Geschirrtuch vom Herd und stellte ihn in den Spülstein, wo es laut zischte. Ich entschloss mich, morgen auf dem Heimweg in die Stadtbücherei zu gehen und einfach mal im Lexikon nachzuschauen.

Der Topf sah schwer mitgenommen aus. Ich ließ Wasser einlaufen und widmete mich für den Rest des Abends meinen Gedanken und meinen zwei Flaschen.

Ich brach meine Zelte diesmal frühzeitig ab. Ich musste mal wieder richtig ausschlafen – morgen war Freitag, und der verlangte nach Kondition.

Ich klappte die Läden zu, duschte und legte mich ins ungemachte Bett. Ein Hauch von Gabi war noch da. Die hatte ich fast vergessen gehabt.

9
DER HORRORTRIP

Popcorn (engl. 'popko:n; eigtl. = Knallmais), aus einer bes. wasserhaltigen Maissorte (Puffmais; siehe auch Mais) gewonnenes Produkt. Der Mais wird, teils unter Zugabe von Zucker oder Salz, geröstet, wodurch er platzt und flockige, lockere Körner ergibt, die (ungekocht) zum Verzehr geeignet sind.

Na also, da haben wir's ja schon – „Puffmais"! Das kommt doch gleich ganz anders rüber als „Futtermais". Das Geheimnis steckte ja bereits im Namen. Von einer verborgenen Luftblase war hier allerdings nirgends die Rede. Aber das Prinzip hatte ich wohl richtig erkannt – *besonders wasserhaltig* bedeutete, dass das Wasser, in seinem verzweifelten Bestreben, in der Hitze zu verdampfen, das Korn unter Druck setzt und damit zum Platzen bringt. Eine ruhende Dampfblase also, die erst bei Bedarf entsteht. Eine stinknormale Luftblase würde ja auch höchstens das bloße Platzen des Korns erklären, nicht jedoch die styroporähnliche Masse, die dabei entsteht.

Ob Puffmais eine besondere Züchtung war? Wohl kaum. Welcher Züchter hatte schon so viel Fantasie und setzte sich ausgerechnet diese Eigenschaft zum Ziel seiner schöpferischen Bemühungen? Es war wohl eher ein gottgewolltes Phänomen, dessen ganze Pracht sich einst durch einen indianischen Zappelphilipp an irgendeiner prähistorischen mexikanischen Feuerstelle entfaltet hatte.

Wenn ich schon mal hier war, konnte ich auch gleich was für mein Problembewusstsein tun. Ich stellte *Pi–Rn* zurück ins Regal und zog *Ko–Lz* heraus.

„Kolanuss, siehe Kolabaum …"

Kolabaum (westafrikan. kola, kolo) (Colabaum, Kolanussbaum, Cola), Gattung der Sterkuliengewächse mit mehr als 100 Arten im trop. Afrika; 6–20 m hohe Bäume mit ledrigen Blättern und aus mehreren holzigen Balgkapseln bestehenden Früchten. Mehrere Arten werden im Sudan, im trop. Amerika und trop. Asien zur Gewinnung der Samen kultiviert, deren harter, gelbbrauner bis rötl. Keimling (Kolanuss) bis 3 % Koffein, bis 0,1 % Theobromin, etwa 40 % Stärke und 4 % Gerbstoffe enthält. Die Kolanüsse dienen in Afrika als durstlöschendes Nahrungs- und Genussmittel. In Europa und Amerika werden sie zur Herstellung von Erfrischungsgetränken und Anregungsmitteln verwendet. – Abb. S. 43.

z. B. Schorle, fügte ich mit dem Kugelschreiber am Seitenrand hinzu. Auf der Abbildung konnte man den sogenannten „Fruchtstand" des Kolabaumes erkennen und daneben, mit einem kleinen kursiven *„a"* versehen, die Nuss selbst.

Dass man die Kolanuss nicht essen konnte, wie unser Freund in der Probierstube behauptet hatte, war dann wohl ein Trugschluss. Im Gegenteil – sie diente dem Afrikaner sogar als *durstlöschendes Genussmittel.* Wer über ein durstlöschendes Genussmittel verfügte, dem konnte es im Grunde gar nicht so schlecht gehen.

Ich würde also in Zukunft meine Schorlen, wenn auch nicht problembewusster, so doch zumindest bewusster genießen. Ich steckte das Lexikon zurück ins Regal und machte mich auf den langen Heimweg.

Wie der Name schon sagte, diente Puffmais einem einzigen Zweck, nämlich dem, zu puffen, also zu Popcorn zu werden. Das konnte er jedoch nur, wenn seine Schale intakt war. Ergo konnte ich davon ausgehen, dass eine Lieferung Puffmais aus ausschließlich popfähigen, das heißt ganzen Körnern bestehen würde und nicht, wie beim *Futtermais, ganz,* zur Hälfte aus gebrochenen. Da konnte also der Zentner ruhig das Doppelte kosten, ohne dass er tatsächlich teurer käme. Und – was noch viel wichtiger war – das tagelange Aussortieren bliebe mir dann auch noch erspart.

Um als Fußgänger von der Mannheimer Innenstadt zur Brücke nach Ludwigshafen zu gelangen, musste man durchs offene Portal des Schlosses schreiten und den großen Vorplatz – *Ehrenhof* genannt – überqueren, bevor man durch den rechten seitlichen Durchgang in den kurfürstlichen Hinterhof gelangte. Der Vorplatz mit seinen Brunnen und Rosenbeeten und dem kurz geschorenen Rasen war leer, als ich auf den säulenbestückten Haupteingang zuging, und ich stellte mir vor, das Schloss wäre jetzt mein vornehmes Domizil und ich käme gerade nach einem anstrengenden Tag im Büro nach Hause.

Der Personalchef, der mir eh nicht gerade wohlgesonnen war und sowieso in jedem Langhaarigen einen arbeitsscheuen Anwärter fürs Arbeitslager sah, war heute just in dem Moment zur Tür hereingekommen, als ich mit einer Flasche Bier in der Linken eine eingefangene Rheinschnake in den Mikrofiche-Betrachter geschoben hatte.

Das hatte einen nicht unerheblichen Aufstand zur Folge, was mir zwar im Grunde am Hintern vorbeiging, am Ende aber doch gereicht hatte, um mir den Tag nachhaltig zu verderben. Jedenfalls war jetzt, da ich auf meine grünspänigen, langlockig barocken Altvorderen auf ihren Sandsteinsockeln zuschritt, endlich Feierabend. Im Großen Kurfürstlichen Schorlesaal würde ich jetzt gemütlich die Beine hochlegen und mir von einem puderperückten Diener eine solche bringen lassen.

Kurz vorm Eingang bog der Weg jedoch jäh ab. Ich ging durch den seitlichen Torbogen zur anderen Seite hindurch und setzte meinen Feierabendweg nach Ludwigshafen fort, vorbei am unterirdischen Frauenklo mit seinen unflätigen Filzstiftzeichnungen, über unzählige Fußgängerüber- und -unterführungen, durch den blassgelb gekachelten Tunnel und schließlich hinauf auf die Rheinbrücke.

Ich überquerte die Brücke diesmal auf der linken Seite und geriet dabei unmittelbar in die unsichtbare Gestankswolke der Walzmühle, die der Ludwigshafener Innenstadt so eigen war und an den Gestank von Brauereien erinnerte, was vermutlich von der Verarbeitung ähnlicher Rohstoffe herrührte.

Vom rein architektonischen Standpunkt aus betrachtet, war die Walzmühle ein schöner, alter Backsteinbau, dunkelrot mit glasierten grünen Bordüren. Sie war nicht so imposant wie das genau gegenüberliegende Schloss in Mannheim, aber schließlich bildete sie das Portal zu einer lebendigen Industriestadt und war nicht, wie drüben, zweckentfremdeter Zeuge einer längst vergangenen Blütezeit.

Unten am Kai ankerte ein langes, oben aufgeklapptes Schiff, das direkt aus der Walzmühle über eine lange ofenrohrähnliche Konstruktion tonnenweise mit irgendwelchen Körnern gefüllt wurde. Ich blieb am Brückengeländer stehen und schaute hinunter. Der gelbe Kegel, der sich aus dem Bauch des Schiffes langsam hochtürmte, erinnerte an die untere Hälfte einer auslaufenden Eieruhr.

Es ging das Gerücht um, dass die Walzmühle in absehbarer Zukunft geschlossen und abgerissen werden sollte, um Platz für Repräsentativeres zu schaffen, was der Ludwigshafener Geruchslandschaft sicherlich nicht abträglich sein würde. Wenn man dann der Brauerei hinterm *Großen Bürgerbräu* sowie der großen Sodafabrik ebenfalls den Hahn zudrehen würde, könnte aus der Stadt tatsächlich noch was werden. Verglichen mit den Körnermengen, die das Schiff da unten füllten, wären meine paar Zentner Mais in der Tat kleine Haushaltspackungen gewesen.

Um den Berliner Platz machte ich heute einen Bogen. Es war wohl Freitag, aber ich wollte ausnahmsweise mal meine Ruhe – fürs Erste, jedenfalls. Ich steuerte das Viadukt von hinten an, überquerte es mit hochgezogenen Schultern und tauchte schließlich unerkannt im kühlen Hemshof unter.

Ich schloss auf, trat in meine kleine, dunkle Höhle ein und machte hinter mir die Tür zu. Es war kühl und feucht und roch noch immer nach verbranntem Fett und Maiskörnern. Im Spülstein stand noch der gnadenlos missbrauchte Popcorntopf von gestern Abend. Frau Kamp ging zwar in meiner Wohnung ein und aus wie es ihr beliebte, wenn man sie aber tatsächlich mal brauchte, dann hörte man noch nicht mal ihren Fußboden knarren.

Ich setzte Kaffeewasser auf und öffnete die Fensterläden. Wenn sie auch im Winter kaum warm zu bekommen war, in den heißen Sommermonaten war eine Wohnung im Erdgeschoss ein wahres Paradies – vorausgesetzt, man vergaß nicht, morgens beim Weggehen die Läden wieder zuzuklappen.

Auch wenn sich der eigentliche Ablauf von dem anderer Wochentage nicht unterschied, so stand das eher seltene Nachhausekommen am frühen Freitagabend doch unter einem ganz eigenen Stern. Die Wohnung war viel ruhiger als sonst. Der bevorstehende einsame Abend neben der Flasche, das vergleichsweise frühe Zubettgehen und das gesittete, ausgeschlafene Aufstehen am morgigen Samstag schwangen irgendwie jetzt schon in den Wänden mit. Freitagabends *nicht* mit Bozo und Jörg loszuziehen, um schließlich neben der Brücke unter freiem Himmel zu nächtigen, hatte fast schon was Spießiges an sich.

Morgen früh nach dem Duschen würde ich in der frühsamstäglichen Sonne zum Bäcker am Goerdelerplatz laufen, auf dem Rückweg vergeblich bei Berthold klingeln und vorm Eckladen mit der Schwarz' hirnlose Nichtigkeiten austauschen, um dann zu Hause bei Kaffee und Marmeladebrötchen am offenen Fenster die dicke Samstagszeitung nach Wissenswertem zu durchforsten.

Alternativ dazu bot sich natürlich auch die Möglichkeit an, nachzuschauen, ob Gabi zu Hause war. Ich könnte uns beim Getränkehändler vis-à-vis vom Schorlefriedel einen Kasten Bier kaufen und was zu Essen kochen, bis in die Puppen mit ihr zur Fünfzigerjahre-Schlagerparade im Radio tanzen und dann kreuz und quer über mein überdimensionales Doppelbett ausgestreckt mit ihr einschlafen, bis das Tageslicht durch den richtigen Schlitz im Fensterladen schlüpfte und genau auf unsere Augenlider fiel.

Ich nahm die Zeitung und setzte mich an den Tisch, bis das Wasser kochte, und gerade als ich sie aufschlug, klingelte es. Ich sprang auf und drückte auf den Öffner. Ich hatte spontan auf Gabi getippt, doch als ich die Tür aufmachte, kam Vetter, ein älterer Cousin von Berthold und mir, um die Ecke gesteuert.

Er hieß natürlich nicht wirklich Vetter, so wie Bozo auch nicht wirklich Bozo hieß. Sein richtiger Name passte einfach nicht zu ihm; jedenfalls hatten wir ihn, so lange ich zurückdenken konnte, noch nie benutzt. Und deshalb war er nicht nur für uns, sondern auch für jeden, den wir kannten, einfach nur *de' Vetter*, und keiner machte sich darüber Gedanken – vor allem natürlich auch, weil er als Person für niemanden, außer für mich und Berthold, wirklich relevant war.

Ich hatte ihn schon eine ganze Weile nicht mehr gesehen. Er sah ziemlich abgewirtschaftet aus und roch ganz so wie er aussah, das heißt etwas streng, oder – wie man in Ludwigshafen zu sagen pflegte – *ranzig*, was der Sache rein technisch auch tatsächlich näher kam. Er hatte in der Regel weder Wohnung noch Arbeit (der berühmte Teufelskreis), und wäre es ein Fremder gewesen, hätte man ohne Umschweife gesagt, er sei ein Penner.

Vetter war aber nicht wirklich ein Penner. Er schlief mal hier und mal dort, manchmal hatte er ja doch Arbeit, und außerdem gab es ja noch meine Mutter, die sich als eine Art Muttterersatz seiner ein wenig annahm und ihm hin und wieder was zusteckte.

„Hallo, komm rein“, sagte ich und trat mit eingezogenem Bauch und angehaltener Luft zur Seite, damit er vorbeikam. „Trinkst du einen Kaffee mit? Ich hab' gerade aufgesetzt.“

„Ja, gerne“, sagte er und setzte sich hin. Er hatte eine pralle Plastiktüte bei sich und stellte sie auf der Sitzbank ab. Ich bereitete eine zweite Tasse vor und stellte Dosenmilch und Zucker auf den Tisch.

„Wo kommst du denn jetzt her?“, fragte ich.

„Och, ich hatte zufällig in der Nähe zu tun.“ Er griff sich, wie selbstverständlich, meine Zigarettenpackung, die auf dem Tisch lag, und bediente sich. „Ich nehm' mir mal 'ne Filterzigarette“, sagte er eher beiläufig.

Das war der Standardspruch des ewigen Schnorrers, wie wir ihn allenthalben am Automaten hörten, und er diente nicht nur der Aneignung fremder Tabakwaren, sondern auch gleichzeitig der Wahrung des Gesichts, drückte er damit doch lediglich den Wunsch nach Abwechslung aus und nicht etwa die Tatsache, dass er sich keine eigenen *Filterzigaretten* leisten konnte.

„Fühl' dich wie zu Hause", sagte ich. Er pickte sich mit seinen schmuddeligen Fingerspitzen ein Streichholz aus meiner Schachtel und zündete sich seine Beute mit zur Seite geneigtem Kopf und angestrengtem Blick an, was zwar aussah, als wollte er damit seinen ungepflegten, fettigen Oberlippenbart schützen, auf dass dieser nicht plötzlich in Flammen aufginge, in Wirklichkeit aber nur der Versuch war, den kernigen Blick des Marlboromannes nachzuahmen. Ich überbrühte unseren Kaffee, trug ihn an den Tisch und setzte mich hin.

„Hier riecht's irgendwie verbrannt", sagte er. Er steckte das Streichholz falsch herum in die Schachtel und entließ dabei eine lange Rauchfahne.

„Ich hab gestern versucht, Popcorn herzustellen."

„Ach, ja?"

Solange ich denken konnte, sah Vetter genauso aus, wie er mir jetzt gegenübersaß – halblanges, fettiges und an der Seite gescheiteltes Haar, dessen glänzende Stacheln sich ringsum weit nach außen bogen; ein unterentwickelter Oberlippenbart (unterentwickelt deshalb, weil er von Anfang an noch nie abrasiert wurde und deshalb in seiner natürlichen Länge stecken geblieben war) und völlig abgefressene Fingernägel, in denen sich der Dreck offenbar gnadenlos verfing. Gesicht und Hände waren braun gebrannt, was seinem Milieu entsprach, und die ganze Erscheinung war, tagein und tagaus, in ein billiges, ursprünglich schwarzes Jackett verpackt.

„Hast du heute Abend schon was vor?“, fragte er und schaufelte sich vier Löffel Zucker in den Kaffee. Es war das instinktiv vorbeugende Bunkern wertvoller Kalorien, wie beim kleinen Buschmann in der Kalahariwüste, der einen halben Strauß auf einmal aß, weil er ja nicht wissen konnte, wann ihm das nächste Mal was Essbares in die Hände fallen würde.

„Ausnahmsweise nicht. Wieso?“

„Was hältst du davon, wenn ich dich zum Essen einlade?“

„Was – du?“, fragte ich überrascht und lachte amüsiert, was ich aber sofort wieder bereute. „Wohin denn?“, fügte ich zum Ausgleich mit ernster Stimme hinzu.

„Nirgendwohin. Ich kaufe ein, und wir kochen uns hier was Schönes.“ Er drückte einen endlosen Strahl Dosenmilch in seine Tasse und bewegte dabei die Dose auf und ab. „Na?“

„Naja – hört sich gut an.“ Er sah irgendwie nicht so aus, als könnte er mich so eben mal zum Essen einladen.

„Sag' mal – was is'n das da unten auf dem Boden?“, fragte er und verrückte mit dem Fuß meine Ameisendose, die ich seit ein paar Tagen unauffällig vor dem Kühlschrank aufgestellt hatte.

„Eine Ameisendose.“ Ich rückte sie wieder in ihre alte Position zurück, um meine Zielgruppe nicht zu verwirren. „Damit bringt man die Ameisen dazu, sich gegenseitig umzubringen.“

„Wir ham beim Barras immer Backpulver genommen.“ Vetter hatte zwei Jahre freiwillig als Zeitsoldat bei der Bundeswehr verbracht, bevor die ihm eine Verlängerung verweigerten und mit einem warmen Händedruck wieder nach Hause schickten.

„Backpulver? Nach welchem physikalischen Prinzip hat denn *das* funktioniert?"

„Die Ameisen essen das Backpulver, blähen sich auf und platzen. Das ist unkompliziert und vor allem sehr preiswert."

„Und der dumpfe Knall hinterm Küchenschrank war dann die Königin, oder was? Nö – das ständige Platzen würde mir sicherlich auf die Nerven gehen."

„Das hört man doch nicht. Auf was hättest du Lust?"

„Was?"

„Zum Essen."

„Ach so – ich weiß nicht. Schlag' du was vor."

„Wie wär's mit zwei Rumpsteaks, Bratkartoffeln und Salat?"

„Alla hopp." Das klang wie eine längst beschlossene Sache. Es war typisch für Vetter – kaum hatte er ein paar Mark in der Tasche, schon mussten zwei Rumpsteaks auf den Teller. Für ihn standen Rumpsteaks für gelebte Männlichkeit der gehobenen Klasse, vor allem, wenn sie darüber hinaus unter einem Berg braun gebratener Zwiebelringe begraben lagen. „Warst du heute Blut spenden?"

„Nee, schon lange nicht mehr – wieso?"

„Och, ich dachte nur."

„'n Schorle dazu?"

„Ja klar." Eigentlich war er ja Biertrinker. Er schleimt – aber warum?

„Na, dann wollen wir mal sehen – zuerst mal brauche ich Essig und Öl für den Salat …"

„Hab ich."

„… und Zwiebeln, ebenfalls für den Salat – aber vor allem für die Rumpsteaks.“

„Hab’ ich nicht.“ Ich ging ins Schlafzimmer und holte ihm Zettel und Bleistift.

„Brauch’ ich nicht – das bisschen kann ich in meinem hohlen Kopp noch behalten. Hast du Kartoffeln?“

„Nee.“

„Also, zwei Rumpsteaks, Kartoffeln, Zwiebeln, Kopfsalat …“

„Du musst dir nur merken, dass es vier Sachen sind. Dann weißt du zumindest, ob du etwas vergessen hast oder nicht.“

„So isses.“ Er drückte seine Kippe in den Aschenbecher. „Wo kauft man denn hier am besten ein?“

„Am besten gehst du zum *Konsum* vorne am Marktplatz. Dort ist es am billigsten. Und ein Metzger ist dort auch in der Nähe.“

„Alla hopp – bis gleich, also.“ Er stand auf, trank mit in die Seite gestemmter Faust seinen Kaffee aus, und schon war er wieder weg.

Nachdem die Haustür ins Schloss gefallen und wieder Ruhe in meine Küche eingekehrt war, klopfte es noch einmal kurz am Küchenfenster. Ich ging hin und sah auf Vetters ungeraden Scheitel herab.

„Trinkst du deine Schorle immer noch mit Cola?“, fragte er. Seine Haare glänzten ölig im Abendlicht.

„Gibt’s denn was anderes?“

„Da hast *du* wieder Recht.“

Ich räumte den Tisch wieder ab und spülte unterm Wasserhahn die Tassen rasch mit den Fingern aus. Das Schwarze im Popcorntopf erwies sich als unverändert hartnäckig, sodass ich zu Messer, Ako-Pads und Scheuerpulver greifen musste. Dem Einsatz von Scheuerpulver im Kochgeschirr haftete irgendwie etwas Fragwürdiges an, und ich griff nur im äußersten Notfall auf diese allerletzte Option zurück. Scheuerpulver diente in erster Linie dazu, Spülsteine und Duschbecken auf Hochglanz zu scheuern oder widerspenstigen Spuren in Kloschüsseln auf den Leib zu rücken, aber nicht, um Angehangenes oder Eingebranntes von Topfböden zu schleifen. Meine Mutter benutzte früher noch nicht einmal das Geschirrtuch, um Kochtöpfe und Bratpfannen nach dem Spülen abzutrocknen, sondern nur den ausgewrungenen Spüllappen, und sie ließ sie anschließend, hochkant an die Wand gelehnt, ausdünsten. So etwas prägt einen fürs Leben.

Vetter war schon ein seltsamer Vogel. Außer den Dumfarth hatten wir nichts, aber auch *gar* nichts, miteinander gemein. Er hatte ein gestörtes Verhältnis zur Realität, und das diente ihm – psychologisch gesehen – dazu, die Realität für sich halbwegs erträglich umzudefinieren. Er war der Inbegriff des ewigen Verlierers; nahezu alles, was er anpackte, misslang. Und das kompensierte er, indem er sich seine Welt so zurechtlegte, dass er anderen gegenüber, aber auch sich selbst, darin weniger missraten daherkam. Und ich denke, ab irgendeinem Punkt glaubte er schließlich selbst daran. Das war auch notwendig und reine Überlebensstrategie. Wir sahen uns äußerst selten und gingen daher mit distanziertem Respekt miteinander um.

Nach zwanzig Minuten klingelte es, und Vetter kam, über und über beladen mit Einkaufstüten, wieder zur Tür herein. Ich nahm ihm eine ab und stellte sie auf den Tisch. Wie ein Hutzauberer zog er zwei Doppelliterflaschen Wein heraus (vom billigen), vier Flaschen Cola, ein Netz Kartoffeln, eine Metzgertüte und was sonst noch alles, bis der Tisch vollstand und ich mich fragte, ob das alles tatsächlich in die Tüten gepasst hatte.

„Nichts als Arschlöcher beim Metzger", sagte er, legte die leeren Tüten ordentlich zusammen und steckte sie seitlich in die pralle Plastiktüte, mit der er gekommen war.

„Allerdings." Er hatte Recht, aber das war nun mal das unvermeidbare Schicksal, wenn es einem freitagabends um sechs einfiel – eine halbe Stunde vor Ladenschluss –, zum Metzger zu gehen. Der Massenansturm auf das große Rosane kurz vor dem Wochenende erforderte Nerven aus Kautschuk und eine milieugestählte Durchsetzungskraft, wenn man nur annähernd eine Chance haben wollte, sich vor der Aufschnitttheke gegen die nervöse Herde aus plumpen, tratschenden Familienmüttern zu behaupten. Ich ging aber davon aus, dass Vetter sich mit einem lauten, männlichen Machtwort Gehör verschafft und seinen Anspruch geltend gemacht hatte. Ich holte uns zwei Schorlegläser aus dem Schlafzimmer, machte die ersten Flaschen auf und schenkte uns erst einmal ein.

„Wie macht man denn eigentlich ein Rumpsteak?", fragte ich und räumte alles vom Tisch hinüber auf die Resopalablage des Küchenschranks. Als sparsamer Konsument war mir das Zubereiten von Frischfleisch bis dato fremd geblieben.

„Hast du noch nie ein Rumpsteak gemacht?", meinte er ungläubig, so, als hätte ich gefragt, wie man denn eigentlich ein Marmeladenbrot schmiert.

„Woher denn – ich hab' für so etwas kein Geld." Man muss sich da im Leben schon entscheiden – entweder man spricht dem Alkohol tüchtig zu, oder man leistet sich

Rumpsteaks und dergleichen. Für beides reicht es den wenigsten.

„Was du heute isst, kann dir morgen schon keiner mehr wegnehmen", gab er mit erhobenem, abgefressenem Zeigefinger zum Besten.

Nun ja, mit dieser Lebensphilosophie hat er's ja nicht gerade weit gebracht. Andererseits, von seiner Warte aus gesehen, hatte er sicherlich Recht – bei wie vielen Pennern in Ludwigshafen dürfte heute wohl Rumpsteak mit Bratkartoffeln auf der Speisekarte stehen? Dennoch – zehn Dosen Fisch bringen mich weiter als ein Rumpsteak. Oder neun Dosen Fisch und ein Beutel Brot. Oder fünf Dosen Fisch, ein Brot, eine Doppelliterflasche *Tiroler Bauerntrunk* und zwei Cola. (Oder noch eine Dose weniger und dafür eine kleine Schachtel Zigaretten.)

Vetter suchte sich ein Messer aus dem Schieber heraus und schlitzte die Netze mit den Kartoffeln und den Zwiebeln auf.

„Schäl' du mal die Kartoffeln und die Zwiebeln", sagte er, „und ich kümmere mich um die Steaks."

„Is' gut."

Er bugsierte die Steaks mit ausgebreiteten Händen aus der Metzgertüte und ließ sie auf den Tisch klatschen. Sie waren von einem durchgehenden satten Rot und – außer einem dünnen, weißen Rand – frei von jeglichem Fett oder Flechsen. Das Fleisch wirkte sehr weich und ließ sich offenbar beliebig in die Breite ziehen. Sie waren ihre zehn Mark pro Stück, oder was immer man auch für sie bezahlte, sicherlich wert. Vetter nahm das Messer und strich ihnen damit über die Fläche, erst auf der einen Seite und dann auf der anderen – so, als würde er zwei dicke

Scheiben Brot mit einer unsichtbaren Margarine bestreichen.

„Pfeffer“, sagte er ernst, ohne aufzuschauen, und hielt seine offene Hand hoch, wie ein Chirurg, der nach dem Skalpell verlangte.

„Pfeffer“, sagte ich und legte ihm Frau Kamps Pfefferstreuer in die Hand. „Wozu dient denn das Glattstreichen mit dem Messer?“

„Eben dazu“, sagte er und stäubte die Steaks mit kräftigen Schlägen der flachen Hand auf den Boden des Pfefferstreuers ein, bevor er sie umdrehte und sie von der anderen Seite ebenfalls einstäubte. „Das schließt die Poren.“

„Ach so.“ Wo lernt man denn so etwas – auf der Straße? Ich nahm die Kartoffeln und ging mit ihnen an den Spülstein, um sie zu waschen, während Vetter sich an den Tisch setzte und sich erst mal eine Filterzigarette aus meiner Packung fingerte, um sich dann, in blaue Rauchkringel gehüllt, ganz seiner Schorle zu widmen.

„Hast du überhaupt zwei Pfannen?“, fragte er, als ich mit den sauberen und nassen Kartoffeln wieder an den Tisch kam, und drückte seinen Zigarettenstummel in den Aschenbecher. „Ohne zwei Pfannen hätten wir nämlich ein Problem.“

„Aber ja doch.“ Ich bückte mich und zog unter viel Lärm zwei unterschiedliche Exemplare aus einer Ansammlung von Töpfen und Deckeln aus dem Schrank hervor.

„Wie nennt sich *das* denn?“, fragte er und nahm mir die eine ab.

„Das ist eine gusseiserne Grillpfanne – für die Steaks vermutlich genau das Richtige. Da hängen sie angeblich nicht so leicht an.“ Es war das einzige Stück, das ich beim

Auszug bei meiner Mutter abstauben konnte, und sie hatte sie vermutlich nur deshalb herausgerückt, weil sie selbst nicht damit umzugehen verstand. Seitdem hatte die Pfanne ihren Dornröschenschlaf unter Frau Kamps Berg diverser blecherner Kochutensilien fortgesetzt, bis sie heute endlich wach geküsst wurde. Sie war viereckig, schwarz, am Boden geriffelt und hatte einen abnehmbaren Griff, damit man sich beim Braten nicht die Finger verbrannte.

Vetter wartete, bis ich die Kartoffeln und die Zwiebeln geschält und in Würfel beziehungsweise halbe Scheiben geschnitten hatte, und warf dann den Herd an.

„Sag' mal, arbeitest du eigentlich immer noch bei diesem Bestattungsunternehmer?", fragte ich und begann, den Salatkopf auseinanderzupflücken. Als wir uns das letzte Mal gesehen hatten, hatte er gerade bei einer Pietät hier im Hemshof angeheuert, als Fahrer.

„Beim Denninger? Nö, schon eine ganze Weile nicht mehr", sagte er und ließ einen Batzen Margarine in die heiße Bratpfanne gleiten. „Die haben mich irgendwann rausgeworfen – völlig zu Unrecht."

Natürlich. „Warum denn?"

„Ich hab' den Leichenwagen zu Schrott gefahren. Ich fuhr eines Morgens die Leuschnerstraße hinunter, als mir plötzlich so ein kleines Mädchen mit Schulranzen vors Auto lief. Du kennst ja die Leuschnerstraße an Wochentagen – links und rechts, wo man hinschaut, geparkte Autos. Ich riss natürlich sofort das Lenkrad herum und fuhr in eine Reihe Autos hinein. Totalschaden." Er kippte die Kartoffeln und die Zwiebeln in die Pfanne und lockerte sie ein wenig mit den Fingern auf. „Der Leichenwagen, natürlich", fügte er hinzu.

„Und die geparkten Autos?“

„Och – da kam auch einiges zusammen. Aber so’n Laden ist doch versichert.“

„Hattest du einen geladen gehabt?“

„Nee, so früh am Tag trink’ ich nicht.“

„Ich meine, hattest du gerade einen Toten hintendrin?“

„Ach so! Ja, klar – *eine.* Die ist da hinten ganz schön rumgeflogen. Der Sarg hatte auch was abbekommen und musste später ausgetauscht werden – das kam ja noch erschwerend hinzu; so’n Sarg ist ja nicht gerade billig. Naja – die Alte hat eh nix mehr gespürt. Die Kleine, die das Ganze verschuldet hatte, war natürlich längst weg. Wahrscheinlich hatte sie gerade die Schule geschwänzt und hat sich gleich aus dem Staub gemacht.“

„Hat man dir die Unfallursache denn nicht abgenommen?“

„Irgendwie nicht so richtig. Aber rausgeflogen bin ich ja weniger wegen des Unfalls, als vielmehr, weil man mir daraufhin den Lappen abgenommen hat.“

„Was für’n Lappen?“ Das klang so nach Amputation.

„Den Führerschein. Gibst du mir mal die Pfannenschaufel?“

Ich öffnete den Schieber und wühlte sie heraus.

„War kein schlechter Job, als Chauffeur“, fuhr er fort und zerlegte mit der Pfannenschaufel die halben Zwiebelscheiben in ihre Einzelteile. „Den ganzen Tag durch die Gegend fahren – hat mir schon gut gefallen.“

„Naja, ich könnte mir da schon eine angenehmere Fuhre vorstellen.“

„Och jo, das ist gar nicht so schlimm – man gewöhnt sich schnell daran. Manchmal riecht es beim Abholen schon ein bisschen komisch – das kommt auf die Umstände an. Außerdem fährt man ja nicht nur Leichen spazieren. Ich musste auch regelmäßig Blumen und Kränze an den Friedhof bringen. Das sorgt dann wieder eine Weile für Abwechslung in der Nase. Einmal hab' ich sogar die Blumendekorationen für ein Udo-Jürgens-Konzert in die Eberthalle gebracht."

„Mit dem Leichenwagen?"

„Klar." Er stellte die Grillpfanne auf die Herdplatte und schaltete sie an. „Kümmerst du dich mal um die Salatsoße?"

„Mach' ich."

Ich holte ein leeres Marmeladenglas mit Schraubdeckel aus dem Schrank, das ich irgendwann mal für diesen Zweck aufgehoben hatte – obwohl Salat eher zu den selteneren Posten auf meinem Speiseplan gehörte.

„Was ich schon immer mal wissen wollte", sagte ich, als ich den Essig und das billige Öl von gestern auf den Tisch stellte, „so eine Leiche ist ja bekanntlich steif. Wie kriegt man die eigentlich in den Sarg hinein, wenn, sagen wir mal, ein Arm absteht?" Ich winkelte zur Unterstreichung meiner Frage den einen Arm grotesk unnatürlich ab. Darüber hatte ich schon oft nachgegrübelt, starben doch wohl die Allerwenigsten transportfreundlich, auf dem Rücken liegend, mit gefalteten Händen auf der Brust.

„Och, das ist kein Problem", sagte er, ganz der Fachmann, und winkte ab. „Da drückt man fest dagegen – fertig! Das knirscht dann ein bisschen, aber das geht schon." Er nahm das kleine Messer und schnitt an den Steaks an mehreren Stellen den dünnen Fettrand ein. „Damit sie sich beim Braten nicht aufwölben“, kam er meiner Frage zuvor.

„A-ha“, sagte ich, plötzlich erleuchtet, was sowohl dem eingeschnittenen Fettrand als auch der problemlosen Leichenstarre galt.

„Du darfst dir so eine Leiche nicht so steif vorstellen, als käme sie direkt aus der Tiefkühltruhe“, fuhr er fort, „sie ist lediglich, sagen wir mal, *in ihrer Beweglichkeit etwas eingeschränkt.*“ Er legte die Steaks in die Pfanne. Es zischte und er drehte sie sofort um. „Schau dir diese Rumpsteaks an – sie sind tot, aber sie sind nicht steif.“

Ich stellte mir Vetter als praktisch veranlagten Dozenten an einer Hochschule für Bestattungsunternehmer vor, wie er seine Studenten praxisnah in die Grundlagen ihres aus welchen dunklen Beweggründen auch immer gewählten Berufsziels einwies.

„Du hast das Fett vergessen.“

„Ach was – das kommt jetzt erst rein.“

„Wieso?“

„Das verschließt die Poren. Holst du mal Teller raus?“

„Aber du hast die Poren doch bereits verschlossen!“, meinte ich und holte das Gewünschte von oben aus dem Schrank.

„Es *versiegelt* die Poren, meinetwegen. Ohne Fett ist es viel heißer. Hast du eigentlich Palmin da?“ Er spießte die Steaks zusammen auf eine Gabel und nahm sie wieder aus der Pfanne.

„Zufällig ja“, sagte ich und holte mein Popcornfett vom Vortag aus dem Kühlschrank. Er legte einen bröckelnden Brocken davon in die Pfanne, manövrierte ihn zwischen die Rillen und ließ ihn zerlaufen. In null Komma nix waren die Steaks wieder drin. Es begann, stark zu rauchen, und ich öffnete rasch das Fenster und schloss die Tür zum Schlafzimmer.

„Das geht jetzt ruckzuck“, sagte er und grub die Bratkartoffeln, die mittlerweile kräftig Farbe angenommen hatten, noch einmal um. Ich beeilte mich mit der Salatsoße, schüttelte sie im Schraubglas kräftig auf und deckte den Tisch.

„Es kommt natürlich auch darauf an, *wann* man eine Leiche überhaupt abholt“, nahm er den Faden wieder auf. „Tot heißt ja nicht automatisch steif. Die Leichenstarre setzt sich, vom Kopf ausgehend, ganz langsam über den ganzen Körper fort und wandert dabei in Richtung Füße. Das dauert etwa zwölf Stunden, und danach löst sie sich in umgekehrter Richtung langsam wieder auf. Das dauert dann noch einmal zwölf Stunden.“

„Macht zusammen genau vierundzwanzig.“

„Naja – so ungefähr. Wenn wir also erst am nächsten Tag bestellt werden, dann kriegen wir den ganzen Klumpatsch mühelos im Sarg unter – wie damals mit eurer Katze, als die in die Einkaufstüte kam.“

So genau hatte ich's eigentlich gar nicht wissen wollen. An die Entsorgung unserer Katze konnte ich mich noch gut erinnern. Das war noch bei meiner Mutter gewesen, und besagte Katze lag eines Abends, als ich von der Arbeit nach Hause kam, tot und steif und einen Meter lang ausgestreckt auf Bertholds ungemachtem Bett. Nachdem ich eine Plastiktüte vorsichtig über ihren Oberkörper gestülpt hatte und mir dabei überlegte, was ich mit dem noch herausragenden halben Meter anstellen sollte, hob ich die Tüte an ihren Schlaufen auf, und die Katze fiel zu einem Häufchen Elend in sich zusammen. So trug ich sie dann zum nächsten Tierarzt, der sie für fünf Mark zu den anderen kleinen Kadavern in seine Tiefkühltruhe legte.

Vetter nahm die Gabel und drehte die Steaks, die einen kurzen Augenblick lang Widerstand leisteten, rasch um. Die fertige Seite schmückte nun das für Gegrilltes charakteristische, gleichmäßig gestreifte Brandzeichen.

„Schneidest du mir noch eine große Zwiebel in halbe Scheiben? Aber nicht zu dünn."

„Halbe Scheiben, nicht zu dünn – wird gemacht." Ich suchte mir die Größte aus dem Netz, schnitt ihr mit einer geschickten Drehbewegung den Bart ab, schälte sie und hieb sie in der Mitte auseinander.

Nachdem die Steaks nun auf beiden Seiten ausreichend gebraten waren, legte er jedem von uns beiden eins auf den Teller und stellte die Pfanne mit den Bratkartoffeln – zu schnell, als dass ich sie noch hätte abfangen können – direkt von der Kochplatte auf den Tisch. Ich ließ das Messer fallen und hob sie schnell wieder an, aber das Ringmuster des Pfannenbodens hatte sich bereits weiß in Frau Kamps Plastiktischdecke eingebrannt.

„Hoppla", sagte Vetter eher beiläufig und kippte den Teller mit den halben Zwiebelscheiben über die leere Steakpfanne aus, die mittlerweile wieder auf dem Herd stand und leicht rauchte, „die ist ja aus Plastik!"

Entweder haut mir Frau Kamp demnächst die Tischdecke um die Ohren, oder sie tauscht sie unauffällig aus, wenn ich nicht da bin. Beides würde zu ihr passen. Sie war eben die klassische Zimmerwirtin – ein gehöriges Maß an Autorität und Strenge, doch gleichzeitig mütterlich und gut. Ich legte die *Rheinpfalz* auf Vetters Missgeschick und stellte die Pfanne wieder drauf.

Die halben Zwiebelringe waren mittlerweile rasch braun geworden und um einiges zusammengeschrumpft. Vetter kippte sie, zusammen mit dem restlichen Fett, auf die Steaks. Das Ergebnis sah direkt professionell aus. Er lud jedem noch eine Ladung Bratkartoffeln auf, während ich unsere leer getrunkenen Schorlegläser nachfüllte. Wir setzten uns an den Tisch.

„Mahlzeit!", sagte Vetter mit ernster, traditionsbewusster Miene, wie ein Blaumann in der Arbeiterkantine der Sodafabrik, und schaufelte sich erst einmal eine Gabelvoll Bratkartoffeln in den Mund. Noch während er kaute, nahm er einen Schluck aus seinem Glas, mischte ordentlich durch und schluckte alles mit kräftigen Kaubewegungen hinunter. Dabei genoss er sichtlich sein Werk.

Ich steckte meine Gabel senkrecht in mein Steak und sägte erwartungsfroh ein Stück ab. Zu meinem Schrecken war es in der Mitte noch ganz rot, aber ich entschloss mich, nichts zu sagen – er hatte sich so viel Mühe gemacht. Vetter schaute in diesem Moment zu mir herüber, und ich steckte mir die Gabel mit einem anerkennenden Lächeln rasch in den Mund und begann zu kauen.

„Du hast wohl im Moment keine Wohnung", meinte ich zur Ablenkung, während ich den Salat ein paar Mal in der Schüssel hin und her wendete und mir dabei überlegte, wie ich mich meines rostig schmeckenden Happens unauffällig entledigen könnte.

„Nee", sagte er. Er kaute hektisch und schnaufend und mit offensichtlicher Begeisterung und wischte sich das Fett mit den Fingern vom ungepflegten Schnurrbart. „Bis vor Kurzem hab' ich noch bei meiner Verlobten gewohnt. Die lebte bei der Mutter, zusammen mit ihrer jüngeren Schwester – einen Vater gab es nicht. Ein reiner

Weiberhaushalt! Ich kann dir sagen – *da* ging's vielleicht rund!" Er stach dabei mit seiner Gabel in meine Richtung.

Vetter verlobte sich schnell und oft, eigentlich jedes Mal, wenn ihm eine Neue auf den Leim gegangen war, was unerklärlicherweise mit zuverlässiger Regelmäßigkeit passierte. Sie waren immer vom gleichen Kaliber: unscheinbar, altmodisch, von der selten gewordenen Sorte, bei denen der Begriff *verloben* überhaupt noch im aktiven Wortschatz vorkam.

Die Verlobung als solche war eine rasch aussterbende Institution, deren ursprünglicher Sinn nicht mehr so recht in diese von überholten moralischen Zwängen befreiten Zeiten passen wollte. Aber man brauchte kein Diplom in Psychologie, um zu verstehen, warum Vetter diesem Brauch noch anhing. Er gab mit seinen vielen Verlobungen regelrecht an, obwohl er von den meisten Leuten, nicht zuletzt auch von meiner Mutter, die es nun wirklich gut mit ihm meinte, dafür mitleidig belächelt wurde.

Seine farblosen Mädels passten aber auch alle irgendwie zu ihm, und mich faszinierte dieses Naturphänomen ungemein, das dafür sorgte, dass auch der letzte Penner Platz an Amors Tafel fand – auch wenn er letztendlich nur in den abgefressenen Tellern herumstochern durfte. Das war ein Geschenk der Natur an die Menschheit. Manchmal irritierte mich allerdings, dass Leute wie Vetter unterm Strich nächtens weit weniger allein an die Schlafzimmerdecke starrten als ich.

Vetters Verlobungen lösten sich allerdings stets rascher wieder auf, als sie zustande gekommen waren, und eigentlich hätte ihm deren Zweck daher längst als hinfällig erscheinen müssen, zumal sie jedes Mal den Kauf eines neuen Verlobungsringes erforderlich machten. Aber er glaubte immer wieder aufs Neue daran.

„Und warum gings ’n da rund?“, fragte ich. Ich schnitt mir erneut ein Stück von meinem Rumpsteak ab, diesmal vom Rand, wo es zwar ein wenig fett, dafür aber auch besser durch war.

„Tagsüber, wenn die eine im Geschäft war und die andere in der Schule, dann hab’ ich’s sogar der Mutter besorgt.“ Jetzt kam die Phase, in der Vetter erste Korrekturen an der Realität vornahm. „*Die* war vielleicht was von scharf, sag’ ich dir! Meine Verlobte durfte davon natürlich nichts erfahren – da wär’ Polen offen gewesen!“ Er nahm kauend einen Schluck aus seinem Glas und stieß unterdrückt auf, sodass sich die Backen kurz blähten. „Da konnte auch gar nichts passieren – die war untenherum völlig ausgeräumt.“

„Was war sie untenherum?“, fragte ich verwundert.

„Völlig ausgeräumt – Totaloperation. Da konnte man einfach draufhalten.“ Er sagte es, als wäre das das Natürlichste auf der Welt.

„Wie alt war sie denn?“, fragte ich aus Verlegenheit.

„Achtundvierzig. Aber noch gut beieinander!“ Vetter aß schnell und mit gutem Appetit.

„Aber mit achtundvierzig wäre doch sowieso nichts mehr passiert, oder?“

„Oh, bei der schon!“

Die Antwort gefiel mir! Ich legte eine Pause ein und steckte mir eine Zigarette an.

„Rauch’ nur“, sagte Vetter und zog sich die Salatschüssel an den Teller. „Macht’s dir was aus, wenn ich weiteresse?“

„Mach’ nur. Und warum wohnst du nicht mehr dort?“

„Ich hab' sie mit einem anderen erwischt."

„Wen – die Mutter?"

„Quatsch! Meine Verlobte. Ihm hab ich ein paar aufs Maul gegeben, und von ihr hab' ich den Verlobungsring zurückverlangt."

Aha! Das war also das Geheimnis! Er brauchte gar keinen neuen Ring jedes Mal; der Brauch erlaubte ihm, den Ring bei Nichteinhaltung der Spielregeln einfach zurückzufordern. Nur mussten die Mädels natürlich alle dieselbe Handschuhgröße haben, aber bestimmt hatte er mittlerweile einen Blick dafür.

„Aber du hattest doch noch dein zweites Eisen im Feuer", meinte ich.

„Was denn?"

„Naja – die Mutter." Ich meinte das nicht ernst.

„Oh je, in derselben Wohnung – das hätte Mord und Totschlag gegeben! Ich bin einfach ausgezogen – so bin ich halt. Schmeckt's dir nicht?"

„Doch, doch – ich lass' mir immer Zeit beim Essen." Ich holte die Flaschen vom Küchenschrank und schenkte uns noch einmal nach.

Vetters Schwank hatte keine Fragen mehr offen gelassen, und so sagte eine ganze Weile keiner etwas, sodass das Klappern von Vetters Besteck auf seinem Teller und sein fetttriefendes Schmatzen besonders ohrenfällig im Raum stand.

„Ach ja", seufzte er dann plötzlich und legte sein Besteck zur Seite, „wär' ich nicht so *blöd* gewesen …" – bei *blöd* setzte er die rechte Faust laut auf dem Tisch auf – „… dann könnt' ich jetzt über meine halbe Ranch in Arizona reiten, anstatt hier im Hemshof zu sitzen und Bratkartoffeln zu essen."

Oh je – jetzt kommt er langsam in Fahrt, und keiner weit und breit zum Mithören. „Das musst du mir jetzt aber näher erklären", meinte ich.

„Ach, das war vor etwa drei Monaten im *Kleinen Kreuz*, fuhr er mit einer abwinkenden Handbewegung fort, als sei die Geschichte nun doch nicht so interessant, er sie aber dennoch erzählen wolle. *Zum Kleinen Kreuz* – das war seine Stammkneipe in Friesenheim, am kreiselrunden Ruthenplatz, deren Wirt mich auf der Straße schon mehrmals wegen Vetters Schuldenberg angesprochen hatte.

„Da lernte ich einen alten Ami kennen. Der war stinkreich und besaß eben in Arizona eine Ranch." Er nahm sich erneut eine Filterzigarette aus meiner Schachtel und zündete sie in der hohlen Hand mit einem fernsehreifen *Ranch*-Ausdruck im Gesicht an. „Er habe nicht mehr lange zu leben, sagte er – ein mandarinengroßer Tumor im Kopf, der sich nicht mehr operieren ließ – und wolle mich partout adoptieren, damit er einen Erben hätte und beruhigt sterben könne. Ich fragte ihn, ob er denn keine eigenen Kinder hätte. Doch, meinte er, einen Sohn – aber der sei ein Herumtreiber ..." (ganz im Gegensatz zu Vetter) „... und er wolle nicht, dass der alles, was er sich ein Leben lang mühsam erarbeitet hatte, allein erbt und womöglich durchbringt."

Vetter ließ den Rauch langsam aus seinem Mund strömen und blickte den gelben Kringeln nach. „Nun ja – und warum ausgerechnet ich?, hab ich ihn dann gefragt, woraufhin er antwortete: *‚Isch erkenna einen ehrlischen Mann, wenn isch einen sehe'*." Diesen Satz verpackte Vetter wirkungsreich in einen pseudo-amerikanischen Tonfall, der nach billigem Italowestern klang. Er war mal wieder in seinem Element.

„Also“, fuhr er fort und schob sich mit den Fingern ein Stück Bratkartoffel in den Mund, „Holzauge, sei wachsam! Ich hab’ mir natürlich gedacht, dass da irgendwo ein Haken dran sein muss, und bat mir eine Bedenkzeit aus.“ Er nahm einen erneuten Zug von seiner Zigarette und musterte mich dabei eindringlich. Obligatorische Kunstpause, um Spannung zu erzeugen.

„So!“, sagte er dann plötzlich und klopfte mit der flachen Hand laut auf den Tisch, „und jetzt ist er gestorben – ich Arschloch!“ Er stand abrupt auf. „Ist dein Klo immer noch unter der Treppe?“

„Natürlich.“

„Ich geh’ mal pinkeln.“ Blitzschnell war er zur Tür hinaus, und ich versuchte, mir vorzustellen, wie ein steinreicher Rinderbaron aus Amerika mal eben am Ruthenplatz ins *Kleine Kreuz* ging, um sich einen Erben zu suchen.

„Ein ganz schöner Hammer, dein Klo“, sagte Vetter, als er zurückkam und die Tür hinter sich schloss.

„Jaja, furchtbar – ich benutze es auch nur zum Pinkeln, wenn überhaupt.“

„So sieht es aber nicht gerade aus.“

„*Ich* benutze es nur zum Pinkeln. Was die anderen damit machen, entzieht sich meiner Kenntnis.“

„Was denn für andere?“

„Die, die sonst noch im Erdgeschoss und im Hinterhof wohnen. Das sind insgesamt fünf Parteien. Die gehen alle auf dasselbe Klo, inklusive zwei Frauen und ein Kind. Du kannst dir vorstellen, was das morgens für ein Gedränge im Hausgang ist – da bleibt der Brille gar keine Zeit, sich mal zwischendurch abzukühlen.“

„Und wo scheißt du?“, fragte er mit ernstem Blick, der ehrliches Interesse widerspiegelte. Für jemanden, der so lebte wie er, war ein solcher Erfahrungsaustausch vielleicht gar nicht mal so völlig ohne Belang.

„Hauptsächlich im Geschäft und in der Wirtschaft“, sagte ich. „Oder bei Leuten, wenn sich's gerade trifft. Und wo scheißt *du?* Das ist sicherlich die spannendere Frage!“

„Naja – auch in der Wirtschaft, oder im *Kaufgut* oder so. Im Bahnhof – es gibt überall Toiletten. Oder nachts unterhalb der Rheinbrücke.“

„Ach, *du* bist das!“

„Auf der Mannheimer Seite gibt's genau neben der Treppe so einen großen Bohnenbaum mit riesigen Blättern – da hat man dann gleich was zum Abwischen in Reichweite.“

„Was denn für'n *Bohnenbaum*?“

„Naja, da hängen solche langen, grünen Schoten herunter. Die sehen natürlich nur aus wie Bohnen. Jedenfalls hat er schöne, große, herzförmige Blätter.“

„Herzförmig! – wie putzig! Und wie viele braucht man davon?“

„Nun ja – die nehmen natürlich nicht so gut auf wie Klopapier, und dann die dicke Rippe in der Mitte … Naja – eine Handvoll halt. Es sind ja genug da.“ Ein Quasi-Penner plaudert aus dem Nähkästchen – wann hat man denn schon mal die Gelegenheit, einen solch intimen Blick hinter die Kulissen zu werfen?

„Es gibt ja dort in der Nähe auch noch eine unterirdische öffentliche Toilette, gleich nach der Überführung in Richtung Schloss.“

„Ja, die kenn' ich. Eine unterirdische *Sackgasse* ist das! Wenn du da den falschen Leuten begegnest, dann hast du ausgeschissen. Hast du schon mal gesehen, was sich da für ein Gesocks herumtreibt? Da hock' ich mich lieber unter meinen Bohnenbaum – zumindest nachts, wenn es dunkel ist."

Es wurde allmählich Zeit, einem totalen intellektuellen Absturz entgegenzuwirken und das Thema zu wechseln, und so hob ich mein Glas. „Prost!", sagte ich, „auf den Bohnenbaum!"

„Prost", sagte er, und wir stießen genau über der Pfanne mit den kalt gewordenen Bratkartoffeln an.

„Sag' mal", meinte Vetter und fischte sich mit seinen unsauberen Fingern ein triefendes, mittlerweile schlaffes Salatblatt aus der Schüssel, „wie hoch liegt denn eigentlich dein Apfelkornrekord?"

„Hm? Was denn für ein *Apfelkornrekord*?" Wie sich das schon anhörte.

„Anders ausgedrückt – wie viele Apfelkorn schaffst du, bevor du bewusstlos unterm Tisch liegst?" Ein Salatsoßentropfen blieb eine Weile an seiner Oberlippe haften und verschwand dann langsam im Unterholz seines Schnurrbarts.

„Ich weiß nicht – ich trinke keinen *Apfelkorn*. Was ist denn das überhaupt?" Dass ein Gesöff mit dieser Bezeichnung existierte, war mir wohl nicht entgangen, nur hatte ich mich bis dato aus Mangel an Beweggründen noch nicht damit auseinandergesetzt. Irgendwie klang es nach etwas, was sich der kernige Sodafabrikarbeiter hinter die Binde kippte, wenn er auf dem Heimweg nach der Schicht sein Werksfahrrad abstellte und noch auf einen

Sprung in die Wirtschaft ging. Es passte irgendwie nicht zu uns.

„Was? Nochmal – du hast noch *nie* einen Apfelkorn getrunken?", lachte er verwundert. „Also – Apfelkorn ist eine Mischung aus Korn und Apfelsaft, wie der Name schon sagt, und wird wie ein Korn aus dem Schnapsglas getrunken. Durch den süßen Apfelsaft schmeckt man den Alkohol kaum, und man kann das Zeug kippen ohne Ende. Allerdings – zwanzig Prozent hat es schon, und zwei Apfelkorn ham so viel Alkohol wie *ein* normaler Korn. Irgendwann liegt man unterm Tisch und weiß nicht, was einen getroffen hat." Das klang ja aufregend. Vetter hebelte sich mit dem Messer etwas vom Angehangenen am Pfannenboden ab. „Ich schaff' achtzig Stück – das ist Kneipenrekord im *Schwanen.*"

„Wieso Kneipenrekord?" *Zum Schwanen* – das war Vetters Ausweichkneipe, in die er ging, wenn seine Kneipenschulden im *Kleinen Kreuz* ein vorübergehendes Auslagern seiner gesellschaftlichen Aktivitäten erforderlich machten.

„Da hängt in der Ecke über der Theke eine kleine Schultafel, auf der der aktuelle Apfelkornrekord steht, wie auch der Name des Rekordhalters. Und im Moment bin das eben ich. Wenn jemand den Rekord brechen will, muss er mindestens einundachtzig kippen. Neulich hat's einer versucht und ist nach sechzig einfach vom Hocker gefallen. Der Otto – das ist der Wirt – macht den leckersten Apfelkorn weit und breit!"

Na Prost, dachte ich, und nahm einen Schluck von meiner Schorle. „Und die musste der Gefallene dann auch noch bezahlen?"

„Klaro. Es sei denn, er hätte den Rekord gebrochen. Dann hätte er natürlich nix bezahlt, und *sein* Name wäre auf die Tafel gekommen. So lauten die Regeln."

„Das ist ja genial", meinte ich.

„Wieso?"

„Vom Wirt. Er bringt Leute dazu, möglichst viel von etwas zu trinken, was sie in diesen Mengen nie trinken würden, nur, um einen im Grunde unerreichbaren Rekord zu brechen."

„Kann schon sein."

„Und bezahlen müssen sie's dann auch noch."

„Nicht, wenn sie's schaffen."

„Natürlich. Das hält ja das Ganze in Gang! Aber wie viele Apfelkorn, die letztendlich bezahlt werden müssen, gehen über die Theke, bis einer es endlich schafft, einen neuen Rekord aufzustellen? Das ist eine wahre Goldgrube!" Vielleicht sollte ich mit dem Schorlefriedel eine Kneipe aufmachen und eine Schorlerekord-Tafel über der Theke anbringen. Dann müsste ich mich nicht mehr über den Personalchef ärgern, und Friedel hätte endlich eine richtige Aufgabe im Leben.

„Ich versuch' mich gerade an *Saurem Fritz*. Aber der ist schon ein Schwierigkeitsgrad härter. Erstens hat er doppelt so viel Alkohol, und außerdem verursacht er nach fünf oder sechs Stück ein Wahnsinnssodbrennen."

„Da kann ich dir nur empfehlen, vorher Unmengen Flüssigkeit zu trinken, damit dein *Saure Fritz* sich erstmal verdünnt, bevor er dir ins Hirn sickert. Und gegen das Sodbrennen macht sich ein vorbeugender Teelöffel Natron sicherlich nicht schlecht."

Vetter spitzte die Ohren. „Erzähl mir mehr!"

„Naja – Natron neutralisiert die Säure im Magen. Keine Säure, kein Sodbrennen."

„Du bist ein Genie! Und wo gibt's dieses Natrium zu kaufen?"

„Natron, nicht Natrium. Im *Konsum*, bei den Backhilfen – is' ganz billig."

Vetter wurde richtig unruhig auf seinem Stuhl, und man sah ihm förmlich an, wie er mit seiner neuen Strategie am liebsten gleich im *Schwanen* an den Start gegangen wäre. Aber der *Konsum* hatte schon längst geschlossen.

„Natron. Stimmt – das ham wir als Kinder immer ins Zitronenwasser rein, damit es sprudelt."

„Das wird dein *Saurer Fritz* im Magen vermutlich auch tun."

„Wahnsinn!", sagte er und griff, ohne hinzuschauen, nach seinem Glas.

Unsere Unterhaltung wurde mit der Zeit zunehmend seichter und ebbte dann schließlich ganz ab. Ich überlegte, was mir am heutigen Freitagabend draußen wohl alles entgangen war, während ich hier vor meinem kalten, halbrohen Rumpsteak saß und Vetters Schauergeschichten lauschte.

Vielleicht hätte Uschi heute endlich mal ihren Bus sausen lassen, wäre eine Schorle nach der anderen trinkend mit mir bis spät durch die Wirtschaften gezogen und hätte mich dann gefragt, ob sie bei mir übernachten dürfte.

Vielleicht hätte Jörg in der *Shiloh Ranch* mit einer Korona von Blaumännern am Nachbartisch Krach angefangen. Oder die Rheinbrücke wäre eingestürzt, während wir uns auf der Mannheimer Rheinwiese zum Schlafen hingelegt hätten, wobei sich die nächsten Brücken in Speyer und Worms, zwanzig bis dreißig Kilometer stromauf- und -abwärts, befanden.

Vielleicht wäre heute gar ein Raumschiff aus dem All genau auf dem Berliner Platz gelandet, während wir etwas abseits vom Schalter der *Tränke* gerade vorgebeugt (wegen der Schuhe) in ein Brötchen Deluxe bissen.

So ein Blödsinn. Ich stand auf und stöpselte das Radio ein. Vetter zündete sich eine Filterzigarette an und holte tief Luft.

„Hör mal“, sagte er dann vorsichtig, „hättest du was dagegen, wenn ich heute hier übernachten würde? Nur das eine Mal.“

Aha. Endlich war die Katze aus dem Sack. „Klar, warum nicht?“

„Ich würde auch hier am Tisch schlafen – das bin ich gewohnt.“ Das glaubte ich.

„Das wär’ doch Quatsch. Mein Bett ist doch gewiss groß genug.“

„Ich putz’ dir auch morgen früh die Treppe!“

Mein Gott – wie weit man doch sinken konnte. „Das trifft sich allerdings gut – ich bin diese Woche tatsächlich dran.“

„Alla hopp – kein Problem!“ Er wirkte auf einmal wie frisch aufgeladen, er saß sogar aufrechter. Er trank in einem Zug aus und stellte sein leeres Glas laut rülpsend, aber mit dem Handrücken vor dem Mund, neben meins. „Hopp, lass’ mal da die Luft raus!“

Ich ließ sie raus, und wir stießen über der nunmehr leer gepulten Bratpfanne an. Ob er jeden Übernachtungswunsch derart aufwendig vorbereitete? Das würde ja ganz schön ins Geld gehen – dafür hätte er auch im Hotel übernachten können, ohne morgens auch noch die Treppe putzen zu müssen. Andererseits wäre dann auch kein Rumpsteak mit Bratkartoffeln und Salat drin gewesen, geschweige denn Schorle, noch dazu in diesen Mengen. Und wer sitzt denn schon gerne für vierzig Mark abends allein im Hotelzimmer herum, auf der Bettkante mit einer warmen Dose Bier – womöglich auch noch ohne Dosenöffner.

Ich konnte mich in Vetters Vorgehensweise gut hineindenken. Nicht, weil ich des Öfteren mit Jörg und Bozo auf Rheinwiesen oder unter Rheinbrücken zu schlafen pflegte – das hatte eher noch was Romantisches an sich, weil es nur für eine Nacht war und man nach dem Katerfrühstück in der Postkantine wieder nach Hause konnte.

Aber im Sommer verbrachten Bozo und ich in den letzten Jahren auch immer mal wieder ein paar Wochen am Stück auf der Walz, per Anhalter durch die nähere und nicht mehr ganz so nahe Umgebung, und übernachteten dabei – hauptsächlich aus Geldmangel meinerseits – an Baggerweihern, neben Feldwegen oder eben auf *auswärtigen* Rheinwiesen. Nach einer Woche war die steinige Schlafstätte zum unbequemen Alltag geworden. Und nach zwei Wochen schließlich verzichtet man dann lieber auf drei Tage Essen und übernachtet dafür einmal in einem richtigen Hotel, nur um mal wieder ein richtiges Kissen unterm Kopf zu haben, morgens warm zu duschen und sich heiß rasieren zu können, um einfach mal wieder Mensch zu sein.

Wer, wie Vetter, nicht vollends untergehen wollte, der gönnte sich ab und zu so etwas, um den Respekt vor sich selbst nicht ganz zu verlieren – auch wenn er dafür zwei Rumpsteaks kaufen und danach tagelang hungern musste.

Mit neu gewonnener Energie setzte Vetter seinen Monolog fort. Seine Geschichten beschränkten sich freilich nicht nur auf ausgeräumte Schwiegermütter, Apfelkorn-Marathons und entglittene Marlboro-Romantik. Mit zunehmendem Schorlespiegel wuchs auch der Geschichtenbrei aus Bundeswehrabenteuern, Vielweiberei, Rekordserien am Geldspielautomaten im *Kleinen Kreuz* und Riesenschnitzeln in Naturfreundehäusern, unter denen man den Teller nicht mehr sehen konnte.

Für mich war es freilich die Lebensgeschichte eines Blindgängers, aber ich hätte lügen müssen, wenn ich behauptete, ich amüsierte mich nicht dabei.

Irgendwann – im Radio lief bereits das gemeinsame Nachtprogramm – schlief Vetter neben seinem Schorleglas ein. An seiner Haltung konnte man sehen, dass er es in der Tat gewohnt war, am Tisch zu schlafen. Es sah bei ihm direkt professionell und geradezu bequem aus.

Ich schenkte mir noch eine Schorle ein und beschloss, es dann dabei zu belassen. Ich räumte das Geschirr zusammen und stellte mein restliches Rumpsteak in den Kühlschrank. Morgen früh konnte ich es mir ja zum Frühstück klein schneiden, noch einmal durch die Pfanne jagen und auf einem Brötchen mit Senf essen.

„Alla hopp – uffwache'!", rief ich schließlich laut und klopfte neben Vetters Kopf mit der flachen Hand auf den Tisch. Er richtete sich ruckartig auf und schaute mich mit geröteten Augen verwirrt an. Wahrscheinlich hatte er im Geiste die keinen Spaß verstehende Ludwigshafener Bahnpolizei mit ihren scharfen Schäferhunden erwartet, und mir tat mein spontaner Scherz sogleich leid. „Ich zeig' dir deine Betthälfte", fügte ich leise hinzu und klopfte ihm auf die Schulter.

Er stand auf und wankte vor mir her ins Schlafzimmer. Ich überließ ihm die Hälfte, in der ich sonst immer schlief und in der ich vor zwei Nächten Gabis Motor wieder zum Laufen gebracht hatte. Die Bettwäsche musste eh bald wieder gewechselt werden.

Er konnte sich kaum auf den Beinen halten und zog sich mühsam und schwankend bis auf die Unterhose aus. Die war riesengroß, im Alter ergraut, und der Schritt hing ihm bis fast an die Knie. Nicht mal Jörg besaß so etwas Antikes. Sie war vornherum nicht schlecht besudelt, und mein sachliches Ich fragte sich, wie ich mir die Unterhose eines Penners denn sonst vorgestellt hätte. Er kletterte unter das Deckbett und schlief beinah sofort wieder ein.

Vetter lag da wie ein schlafender Embryo; es fehlte gerade noch, dass er sich den Daumen in den Mund steckte. Wer weiß, wann er sich das letzte Mal richtig zugedeckt hatte. Ich musste an das alte Bett unserer verstorbenen gemeinsamen Großmutter denken. Das war genauso riesengroß und halbverwaist gewesen wie meins, und Berthold und ich durften als Kinder anfangs beide zusammen und später abwechselnd in der leeren Hälfte schlafen, wenn wir bei ihr übernachteten. Auch da hatte am Kopfende neben dem Schlafzimmerschinken eine Nachtkordel für das Deckenlicht gehangen, das uns vor bösen Geistern beschützte – nur, dass ihre funktioniert hatte und meine nicht, und auf ihrem Bild keine halbnackte Fee in einem Ruderboot schlief, sondern ein besorgt dreinschauender Jesus in einem Olivenhain betete, während im Hintergrund die Abendsonne ihren dramatischen palästinensischen Untergang vorbereitete.

Ich stellte in der Küche die Gläser in den Spülstein und putzte mir die Zähne. Es war schon fast eins. Ich zog den Stecker vom Radio, machte das Licht aus und tastete mich im Dunkeln ums Bett herum, wo ich zum ersten Mal, seit ich hier wohnte, das linke Nachttischlämpchen anknipste.

Die Bettwäsche auf meiner Seite war glatt und kühl und eng wie die Gesäßtasche an einer neuen Hose. Diese Hälfte hatte ich noch nie benutzt, und dennoch wurde sie alle zwei Wochen frisch bezogen.

Ich knipste das Nachttischlämpchen wieder aus und stellte mir vor, ich würde jetzt hier allein liegen, wie Max und Moritz auf dem Rücken, mit vollgeschlagenem Bauch dank Vetters Rumpsteak und Schorle – und er müsste draußen am Küchentisch sitzen, wie ein eingeschlafener Penner in der Bahnhofswirtschaft.

Ein penetranter, nicht enden wollender schriller Ton bohrte sich schon eine ganze Weile in meinen Kopf hinein, und allmählich begann ich, darin meine Türklingel zu erkennen. Ich war mit einem Mal wach. Etwas verwirrt, da ich ungewohnterweise auf der falschen Bettseite lag, schaute ich über Vetters dunklen Umriss hinweg auf die blassgrüne Leuchtanzeige meines Weckers. Es war gerade zwei vorbei.

Das Klingeln ging indessen einfach ununterbrochen weiter und schien mir zudem noch um einiges lauter zu sein als sonst. Vetter hatte damit offenbar kein Problem und ließ sich davon in seiner Nachtruhe nicht stören. Wahrscheinlich hatte irgendein geistig unterbelichteter Spaßvogel den Klingelknopf gedrückt und mit einer Stecknadel festgeklemmt, wie Bozo und ich es in jüngeren Jahren auf unseren nächtlichen Streifzügen gerne getan hatten. Ich wünschte mir, dass er ein Kabel erwischt hatte und jetzt zuckend auf dem Trottoir lag. Aber soviel ich wusste, hatten Türklingeln gerade mal zwölf Volt. Das reichte nicht mal für ein Wimpernzucken.

Das war die Schattenseite einer Wohnung im Erdgeschoss; es war wohl angenehm kühl im Sommer, und man konnte mit seiner Zeitungsfrau regelmäßig Kaffeekränzchen am Küchenfenster veranstalten. Aber Briefträger, Paketzusteller, Reklame, Zeugen Jehovas – und eben nächtliche Spaßvögel – alle drückten sie automatisch auf den untersten Knopf.

Das Klingeln hörte für den Bruchteil einer Sekunde auf, nur um sich sofort, ungeduldig und mit einer Reihe kurzer Unterbrechungen, wieder fortzusetzen. Es hatte keinen Wert – ich stand auf.

In der Küche machte ich das Licht an und drückte erst einmal auf den Türöffner. Das Klingeln hörte tatsächlich sofort auf. Draußen sprang die Haustür auf, und ein weibliches Wesen kam schreiend durch den Flur gerannt.

Ich machte schnell meine Wohnungstür auf. Es war Gabi! Sie stürzte sich auf mich und krallte sich fest, mit der erkennbaren Absicht, in diesem Leben nie wieder loszulassen. Erst jetzt wurde mir bewusst, dass ich splitternackt war. Ich zog sie rasch in die Küche und machte die Tür hinter ihr zu, konnte aber nicht mehr verhindern, dass die nachtaktive Cleo noch rechtzeitig durch den Türspalt schlüpfte, um in hektischer Ekstase schnaufend, niesend und mit tackernden Krallen um uns herumzujagen. Mir drängte sich das Bild von Frau Kamp auf, wie sie in ihren Morgenmantel und ihre Pantoffeln schlüpfte, die Treppe herunterstürmte, um mich mit verquollenen Augen und zerzaustem Haar und unter Hinweis auf meine unbürokratische Kündbarkeit in den Senkel zu stellen.

Gabis fortwährendes Schreien, das nur gelegentlich von einem keuchenden, angestrengten Luftholen unterbrochen wurde, stellte an Lautstärke die Türklingel von eben mühelos in den Schatten. Sie schlotterte, als stünde sie unter Strom, und bohrte mir ihre zitternden Fingernägel fest in den Rücken – wie vor Kurzem schon einmal, nur damals unter freundlicheren Umständen.

„Mein Gott – was ist denn mit *dir* passiert?", fragte ich sie völlig entsetzt. Ich zog die Schlafzimmertür zu und stöpselte hinter meinem Rücken das Radio ein, um dem ganzen surrealen Wahnsinn einen etwas nüchterneren Hintergrund zu verleihen, in dem Gabi möglicherweise schneller wieder Zugang zur realen Welt finden konnte. Kalte Duschen, wie diese gerade, machten mich in der Nacht, so unmittelbar nach dem Aufwachen, ganz schön hyperempfindsam. Im Radio summte die warme Stimme des Nachtmoderators, die klang, als wollte er, einem Hypnotiseur gleich, die letzten Wachgebliebenen sanft einlullen.

Gabi antwortete nicht. Sie schrie. Ich versuchte, sie auf Armeslänge von mir wegzuhalten, um sie mir genauer anzusehen, aber sie ließ es nicht zu. Also, Dumfarth, gehen wir langsam von außen nach innen vor – erst einmal die Trümmer wegräumen, dann enthüllt sich deren Ursache vielleicht von selbst. Ich drückte ihr Gesicht fester gegen meine Brust, um ihre Schreie ein wenig zu dämpfen und möglicherweise sogar ganz abzuwürgen. Auch wenn das einem bloßen Herumdoktern an den Symptomen gleichkam, ich hatte keine Lust, morgen auf der Straße zu sitzen. Meine Brusthaare nässten rasch durch. Als Gabi zwischendurch die Luft ausging und ihr verzweifelter Versuch – gegen ihren Schreikrampf ankämpfend – Luft zu holen, zu scheitern drohte, glaubte ich, sie müsste ersticken.

„Aus der Mottenkiste des Grande Chanson Française für Sie ausgegraben und abgestaubt; denjenigen gewidmet, denen keine Stunde zu spät, keine Tanzfläche zu verlassen und keine Tanzpartnerin zu betrunken ist – aus der frühen Feder Gilbert Bécauds und der rauchigen Kehle unserer unvergleichlichen Dalida: ‚Le Jour Oú La Pluie Viendra' – das Original ..."

Im Radio wirbelte ein aufgeregtes Streicherensemble überstürzt talabwärts und setzte unverhofft eine aufdringlich antiquierte Tanzmusik in Gang, die den Raum rasch erfüllte und schwarzweiß anmutende Bilder von vereinzelten, sich diszipliniert über das Parkett drehenden, übernächtigten Tanzpaaren heraufbeschwor – die fast arrogant dreinschauenden Männer mit ihren gelockerten Krawatten und den ewigen, elegant qualmenden Zigaretten im Mundwinkel, und die Damen in ihren am Rücken tief ausgeschnittenen, aufgeblähten Kleidern, hinten länger als vorne, die die darunter raschelnden Unterröcke mit absichtlicher Mühe zu verbergen versuchten.

Die Sängerin, mit ihrer von Suff und Zigaretten veredelten warmen Stimme, rollte das *R* zutiefst unfranzösisch und verlieh dem Ganzen eine entsprechend lasterhafte Note. In meiner Fantasie verwandelte sich Gabi in meine strahlende schwarzweiße Tanzpartnerin, und wir drehten und drehten uns, und Cleo rannte aufgeregt in ihrem eigenen kleinen Kreis, links herum, gegen den Uhrzeigersinn, wie die Wirbelstürme und die Deckenlampen, und sie sah mit ihren schwarzen Glubschaugen und den weißen Augenwinkeln hektisch und erwartungsvoll zu uns hoch, während ihr der Speichel von den Lefzen tropfte. Die halb verwaiste Tanzhalle mit ihren bereits hochgestellten Stühlen und ihrem sauber gewischten, noch nassen Fußboden zog an langer Leine ihren verwischten Orbit um uns herum, dass mir ganz schwindlig wurde …

Und mit einem Mal war die Musik zu Ende. Der Nachtmoderator sonorte von Neuem, dass der hölzerne Radiokasten leicht schnarrte, und meine strahlende Tanzpartnerin war plötzlich wieder ein durchgeknallter Junkie, der sich an mir festkrallte, um in seinem Sumpf nicht gänzlich unterzugehen. Nur Cleo hechelte unverdrossen weiter, und ich sehnte mich nach meinem warmen Bett zurück.

Ich kraulte Gabi mit meinen weichen Fingerkuppen den Hinterkopf, um sie zu beruhigen, wie man es bei nervösen Katzen und schreienden Kleinkindern machte, und nach einigen, langen Minuten, war aus ihrem hysterischen Schreien nur noch ein hysterisches Heulen geworden.

Ihre festgekrallten Finger entkrampften sich etwas, und es gelang mir, ihren Kopf von meiner Brust zu lösen. Ich schaute in ihr entsetztes Gesicht und erschrak. Sie sah im grellen Küchenlicht grässlich aus – körperlich unversehrt wohl, aber psychisch furchtbar zugerichtet, als sei sie dem Tod höchstpersönlich begegnet und nur mit Müh' und Not seinen Fängen entronnen. Aus diesem Stoff sollte man Horrorfilme drehen. Nicht mit ausgerasteten Plastiksauriern, die sich mit eckigen Bewegungen von Modellhubschraubern und Polizeiautos ernährten, oder herumirrenden, halbabgewickelten Mumien, die ihren Grabschändern nachspürten. Gabis schockierter Blick flößte mir richtiggehend Angst ein.

„Hast du eine Tablette für mich?“, stammelte sie mit unkontrolliert bebendem Unterkiefer, „ich hab’ so schreckliche Kopfschmerzen!“

„Ja, klar.“ Ich langte hinter mich und holte mein Tablettenröhrchen oben aus dem Küchenschrank, wo es auf meinem Weg zur Dusche stets griffbereit auf seinen etwaigen morgendlichen Einsatz wartete. Sie riss es mir aus der Hand und machte sich einhändig an dem kleinen Plastikpfropfen zu schaffen – zitterte jedoch so stark, dass sie ihn nicht aufbekam. Ich hielt ihre Hand fest, als sie das Röhrchen schließlich an ihren Mund führen wollte, und öffnete es für sie. Sie schüttete sich – wohl unabsichtlich – sechs Tabletten auf die Handfläche, und bevor ich noch überlegen konnte, worin ich ihr das Wasser geben sollte, hatte sie sie schon im Mund, zerkaute sie grob und schluckte sie hörbar herunter. Mir zog es augenblicklich das Wasser im Mund zusammen. Wie eine verzweifelte Migränekranke drückte sie ihren Kopf immer wieder gegen meine Brust, und nach einer Weile zitterte sie nur noch. Ich stellte mir für einen Moment vor, ich hätte nur Alka Seltzer im Haus gehabt, und musste, trotz der beunruhigenden Stimmung, innerlich schmunzeln.

„Was ist denn passiert?“, fragte ich noch einmal.

„Stefan war bei mir“, sagte sie zähneklappernd. Ihr sauberer Freund vom Bund. „Ich hab ihm von dir erzählt und gesagt, dass ich mich von ihm trennen würde.“

Oh Gott! Und ich hatte gedacht, *der* Kelch wäre schon längst an mir vorübergegangen.

„Ich weiß auch nicht“, fuhr sie mit weit aufgerissenen, abwesenden Augen fort, „er ist dann plötzlich völlig durchgedreht! Er hat mich furchtbar verprügelt und dabei immer wieder mit dem Kopf gegen die Wand geknallt –

immer wieder …“ Sie legte ihre Hand an die Stirn. „Es tut so schrecklich weh!“

Das sah man. Ich löste mich von ihr und holte endlich ein Glas Wasser, um den Tabletten doch noch zur Erfüllung ihrer Aufgabe zu verhelfen. Sie nahm es mir wortlos aus der Hand und trank es in einem Zug aus. Eine ganze Weile sagte sie nichts, und dann erzählte sie weiter.

„Er hat mich dann ans Bett gefesselt und angefangen, mir brennende Zigaretten auf die Brust zu drücken …“

Wow! Ich dachte, so etwas gäbe es nur in Büchern, im Film und in den Revolverblättern bei meiner Mutter!

„Und dann hat er mich vergewaltigt – nicht einmal, sondern immer wieder und immer wieder …“ Sie fing wieder an, stärker zu zittern. „Ich weiß nicht wie lange das ging – ich bin dann irgendwann einfach weggetreten.“

Wie bin ich nur in diese Geschichte hineingeraten? Ist das der Preis dafür, dass man aus unüberlegtem Egoismus auf ein *Willst-du-mit-mir-Schlafen?* anspringt? Berthold ist doch auch darauf eingegangen – und wo ist *er* jetzt? Vermutlich liegt er in Mannheim an der Brust von seiner Inge, oder wie sie hieß, und lässt sich morgen früh gähnend das Frühstück auf der Matratze servieren. Und ich hatte einen ranzigen Vetter im Bett und einen missbrauchten, hysterischen Junkie am Hals, der sich vermutlich – und zu Recht – nie mehr nach Hause trauen wird.

„Und dann?“, fragte ich nach einer Weile vorsichtig. Die Geschichte wird womöglich noch bunter.

„Irgendwann hat er von mir abgelassen und ist in die Küche gerannt. Ich hörte, wie er die Besteckschublade aufriss und darin herumwühlte. Am Geräusch erkannte ich, dass er das große Küchenmesser herausnahm!“

Sie wirkte völlig abwesend und sah einfach durch meine Brust hindurch. Ihre Pupillen waren so winzig, dass sie fast verschwunden waren, wie bei einer Katze, wenn sie in die Sonne schaut. Aber Gabi schaute nicht in die Sonne. „Ich hab dermaßen Panik bekommen, dass ich aus dem Fenster gehechtet und zu dir gerannt bin. Wenn du nicht aufgemacht hättest, wer weiß – dann hätte er mich womöglich umgebracht! Er schleicht jetzt bestimmt durch die Straßen und sucht nach mir …"

Vor dem Küchenfenster lief gerade ein Spätheimkehrer langsam vorbei, und Cleo rannte hin und kläffte mehrmals.

„Naja – hier findet er dich jedenfalls nicht", versicherte ich ihr und strich ihr eine feuchte Strähne aus dem verheulten Gesicht. „Sollen wir die Polizei rufen?"

„Nein! Um Himmels willen!"

Die Polizei verständigen wäre eh nicht gegangen. Entweder hätte ich sie mit auf die Straße nehmen müssen, um die Telefonzelle am Goerdelerplatz aufzusuchen, was im Moment völlig undenkbar war, oder ich hätte sie allein zu Hause lassen müssen, mit einem schnarchenden Vetter im Bett. Ich wunderte mich, dass der überhaupt noch schlief. Er hatte es wohl nötig gehabt.

Cleo ging mir mit ihrem Gehechel und ihrem Sabbern allmählich auf die Nerven. Wie hielt Frau Kamp das nur aus? Wahrscheinlich durfte sie deshalb die ganze Nacht im Treppenhaus herumschleichen. Ich hob sie mit beiden Händen auf – ihr Bauch mit den kleinen Nippeln war völlig nackt und richtiggehend warm – und warf sie kurzerhand hinaus. Zu meiner Überraschung wogen Möpse weitaus mehr, als ihr geringes Format vermuten ließ.

„Auf jeden Fall bleibst du die Nacht über bei mir – hier kann dir nichts passieren.“

Ich wunderte mich schon die ganze Zeit – eigentlich hätte man was sehen müssen, wenn Gabi verprügelt oder anderweitig misshandelt worden wäre. Irgendwas – ein blaues Auge, zerzaustes Haar, eine aufgesprungene Lippe. Hatte sie nicht auch gesagt, sie wäre ans Bett gefesselt gewesen? Wieso war sie dann einfach aus dem Fenster gesprungen? Ihre Jeans waren auch fest verschlossen, sogar der Gürtel! Irgendwie mutete es seltsam an. Aber es war nicht von der Hand zu weisen, dass Gabi davon überzeugt war, die ganze Geschichte hätte sich genau so abgespielt, wie sie sie mir berichtet hatte. Alles andere war irrelevant.

„Komm, lass' uns ins Bett gehen“, sagte ich, „das bringt uns mehr, als wenn wir hier mitten in der Nacht in der Küche herumstehen. Morgen früh, wenn alles hell ist, sieht die Sache schon anders aus.“

Ich zog den Radiostecker heraus, drehte Gabi um hundertachtzig Grad um die eigene Achse und führte sie vor mir her ins dunkle Schlafzimmer, wo Vetter friedlich im Bett lag und leise schnarchte. Er hatte tatsächlich nichts mitbekommen.

„Mach' dir über den keine Sorgen – der übernachtet heute ausnahmsweise hier. Stell' dir einfach vor, er wär' nicht da.“

„Berthold?“, fragte sie leise und stierte blind in Vetters Richtung.

„Nee – ein Vetter von uns. Er wusste nicht wohin, da hab' ich ihn hier schlafen lassen. Ein armes Arschloch, wenn man's genau nimmt.“ Dabei schnarchte Vetter kurz auf und drehte sich auf die andere Seite.

Ich führte mein Häufchen Elend vorsichtig um das Bett herum und knipste das Nachttischlämpchen an. Sie setzte sich teilnahmslos auf die Bettkante, und ich zog ihr das T-Shirt über den Kopf. An ihren mageren Brüsten war ebenfalls nichts zu sehen, keine Spur von Gewalt – was mich nun aber auch nicht mehr weiter überraschte. Ich nahm es mittlerweile als gegeben, dass Gabi Opfer ihrer aus dem Ruder gelaufenen Sinneswahrnehmung geworden war. Sie legte sich zurück und ließ sich von mir Schuhe und Socken ausziehen.

„Jetzt hilf' doch mal ein bisschen mit", sagte ich leise, aber bestimmt, aber sie starrte nur mit weit geöffneten Augen ins Nichts über ihr. Ich legte ihre Beine hoch und öffnete ihren Gürtel und ihre Jeans. Sie war eng und ließ sich nur mühsam herunterziehen, und das Bett krachte an allen Ecken. Ihr Slip rutschte mit herunter, und so zog ich ihn gleich mit aus. Warum zieh' ich sie denn überhaupt aus? Eigentlich hätten die Schuhe ja gereicht. Aber vielleicht fühlt sie sich so besser aufgehoben – wie ein nacktes, unverdorbenes Baby im warmen Mutterleib. Ihre Hüftknochen ragten spitz über den eingefallenen Bauch, und obwohl ihre Oberschenkel geschlossen waren, konnte man mühelos zum glatten Leintuch hindurchsehen.

Ich drehte sie auf die Seite, mit dem Gesicht zum Nachttischlämpchen, winkelte ihre dünnen Beine an und legte mich hinter sie, mit dem Rücken zu Vetter. Dann zog ich das mittlerweile erkaltete Deckbett über uns und knipste das Licht wieder aus. Sie zitterte noch immer. Ich legte meinen Arm um sie und hielt ihre beiden Hände fest. Ihre knochigen Finger waren eisig kalt, was für eine Frau eigentlich ganz normal war, nur dass ihre noch eine Stufe kälter waren.

„Versuch' zu schlafen", flüsterte ich in ihr Ohr. „Denk' an was Schönes, an dein Kind, oder so was."

Ihr kalter und trotz aller Magerkeit runder, kleiner Hintern lag in meinem Schoß. Ich überlegte mir, wie viele Männer bar jeden Schamgefühls diese Situation jetzt ausnutzen und vom beruhigenden Streicheln ihrer Hände langsam, unauffällig und nahtlos dazu übergehen würden, ihr an die Wäsche zu gehen. Nicht wenige wohl.

Es dauerte über eine Stunde, ehe sie sich so weit beruhigt hatte, dass wir beide einschlafen konnten.

Es klingelte. Diesmal war ich sofort wach! Nun wurde es direkt unheimlich. Ich drehte meinen Kopf so weit dies ging, ohne Gabi in ihrer wohlverdienten Ruhe zu stören, und suchte das blasse Grün meines Weckers. Es war nun kurz vor vier.

Es klopfte draußen dreimal kurz und trocken am Küchenladen – auch das noch! Gott sei Dank schlief Gabi fest. Das hätte jetzt alle Mühe, sie das Ganze vergessen zu lassen, ersatzlos zunichte gemacht. Ich entschloss mich zur einfachen Kinderformel und machte die Augen wieder fest zu: Ich war einfach nicht zu Hause.

Jemand rief leise meinen Namen. Dachte ich's mir doch – es war Berthold. War wohl nix mit Inge und Mannheim und samstäglichem Frühstücken auf der Matratze. Es half alles nichts – ich kletterte vorsichtig über Gabi hinweg aus dem Bett, tastete mich leise in die Küche vor und schloss die Schlafzimmertür behutsam hinter mir. Ich drückte auf den Öffner, machte die Tür auf, und Berthold kam wie ein langes, dürres Gespenst um die Ecke geschritten. Er wollte rein, aber ich blieb nackt in der Tür stehen.

„Hallo. Hättest du vielleicht ein Päckchen Nudeln für mich?“, fragte er und schaute dabei unwillkürlich auf meinen Schwanz. Er – Berthold – sah jämmerlich aus.

„Es ist vier Uhr in der Früh“, sagte ich.

„Das ist mir nicht entgangen. Du musst das relativ sehen – für dich ist ein Päckchen Nudeln morgens um vier relativ unwichtig …“

„Ein Päckchen Nudeln ist mir morgens um vier *absolut* unwichtig.“

„… für mich dagegen ist jetzt ein Päckchen Nudeln von essenzieller Bedeutung!“

Wo ist das Werbeteam von *Drei Hühnchen*, wenn man es braucht!

Ich lehnte die Tür an, ging leise an den Schlafzimmerschrank und holte aus dem Vorratsbunker mein letztes Päckchen Nudeln für diesen Monat heraus. Ob er sich auch so schwachsinnig artikulieren würde, wenn er sich selbst von außen sehen und hören könnte? Wenn er sich jetzt einen Fünfziger hätte leihen wollen, weil er morgens um vier nach Ladenschluss eine nicht müde gewordene Übriggebliebene aus dem *Genesis* ins *Athen* zum berühmten gemischten Spieß für zwei Personen einladen wollte – gut, das hätte ich womöglich noch nachvollziehen können. Aber wegen eines Päckchens Eiernudeln vom *Konsum* für 69 Pfennige! Er war sich gar nicht bewusst, wie sehr er sich selbst erniedrigte.

Ich drückte ihm die Nudelpackung wortlos in die Hand und machte die Tür wieder zu. Ich hörte, dass er nicht wegging und öffnete sie wieder.

„War noch was? Ein Brühwürfel vielleicht?“

„Nein, ich hab noch einen oben. Tschüs – und danke.“ Er drehte sich um und ging.

Ich schloss seufzend die Tür und ging wieder leise ins Bett. Gabi schlief ruhig und in der Position unverändert. Ich werde doch diese Nacht noch hinter mich bringen, dachte ich. Die drei kaputtesten Gestalten in Ludwigshafen, und alle drei klopfen sie in derselben Nacht an meiner Tür. Ich schlief langsam wieder ein.

Irgendwann gab es in der Küche einen Ruck am Fenster, und Gabi zuckte zusammen. „Das ist nur die Zeitung", sagte ich leise.

Als sich der Morgen endlich durch die Ladenschlitze am Fenster zwängte, wurde ich wach. Gabi und ich hatten unsere Stellung kein bisschen verändert – wir lagen da wie zwei Löffel in einer ordentlichen Besteckschublade. Ich verrenkte meinen Kopf nach hinten und schaute auf die Uhr. Es war halb neun; die Nacht war überstanden!

Gabi schlief noch fest, und ich gönnte ihr jeden tiefen Atemzug. Ich kletterte mit gespreizten Gliedern behutsam über sie hinweg, nahm mir leise frische Wäsche aus dem Waschtisch, ging auf Zehenspitzen in die Küche und machte die Tür hinter mir zu.

Mein Blick fiel auf das Tablettenröhrchen auf dem Tisch. Es waren gerade noch zwei drin, und die warf ich mir sogleich ein und schluckte sie am Spülstein mit einer Handvoll lauem, schalem Wasser aus der Leitung hinunter. Bei mir wirkten Kopfschmerztabletten in der Regel nur morgens und auf leeren Magen, wo sie noch als willkommene Abwechslung gierig aufgenommen wurden.

Ich zog die Zeitung aus dem Fensterladen heraus, entriegelte ihn und stieß ihn weit auf. Die Küche ertrank sofort in einer strahlend warmen Lichtflut. An solchen leuchtenden Samstagmorgenden sah sie immer so freundlich und unschuldig aus. Ich stöpselte das Radio ein und verschwand unter die Dusche.

Ich duschte, was das Zeug hielt, als wollte ich alle Spuren der vergangenen Nacht von mir abschrubben und hinunterspülen. Das war er also, der große Knall, der mir an Gabis Lebensgeschichte noch gefehlt hatte. So schnell hatte ich ihn allerdings nicht erwartet, und vor allem nicht hier bei mir. Jetzt fehlte nur noch ein passender Ausklang – vielleicht tatsächlich ein Happy End, oder aber was *richtig* Tragisches!

Ob sie nach dem Frühstück einfach wieder nach Hause gehen würde? Davon war wohl nicht auszugehen. Hier bleiben? Damit wäre niemandem geholfen (vor allem mir nicht). Vielleicht sollte sie sich Vetter mit nach Hause nehmen, dann hätten wir zwei Fliegen mit einem Schlag erledigt. Er wusste eh nicht, wohin. Er könnte sich mit ihr verloben, sie mit Rumpsteaks und Bratkartoffeln gesund päppeln (bis der Verlobungsring nicht mehr herunterging) und ihr die böse Männerwelt vom Leib halten.

Ich trocknete mich ab, klemmte die Schwingtür hinter den Stuhl und stapfte um den Küchentisch herum, um mich anzuziehen.

Im Schlafzimmer öffnete ich schließlich die Fensterläden und ließ das Tageslicht ganz herein. Vetter wurde wach und drehte sich um. Als er sich wohlig mit zitternden, spitzen Ellbogen dehnte und streckte, fielen seine Augen auf Gabi, ihren aufgedeckten, nackten Rücken und ihr langes, hennarotes Haar. Mit ungläubigem Blick starrte er auf die wundersame Verwandlung.

„Das ist Gabi“, erklärte ich. Er drehte seinen Kopf zu mir. „Sie ist später noch gekommen.“

„Hab' ich gar nicht mitbekommen", sagte er leise mit heiserer Morgenstimme.

„Dafür gebührt dir allerdings höchste Anerkennung. Du bist vermutlich der Einzige im mittleren Umkreis, der ihren Auftritt nicht mitbekommen hat. Ich geh' mal Brötchen holen – ich bin gleich wieder da. Pass' auf – Gabi ist ein wenig verschreckt."

„Is' gut – bringst du mir ein Laugenbrötchen mit?"

„Mach' ich."

Ich schnappte mir in der Küche meinen Schlüssel von der Ablage und ging hinaus auf die Straße.

Die Sonne schlug mir auf die Augäpfel, als ich außen am Küchenfenster die Läden festmachte und dann zum Bäcker am Goerdelerplatz lief. Mein Kopf pochte, und die vielen Menschen, die mir mit prallen Einkaufsnetzen vom Samstagsmarkt her entgegenkamen, brachten mich ganz aus dem Rhythmus.

Beim Bäcker war erfreulicherweise wenig los. Für den Normalsterblichen war die Frühstückszeit wohl längst vorbei.

„Morsche' – was kriege' mer'n, junger Mann?", begrüßte mich die dicke Verkäuferin mit singender Stimme, nachdem die Tür wieder zugefallen und die Straßengeräusche in die Ferne gerückt waren.

„Sechs Brötchen, bitte – gemischt, aber mit zwei Laugenbrötchen."

„Is' recht!" Sie packte die Brötchen flink in eine große Tüte und verschloss sie geschickt mit einer nicht nachvollziehbaren Handbewegung, bevor sie das pralle Päckchen vor mir auf die Theke legte.

„Darf's noch was sein?"

„Noch ein Viertel Butter, wenn's geht." Ich dachte, wenn man sich nach solchen bestandenen Prüfungen nichts gönnt, dann schafft man sie irgendwann vielleicht nicht mehr. Andererseits, was hat man sich mit einem Viertel Butter schon gegönnt?

Ich bezahlte, wünschte einen schönen Sonntag und lief zurück nach Hause.

Als ich wieder in meine Wohnung kam, saß Gabi bereits am Küchentisch und rauchte eine Zigarette, und zu meiner Überraschung stand Vetter unter der Dusche und summte vor sich hin. Ich setzte mich zu ihr und strich ihr eine Strähne aus der Stirn.

„Na – wie fühlst du dich?"

„Ich weiß nicht so recht", sagte sie leise und resigniert, „es geht." Sie sah erschöpft aus, und sie tat mir leid. Ich stand auf und setzte Kaffeewasser auf.

Irgendwann ging das Wasser in der Dusche aus, und Vetter trat dampfend, mit nassem, zurückgestriegeltem Haar heraus. Für einen Quasi-Penner war er nicht schlecht gebaut.

„Na?", sagte er. Er war offenbar guter Dinge.

„Was – *na*?"

„Tja, ich weiß nicht – so, halt." Er hatte mein Handtuch umgebunden und quatschte mit seinen nassen Füßen ins Schlafzimmer.

„Deckst du mal den Tisch?", bat ich ihn, als er in denselben Klamotten wie gestern wieder in die Küche kam. Gabi wollte ich erst einmal in Ruhe lassen.

„Klar."

Ich holte noch den Rest meines kalten Rumpsteaks aus dem Kühlschrank, das mittlerweile nun doch ein wenig steif geworden war, überbrühte den Kaffee und setzte mich hin.

„Hast du auch Margarine?", fragte Gabi kaum hörbar. „Ich mag keine Butter."

„Hab' ich ganz vergessen – klar, im Kühlschrank." Ich stand auf und holte sie ihr.

Wir frühstückten wortlos aneinander vorbei, und als Vetter irgendwann fertig war, griff er, noch kräftig kauend und mit geblähten Nüstern, nach der Zeitung.

„Denkst du noch an die Treppe?", erinnerte ich ihn.

„Ach so, ja", sagte er und legte die Zeitung wieder hin. Er ließ sich von mir Eimer und Lappen zeigen und holte sich Wasser am Spülstein.

„Was gehört denn alles zu deiner Treppe?"

„Alles – außer der Treppe. Von der Haustür bis nach hinten zur Hoftür und zum Klo – und *im* Klo, aber nur der Boden. Aber erst auskehren – der Besen lehnt neben dem Klo an der Wand."

„Zu Befehl", sagte er und salutierte lässig. Er warf den Putzlappen ins Wasser und ging gut gelaunt hinaus.

Gabi starrte auf ein Nichts auf der Plastiktischdecke und schien nachzudenken. Irgendwann trafen sich unsere Blicke, und sie lächelte müde.

„Glaubst du, dass sich heute Nacht alles so abgespielt hat, wie du es mir erzählt hast?", fragte ich sie.

„Das überlege ich mir auch die ganze Zeit. Ich weiß es nicht."

„Was willst du jetzt tun?" Ich nahm ihre kalte Hand in meine – sie wirkte im Moment sehr zerbrechlich.

„Ich hab' mich entschlossen, zu meiner Betreuerin nach Mundenheim zu fahren. Die hat mir mal angeboten, wenn ich sie außer der Reihe mal brauchen sollte, dann soll ich zu ihr kommen – egal wann, zu jeder Tages- und Nachtzeit. Vielleicht kann ich eine Weile bei ihr bleiben."

Solche Idealisten soll es tatsächlich geben. „Das ist eine gute Idee", sagte ich. Eine sehr gute, sogar – mir fiel ein Stein vom Herzen. Vielleicht hatte dieser Albtraum heute Nacht einfach mal sein müssen, damit das Ganze auch ihr zu viel würde. „Hast du Geld für die Straßenbahn?" Mundenheim lag am anderen Ende der Stadt.

„Nein. Aber ich kann auch schwarzfahren – das mach' ich immer."

„Nix da." Womöglich würde sie ausgerechnet heute erwischt werden und müsste am Berliner Platz aussteigen. Dann stünde sie in kürzester Zeit wieder vor meiner Tür. Ich suchte mir in der Hosentasche Kleingeld zusammen und gab ihr drei Mark.

„Da, kauf' dir noch eine Packung Zigaretten." Das konnte ich mir eigentlich überhaupt nicht erlauben, aber so hatte ich ein sichereres Gefühl, dass sie es tatsächlich zu ihrer Betreuerin schaffte.

„Danke", sagte sie und steckte das Geld ein. Sie stand auf und gab mir einen leichten, kalten Kuss. So muss sich eine Leiche anfühlen, dachte ich bei mir. „Tschüs."

„Mach's gut", sagte ich, und sie ging.

Sie ließ die Tür auf, weil Vetter fertig zu sein schien, und rutschte fast auf dem nassen Boden aus.

So, das war's dann wohl. Ende einer Episode, die es in sich hatte. *This bird has flown*, kam mir in den Sinn – das war der Untertitel von *Norwegian Wood* von den Beatles und bezog sich auf ein Mädchen, das auf Nimmerwiedersehen ausgeflogen war. Obwohl, nein – *dieser* Vogel ist nicht einfach nur ausgeflogen, er ist dabei mit einem Chinakracher im Hintern in der Luft zerrissen worden.

„Wer war denn das?“, fragte Vetter, als er vom Putzen hereinkam.

„Die Gabi. Die wohnt da hinten.“

„Und wer ist sie?“

Ich nahm ihm den Eimer ab und leerte ihn zwischen das Frühstücksgeschirr in den Spülstein, was sich sogleich als ziemlich unästhetisch erwies.

„Gabi ist eine in eine Sackgasse geratene paranoide Fixerin“, versuchte ich, sie kurz zu umreißen. Ich spülte den Eimer aus und stellte ihn wieder in die Dusche.

„Hast du was mit ihr?“

„Nö. Trinkst du noch eine Tasse mit?“

„Ja, gern“, sagte er und setzte sich.

Wir lasen eine ganze Weile schweigend in der Zeitung. Vetter musste bei der Lektüre des *Pfälzer Feierabend* mehrmals laut lachen – einmal klopfte er sich sogar aufs Knie. Gegen elf Uhr legte er ihn zusammen, stand auf und sagte: „So! Ich werd’ mich mal auf den Weg machen – ich hab’ noch so einiges zu erledigen.“

„Was denn?“

„Och – so dies und das.“ Er drückte mit beiden Händen den Inhalt seiner Plastiktüte zusammen und nahm sie unter den Arm.

„Ich danke dir für die Übernachtung.“

„Ich hab’ zu danken“, sagte ich. Das bezog sich auf das Essen und auf die Treppe und war reine Höflichkeit.

„Keine Ursache. Und danke für den Tipp mit dem Natrium! Also – tschüs, dann.“ Er klopfte routiniert mit den Knöcheln auf den Tisch und verschwand. Ich machte die Tür leise hinter ihm zu.

Es war Samstag. Ich spülte das Geschirr weg und rasierte mich anschließend in aller Ruhe. Danach setzte ich mich mit gestrafften, glühenden Wangen wieder an den Tisch und wartete mit trommelnden Fingern, dass was passierte.

Gegen Mittag passierte was. Es klingelte. Ich war so in Gedanken gewesen, dass ich zusammenzuckte. Das wird doch nicht etwa Gabi sein?

Ich drückte auf den Öffner und machte die Tür auf. Es war Bozo, ein realer Mensch aus dieser Welt.

„Watz häppen?“, fragte er und lächelte. Er schien gut drauf zu sein.

„Mein Gott, komm’ rein – du bist meine Rettung!“, sagte ich und begann, ihm in gekürzter Form vom Chaos der vergangenen Nacht zu erzählen.

„Hopp, wir gehen in die Stadt, eine Schorle trinken“, schlug er vor, als ich fertig war, und stand auf. „Ich geb’ einen aus.“

„Oh ja“, sagte ich und schnappte mir meinen Parka von der Sitzbank.

10
DAS REZEPT

Als ich die Augen öffnete, blickte ich genau auf meinen Wecker. Es war bereits neun Uhr durch und wieder einmal Samstag. Ich drehte mich auf den Rücken und besah mir mit im Nacken verschränkten Armen die Lichtstreifen auf meiner schlafenden Fee und auf der Wand darüber, die von irgendeinem halbgeöffneten Hinterhoffenster dorthin gelenkt wurden. Ich hatte nun eine ganze Woche nichts mehr von Gabi gehört. Zum einen war ich froh, dass sie angefangen hatte, ihre Scherben selbst zusammenzukehren, und zum anderen natürlich, dass dadurch ihr Problem nicht zu meinem geworden war.

Ich stand auf, stöpselte in der Küche mittlerweile routiniert das Radio ein und schaute in den Spiegel. Ich hatte gestern Abend bis Ultimo mit Barbara bei Pino gesessen, und danach waren wir noch mit ihm und seiner Mannschaft ins *Athen* gefahren, wo sie ihr sauer verdientes Geld genau in das investierten, womit sie den ganzen Abend ohnehin im Überfluss hantiert hatten – in Essen.

Pizzaleute verstanden die Pizza nicht als etwas, das man essen konnte, sondern als etwas, womit man Geld verdiente, wie der Fliesenleger seine Schwartenmagenbodenplatten. Und ein Uhr morgens war für sie das, was für mich und den Rest der normal arbeitenden Bevölkerung nachmittags um vier war: Zeit, sich in den Trubel zu stürzen, um dem Tag wenigstens noch einen Minimalsinn abzugewinnen. Der einzige Trubel aber, der morgens um eins in Ludwigshafen noch geboten wurde, fand eben im *Athen* statt, in dem denn auch hauptsächlich ein buntes Aufgebot verschiedenst livrierter Kellner mit gelockerten

Schlipsen und entfesselten Frisuren beisammensaß, was irgendwie an einen Zirkus nach der letzten Vorstellung des Tages erinnerte.

Ich öffnete das Fenster, fing die Zeitung auf und legte sie auf den Küchentisch. Barbara musste ja schon vor vier Stunden aufgestanden sein, dachte ich, und ging unter die Dusche.

Nachdem ich mit umgebundenem Handtuch mein rationiertes Heißwasser in den Spülstein hatte einlaufen lassen, widmete ich mich in Ruhe meiner samstäglichen Rasur. Ich hatte mir für heute Mittag vorgenommen, meiner Mutter einen Besuch abzustatten. Für die Popcornparty brauchte ich ein Bohnensuppenrezept, und ich hatte entschieden, dass ich bei ihr am ehesten fündig werden würde. Die Suppe bei Pino entsprach nicht wirklich meinen Vorstellungen, sie war dünn und bestand im Grunde nur aus weißen Bohnen und Brühe. Meine Suppe hingegen sollte dick sein, mit vielen Brocken und nach Möglichkeit auch mit einer Fleisch- oder Würstcheneinlage. Ich musste meiner dicken Suppenpartnerin etwas Anständiges bieten, das war ich ihr für ihre rasche Zusage einfach schuldig.

Meine Mutter lebte in dem Glauben, eine begnadete Kochkünstlerin zu sein. Aus ihren billigen Frauenzeitschriften schnitt sie jedes „neue“ Rezept aus und klebte es in ein dickes Ringbuch ein oder schrieb es mit minimalen Abänderungen ab, um es – mit einem *à la Hildtrud* versehen – so für sich beanspruchen zu können. Die ordnete sie dann ständig um, machte für Monate im Voraus Menüpläne – die sie dann nie einhielt – und rezitierte ständig unaufgefordert aus ihnen. Sie benutzte mit großer Begeisterung das sogenannte „Küchenfranzösisch“, sodass ihre fleisch- und salzlose Gemüsebrühe plötzlich zur *Jülljenn-Suppe* aufstieg, und das freigeschabte und aufgekochte Angehangene im Bratentopf zur *Juss*, die man dann zur Bratensoße weiterverarbeiten konnte. Wenn man sie zum Spaß um eine allgemeinverständliche deutsche Übersetzung bat, tat sie dies blasiert als kulturloses Banausentum unsererseits ab und nicht als Folge ihrer eigenwilligen Aussprache. Am Ende gab's dann aber doch nur bröselige Petersilienkartoffeln, „saure Scheiben" mit Fleischwurst oder was sonst die farblose Palette preiswerter deutscher Nachkriegskost noch so hergab.

Das Ganze hatte allerdings auch zur Folge, dass sie eine Unmenge von Kochbüchern besaß, allen voran diese blauen *Guten-Appetit*-Ordner, die sie über Jahre hinweg durch das Sammeln von unzähligen Einzelheften zusammengetragen hatte und die ein ganzes Regal für sich allein beanspruchten.

Ich konnte mich noch gut an den Kauf des allerersten Heftes erinnern. Damals hatte sie noch nicht erkannt, dass es sich dabei um die erste Ausgabe eines alphabetischen Sammelwerks handelte. Nachdem sie es zu Hause mit entsetztem Blick grob durchgeblättert hatte, brachte sie es zurück und knallte es der alten Frau Schäfer vom Kiosk auf die Theke mit dem Vorwurf, das halbe Heft bestünde ja nur aus Aalrezepten – was denn nun wäre, wenn sie überhaupt keinen Aal mochte. Es hatte sich dann aber rasch geklärt, und nachdem sie schließlich nach mehr als zwei Jahren bei *Zyprische Zwiebelwähe* angelangt war, war das Sammelwerk komplett und das Regal voll. Irgendwas ließe sich da bestimmt für mich finden.

Mit prüfendem Blick in den Spiegel tupfte ich mein Gesicht trocken, spülte den Rasiertopf aus und öffnete den Fensterladen, um die Sonne hereinzulassen. In ein paar Wochen war Herbstanfang, und die Sonne tastete sich von Woche zu Woche tiefer in die Küche vor. Ich zog mich rasch an, setzte Kaffeewasser auf und klatschte mir am Waschtisch mein Billigrasierwasser auf die Wangen. Mit schreiender Gesichtshaut steckte ich den Schlüssel ein und ging aus dem Haus, um Brötchen zu holen, wobei mir die kühlende Straßenbrise nicht ungelegen kam.

Mit meiner bescheidenen Brötchentüte wieder zu Hause angekommen, füllte ich wie immer das verkochte Kaffeewasser nach, und als es erneut zu kochen begann, überbrühte ich meinen billigen Sofortlöslichen und rührte ihn um. Ich holte Margarine und ein Glas Billigmayonnaise aus dem Kühlschrank sowie ein Messer aus der Besteckschublade und setzte mich zum Frühstücken an den Tisch. Meine Marmelade hing mir zurzeit zum Halse heraus, und die Mayonnaise musste eh allmählich verbraucht werden – sie war schon viel zu lange offen.

Die Mayonnaise zischte giftig, als ich den Deckel aufdrehte, und ich warf einen kritischen Blick hinein. Winzige Bläschen bildeten sich und zerplatzten müde an der Oberfläche. Sie sah nicht nur aus wie Kaltleim, sie roch mittlerweile auch so. Und ob sie auch noch danach schmeckte, wollte ich erst gar nicht in Erfahrung bringen. Früher, in der Schule, in der vierten/fünften Klasse, hatten wir eine Dicke, die wir Porky nannten, die sich im Zeichenunterricht bei jeder Gelegenheit eine Ladung weißen Papierleim auf die Fingerkuppe drückte, um sie dann mit theatralisch dargebotenem Genuss abzulecken.

Hans, unser Chemieprimus, konnte uns ob unserer kritischen Bedenken beruhigen und erklärte, dass das Essen von Papierleim ganz und gar ungefährlich sei, der sei rein organisch und würde ausschließlich aus Pferdehufen und Fischabfällen hergestellt. Ich schraubte das Glas wieder zu, warf es in den Mülleimer und stellte mir dann doch die Marmelade auf den Tisch.

Vor meiner Ameisendose herrschte reger Verkehr. Ich hatte sie von da, wo ich saß, gut im Blick, und seit ich sie vor Kurzem dort aufgestellt hatte, konnte ich dem Treiben stundenlang und mit zunehmendem Interesse zusehen. Dass die Ameisen überhaupt noch so zahlreich auftraten, hatte mich schon stutzig gemacht, diente die Dose ja in erster Linie deren Ausrottung und weniger zu meiner Kurzweil. Doch das sagte nichts über die düsteren Zustände im Bau aus. Auch wenn das Leben der Queen und deren Brut längst ausgeblasen war, die fleißigen Arbeiterinnen hatten auch ihre gewisse persönliche Lebenserwartung. Ihr emsiges Verhalten war ja wohl vorprogrammiert, sodass sie weiterschufteten, bis die Letzte aus Altersschwäche tot von der Stange fiel. Und dass sie nicht selbst vom göttlichen Nektar aus der Dose aßen, verbat ja schon der instinktive Anstand. Das Gift riss dem Ameisenstaat die Wurzel aus, die Blätter verwelkten danach nur langsam.

Die Ameisen verhielten sich auf ganz ähnliche Weise, wie die gut gekleideten Herren mit den langen Mänteln vor den Pornokinos am Mannheimer Bahnhofsvorplatz. Sie gingen scheinbar völlig unbeteiligt auf und ab, so, als hielten sie sich nur rein zufällig vor einer Ameisenköderdose auf – fast konnte man sie leise vor sich hin pfeifen hören. Und dann, im richtigen Moment, wenn gerade niemand hinsah – schwupp! waren sie drin. Ich hatte mir vor Kurzem ausgemalt, wie man die Dose – da sie ja eh irgendwie bedruckt werden musste – statt mit einem müden *Missbrauch verursacht Gesundheitsschäden* ebenso gut mit einer kleinen Kinokasse und einer kleinen aufgemalten Ameisenfrau als Kartenverkäuferin dahinter bedrucken könnte. Dazu Schaukästen mit Hochglanzfotos vom laufenden und vom kommenden Programm, und eine kleine Reklametafel obendrauf, mit auswechselbaren Buchstaben. Vielleicht sogar mit Netzanschluss, damit nachts der Eingang beleuchtet wäre und die vielen kleinen Glühbirnchen um die Reklametafel wandern könnten. Dann hätten die Ameisen auch nachts ihr Manna abholen können, und ich würde die Dose nicht jedes Mal versehentlich wie einen Puck in die Ecke kicken, wenn ich im Dunkeln aufstünde, um in die Dusche zu pinkeln.

Es klingelte. Ich sprang auf und drückte auf den Öffner. Was meine Klingel betraf, war ich in letzter Zeit etwas nervös geworden. Es waren Bozo und Jörg – ich hatte mir schon gedacht, dass ich eben ihre Stimmen durchs Küchenfenster vernommen hatte. Sie sahen müde und zerknautscht aus, so als hätten sie die Nacht auf der Rheinwiese verbracht, was aller Wahrscheinlichkeit nach auch der Fall war. Ein Hauch von Alkohol waberte unsichtbar um sie herum. Bozo hatte ein halbes Brot unterm Arm und eine Tüte mit dem Aufdruck *ff. Fleisch- und Wurstwaren* in der Hand.

„Morgen“, sagte er müde und dennoch gut drauf. „Hast du schon gefrühstückt?“

„Ich war gerade im Begriff.“ Ich nahm ihm das Brot und die Tüte ab und legte sie auf den Tisch, und gerade als Jörg die Tür hinter sich zumachen wollte, trat Bozo mit seinem hartledernen Schuhabsatz genau auf die

Ameisendose. Sie zersprang in tausend Stücke, und grüne Plastiksplitter flogen in alle Richtungen über den Boden.

„Her, du Schweinearsch!“, rutschte es mir angesichts meiner jäh zerstörten Idylle heraus.

„Na, na, na! Was liegt’n das Ding auch mitten im Weg herum? Was ist das denn überhaupt?“ Er beugte sich vor und schaute sich sein Werk an.

„Eben war es noch eine Ameisenköderdose. Die muss man entlang der Ameisenstraße aufstellen – und *meine* Ameisen laufen nun mal mitten im Weg herum!“

„Tut mir leid“, sagte er, „wo kann man denn so etwas kaufen?“ Bozo lebte stets in dem Glauben, dass man mit Geld ausnahmslos alles ungeschehen machen konnte.

„Ich hab’ noch eine.“ Die waren nur paarweise verkauft worden, was nicht gerade für ihre Wirksamkeit sprach.

„Na alla – dann ist ja alles nur halb so schlimm. Ich geh’ mal duschen.“

„Ja, mach’ das.“

Er zog sich im Schlafzimmer bis auf die Unterhose aus, nahm seine Reisezahnbürste und eine kleine Tube Zahnpasta aus der Jacketttasche und verschwand damit in die Duschkabine.

Ich setzte erneut Kaffeewasser auf, richtete noch zwei Tassen und bückte mich dann, um mir das zerstörte Sündenbabel genauer anzusehen – wann hatte man denn schon mal die Gelegenheit? Es hatte Tote gegeben, und die, die’s überlebt hatten, wuselten größtenteils ziellos und offensichtlich verwirrt zwischen den Trümmern umher. Einige waren augenscheinlich verletzt und humpelten regelrecht, während andere sich beflissen an den Toten zu schaffen machten. Es war eine landläufig bekannte Tatsache, dass gefallene Ameisen von ihren Kameraden abgeholt und zurück in den Bau gebracht wurden – und dort würde jeder erfahren, wo man sie gefunden hatte.

„Wie viele Ameisen gehen da eigentlich rein?“, fragte Jörg.

„Das funktioniert anders. Die holen sich in der Dose was ab und verfüttern es an die Königin und an die Brut. Und dann sterben sie alle.“

„Bei der Meta haben wir einfach einen Topf kochendes Wasser langsam in den Bau geleert. Das klappte immer, und vor allem sofort.“

„Naja, wenn ich wüsste, wo sich der Bau überhaupt befindet. Wahrscheinlich unter'm Küchenschrank irgendwo.“ Zwischen den Trümmern lag ein orangefarbenes, gefährlich wohlriechendes Schwämmchen mit einem Loch in der Mitte. Ich kehrte alles zusammen und kippte es in den Mülleimer.

„Wo kommt ihr denn jetzt eigentlich her?“, fragte ich, nachdem ich die neue Ameisendose mit dem Dosenmilchlocher gelocht und aufgestellt hatte. Ich platzierte sie diesmal näher an den Kühlschrank.

„Aus Bad Dürkheim“, sagte Jörg und gähnte, dass man tief in ihn hinein schauen konnte, „ich traf Bozo heute Nacht zufällig auf dem Wurstmarkt.“

Ach ja, der Wurstmarkt. Der fehlte mir dieses Jahr auch noch. Der Wurstmarkt führte einem immer vor Augen, dass der Sommer nun wirklich zu Ende war. Es wurde bereits früher dunkel beziehungsweise später hell, und die Nächte im Freien gestalteten sich zunehmend weniger behaglich. Danach konnte es wettermäßig nur noch bergab gehen.

Der Wurstmarkt war ein riesiges Weinfest und für den Schorletrinker *das* gesellschaftliche Ereignis des Jahres und krönender Abschluss der Saison. Er zog sich über zwei lange Wochenenden hin und wurde von einer mehrtägigen Verschnaufpause unterbrochen, die der Besinnung, für manchen aber auch der Entgiftung diente. Nicht wenige Dürkheimer, aber auch so mancher Auswärtige, nahmen sich für diese Zeit regelmäßig anderthalb Wochen ihres Jahresurlaubs und fieberten ihnen monatelang entgegen, wie ein Städter seinen Sommerferien. Angeblich war er das größte – und älteste – Weinfest Europas. Oder Deutschlands? Auf jeden Fall war er groß, der Wurstmarkt, das stand fest!

Ich packte die Metzgertüte aus – darin befanden sich ein Viertel aufgeschnittene Hartwurst, die allerdings alles andere als hart aussah, ein größeres, in Wachspapier eingeschlagenes Stück Kalbsleberwurst sowie eine kleine Tube Senf. Bozo öffnete die Tür der Duschkabine einen Spaltbreit und rief aus dem Dampf heraus nach einem Handtuch. Ich holte ihm eins aus dem Schafzimmer und überbrühte dann den Kaffee, derweil Jörg sich das Zackenmesser aus dem Schieber nahm und begann, das Brot in perfekte, gleichmäßig dicke Scheiben zu schneiden – neben seinem Schlagerrepertoire und seinem Ziehharmonikaspiel ein weiteres altmodisches Talent aus seiner unerschöpflichen Trickkiste. Ich nahm Teller und Besteck aus dem Schrank und deckte uns den Tisch.

„Ich hatte ursprünglich vor, bereits gestern Abend vorbeizukommen“, sagte Bozo, als er aus der Dusche kam. Seine Zahnbürste und die Zahnpasta steckten im Bund seiner Unterhose. Er hatte sich die Haare gewaschen, die jetzt halbtrocken gerubbelt in blonden Zacken von seinem Kopf abstanden. „Ich lief aber dann am Berliner Platz der dicken Doris über den Weg, und die fragte mich, ob ich nicht Lust hätte, mit ihr auf den Wurstmarkt zu gehen.“ Er ging ins Schlafzimmer und holte sich seine Klamotten vom Bett.

„Nun ja, Lust hätte ich schon, hab’ ich ihr geantwortet, aber leider kein Geld – du müsstest mich schon einladen.“ Bozo hatte immer Geld, aber Doris musste für seine Gesellschaft stets löhnen. Aber sie hatte es ja. „Alla hopp, hat sie gesagt. Und dann stiegen wir in die nächste Rheinhaardtbahn, und ab ging die Post.“

Die Rheinhaardtbahn war eine private Straßenbahn von doppelter Länge, die in exakt einer Stunde die Strecke von Mannheim nach Ludwigshafen, dann quer durch die platten Weinberge nach Bad Dürkheim zurücklegte. Normalerweise fuhr sie einmal in der Stunde, wenn aber Wurstmarkt war, alle zwölf Minuten, und alle fragten sich, wo die plötzlich so viele Straßenbahnen herhatten. Sie fuhr dann sogar die ganze Nacht hindurch, dann allerdings nur jede halbe Stunde – aber immerhin.

Bozo setzte sich an den Tisch – seine Haare mittlerweile nach hinten nassgestriegelt – und begann sich, sauber nach meinem Shampoo duftend, eine Scheibe Brot mit Kalbsleberwurst zu schmieren.

„Wie du dir denken kannst, war es auf dem Wurstmarkt gerammelt voll“, fuhr er fort. „Es war ja schließlich Freitag. Wir sind schnurstracks ins große Weinzelt gegangen, haben dort ein paar Schorle getrunken und sind danach ein bisschen herumgelaufen. Dabei hat sich Doris bei mir eingehakt.“ In einem Zug überzog er sein Brot mit einem dünnen Senffilm und biss nacheinander dreimal hinein, ehe er anfing zu kauen.

„Nun weißt du ja, was Doris für eine Maschine ist“, sagte er mit vollem Mund und spülte das Zerkaute mit Kaffee hinunter. „Mir war dabei irgendwie nicht ganz wohl – ich wusste, dass einige Leute von der Bank auch da sein würden. Also hab' ich ihr vorgeschlagen, dass wir eine Runde durch den Kurpark machen, wo es inzwischen dunkel geworden war.“ Er trank beim zweiten Zug seinen Kaffee aus, und ich stand auf, um noch einmal Wasser aufzusetzen.

„Sie hat da natürlich gleich was hineingedeutet, und im hintersten Eck, wo es überhaupt keine Beleuchtung mehr gab, hat sie sich mit mir ins Gras gesetzt.“

Langsam wurde es spannend.

„Nun ja, es ging dann so hin und her – ich hatte ja inzwischen auch ein paar Schorle intus, du weißt ja … Und in Ordnung ist sie ja schon, die Doris …“

„Alla hopp, spann mich nicht auf die Folter!“

„Also gut – am Ende haben wir's halt miteinander gemacht.“

„Einfach so, im Park? Wie die Karnickel?“

„Ja klar – es war ja stockdunkel, und das Gras war noch trocken.“ Bozo nahm sich eine zweite Scheibe Brot vom Stapel.

„Du wirst es kaum glauben“, fuhr er fort und deutete mit seinem verschmierten Messer in meine Richtung, „sie ist zwar ein ganz schöner Brocken, die Doris – aber richtig feste, kleine Brüste hat sie!“ Er gab die ungefähre Form mit seiner freien Hand an. Bozo hatte ein Faible für Brüste, was ich selbst nicht so recht nachvollziehen konnte, waren Brüste schon eine nette Sache, aber nichts, was mich aus der Ruhe bringen konnte. Ich vermutete, dass er

Flaschenkind gewesen war und nun allerhand Nichtabgearbeitetes nachzuholen hatte.

„Und eine ganz weiße Haut, sag' ich dir – man konnte sie im Dunkeln regelrecht leuchten sehen. Mir war, als würde ich auf einem riesigen Vanillepudding liegen." Jörg fielen ständig die Augen zu.

„Und was war dann?", fragte ich, als ich die nächste Runde Kaffee überbrühte. Diesmal hatte das Wasser recht schnell zu kochen begonnen – die Platte war vom letzten Mal noch heiß gewesen.

„Dann haben wir uns wieder unter die Leute gemischt. Diesmal hat sie sich aber ganz eng an mich geschmiegt – weißt du, mit beiden Armen eingehängt und mit dem Kopf an meiner Schulter. Und dann, wie bestellt, laufen wir ausgerechnet meinen Eltern über den Weg, die mit ein paar ausländischen Geschäftspartnern meines Vaters unterwegs waren. Und Doris *dachte* gar nicht daran, ihre Umklammerung auch nur ein wenig zu lockern – im Gegenteil! Ich kam mir vor wie ein Depp! Und meine Mutter hat mir dann auch noch fünfzig Mark gegeben, *‚damit ich mein Mädel noch zu was einladen'* konnte."

Mein lieber Mann, fünfzig Mark – das sind Dimensionen!

„Naja, später haben wir dann einen besoffenen Jörg getroffen, und irgendwann ist Doris heimgefahren. Jörg und ich haben dann im Kurpark übernachtet."

„Das war doch bestimmt kalt?"

„Kann man wohl sagen."

„Hättest dir Doris noch bis morgens halten sollen, dann hättest du dich an ihr wärmen können."

„Das hab' ich mir dann irgendwann auch gedacht."

Jörgs schlafender Kopf fiel mit offenem Mund ganz langsam nach hinten und knallte gegen den Türrahmen, woraufhin er plötzlich hellwach war und aus Verlegenheit aus seiner leeren Tasse trank.

„Ich hab' Doris übrigens gefragt, ob sie nicht Lust hätte, mit dir in einer Wanne voll Bohnensuppe zu baden", sagte Bozo nebenbei, während er in der *Rheinpfalz*-Beilage das Fernsehprogramm studierte. „Sie fand das überhaupt nicht lustig."

„Das kann ich mir denken", sagte ich fassungslos und setzte meine Tasse ab. Ich konnte es nicht glauben – das Thema hatten wir doch bereits abgehakt! Das passte mir nun überhaupt nicht. Ich mochte Doris, und sie fand mich offenbar auch immer ganz nett – bis jetzt! Aber ich hatte es hier schließlich mit Bozo zu tun. Wahrscheinlich war ihm irgendwann im Weinzelt nichts mehr eingefallen, worüber er reden könnte, und dann kam ihm zur Rettung die Bohnensuppe in den Sinn. „Aber mal abgesehen davon", sagte ich resigniert, „ich hab' bereits jemanden gefunden."

„Ach ja? Wer denn?"

„Die Barbara. Das ist die Dicke mit den langen blonden Haaren und der Footballjacke. Du kennst sie – mit der sitz' ich öfters beim Pino zusammen."

„Stimmt. Warum ist die uns nicht gleich eingefallen?"

„Keine Ahnung. Sie fand die Idee jedenfalls gut und hat gleich zugesagt. Sie liefert hier übrigens die *Rheinpfalz* aus, und ich trink' jeden Morgen eine Tasse Kaffee mit ihr am Fenster. Dafür gibt sie mir immer eine Zeitung aus ihrem Überschuss."

„Naja, wenn das geklappt hat, müsste ja der Rest vergleichsweise einfach sein."

„Ach, das würde ich nicht unbedingt sagen …“ Ich erzählte ihm von meinen entmutigenden Erfahrungen mit dem Futtermais, und dass ich diese Woche bei einem Kraftfutterwerk in Mannheim eine Probe Puffmais geordert hatte. „Ich hatte mir eigentlich vorgenommen, heute bei meiner Mutter wegen einem Bohnensuppenrezept vorbeizuschauen. Du weißt ja, die hat doch so viele Kochbücher. Ihr könnt ja mitkommen – es dauert ja nicht lange. Jörg kann solange in der Wirtschaft warten.“ Jörg hatte seit geraumer Zeit bei meiner Mutter Hausverbot, weil er ihr irgendwann mal im Vertrauen verraten hatte, dass ihr Sohn Berthold ein Arschloch sei.

„Können wir gerne machen“, sagte Bozo und nahm sich seine dritte Scheibe Brot. „Wie macht man denn eigentlich eine Bohnensuppe?“

„Das weiß ich eben nicht – drum brauch’ ich ja auch ein Rezept. Bei Suppen hab ich bisher immer nur die Packung an der gestrichelten Linie aufgeschnitten und den Inhalt in kochendes Wasser gerührt – und sogar dann gab’s bei mir immer Klumpen.“

„Tja – ’s ist alles nicht so einfach. Hast du eigentlich Mayonnaise da?“

„Ich hatte, aber die war schon hinüber. Ich hab’s Glas weggeworfen.“

„Jaja, bei Mayonnaise muss man aufpassen – wie schnell hat’s einen erwischt.“

Wir nahmen uns Zeit. Jörg legte sich samt seinen spitzen Schuhen aufs Bett und schlief, Bozo aß weiterhin seine Kalbsleberwurst mit Senf. Er hatte einen gesunden Appetit.

Wir studierten die Zeitung, bis nichts mehr untereinander auszutauschen blieb – ausgenommen der *Pfälzer*

Feierabend, auf den wir beide verzichteten –, und gegen eins war mein Kaffeevorrat für den Rest des Monats endlich aufgebraucht. Schließlich weckten wir Jörg und machten uns auf den Weg.

Meine Mutter wohnte im Stadtteil Friesenheim, schnellen Fußes zirka zwanzig Minuten von mir entfernt, dort, wo auch Barbara wohnte und wo sich Pinos Pizzeria befand. Sie lebte inzwischen allein, aber noch immer in der kleinen Wohnung, in der Berthold und ich aufgewachsen und vor gar nicht allzu langer Zeit ausgeflogen waren.

Friesenheim gab es schon lange vor Ludwigshafen, seit Jahrhunderten schon, damals noch als eigenständiges Dorf, wie man in seinem ältesten Teil noch unschwer erkennen konnte. Viele alte Friesenheimer behaupteten sogar, sie hätten noch einen eigenständigen Dialekt, was vielleicht irgendwann mal, als die Bewohner ihr Dorf selten verließen, der Fall gewesen sein mochte, inzwischen jedoch völliger Blödsinn war. Heute war Friesenheim ein fest verankerter Bestandteil von Ludwigshafen, und einige Arbeitersiedlungen standen in direktem Zusammenhang zu der angrenzenden Sodafabrik, ohne die es gar kein Ludwigshafen gegeben hätte. Hier waren die Häuser nicht so hoch und so städtisch wie im Hemshof, und vor allem samstagnachmittags war alles sehr ruhig und verschlafen.

Wir setzten Jörg in der *Pfalz* in der Hohenzollernstraße ab, wo Bozo und ich die Bedienung kannten. Sie hieß Helga, war die Tochter des Wirts und besuchte früher dieselbe Schule wie wir, wenn auch nicht dieselbe Klasse. Und jetzt, wo mir ihr Name durch den Kopf ging, fragte ich mich, ob mit der Filzstiftzeichnung und dem unflātigen Spruch mit den *Männerschwänzen* auf dem Frauenklo hinterm Schloss womöglich sie gemeint war.

„Bleibt mir nicht zu lange“, sagte Jörg, bevor er hineinging.

„Das geht ruckzuck“, versicherte ich ihm.

Meine Mutter wohnte gerade zwei Straßen weiter. Ich drückte auf die Klingel und wartete. Sie machte immer erst beim zweiten Mal auf.

Das Haus war schmutziggrau verputzt, das schmutzigste auf der ganzen Straße, und ganze Putzflächen hoben sich entweder ab oder fehlten gar ganz, sodass das alte Mauerwerk teilweise frei lag. Da ich das Haus mein Leben lang nur so kannte, vermutete ich, dass es sich noch um den ersten Notverputz nach dem Krieg handelte, als Grau noch die unangefochtene Nummer eins unter den Häuserfarben war. Vom Aussehen her hätte ich sogar gesagt, es sei der allererste Putz überhaupt, wenn ich nicht gewusst hätte, dass die halbe Mauer bei Kriegsende auf der Straße gelegen und der Plünderung preisgegeben war.

Von allen Häusern auf dieser Straßenseite reichte dieses als einziges bis nach vorne ans Trottoir; alle anderen waren leicht zurückversetzt und mit einem allerhöchstens achtzig Zentimeter schmalen „Vorgarten“ versehen, den man mit einem ebenso hohen Metallrohrgitter vor unbefugtem Zutritt gesichert hatte. Frau Barth von nebenan machte als Einzige in der ganzen Straße von ihrer eigenen Scholle Gebrauch, indem sie jahrein, jahraus, eine einzelne, dafür letztendlich zwei Stockwerke hoch wachsende Sonnenblume neben die Eingangstür pflanzte, die dann irgendwann vor lauter Übergewicht oben an einem Fensterladenhalter aufgeknüpft werden musste und die die bewundernden beziehungsweise neidischen Blicke der Nachbarinnen auf sich zog.

Ich klingelte ein zweites Mal, und diesmal antwortete der Summer fast sofort. Meine Mutter war eigentlich immer zu Hause. Ich drückte die schwere Tür auf, und Bozo und ich traten ein. Im Treppenhaus war es kühl, und wenn es draußen auf der Straße vergleichsweise ruhig und verschlafen war, so war es hier drinnen, nachdem die Tür wieder ins Schloss gefallen war, totenstill. Der Staub, der im Lichtbalken vor dem Fenster am Zwischentreppenabsatz tanzte, war wohl das Einzige, das sich in den letzten paar Tagen hier bewegt hatte, und es roch, wie es in Treppenhäusern mit Schwartenmagenböden eben immer riecht.

In dem kleinen hölzernen Gemeinschaftsbriefkasten innen an der Tür lehnte eine Drucksache für meine Mutter, und ich nahm sie heraus. Das Haus beherbergte gerade mal drei Parteien, und sie wohnte ganz oben.

Ich ging Bozo voran. Früher hatte ich beim Treppensteigen immer die Stufen mitgezählt, warum, wusste ich schon damals nicht mehr – ein sinnlos gewordenes Ritual aus der Kindheit, wahrscheinlich aus der Zeit, in der ich das Zählen gelernt hatte. Unten waren es elf, und alle anderen, die dann nicht mehr aus Schwartenmagensteinen, sondern aus knarrenden, glatt- und ausgetretenen Holzdielen bestanden, hatten dreizehn. In der Mitte wohnte eine alte, alleinstehende Kriegerwitwen-Tante von mir. Ihr gehörte das Haus, und weil meine Mutter vor langer Zeit mit deren Bruder verheiratet war, der denn auch mein Vater geworden war, brauchte sie nur achtundneunzig Mark Miete zu zahlen, was natürlich für den Außenputz nicht allzu viel übrig ließ.

Die langweiligen, staubigen Fettblattblumenstöcke, die auf der Fensterbank und auf dem pinkfarbenen Nierentischchen am oberen Zwischentreppenabsatz aufgereiht waren, kannte ich schon, so lange ich denken konnte. Als ich hochschaute, stand meine Mutter am Treppengeländer und blickte misstrauisch herunter. Sie erkannte einen gewöhnlich erst, wenn man direkt vor ihr stand.

„Ja, wer kommt'n da – mein *Großer*!", rief sie dann, als wir oben angekommen waren. Sie nahm meinen Kopf zwischen ihre klammen Hände und gab mir einen kalten Kuss auf die Wange. Wie immer roch sie nach Zwiebeln und Bier.

Da stand sie also, etwas verlegen, da ich eigentlich so gut wie nie vorbeikam; und wenn, dann platzte ich immer unangemeldet in ihren öden Alltag hinein. Sie hatte unter ihrer rosafarbenen, falsch zugeknöpften Strickweste das billige, fleckige Perlonkleid aus dem Versandhauskatalog an, das sie so oft trug, das mit den breiten grünen, weißen und orangenen Querstreifen, die die Aufgabe hatten, ihren in den letzten Jahren entstandenen Bauch zu kaschieren. Stattdessen kehrten sie ihn aber eher noch heraus, da das Kleid zum Kaschieren hätte längs gestreift sein müssen. Früher war sie mal richtig schlank gewesen, und im Grunde war sie es heute noch – nur der Bauch und ihr Doppelkinn, die wollten nicht mehr mitspielen. Ihr schwarzes, an der Seite gescheiteltes Haar, auf dessen „Naturwellen" sie besonders stolz war, hing ihr wirr und fettig bis zu den Schultern.

„Und der *Bozo* ist ja auch dabei!", stellte sie schrill fest. Ich betete, dass sie ihm nicht die gleiche Begrüßung zuteilwerden ließ.

„Tach, Frau Dumfarth", sagte er und gab ihr artig die Hand. Bozo konnte man immer mitbringen – er trug stets einen Anzug und arbeitete auf der Bank. Dass er die halbe Nacht auf einem Vanillepudding verbracht hatte, sah man ihm ja nicht mehr an.

Vollgestellt mit gestapelten, vergilbten Zeitungen und mindestens zehn Paar Schuhen führte neben der Tür eine gefährlich-morsche, frei schwebende Holztreppe über den Abgrund zu einer Falltür an der Decke, hinter der sich der Dachboden und angeblich allerlei geheimnisvolles, familiäres Vorkriegsgerümpel befand.

„Kommt rein, Buwe", sagte sie und ließ uns vorbei. „Also, dass *ihr* mich mal besuchen kommt!"

Wir gingen durch den Flur in die Küche, wo es wie immer nach nassem Waschpulver, konzentrierter Maggiwürze und abgestandenem, kaltem Kaffee roch. Ein Berg Wäsche lag auf dem Boden vor der offenen Waschmaschine, und ein leeres Trockengestell stand quer im Raum und wartete auf seinen Einsatz.

Die Balkontür stand offen und ließ kühle herbstliche Höhenluft herein. Der Blick ging weit über die alten Dächer hinweg bis hinüber zum Turm der Pauluskirche, deren viertelstündlicher Glockenschlag den Takt meiner Kindheit und Jugend geschlagen hatte – ein vertrauter Blick. Rechts war der Horizont von den brennenden Schornsteinen der Sodafabrik gesäumt, und nachts, wenn es bewölkt war, flackerte der Himmel dort immer leuchtend orangerot, als stünde die halbe Stadt in Flammen.

Hinten in der Ecke, zwischen dem Kohleofen und der Wand, türmte sich ein Berg von hingeworfenem, altem Papier, Eierkartons und trockenen Brötchen – sogar einen halben, ausgetrockneten Brotlaib mit einem außen weißen und innen blauen Schimmelpilz und einem breiten Riss quer über der Schnittfläche konnte ich erkennen. Mit solchen Rohstoffen machte sie im Winter immer das Feuer an; aber wir hatten jetzt bereits – oder erst? – September!

Die Küche war nicht sonderlich groß, eher klein. Früher, als wir hier noch vollzählig waren, war sie sogar noch zusätzlich unterteilt. Aus Platzmangel innerhalb der restlichen Wohnung wurde etwa ein Drittel der Küche durch zwei große, übertapezierte Pressspanplatten, die bis zur Decke reichten, abgetrennt. Man hatte das Fenster neben der Balkontür gleich mit einbezogen – so war ein richtiges kleines Zimmer im Zimmer entstanden, das nach Bedarf durch einen dünnen, dunkelblauen Stoffvorhang mit blümchengemusterter Bordüre von der Küche abgetrennt werden konnte. Darin füllte ein hölzernes, doppeltes Etagenbett den begrenzten Raum fast vollständig aus, sodass nur noch Platz für ein schmales Regal übrig blieb, in dem neben den abgegriffenen, fleckigen Abenteuerbüchern unserer Kindheit Bertholds Tonbandgerät und Plattenspieler sowie seine bescheidene Schallplattensammlung untergebracht waren.

Ich schlief in der unteren Etage, und Berthold, der Spargel, schlief oben, was irgendwann mal so entschieden worden war in dem Glauben, dass ein Zusammenkrachen des Eigenbaus weniger wahrscheinlich war, wenn der leichtere Benutzer oben schlief. So oder so knarrte und schwankte das Bett gefährlich, sobald es bestiegen wurde, und zwar unabhängig davon, wie viel Gewicht einer gerade auf die Waage brachte. Bertholds dreiteilige Matratze, die ich jahrelang vor Augen gehabt hatte, war noch mit Stroh gefüllt und roch nach unten hin dementsprechend.

Er genoss als Höhenschläfer überdies den Vorteil, dass er über sich keine blechernen Bettrostquerstangen hatte, an denen er sich morgens beim Aufstehen regelmäßig die Stirn aufschlug.

Zu alledem lebten damals auch noch die drei Katzen meiner Mutter mit in der Küche, die noch weniger Bewegungsfreiheit genossen als Berthold und ich, und deren einzige Ausweichmöglichkeit der kleine Balkon bot. Hier war man wirklich allem ausgesetzt – den Kochdünsten der Mutter, dem Schnarchen von Berthold, den Territorialkämpfen und den Liebesspielen der Katzen und dem über Jahre hinweg ewigen Tropfen des Wasserhahns, das nur dann für kurze Zeit unterbrochen wurde, wenn sich eine Katze daran gütlich tat, weil irgendjemand vergessen hatte, den Wassernapf aufzufüllen.

Im Winter, wenn das seit Tagen überfällige Katzenklo auf den Balkon verbannt, anstatt sauber gemacht wurde, und die verzogene Balkontür oben mit einem Kaffeelöffel behelfsmäßig zugeklemmt war, verrichteten die Katzen ihre Geschäfte verschämt hinter dem Ofen und unter dem Papier- und Brötchenberg, wofür sie von Muttern mit dem Besenstiel auch noch tüchtig bestraft wurden, denn Ordnung musste schließlich sein.

Als ich damals als Letzter das Haus verlassen hatte – die Katzen waren noch vor mir über die Dächer geflohen –, wurde die Trennwand sofort abgerissen und die Küche ihrem ursprünglichen Zweck wieder zugeführt, damit keiner auch nur auf die Idee kam, noch einmal nach Hause ziehen zu wollen.

„Stell' dir vor", sagte meine Mutter, als sie in die Küche kam, „letzte Woche war Vetter hier gewesen, und seitdem fehlen mir fünfzig Mark aus dem Geldbeutel."

Ihr Geldbeutel lag stets offen auf dem Küchentisch, so auch jetzt. Wir setzten uns hin.

„Da, der war im Briefkasten", sagte ich und gab ihr den Brief. Sie schaute ihn flüchtig von beiden Seiten an.

„Ach, die Arschlöcher", sagte sie mit einer abfälligen Handbewegung und legte ihn auf einen undefinierbaren Stapel neben sich auf die Eckbank.

Der Tisch war unordentlich und übersät mit einer Unzahl der unterschiedlichsten Frauenzeitschriften aus den vergangenen paar Monaten. Vor sich hatte sie ein aufgeschlagenes, halbausgefülltes Kreuzworträtsel, daneben ein kleiner, gläserner Bierkrug, in dem sich beim Kauf ursprünglich noch 250 Gramm Senf befunden hatten, sowie eine offene, halbvolle Bierflasche, auf die der verbogene Kronkorken wieder aufgedrückt worden war. Auf dem Boden neben ihr standen bereits zwei leere Flaschen, die allerdings auch noch vom Vortag stammen konnten, was ich aber eher nicht glaubte. Sie nahm das Rätselheft und legte es zur Seite.

„Also, dass *ihr* mich mal besuchen kommt", sagte sie noch einmal und schenkte sich nach. Trotz ihres beachtenswerten Konsums gehörte die Kunst des Biereinschenkens nicht zu ihren ausgeprägtesten Fertigkeiten, und deshalb schäumte das Senfglas jedes Mal sofort über, ohne dass sich unten etwas Flüssiges abgesetzt hätte. Dem trat sie entgegen, indem sie den Schaum geradezu gierig abtrank, noch während sie weiter einschenkte, was dem Ganzen etwas Dringliches verlieh.

„Die Ärztin hat mir gesagt, ich müsse jeden Tag mindestens sechs Flaschen zimmerwarmes Bier trinken – wegen der Harnsäure im Blut. Wollt ihr auch eins?"

„Ja, gerne", sagten wir unisono.

Sie langte nach hinten, wo ein volles Einkaufsnetz am Knauf der Eckbank hing, holte zwei Flaschen heraus und reichte sie uns herüber. Ich nahm den Flaschenöffner vom Tisch und machte sie beide auf. Da sie keine Anstalten machte, aufzustehen, um uns Gläser aus dem Schrank zu holen, tranken wir aus der Flasche, was mir – und Bozo vermutlich erst recht – in dieser verwahrlosten Umgebung allemal lieber war.

Ich sah auf das schlichte gelbe Etikett. *Bürgerbräu hell* war zu Recht das billigste Bier, das es beim *Lichdi* zu kaufen gab; es kostete gerade mal 35 Pfennige pro Halbliterflasche, ohne Pfand. Das war – umgerechnet – noch billiger als die Literflasche *Fischerpils* aus dem Elsass, die es für eine runde Mark unten im *Kaufgut* gab, und die am Fahrkartenautomat, trotz ihres schalen, metallischen Geschmacks, als Kollektivgetränk eine würdige Alternative zum *Albertini*-Lambrusco bot. Das Bier war warm – als Medizin wohl unverzichtbare Voraussetzung – und schäumte nach dem ersten Schluck sofort über.

„Ich war heute Nacht wieder beim Alwin gewesen", sagte sie und rülpste hörbar, sodass der Geruch von aufgestoßenem Bier plötzlich im Raum stand. In der Pfalz bezeichnet man die vergangene Nacht stets als *heute Nacht* – die kommende Nacht allerdings auch, und welche der beiden gemeint war, konnte man nur dem Kontext oder der angewandten Zeitform entnehmen.

„Ich kann euch sagen – *das* ist aber jetzt mal zur Abwechslung ein wunderbarer Liebhaber! Bozo …" – sie wandte sich Bozo zu und beugte sich konspirativ zu ihm vor – „… du wirst es mir nicht glauben, aber so wahr ich hier sitze: Der Mann ist *fünf-und-sieb-zig* Jahre alt, und der ist *nicht schlecht* über mich hergefallen!"

Die Worte *nicht* und *schlecht* hämmerte sie mit zwei Schlägen ihrer flachen Hand nachdrücklich auf den Tisch, bevor sie sich wieder aufrecht hinsetzte. „Da kann sich mancher junger Mann eine Scheibe von abschneiden!"

Sie schlug die Beine übereinander und nickte mit dem Kopf. In der Generation meiner Mutter *schliefen* die Männer nicht mit den Frauen, sie *fielen über sie her* und *machten sie fertig*. Das war damals in ihrer Kriegsjugend offenbar ganz gewöhnlicher Sprachgebrauch gewesen.

„Aha", sagte Bozo etwas verlegen. Er versuchte, ihrem Blick auszuweichen, und nahm noch einen Schluck.

„Und *so was* von unersättlich, sag' ich euch! Ich stand gerade unter der Dusche – ich war natürlich völlig verschwitzt und wollte ja eigentlich auch nach Hause gehen, es war bereits nach de' Zwölf – da *kommt* der doch rein und macht mich *nochmal* von hinten fertig!" (Na, wer sagt's denn!) Diesmal klopfte sie bei *kommt* und *nochmal* auf den Tisch. „Jetzt stellt euch das mal vor – *unter* der Dusche! Hast du eigentlich eine Freundin?"

„Äh – nein", sagte ich. „Hör mal zu, Mutter, ich brauch' ein Rezept für eine Bohnensuppe."

„Du weißt ja, beim Kochen macht mir keiner was vor." Sie strich sich divenhaft eine fettige Strähne aus der Stirn.

„Ich weiß – deswegen sind wir ja auch hier."

„Also", rezitierte sie aus dem Gedächtnis und schaute dabei blinzelnd und mit abwesendem Blick in sich hinein, wie eine alte, vornehme englische Liebesromanschriftstellerin, die ihrer langjährigen Sekretärin aus dem Stegreif ihren jüngsten kreativen Schwall in die Feder diktierte, „du nimmst also ein halbes Pfund Schnippelbohnen" – das waren die grünen – „und kochst sie weich. Dann stellst du aus Mehl, Fett und einer klein geschnittenen Zwiebel eine helle Einbrenne her. Die gießt du dann unter Rühren mit dem Gemüsewasser – also mit dem Bohnenwasser – auf. Salzen, und eine Dreiviertelstunde gut durchkochen. Zum Schluss mit Muskat und Pfeffer abschmecken und die Bohnen wieder rein – voila!“

Sie rollte und riss sich einen grünen Nähfaden von einer Spule ab, die zwischen den Zeitschriften gelegen hatte, wickelte die Enden geschickt um beide Zeigefinger und begann, sich völlig ungeniert die Zahnzwischenräume zu reinigen. „‚*Der Pfeffer ist die Polizei im Darm*‘ – das hat schon meine Großmutter gesagt.“

„Ich brauch’ aber eine Suppe aus weißen Bohnen“, sagte ich.

„Naja, die feine Küche ist das aber nicht gerade.“

„Könnt’ ich mal deine *Guten-Appetit*-Hefte durchblättern?“

„Ach, meinetwegen“, sagte sie und winkte ab. Eine gewisse Restverachtung für das blaue Sammelwerk war seit der A-wie-Aal-Episode wohl immer noch nicht ganz abgebaut.

Ich überließ Bozo seinem Schicksal und ging in den Gang, wo sich die Bücherwand befand. Die blaue Reihe war im untersten Regal. Im Indianersitz setzte ich mich auf den Fußboden, nahm den B-Ordner heraus und blätterte, bis ich bei den Bohnensuppen angelangt war. *Bohnensuppe französische Art, Bohnensuppe Lothringer Art, Bohnensuppe Middelburg* – ich blätterte weiter – *Eintopf ist Trumpf!, Bohnensuppe rheinisch, Bohnensuppe serbisch, Bohnensuppe spanisch – siehe Spanische Bohnensuppe, Bohnen-Tomaten-Suppe, Bohnentopf bunt, Bolliti misti* – hoppla, das war’s schon! Ich stand auf und nahm den Ordner mit in die Küche.

Als ich mich wieder an den Tisch setzte, breitete meine Mutter vor Bozo gerade eine Zeitschrift aus, auf deren Titelbild eine strahlende Sophia Loren als glückliche Mamma zusammen mit ihrem Klein-Carlo abgebildet war.

„Jetzt schau dir mal diese blöde Kuh an! Die ist sieben Jahre jünger als ich und kann mir nicht mal *annähernd* das Wasser reichen! Was glaubt die denn eigentlich, wer sie ist? Oder was meinst du?"

„Hm", sagte Bozo und schaute Hilfe suchend zu mir hoch.

„Ich bin fünfundvierzig, habe aber immer noch eine Brust wie gemeißelt!" Sie öffnete ihre nächste Flasche und rülpste noch einmal – diesmal richtig laut. „Ihr müsst entschuldigen, Buwe, aber das musste jetzt einfach sein!"

Einige der Suppenrezepte waren mit grünen Bohnen, zwei mit braunen. Eins war sogar mit Miesmuscheleinlage! Am Ende fand ich dann aber genau das, was ich suchte – es war die Serbische Bohnensuppe, aus weißen Bohnen, Schweinebauch, Lauch und Paprikaschoten. Sie war wie geschaffen für unsere Zwecke. *Vorbereitung: 20 Minuten, Zubereitung: 60 Minuten*'– schön wär's, dachte ich und musste schmunzeln angesichts der Suppenmenge, die ich mir vorgenommen hatte. Ich bat um ein Blatt Papier. Sie riss eins aus ihrem Rezeptordner, der stets in Reichweite lag, und legte es mir zusammen mit einem Bleistift rüber.

„Neulich hat mich so ein Gastarbeiter auf der Straße angesprochen", erzählte sie weiter. Sie kam jetzt richtig in Fahrt. „‚*Schöne Frau, schöne Frau, schöne Frau*', hat er immer wieder gesagt und mit dem Mund solche Bewegungen gemacht …" Sie fuhr mit der sichtlich gut durchbluteten, spitzen Zunge zwischen ihren Mundwinkeln hin und her, dass es schmatzte. „*Machense, dass Sie fortkommen*', hab ich ihn angefahren, ‚*ich hab' selbst einen Spiegel zu Haus'!*"

Bozo rutschte nervös auf seinem Stuhl herum.

„Guck' der Katz' ins Loch, dann siehst' Paris bei Nacht!", fügte sie hinzu und rülpste ein drittes Mal.

„Hopp, Bozo", sagte ich und klappte den Ordner mit einem Knall wieder zu, „wir müssen weiter." Mit einem treuen Blick in Richtung Mutter fügte ich ein „Leider" hinzu. Wir leerten schnell unsere Flaschen und standen auf. Ich legte mein abgeschriebenes Rezept zusammen und steckte es ein.

Auf der Waschmaschine, auf einem fleckigen, ehemals weißen Häkeldeckchen, stand eine Schüssel, in der sich ein paar Tomaten, einige Zwiebeln und eine schrumpelige und an der Schnittfläche bereits angeschimmelte halbe Salatgurke befanden.

„Kann ich mir eine Tomate nehmen?", fragte ich. Der Wandkalender von der Friesen-Apotheke war im Juni stehen geblieben und präsentierte sich mit einer entsprechend frühsommerlichen Ansicht der Eberthalle.

„Nimm dir nur, was du brauchst", sagte sie, ganz Mutter, und stand auf. „Du kannst dir ruhig auch noch eine Zwiebel nehmen."

„Nee danke." Ich ließ die Tomate in die seitliche Parkatasche fallen. Sie war für Jörg gedacht.

Offenbar von Mitleid gepackt, nahm sie ihren großen Geldbeutel vom Tisch und fischte aus einem Haufen von mindestens zehn Mark in Zehnern und Pfennigen ein Markstück heraus. „Da", sagte sie, drückte es mir mit dem Daumen in die Hand und presste sie mit ihren beiden Händen zu einer schützenden Faust zusammen. Dabei zwinkerte sie mir zu, als wollte sie sagen, *„sag' deinem*

Bruder aber nichts". Ich ließ das peinliche Ritual über mich ergehen, wie ich es immer tat.

„Wann warst du denn das letzte Mal beim Friseur?", fragte sie und sammelte meine Haare in Höhe der Brust zu einem dicken Strang zusammen. „So schönes, dickes Haar hatte ich auch mal, und alle haben sie mich darum beneidet!"

Eine dicke Hummel hatte sich vom Balkon in die Küche verirrt und flog geradewegs mit tiefem Hummelton zwischen unseren Köpfen hindurch.

„Ach, komm' her, mein kleines Pelztierle", sagte sie mit gespitztem Mund, als dieses mit einem *Tack* gegen die Resopaltür des Küchenschranks knallte, und versuchte, das Tier mit sämtlichen Fingerkuppen beider Hände mitten im Flug zu streicheln. Es entkam jedoch und flog in einer geraden Linie wieder zur Tür hinaus.

„Aber ich mach' dir doch nichts", sagte sie enttäuscht und trat hinaus auf den Balkon.

Bozo und ich schauten uns an. „Komm, wir hauen ab", sagte ich.

„A, rutsch' mir doch den Buckel runter, du blödes Vieh!", hallte es laut im Hinterhof.

„Mutter, wir gehen. Tschüs, und nochmals vielen Dank."

Sie kam wieder rein. „Macht's gut, ihr zwei. Wenn du mal deinen Bruder siehst, sag' ihm einen schönen Gruß von seiner Mutter, er kann sich ruhig auch mal wieder blicken lassen. Ist er eigentlich immer noch mit dieser Hure zusammen?"

„Ich weiß nichts von einer Hure. Du meinst sicherlich seine Freundin Hertha. Nein, ich glaube, sie sind nicht mehr zusammen."

„Sag' mal, wie redest du denn mit deiner Mutter?"

„Tut mir leid, ich hatte mich nicht unter Kontrolle."

„Ach, das macht doch nichts. Du bist doch mein Bub." Sie strich mir übers Haar. „Du warst zwei Wochen überfällig, und als sie dich dann mit der Spritze endlich geholt haben, bist du rausgeschossen wie eine Kanonenkugel. Der Arzt hat dich gerade noch auffangen können. Und jetzt bist du schon so groß!"

Das kommt bei meiner nächsten Bewerbung in den Lebenslauf, versprach ich mir. Damit schlage ich jeden Konkurrenten um Längen!

„Also, bis dann", sagte ich, als wir wieder im Treppenhaus standen.

„Tschüs, mein Großer!"

Wir liefen schnell die Treppe hinunter, und Bozo atmete auf.

„Kriegt die ihr Bier eigentlich auf Krankenschein?", fragte er.

„Tja – das ist die Hunderttausend-Dollar-Frage." Wir lachten beide erleichtert, und das Lachen hallte überraschend laut von den Wänden des Treppenhauses.

Jörg saß mit verschränkten Armen und aufgesetzt vornehm rauchend hinten in der Ecke vor dem Zwischenfenster zum Nebenzimmer und hatte ein halbvolles Glas Bier vor sich stehen. Das Fenster nahm die halbe Wand ein und war aus lauter kleinen, unebenen Glasscheiben zusammengesetzt, wie man sie auch in den Toilettenfenstern mancher Wirtschaften fand, damit man beim Pinkeln nicht in den Hof schauen konnte und auf dumme Gedanken kam. Einige Scheiben waren blassrosa, flaschengrün oder hellblau eingefärbt, was vermutlich dazu dienen sollte, eine heitere Pfälzer Weinstubenatmosphäre zu vermitteln. Jedenfalls stand über der Tür zum Nebenzimmer in einer Art Frakturschrift *Jägerstube*. Und das mitten in Ludwigshafen mit seinen rauchenden Schornsteinen.

Ich nahm die Tomate aus meiner Jackentasche, setzte mich hin und legte sie neben Jörgs Bierglas. Am Nebentisch saß ein verbiestertes älteres Ehepaar über zwei Tellern Leberknödel mit Kraut und Brot und aß laut schweigend vor sich hin.

„Danke!", sagte Jörg und freute sich sichtlich. Er nahm die Tomate und rieb sie gleich an seinem Hosenbein ab.

„Schade, dass du's dir bei seiner Mutter verschissen hast", sagte Bozo, als er sein Jackett neben den Zeitungsstangen aufhängte. „Sie hat einen ausgesprochenen Unterhaltungswert."

Jörg leckte die Tomate ab und bestreute sie mit Salz. „Wieso?"

„Sie hat uns gerade erzählt, wie so ein alter Knopp über sie hergerutscht ist." Die Frau am Nebentisch schaute von ihrem Knödelteller auf und hielt kurz inne.

„So redet man aber nicht über eine Mutter", sagte Jörg und biss hinein. Eine überreife grüne Ladung Glibber spritzte heraus und blieb an seinem weißen Hemd hängen.

„Sie redet über sich selbst so", meinte Bozo und setzte sich.

Helga kam lächelnd an unseren Tisch, und Bozo bestellte uns zwei Bier, während sie jedem von uns einen Bierdeckel hinwarf. Sie stakste hochhackig zurück an die Kasse, tippte unsere Bestellung hinein und spießte den

Bon auf einen Nagel auf. Sie sah wie immer gut aus. Zu ihrer kleinen, weißen Bedienungsschürze, ihrem einzigen Zugeständnis an die landläufige Vorstellung einer Bedienungstracht, trug sie eine knallenge, dünne schwarze Hose, und ich war mir sicher, dass sie darunter sonst nichts anhatte.

Kellnerinnen galten schon immer als meine ganz besondere Schwäche, und natürlich nicht nur als meine. Attraktive Kellnerinnen strahlten eine ganz eigene Erotik aus, und ich hatte einmal mit Berthold in einer angeregten Diskussion versucht herauszufinden, welche tieferen Gründe wohl dahinterstecken mochten.

Da eine Diskussion ganz rasch ausdiskutiert ist, wenn man sie gleich mit der einfachsten, logischsten Erklärung einleitet, hatte ich versucht, ihn mit der Theorie zu überzeugen, dass der Kern der Sache in der schwarzen Geldtasche lag, die sie unter ihren kleinen weißen Schürzen trugen. Bauch und Hintern stellen in der Regel, von der Seite betrachtet, ein optisches Gleichgewicht her. Wird der Bauch einer Kellnerin jedoch zusätzlich durch einen umgeschnallten Geldbeutel vorgewölbt, so erscheint einem auch der Hintern viel weiter nach hinten gereckt, als er in Wirklichkeit ist – besonders in Verbindung mit hochhackigen Schuhen –, ein Umstand, der längst eingeschlummerte Vierbeinerinstinkte wieder erwachen ließ. Der Beutel als gewissermaßen sekundäres Geschlechtsmerkmal – was so abwegig auch gar nicht war. Schließlich verbargen die Beuteltiere – Kängurus, Beutelratten und dergleichen – sogar ihre Brüste in ihrem Beutel, die ja bei uns höher entwickelten Nichtbeutlern zweifellos die Riege der sekundären Geschlechtsmerkmale anführten (wenn auch nicht unbedingt meine eigene).

Es war also die verdrängte Sehnsucht nach den verschwundenen Beuteln, die uns in die Gasthäuser zog. Genauso, wie sich ein General mit seinen Epauletten bei seinen Soldaten ähnlichen Respekt verschaffte wie sein urzeitlicher Kollege mit besonders ausgeprägter Schulterbehaarung bei seiner Affenherde, so geriet auch manch einer ins Schwärmen, wenn eine Kellnerin in ihrem Beutel nach Wechselgeld suchte.

Berthold war eine rationale Natur mit wenig Sinn für Humor und hatte deshalb meine Theorie sogleich als zu spekulativ verworfen. Er plädierte eher für die augenscheinlichere Erklärung, dass man eine Kellnerin, im Gegensatz zu einer Frau auf der Straße, jederzeit zu sich herwinken konnte, um einen Wunsch vorzutragen, den sie dann auch noch bereitwillig und lächelnd erfüllte. Darauf hatte man einen regelrechten Anspruch. Wollte man sie sich mal aus der Nähe anschauen oder ein paar Worte mit ihr wechseln, rief man sie einfach her und bestellte sich noch ein Bier. Man handelte sich dabei nie einen Korb ein.

„Das trägt ja schon Grundzüge von Prostitution“, hatte ich damals zusammengefasst.

„Das ganze Leben ist doch Prostitution“, hatte Berthold pathetisch kommentiert, und genau genommen stimmte das natürlich.

Aber mal ganz unter uns: Kellnerinnen wurden in der Regel weniger ihrer kopfrechnerischen Fähigkeiten wegen eingestellt – die besaßen sie als Frauen ohnehin – als vielmehr wegen ihres Aussehens oder ihrer Ausstrahlung. Folglich sahen Kellnerinnen im Allgemeinen gut aus, und nur deswegen galten sie als unsere besondere Schwäche.

Helga kam mit unseren zwei Bieren, und als sie sich vorstreckte, um Bozo seines hinzustellen, hielt sie sich mit ihren langen, tadellos lackierten roten Fingernägeln an meiner Schulter fest, dass ich eine Gänsehaut bekam. Nun ja, seufzte ich in Gedanken, wir kannten uns eben; wäre sie Linkshänderin gewesen, hätte sie sich an Jörgs Schulter festgehalten.

Unser verwöhntes Wirtschaftswunder-Pärchen am Nachbartisch war offenbar satt und hatte seine Teller, auf denen jeweils noch mindestens die Hälfte übrig geblieben war, weit von sich geschoben. Sie machten sich nun lustlos mit den Fingern an ihren Zähnen zu schaffen, wobei die vorgehaltene andere Hand das Geschehen vor neugierigen Blicken abschirmen sollte. Jörg beobachtete sie eine Weile und beugte sich dann – Tomatenglibber am Kragen – zu ihnen rüber.

„Entschuldigen Sie", sagte er höflich.

„Ja bitte", sagte die Frau mit erhobener Augenbraue, ohne Jörg anzuschauen.

„Sie haben Ihre Teller nicht leer gegessen."

„Ja, und?"

„Es wär' doch jammerschade, wenn das Zeugs einfach im Mülleimer landen würde. Sie wissen ja, wie's auf der Welt aussieht – in Biafra wäre mancher froh, er hätte einen Teller Leberknödel! Wenn Sie nichts dagegen hätten, würde ich den Rest essen."

„Naja", sagte die Frau zögernd – darauf war sie nicht vorbereitet – und schaute verunsichert zu ihrem Mann rüber. „Sie haben sicherlich Recht. Sag' *du* doch was, Karl!"

„Jaja", meinte Karl kleinlaut, der es offenbar gewohnt war, „jaja" zu sagen, wenn seine Frau mit ihm redete,

„wenn man sich's genau überlegt – 's wär' wirklich schad' drum."

Jörg streckte sich weit vor und zog mit beiden Händen die Teller an sich. Es war kaum zu übersehen, dass es unseren Nachbarn unbehaglich zu werden begann, zumal die anderen Gäste im Lokal nach und nach aufmerksam wurden und verstummten. Helga, die mit verschränkten Armen an der Theke gestanden und die Szene beobachtet hatte, kam mit einem frischen Teller und neuem, in eine rote Serviette gewickeltes Besteck an unseren Tisch. Das Gebrauchte sammelte sie ein.

„Könnte ich noch ein Stück Brot haben?", bat Jörg und kippte alles salopp auf den neuen Teller. „Zu Leberknödeln gehört einfach ein Stück Brot – was meint ihr?" Die zwei Reste waren größer als ursprünglich jede einzelne Portion.

Helga kam wieder mit einem Körbchen, in dem zwei Scheiben Brot in einem rot karierten Deckchen mit Fransen lagen. Ein Beutelchen Senf lag oben drauf.

„Wir möchten bezahlen", sagte die Frau am Nachbartisch spitz und kramte ihre Geldbörse aus der Handtasche. Jörg brach das Brot auseinander und verteilte die Stücke in der braunen Leberknödelbrühe, wo sie sich rasch vollsogen und auf Grund liefen.

„Ich befürchte, dass ich für meine Popcornparty nicht genug Geld haben werde", sagte ich, um die allgemeine Aufmerksamkeit etwas zu zerstreuen. „So eine Wanne voll Bohnensuppe und der viele Mais werden eine Stange Geld kosten. Ich werde mir was dazuverdienen müssen."

Jörg biss die Ecke seines Senfbeutelchens ab. „Komm doch nächste Woche einfach mit zum Penneramt", meinte er und blies das Stückchen Plastik von seinen Lippen wie ein Zigarrenraucher ein abgebrochenes Stück Deckblatt.

„Was denn für ein *Penneramt*?" Wie sich das schon anhörte.

„Das ist eine Nebenstelle des Arbeitsamts. Hinterm Arbeitsamt ist doch dieser tiefer gelegene Parkplatz für die Angestellten, und dort unten befindet sich etwas versteckt auch der Eingang zum Penneramt – wahrscheinlich damit sich keiner gestört fühlt von den vielen Pennern." Er winkte Helga und zeigte ihr sein leeres Bierglas. „Da gehen die Penner hin, wenn sie mal gerade einen Tag arbeiten wollen. Die kriegen dann immer gleich abends ihr Geld. Eine Tagelöhnervermittlung, sozusagen."

Ich stellte mir das Schild neben der Tür vor, mit dem offiziellen Logo des Arbeitsamtes und dem sachlichen Hinweis: *Arbeitsamt – Außenstelle: Penneramt.* „Und woher kennst *du* das Penneramt?"

„Naja, es gehen halt nicht nur Penner hin, sondern auch Studenten oder Arbeitslose – und wer sonst halt mal ein paar Mark unter der Hand verdienen möchte."

Das klang nicht schlecht. „Und wie läuft das dort ab?"

„Da sitzt so ein Beamter hinterm Schalter und wartet, dass irgendeine Firma anruft, die mal eben kurzfristig ein paar Penner zum Aushelfen braucht. Dann sucht er sich die Passenden aus der Menge heraus und schickt sie mit einem Zettel los."

Helga kam und stellte ihm sein Bier hin.

„Danke", sagte er und schenkte ihr sein gewinnendstes Lächeln, bevor er sich mit gutem Appetit eine Ladung Kraut in den Mund schob.

„Ich muss aber doch tagsüber arbeiten."

„Dann machst du eben krank“, meinte Bozo. „Das würde dir sicherlich auch mal guttun.“ Krankmachen gehörte eigentlich nicht zu meinem Wortschatz.

„Naja“, sagte ich zögerlich, „einen Versuch ist es sicherlich wert. Und was sind das denn so für Arbeiten?“

„Och, da gibt’s die unterschiedlichsten Sachen“, meinte Jörg und wischte sich mit der Serviette die Krautbrühe vom Kinn. „Meistens wird man in den Hafen geschickt, um Eisenbahnwaggons oder Schiffe zu entladen. Einmal musste ich bei einer Firma in Ladenburg den ganzen Tag loses Waschmittel in große Säcke schaufeln. Das Zeug war teuflisch – die ganze Nacht hat mir danach die Nase geblutet.“

„Ham die dir keinen Atemschutz gegeben?“

„Doch, so ein kleiner, dünner Blechwinkel für die Nase mit einem Gummi dran und einem Wattebausch für dazwischen. Aber damit hat man überhaupt keine Luft bekommen.“

„Und wie viel Geld kriegt man da?“

„Das ist auch unterschiedlich – aber im Schnitt so vierzig Mark am Tag.“ Jörg ließ sich seine Beute schmecken und spülte jeden Bissen genüsslich mit einem Schluck Bier nach.

„Dafür bekomme ich gerade einen Zentner Futtermais.“

„Na und“, meinte Bozo, „nach einer Woche sind das schon fünf Zentner.“

„Du hast Recht. Ich werde allerdings Puffmais brauchen, und der ist wahrscheinlich erheblich teurer. Aber, was soll’s – irgendwo muss ich ja anfangen.“

Krankmachen. Ich hatte in meinem ganzen Leben noch nie krankgemacht; ich wusste gar nicht, wie das ging. Ich hatte noch nicht mal einen Arzt, den ich „mein“ nennen konnte – außer meinem Zahnarzt, aber der schrieb einen ja in der Regel nicht krank. Wenn ich zur Hausärztin meiner Mutter ginge, würde die mir womöglich einen Kasten Bier verschreiben, anstatt mich krankzuschreiben.

„Würdest du mitgehen zum Penneramt?“

„Aber klar“, sagte Jörg. Er war mit dem Essen fertig und wischte die restliche Leberknödelbrühe mit dem übrigen Brot auf. Ich konnte allmählich der Abwechslung direkt was abgewinnen.

„Und – was machen wir jetzt?“

„Lasst uns doch in die Stadt laufen“, schlug Bozo vor. „Mal sehen, wer sich so am Automat herumtreibt.“

„Alla hopp“, sagte ich und winkte Helga, um zu bezahlen.

„Zahlt ihr meine zwei Bier mit?“, meinte Jörg, „ich geb's euch nächste Woche nach dem Penneramt wieder.“ Er tupfte sich den Mund mit der Serviette ab und stieß dabei vornehm auf.

„Sag' mal“, meinte Bozo leicht stinkig, „warum bestellst du dir ein zweites Bier, wenn du gar kein Geld hast?“

„Ach, weißt du – zu Leberknödeln gehört einfach ein Bier.“ Er zerknüllte die Serviette und legte sie am Tellerrand ab.

Helga kam mit ihrem Bauchbeutel. „Geht das zusammen?“

„Ja“, sagte Bozo resigniert und warf seinen Geldbeutel auf den Tisch. Er bezahlte alles, und wir tranken gleichzeitig aus.

Helga klemmte sich die Gläser zwischen die gepflegten Finger und steckte die Bierdeckel wieder in ihren Plastikhalter.

„Macht's gut", sagte sie und stakste zurück an den Küchenschalter, wo sie Jörgs Knödelteller abstellte, bevor sie hinter die Theke tackerte und unsere Gläser nacheinander über die rotierende Bürste stülpte und anschließend zum Abtropfen kopfüber auf die Ablage stellte.

Wir standen auf, nahmen unsere Jacken und gingen hinaus auf die Straße, wo es mittlerweile für die Jahreszeit ganz schön warm geworden war.

„Ich werde also Montag früh zum Arzt gehen", sagte ich, als wir die Treppe hinunterstiegen, „und wenn er mich krankschreibt, meld' ich mich bei dir."

„Is' gut", sagte Jörg.

Ein Stück vor uns war einer alten Frau mit blaugeblümter Kittelschürze das Fahrrad umgefallen, auf dessen Gepäckträger sie einen großen Spankorb, gefüllt mit kleinen Gurken zum Einmachen, geklemmt hatte. Der Samstagsmarkt befand sich von hier aus gerade mal um die Ecke in der Sternstraße. Die Gurken kullerten über die ganze Breite der Straße, und viele blieben längs in den Straßenbahnschienen liegen. Die ersten Autos begannen zu hupen, und wenn ich recht hörte, klingelte bereits die nächste Straßenbahn in der Ferne.

„Hure'scheiße, elende!", fluchte sie laut und unbeherrscht und begann, die ersten Gürkchen wieder einzusammeln, während sie ihr Fahrrad unsicher neben sich aufrecht hielt.

„Na alla – wer wird denn gleich in die Luft gehen!", sagte Jörg leise und steckte sich in der hohlen Hand eine

Zigarette an. Wir begaben uns auf den langen Weg in die Stadt.

11
Das Penneramt

Mit dem begehrten gelben Schein in der Hand, war ich schon wieder auf der Straße. Beim Arzt war alles sehr schnell gelaufen. Ich hatte eine Darmgrippe – die und der entsprechende Arzt am Ruthenplatz in Friesenheim, gleich neben dem *Kleinen Kreuz*, waren mir gestern Abend am Automaten noch empfohlen worden. Nun wurde ich eine Woche lang von Deutschlands Solidargemeinschaft subventioniert. Ich lief gemächlich, meine ungewohnte Freiheit genießend, in Richtung Innenstadt und hielt Ausschau nach einer Telefonzelle.

Es war ein schöner Montagmorgen. Zwar noch recht frisch in den Häuserschatten, aber die Sonne hatte bereits die Autodächer auf der anderen Straßenseite getrocknet. Überall herrschte hausfrauliche Geschäftigkeit. Schmucklose Schlafzimmer ohne Bilder an den Wänden wurden gelüftet; dicke Federdecken quollen aus den Fenstern und gingen wie bunte Hefeteige in der Sonne auf. Mütter mit leeren Pfandflaschen und prallen Wursttüten im Einkaufsnetz kamen aus der Metzgerei, und alle schienen sie glücklich, die Bagage endlich vom Hals zu haben und wieder unter ihresgleichen zu sein.

Aus der Metzgerei drang der aufdringliche rosane Geruch der fetten Aufschnittscheiben, deren schlecht verkäufliche Endstücke die Kleinen immer von einem dicken, lachenden Dampfnudelgesicht in die bloße Hand gedrückt bekamen, was mich als Kind, so ganz ohne Brot dargeboten, regelrecht angewidert hatte, und für die sowie auch für die fettigen Finger, die ich davontrug, ich mich auch noch artig bedanken musste. Und da kam auch schon das erste Opfer des Tages im Schlepptau seiner Mutter aus dem Laden gestolpert und schaute skeptisch auf das nackte Stück in seiner Hand.

Ein Blumenhändler war gerade dabei, einen Teil seiner Auslage werbewirksam aufs Trottoir in die Sonne zu stellen. Es waren eimerweise gelbe Spinnen – das waren die, die niemand ernsthaft mochte, die aber jedem als Erstes einfielen, wenn er in die Qual der Wahl wegen eines Geburtstagssträußes geriet oder wenn die Mutter mit einem gutartigen Knoten in der Brust im Krankenhaus lag. Zwei Verkäuferinnen in Weiß staksten im Gleichschritt und mit verschränkten Armen an den Blumenkübeln vorbei, die Augen auf einen nicht vorhandenen, aber offenbar mitlaufenden Punkt vor ihren Füßen fixiert. In regelmäßigen Abständen schrammte der eine oder andere Pfennigabsatz übers Pflaster.

Vor dem Eingang der Drogerie lockte der ewige Duft von Seifen, von Kölnischwasser und Badeschwämmen. Ein schwänzender Schuljunge mit viel zu hoch angebrachtem Ranzen auf dem Rücken drehte sich trödelnd am Schaufenster entlang und sang leise und disharmonisch vor sich hin.

Die Seifen und die Badeschwämme wurden bald abgelöst von abgestandenem Bier und erkaltetem sonntäglichen Zigarrenrauch aus dem offenen Straßenschalter einer Wirtschaft, deren Existenz mir bis jetzt noch nie aufgefallen war. Drinnen standen die Stühle falsch herum auf den Tischen und spiegelten sich im nassen Fußboden.

Es war bereits halb zehn durch. Ich entdeckte auf der gegenüberliegenden Seite eine Telefonzelle und überquerte die Straße. Zuerst rief ich im Geschäft an und gab mit gequälter Darmgrippenstimme meine Abwesenheit für den Rest der Woche bekannt. Fast musste ich dabei lachen, als mir wieder einfiel, wie Bozo und ich vor Jahren, als wir noch Lehrlinge waren, für zwei Flaschen Bürgerbräu einen Penner engagiert hatten, damit er als unser jeweiliger Vater einmal bei mir und einmal in der Bayerischen Bank anrufen sollte, um den kurzfristig erkrankten Sohn zu entschuldigen. Wir hatten ihm alle Namen und Stichwörter an den Rand des Telefonbuchs geschrieben, und das Ganze hatte weder bei Bozo im Geschäft noch bei mir den geringsten Anlass zu irgendwelchem Argwohn gegeben.

Anschließend wählte ich die Nummer von Jörgs alter Mutter. Es dauerte eine Weile, bis es in der Leitung knackte.

„Bieneck."

„Tach, Frau Bieneck – hier ist der Peter. Ist der Jörg da?"

„Ach Gott, der is' schun drei Dag net häm'kumme", klagte sie mit ihrer alten, schleppenden Stimme. *„Ich weeß net, wie des mol weitergehe' soll. Ich bin 'e aldi Fraa – was is', wenn ich emol nimmer bin?"*

„Naja, da hat er ja noch viel Zeit, sich zu bessern", sagte ich. „Wenn ich ihn sehe, schick' ich ihn nach Hause." Ich wünschte ihr noch einen schönen Tag und legte den Hörer auf. Das fing ja schon mal gut an! Und dafür hatte ich mir jetzt entgegen all meine Prinzipien eine Darmgrippe verschreiben lassen. Auf keinen Fall würde ich morgen allein zum Penneramt gehen – ich *musste* Jörg heute noch finden!

Diese Frage hatte ich mir auch schon oft gestellt: Was wird sein, wenn Jörgs alte Mutter mal wirklich nicht mehr ist? Wo würde er dann schlafen, essen und sich die weißen Hemden waschen und bügeln lassen? Wer würde ihm die alten Anzüge zur Reinigung bringen, damit er wenigstens halbwegs anständig daherkam? Wem würde er den Staubsauger und die Küchenmaschine klauen, um sie zwecks Alkoholbeschaffung zum Pfandleiher zu schleppen? Und aus wessen abgeschlossener Wohnzimmertür würde er das Schloss vergeblich ausbauen, und sie am Ende doch eintreten, um an die halbvolle Flasche Edelkirsch im Wohnzimmerschrank zu kommen? Jörg war sich gar nicht bewusst, wie abhängig er von seiner Meta war.

Der pure Instinkt lenkte meine Füße in Richtung Berliner Platz, und als ich nach zwanzig Minuten neben der *Tränke* aus der Passage trat und hinüber zum Automaten schaute, stand er auch schon da, zusammen mit einem anderen Kerl seines Kalibers. Jörg war zwar unzuverlässig, dafür aber auch ziemlich unkompliziert. Ich überquerte die Straßenbahnschienen und ging zu ihm rüber.

„Morgen, Jörg“, sagte ich mit einem gespielten Anflug von Vorwurf in der Stimme. Eigentlich war ich ja froh, ihn so schnell gefunden zu haben. Er und sein Freund hatten offensichtlich beide getrunken, und Jörg fixierte mich unter großer Anstrengung mit seinen verwaschenen Augen. Sein weißes Hemd war zerknittert und mit rosanen Weinflecken besudelt. Der Farbe nach handelte es sich dabei um Lambrusco-Flecken, die man sich beim Trinken aus der Riesenflasche leicht zuzog. Die gingen beim Waschen allerdings problemlos wieder raus, ganz im Gegensatz zu den edleren und etwas teureren Rotweinflecken.

Er hatte seine Hände tief in den Hosentaschen vergraben, das zerknitterte Jackett links und rechts elegant nach hinten verdrängt, und wackelte leicht mit dem Kopf.

„Kannst du mir mal vier Bier leihen", sagte er zur Begrüßung, „für mich und meinen französischen Freund?" Er nahm seine rechte Hand aus der Tasche und legte sie seinem französischen Freund um die Schulter. Der hatte einen kleinen, runden Kopf mit wässrigen, rot unterlaufenen Fischaugen und mampfte unentwegt und mit sichtbarem Vergnügen Brezelstücke aus einer großen Papiertüte.

„Isch *liebe* Brezelle!", verkündete er, ohne aufzuschauen, und dabei fiel ihm ein Stück aus dem Mund und zurück in die Tüte.

„Ich hab' kein Geld, um dir vier Bier zu bezahlen", sagte ich und schaute mich um. Ich war überrascht, wie viele Leute sich um diese Uhrzeit in der Stadt herumtrieben, anstatt irgendwo zu arbeiten. Und es waren keineswegs alles Hausfrauen oder alte Leute. Ob die alle krankgeschrieben waren? „Wenn ich mich recht erinnere, waren wir zwei für heute verabredet."

Jörg schaute mich an und zuckte misstrauisch mit dem einen unteren Lid. „Also, da sind wir – wie verabredet."

„Ich hatte gesagt, ich rufe dich an."

„Ich drück' mich doch nicht den ganzen Tag bei der Meta herum. Hat's denn geklappt beim Arzt?"

Er hatte ja Recht. „Klar – das war ja die Voraussetzung, dass wir uns treffen."

„Und – was hast du?"

„Eine Darmgrippe."

„Darmgrippe ist gut." Er nickte anerkennend und mit fachmännischer Miene.

„Ich frage mich, ob dieser Automat überhaupt noch Umsatz macht – irgendwie stehen immer ein paar Penner drumrum." Ach, was ärgere ich mich überhaupt? Ich habe ihn gefunden und werde ihn bis morgen früh nicht mehr aus den Augen lassen. Also, was soll's.

„Hopp, lass uns gehen", sagte Jörg plötzlich. Er zupfte seinen Hemdkragen zurecht und machte dabei eine ausgedehnte Nackenlockerungsbewegung. „Tschüs, Marcel", fügte er hinzu und klopfte oben auf den blechernen blauen Automatendeckel, dass es schepperte.

„Salü", erwiderte der und schaute nur kurz aus seiner Tüte heraus.

„Haben die denn keine Brezeln in Frankreich?", fragte Jörg mit leichter Überheblichkeit in der Stimme, als wir die Straßenbahnschienen überquerten.

„Warum sollten sie?", meinte ich. „Komm, ich lad' dich zum Frühstück ein."

Wir gingen an den Schalter der *Tränke*, und ich bestellte uns zwei Frikadellen. „Wie wär's, wenn du heute bei mir übernachten würdest – dann hättest du es morgen früh nicht so weit und kannst obendrein etwas länger schlafen."

Ich bezahlte, und wir stellten uns mit unseren Frikadellen an die Seite. Sie waren kugelrund und wirkten zwischen ihren Brötchenhälften direkt lächerlich und völlig deplatziert.

„Von mir aus", sagte er.

Wir hatten beide Mühe, bei diesem Format einen ersten Bissen anzubringen, und ich nahm schließlich meine Frikadelle aus den Brötchenhälften heraus und biss direkt hinein, wie in einen Apfel. Sie schmeckte nach alter Bratwurst und hinterließ einen klebrigen, pelzigen Film auf den Zähnen. Wenn man die Zähne anschließend fest zusammenbiss und wieder losließ, leisteten sie für den Bruchteil einer Sekunde sogar leichten Widerstand. Ich warf nebenbei einen Blick auf die Uhr des Schmuckgeschäfts in der Passage; es war gerade mal zehn Uhr durch. Ich hatte noch einen langen Tag vor mir.

„Vielleicht solltest du zwischendurch mal bei deiner Mutter anrufen", meinte ich, „die macht sich Sorgen um dich."

„Die Meta ist eine alte Hure", sagte er mit vollem Mund und wischte sich mit der viel zu dünnen Papierserviette den Frikadellensaft vom mittlerweile reichlich unrasierten Kinn.

Am nächsten Morgen standen wir sehr früh auf, früher noch, als ich regulär zur Arbeit gegangen wäre. Nach dem Duschen überbrühte ich uns mit umgeschlungenem Handtuch zwei schnelle Tassen Kaffee – wobei Jörg den Gang vom Bett zum Kaffee ohne große Umwege über Dusche oder Spülstein machte – und wir verließen das Haus, noch bevor Barbara die Zeitung brachte.

„Ich glaube, mein Hirn ist noch nicht wach", sagte ich, als draußen die Haustür hinter uns ins Schloss fiel.

„Das legt sich, wenn's richtig hell wird", meinte Jörg.

Am Bunker gegenüber vom Schorlefriedel warf ich meinen Krankenschein in den Briefkasten. So früh hatte ich, soviel ich wusste, noch nie das Haus verlassen. Nach Hause getorkelt, ja – aber das war nicht dasselbe. Damit schloss man einen langen Tag ab. Jetzt aber war ich frisch aus den Federn, und mir stand ein hoffentlich erfolgreiches Sich-Prostituieren bevor. Ich hatte keine Ahnung, wie und wo das vonstattengehen würde. Ein wenig aufgeregt war ich schon.

Es war noch fast dunkel, die ersten Vogelrufe hallten bereits in den Hinterhöfen, und außer ein paar abgeschlafften Schichtarbeitern, die ihre schwarzen Sodafabrik-Fahrräder mit den kleinen blechernen Nummernschildern an den Querstangen leise heimtrieben, war auf den Straßen noch nichts los.

Ständig ging irgendwo ein Wecker, mal weit oben in den höheren Stockwerken, dann wieder von der anderen Straßenseite und kaum hörbar, einmal genau neben uns, unvermittelt und laut und just in dem Moment, da wir am dazugehörigen Schlafzimmerfenster vorbeigingen. Hinter dem einen oder anderen Rollladen standen jetzt zerzauste, muffelnde Mütter im Morgenmantel in der Küche und setzten ihren Familien gähnend das Wasser auf oder piekten Löcher in die Frühstückseier, während sich ihre Ehemänner vorm billigen Flurspiegel den noch billigeren Schlips umbanden und die Kinder noch immer nicht aufgestanden waren. Und wozu auch – es war ja noch früh.

Wir traten am anderen Ende aus dem düsteren Hemshof hinaus und überquerten das Viadukt, das sich in der Morgendämmerung mit seinen blassen Gaslampen zur Innenstadt hin ausbreitete und auf dem die ersten hell erleuchteten Straßenbahnen sich vorsichtig in die Kurven schoben.

In der Postkantine brannte bereits Licht. Statt der Rampe nahmen wir die Treppe, die von ganz oben direkt zur Straße hinunterführte, und die Versuchung war groß, mal eben auf ein kurzes, preiswertes Frühstück reinzuschauen. Doch ein seltenes Pflichtbewusstsein lenkte uns in einem kleinen Bogen am Eingang vorbei und in die Straße hinein, die zum Arbeitsamt führte.

Wir liefen um das ehemalige Trümmergrundstück herum, auf dem früher mal das Kirchenschiff der Lutherkirche gestanden hatte und das jetzt nur noch Lutherplatz hieß, und erreichten dann den lang gezogenen, nüchternen Nachkriegsbau des Arbeitsamtes von seiner rückwärtigen Seite her. Hier befand sich tatsächlich der gut versteckte, unauffällige Eingang zum Penneramt, dessen Existenz mir bis jetzt völlig verborgen geblieben war. Er stellte gewissermaßen den verdeckten Hintern des Arbeitsamtes dar, wo die Stadt ihren gefallenen Bürgern den unverdauten Abfall des Arbeitsmarktes zum Fraß vorwarf.

Es hatte sich auf dem breiten Gehweg oberhalb des Penneramtes schon allerhand Volk eingefunden. Dunkle, unrasierte bis bärtige Gestalten standen in kleinen Gruppen herum und unterhielten sich leise, viele mit heiseren Stimmen; Gesichter, die jeder Ludwigshafener schon hundertmal gesehen, aber nie weiter beachtet hatte, denen man nachts, wenn man schlief, seine Stadt anvertraute. Hier war er versammelt, der harte Kern, Ludwigshafens Anti-Elite – in dieser Masse geradezu beeindruckend.

In der marktwirtschaftlich gelenkten Gesellschaft, in der wir lebten, fand jede Nachfrage, die auftauchte, jemanden, der sie zu befriedigen suchte, sogar des Penners Begehr nach einem belegten Brötchen, einer Brezel oder einer Flasche Bier zum Frühstück. Davon lebte die kleine, freistehende Trinkhalle an der Ecke, die um diese Uhrzeit als ziemlich einzige der Stadt aufhatte und in deren Umfeld sich noch zahlreiche weitere Männer in Grüppchen zusammengefunden hatten. Manche standen unruhig an der Seite, mit hochgezogenen Schultern und aufgeplusterten Federn, mit einem Becher heißen Kaffees in den Händen, und sie wärmten sich ihr Gesicht, indem sie hin und wieder leise hineinbliesen, was ihre derben Züge im Dampf verschwinden ließ.

Aufgrund meiner Erfahrungen auf der nächtlichen Rheinwiese wusste ich, wie sehr man auch an solch warmen Tagen um diese Uhrzeit frieren konnte. Das Wärmespiel mit dem Becher Kaffee funktionierte im Übrigen nur für einen kurzen Moment. Das Gesicht beschlug sofort, und damit zog man sich auch noch das letzte Quäntchen Wärme aus der Haut.

„Hopp, wir warten unten", sagte Jörg leise, „die machen gleich auf – dann bekommen wir einen besseren Platz."

„Um wie viel Uhr machen die denn auf?"

„Um sechs."

„Warum so früh? Um die Uhrzeit arbeitet doch niemand."

„Die ersten Aufträge kommen nun mal um diese Zeit herein. Du musst ja auch die Zeit berücksichtigen, die die Leute hier benötigen, um zu Fuß zu ihrem zugeteilten Arbeitsplatz zu gelangen."

Eine Treppe führte hinunter in den Hof, der deutlich unterhalb des Straßenniveaus lag und den man vor lauter wild wuchernden Essigbäumen vom Trottoir aus kaum wahrnahm. Die Tür zum Penneramt hatte weder Schild noch Klingel und war Teil einer breiten Glasfront, hinter der es noch dunkel war. Nur eine Toilette an der Seite, die ein wenig aussah wie die an den Straßenbahn-Endhaltestellen, war hell erleuchtet und warf ihr Licht und ihre unruhigen Schatten vor die offene Tür. Drinnen wusch sich eine Handvoll Männer in schmuddeligen gerippten Trägerunterhemden das Gesicht an einem einzigen, winzigen Waschbecken oder sie schaufelten sich großzügig kaltes Wasser in die Achselhöhlen. Andere wiederum warteten, bis sie – vermutlich nach einer streng geregelten Pavian-Rangordnung – an der Reihe waren. Ihre Oberkörper wirkten überwiegend ausgemergelt und unterernährt, ganz wie ein Haufen Wildwest-Gleisarbeiter auf einem alten Braunweißfoto, dafür aber teilweise beneidenswert sonnengegerbt. Das Pennerdasein im Sommer war vermutlich nicht das allerschlechteste Los, vor allem, wenn das Penneramt ein wenig zum Unterhalt beisteuerte.

Einer stand in aller Seelenruhe aufrecht inmitten der Menge vor dem Spiegel, mit vornehmem Blick und herunterhängenden Hosenträgern, und rasierte sich bedächtig das stolze Gesicht, während er sich die schlaffe Haut unterm vorgestreckten Kinn straff zog.

Nach und nach kamen auch die anderen langsam von der Straße herunter, und irgendwann ging drinnen hinter der Glasfront flackernd das Licht an. Hinter einer Art Schalter, der etwas erhöht war und wie der Tresen aussah, hinter dem der puderperückte Richter in einem alten englischen Gerichtsfilm thronte, ging ein kleiner Mann umher, mit gemütlichem Bauch, Hosenträgern und Halbglatze, und ordnete Papiere – ein Beamter wie aus dem Bilderbuch. Eine Uhr an der hinteren Wand zeigte Punkt sechs Uhr an. Vor dem Schalter standen, im rechten Winkel, einige dunkelbraune Holzbänke, die an einen staubigen frühmorgendlichen, leeren Wartesaal in einem alten Kleinstadtbahnhof erinnerten.

Die Männer begannen, sich wie eine nervöse Herde an der Glastür zu drängen. Sie warteten, bis der Kleine endlich herumkam, sich bückte und ihnen unten an der Tür aufschloss.

„Morjen, Jungs", sagte er knapp, jedoch freundlich-wohlwollend, und ging mit seinem großen Schlüsselbund wieder zurück an seinen Platz.

„Morgend, Herr Reisinger", tönte es asynchron und in den unterschiedlichsten Stimmlagen aus der Menge, die jetzt ungebremst in den Wartesaal hineinquoll und sich nach dem Gesetz des Dschungels um den Schalter herum gruppierte. Die Alten und die Schwachen nahmen gleich auf den Holzbänken Platz oder standen unauffällig am Rande, während die Lauten und die mit den dicken, haarigen Armen den Schalter für sich in Beschlag nahmen. Jörg und ich stellten uns ein wenig an die Seite. Die uns umgebende Geruchskulisse war draußen im Hof schon geradezu tierisch gewesen, hier im begrenzten Raum war sie schlicht unerträglich.

„Die stinken wie der Bellemer Ewwer[8]", flüsterte mir Jörg zu.

„Allerdings." Ich setzte meine Atmung auf Sparflamme und mutmaßte, dass diese strengen Ausdünstungen in früheren, badewannen- und waschmaschinenfreien Zeiten bei Mann und Frau gleichermaßen gang und gäbe gewesen waren und folglich als völlig normal wahrgenommen wurden. Ich setzte meine Hoffnungen darauf, dass

---

[8] *„der Bellheimer Eber"* – eine mysteriöse Gestalt der Pfälzer Folklore, die sich durch einen auffallend strengen Körpergeruch auszeichnete und im modernen Sprachgebrauch gerne als Vergleichsobjekt für *„ranzige"* Zeitgenossen herangezogen wird

früher oder später der gleiche Gewöhnungseffekt eintreten würde, wie wir ihn alltäglich auf der Toilette erlebten.

„Jetzt kommen erst mal die Routineaufträge", flüsterte mir Jörg zu, „da läuft noch nix für uns."

„Was heißt ‚Routineaufträge'?"

„Das sind die Sachen, die jeden Tag reinkommen – meistens vom Hafen. Die haben da ihre Stammpenner, die sie schon lange kennen und die sie immer wieder anfordern."

„Und warum bist *du* kein Stammpenner vom Hafen?"

„Ich bin ja nicht regelmäßig hier. Außerdem braucht man da dicke Arme, wenn's geht auch noch tätowiert. Meistens muss man dort Dünger von der Sodafabrik in großen, schweren Plastikfässern verladen. Und außerdem bin ich kein Penner."

„Und warum stellen die die Leute nicht gleich fest an?"

„Was weiß ich …"

Herr Reisinger kannte sie alle beim Vornamen. Jedes Mal wenn ein Anruf hereinkam – und das geschah im Moment am laufenden Band – rief er kurz und bündig drei, vier Namen auf, deren Besitzer sich dann, wie beim Appell, knapp mit *„Hier!"* meldeten. Es dauerte nicht lange, bis die Hälfte der Leute mit einem Zettel in der Hand auf dem Weg zum Hafen war und die zweite Garnitur zum Schalter vorrückte.

Danach trat eine schleppende Ruhephase ein, und das Telefon, das bis jetzt zusammen mit den zuweilen recht derben Gesprächsfetzen die Geräuschkulisse beherrscht hatte, klingelte nur noch sporadisch. Die Sonne hatte mittlerweile die Häuserfront gegenüber überwunden und schien jetzt durch die Glaswand auf die Holzbänke, wo es sich die meisten der verbliebenen Penner inzwischen bequem gemacht hatten und sich aufwärmten.

„Na“, sagte der Mann, der die ganze Zeit schon neben mir gestanden und mich gemustert hatte, „Sie sind wohl Student!“ Er sprach tatsächlich hochdeutsch. Er war ein schon älteres Semester und hatte ein freundliches, weichfaltiges Gesicht mit langen weißen Bartstoppeln, die ihm auf seiner gegerbten Haut direkt etwas Gepflegtes verliehen, wahrscheinlich mehr noch, als wenn er sie wegrasiert hätte.

Nein, dachte ich bei mir, Student bin ich eigentlich nicht. Ich hab’ mir aber zum Ziel gesetzt, meine Wohnung bis zum Bauch mit Popcorn aufzufüllen, und das kostet eine Stange Geld. Zudem hab’ ich meiner dicken Freundin ein Bad in einer noch dickeren Bohnensuppe versprochen, die ich anschließend wegschütten werde. Irgendwie habe ich mich mit alldem ein wenig übernommen, und deshalb nehme ich Ihnen jetzt die Arbeit weg, um mir zu meinem gesicherten Einkommen noch etwas hinzuzuverdienen.

„Ja“, log ich höflich, „Student.“ Und was sage ich, wenn er jetzt fragt, was ich denn studiere? Am besten Betriebswirtschaft – das studiert jeder in Mannheim.

Er nickte aber nur anerkennend mit dem Kopf und langte tief in die Tasche seines langen, gammeligen Fischgrätenmantels. (Wo sie die wohl immer herbekamen? Sicherlich wurden sie nicht gleich als Pennermäntel hergestellt …) Er fummelte darin eine kurze Weile suchend herum und brachte schließlich zwei selbstgedrehte Zigaretten zum Vorschein. Sie waren mit grauen Manteltaschenfusseln und -flocken behaftet und an der Klebenaht gelblich verfärbt. Er pustete kurz darüber und bot mir eine an.

„Danke, ich rauche nicht“, log ich noch einmal und lächelte und war damit fortan, solange ich hier unten im Penneramt war, zur Abstinenz verurteilt.

„Na, alla“, sagte er, während er sich eine anzündete und die andere wieder in der Manteltasche verschwinden ließ, „das würde mir sicherlich auch nicht schaden.“ Ein Fussel hatte sich mit angezündet und schwebte glühend zu Boden.

Auf der Sitzbank in der hinteren Ecke brauste irgendwann plötzlich ein kleiner, lautstarker Tumult auf. Zwei Männer hatten sich in die Haare gekriegt; der eine hatte den anderen einen Penner genannt.

„Du kannscht mich wege’ mir e’ dummes Arschloch nenne’, wenn dir danach is’, oder von mir aus auch ’n Depp, ’n dappischer. Aber ’n *Penner* nennscht du mich nimmie! Ich hab *aa’* mein’ Stolz!“

„Aber du bist doch ’n Penner – guck’ dich doch mal an!“

„*Her!* Ich saach dir’s im Gute’!“

Herr Reisinger, der im Moment eh etwas unterbeschäftigt war und dessen Augenlider die ganze Zeit schon geklimpert hatten, wurde aufmerksam und kam hinter seiner Theke hervor. Als er sah, dass die zwei auch noch eine Flasche bei sich hatten, setzte er sie kurzerhand vor die Tür.

„Alkohol ist hier unten strengstens verboten“, flüsterte mir Jörg ins Ohr. Das entsprechende handgeschriebene Schild an der Wand war mir gleich am Anfang aufgefallen.

„Ich hab's euch schon hundertmal gesagt", schulmeisterte er mit erhobenem Zeigefinger zur offenen Tür hinaus, „wer hier unten säuft oder sich sonst nicht halbwegs anständig benehmen kann, der kriegt von mir auch keine Arbeit!"

„'s gibt ja sowieso kä Arweit."

„Du hast es gerade nötig, dich zu beschweren. Warum *du* keine Arbeit kriegst, weißt *du* ja wohl am besten. Jedes Mal wenn ich dich wo hinschicke, kommt prompt eine Reklamation, weil du mal wieder vollgesoffen warst oder sonst wie aufgefallen bist. Und ich hab's dir schon mehr als einmal gesagt – wasch' dich mal ein bisschen und rasier' dich. Wir haben ja nicht umsonst das Klo im Hof einbauen lassen."

„Ja, ja."

„Du brauchst dich nicht zu wundern, wenn man dich einen Penner nennt."

„Siehst du", meinte der andere.

„Ich hab' dir doch mal einen Satz Rasierklingen mitgebracht – wo sind'n die?"

„Weiß ich nimmer."

„Dann kauf' dir doch mal welche!"

„Lang' emol 'm nackische Mann in die Tasch'."

„Mein lieber Mann, du bist mir schon eine Nummer!"

Das Telefon klingelte, und wie ein paar zurechtgewiesene Schuljungen zogen die zwei schmunzelnd und in wiederhergestellter Eintracht davon.

„Jetzt macht e' mal Platz do, Männer", sagte der strenge, aber gerechte Herr Reisinger, und bahnte sich mühsam einen Weg durch die Meute, die sich wegen des zu erwartenden Auftrags wie eine unruhige Hühnerschar vor dem Schalter drängte. „Mein Gott – wenn ihr mich nicht durchlasst, dann habt ihr auch nichts davon, dass das Telefon klingelt!“

Das leuchtete ein. Wie beim göttlichen Wunder am Roten Meer teilte sich die Menge, und der Herr über Arbeit und Brot nahm schließlich auf seinem Thron wieder Platz. Er ließ es noch einmal klingeln und hob dann ab.

Aus dem allgemeinen Gemurmel konnte ich heraushören, dass es sich um einen in Mannheim ansässigen Zeitschriftenvertrieb handelte, der eine Aushilfe für gerade mal einen Tag brauchte. Herr Reisinger legte den Hörer zur Seite, faltete seine Hände unterm Kinn und blickte in die Runde.

„Alla hopp, Egon“, sagte er, „wie sieht's aus? Du warst doch schon mal bei denen.“

„Nee“, winkte der ab, „die zahle' mir zu wenig.“

Aber hallo, dachte ich – was hat denn *der* für Ansprüche?

„Melden Sie sich, Herr Student“, sagte mein Nachbar leise und stupste mich in die Seite, „das ist was für Sie!“

„Meinen Sie?“

„Ja klar. Da machen Sie sich die Hände nicht schmutzig.“

Nun ja, eine etwas veraltete Betrachtungsweise – aber warum eigentlich nicht? Ich bin ja schließlich nicht zum Spaß hierhergekommen. Da sonst niemand Anstalten machte, sich zu melden, hob ich zaghaft den Finger.

„Was machst *du* denn?“, fragte Jörg entsetzt.

„Ich bin gekommen, um Geld zu verdienen und nicht, um mein Problembewusstsein zu schärfen.“

Herr Reisinger schaute mich an, zusammen mit zwei Dutzend anderen misstrauischen Augenpaaren.

„Sie sind zum ersten Mal hier?“, fragte er, plötzlich wieder ganz Beamter. Die Männer hatten mich vorher offenbar nicht richtig wahrgenommen, jedenfalls musterten sie mich nun mit großem Interesse.

„Ja.“

„Student?“

„Ja.“

Er sagte noch etwas ins Telefon, was ich nicht verstand, legte auf und zog dann aus seiner Schreibtischschublade eine neue Karteikarte hervor.

„Name?“

„Dumfarth, mit ti-ehtsch.“

„Bitte?“

„Mit teha.“

„Vorname?“

„Peter.“ Oh je – vor zwei Stunden werfe ich noch meine Krankmeldung in den Briefkasten, und nun komme ich in eine amtliche Tagelöhnerkartei. Wenn sich da nur nichts kreuzt!

Er fragte mich noch das eine oder andere zur Person, bat mich um eine Unterschrift, versah das Ganze mit einem Stempel und ordnete meine Karteikarte schließlich dort ein, wo sie hingehörte – ich nahm mal an unter *D* wie Dumfarth. Danach füllte er einen kleinen, weißen Wisch aus und gab ihn mir in die Hand.

„Sie werden gleich abgeholt.“

„Danke.“

„So – der Tag wäre mal gerettet“, sagte ich, als ich mich wieder zu Jörg gesellte, und mein freundlicher Nachbar in seinem Fischmantel zwinkerte mir zu.

„Ach ja“, seufzte Jörg, „wahrscheinlich hast du Recht. Wenn man nun mal hier ist und so früh aufgestanden ist.

Je später es wird, desto unwahrscheinlicher wird es, dass man noch was Gescheites bekommt."

„Und was machst *du* jetzt?"

„Ich werd' wohl das Nächstbeste nehmen."

Kurz darauf rief eine Mannheimer Waschmittelfirma an und forderte ihr tägliches Pennerkontingent an. Jörg und noch drei andere meldeten sich.

„Die rufen auch jeden Tag an. Die bezahlen zwar nicht gerade gut, aber was soll's."

„Ist das die Firma, bei der du schon mal Nasenbluten bekommen hast?"

„Nein – das war eine in Ladenburg. Diese Firma ist in Sandhofen, ganz in der Nähe von deinem Zeitschriftenvertrieb. Da steht man den ganzen Tag am Fließband und wirft Plastikmessbecher in die Waschmitteltrommeln."

„Dass es dafür keine Maschinen gibt …"

„Wahrscheinlich ist das Penneramt billiger."

„Wie viel gibt's denn dafür?"

„Gerade mal dreißig Mark."

„Naja – ein paar Bier sind das schon."

„Eben."

„Bist du morgen früh wieder hier?"

„Ja klar – wir treffen uns aber gleich hier unten. Gibst du mir mal sechzig Pfennig für die Straßenbahn?"

„Werdet ihr denn nicht abgeholt?"

„Nee – da hätten die viel zu tun."

Ich gab ihm eine Mark, da ich nichts Kleineres dabeihatte. Außerdem ging ich nicht davon aus, dass er sich tatsächlich einen Fahrschein kaufen würde, mit einer Mark aber konnte er sich wenigstens eine kleine Schachtel Zigaretten ziehen. Er ging nach draußen, wo die anderen mit dem weißen Zettel bereits auf ihn warteten, und bevor die Glastür wieder zuschwang, hörte ich noch, wie sie ihn vertraulich mit seinem Vornamen ansprachen.

Ich musste mich noch ein wenig gedulden. Irgendwann kam dann schließlich ein Mann im braunen Anzug über den Hof gelaufen und zur Glastür herein. Mit unverhohlenem Widerwillen zwängte er sich durch die verbliebene Pennerschar vor dem Schalter.

„Herr Dumfarth", sagte Herr Reisinger, „gehen Sie mit dem Herrn mit." Der Herr drehte sich um und sah mich an.

„Auf Wiedersehen, Herr Student", sagte mein Freund und lächelte, „und viel Glück."

„Tschüs", sagte ich und folgte meinem Chauffeur hinaus in den Hof. Als wir draußen an der frischen Luft waren, atmete er tief durch und gab mir die Hand.

„Guten Tag – wie heißen Sie?" Er schien erleichtert zu sein.

„Dumfarth, mit teha."

„Ach ja, stimmt. Angenehm – Kaldebaur. Sind Sie Student?"

„Ja." Allmählich begann ich selbst daran zu glauben.

Wir gingen die Treppe hoch zur Straßenebene, wo es mittlerweile geschäftig herging und sich unsere zwei Streithähne von vorhin leise plaudernd eine Literflasche *Fischerpils* teilten. Sein Auto stand diagonal zum Randstein und war mit den unterschiedlichsten Zeitschriftenlogos übersät. Er schloss die Fahrertür auf, stieg ein, und bevor er auf meiner Seite die Tür entriegelte, zog er noch eine alte, vergammelte Decke vom Beifahrersitz und warf sie nach hinten auf den Boden.

Die Firma lag, von Ludwigshafen aus gesehen, am entlegensten Ende von Mannheim, im Stadtteil Sandhofen, in einem gottverlassenen Gewerbegebiet entlang des Rheins, das sich mithilfe einiger vergessener alter Fabrikwassertürme und leicht verspielter und stark verrußter Backsteinlagerhallen einen kleinen Rest an architektonischem Stil bewahrt hatte. Unser Zeitschriftenvertrieb war allerdings neu – eingeschossig und ganz flach, aus blassgelben, glatten Backsteinen gebaut und nicht sonderlich groß. Wozu auch; hier wurde ja nichts gefertigt, sondern nur Zeitschriften vertrieben – was auch immer das bedeutete.

Herr Kaldebaur brachte mich ins Hauptbüro, verabschiedete sich freundlich per Handschlag und ging dann wohl seiner Arbeit wieder nach, die sich offenbar im Büro genau nebenan befand.

„Na alla, das ist aber mal eine angenehme Abwechslung“, sagte die aufgedonnerte, schwerstparfümierte und nicht mehr ganz junge Sekretärin mit verrauchter Stimme. Sie stand hinter einer Art Tresen und stempelte, ohne hinzuschauen, routiniert einen Stapel rosafarbener Papiere – offenbar Lieferscheine – ab.

„Sonst müssen wir hier immer sämtliche Fenster und Türen aufreißen und zehn Minuten ordentlich durchlüften, wenn uns das Arbeitsamt eine ‚Aushilfe‘ schickt.“ Sie zwinkerte mir mit einem anzüglichen Lächeln zu, und ich war mir nicht sicher, ob ich ihren Kommentar zu meiner Person nun als Kompliment auffassen sollte.

Sie trug froschgrüne, gerüschte Kleiderärmel, die allerdings an den Oberarmen auf einer Strecke von mindestens zehn Zentimetern völlig getrennt vom froschgrünen Restkleid waren und daher eher wie extrem lange Handschuhe ohne Handteil daherkamen. Sie ließ sich meinen weißen Pennerwisch geben, breitete ihn vor sich aus und rief dann über die Gegensprechanlage nach einem Herrn Konrad.

Binnen weniger Augenblicke schwang die Tür plötzlich auf, und Herr Konrad kam herein, eine Art Vorarbeiter, mit sauberen Händen, dem obligatorischen grauen Kittel und, nach dem Schalk in seinen Augen zu urteilen, den ebenso obligatorischen dümmlichen Sprüchen.

„Das hier ist Herr Dumfarth", sagte die froschgrüne Sekretärin, „er gehört Ihnen."

„Oh! Hot sich de' Frisör de' Arm gebroche'?" Er hatte eine hohe, klare Sängerstimme.

„Nee – er hat Pleite gemacht und ist wieder nach Italien zurück."

Ich folgte ihm in ein kleines, staubiges Büro, wo er seinen Schreibtisch stehen hatte. Er nahm einen alten, aber sauberen blauen Kittel aus dem Spind und gab ihn mir.

„Da machense sich net dreckisch", meinte er, „'s is' e' bissel staubisch in der Halle."

„Danke."

„Aber jetzert mol ohne Ferz[9]", sagte er, als wir den Gang hinuntergingen, „is' des Ihne' jetzt im Sommer net zu heiß mit dene' viele Hoor uf'm Kopp?"

„Nee – aber das kann Ihnen Ihre Frau sicherlich besser erklären."

„Oh – täuschen Sie sich net! Mei' Fraa hot e' ganz modische Kurzhaarfrisur!"

Na bravo, dachte ich und versuchte, mir eine reife Wirtschaftswundermatrone mit Twiggy-Frisur und ausrasiertem Nacken über dem Perlenkettenverschluss vorzustellen.

---

[9] „Jetzt mal ohne *Fürze* …" = „Jetzt mal Scherz beiseite …"

Wir kamen in eine große Halle, und vor mir breitete sich förmlich ein Meer aus scheinbar sämtlichen Zeitschriften, Groschenromanen und Comic-Heften aus, die ich je irgendwann mal gesehen hatte. Die Hefte waren alle auf Euro-Paletten gestapelt, die wiederum in rechteckigen Gruppen zusammengefasst waren und dazwischen regelrechte Straßen für den umherfahrenden Gabelstapler freiließen.

Hier herrschte eine sonderbare Atmosphäre. Zwischen den Zeitschriftenstößen waren merkwürdige Leute zugange, und obwohl es relativ viele waren, war alles insgesamt seltsam ruhig. Während die einen wie vergnügte, arglose Kinder herumpusselten, bewegten sich die anderen wie teilnahmslose Zombies, die mit stierem Blick ihre Arbeit taten, ohne nach deren Sinn zu fragen.

Hier und da standen einige Herren im gleichen grauen Kittel herum, wie ihn mein Herr Konrad trug. Sie behielten mit verschränkten Armen das unwirkliche Treiben im Auge, wie Aufpasser auf einem Gefängnishof – und irgendwann dämmerte es mir, dass die Vergnügten und die Teilnahmslosen allesamt geistig behindert waren.

„Was is'n *hier* los?“, fragte ich erstaunt.

„Die sin' alle dappisch“, sagte Herr Konrad.

„Alle?“

„Durch die Bank.“

„Warum?“

„Was weiß ich …“

„Ich meine, warum arbeiten hier nur, äh – Dappische?“

„Naja, die sin' halt billig un' werden, soviel ich weiß, auch noch sub-ven-tioniert.“ Das schwierige Wort sprach er mit einem *F* in der Mitte aus. „Un' für *die* Idiote'arbeit sinse allemal geeignet."

„Ach …" Irgendwas an Herrn Konrad gefiel mir nicht.

Wir kamen an einen langen Tisch und blieben stehen. Er nahm einen Stapel Lieferscheine aus einem Regal und legte ihn vor sich hin. Den obersten hob er ab und breitete ihn daneben auf dem Tisch aus.

„So – Ihre Arbeit is' auch recht einfach", meinte er. „Das sin' die Lieferscheine für die einzelne' Geschäfte un' für die Gutselhäusle[10]. Hier steht genau drauf, wie viel von was jeder bekommt." Er drehte sich um. „Die Zeitschrifte', die uns interessiere', sin' alle hier.

„Ganz links sin' *Stern* un' *Quick* un' so; daneben *Frau mit Spiegel*, *Frau im Schmerz* et cetera pp; dann die Komikhefte, *Mäd*, *Pardong* un' so weiter. Un' ganz rechts *Praline*, *Wochenende*, *St. Pauli Nachrichten* – Sie wissen ja." Er zwinkerte mir mit einem konspirativen Männer-unter-sich-Lächeln zu. „Un' die Reihe ganz hinten, das sin' die regelmäßig erscheinende Romanhefte – *Perry Rhodan*, *Lässiter*" – die las Vetter immer – „die Arztromane, un' so'n Scheiß halt. Hopp – mir mache' den ersten Zettel zusamme'."

Er nahm einen kleinen, niedrigen Rollwagen und ging mit mir zwischen den Zeitschriftenbergen umher. Er las vor, und ich zählte und suchte alles zusammen und stapelte es auf den Wagen. Nachdem wir alles beisammen hatten, gingen wir zurück an den Tisch, wo ich dann die Hefte nahm und oben ablegte.

---

[10] Zeitungskioske *(Gutsel = Bonbon)*

„So – des mache’ mir jetzert alles zu einem einzigen Stapel zusammen un’ stecken den Lieferschein ins oberste Heft, sodass man ihn mit der Nummer gerade noch sieht. Un’ des war’s auch schon. Dann kommt der nächste Lieferschein. Das Verschnüren un’ so, das erledigt dann ihr Nachbar an der Maschine.“ Mein Nachbar und seine Maschine standen genau nebenan. „Gell, Friedrich?“

Friedrich sagte etwas, was ich nicht so recht entziffern konnte, und nickte heftig.

„Also – ham wir alles verstanden?“

„Ich schon.“

„Dann lass’ ich Sie jetzt allein. Wenn irgendwas is’ – Sie wisse’ ja, wo mein Büro is’.“

„Okay.“

Friedrich war mongoloid. Er hatte die übliche Riesenbabyfigur, dazu einen nicht gerade zum Vorteil gereichenden Topfhaarschnitt und kleine Meckiaugen. Er bediente eine seltsame Maschine, im Aussehen einer Standbohrmaschine nicht unähnlich, die aber anders als diese in der Lage war, einen beliebig hohen Stapel Hefte oder Taschenbücher selbsttätig zu verschnüren. Ich ging zu ihm rüber.

„Tach, Friedrich“, sagte ich, „ich möchte nur mal zuschauen.“

Das gefiel ihm offensichtlich. Stolz stellte er den nächsten Stapel auf die Arbeitsfläche, die sich etwa in Bauchhöhe befand und einen zirka zwei Zentimeter breiten Schlitz hatte, der die Fläche von links nach rechts teilte. Für mich nahezu unmerklich setzte er mit einem Fußhebel einen Mechanismus in Gang, der durch den Schlitz eine Schnur um den Stapel schleuderte und zum Schluss auch noch oben verknotete und kurz abschnitt. Das ging so schnell, dass mir die Funktionsweise völlig verborgen geblieben war. Dann drehte er den Stapel um neunzig Grad und wiederholte den Vorgang. Diesmal war er allerdings mit dem Fuß eine Spur zu schnell und schnürte sich links und rechts die Hände mit ein, und noch bevor er mit seiner heiseren Stimme etwas rufen konnte, war die Schnur oben verknotet und sauber gekappt.

„Und jetzt?“, fragte ich.

Auf seinen offenbar routinierten Ruf hin war allerdings sofort ein Herr im grauen Kittel mit einer großen Schere zur Stelle und schnitt ihn ebenso routiniert wieder frei.

„Die sin' zwar strohdumm“, sagte er und zwinkerte mir zu, „aber schaffe' tunse wie die Blöde' – vor allem die Mongos!“ Er steckte die Schere in die Seitentasche seines Kittels und verschwand wieder so schnell, wie er erschienen war.

„Das kommt in den besten Familien vor“, sagte ich zu Friedrich. Er wiederholte seinen misslungenen Arbeitsgang fehlerfrei, stellte den Stapel zur Seite und holte den nächsten vom Tisch. Dabei fiel mir ein, dass ich ja auch eine Aufgabe hatte, und ich wandte mich meinen Lieferscheinen zu.

Meine Arbeit war in der Tat einfach – Hefte ausfindig machen, zählen und auf den Wagen damit; Hefte ausfindig machen, zählen und auf den Wagen damit. Nach dem fünften Stapel oder so fiel auch noch das Hefteausfindigmachen weg, weil ich dann genau wusste, wo sie sich alle befanden. Ich begann mich zu fragen, warum man mich – oder überhaupt jemanden – dafür extra vom Arbeitsamt geholt hatte, und dies offenbar auch nicht zum ersten Mal. Jemand wie Friedrich hätte die Arbeit sicherlich genauso hinbekommen. Andererseits konnte ich mir vorstellen, dass Friedrich des Lesens und Schreibens gar nicht mächtig war und somit die Lieferscheine und die Zeitschriftennamen gar nicht entschlüsseln konnte.

Das ganze geschäftige Treiben um mich herum vermittelte den Eindruck, als liefe der Laden hier wie eine geölte, gut eingelaufene Maschine. Jedes Zahnrädchen verrichtete seine eigene stupide Arbeit, ohne darüber nachzudenken, und die Herren in Grau sorgten dafür, dass alles ineinandergriff, und intervenierten, wenn dies ausnahmsweise einmal nicht der Fall war. Irgendwie taten mir die Arbeiter dabei leid; sie machten ihre Arbeit sichtlich gern, manche sogar mit unverhohlener Begeisterung, weil sie das Gefühl hatten, etwas Maßgebliches für das Ganze zu tun. Aber am Ende wurde gerade das ausgenutzt und ausgebeutet, für einen subventionierten Appel und ein Ei, das sie dann noch nicht mal selbst bekamen – nahm ich zumindest mal an.

Mein Arbeitstisch füllte sich nach und nach mit erledigten Zeitschriftenstapeln. Hin und wieder meldete sich die Verschnürmaschine, auf dass man sie befreie – einmal auch, weil die Schnurspule mitten in einem Verschnürvorgang plötzlich leer gelaufen war – und bis Mittag hatte ich meine Lieferscheine fast durch.

Als dann irgendwann plötzlich das Pausenhorn tönte, hörten alle Arbeitsgänge, egal in welchem Stadium sie sich gerade befanden, gleichzeitig auf, als hätte man irgendwo einen zentralen Stecker gezogen. Alle liefen dann wie ferngesteuert und mit ausdruckslosem Blick auf die Pausentür zu und verschwanden nach nebenan.

Es war mit einem Mal so still in der Zeitschriftenhalle, dass man das ferne Klingeln des Telefons und das Rattern der Schreibmaschine im Büro hören konnte. Ich musste dabei an einen Kinofilm aus den frühen Sechzigern denken, *Die Zeitmaschine*, der immer wieder um die Weihnachtszeit herum im Fernsehen kam. Darin herrschte in ferner Zukunft das hässliche Volk der Morlocks über ein naives Völkchen von Kindern, Eloi genannt, und lockte sie dreimal täglich per Pausenhorn vom Spielen auf der Gänseblümchenwiese an den üppig mit Obst gedeckten Tisch, auf den sie dann aus allen Richtungen wie in Trance zusteuerten. Die im Untergrund lebenden Morlocks sorgten sich offenbar rührend um die Eloi – nur um sich dann in regelmäßigen Abständen ein Kontingent davon abzuzwacken und in ihrem unterirdischen Schlachthof schmatzend über sie herzufallen.

Ich suchte mir indes eine Auswahl von Zeitschriften zusammen, zündete mir eine Zigarette an und machte es mir zwischen den Stapeln bequem. Ich informierte mich über die bizarren – angeblichen – *Sexualbräuche der Naturvölker*, auf deren Begleitfotos man die Frauen nur anhand ihrer kunstvoll mit Narben übersäten Spitzbrüste von den Männern unterscheiden konnte, und anschließend über das angeblich „zivilisierte“ Gegenstück dazu im *Lexikon der Erotik*.

Ich überflog im Schnellverfahren noch *Mad* und *Pardon*, um mir die Rosinen herauszupicken, und ein wenig kam ich mir vor wie im Kindheitstraum, in dem man nächtens allein im *Kaufgut* in der Süßwarenabteilung eingeschlossen wird. Alle Lügen dieser Welt lagen mir zu Füßen.

Irgendwann ertönte das Pausenhorn erneut. Die Halle füllte sich wieder mit Leben, und das lustige Stapelspiel ging weiter.

Ich arbeitete meine restlichen Lieferscheine durch und bekam prompt den nächsten Stoß vorgesetzt, der bis Feierabend erledigt sein musste.

„Und wann *ist* Feierabend?", fragte ich.

„Um viere", sagte Herr Konrad. „In einem Betrieb wie diesem lässt sich nix aufschiebe' – die Gutselhäusle und die Geschäfte müssen pünktlich beliefert werden. Donnerstag is' nun mal *Stern*-Tag, un' net Freitag."

Das leuchtete ein. Ich legte einen Zahn zu, dass mein Verpackungskünstler nebenan mit dem Verschnüren kaum noch nachkam. Als ich dann irgendwann endlich abermals fertig war, war mein Arbeitstisch bis auf den letzten Quadratzentimeter vollgestellt. Da meine Aufgabe für heute damit erfüllt zu sein schien, ging ich nun Friedrich zur Hand, indem ich ihm die losen Stapel reichte und die verschnürten wieder abnahm und auf den dafür bestimmten Wagen packte.

Friedrich wurde eins mit seiner Maschine, da er seinen Arbeitsablauf nun nicht mehr ständig unterbrechen musste – wie ein selbsttätiger Roboter, der vor sich hinklotzte, solange man ihn versorgte.

Irgendwann nahm ich ihm den letzten Stapel ab, und er schaute mich mit großen, erstaunten Augen an, wie einer, den man gerade aus seinem Eingenicktsein gerissen hat.

„Gell, Friedrich – wir zwei", sagte ich, nachdem ich den Wagen abholbereit an den Hauptgang geschoben hatte. Das gefiel ihm, und er gab mir stolz und wir-zweimäßig die Hand.

Als das Feierabendhorn um Punkt vier Uhr tönte, verstummten mit einem Mal wieder alle Maschinen, und alles strömte erneut in die Höhle der Morlocks. Das Feierabendhorn unterschied sich nur durch die Uhrzeit vom Pausenhorn, und ich fragte mich, wie viele der Arbeiter jetzt wohl glaubten, sie gingen zum Mittagessen.

Ich warf meinen blauen Kittel auf den Arbeitstisch, steckte mir ein *Mad*-Magazin unterm T-Shirt in den Hosenbund und ging den Gang hinunter zum Hauptbüro. Würde man mich bitten, morgen wiederzukommen?

Im Büro musste ich einen Zettel unterschreiben und bekam von der mittlerweile verwelkten Sekretärin vierzig Mark hingeblättert. Ich kam mir fast vor wie auf der Blutbank. Durch das Fenster konnte ich sehen, wie die billigen Arbeiter mit einem Bus abgeholt wurden, auf dessen Hinterteil ein Schulbusschild angebracht war, und ich fragte mich, ob sich die Betriebsleitung nun als Wohltäter oder als bewusste Ausbeuter verstand

Da niemand etwas wegen morgen erwähnte, wünschte ich einen schönen Tag, trat hinaus in die Nachmittagssonne und machte mich auf den langen Weg durch die braune Ziegellandschaft zur nächsten Straßenbahnhaltestelle.

In der Straßenbahn konnte ich mir trotz der Stoßzeit meinen Platz noch selbst aussuchen, da ich nur eine Haltestelle nach der Endstation eingestiegen war. Ich blätterte in meinem Heft und fragte mich dabei, wozu mein heutiger Einsatz eigentlich gut gewesen war, wenn ich schon morgen nicht mehr gebraucht wurde. Wer würde die Arbeit denn morgen machen, und wer hatte sie gestern gemacht? Wahrscheinlich hatte ich ganz einfach jemanden vertreten, der, aus welchem unspektakulären Grund auch immer, heute zu Hause geblieben war. Und da die Kioske und die Zeitungsläden nun mal nicht warten konnten, musste eben ein steuer- und sozialabgabenfreier, lesekundiger Penner oder Student her. So einfach war das.

In der Mitte der Straßenbahn, genau auf der Drehscheibe, standen zwei junge, langhaarige Männer in grünen Parkas und knutschten zum Entsetzen des umstehenden Publikums ausgiebig miteinander. Dabei kraulten sie sich gegenseitig in den Haaren. Die müssen ja Nerven haben, dachte ich und wandte mich wieder meinem Heft zu.

Am folgenden Morgen war ich abermals früh auf den Beinen und machte mich daran, mein Glück aufs Neue zu versuchen. Diese aus der sozialen Marktwirtschaft ausgeklinkte Form des Für-sich-selbst-Sorgens hatte was Spannendes an sich – wie beim urzeitlichen Jäger, der morgens guten Mutes loszog und dabei nicht wusste, ob er sich am Abend den Bratensaft vom Bart wischen würde oder mit knurrendem Magen die Blaubeerflecken von den Fingern.

Ich hatte einmal im Alter von vierzehn Jahren als Caddie auf einem Golfplatz gearbeitet und stinkreichen Leuten einen Sommer lang beim Nasebohren zuschauen dürfen. Jeden Morgen um neun Uhr hatten wir uns zu zehnt oder fünfzehnt in einer Reihe neben dem Eingang aufgestellt und den dünnen, alten Damen mit ihren knotigen, mit blauen Krampfadern ziselierten Marmorwaden zugelächelt, in der Hoffnung, einer von ihnen in den folgenden vier Stunden für ein paar Mark den Karren hinterherziehen und ihre ins Aus geschossenen Golfbälle apportieren zu dürfen.

Zum Zwecke der Erwirtschaftung finanzieller Ressourcen hatten wir unter Wettbewerbsbedingungen unseren jugendlichen Charme feilgeboten, was der Definition des Sich-Prostituierens durchaus nahe kam. Aber dieser spannende Adrenalinrausch, wenn man kritisch begutachtet und die ersten paar Male abgelehnt wurde, um dann schließlich kurz vor dem Zeitpunkt, nach dem es sich nicht mehr gelohnt hätte, doch noch von einem Zahnstocher kauenden, neureichen Gönner in Lohn und Brot genommen zu werden – das gab einem in jenem Alter noch das Gefühl, einen verdienten, wenn auch vorerst kleinen Platz im großen Getriebe einzunehmen, ohne den die Maschine allmählich ins Stottern geraten und schließlich zum Stillstand kommen würde. Spannend blieb das Ganze aber nur, weil die ökonomische Tombola jedes Mal von Neuem anfing.

Der Gang zum Penneramt hatte bereits einen Hauch von Routine, und dort angekommen, nahm ich gleich meinen alten Platz in der Menge wieder ein und wartete darauf, dass das tägliche Procedere wieder angeleiert wurde. Jörg war – wie hätte es auch anders sein sollen – natürlich nicht da.

„Guten Morgen, Herr Student!“, begrüßte mich mein Fischgräten-Freund von gestern. Er hatte sich mittlerweile rasiert. „Und – wie war die Arbeit?“

„Och jo – es ging.“

„Man darf bei diesen Firmen nicht zu hohe Erwartungen haben“, meinte er und zündete sich eine seiner ungepflegten Selbstgedrehten an. „Es war wohl immerhin besser, als sich im Hafen zu schinden – oder?“

„Das ist wahr.“

Im Verlauf der ersten Dreiviertelstunde klingelte das Telefon wieder ununterbrochen, und nach und nach verließen die alltäglich anfallenden Routinearbeiten als weißer Zettel in der Hand der ihnen zugeordneten Penner das Penneramt. Dann, um den lauten und lärmenden Elitepulk erleichtert, verstummte allmählich das Telefon. Der Wartesaal verfiel wieder in seine zeitentrückte Ruhephase. Staubige Lichtbalken standen wieder quer im Raum, und ich saß allein auf einer Bank und beobachtete meine Umgebung.

Die Männer, die übrig geblieben waren, sahen eigentlich gar nicht so aus, als warteten sie auf Arbeit. Sie saßen einfach da, sonnten sich, rauchten vor sich hin und genossen offenbar die stille Gesellschaft ihrer Artgenossen, unter denen sie zumindest die Chance auf Anerkennung hatten.

Draußen auf der Straße waren sie für den rechtschaffenen Sodafabrikler einfach nur Penner (ein Begriff, der mir zunehmend unanständiger erschien) – man unterschied sie nicht, und so wie allgemein die Vorstellung vorherrschte, dass alle Schwarzen oder Asiaten aus der gleichen Stanze kamen, so war *ein* Penner einfach nur eine Zweitausgabe des nächsten Penners. Sie standen in der gesellschaftlichen Rangordnung noch nicht einmal ganz unten, sie kamen darin einfach gar nicht vor. Sie waren unsere Unberührbaren.

Hier unten jedoch, im Penneramt, waren sie unter sich, und wenn sie auch mal keine Lust hatten zu arbeiten, so kamen sie trotzdem hierher, um den missbilligenden Blicken draußen zumindest zeitweise auszuweichen. Hier drinnen stellten sie eine Art Taschenausgabe, eine Karikatur der Gesellschaft da draußen dar – alles war vertreten, nur auf einem anderen Niveau; wie in den langweiligen bayerischen oder norddeutschen Volkstheatern im Fernsehen, wo die Figuren absichtlich überzogen waren, um das, was sie darzustellen versuchten, deutlicher herauszukehren – mit dem Unterschied, dass die Figuren hier unten nicht nur echt waren, sondern zudem auch noch ganz bestimmt nicht langweilig.

Einige der Männer vermittelten, wenn sie in tadellosem Schuldeutsch über ihr Pennerdasein philosophierten, einen durchaus gebildeten Eindruck. Aber zum Penner wurde man schließlich nicht aus Mangel an Bildung oder gar aus Dummheit. Deren Schwächen lagen ganz woanders. Wahrscheinlich handelte es sich – abgesehen von den Opfern der alles umwälzenden Nachkriegswirren, die es sicherlich auch gab – um in die Unselbstständigkeit gefallene Männer, denen entweder die Mütter weggestorben oder die Ehefrauen weggelaufen und sie somit bei den notwendigen alltäglichen Überlebensfertigkeiten allein gelassen worden waren. Dabei musste ich zwangsläufig an Jörg denken. Er war kein Penner, ganz bestimmt nicht – aber vielleicht auch nur, weil ihm seine treue Mutter noch die weißen Hemden bügelte und die alten Anzüge zur Reinigung brachte.

„Her, du Arschloch!", zerriss einer die Stille, und ich war plötzlich wieder im Hier und Jetzert.

Nachdem die Plastikmessbecher-in-die-Waschmitteltrommel-Firma ihre tägliche Abordnung angefordert hatte und die mit ihrem Zettel zur Tür hinausgestolpert war, nahm ich mir vor, nur noch bis zwölf Uhr zu warten und es dann zu stecken.

Ich verfolgte den Sekundenzeiger auf der Wanduhr noch einigen Minuten, und als er dann oben endlich mit den anderen beiden Zeigern gleichzeitig ankam, schenkte ich ihm noch eine Ehrenrunde und stand schließlich auf.

„Auf Wiedersehen, Herr Student! Versuchen Sie's morgen noch einmal."

„Mal sehen. Tschüs."

Also, kein Bratensaft im Bart.

Das waren sie also, Peter Dumfarths Abenteuer im Penneramt. Mit diesem Ergebnis konnte ich jedenfalls nicht viel Staat machen. Die Aussicht auf Arbeit war mir hier einfach zu gering, als dass ich mich dafür extra krankschreiben ließ. Und von den vierzig Mark, die ich gestern verdient hatte, hatte ich den größten Teil schon gar nicht mehr.

Irgendetwas musste ich mir einfallen lassen. So konnte ich mein Fest nicht finanzieren, und die Idee war bereits viel zu publik, als dass ich noch unbeschadet hätte aussteigen können. Und überhaupt – ich *wollte* auch gar nicht mehr aussteigen!

Gemächlich ließ ich mich von der Sonne in Richtung Berliner Platz treiben, am eigentlichen Arbeitsamt vorbei, über den ausgedehnten Vorplatz des Pfalzbau-Theaters und durch die Passage zur geschäftigen Bismarckstraße. Auf dem breiten, karierten Trottoir vor Bozos Bank ging ein älteres Ehepaar vor mir her. Madame hatte sich bei ihrem Gatten untergehakt und wedelte gerade auffallend unauffällig mit der freien Hand hinter ihrem mächtigen Hintern hin und her. Sie hatte sich ganz offensichtlich von einem bösen Geist befreit, der sich nun als allzu anhänglich erwies. Ihr Mann durfte wohl nichts mitbekommen, dafür sah ihr der Rest der Welt schmunzelnd zu. Und eben hatte ich noch gedacht, *ich* hätte ein Problem!

Ich nahm meinen Lieblingsumweg von hinten durch das *Kaufgut*, wo mir in der Kosmetikabteilung im Erdgeschoss jedes Mal eine schöne Dicke mit langen roten

Haaren unbekannterweise zulächelte, was ich prompt zurückgab, und betrat den lärmenden, geschäftigen Berliner Platz schließlich durch den Haupteingang. Am Automaten stand niemand, den ich kannte, und so lief ich weiter zur Treppe, die zur verschlossenen Außentür oben in der zweiten Etage der Tortenschachtel hochführte, und setzte mich auf die Stufen.

Von hier aus hatte man den gesamten Berliner Platz gut im Blick, sofern man hoch genug saß, und es gab an einem Tag wie diesem sicherlich Langweiligeres, als einfach dazusitzen und dem ganzen Treiben zuzuschauen. Der Platz war gerammelt voll; es war Mittagspause, und am Kiosk drängten sich die Blaumänner, um sich ihre Zwölf-Uhr-Ration abzuholen.

An der dicken, schmucklosen Säule nahe dem Fahrkartenautomaten, die auf dieser Seite das Gewicht des halben *Kaufgut* zu schultern hatte, blieb eine junge Mutter mit ihrem Kinderwagen stehen, dessen kleiner Inhalt zehn Meter hinterhertrödelte. Sie sah auffallend gut aus, und ihr leicht arroganter Blick verriet, dass ihr das auch durchaus bewusst war. Am nervösen Spiel ihrer Finger am Kinderwagengriff konnte man beobachten, wie ihre Geduld allmählich zur Neige ging.

„Her, du Knallkopp“, brüllte sie plötzlich, und der halbe Berliner Platz drehte sich um, *„wenn'd net glei' kummscht, dann haach*[11] *ich dir links und rechts enni uff dein Dappschädel!“*

Das Kind ließ sich augenblicklich auf den Hintern fallen und fing laut zu weinen an, woraufhin seine schöne Mama es an einem Arm hochriss, in den Kinderwagen

---

[11] hauen

knallte und mit ihrem strampelnden Häufchen Elend in Richtung *Tränke* davonstampfte.

Mein lieber Mann, dachte ich und atmete tief durch – geschenkt bekommt man wirklich nichts!

„Kla-mot-TEN!", rief es plötzlich deutlich aus dem Geräuschebrei, und mein Blick suchte den Platz nach dem Penner ab, dem dieser vertraute Kraftausdruck zuzuordnen war. Ich entdeckte ihn in einer kleinen Gruppe staubiger Gesinnungsgenossen neben dem Fahrkartenautomaten. Sie standen da in ihren alten grauen Jacketts und Mänteln, jeder seine linke Hand lässig-elegant in die schmuddelige Hosentasche gesteckt, und rauchten mit selbstbewussten Mienen lange, dicke Zigarren. In Qualm gehüllt, schauten sie ihr Rauchwerk nach jedem Zug kritisch und mit Kennerblick von vorne an – einer von ihnen blies sogar sachte auf die Spitze, dass die edle Glut rot aufleuchtete – ganz so, als wollten sie ihr gesellschaftliches Gegenstück verspotten.

„Klamot-ten-ten-TEN!", rief er noch einmal und lachte dabei laut und dreckig, und mit einem Mal nahmen die Menschen, die in unmittelbarer Nähe zu ihm liefen oder standen, einen Sicherheitsabstand von mindestens fünf Metern ein. Eine sehr kleine, sehr alte und gut gekleidete gebeugte Frau stand in seiner Nähe, die große Handtasche am schmalen Handgelenk, und redete mit schriller, kaum hörbarer Stimme beschwörend auf ihn ein, um ihn – vergeblich – von seinem schlechten Umgang wegzulocken. Er selbst hatte ein stolzes, durchaus interessantes Gesicht mit überlangen, aber kerzengeraden Bartstoppeln, die alle im rechten Winkel zur gegerbten Haut abstanden, sowie Koteletten, die unten weit auseinandergingen und bis fast an den Unterkiefer reichten. Er erinnerte

an eine Stadtstreicherfigur aus den *Sam Lick'em Kleen* U-Comix. Man sah ihn oft hier am Berliner Platz, und jeder Ludwigshafener kannte ihn vom Sehen – und vor allem vom Hören.

Sein Anzug, seine Schuhe und sein Hemd sahen aus, als wären sie vor ein paar Wochen noch neu und gar nicht mal so billig gewesen. Das war auch gar nicht so abwegig, denn die kleine Alte, die stets ihre Bahnen um ihn zog, ähnlich wie die Hilde-mit-den-Mohrenköpfen um die kleine Uschi, verehrte ihn aufs Höchste – und sie hatte Geld. Die wohlhabende Witwe aus der lokalen Sodafabrikaristokratie hatte auf ihre alten Tage an einem Penner einen Narren gefressen und kaufte ihm hin und wieder was zum Anziehen, in der Hoffnung, durch eine Korrektur seines Äußeren einen sauberen Mann aus ihm zu machen. Er schlug diese Gaben natürlich niemals aus – er wäre ja auch blöd gewesen –, doch er fühlte sich in seiner Haut offenbar ganz wohl, und so passte nicht er sich dem neuen Anzug an, sondern der sich ihm. Drum steckte sie ihm wenigstens ab und an etwas Geld zu, das er dann mit seinen Kollegen versoff oder ihnen, wie jetzt gerade, eine Runde teurer Zigarren spendierte. Er hing wohl einfach an seinen Freunden und an seiner derart subventionierten Freiheit, und er war mir so gesehen nicht unsympathisch. Es verstand sich natürlich von selbst, dass er der Kaste der Pennerämtler längst entwachsen war.

Seit einer Weile schon war mir eine seltsame Frau aufgefallen, die ständig vor der Treppe herumschlich und mich beobachtete. Sie versuchte ständig, meinen Blick zu fangen, aber ich ließ sie nicht. Sie war schätzungsweise Mitte vierzig, sehr groß und knochig, und ich konnte mich des Eindrucks nicht erwehren, dass sie psychisch ein wenig aus der Form geraten war.

Auf der Stufe vor meinen Füßen lag eine weggeworfene Hochglanzbroschüre, und um nicht der unwillkürlichen Versuchung zu erliegen, mich doch an den Blick meiner Verfolgerin anzuheften und dann nicht mehr loszukommen, hob ich die Broschüre auf und begann, darin zu blättern. Sie kam von einer dieser vielen Klassenlotterien, die sich nach ungefähren Himmelsrichtungen benannten, und zeigte einen künstlich geschwärzten Schornsteinfeger mit einem rosanen Schwein unterm Arm vor einem Berg gebündelter Tausendmarkscheine. Vermutlich sollte das Bild den Wunschtraum eines jeden anständigen Bundesdeutschen darstellen und den Betrachter dazu bewegen, sich für ein paar hundert Mark in den Klub der Auserwählten einzukaufen, deren Gewinnchancen dann nicht mehr bei nur eins zu soundso viel Millionen lagen, sondern bei eins zu soundso viel Hunderttausenden.

Ich legte die Broschüre wieder zur Seite, und als wäre das das Zeichen zum Angriff gewesen, steuerte meine Beobachterin direkt auf die Treppe zu, stieg über die Leute hinweg, die auf den Stufen vor mir saßen, und setzte sich genau neben mich. Sie hob die Broschüre wieder auf und begann, darin zu lesen.

„So viel Glück müsste man einmal haben“, sagte sie und seufzte. Sie klappte die Broschüre kurz zu und blickte träumerisch nach oben. „Was würde man da nicht alles machen!“

„Bitte?“, fragte ich, ohne hinzuschauen. Ihr Parfum roch wie die gelben Klosteine bei Pino.

„Im Lotto gewinnen – eine halbe Million!“ Dabei lachte sie dümmlich.

„Ach so“, sagte ich betont gelangweilt und schaute unbeirrt nach vorne.

„Sind Sie von hier?“, fragte sie und legte die nunmehr überflüssig gewordene Broschüre zur Seite.

„Ja – warum?“ Ihrer Aussprache nach war sie es nicht.

„Und was machen Sie um diese Uhrzeit hier so allein auf der Treppe?“

„Ich warte auf einen Freund“, log ich. Danach sagte sie eine Weile nichts.

„Ich war heute beim Zahnarzt“, sagte sie dann plötzlich. „Der hat mir neulich alles Dschäckettkronen gemacht, und jetzt wackeln sie alle! Schauen Sie mal …“ Sie riss ihren Mund auf, und ich sah unwillkürlich hinein. Mit der Spitze ihrer gelbbraunen Zunge, die auf einen regelmäßigen Kaffee-mit-Dosenmilch-Genuss schließen ließ, was von ihrem Atem denn auch bestätigt wurde, tastete sie geschickt jeden Zahn ab und rüttelte daran.

„Der Arzt weigert sich, sie noch mal zu machen“, sagte sie. „Er behauptet, sie seien in Ordnung. Und wenn ich sie von einem anderen Zahnarzt machen lasse, bezahlt mir das die Krankenkasse nicht. Ganz schön verzwickt, was?“

„Da ham Sie ja ein richtiges Problem.“

„Meine Wohnung ist total feucht“, fuhr sie ohne neuen Absatz fort. Sie schien in Fahrt zu kommen. „Ich hab’s dem Hausmeister schon x-mal gesagt, aber der kümmert sich ja um nichts. *Jaaa* – wenn ich mal meine Treppe nicht geputzt habe, dann steht er natürlich sofort auf der Matte! Aber ich seh’s irgendwie auch nicht mehr ein. Was meinen Sie?“

Wen interessiert das alles?

„Im Schlafzimmer sind die Tapeten schon total verschimmelt – ich werd' noch krank da drin! Wenn das so weitergeht, muss ich mir eine neue Wohnung suchen."

Ich steckte mir eine Zigarette an und schnippte das Streichholz über das Geländer.

„Wahrscheinlich glauben Sie mir das alles nicht. Das kann ich auch gut verstehen – es ist ja auch wirklich kaum zu glauben. Sie können ja – natürlich nur, wenn Sie Zeit haben – auf einen Sprung mitkommen. Ich zeig's Ihnen gerne. Es ist auch nicht weit …"

In diesem Augenblick lief zufällig Joe mit der obligatorischen Schallplattentüte unterm Arm vorbei und entdeckte mich auf der Treppe. Den hatte ich ja eine Ewigkeit nicht mehr gesehen.

„Ah – da ist er ja endlich!", sagte ich.

„Na, ihr zwei – so'n Zufall!", grüßte er fröhlich durchs Geländergitter und grinste wohlwollend meine neue Freundin an. „Arbeitest du heute ni…"

„Hallo, Joe – da bist du ja!", unterbrach ich ihn und stand auf. Ich wandte mich meiner Verehrerin zu. „Tschüs – es hat mich gefreut!"

„Sind Sie öfters hier?"

„Nein." Ich manövrierte mich zwischen den Sitzenden hindurch vorsichtig die Stufen hinab und lenkte dann Joe von der Treppe weg. „Du bist gerade rechtzeitig gekommen."

„Warum – wer ist sie denn?"

„Keine Ahnung. Jedenfalls hat sie mich in ihren Mund schauen lassen und wollte mich gerade mit nach Hause nehmen, um mir ihre verschimmelten Schlafzimmerwände zu zeigen."

„Naja – es hat nicht jeder eine Briefmarkensammlung zu Hause.“

Von der Seite hatte ich das gar nicht betrachtet. „Kommst du mit auf'n Sprung ins *Ganter*?“ Das war die Kneipe gegenüber. „Ich lad' dich ein.“

„Ja, gerne!“

„Was hast du denn diesmal gekauft?“, fragte ich, während wir am Straßenrand hinter den Omnibushaltebuchten eine Lücke im Verkehr abwarteten. Joe, der Musikkenner, hatte einen sehr experimentierfreudigen Geschmack und kaufte sich immer wieder die sonderbarsten LPs, die sonst keiner kannte.

„*Squeak-a-Woman* – eine Reggaeband aus Jamaika.“ Er zog die Platte aus der Tüte und reichte sie mir rüber. Absonderliche schwarze Geschöpfe mit kunstvoll gestalteten Medusenfrisuren zierten die Hülle, die – abgesehen vom psychedelisch anmutenden rotgelbgrünen Bubble-Schriftzug – wie ein altes Braunweißfoto aus dem letzten Jahrhundert daherkam.

„Was heißt denn *squeak*?“, wollte ich wissen.

„Das heißt *quieken* und bezieht sich auf den Laut, den Frauen von sich geben, wenn man alles richtig gemacht hat.“

„A-ha – was du so alles weißt …“

„So steht's auf der Plattenhülle“, sagte er und grinste. Er nahm mir die Platte ab und steckte sie wieder in die Tüte. Endlich kam die ersehnte Lücke im Verkehr, und wir überquerten eilig die Straße.

„Arbeitest du heute nicht?“, fragte Joe, nachdem wir bestellt hatten.

„Nee, ich bin diese Woche krankgeschrieben – Darmgrippe.“

„Was? *Du* – krankgeschrieben?"

„Tja ..." Ich begann, Joe von meiner Popcornparty zu erzählen, vom zu teuren Puffmais, dem Penneramt und dem arbeitsamen Volk der Eloi.

„Mein lieber Mann! Da hast du dir aber was vorgenommen! Die Idee gefällt mir aber!"

Der Wirt kam und stellte mir eine Colaweiß und Joe eine Bluna auf den Tisch. Er war Italiener und sehr fett, und er war der Bruder von Franco, der am neuen Bahnhof in der Bahnhofswirtschaft bediente, wo wir nicht selten saßen, wenn wir Bozo nachts zum Zug brachten. Dass Franco nicht bei seinem fetten Bruder arbeitete, hing mit dem cholerischen Temperament des Letzteren zusammen, das auch vor dem eigenen Bruder nicht Halt machte, und die Möglichkeit der Entstehung eines festen Personalstamms oder gar von Stammgästen bereits im Keim erstickte.

Meine Colaweiß bestand höchstens aus einem Viertelliter und befand sich in einer kleinen Glaskaraffe mit Henkel, aus der der Wirt sie mit umständlichen und völlig sinnlosen Auf- und Abbewegungen in ein kleines, hohes Stielglas umfüllte. Dabei spreizte er seinen fetten, kleinen Finger ab.

„Schorle am Stiel", grinste Joe, als er wieder weg war.

„Wie soll man nur eine Schorle aus einem Stielglas trinken", empörte ich mich.

„Wir sind nun mal in einem Speiselokal und nicht in einer Wirtschaft. Hier besitzt die Schorle noch Kultur!"

„Man kann doch eine Colaweiß nicht kultivieren! Das wäre so, als würde man den Schorlefriedel in einen Anzug stecken!"

Mein Glas war in einem Zug leer, und ich füllte es wieder auf, wobei ich die Jojo-Technik des Wirts nachäffte. Der schaute mir wie ein praller, zorniger Frosch und nicht sonderlich amüsiert aus der Ferne zu. „Du kommst doch hoffentlich auch zu meiner Party?"

„Ja, gerne", erwiderte Joe, „wenn ich darf! Da fällt mir übrigens gerade ein – versuch's doch mal im *Kleinen Schwanenhof* mit Arbeit. Ein Freund von mir hat dort letztes Jahr ein paar Wochen lang abends neuen Wein in Flaschen abgefüllt. Das muss recht locker gewesen sein, und verdient hat er auch nicht schlecht. Wann gibt's denn eigentlich wieder neuen Wein?"

„Ich denke gerade jetzt, zurzeit. Hat der sonst nichts machen müssen, als neuen Wein abzufüllen?"

„Naja, noch so Kleinigkeiten – Salat putzen, Zwiebeln schneiden und so weiter, was halt so anfiel, wenn's eng wurde."

„Klingt nicht schlecht! Da ruf' ich später doch gleich mal an." Im *Großen Schwanenhof*, gegenüber vom Pfalzbau Theater, hatten wir schon lange Lokalverbot, weil wir dort einmal betrunken eingetreten waren und Jörg den Gästen reihum aus einer großen Lambrusco-Flasche die halbvollen Weingläser nachgefüllt hatte. Es war eine Reisegruppe aus der französischen Partnerstadt gewesen, die die Aktion, im Gegensatz zum Wirt, eher unter *amüsant* verbucht hatte. Das hier war jedoch der *Kleine Schwanenhof*, und ich war mir sicher, sie hatten – außer dem Mutterschiff in Deidesheim und dem guten Brot gleichen Namens – nicht allzu viel gemeinsam. Mit einem Tunnel waren sie jedenfalls nicht verbunden, wie offenbar das *Große* und das *Kleine Bürgerbräu*, wo ein Lokalverbot gleich pauschal für beide galt.

Der dicke Wirt war gerade dabei, einen Gast samt seiner Biertulpe aus dem Lokal zu werfen, weil dieser zum mindestens fünften Mal hintereinander *Oh, Pretty Woman* in der Musikbox gedrückt hatte, noch dazu in einer geradezu blasphemisch neuzeitlichen Version. Wir hörten es draußen klirren, und als er mit hochrotem Kopf an unserem Tisch vorbeikam und dabei seine Hände an seiner weißen Schürze abzutrocknen schien, schaute er mich wütend an und fragte: „Is' was?"

„Ja", sagte ich, „noch so eine Colaweiß, bitte."

Auf dem Heimweg rief ich gleich beim *Kleinen Schwanenhof* an und fragte nach, wie's denn mit einer Aushilfe während der Neue-Wein-Saison aussehen würde. Der Wirt war begeistert.

„Also, Sie müssen vom Himmel gefallen sein", meinte er. *„Wir suchen in der Tat dringend eine Aushilfe, aber wir bekommen niemanden. Könnten Sie am Montag gleich anfangen?"*

„Schon. Wie sind denn so die Arbeitszeiten?"

„Von nachmittags um fünf bis nachts um zehn. Samstags und sonntags verschiebt sich's ein wenig."

„Was heißt das?"

„Von mittags um zwölf bis abends um acht."

Acht Stunden, nicht schlecht! „Alles klar. Ich komm' dann am Montagnachmittag vorbei."

„Wunderbar – bis dann, Herr Dumfarth!"

Gott sei Dank ging das, ohne dass ich mich erneut krankschreiben lassen musste. Ich legte auf und machte mich auf den Heimweg. Nun hatte ich den Rest der Woche frei.

12
DER *KLEINE SCHWANENHOF*

Am Montag ging ich nach dem Geschäft auf geradem Wege zum *Kleinen Schwanenhof*. Das Weinlokal lag im Nachmittagsschatten der rumpflosen Ruine der alten Lutherkirche, und wenn man von hier aus einen Blick durch das sinnlos vergitterte Portal der Kirche warf, schaute man direkt auf die freistehende Trinkhalle am Penneramt und auf den Marktplatz dahinter.

Das Lokal hatte noch geschlossen, aber die Tür stand offen und war mit einem Stuhl festgestellt, um – wie die nassen Steinstufen vermuten ließen – dem frisch aufgewischten Fußboden zu einem rascheren Abtrocknen zu verhelfen. Ich trat mir auf der Fußmatte sorgfältig die Schuhe ab und ging hinein.

Drinnen war es recht schummrig, und nach der grellen Nachmittagssonne draußen auf der Straße brauchte ich einen Augenblick, bis ich etwas erkennen konnte.

Hinter der chromblitzenden Theke stand ein dicker Mann. Er hatte eine grüne Schürze um den Bauch gebunden, mit der er wohl den *Kellermeister* zu markieren suchte, der er vermutlich nicht war, und spülte an der rotierenden Unterwasserbürste im Fünfsekundentakt die Schorlegläser vom Vortag, bevor er sie zum Ablaufen auf die Chromablage stellte. Eine Bedienung ging indessen von Tisch zu Tisch und verteilte Aschenbecher und Maggiflaschen sowie Salz- und Pfefferstreuer. Die Tische waren abwechselnd mit rot und grün karierten Fransentischdecken bedeckt, und über jedem hing, an drei gefährlich dünn wirkenden Ketten befestigt, ein schweres Wagenrad von der Decke, das mit seinen sechs gelochten und bemalten Keramiklampen für die schummrige Beleuchtung sorgte. Die massiven Tische und Stühle sowie die untere Hälfte der Wände waren aus dunkel gebeiztem Holz, und das Ganze wirkte ausgesprochen überladen.

An den weißen, rauverputzten oberen Wandhälften hingen mehrere dunkle Weinfass-Enden in unterschiedlichen Größen und eine museale Sammlung hölzerner Strohrechen und Dreschflegel, die sich zusammen mit dem großen, gleich neben der Theke installierten giftgrünen Kachelofen um die Verbreitung pfälzischer Weinstubenatmosphäre bemühten. Es war das rustikale Gegenstück zu Pinos Fischernetz und lackierten Schildkrötenpanzern.

Girlanden aus papiernen Weinblättern durchzogen schließlich den Raum, und zusammen mit dem magensäuerlichen Geruch von neuem Wein, mit dem der Raum gesättigt war, war die herbstliche Behaglichkeit perfekt.

„Wir haben noch geschlossen", sagte der Mann hinterm Tresen freundlich, aber bestimmt, und die Bedienung hörte kurz auf und schaute zu mir rüber.

„Das dachte ich mir", sagte ich und ging über den hier und da noch nassen Fußboden zur Theke. „Ich hab' letzte Woche angerufen – Sie wissen ja, wegen des neuen Weins."

„Ach ja, Herr Dumfarth", sagte er, plötzlich strahlend, und trocknete seine Schaumhände an seiner grünen Schürze ab. „Gut, dass Sie da sind! Ich hab' gerade vorhin zu meiner Frau gesagt: Mal gespannt, ob der junge Mann auch tatsächlich kommt."

Er kam um seine Theke herum und gab mir die Hand. Sie war klamm und erinnerte mich an die Spülhände meiner Mutter – nur, dass seine weitaus fleischiger war. Es war kaum zu übersehen, dass er sich unter einer Küchenhilfe etwas anderes als einen Langhaarigen im grünen Parka vorgestellt hatte, aber er hatte ja wohl keine Wahl. „Dann fangen wir doch am besten gleich an. Das hier ist Frollein Schmoll, unsere Bedienung."

Fräulein Schmoll kam her und gab artig die Hand. „Guten Tag", sagte sie leise.

„Tach. Sind Sie die einzige Bedienung?" Ich konnte mich nicht entscheiden zwischen stummer Wachturmfrau am Seiteneingang zum *Kaufgut* und blutarmer Verkäuferin in einer Apotheke.

„Ja", antwortete der Wirt an ihrer Stelle. „Meine Frau und ich sind dankbar, dass wir sie haben." Ich schenkte ihr mein bestes Lächeln, und sie schaute verlegen zur Seite.

„Wie Sie ja wissen, Herr Dumfarth, ist jetzt wieder Neue-Wein-Saison", begann er dann seinen Einführungsvortrag, und Fräulein Schmoll zog sich wieder zurück zu ihren Tischen. „Aber wie Sie sich ja denken können, geht es hier natürlich nicht nur darum, neuen Wein in Flaschen abzufüllen – das hab' ich mit Ach und Krach bis jetzt auch noch irgendwie hingekriegt. Nein – wir sind in erster Linie ein Speiselokal, und gerade jetzt, *wegen* des neuen Weins, haben wir viel mehr Gäste als sonst. Und mehr Gäste bedeutet natürlich auch mehr Arbeit, für jeden von uns. Sind Sie Student?"

Oh je. „Ja." Sein kleines Gesicht sah fast niedlich aus zwischen seinen dicken Backen.

„Als Erstes – wenn auch nicht als Wichtigstes …" *(das war das Gegenteil von „last but not least")* „… müssen die Weinbestände unter der Theke laufend aufgefüllt werden, und zwar rechtzeitig – allein schon, damit die Flaschen

Zeit haben, die richtige Temperatur zu bekommen." Er ging mit mir hinter die Theke und zog mehrere Kühlschubladen auf, in denen verschiedene Weinflaschen untergebracht waren. Lambrusco-Bomben konnte ich darunter keine entdecken. „Wichtig ist, dass Sie die Flaschen immer in die richtige Schublade stellen, wegen der unterschiedlichen Trinktemperaturen – verstehen Sie?"

Dass man Weine unterschiedlich temperiert trank, hatte ich schon mal gehört. „Und woher weiß ich, welche Temperatur für welchen Wein die richtige ist?"

„Gute Frage – das gefällt mir! Aber darüber brauchen Sie sich nicht den Kopf zu zerbrechen. Sie schauen einfach auf die Nummer auf dem Etikett. Wenn Sie die Bestände rechtzeitig auffüllen, dann stehen ja noch einige volle Flaschen drin, mit denen Sie sie vergleichen können." Er stieß die Schubladen mit dem Unterschenkel nacheinander an, und sie glitten leise klirrend wieder zu. „Die leeren Flaschen stell' ich immer in diesen Korb hier hinein, und wenn ich Sie rufe, dann gehen Sie damit in den Keller und holen neue – eins zu eins, wie sie im Korb sind. Alles klar?"

„Roger."

„Also, dann gehen wir mal nach hinten." Er hob den weißen Drahtkorb mit dem Leergut auf, und wir gingen durch die Schwingtür in die Küche.

„So, und das ist jetzt meine Frau – sie herrscht allein über die Küche. Und das ist der junge Mann, der dir die nächste Zeit dabei behilflich sein wird."

Auch sie gab mir die Spülhand.

„Guten Tag, junger Mann. Da bin ich aber froh, dass Sie mir behilflich sein wollen. Hier geht's nämlich später drunter und drüber." Sie war gut über vierzig, nicht sehr groß, aber breit, mit kräftigen Knochen, vor allem das Kinn, und trug eine mächtige blonde Perücke, deren Haarspitzen zu kleinen Kügelchen zusammengeschmolzen waren. „Wie heißen Sie?"

„Dumfarth."

„Also, Herr Dumfarth – bis später, dann."

Ich nickte. Von der Küche aus ging es hinten zu einer Tür hinaus und über eine kleine Terrasse und eine Treppe hinunter in den Hof. Auf der Terrasse stand ein Tisch und darauf – und darunter – einige große, volle Plastikkanister und viele leere Weinflaschen.

„Also, das ist jetzt der neue Wein ..." Er stellte den Flaschenkorb ab, lehnte sich mit dem breiten Hintern gegen das Geländer und verschränkte die Arme. „Der hier kommt jetzt noch aus Italien – bei uns ist er noch nicht so weit." Er zog einen der Kanister zu sich an den Tischrand, schraubte den Deckel ab und roch daran. „Technisch gesehen ist er als solcher noch gar kein *neuer Wein*, so wird er erst später genannt, wenn er so richtig auf Touren kommt. Im Moment bezeichnet man ihn noch als *Bitzler* – verstehen Sie, weil er so auf der Zunge bitzelt. Wie wenn einem ein Engel auf die Zunge pinkelt, sagt man!" Da lachte er, und seine Bäckchen quollen hervor, bis sie glänzten.

„Und was ist dann ein *Federweißer*?", wollte ich wissen, ganz der aufmerksame Schüler.

„Ein Federweißer? Der kommt *nach* dem Bitzler, aber *vor* dem neuen Wein. Der ist dann ganz milchig und nicht mehr so bappsüß. Als Federweißer schmeckt er *mir* persönlich am besten – aber das ist natürlich reine Geschmackssache." Er gefiel sich sichtlich gut in seiner Mentorenrolle.

Er nahm einen dünnen, schwarzen Gummischlauch, der auf dem Tisch herumlag, und steckte ein Ende tief in den Kanister hinein. „Was Sie auf keinen Fall machen dürfen ist, den Deckel ganz zuschrauben. Der Kanister bläht sich dann auf und fliegt uns irgendwann um die Ohren, und das wollen wir uns bei dem Bappzeug erst gar nicht vorstellen – nicht wahr? Also, los geht's …"

Er setzte sich auf einen kleinen Schemel, den er unter dem Tisch hervorgezogen hatte, und klemmte sich eine der leeren Flaschen zwischen die Füße. Dann nahm er das freie Ende des Schlauchs in den Mund, sog ein paar Mal daran und friemelte es nervös in die Flasche hinein, die sich daraufhin langsam zu füllen begann. Ein Teil des Weins war ihm dabei auf die Schuhe gelaufen.

„Wie Sie sehen, ist es ganz einfach", sagte er und wischte sich mit dem Handrücken über den Mund. „Die Flasche muss nur tiefer liegen als der Kanister. Das läuft dann von alleine weiter – wenn's sein muss, bis der Kanister leer ist."

Wie beim Blutspenden, dachte ich.

„Sie petzen dann einfach den Schlauch mit den Fingern zusammen und stecken ihn in die nächste Flasche – und so weiter und so fort." Jetzt zog er ihn allerdings nach oben in die Länge und ließ ihn in den Kanister leer laufen. Er stand auf, steckte das freie Schlauchende zum anderen in den Kanister und legte den Deckel drauf – wegen der Fliegen, vermutete ich mal.

„So – dann stecken Sie einen Korken in die Flasche und stellen sie zur Seite." Er nahm einen Korken und ein kleines Küchenmesser aus einer Pappschachtel, die auf dem Tisch stand, und schnitt der Länge nach eine Kerbe hinein. „Sonst kriegen wir ihn nicht in die Flasche." Die

Korken waren alle offenkundig gebraucht und stammten vermutlich vom Fußboden hinter seiner Theke.

„Wie viel kostet eigentlich so eine Flasche neuer Wein?", fragte ich.

„Für den Kunden, drei Mark – aber für Sie, Herr Dumfarth, als Mitglied der Schwanenhof-Familie, zwo. Aber seien Sie vorsichtig – der haut schon ganz schön rein! Das vermutet man bei der Süße gar nicht. Und was er mit Ihrem Verdauungstrakt anstellt, das wissen Sie ja sicherlich. Also, halten Sie stets einen Vorrat von etwa zwanzig Flaschen bereit. Und jetzt schauen wir uns mal den Keller an. Da unten – das ist dann Ihr Reich." Er hob den Flaschenkorb wieder auf, und ich folgte ihm die Treppe hinunter in den Hof. Die Kellertür war genau unter der Terrasse.

Drei Mark – so viel kostete nicht mal ein ausgereifter Schorlewein. Und für neuen Wein wurde ja wohl auch nicht gerade der Allerbeste genommen.

„Gibt es eigentlich auch *roten* neuen Wein?", fragte ich. Das hatte ich mich schon oft gefragt. Ich stellte ihn mir schön milchig-rosa vor, wie ein Erdbeer-Milchmix in der Eisdiele.

„Einen Roten? Keine Ahnung – noch nie gehört. Klingt aber irgendwie gut!"

Er schloss die Kellertür auf – der Schlüssel steckte bereits – und tastete mit der Hand blind um die Ecke, um das Licht anzuknipsen. Ich folgte ihm hinein. Es ging noch ein paar staubige Stufen tiefer, und schließlich standen wir in der Mitte eines großen Vorraums, in dem entlang der Wand einige große, klobige Kühlschränke standen und laut vor sich hin brummten. Es roch ähnlich modrig, staubig und kühl wie im Kohlen- und Müllkeller meiner Mutter, nur dass sich hier zusätzlich eine Geruchsmelange aus undefinierbaren Lebensmitteln und Wein dazumischte. Die einzelne Glühbirne, die mit langer Leine in der Mitte des Raumes von der Decke hing, war von der schon längst nicht mehr hergestellten großen, durchsichtigen Variante und gab trotz ihrer vermutlich hohen Wattzahl ein typisches dünnes Kellerlicht ab.

An der hinteren Wand schloss der Wirt die nächste Tür auf, und wir betraten einen weiteren dunklen Raum. Er machte die Tür hinter uns wieder zu, sodass wir in absoluter Dunkelheit standen und mir meine bunten Leerlauffantasien vor den Augen Revue passierten. Dann knipste er wirkungsvoll das Licht an. Ein paar staubige Falter hoben synchron vom Boden ab und begaben sich alsdann in eine hektische Umlaufbahn um die Kugellampe an der Decke.

Die gegenüberliegende Wand war ein einziges, riesiges Holzregal, das von der linken bis zur rechten Ecke und bis unter die Decke mit vollen und teilweise völlig zugestaubten Weinflaschen gefüllt war. Davor, auf dem Boden, stapelten sich zig Weinkisten mit Leergut.

„Meine Scheiße! – wie viele sind es denn?", fragte ich ehrfurchtsvoll.

„Och, über tausend sind's schon", sagte der Wirt, nicht ohne Stolz, „aber so viel ist das eigentlich gar nicht. Die Literflaschen mehr links, das sind die gängigen Schoppenweine – die gehen schnell raus und müssen ständig aufgefüllt werden. Und je weiter rechts Sie schauen, desto edler und teurer werden sie."

Und staubiger, dachte ich. Die linke Hälfte war ein grüner, gläserner Sternenhimmel aus präzise gesetzten Glanzpunkten; ganz rechts dagegen waren sogar die

Spinnweben verstaubt. Ich fragte mich, ob so ein Familienbetrieb überhaupt Inventur machte oder ob der Weinverbrauch nur grob geschätzt und ab einer per Augenmaß registrierten Untergrenze einfach nachbestellt wurde – wie bei den Ersatzteilen bei mir im Geschäft, wo es auf die genaue Menge nicht so sehr ankam und das Fehlen des einen oder anderen Teils nicht wirklich wahrgenommen wurde.

„So, dann fangen Sie doch gleich mal an", riss er mich plötzlich aus meiner kleinkriminalistischen Gedankenwelt und reichte mir den Flaschenkorb.

Ich drehte die oberen Flaschen um und schaute mir die Etiketten an. Sie waren klein und weiß und hatten lediglich unspektakuläre, altmodische schwarze Nummern aufgedruckt. Die gleichen Nummern waren auch über dem ganzen Regal verteilt, allerdings ohne sichtbares System – nummernmäßig zumindest. So dauerte es eine kleine Weile, bis ich alles beisammen hatte.

„Mit etwas Übung wird das schon", entschuldigte ich mich.

„Daran hab' ich keine Zweifel", meinte mein Chef und nahm mir den vollen Korb wieder ab. Er wirkte auffallend entspannt und ausgeglichen, woran sein Gewicht sicherlich keinen unerheblichen Anteil hatte. Ich legte die leeren Flaschen in die entsprechenden Weinkisten – es gab nur zwei Größen – während er neben der Tür mit den Fingern am Lichtschalter auf mich wartete. Nachdem ich alles verstaut hatte, gingen wir zurück in den Vorraum, und als er das Licht hinter uns ausknipste und die Tür schloss, konnte ich förmlich sehen, wie die staubigen Motten, ihres Zentralgestirns plötzlich beraubt, in der Dunkelheit wie abgeschaltet zu Boden fielen.

Auf einem alten Holztisch neben den Kühlschränken türmten sich ein Stapel riesiger runder Zwiebelkuchen auf schwarzen Blechformen und etliche sehr lange, schwarz glänzende Brote, auf deren in der Kruste eingebackenen Papieretiketten *„das berühmte original Schwanenhof-Brot"* zu lesen war. Ich wusste, dass es das Brot für den Normalverbraucher nirgends zu kaufen gab, und dass so mancher nur des guten Brotes wegen in einen der Schwanenhöfe zum Essen ging.

„Wer neuer Wein sagt, muss auch Zwiebelkuchen sagen", begann der Chef mit verschränkten Armen den zweiten Teil seines Vortrages. „Wenn in der Küche der Zwiebelkuchen zur Neige geht, müssen Sie unaufgefordert von hier einen neuen holen und das leere Blech hier abstellen."

„Jawoll."

Er setzte den Flaschenkorb ab und öffnete die Tür des ersten Kühlschranks, die mit einem langsamen Schmatzgeräusch nur widerwillig nachgab. Eine blasse Wolke entwich und machte allmählich den Blick frei auf eine Unmenge kleiner, uniformer, weißer Plastikbehälter, die den Kühlschrank bis oben hin ausfüllten. Ganz unten lag zudem ein großes, loses Bündel langer, dünner Würstchen, die größtenteils mit Reif überzogen waren.

„Das sind alles vorgefertigte Speisen – die kriegen wir von der Zentrale so geliefert. Hier zum Beispiel Leberknödel …" Er holte eine Dose heraus und gab sie mir. „Oder hier, Gulaschsuppe. Es ist alles nur leicht angefroren, damit es einerseits eine Zeit lang haltbar ist und andererseits schnell aufgewärmt werden kann."

„Das ist ja geradezu genial", meinte ich.

Auf den Deckeln waren kleine Aufkleber angebracht mit einem handgeschriebenen Kürzel für den jeweiligen Inhalt – *LB* für die Leberknödel, *GU* für die Gulaschsuppe. Wie die Städtekürzel auf den Autokennzeichen.

Er nahm mir die Dosen wieder ab, legte sie an ihren alten Platz und machte die Kühlschranktür wieder zu. Die saugte sich sofort fest, bis die Gummidichtung prall aus den Seiten hervorquoll.

„Die holen Sie nur nach Bedarf, das heißt erst dann, wenn meine Frau sie braucht." Das war angesichts der halbgefrorenen Beschaffenheit des Inhalts auch irgendwie logisch. „In dem anderen Kühlschrank sind Bratwürste sowie Pommes frites, Kroketten und so weiter – das sehen Sie ja dann. Ham Sie noch irgendwelche Fragen?"

„Ja – was ist denn im kleinen Kühlschrank?"

„Och, das sind die Tiefkühlsachen – Fleisch und Gemüse. Darum brauchen Sie sich aber nicht zu kümmern."

„Alles klar."

„Also – dann nehmen Sie gleich mal einen Zwiebelkuchen mit nach oben, und los geht's!" Er hob seinen Korb auf, und ich folgte ihm wieder über Tage, wo mir der Hof und die Treppe im ersten Moment grell überbelichtet in die Augen stachen. Der Zwiebelkuchen auf meiner Schulter roch kalt, aber gut.

Wir gingen die Treppe hoch und waren wieder in der Küche, und er, mein Chef, lief gleich weiter ins Lokal und nahm seinen Platz hinter der Theke wieder ein.

Ich stellte den Zwiebelkuchen auf der endlosen Küchentheke ab und schaute mich erst einmal um. Es war still wie an einem Samstagnachmittag, und die Chefin mit ihrer Perücke bosselte summend vor sich hin, als hätte sie gar nicht bemerkt, dass sie nicht mehr allein war.

Die Küche war ein Quadrat, für ein Speiselokal überraschend klein, und als Erstes fiel der riesige Herd ins Auge, der neben einer Vielzahl von verschieden großen Gaskochstellen auch noch eine große, rechteckige Elektroplatte besaß, von der ich annahm – was sich später auch bestätigte – dass es sich um eine Warmhalteplatte handelte. Über dem Herd wölbte sich eine enorme Abzugshaube, die über ein Ofenrohr durch die Mauer direkt ins Freie führte. Unter dem Fenster zum Hof stand eine doppelte Chromspüle mit Ablage, und ansonsten war alles ringsum mit sauberen Resopalflächen eingefasst, unterbrochen nur durch die zwei Türen zur Wirtschaft und zur Terrasse. Unter den Arbeitsflächen befanden sich außer ein paar Schränken für das Kochgeschirr noch eine große Spülmaschine, die jetzt offen stand und nach warmer Waschküche roch, sowie ein großer Kühlschrank. Dies war also für die nächste Zeit mein zweites Zuhause.

Die Chefin war gerade damit beschäftigt, das Geschirr vom Vortag aus der Spülmaschine zu räumen, und da es für mich offenbar noch nichts zu tun gab, ging ich hinaus in die Abendsonne, um mir meinen ersten Vorrat an neuem Wein abzufüllen.

Eine unsichtbare Wolke wie aufgestoßener Traubensaft umgab meinen Abfülltisch, und wenn ich's nicht besser gewusst hätte, hätte ich ein Rauchverbot im Umkreis von fünfzehn Metern für angebracht gehalten. Ich nahm den Deckel vom angebrochenen Kanister und linste mit einem Auge hinein. Der Wein hatte eine Farbe wie Apfelbrei und sprudelte unentwegt an der Oberfläche vor sich hin. Der beißende Geruch von Kohlensäure stach mir in die Nase.

Ich stellte mir zwanzig leere Flaschen in zwei Reihen auf dem Boden zurecht und setzte mich auf den Hocker. Ich ging den bevorstehenden Arbeitsablauf noch einmal rasch im Kopf durch – ansaugen, zupetzen, in die Flasche stecken, laufen lassen; zupetzen, nächste Flasche, und so weiter – und machte mich dann ans Werk. Ich nahm an, dass das kurze und nicht eingetauchte Ende des Schlauches das war, das der Wirt in seinem dicken Mund gehabt hatte, und tauschte es kurzerhand gegen das längere, eingetauchte aus – ich kannte ihn ja schließlich nicht. Das nun freie, nasse und kalte Ende nahm ich zwischen die Lippen und hielt es mit den Zähnen fest. Ich bückte mich, um tiefer als der Kanister zu sein, und sog ein paar Mal daran. Nach ein paar leeren, kohlensäurereichen Zügen schoss mir plötzlich ein kühler Schwall in den Mund und lief von sich aus einfach weiter. Nach einigen unfreiwillig-gierigen Schlucken fing ich mich wieder, petzte das Schlauchende zusammen und fummelte es hastig in den ersten Flaschenhals hinein. Ich wischte mir den Mund an meiner Schulter ab und holte tief Luft.

Kaum, dass der süße Saft im Magen angekommen war, verspürte ich auch schon einen leichten Nebel um die Augen, zusätzlich unterstützt durch die Tatsache, dass ich seit dem zweiten Frühstück im Geschäft nichts gegessen hatte und mich zudem mit dem Kopf zwischen den Knien halb unterm Tisch befand, wie der Wackelpeter neulich in der *Shiloh Ranch.* Der neue Wein hatte einen dicklichen, sehr süßen Geschmack, der dann rasch von einem angenehm-säuerlichen Kribbeln auf der Zunge verdrängt wurde, was wahrscheinlich von den kleinen Kohlensäurebläschen herrührte, die unentwegt zwischen den Geschmacksknospen zerplatzten. Nur der Abgang im

Rachen, der sich nach dem Schlucken langsam ausbreitete, der kam weniger angenehm daher und ließ fast auf eine ertrunkene Maus im Kanister schließen.

Ich spürte, wie die erste Flasche überlief und steckte den Schlauch rasch in die nächste. Ich richtete mich auf und schaute mich in meiner neuen Umgebung um, auf die schmutzige braune Backsteinmauer, die den Hof umgab und neugierige Blicke in die geheimnisvollen Vorgänge in der Schwanenhofküche zumindest von unten her fernhielt, und auf die zersprungene Betonplatte, die den gesamten tristen Hof ausfüllte und aus deren Spalten die jungen Essigbäume schossen.

Die Belegschaft des *Kleinen Schwanenhofs* bestand außerhalb der Neuen-Wein-Saison gerade mal aus drei Personen; mit mir Saisonarbeiter waren es vier. Fräulein Schmoll, die blasse Bedienung, bediente. Der dicke Wirt stand hinter seiner Theke, schenkte die Schorlen ein und mimte den fröhlichen Kellermeister; vielleicht gab er, wenn's hoch kam, auch noch die Essensbestellungen an die Küche weiter. Und seine Frau schmiss ganz allein die Küche und werkelte nach einer gewissen Anlaufzeit vermutlich ununterbrochen und ohne Pinkelpause vor sich hin. Blieb also unterm Strich die Terrasse und der Weinkeller, über die von heute an ganz allein ich herrschte. Noch gestern gehörte ich ausschließlich auf die andere Seite der Theke.

Die zweite Flasche lief über. Ich musste besser aufpassen – unterm Tisch war nicht nur schlechte Luft, sondern auch schlechtes Licht, zumal man den Weinstand durch das dunkle Flaschenglas auch so kaum erkennen konnte. Man merkte eigentlich erst, dass eine Flasche voll war, wenn einem der Wein bereits über die Finger lief.

Ich steckte mir einhändig eine Zigarette an, nahm ein paar Züge und legte sie auf den Tischrand neben die Streichholzschachtel.

Der Weinpegel im Kanister hatte mittlerweile das Schlauchende unterschritten, sodass nur noch saure Luft angesogen wurde. Ich schob den Schlauch tiefer hinein und bückte mich erneut unter den Tisch, um mit ein paar kräftigen Zügen den Kreislauf wieder in Gang zu setzen. Es war ein sauberer, steter Strahl, und je tiefer ich mich bückte, umso kräftiger wurde er. Hätte man uns früher im Physikunterricht neuen Wein abfüllen lassen, anstatt dröge Formeln auswendig zu lernen, wäre womöglich mehr aus uns geworden.

Wenn man nichts dafür bezahlen musste, war das klebrige Zeug ja schon eine nette Abwechslung. Aber für drei Mark die Flasche – dafür hol' ich mir doch lieber gleich das fertige Produkt. Einen Wein mitten im Entstehungsprozess für gutes Geld zu verkaufen, das ist ja, wie wenn man einen frisch gepressten, trockenen, unausgereiften und bröseligen Magermilchquark als saisonale Spezialität teurer verkaufen würde als den ausgereiften Handkäs'. Oder einen rohen, wabbeligen Bauchlappen teurer als den daraus hergestellten Räucherspeck. Oder ein Stück Marzipanrohmasse teurer als ein Marzipanschwein …

„Wie heißen Sie nochmal?"

Ich schreckte hoch und stieß mit dem Kopf von unten an die Tischkante. Dabei rutschte mir der Schlauch aus dem Mund, und meine Zigarette fiel in die Pfütze zwischen den Flaschen und erlosch. Die Chefin stand mit verschränkten Armen an der Tür – wer weiß, wie lange schon.

„Dumfarth", sagte ich, nachdem ich alles runtergeschluckt hatte, und fummelte den Schlauch in den nächsten Flaschenhals, „mit teha. Mir war der Schlauch hochgerutscht und leer gelaufen."

„Also, Herr Dumfarth – wenn Sie damit so weit sind, kommen Sie in die Küche. Es gibt heute viel zu tun."

„Is' gut."

Die restlichen Flaschen füllte ich ordnungsgemäß und ohne Zwischenfälle ab – außer, dass nach etwa der Hälfte der Kanister leer geworden war und ich mir den nächsten an den Tischrand hieven und den Schlauch erneut einführen und ansaugen musste. Unterdessen musste ich fortwährend aufstoßen – der neue Wein sprudelte im Magen einfach weiter.

Nachdem die letzte Flasche abgefüllt war, ließ ich den Schlauch mit hochgestrecktem Arm leer laufen, steckte das freie Ende in den Kanister und stellte anschließend die Flaschen oben auf den Tisch. Ich kippte, was zu voll war, zurück in den Kanister und begann dann zwanzig Korken mit dem Messer einzukerben. Inzwischen klebte alles – die Flaschen am Tisch, die Füße am Boden und die Finger aneinander.

Ich stellte mein fest verkorktes Werk ordentlich fünfmal-vier zusammen, plus die eine, die der Chef bereits abgefüllt hatte, und meldete mich anschließend, wie mir aufgetragen war, in der Küche zum Dienst.

„Hier, ziehen Sie das mal an", sagte die Chefin, als ich mir an der Spüle die Hände wusch, und legte mir eine grüne Schürze hin, wie der Chef eine trug und auf der ein geschwungenes *Schwanenhof* eingestickt war. Ich trocknete mir die Hände, zog meinen Parka aus und legte ihn draußen auf dem Balkon über das Geländer, bevor ich mir, zurück in der Küche, meine Schürze umband. Ein mächtiger Wasserkessel stand auf dem Herd und säuselte vor sich hin. In einem großen Topf daneben waren mindestens dreißig Eier aufgesetzt, die in leicht sprudelndem Wasser ununterbrochen aneinanderklopften.

„Holen Sie uns gleich mal ein Brot vom Keller, Herr Dumfarth. Da hinten ist die Brotmaschine. Später, wenn's hier drunter und drüber geht, haben wir für so etwas keine Zeit mehr. Danach brauche ich einen kleinen Vorrat an Zwiebelringen und geviertelten Tomaten – die brauchen wir laufend."

„Aye, aye", sagte ich. Ich nahm unaufgefordert das leere Zwiebelkuchenblech von der Ablage und stieg hinab in den Hof und weiter in den Keller.

Ich legte das Blech auf den Stapel und schaute mich erst einmal um, um mich mit meinem künftigen Wirkungsbereich ein wenig vertraut zu machen. Der allgemeine Modergeruch hatte vermutlich mit den vielen geleerten Weinflaschen im Nebenraum zu tun und war, zusammen mit dem klassischen feuchten Kellermief, typisch für die vielen schummrigen Weinlokale, die es überall in der Pfalz gab. Der vorherrschende Geruch hier unten war jedoch der der Zwiebelkuchen, von denen auf dem Tisch schätzungsweise fünfzehn Stück übereinander gestapelt waren. Sie hatten einen Durchmesser von vorneweg fünfzig Zentimetern, und jeder saß in seiner eigenen, schwarzen Blechform. Der Stapel leerer und verkratzter Bleche daneben kam wie das Leergut eines zentralen Zwiebelkuchenzulieferers daher. Kalt sahen sie ja nicht gerade spannend aus, aber ich konnte es förmlich sehen und riechen, wie sie beim Aufbacken an Farbe, Duft und Anziehungskraft gewannen. Die gleichmäßig blasse Oberfläche wurde hie und da von dicken, weichen Speckwürfeln unterbrochen. Ich pickte mir ein paar heraus und schmierte die dadurch entstandenen Krater mit dem Finger wieder zu.

Mir war schon lange ein Rätsel gewesen, wie eine Wirtschaft das Wunder vollbrachte, zu jeder Zeit alles, was auf der abwechslungsreichen Speisekarte stand, auch tatsächlich in kürzester Zeit auf den Tisch bringen zu können. Ich wusste zwar nun, dass das Essen größtenteils aus eingedosten Schneebällen bestand, doch verriet das noch lange nichts über die angebotene Vielfalt. Um mir ein wenig Einblick in die Geheimnisse der Branche zu verschaffen, öffnete ich den ersten großen Kühlschrank und schaute mich darin um.

Ich öffnete nacheinander mehrere Döschen aus den einzelnen Bereichen des Kühlschranks und schaute hinein. Außer Leberknödeln und Gulaschsuppe gab es hier noch die ganze weitere Palette pfälzischer Gaumenfreuden. Das obere Fach war einzig für die Universalbeilage Weinkraut reserviert, das, wie alles andere, portionsweise in weißen Plastiktöpfchen abgepackt und mit dem Kürzel *KR* gekennzeichnet war. Im Fach darunter stapelten sich in einzelnen, voneinander getrennten Gruppen die dazugehörigen Hauptspeisen wie Wellfleisch, Knöchel, Kasseler, und so weiter – und natürlich die Leberknödel, die stets doppelt vorhanden waren und entsprechend ihrer allgemeinen Popularität das größte Kontingent darstellten. Die Sauerbratenportionen und die Rouladen, die eine Stufe tiefer lagerten und in weitaus geringerer Zahl auftraten, gehörten zum weniger universalen, aber dennoch allseits beliebten Rotkraut, das gleich daneben lagerte.

Neben dem offenen, raureifigen Würstchenbündel im Schieber ganz unten, das mir bereits während meines Rundgangs mit dem Chef ins Auge gefallen war, lagerten die Behälter mit den verschiedenen dicken Soßen, die aus einem gebratenen Schnitzel gleich vier Eintragungen auf der Speisekarte zu zaubern vermochten – neben der soßenlosen *Wiener-Art*-Ausgabe noch die Variationen Jäger-, Zigeuner- und Rahmschnitzel, diese noch zusätzlich unterteilt in *natur* und *paniert* – wobei mir die Version *paniert* angesichts der Soßen, in denen sie dann schwammen und einweichten, noch nie so recht eingeleuchtet hatte. Ebenfalls im unteren Schieber lagerten die Suppen in der Standardauswahl – Gulaschsuppe, wie bereits erwähnt, Kraftbrühe (die Version *mit Ei* zweigte sich wohl erst in der Küche ab), Leberknödelsuppe und Bohnensuppe. Von Letzterer nahm ich mir eine Dose heraus und machte sie auf. Sie hatte eine Konsistenz wie Schneematsch und roch genauso wie die Bohnensuppe bei Pino, was die Vermutung zuließ, dass alle Bohnensuppen in Ludwigshafen von ein und derselben Bohnensuppenfabrik irgendwo im Industriegebiet stammten.

Die Würstchen sahen nicht so aus, als wurden sie gezählt, und so brach ich mir eins ab und biss vorsichtig hinein. Es schmeckte nach Kühlschrank und knirschte halbgefroren zwischen den Zähnen. Ich bettete das abgebissene Ende auf meine Zunge und drückte es gegen den Gaumen, damit es auftauen konnte, und mit dem Rest fest mit der geschlossenen Hand umklammert, öffnete ich den zweiten Kühlschrank und warf auch hier einen Blick hinein.

Dort lagerten, in Paaren gebündelt, Hunderte von Bratwürsten, einzeln eingeschweißte dicke Saumagenscheiben und säckeweise Pommes frites und Kartoffelkroketten, außerdem, im Schieber ganz unten, doppelt abgepackte, vermutlich vorgegarte Kartoffelknödel. Wie lange man nach einem Atomschlag aus der Sowjetunion hier unten wohl ausharren konnte, mit all dem Zeug in den Kühlschränken und dem Weinvorrat nebenan?

Das Würstchenende ging runter wie ein kalter Stein.

Der kleine Tiefkühlschrank war, wie der Wirt gesagt hatte, bis zum Rand mit klotzigen Fleischpaketen und großen Anstaltspackungen mit Gemüse aufgefüllt.

Das war also das Geheimnis, dachte ich und ließ die Tür wieder zufallen, die sich deutlich hörbar festsaugte. Das Wirtschaftswunder war gar keins. Nur lauter halbgefrorene, untereinander kombinierbare Fertigmahlzeiten. Sogar die Frischware – Kartoffeln, Eier, Zwiebeln – hatten ein Verfallsdatum, das wenig Risiko barg. Mit Ausnahme des Kopfsalats, der sandig auf dem kleinen Kühlschrank in einem offenen Karton saß. Aber einen verfallenen Kopfsalat ließe sich sicherlich verschmerzen.

Ich schnappte mir eins der schwarz lackierten Brote vom Tisch, knipste das Licht aus und ging wieder nach oben.

„Schneiden Sie's aber erst in der Mitte durch", sagte die Chefin, als ich zur Hintertür hereinkam, und gab mir ein großes, gezahntes Brotmesser, „sonst wird das nichts. Die Endstücke lassen Sie auf etwa fünf Zentimeter ganz – die nehm' ich mit nach Hause."

„Wär' ja auch schad' drum", sagte ich verständnisvoll.

„Wo waren Sie eigentlich so lange?"

„Ich hab' mich im Keller nur ein bisschen umgeschaut, damit ich später nicht jedes Mal suchen muss."

„So ist’s recht“, sagte sie und ging wieder an ihre Arbeit.

Das Brot war vorneweg einen Meter lang und am Stück in der Tat recht unhandlich, insbesondere an der Brotmaschine. Ich schnitt es in der Mitte entzwei, zog das eingebackene, offensichtlich feuerbeständige Papieretikett ab und begab mich alsdann an die Arbeit.

Die Brotmaschine heulte bei jeder Scheibe auf wie eine Kreissäge, was sie ja im Grunde auch war, und nachdem ich mit beiden Hälften durch war und die sauberen Scheiben zu drei Türmen aufgebaut hatte, fragte ich die Chefin, wie sie die Zwiebeln und die Tomaten gerne gehabt hätte.

„Kommen Sie, ich mach’s Ihnen vor.“

Sie nahm zwei von einer ganzen Reihe langer, schwerer Messer von der Wand und wetzte sie mehrmals routiniert aneinander, als wollte sie ein Schwein schlachten. Ich folgte ihr an ein übergroßes Schneidbrett neben der Spüle, neben dem unter anderem eine Schüssel mit kugelrunden, etwas blassen Tomaten und ein Drahtkorb mit Zwiebeln stand.

„Was haben Sie denn da in der Armbeuge?“, fragte sie fast nebenbei.

Ein Hühnerarschloch, dachte ich bei mir – aber das sieht man doch! „Das kommt vom Blutplasmaspenden.“

„Ach so. Machen Sie das öfters?“

„Einmal die Woche.“

„Geht denn das?“

„Bei Plasma schon.“

Sie nahm eine blasse, noch leicht grüne Tomate, legte sie aufs Brett, und mit zwei flinken Skalpellschnitten genau am Stielansatz – der laut meiner Mutter die Wurzel allen Übels war – fielen vier identische Tomatenviertel auseinander. Eins fiel um auf die Seite, und die anderen wippten noch ein wenig nach.

„Die Tomaten kommen hauptsächlich in den kleinen gemischten Salat für zwo-achtzig, aber zum Garnieren einiger Speisen brauchen wir sie auch laufend. Sie geben vor allem den Russischen Eiern einen willkommenen Farbtupfer. Die wären sonst ein wenig blass." Sie packte die Tomatenviertel mit beiden Handballen und legte sie auf einen Teller. „Schneiden Sie aber nicht alle auf einmal auf, damit heute Nacht nicht noch welche übrig sind."

Als Nächstes nahm sie eine große, runde Zwiebel aus dem Drahtkorb und schälte sie in null Komma nix. Bei mir dauerte es zu Hause immer eine Ewigkeit, bis ich die brüchige, braune Schale runter hatte; aber Zeit ist Geld, und deshalb opferte sie einfach die komplette äußere Schicht. Sie schnitt das erste Drittel gleich mal in einem Stück ab und legte es zur Seite.

„Für die Zwiebelringe kommt nur der mittlere Teil infrage, damit sie alle groß genug sind. Die Leute verlangen große Zwiebelringe – verstehen Sie? Schneiden Sie sie aber nicht zu dünn – sie dürfen nicht durchhängen." Sie schnitt mehrere Scheiben rasch und gleichmäßig ab und trennte dann mit flinken Fingern die Ringe vorsichtig voneinander, damit sie nicht brachen. Die großen äußeren Ringe legte sie auf einen zweiten Teller.

„Damit garnieren wir die Russischen Eier, die Lachsbrote und den Handkäs'. Und aufs Tatar kommt auch einer, aber nur ein mittelgroßer. Da kommt dann zum Schluss der rohe Eidotter hinein, damit er nicht runterrutscht. Das zeig' ich Ihnen später. So – und den Rest hacken wir dann ganz fein und legen ihn zur Seite. Der kommt dann unter anderem in den Salat.“

Sie legte die undienlichen inneren Ringe zu den Zwiebelenden aufs Brett, und nach ein paar groben Schnitten wiegte sie alles kunstfertig zu einem lockeren, nassen Zwiebelberg.

Sie stellte mir noch eine Schüssel hin für das Gewiegte, und ich nahm mir eine neue Zwiebel aus dem Korb und begann zu schneiden. Anfangs gab es aus der Zwiebelmitte viel Ausschuss, da es meinen ungeübten Händen nur selten gelang, unten so dünn (aber auch nicht *zu* dünn) anzukommen, wie ich oben angesetzt hatte. Entsprechend rasch und überproportional wuchs denn auch mein Vorrat an gehackten Zwiebeln.

Langsam und mit zunehmender Frequenz kamen jetzt auch die ersten Bestellungen rein. Meine innere Uhr und das stärker gewordene Rauschen des Straßenverkehrs von der Kaiser-Wilhelm-Straße herüber ließen mich die Zeit auf nach halb sieben schätzen, und ich nahm an, dass es sich bei den Bestellungen um absetzbare Geschäftsessen nach Feierabend handelte. Ehepaare oder Freunde gingen erst später aus.

Dabei ging jedes Mal der Schieber in der Tür zur Theke auf, und des Wirtes Arm spießte einen rosanen Bestellbon auf einen Nagel, der auf einem hölzernen Brettchen prangte, das auf der Ablage neben der Tür stand. Dann betätigte er kurz einen Summer am Türrahmen und ließ uns wieder allein. Die Chefin nahm dann in regelmäßigen Abständen die Zettel, legte sie sich zurecht und erstellte in Gedanken einen Arbeitsplan, damit alles schön ineinandergriff. Gleich am Anfang bestellte sich jemand ein Tatar.

„Na also, da ham wir ja schon so ein Kannibale“, sagte sie. „Lassen Sie das mal, und schauen Sie zu.“

Sie holte ein abgewogenes Stück rotes Fleisch aus dem Kühlschrank und warf den elektrischen Fleischwolf an, der in der Ecke auf der Ablage stand. Mit einem schweren Messer schnitt sie das Fleisch in grobe Stücke, stopfte es mit einem hölzernen Stößel oben in den Fleischwolf hinein und dirigierte es unten kunstvoll auf einen Teller. Es sah jetzt aus wie ein rotes Vogelnest.

„Das mit dem Fleischwolf mache ich“, sagte sie. „Rinderfilet ist teuer.“ Sie legte einen mittleren Zwiebelring obendrauf und drückte ihn mit den Fingern ein wenig fest. Mit dem schweren Fleischmesser klopfte sie zart und gezielt ein rohes Ei auf, ließ das Eiweiß in die Spüle klatschen und platzierte den Dotter vorsichtig innerhalb des Zwiebelrings.

„Was wäre, wenn der Dotter jetzt platzen würde?“, fragte ich.

„Dann wäre das teure Kunstwerk hin“, sagte sie und lutschte nacheinander an ihren Fingerspitzen. „Und deshalb mach’ ich das mit dem Dotter auch selber.“

„Man könnte ja immerhin noch Frikadellen daraus machen“, meinte ich.

„Sie machen mir Spaß, Herr Dumfarth – Frikadellen aus Rinderfilet! Außerdem passen Frikadellen nicht in das Ambiente eines Weinlokals.“

Auch wieder wahr, dachte ich.

Sie nahm drei winzige Porzellanschälchen von einem Stapel, füllte sie aus drei großen Dosen mit grobem Salz, ebenso grobem schwarzen Pfeffer und Paprikapulver und setzte sie mit auf den Teller.

„Von den Schälchen mit den Gewürzen bereiten Sie mir auch immer ein paar vor, aber nicht zu viel.“ Sie setzte noch ein feuchtes Häufchen gehackter Zwiebeln, einen Teelöffel Kapern und eine Essiggurke, die sie vorher mehrfach längs eingeschnitten und ausgefächert hatte, dazu. „Und von den Gurken schneiden Sie mir auch ein paar zurecht. Und das war's schon.“

Was man so alles essen kann, dachte ich. Ich nahm das riesige Gurkenglas vor die Brust und ging zurück an mein Schneidbrett. Die Chefin stellte indessen den Teller mit dem Tatar auf die Ablage neben der Tür, drückte kurz auf den Summer und legte den erledigten Bon in eine Schachtel. Der Schieber ging auf, und der Tatar verschwand.

„Hier – wenn Sie gerade dabei sind“, sagte sie und lud drei große, sandrieselnde Salatköpfe bei mir ab. „Nur putzen und hier in die linke Spüle legen. Den Rest mache ich.“ Sie traute mir nicht, aber mir war's ganz recht so. „Und schneiden Sie bei den ganz großen Blättern die Rippen heraus.“

So allmählich bekam ich eine Ahnung von der Bandbreite meiner Aufgabenpalette.

Der Schieber in der Tür ging mit der Zeit immer häufiger auf und zu, und mein Aufgabenbereich vergrößerte sich von Mal zu Mal. Die Abzugshaube lief auf vollen Touren, und ein Stück Zwiebelkuchen nach dem anderen wanderte in den Backofen und wieder heraus.

Irgendwann rief der Wirt nach den ersten Flaschen neuen Weins. Ich ging hinaus auf die Terrasse, klemmte mir insgesamt sechs Flaschen zwischen die Finger und brachte sie ihm hinaus ins Lokal.

Ich befand mich plötzlich in einer anderen Dimension. Das Lokal war das völlige Gegenstück zur Küche. Hier saßen die Gäste unter ihren schummrigen Wagenrädern, die dicken Damen ein wenig montagabendlich herausgeputzt und die Herren in ihren billigen braunen Feierabendanzügen, und spielten ländlich-pfälzische Geselligkeit mitten in der Stadt. Sie frönten mit Feinschmeckermienen und geblähten Nüstern den derben Speisen, die anderswo zum billigen, vorgedruckten Teil der Speisekarte gehörten, und unterlegten das ewige Klimpern der Bestecke auf den Tellern mit gedämpfter Unterhaltung und gelegentlichen Heiterkeitsbekundungen. Keiner hatte eine Ahnung vom grellen Licht und der Hektik in der Küche, den Frittierfetttröpfchen in der gelben Plastikperücke der Köchin, dem offen eingefrorenen Würstchenberg im Kühlschrank im Keller oder dem zum x-ten Mal abgelutschten Gummischlauch auf dem Abfülltisch.

„Mein Gott, Dumfarth, spülen Sie die Dinger doch ab – die sind ja total verklebt!“, zischte mir der Wirt leise zu und lächelte dem Herrn vor der Theke, für den die Flaschen wohl bestimmt waren, verlegen zu. Ich trug sie zurück in die Küche und stellte sie am Spülbecken ab.

„Was ist?“, fragte die Chefin, nachdem die Tür wieder zugefallen war.

„Ich hab’ vergessen, die Flaschen abzuspülen.“

„Oh, das ist wichtig“, sagte sie. „Spülen Sie sie warm ab – das geht schneller und lässt sich dann leichter abtrocknen.“

Natürlich hatten sie Recht. Das Zeug sah so schon unappetitlich aus. Wenn dann die Flaschen auch noch mit angetrockneten Zucker- und Hefenasen geschmückt waren … Ich wischte sie unter dem Heißwasserstrahl mit dem Schwamm ab, brachte sie mit dem Geschirrtuch auf Hochglanz und trug sie meinem Herrn abermals hinaus.

„Bitteschön“, sagte ich mit gespielter Höflichkeit. Auf der Theke stand genauso ein Kanister wie die auf der Terrasse, nur dass dessen Schlauch durchsichtig und mit einer Drahtklemme versehen war, wie beim Dampfentsafter früher bei meiner Großmutter. So war es unter den kritischen Augen der Gäste nicht notwendig, bei jedem zu zapfenden Glas den Schlauch mit dem Mund neu anzusaugen.

Mein Blick fiel auf einen beleibten alten Herrn am Tisch neben dem Kachelofen, dessen kurze Hosenträger seine riesige, braune Anzugshose auf Brusthöhe hielten und der mit ausgestrecktem kleinen Finger sein volles Römerglas bedächtig und mit blinzelnden Lidern an seine spitzen Lippen führte. Wenn mir auch bis zu diesem Zeitpunkt der Sinn des ausgestreckten kleinen Fingers verborgen geblieben war (ich hielt es bisher einfach nur für ein Zeichen der Noblesse), erschien er mir jetzt umso logischer. Je mehr der Herr nämlich das Glas kippte, desto gestreckter und abgewinkelter wurde der Finger. Er diente als Gegengewicht, als Stabilisator gewissermaßen, damit der schwere Oberteil des Römers, in dem der Wein umherschwappte, nicht plötzlich aus dem Gleichgewicht geriet und umkippte.

„Haben Sie nichts zu tun?“, meinte der Wirt. „Nehmen Sie gleich mal den Korb mit.“

„Is’ gut.“

Ich nahm den vollen Flaschenkorb vom Boden und ging zurück durch die hell erleuchtete Küche zur Hinterhoftür.

„Halt, Herr Dumfarth! Ich brauch' noch Leberknödel und Saumagen vom Keller!"

Ich blieb stehen. „Wie viel denn?"

„Och – bringen Sie mir von jedem zehn Stück. Und für jedes ein Kraut – also zwanzigmal Kraut. Zwiebelkuchen pressiert noch nicht, aber bei Gelegenheit …"

„Jawohl."

Ich trat hinaus ins Freie und atmete tief durch. Es war mittlerweile dunkler und kühler geworden, und aus der Abzugsöffnung blies der fettige Dampf, dem es gelungen war, der Perücke der Chefin zu entkommen.

In der Küche wurde es zunehmend hektisch. Das Lokal war inzwischen voll, was vor allem durch die intensivierte Geräuschkulisse jenseits der Tür zur Theke zum Ausdruck kam. Die Chefin hatte ständig mehrere Mahlzeiten gleichzeitig auf dem Herd, die zudem auch noch zeitversetzt zubereitet werden mussten, je nach Eingang der einzelnen Bestellungen. Wenn sie beispielsweise jetzt eine Portion Salzkartoffeln aufsetzte – die auf Vorrat geschält und vorgeschnitten in einer Plastikschüssel mit Wasser bereitlagen – dann musste sie sich merken, wann die Kartoffeln durch sein würden, damit sie nicht zu Brei verkochten, obwohl sie in der Zwischenzeit etliche andere Mahlzeiten und Beilagen aufsetzen beziehungsweise rechtzeitig wieder herunternehmen musste. Das Wasser kochte im Übrigen immer fast sofort, da sie sich stets aus dem riesigen Wasserkessel bediente, der schon seit Stunden auf dem Herd stand und vor sich hin köchelte.

Darauf zu achten, dass die einzelnen Bestandteile einer Mahlzeit gleichzeitig fertig wurden, war an sich kein allzu großes Kunststück – das musste man zu Hause ja schließlich auch. Aber draußen im Lokal saßen an den meisten

Tischen nicht ein, sondern zwei, drei oder gar vier Gäste, noch dazu in der Regel mit unterschiedlichen Bestellwünschen. Und die wollten natürlich ihr gemeinsam bestelltes Essen nach Möglichkeit auch gemeinsam serviert bekommen. Das bedeutete also, dass die einzelnen Bestandteile dieser zwei, drei oder vier Bestellungen in der Zubereitung so abgestimmt werden mussten, dass sie alle zur gleichen Zeit fertig waren. So mussten zum Beispiel zwei Portionen Leberknödel, eine Roulade und ein Pärchen Bratwürste sowie die dazugehörenden zwei Portionen Kraut, eine Portion Rotkraut, einmal Kartoffelpüree (aus der Packung angerührt) und einmal Salzkartoffeln so aufgesetzt werden, dass sie zum Schluss alle zur gleichen Zeit mit einem Körbchen mit vier Scheiben Brot und drei Beuteln Senf abholbereit auf der Ablage am Schalter standen. Vielleicht hätten meine Nerven mit ein wenig Übung auch dafür gerade noch gereicht. Aber es gab ja nicht nur einen Tisch draußen im Lokal, sondern mindestens fünfzehn. Die Warmhalteplatte spendete da nur einen bescheidenen Trost.

Dazwischen musste die Chefin immer wieder eine Ladung Tatar durch den Fleischwolf auf den Teller lenken und darauf achten, dass der Eidotter seinen designierten Platz im Zwiebelring nicht verließ; die Spülmaschine musste fortlaufend gefüllt und in Gang gesetzt werden, damit es zu keiner Zeit an Ess- oder Kochgeschirr mangelte – natürlich nicht, ohne die Teller und Töpfe vorher am Spülbecken ein wenig vorzuspülen; Zwiebeln mussten in der Pfanne braungebraten werden, um den Leberknödeln und dem Saumagen, aber auch den Bratwürsten den landesüblich derben Akzent zu verleihen; und Salatblätter mussten gewaschen und geschnitten und geschleudert werden, wobei aufgepasst werden musste, dass sie beim Waschen nicht ins Becken mit den Eiweißresten kamen, die als Abfallprodukt des Tatars dort landeten und aufgrund ihrer Unsichtbarkeit häufig vergessen wurden. Die Hausmacherwurst für die beliebte Winzerplatte musste aufgeschnitten und auf den Tellern liebevoll arrangiert und ausgestaltet werden, der Handkäs' mit Zwiebelringen und Kümmel geschmückt, die Spülmaschine immer wieder ausgeräumt, die Pommes frites rechtzeitig aus der Fritteuse genommen beziehungsweise rechtzeitig in die Fritteuse hineingehängt, die Russischen Eier mit einem willkommenen Farbtupfer versehen, Befehle an Herrn Dumfarth erteilt, Nerven und Überblick behalten, planen, ordnen, richten, auf den Summer drücken, erledigte Bons zur richtigen Zeit in die Schachtel legen, damit nichts doppelt hinausging, und dazwischen immer wieder ein Stück Zwiebelkuchen in den Ofen schieben – sofern rechtzeitig für Nachschub gesorgt worden war. Und aufs Klo – wo auch immer sich das befand – musste sie zwischendurch sicherlich auch mal.

Aber das war ja nur der Anteil der Chefin. Parallel dazu hatte ich ja auch noch meine eigenen Aufgaben zu bewältigen. Ich kümmerte mich nicht nur, wie mir anfangs aufgetragen, um das Putzen von Salatköpfen, das Hacken von Zwiebeln, das Vierteln von Tomaten und das Einschneiden von Gurken zu Fächern (Letzteres mittlerweile recht geschickt). Ich schälte darüber hinaus rohe sowie gekochte Kartoffeln, pellte hart gekochte Eier, schnitt Radieschen zu lustigen Rosetten ein für den kleinen Gemischten für zwo-achtzig, wienerte Besteck auf Hochglanz, bevor ich es in rote Servietten wickelte und viererweise in die Brotkörbchen legte, und trug regelmäßig den

Abfall in den Hof. Und das alles in den kaum vorhandenen Zeitlücken zwischen Weinbestände unter der Theke auffüllen und Essensnachschub aus dem Keller holen. Gegen acht schnitt ich bereits den dritten Meter Brot auf. Und wenn die Zeit es zuließ, füllte ich immer wieder ein paar Flaschen neuen Weins ab, verkorkte sie und spülte sie am Waschbecken warm ab. Und dass das alles bis gestern noch zur Aufgabenpalette meiner Chefin gehört haben soll, wollte mir partout nicht in den Kopf gehen. Sie war ja heute schon hart an der Grenze ihrer Belastbarkeit.

Mir war es inzwischen ganz schön flau geworden im Magen. Außer meinem gefrorenen Würstchen hatte ich seit meiner Dose Hering in Sahnemeerrettichsoße und einem Brötchen heute Morgen in der Frühstückspause nichts mehr Festes zu mir genommen, dafür aber unvernünftige Mengen neuen Weins. Der anfängliche Nebel um meinen Kopf herum hatte sich längst verzogen, und der süße Saft wandte sich nunmehr meinen Eingeweiden zu. Die waren mittlerweile aufgegangen wie eine Schüssel voll Dampfnudelteig, ohne jedoch den Ausgang freizugeben, und gaben gurgelnde Geräusche von sich, die nichts Gutes verhießen.

Die Chefin geriet mit der Zeit immer mehr ins Schleudern. Sie kam mit den Bestellungen kaum noch nach und wurde zunehmend gereizter. Und zu alledem kam noch, dass sie irgendwann auf der Ablage neben meinem Schneidbrett ein sehr langes, schwarzes Haar entdeckte. Mit einem heiseren, hysterischen Schrei ließ sie ihre Töpfe stehen und ging langsam auf das Haar zu. Sie hob es vorsichtig mit spitzen Fingern auf und hielt es auf Armeslänge von sich, als sei es ein langer, nass glänzender, sich windender Regenwurm. Wie in Trance ging sie damit zur

Tür hinaus und die Treppe hinunter, tackerte über den dunkler gewordenen Hof, schob den schweren Deckel der Mülltonne nach hinten und legte es hinein. Ich stand im Türrahmen und schaute ihr verlegen zu.

„Es wäre eine Katastrophe", sagte sie, als sie zurückkam, „wenn so ein Haar auf einem Teller mit hinausginge!"

Das leuchtete mir ohne Weiteres ein, und ich war ein wenig betreten. Sie hängte den Pommes-frites-Korb in die Fritteuse hinein, dass es laut sprudelte, und studierte ihre zurechtgelegten, rosanen Bestellbons.

Irgendwann war der Bestellzenit erreicht, und danach wurde es allmählich wieder etwas entspannter. Dass sich ab neun Uhr noch jemand ein warmes Essen bestellte, war eher die Ausnahme, und so gingen unterm Strich nur noch belegte Brote oder die gelegentliche Portion Handkäs' oder Weißer Käs' hinaus. Die Chefin schlug eine kurze Pause vor und wärmte mir zwei aufgeplatzte und regelrecht umgestülpte Würstchen noch einmal auf, indem sie sie ein paar Minuten lang in einen Topf mit heißem Wasser legte, in denen eben noch zwei Kartoffelknödel auf Temperatur gebracht worden waren. Ich nahm mir zwei Scheiben Brot vom Stapel und einen Beutel Senf, zapfte mir draußen auf der Terrasse ein Glas neuen Wein und setzte mich zum Essen in die Ecke.

Soweit hatte ich bis jetzt gar nicht gedacht – ich würde hier nicht nur Geld verdienen, sondern mir auch noch einiges an Geld sparen. Auch wenn ich mich in nächster Zeit aller Voraussicht nach überwiegend von missratenen Würstchen und Brotenden ernähren müsste, Essenseinkäufe würde ich mir jedenfalls eine Zeitlang sparen können. Und wenn ich dann auch noch jeden Tag aus dem

Keller eine Portion Saumagen mitgehen ließ, dann hätte ich auch täglich für die Ausgestaltung meiner Mittagspause im Geschäft gesorgt – die dicken Scheiben waren leergutfrei im praktischen Wegwerfplastikbeutel eingeschweißt, was sicherlich zur Folge hatte, dass deren Verbrauch nur schwer nachzuvollziehen war. Moralische Bedenken hatte ich diesbezüglich keine – nicht nur war das Zeug, rein materiell gesehen, kaum etwas wert, ich hatte durch die Arbeit hier auch gar keine Zeit, mir abends auf legalem Wege etwas einzukaufen, was allemal eine kleine Entschädigung rechtfertigte. Und da darüber hinaus mein gesellschaftliches Leben, zumindest jetzt unter der Woche, auch noch dahin war – ich würde ja immer erst sehr spät nach Hause kommen – würde ich mein schwer verdientes Geld in absehbarer Zeit auch nicht mehr abends zu Pino oder sonst wohin tragen.

Gegen zehn Uhr füllte ich noch einmal die Weinbestände unter der Theke auf, holte zwei Zwiebelkuchen aus dem Keller und füllte auf der Terrasse noch einige Flaschen neuen Wein ab. Der *Kleine Schwanenhof* hatte noch bis Mitternacht auf, und zu dieser späten Stunde trank man eigentlich nur noch – bis auf das gelegentliche Stück Zwiebelkuchen, das hin und wieder noch in den Ofen wanderte. Der hatte die Aufgabe, den zuletzt getrunkenen, gärfreudigen Wein vom nächsten abzugrenzen, und sorgte dafür, dass nicht allzu viel wilde Flüssigkeit am Stück den Darm zum Rotieren brachte. Ich zog meine grüne Schürze aus und hängte sie an die Tür.

„So, meine Zeit ist um“, sagte ich, als ich in meinen Parka schlüpfte. „Ich geh dann mal – bis morgen.“

Die Chefin saß völlig abgeschlafft in der Ecke mit ihrer glitzernden Perücke und rauchte eine Zigarette. Wenn da nur kein Funken überspringt, dachte ich.

„Bis morgen, Herr Dumfarth", sagte sie leise, ohne aufzuschauen. „Was hätte ich nur ohne Sie gemacht?" Das fragte ich mich auch. „Gehen Sie bitte hinten raus."

„Is' gut."

Ich ging die Treppe hinunter in den Hof. Hier war es schon längst Nacht geworden. Nur die Tür zur Küche war hell erleuchtet, und die Kugellampe darüber warf – ein Edward Hopper hätte es nicht schöner wiedergeben können – ihr gezieltes Licht auf den Abfülltisch mit den Kanistern und den vielen glänzenden Weinflaschen. Ich stibitzte mir im Keller noch ein halbgefrorenes Päckchen Saumagen aus dem Kühlschrank und verstaute es in meiner Brusttasche, von wo aus sich die Kälte langsam über meine linke Brusthälfte ausbreitete.

Vom Hof führte eine Toreinfahrt zur Straße. Dort wehte ein leiser, kühler Wind, und ein paar blasse Sterne zwinkerten mir am Himmel müde zu. Ich schaute im Vorbeigehen durchs Straßenfenster ins Lokal hinein. Der dicke Wirt schenkte gerade zweihändig eine Weinschorle ein, und auf einem einfachen Pappschild hinter den rosanen und gelben Pseudobutzenscheiben stand *Neuer Wein*. Eben gehörte ich noch dazu und sorgte mit dafür, dass der Laden lief; nun war ich nur noch ein Vorübergehender, der – wenn ich mich jetzt entschließen würde, einzutreten – von den Gästen als Eindringling in ihre heile Welt kritisch und missbilligend beäugt werden würde.

In meinem Bauch braute sich was zusammen. Mir war, als quälte sich eine schwere Teigknetmaschine durch meine Därme, und jetzt, auf der Straße, konnte ich sie regelrecht hören.

Ich bestieg das Viadukt über die Treppe an der Postkantine und machte mich auf den Weg nach Hause. Gegen die lockere, helle Legobauweise der Innenstadt und die Weite der stillgelegten Gleisanlage unter mir wirkte der Hemshof um diese Uhrzeit mit seinen hohen Fassaden wie eine alte, düstere Burg. Das angestrahlte Rathaus mit seinem gelben Uhrtürmchen obendrauf bildete den repräsentativen Mittelteil dieser stadtzugewandten Seite, obwohl es wegen des eng herangebauten Viadukts von kaum irgendwo als Ganzes zu bewundern war. Erst wenn man am anderen Ende mit der Straßenbahn um den rechten Winkel fuhr oder die Treppe in der Mitte hinabstieg, bot sich einem für kurze Zeit die bescheidene wilhelminische Pracht.

Links vom Rathaus tauchte ich ein, und bereits vor der nächsten Querstraße, an der Schule mit dem wuchtig-eleganten Wasserturm, musste ich zum ersten Mal stehen bleiben, um nicht in die Hose zu machen. Eine ungesunde Gänsehaut breitete sich in kalten Wellen über meinen gesamten Körper aus, und ich konzentrierte meine ganze Kraft auf den einen Muskel, auf den es jetzt ankam. Es gab in dieser Gegend keine Grünanlagen und kein Gestrüpp, in das ich mich notfalls hätte begeben können.

Nachts lief ich diese Strecke eigentlich ganz gerne. Dann wirkten die dunklen, verrußten Häuserfronten und der alte Backstein-Wasserturm gegen den, trotz der späten Uhrzeit, blauen Nachthimmel noch viel höher, plastischer und unwirklicher, als sie es so schon waren. In dieser Gegend lief man allerdings nachts auch eher mal Gefahr, den falschen Leuten in die Arme zu laufen. Der

Hemshof war mitunter auch das Revier düsterer Gestalten, die auf dem Nachhauseweg von der Wirtschaft für ihr investiertes Geld noch was erleben wollten – und da würde ein arbeitsscheuer Langhaariger gerade recht kommen. Wollte man den Erzählungen der alten Hemshöfer in den Wirtschaften Glauben schenken, war es in früheren Jahrzehnten auf den nächtlichen Straßen des Hemshofs weitaus schlimmer gewesen. Ich konnte es nicht beurteilen – mir war's so schon schlimm genug.

Mein Darm beruhigte sich wieder, und das, was eben noch mit aller Gewalt auszubrechen drohte, verkroch sich jetzt wieder irgendwo in die Tiefe. Aus Erfahrung wusste ich, dass das keineswegs Entwarnung bedeutete – hier gab es erst dann Entwarnung, wenn der Körper zu seinem Recht gekommen war. Daher legte ich einen Zahn zu, und mit zusammengepressten Knien, als hielte ich ein zerknülltes Badetuch zwischen die Oberschenkel geklemmt, lief ich mit kurzen, schnellen Schritten in Richtung Goerdelerplatz.

Das Hemshöfer Postamt bildete auf dieser Seite das rückwärtige Pendant zum Rathaus. Hier trat ich wieder ins Freie. Ich überquerte den gelblich beleuchteten nächtlichen Marktplatz, lief an Bertholds Wohnung vorbei, ohne hochzuschauen, und am Laternenpfahl an der Ecke, keine zehn Meter von meiner Haustür entfernt, musste ich erneut stehen bleiben.

Diesmal kamen die Wehen stärker, und ich musste mich am Laternenpfahl festhalten. Ich hätte die gefrorene Wurst nicht auch noch essen sollen – ihr stand ja *Durchfall* geradezu auf die Pelle geschrieben. Noch einmal würde sich das drohende Unheil nicht mehr abwimmeln lassen, und ich nutzte die Zeit, um mir schon mal die Jacke auszuziehen und meinen Schlüsselbund aus der Hosentasche zu fummeln. Sobald sich mein Darm zu letzten Beratungen erneut zurückgezogen hatte, tippelte ich zur Haustür und suchte mit zusammengekniffenen Gesäßbacken hektisch mit dem Schlüssel nach dem Schlüsselloch. Mich vorbeugen oder gar in die Hocke gehen, um besser sehen zu können, war undenkbar. Die Haustür war heute ausnahmsweise mal ordnungsgemäß zweimal abgeschlossen – zum ersten Mal, seit ich hier eingezogen war.

Ich rannte ins Haus, warf meine Jacke übers Treppengeländer – von wo sie sogleich auf den Boden rutschte, da es im Gegensatz zu Bertholds Treppe hier keinen Abschlussknauf gab – und ging geradewegs aufs Klo. Ich nahm mir nur noch die Zeit, die Klobrille und die Präsentierfläche mit klammem Klopapier auszulegen und meine Hose panisch hinunterzuziehen, und ließ mich sogleich mit zitternden Knien nieder. Mein Bauch war mit einem Male explosionsartig leer, und ich schob erleichtert den Riegel vor.

Ich schaute mich in meiner Zelle um. Es war das erste Mal, dass ich die Toilette von dieser Position aus betrachtete. Die unterschiedlich dicken Wasserrohre, von denen einige an der Wand entlang durchs halbe Zimmer liefen, während andere nur für einen kurzen Auftritt ein wenig aus ihr heraustraten, um dann wieder in ihr zu verschwinden, waren, wie auch der Türrahmen und die Klobrille, mit dunkelroter Ölfarbe grob angestrichen. Hoch oben an der Decke wehten ganz leise zum Teil antike, zusammengeklumpte Spinnweben. In diesem Rattenloch hatte es über die Jahre sicherlich stets fette Beute gegeben.

Die honiggelb-geriffelten Fußbodenkacheln waren die gleichen, wie die in den Toiletten der billigsten Wirtschaften. Sie waren an vielen Stellen gebrochen, und manche Bruchstücke fehlten ganz. An deren Stelle hatte sich mit der Zeit stattdessen ein weiches, undefinierbares Schwarz gebildet. Über dem Halter mit der mürben, rosanen Klopapierrolle war ein winziges Waschbecken mit einem einzelnen Kaltwasserhahn und ohne Stöpsel angebracht, dessen vernachlässigtes Äußeres dem widerwärtigen Gasgeruch aus dem Abfluss in nichts nachstand. Ich tippte auf einen ausgetrockneten Siphon, der damit den Weg zu den Eingeweiden der Stadt mitsamt ihrer Parasiten freigab. Ich fasste mir ein Herz und ließ das Wasser ein wenig laufen.

Ich hörte auf einmal hochhackige Frauenschuhe mit zunehmender Lautstärke über den Hinterhof tackern. Ein leichter Hall gesellte sich dazu, als sie das Treppenhaus betraten. Sie blieben vor dem Klo stehen, und jemand rüttelte an der Türklinke.

„Besetzt", rief ich und hoffte, dass sie weitergehen würde. Aber sie blieb stehen.

Ich warf einen Blick über meine Schulter. Das völlig zugestaubte Fenster, das sich knapp unter der Decke am Ende eines engen, sich nach oben schräg verjüngenden Kriechgangs befand, war, wie es schien, seit Kriegsende nicht mehr geöffnet gewesen. Ich brachte mein Geschäft zu Ende, stand auf und zog an der Kette des oben an der Wand angebrachten Spülkastens. Die Frau vor der Tür wusste nichts von gefrorenen Würstchen und drei oder vier Litern neuem Wein. Sie würde nur wissen, dass vorne beim jungen Mann die Pest ausgebrochen war.

Ich schob den Riegel vorsichtig auf und öffnete die Tür. Es war, wie zu erwarten, die Türkin vom Hinterhof.

Sie sah blendend aus, war offensichtlich zum Ausgehen herausgeputzt und roch nach Parfum.

„Guten Abend", sagte sie und lächelte.

„Guten Abend", murmelte ich und verschwand rasch in meine Wohnung.

Die Arbeit im *Kleinen Schwanenhof* nahm ihren Lauf, und es stellte sich in den folgenden Tagen eine gewisse Routine ein, in die ich mich ganz gut einspielte. Der neue Wein wurde von Tag zu Tag herber, und mein Durchfall entwickelte sich von einem bedrohlichen, unberechenbaren Ausnahmezustand zu einer vertrauten Alltagserscheinung, mit der ich rasch umzugehen lernte.

Am Freitag fragte mich der Wirt, ob ich auch am Wochenende arbeiten könnte.

„Na klar", sagte ich, „ich kann jeden Pfennig gebrauchen."

„Dann müssen Sie aber schon mittags um zwölf anfangen – dafür können Sie aber auch schon um zwanzig Uhr Feierabend machen. Sie müssen mir vorher nur genug neuen Wein abfüllen."

„Alla hopp."

Am späten Samstagmorgen gegen halb zwölf rief ich auf dem Weg zur Arbeit Bozo von der Telefonzelle aus an und sagte ihm, er solle um achtzehn Uhr mit einer Tasche in den *Kleinen Schwanenhof* kommen und sich etwas zu trinken bestellen. Ich würde mir für zehn Minuten freinehmen und mich zu ihm an den Tisch setzen.

„Was denn für eine Tasche?", wollte er wissen, *„und wofür?"*

„Irgendwas Festes, eine Einkaufstasche von deiner Mutter oder so etwas – sie muss schon ein bisschen Gewicht vertragen. Ich erklär' dir das dann, wenn du kommst. Ich hab' um acht Uhr Feierabend, und wir treffen uns dann irgendwo in der Stadt."

„Ja – is' gut."

„Aber im *Kleinen* Schwanenhof, bei der Lutherkirche – nicht im *Großen*!"

„Dass dich der Große nicht ausgerechnet zum Weinabfüllen einstellt, hätte ich auch nicht unbedingt erwartet."

Abends um sechs linste ich durch die Tür ins Lokal und erspähte Bozos blonden Schopf und grünspanfarbenen Dreiteiler in der dunklen Ecke neben dem fast gleich grünen Kachelofen. Fräulein Schmoll, die Bedienung, brachte ihm gerade ein Bier.

„Ich seh gerade, dass draußen ein Freund von mir sitzt", sagte ich zur Chefin. „Hätten Sie was dagegen, wenn ich mal ein paar Minuten Pause mache? Es ist ja im Moment alles da."

„Gehen Sie nur", sagte sie. Es gab um diese Zeit wenig zu tun. Der Mittags- und Geschäftsschluss-Schub war längst vorbei, und fürs Abendpublikum war es noch zu früh. Die Chefin nutzte die Ruhe, um die Wurstschneidemaschine und den Fleischwolf auseinanderzunehmen und leise vor sich hin summend zu reinigen.

Ich ließ mir vom Chef eine Schorle geben und setzte mich dann zu Bozo an den Tisch.

„Steht dir gut, die Schürze", sagte er schmunzelnd.

„Danke." Die hatte ich ganz vergessen auszuziehen. „Hast du die Tasche dabei?"

„Ja, unterm Tisch. Wofür ist sie denn nun?"

Ich schaute nach. Es war die altmodische, lederne Aktentasche, in der er unter der Woche seine Kalbsleberwurstbrote in die Bank trug.

„Also, hör mal zu“, sagte ich mit gedämpfter Stimme, „wenn ich nachher wieder in die Küche gehe, bleibst du noch etwa eine Viertelstunde sitzen, bezahlst und verlässt dann das Lokal. Rechts vom Lokal ist eine Einfahrt – die gehst du durch in den Hof, mit geöffneter Tasche. Dort steck' ich dir dann ein paar Flaschen Wein zu, und nachher um acht treffen wir uns am Berliner Platz an der Treppe zum Umtrunk.“

Bozo schaute mich skeptisch an. „Und wenn mich jemand sieht?“

„Dich wird schon niemand sehen. Die haben gar keine Zeit, dich zu sehen. Der Wirt kann seine Theke nicht verlassen, und seine Frau muss ununterbrochen kochen. Und sonst ist niemand da – der Hof und der Weinkeller gehören mir!“

Er hob sein Glas und nahm einen vorsichtigen Schluck. „Ach – ich weiß nicht.“

„Stell' dich nicht so an. Ich kenn' den Laden inzwischen – vertrau' mir einfach.“

Ich trank in großen Zügen meine Schorle aus und stand auf. „Also – in einer Viertelstunde im Hof.“

Er schwieg.

„Bringen Sie ihm bitte noch ein Bier“, sagte ich zum Wirt und legte zwei Mark auf die Theke.

„Behalten Sie ihr Geld“, sagte er und nahm ein Glas vom Abtropfgitter.

Ich ging in den Keller und suchte mir an verschiedenen Stellen des Regals vier Flaschen Wein aus, von den Literflaschen in der linken, billigeren Hälfte, wo es nicht so auffallen würde. Ich trug sie hoch und stellte sie zusammen mit zwei fest verkorkten Flaschen neuen Wein in den Hof an die Mauer neben der Einfahrt. Dann holte ich noch eine großzügige Handvoll angefrorener Würstchen aus dem Kühlschrank, packte sie dick in Papierservietten ein und legte sie dazu.

Bozo schaute pünktlich um die Ecke. Er hielt die Tasche mit beiden Händen auf und schaute aufgeregt nach links und nach rechts, während ich die Flaschen vorsichtig reinlegte, damit sie nicht klirrten.

„Bist du verrückt!", zischte er leise, „so viele?"

„Um acht Uhr am Berliner Platz", sagte ich und legte das Paket mit den Würstchen obendrauf. Die Tasche ließ sich nun nicht mehr schließen.

„Herr Dumfarth! Wo bleiben Sie? Ich brauch' noch Brot aus dem Keller!" Die Chefin erschien oben an der Tür, und Bozo war wie vom Erdboden verschluckt.

Bis acht Uhr hatte ich fünfzig Flaschen neuen Wein abgefüllt, warm abgespült und ordentlich auf dem Tisch aufgereiht – sieben mal sieben, plus eine Vorzeigeflasche davor in die Mitte. Es war wieder die Zeit der größten Hektik, und die Chefin war bereits wieder am Rotieren. Ich bereitete vor, was ich konnte, schnitt, hackte, schälte, schaffte Material aus dem Keller heran und brachte die Weinbestände unter der Theke auf Vordermann. Ich klaute mir im Keller noch einen Sechserpack Schorlegläser für meine Popcornparty – man konnte sie als Privatperson ja nirgends auf ehrliche Weise erwerben – und stellte sie in die Einfahrt um die Ecke. In einem günstigen Moment steckte ich mir auch noch einen Stapel Brot ein und machte mich dann fertig zum Gehen.

„Tschüs, bis morgen!", rief ich in die Küche hinein. Aber die Chefin hörte mich schon gar nicht mehr.

Es tat unendlich gut, mal wieder um acht Uhr auf der Straße zu sein und den kühlen Wind in den Haaren zu spüren. Der Abend hatte noch nichts von seiner Unschuld verloren, sogar Kinder liefen noch draußen herum. Es war wie freitags im Geschäft – da hatten wir immer anderthalb Stunden früher Feierabend als sonst, und wenn ich dann mittags um drei durch die geschäftige Innenstadt lief, kam ich mir jedes Mal vor, als hätte ich den ganzen Nachmittag geschenkt bekommen.

Am Berliner Platz war inzwischen, sechs Stunden nach Geschäftsschluss, kaum mehr was los. Einige wenige Menschen standen schweigend im kalten Neon des ansonsten längst abgedunkelten *Kaufgut* und warteten auf die Straßenbahn, die samstags um diese Uhrzeit nur noch sporadisch vorbeifuhr. Die üblichen Figuren zierten mit der Bierflasche in der Hand den Eingang zur *Tränke* und den Pommes-frites-Schalter daneben. Ansonsten standen nur noch einige schwarzweiße Gestalten, ohne sichtbaren Grund, wie Statisten über den Platz verteilt.

Aus dieser stummen Gesellschaft stachen Bozo und Jörg, die ich gegenüber auf der Treppe ausmachte, wohltuend heraus, mit ihren blonden Locken, Jörgs blütenweißem Hemd und der glänzenden, grünen Weinflasche, die Bozo gerade kopfüber auf seinen Lippen balancierte und auf deren aufsteigende Blasen er aufmerksam schielte. Sie hatten sich offensichtlich bereits über unsere Beute hergemacht. Ich überquerte die Schienen und ging zu ihnen rüber.

„Das ist ja fast schöner als Weihnachten", sagte Bozo, als er mich sah, und stieß ruckartig auf. Sie hatten die erste Flasche neuen Wein schon fast leer. Bozo schwenkte den trüben Bodensatz ein wenig auf und reichte mir die Flasche hoch. „Hopp, auf ex."

Ich nahm sie und trank sie mit einem Schluck aus. Der neue Wein schmeckte mittlerweile leicht nach Erbrochenem.

„Und", sagte Jörg, der gerade in einer Werbebeilage der *Rheinpfalz* blätterte, die auf der Stufe vor ihm lag, „wie lebt's sich so mit deiner Traumanstellung?"

„Och jo – traumhaft war es nur am ersten Tag. Auch an neuen Wein satt gewöhnt man sich. Außerdem hab' ich als direkte Folge meiner Traumanstellung seit einer Woche ununterbrochen Durchfall." Eine höchst unappetitliche Hefeschmiere überzog die Innenwand der Flasche.

Ein langsamer, alter Mann, mit den Händen hinter dem Rücken verschränkt, war vor der Treppe stehen geblieben und gaffte uns schon eine ganze Weile mit offenem, zahnlosem Mund an. Er erweckte nicht unbedingt den Anschein, als wartete er auf die Straßenbahn oder den Bus oder als ob er sonst irgendein Ziel hätte, und man konnte ihm förmlich ansehen, wie er den lieben langen Samstag allein in seiner tristen Wohnung gesessen und auf die vergilbte, bilderlose Tapete gestarrt hatte. In der Hoffnung, dass sich am Berliner Platz noch irgendetwas bewegte, hatte er schließlich seinen Hut genommen und war noch einmal auf die Straße gegangen. Aber samstagnachts um Viertel nach acht bewegte sich am Berliner Platz nichts mehr, und wir drei waren wohl das Aufregendste, was er jetzt noch zu bieten hatte. Wahrscheinlich hätte man ihm mit einem *Na, du alter Depp!* noch einen Gefallen getan, einen Farbklecks in seinen grauen Alltag gesetzt. Er drehte sich wieder in die andere Richtung und schlurfte langsam weiter.

„Was so einer wohl macht, wenn er samstagnachts nach Hause kommt?“, fragte ich, eher rhetorisch, und stellte die leere Weinflasche neben der Treppe ab.

„Wahrscheinlich holt er sich einen runter“, meinte Jörg und angelte sich eine Zigarette aus Bozos Packung.

„Was?“ Ich dachte, ich hatte mich verhört.

„Er zieht sich den Aal ab.“

„Sag mal – fällt dir zu einem vereinsamten, alten Depp nichts anderes ein, als dass er sich zu Hause den Aal abzieht?“

„Na na“, warf Bozo ein, „jetzt werd’ mal nicht sentimental.“

„Man wird doch wohl noch einen kleinen Witz machen dürfen“, sagte Jörg kleinlaut. Ich hatte wohl den Scheinwerfer zu grell auf ihn eingestellt.

„Is’ ja gut – tut mir leid. Ich hab’ eine hektische Woche hinter mir. Ich glaube, dieser erste freie Abend seit Langem wird mir guttun. Und überhaupt – wer weiß, vielleicht holt er sich daheim tatsächlich einen runter.“

„Sag’ ich doch.“

„Wir können ihn ja fragen“, meinte Bozo, „da vorne steht er noch.“

„Was machen wir jetzt eigentlich mit dem vielen Wein?“, fragte Jörg.

„Lasst uns doch runter auf die Rheinwiese gehen. Ich hab’ uns noch Brot und Gläser mitgebracht.“

„Klingt gut. Und worauf warten wir?“

Sie standen auf, und Bozo schaute von seiner Treppenstufe aus über den Platz hinweg.

„Ludwigshafen ist ein richtig lahmer Saftladen“, stellte er fest. Er hob die Flaschentasche auf, die ein ziemliches Gewicht zu haben schien, und hielt sie mit beiden Armen fest. „Meinst du, es fällt nicht auf, dass so viele Flaschen fehlen?“

„Ach was – das sind doch nicht viele! Die Menge wird im *Schwanenhof* in fünf Minuten abgelassen. Du müsstest mal den Weinkeller sehen – ein wahrer Traum!“

Wir überquerten die Straße und liefen unter der Brückenabfahrt hindurch zum Rheinufer hinunter. Die ersten Penner hatten sich bereits für die Nacht eingefunden und bevölkerten die wenigen Parkbänke, die alle zum Mannheimer Ufer ausgerichtet waren. Wir suchten uns einen trockenen Platz auf der Wiese, legten unsere Jacken mit der Innenseite nach unten aus und setzten uns ins Gras.

„Ich such’ uns mal was Schönes aus“, sagte Jörg händereibend und schaute in die Tasche hinein. Unter viel Geklirre schichtete er die Flaschen mehrfach um und entschied sich dann schließlich für eine ganz bestimmte – nach welchen Kriterien auch immer, sahen sie doch, bis auf ihre kleinen anonymen Nummern, alle gleich aus.

„Was is’n das für einer?“, fragte er und hielt die Flasche prüfend in die Höhe.

„Steht doch drauf“, sagte ich, „die Nummer dreizehn.“

Er drehte das farblose Etikett nach vorne. „Ach ja – tatsächlich. Hast du auch einen Korkenzieher mitgebracht?“

„Nein, so was gibt’s dort nicht.“

„Was – ein Weinlokal ohne Korkenzieher? Das ist ja wie eine Metzgerei ohne Wurst.“

„Ohne Wurstschneidemaschine, wenn schon. Die haben eben so einen großen Hebelkorkenzieher an der Theke. Man könnte meinen, du wärst noch nie in einer Kneipe gewesen. Drück' den Korken doch einfach rein!" Wir hatten schon jede Flasche aufbekommen.

Er hielt die Flasche fest gegen den Boden und begann, den Korken langsam mit seinem Daumen hineinzudrücken. Als dieser nach einigen Millimetern an seiner Breite scheiterte, machte er mit dem Mittelfinger weiter, der sich dabei am obersten Gelenk gefährlich abknickte. Der Korken bewegte sich ganz langsam dem Weinspiegel entgegen, und mit einem Spritzer direkt auf Bozos Hemd und Jackett war die Flasche schließlich offen. In der Pfalz konnten die Winzer die Flaschen nie voll genug bekommen. Ich packte drei Schorlegläser aus und reihte sie vor uns im Gras auf.

Jörg steckte die Flasche kopfüber ins erste Glas und tippte leicht mit der Fingerkuppe gegen den Flaschenboden, um den Korken zum Auftauchen zu bewegen. Als das nichts half, fummelte er mit dem Zeigefinger ein wenig ordinär von unten im Flaschenhals herum, und irgendwann schwebte der Korken in einer großen Luftblase nach oben. Das Glas war augenblicklich voll. Er fing den Rest rechtzeitig auf, und ich verteilte den Inhalt gleichmäßig auf die anderen Gläser.

„Prost", sagte er und wischte sich die nasse Hand an seiner Hose ab. Wir hoben unsere Gläser und stießen in der Mitte an, während eine Gruppe der sich versammelnden Nachtlagerer verstohlen zu uns herüberschaute.

„Hast du eigentlich Senf mitgebracht?", fragte Bozo und packte die Würstchen aus.

„Ach, nee – daran hab' ich jetzt gar nicht gedacht."

„Wie kann man an Würstchen denken, ohne zwangsläufig auch an Senf zu denken?" Er brach sich eines ab, biss mit einem hohlen *Knack* hinein und fingerte sich eine

Scheibe Brot aus der Serviette. „Hey – die schmecken ja richtig gut!“

„Sind ja auch vom *Schwanenhof.*“

Es war für die Jahreszeit angenehm warm, und oben auf dem *Rheinlust*-Hochhaus, gegenüber auf der Mannheimer Seite, leuchtete bereits das blaue Neonlicht im Mercedesstern. Trotz Samstagabend hatten einige der Fenster darunter Licht, und ein wenig erinnerte das Ganze an einen riesigen Adventskalender.

„Manchmal spürt man so richtig, dass man lebt“, philosophierte Bozo mit vollem Mund und nahm einen Schluck aus seinem riesigen Glas.

„Das ist wahr“, stimmte ich ihm zu. Ich zündete mir eine Zigarette an, während ein überlanger Lastkahn mit einem schreienden Möwenschwarm im Schlepptau langsam vorbeituckerte.

Am Dienstag der darauffolgenden Woche verkündete der Wirt, gleich als ich durch die Tür kam, dass er mich leider nicht länger beschäftigen könnte.

„Es haben sich Gäste beschwert, dass ein Langhaariger in der Küche arbeitet. Es tut mir wirklich leid, Herr Dumfarth – Sie wissen, dass ich andere Probleme habe als Ihr langes Haar. Aber ich muss an mein Geschäft denken. Die Kundschaft ist nun mal unser wichtigstes Gut, ich muss mich nach ihr richten.“

Bla bla. „Natürlich – das versteh’ ich gut.“

Er ging mit mir an die Kasse. „Ich berechne Ihnen den heutigen Tag mit – als kleine Entschädigung, sozusagen.“

Das ist ja das Mindeste, dachte ich.

„Hier – wenn Sie mir das gerade noch quittieren wollen …“

Naja – *wollen* ist anders. Ich setzte meinen *Dumfarth* hinten auf den Kassenzettel, und nachdem ich das Geld nachgezählt und in der Brusttasche meines Parkas verstaut hatte – der Samstag und der Sonntag waren offenbar anderthalbmal berechnet worden – gab er mir die fleischige Spülhand und drückte fest und ehrlich zu.

„Also, Herr Dumfarth, machen Sie's gut – und nochmals vielen Dank. Sie waren eine sehr große Hilfe. Sie werden meiner Frau fehlen.“

Davon bin ich überzeugt. „Auf Wiedersehen“, sagte ich und ging noch einmal in die Küche, um mich von der Chefin zu verabschieden. Aber sie war nicht da. Wahrscheinlich war sie im Keller – der gehörte ja jetzt wieder ihr.

Auf der Terrasse nahm ich noch zwei Flaschen neuen Wein mit und ging durch die Einfahrt hinaus auf die Straße. Ich war frei. Wie plötzlich und unerwartet vorzeitig aus der Haft entlassen und nach Hause geschickt.

Ich war nicht unzufrieden. Ich hatte für meine Verhältnisse ein kleines Vermögen in der Tasche – jedenfalls mehr als ich erwartet hatte. Und ich konnte wieder über meine Zeit bestimmen.

Ob der Wirt meine kleine unrechtmäßige Aneignung am Samstag bemerkt hatte und nur die Auseinandersetzung scheute? Aber dafür hatte er eben mindestens einen Kotau zu viel vollzogen. Vielleicht war tatsächlich eine Portion Weißer Käs' mit einem langen, schwarzen Haar unbemerkt zu einem Gast gelangt – vielleicht sogar ein mehrfach gespaltenes! Aber das war jetzt nicht mehr mein Problem.

Im Hemshof war noch richtig was los. Die Auslagen der Drogerien und der italienischen Gemüsegeschäfte versperrten einem noch den Weg, beim Pferdemetzger lagen die Dauerwürste noch hell beleuchtet im Schaufenster oder hingen vor der gekachelten Rückwand am Haken – wenn auch niemand da war, um sie zu kaufen –, und der Werksfahrradfeierabendverkehr mit seinen gemächlich in die Pedale tretenden Blaumännern erinnerte an eine Pekinger Rushhour im *Weltspiegel*. Das Hupen und Klingeln, das Bimmeln der Ladentüren und das Geschnatter der einkaufenden Hausfrauen mit ihren vollen Einkaufstaschen an den Straßenecken wollten mir sagen, dass ich wieder ein Teil der realen Welt war.

Als ich bei Berthold vorbeikam, sah ich, dass seine Erkerfenster offen waren, und ich klingelte. Nach einer kurzen Zeit steckte er seinen Kopf heraus.

„Kommst du vorbei? Ich hab' was zu trinken mitgebracht!“ Ich hielt meine zwei Flaschen neuen Wein hoch.

„Ich bin in zehn Minuten bei dir!“, rief er herunter und verschwand wieder.

Vor meiner Wohnungstür auf der Fußmatte lag ein kleines Päckchen von der Post. Ich hob es auf und nahm es mit hinein.

Es war dunkel in meinem Schlafzimmer, da die Fensterläden zum Hinterhof hin noch zu waren, und mir wurde bewusst, dass ich schon über eine Woche nicht mehr bei Tageslicht nach Hause gekommen war. Frau Kamp musste glauben, ich sei ausgezogen. Ich stellte die Flaschen auf dem Küchentisch ab und ging durchs Schlafzimmer, um die Läden aufzuklappen. Während ich mich hinausbeugte, um sie festzuklemmen, fiel mein Blick auf die schöne Türkin vom Hinterhof, die gerade im Begriff war, ihre Wäsche auf die Wäscheleine zu hängen.

„Hallo", sagte sie, als sie mich sah, und strahlte mit einem mediterranen Zahnpastalächeln.

„Hallo", erwiderte ich und verzog mich wieder in die Küche.

Wie ich mir gedacht hatte, handelte es sich bei meinem Päckchen um die angeforderte Probe Puffmais. Ich holte ein Messer aus dem Schieber und schnitt es auf.

Es schien viel mehr drin zu sein als beim ersten Mal – ich tippte auf ein Kilo. Die Körner präsentierten sich auch ganz anders; nicht mehr der billige, staubige Heuboden-Look wie beim Futtermais, sondern kleine, saubere, goldglänzende Juwelen, die aussahen, als hätte man sie einzeln poliert und mit abgespreiztem kleinen Finger vorsichtig in die Tüte gelegt. Ich öffnete den Brief, der dazwischen steckte.

„Sehr geehrter Herr Dumfarth, wir möchten Ihnen für Ihr Interesse an unseren Produkten danken …" – hoppla, sogar der Ton war vornehmer – *„… unsere Firma … führend im Rhein-Neckar-Raum … hochwertig …"* – da unten steht's – *„Puffmais können Sie bei uns jederzeit bestellen zum Preis von 72,– DM pro Zentner."* Na also!

Es klingelte. Ich langte hinter mich und drückte auf den Öffner. Es war Berthold – das hörte man am wippenden Schritt.

„Na", sagte er, als er eintrat, und schloss die Tür hinter sich, „ich dachte, du arbeitest um diese Uhrzeit."

„Seit heute nicht mehr, man hat mich entlassen."

„Oh. Und warum?"

Ich stand auf und holte zwei Gläser aus dem Schlafzimmer.

„Ich bin mir nicht ganz sicher. Der Wirt meinte, meine langen Haare wären bei der Kundschaft nicht gut angekommen.“

„Das sind doch Arschlöcher!“

„Naja – ich vermute mal, dass ein *speziellles* Haar doch bei den Gästen gut angekommen ist – auf einem Teller mit Weißem Käs’.“

„Geschieht ihnen gerade recht.“

„Auf jeden Fall hab’ ich jetzt genug Geld, um unsere Popcornparty auf die Beine zu stellen – und mehr wollte ich auch gar nicht.“

„Das ist die Hauptsache. Bei mir hat’s jetzt endlich geklappt mit dem Verkehrszählen. Ich kann in zwei Wochen anfangen.“ Er hob das Maispäckchen auf und schaute hinein. „Was is’n das?“

„Ja, was wohl? Das ist die Puffmaisprobe, die ich mir hab’ schicken lassen. Sie ist heute gekommen. Nun hab’ ich einen Puffmaislieferanten und das nötige Kleingeld dazu. Anders ausgedrückt: Mein Fest nimmt langsam Gestalt an.“

„Und was wird es kosten?“

„Ich weiß nicht. Der Zentner kostet zweiundsiebzig Mark, aber ich weiß noch nicht, wie viele Zentner ich brauchen werde. Dazu muss ich erst mal herauskriegen, um wie viel sich ein Korn vergrößert, wenn es aufplatzt.“ Ich schenkte uns ein.

„Soll das etwa neuer Wein sein?“

„Klar.“

„Der sieht ja widerlich aus.“

„Der schmeckt noch viel widerlicher.“ Wir stießen an und tranken ab – Berthold mit sehr spitzen Lippen, um dem Zeug nicht zu nahe zu kommen. Vom Geschmack her war er mittlerweile eigentlich völlig ungenießbar geworden – wie wenn einem ein Engel auf die Zunge reihert, hätte es der Schwanenhof-Wirt sicherlich zu umschreiben gewusst. Wenn man beim Schlucken die Luft anhielt, und auch noch eine Weile danach, konnte man das Schlimmste umgehen. Aber der Abgang, der war hartnäckig. Nicht mal eine japanische Perlentaucherin hätte ihm entkommen können.

„Hauptsache, er törnt", meinte ich und holte tief Luft. „Was hältst du davon, wenn wir am Samstagabend alle zusammenkommen – wir zwei, Bozo, Jörg und der Schorlefriedel. Wir kochen nach Rezept eine Bohnensuppe, und aus der Maisprobe machen wir ein Kilo Popcorn – auf welche Weise auch immer. Danach rechnen wir hoch, wie viel von allem wir fürs Fest brauchen werden, wie wir das Ganze überhaupt anstellen und wie viel Zeit wir dafür benötigen werden. Und anschließend essen wir alles auf."

„Eine gute Idee – so lange wir's bei der Party nicht genauso machen." Kunstpause. „Ich meine, das mit dem Aufessen."

„Ach so."

Wir tranken unseren alten neuen Wein, und ich erzählte Berthold in extenso von meiner bewegten Woche im *Kleinen Schwanenhof*.

Im Laufe der folgenden Woche rief ich bei Bozo, Jörg und beim Schorlefriedel an und bat sie, am Samstag zur Probe zu kommen.

13
Die Popcorn- und Suppenprobe

Ich stand für einen Samstagmorgen vergleichsweise früh auf und verließ gleich nach dem Duschen und Zähneputzen das Haus, um am Wochenmarkt am Goerdelerplatz einzukaufen. Als Alleinlebender erschien mir der Gang zum Markt als relativ fremdes Unterfangen, und ich kam mir vor wie ein frisch Zugezogener auf einem Erkundungsgang. Heute Abend fand unsere Popcorn- und Suppenprobe statt, die gleichsam als maßstabgetreues Modell für meine bevorstehende Popcornparty dienen sollte. Aus den Erkenntnissen dieser Probe wollte ich die Vorgehensweise für die nächsten Wochen festlegen.

Mit der auf der Grundlage meines Serbische-Bohnensuppen-Rezepts erstellten Einkaufsliste in der Hand, suchte ich mir bei einer Schar derber und keineswegs auf den Mund gefallener pfälzischer Landfrauen vier Stangen Lauch und zwei grüne Paprikaschoten zusammen, die zu meiner Überraschung – und ganz im Gegensatz zum *Konsum* – kaum etwas kosteten. Das Rezept verlangte eigentlich nach einer grünen und einer roten Paprikaschote, doch die roten waren mir hinsichtlich der zu erwartenden späteren Gesamtmenge doch zu teuer. Barbara und ich würden da hoffentlich genügend Farbklecks sein. Zwiebeln hatte ich noch genug zu Hause; die waren von Vetters denkwürdigem Rumpsteakabend übrig geblieben und noch gut in Schuss.

Beim anschließenden Abstecher zum *Konsum*, der sich direkt am Goerdelerplatz gegenüber vom Postamt befand, kam ich gerade rechtzeitig zur Samstagmorgen-Rushhour. Ich brauchte Lorbeerblätter und Wacholderbeeren. Von Letzteren konnte wohl niemand so richtig nachvollziehen, wozu sie eigentlich gut waren, schmeckte man sie doch nur, wenn man den Fehler beging, eine zu zerbeißen. Da wir es hier aber mit weißen Bohnen und fettem Schweinebauch zu tun hatten, ging ich davon aus, dass sie in erster Linie der Verdauungsregelung dienten.

Ich brauchte ferner Gewürznelken, Majoran und schwarzen Pfeffer, des Weiteren noch eine Dose Würstchen, von denen zwar nichts im Rezept stand, mit denen ich aber dessen ungeachtet die Hälfte des geräucherten Schweinebauchs zu ersetzen gedachte. Das war eine rein kosmetische Maßnahme – eine dicke Bohnensuppe schrie förmlich nach Würstchen, auch wenn sie dem Attribut *serbisch* danach wohl nicht mehr ganz gerecht wurde.

Den geräucherten Schweinebauch holte ich auf dem Rückweg beim Metzger, bei dem noch anarchischere Zustände herrschten als beim *Konsum*. Immerhin konnte man sich beim *Konsum* zum Bezahlen wenigstens hinten in eine der Schlangen einreihen und sich schlurfenden Schrittes gemächlich vorarbeiten, bis man irgendwann dran war. Wenn es sich vermeiden ließ, machte ich samstagvormittags um Metzgereien einen großen Bogen.

Mein Rezept verlangte nach 250 Gramm weißen Bohnen, die über Nacht eingeweicht werden mussten. Das hatte ich stattdessen direkt nach dem Aufstehen getan, um sie heute Abend noch einmal zu wiegen und auf *Albertini*-Dosenbohnen umzurechnen. Die hatten, wie ich mittlerweile in Erfahrung gebracht hatte, ein Abtropfgewicht von genau 560 Gramm je Dose.

Nach einem kurzen Abstecher zum Bäcker, wo mir, kurz bevor ich an der Reihe war, zum Glück noch einfiel, dass ich ja nicht nur heute Abend Suppengäste, sondern zwangsläufig am morgigen Sonntag auch noch Frühstücksgäste zu bewirten hatte, ging ich vollbeladen wieder nach Hause, um nun in Ruhe zu frühstücken und mich dem seichten Informationsbrei der *Rheinpfalz* hinzugeben.

Ab sechs Uhr abends trudelte schließlich das Gremium ein – zuerst Berthold und Friedel, die sich auf der Straße getroffen hatten, und kurz darauf Bozo und Jörg, die wohl zusammen gekommen waren und von denen nur ganz selten der eine ohne den anderen durch meine Tür geschritten war. Bozo hatte eine Flasche Aquavit unterm Arm, die er, wie schon so viele Flaschen vor ihr, aus der Hausbar seines Vaters entwendet hatte. Sie hatte am Korpus einen dicken Styropormantel um.

„Die musst du oben ins Eisfach legen", sagte er. „Aquavit muss man eiskalt genießen, sonst schmeckt er wie Scheiße. Das Styropor sorgt dafür, dass er nicht gefriert und die Flasche irgendwann platzt."

„Na, *du* Arschloch!", entfuhr es Friedel. „Wenn des Zeugs überhaupt gefriere' *kann*, was ich bezweifle, dann gefriert's a' *mit* Styropur – des dauert dann nur länger. Der Styropur is' da, damit des Zeug kalt bleibt, nachdem's mal kalt *is*!" Friedel war nicht gerade ein wandelndes Lexikon, aber in diesen Dingen kannte er sich interessanterweise bis ins technische Detail bestens aus.

„Er hat recht", mischte sich Berthold ein. „Der Aquavit *kann* gar nicht gefrieren, zumindest nicht in einem handelsüblichen Gefrierfach – er hat ja vorneweg 45 Prozent Alkohol. Am praktischsten wäre es ja, wenn man den Mantel quasi abmachen könnte und die Flasche erst *nach* dem Kaltwerden wieder hineinsteckt."

„Deswegen bin ich noch lange kein Arschloch", sagte Bozo kleinlaut. Er setzte sich und steckte sich eine Zigarette zwischen die Lippen.

Ich nahm ihm die Flasche ab. Der Styropormantel war wie angewachsen und ließ sich nicht entfernen. Also zwängte ich sie so, wie Gott sie schuf, mit Gewalt ins halb zugewucherte Eisfach hinein, dass es quietschte.

„Und, was haben wir sonst noch zu trinken?", fragte Jörg erwartungsvoll und rieb sich die Hände.

„Oh, oh", sagte ich, „daran hab ich jetzt gar nicht gedacht …" Ich hatte den ganzen Tag über schon das Gefühl, dass ich irgendetwas vergessen hatte.

„Was heißt das im Klartext?"

„Wir haben nix zu trinken", schlussfolgerte Bozo und zündete sich seine Zigarette an.

„So ist es."

„Soll das etwa heißen, dass ausgerechnet wir fünf einen ganzen Abend lang tagen sollen – und nichts zu trinken haben?"

Ich konnt's mir auch nur schlecht vorstellen.

„Un' jetzert?"

Es gab in der ganzen Stadt kein Geschäft, das jetzt noch aufhatte – höchstens das Schifferhäusel in Mannheim, aber das war jetzt viel zu weit weg.

„Lasst uns doch bei Frau Schrader Wein und Cola holen", schlug ich vor, „das ist über die Straße bestimmt nicht so teuer."

„Ich denke, das kostet über die Straße genauso viel wie drinnen", meinte Berthold. „Das sind doch so schon Selbstkostenpreise."

„Das ist richtig."

„Und wie viel brauchen wir?"

„Naja – wie viele simmer denn?“, übernahm Friedel das Kommando, und man sah förmlich, wie sich die Rädchen in seinem Kopf zu drehen begannen. „Fünfe. Alla hopp – fünf Flasche’ Wein und fünf Flasche’ Cola. Des sin’ dann für jeden vier Scholle – für de’ Anfang.“

„Also – dann leert mal eure Taschen auf den Tisch. Das sind zwanzig Schorle, mal eins-fünfzig, macht dreißig Mark.“

„Was, so viel?“, meinte Jörg überrascht.

„Wieso – für zwanzig Schorle? So billig kommst du woanders nicht weg.“

„Wir dürfen das Pfand nicht vergessen.“

„Lasst uns doch einen Putzeimer mitnehmen“, schlug Jörg vor, „dann können wir uns das Pfand sparen, und es wäre einfacher zu tragen.“

Da hatte er wohl Recht, und ein zustimmendes Nicken und Murmeln ging durch die Runde.

„Ein Putzeimer fasst zehn Liter“, wusste Berthold, „das entspricht sogar ganz genau zwanzig Schorle.“

Ich warf einen Blick in die Dusche. Im Putzeimer hatte ich gerade Strümpfe eingeweicht. Ich verstöpselte also die Wanne und leerte ihn hinein.

„Also – sechs Mark jeder“, sagte ich, als ich den Eimer am Spülstein ausschwenkte, „und passend, wenn’s geht.“

Jeder legte seinen Anteil auf den Tisch, und am Ende hatten wir einundzwanzig Mark beisammen – das waren mit meinem Anteil siebenundzwanzig.

„Es fehlen noch drei Mark“, sagte ich, als ich die Münzen aufpickte und in die Hosentasche rieseln ließ.

„Mehr hab’ ich nicht“, meinte Jörg, „aber durch meinen Einfall mit dem Eimer haben wir mindestens zwei Mark gespart!“

„Die hätte' mer jo wieder zurückgekriegt", sagte Friedel.

„Ja, schon – aber wann?"

„Komm' wenigstens mit und hilf tragen", forderte ich Jörg auf.

„Mach' ich, kein Problem."

Ich kippte im Spülstein noch schnell die eingeweichten Bohnen zum Abtropfen ins Sieb und setzte einen Liter kaltes Wasser für die Suppe auf.

„Ihr könnt ja in der Zwischenzeit die Paprika und den Lauch in dünne Streifen schneiden und eine große Zwiebel schälen. Wasch' die Paprika aber vorher ab, und zieh' beim Lauch die äußere Schicht ab. Messer und ein Brettchen sind im mittleren Schieber."

„Aye aye", sagte Friedel, „bleibt mir net zu lang."

„Wir bemühen uns. Hopp, Jörg – auf geht's."

Ich schnappte mir den Eimer, der geradezu nichts wog, und wir machten uns auf den Weg zur Probierstube.

„Zehn Liter Colaweiß", sagte ich zu Frau Schrader und stellte ihr den Strumpfeimer auf die Theke. Dafür, dass wir Samstagabend hatten, war in der Probierstube so gut wie nichts los. Nur der obligatorische Automatenheld im blauen Trainingsanzug war da und bot uns mit der Flasche Bier in der Hand und der Zigarette im Mundwinkel seinen vertrauten qualligen Rücken dar, während er bedächtig die Tasten bediente.

„Zehn Liter Colaweiß", wiederholte sie und erhob sich schnaufend von ihren Brüsten. Aus einer Kiste unter der Theke suchte sie fünf Flaschen Wein zusammen und reihte sie vor mir auf der Theke auf.

„Da, macht mer die mol uff“, sagte sie und legte den Korkenzieher dazu, „ich bin e' aldi Fraa.“

Während ich den Korkenzieher in die erste Flasche versenkte, holte sie die letzten sechs Flaschen Cola aus einem Kasten neben der Tür und gab ihm anschließend einen kräftigen Tritt, damit ihre gestörte Nichte bei Gelegenheit im Vorbeigehen drüberstolperte und ihn wegräumte.

„Was wird'n gefeiert, Buwe?“, fragte sie und ließ gleichzeitig die ersten zwei Flaschen Wein kopfüber in den Eimer gluckern.

„Nix. Wir bereiten heute lediglich eine Feier *vor* – und die will gut geplant sein. Und das macht eben durstig.“

„Macht die das öfters?“, fragte Jörg leise, ob der Selbstverständlichkeit, mit der Frau Schrader den Eimer nach und nach mit Wein füllte.

„Man könnt's fast meinen.“

Da es sich beim Wein, wie stets, um eine billige Komposition aus Ländern der EWG handelte, schäumte er nach der fünften Flasche nicht unerheblich. Und nachdem Frau Schrader die zweite Flasche Cola aufgedreht und dazugeleert hatte, türmte sich der Schaum bereits steif und kompakt bis fast zum Eimerrand.

„Do muss ich erschtmol e' kleine Paus' einlege', bis der sich beruhigt.“

„Oje – das kann ja dauern. Machen Sie uns doch g'rad noch zwei Colaweiß fürs Warten.“

„Vielleicht hast du den Eimer nicht richtig ausgespült, und der Schaum kommt von den Waschmittelresten“, mutmaßte Jörg und blies leise über die Schaumkrone.

„Des glaub' ich eher net“, sagte Frau Schrader, als sie die Colaflasche zuschraubte und unsere Schorlen vor uns auf die Theke stellte. „Wenn ich die Gläser nach'm Spüle' net richtig ausschwenk', dann gibt's im Gegenteil *überhaupt* kein' Schaum. Beim Bier, jedenfalls."

„Dann hast du ihn womöglich zu gründlich ausgespült. Das nächste Mal machst du vorher 'n Spritzer Spüli rein."

„Ich lass' einfach einen Strumpf drin."

„Noch besser."

Irgendwann begann der Schaum ein wenig in sich zusammenzufallen, und Frau Schrader ließ die restlichen drei Flaschen Cola nacheinander und vorsichtig an der Eimerinnenwand entlang hineinlaufen, bis am Ende das braune Gebilde den Eimerrand um mindestens fünf Zentimeter überragte.

„So, endlich!" Ich nahm mein Glas und trank aus. „Wie viel macht das?"

„Lass' mal sehe' – des waren zehn Liter, macht zwanzisch Halbe, mal eins-fuffzisch – des sin' genau dreißisch Mark. Die zwei Kleine geh'n uff mich – als Menge'rabatt."

„Hoppla! – vielen Dank!" Ich stülpte meine Hosentasche nach außen und ließ das gesammelte Geld auf die Theke fallen. Nachdem ich die Hosentaschenfusseln so gut es ging herausgepflückt hatte, ordnete ich die Münzen ein wenig, damit man sie besser zählen konnte, und legte die noch fehlenden drei Mark dazu. „Das müsste stimmen", sagte ich. „Sie müssen im Übrigen auch zwanzig Gläser nicht spülen."

„Des noch dazu", sagte sie und schob das Geld ungezählt zur Seite, ohne überhaupt hinzusehen.

Jörg trank aus, und ich lupfte den Eimer vorsichtig mit zwei Händen von der Theke. Der dünne Henkel drückte sich bedenklich in meine Fingerflächen hinein, und das Rund des Eimerrandes verformte sich zum Oval, ohne dass sich die Schaumkrone wesentlich hob.

„Zum Wohl, Buwe!“

„Danke.“

Wir drückten uns an dem massigen Glücksspieler vorbei, der gerade mal wieder, wie in einem stummen Gebet verharrt, mit geschlossenen Augen das mittlere Feld zuhielt. Schließlich traten wir wieder auf die Straße, die mittlerweile durch die herbstliche Abendsonne einen leuchtenden Gelbstich bekommen hatte.

„Hoffentlich hält der Griff“, sagte ich, als ich mit vorsichtigen kleinen Schritten den Eimer von mir hielt, im Versuch, ihn am Überschwappen zu hindern.

„Beim Putzen hat er doch auch immer gehalten, nicht wahr?“

„Das schon, aber da hab’ ich ihn auch nicht durch den halben Hemshof getragen.“

Als wir um die Ecke in meine Straße bogen, liefen wir einem der Türken vom Hinterhof genau vor die Füße. Er war auf seine Art ein wenig herausgeputzt und zählte spielerisch die einzelnen Schlüssel seines Schlüsselbundes ab, den er am Zeigefinger baumeln ließ. Wir blieben stehen, und er schaute in den Eimer.

„Was machen?“, sagte er mit einer überraschend weichen, sonoren Stimme und schüttelte fragend den Kopf.

„Schorle trinken“, sagte ich.

„Viele Schorle“, fügte Jörg hinzu und versuchte, seine Worte ausländergerecht mit der rechten Hand zu unterstreichen.

„Aber – warum Putze-Eimer?“

„So ist es viel billiger, und es ist einfacher zu tragen. Also, wir müssen weiter – tschüs!“

„Tschüs“, sagte er mit einem hinreißenden *Ü* und setzte gemächlich seinen Weg fort.

Ich gab Jörg den Eimer in die Hand und fummelte meinen Hausschlüssel aus der Hosentasche.

„Mein lieber Mann, das hat aber gedauert“, sagte Bozo aus seinem Zigarettenqualm heraus, als ich den Eimer auf die Tischmitte hievte. Sie saßen um ihre Paprika- und Lauchhaufen und die einzelne nackte Zwiebel herum, als warteten sie ungeduldig auf neue Anweisungen.

„Wir mussten zwischendurch immer wieder warten“, erklärte ich, „es hatte sich beim Einschenken zu viel Schaum gebildet. Ich glaube, Frau Schrader hätte die Cola zuerst hineinleeren sollen – dann hätte die schon mal genügend Zeit gehabt, sich auszutoben, bevor der Wein dazukam.“

„Hat sie irgendwas gesagt, wegen des Putzeimers?“

„Überhaupt nicht – wir hatten den Eindruck, die macht das jeden Tag.“

„Dann hätte sie aber den Dreh mit dem Schaum schon raushaben müssen.“

„Das stimmt allerdings.“

„Die wird noch ganz andere Sachen gewohnt sein als Colaweiß im Putzeimer“, meinte Berthold, „Guck dir doch die Proleten an, die da sonst immer herumstehen.“

Ich ging ins Schlafzimmer und holte uns fünf Schorlegläser aus dem Karton, den ich am vorigen Samstag im *Schwanenhof* hatte mitgehen lassen. Zum ersten Mal in meinem Leben verfügte ich über genügend Schorlegläser, um mehr als nur einen Gast stilgerecht bewirten zu können.

„Man ist ja schon gesegnet mit so einem Laden gerade um die Ecke", meinte ich. Ich tauchte die Gläser nacheinander in den Eimer – wobei sich dessen Volumen in null Komma nix um ein Viertel reduzierte – und stellte sie im Kreis um ihn herum, worauf jedes Einzelne von ihnen augenblicklich von einer braunen, perlenden Pfütze umgeben war.

Das Wasser für die Bohnen war natürlich mittlerweile schon fast verkocht. Ich füllte den Topf am Spülstein wieder auf und warf, nachdem er wieder auf dem Herd stand und leicht zu säuseln begann, zwei Brühwürfel hinein. Die sanken, statt wie in kochendem Wasser kräftig aufzusprudeln und heimeligen, großmütterlichen Küchengeruch zu verströmen, wie zwei kleine, braune Backsteine auf den Topfboden und schmolzen nur müde dahin.

„Wenn die Bulljong net wär', wär' de Suppe'haffe[12] leer", gab Friedel zum Besten und leerte seine Schorle gleich mit dem ersten Zug.

„Wo hast'n *den* tollen Vers her – aus dem *Pfälzer Feierabend*?", fragte ich und suchte mir einen Kochlöffel aus dem Schieber, um die Brühwürfel wieder vom Topfboden zu lösen, wo sie sich augenscheinlich festgesetzt hatten.

„Nee, des hot mol einer g'sacht."

Ich rührte die Brühe samt Würfel kurz auf, woraufhin das Wasser plötzlich wild aufschäumte, legte dann den Kochlöffel quer über den Topfrand und hob schließlich mein Glas. „Also, Jungs – zum Wohlsein! Auf dass wir am Ende des Abends einen Bezug zu unserer Bohnen-

---

[12] Suppentopf

suppe und unserem Popcorn – und damit zu unserer bevorstehenden Party – hergestellt haben werden. Und vor allem natürlich, dass alles auch tatsächlich klappt; die Sache mit der Popcornherstellung ist nämlich noch völlig offen. Mit dem Ausgang dieses Abends steht oder fällt unser Vorhaben.“

„Hört, hört!“, sagte Bozo und setzte sein Glas an.

„Halt!“, rief Friedel, „ich hab’ nix mehr zu trinke’!“ Er tauchte sein Schorleglas rasch in den Eimer und hob es triefend in die Höhe. „Prost.“

Ich nahm einen Schluck und machte mich alsbald an die Arbeit. Als Erstes holte ich die Küchenwaage unten aus dem Schrank, stellte den Pfeil auf null und kippte die abgetropften Bohnen hinein.

„Aber hallo! Die wiegen ja auf den Pfennig genau doppelt so viel wie vorher!“

„Ein Wunder!“, sagte Berthold leise.

Das widersprach ganz und gar meiner bisherigen Erkenntnis, dass die Verfasser von Kochbüchern willkürlich das ideale Verhältnis der Zutaten zueinander verschwiegen und stattdessen alles schön auf glatte Zahlen zurechtstutzten oder aufrundeten, damit alle Maßangaben untereinander teilbar waren oder zumindest irgendwo einen gemeinsamen Nenner hatten. Das hieße, 200 Gramm Dies in einen halben Liter Das einrühren, mit einem Teelöffel von Jenem abschmecken und auf der mittleren Schiene des vorgeheizten Backofens bei 200° genau 30 Minuten backen. Und nun blähen sich 250 Gramm getrocknete Bohnen auf ganz genau 500 Gramm auf. Unterlagen Kochrezepte tatsächlich einer natürlichen oder gar göttlichen Ordnung?

Ich holte meinen Zettel mit dem Rezept aus dem Schieber im Waschtisch und legte ihn mir zusammen mit einem Bleistift auf der Ablage neben dem Herd zurecht.

Zusammen mit dem klein geschnittenen Lauch und der Paprika kippte ich die Bohnen in die Brühe, die mittlerweile zwar wieder kräftig am Sprudeln war, bereits aber nach der Lauchzugabe gleich wieder verstummte. Ich stellte den Herd dennoch auf Klein und rührte das Ganze einmal um. Im Gegensatz zum Gasherd bei meiner Mutter hatte mein Elektroherd eine extrem lange Leitung und reagierte auf Veränderungen nur mit erheblicher Verzögerung.

„So“, sagte ich und schaute auf den Zettel, „jetzt drücken wir drei Nelken in die Zwiebel und geben sie dazu.“

„Warum denn in die Zwiebel drücken?“, fragte Bozo.

„Ich glaub’, das ist nur, damit die Nelken nicht verloren gehen. Hast du schon mal versehentlich in eine ausgelutschte Nelke gebissen?“

„Nee.“

„Das schmeckt wie beim Zahnarzt.“

„Die Meta steckt mit den Nelken auch gleich die Lorbeerblätter mit drauf“, meinte Jörg.

„Alla hopp, Meta.“ Die Idee war ganz praktisch. Ich pinnte drei Lorbeerblätter wie mit drei stumpfen, kurzen Stecknadeln an die Zwiebel und warf sie zusammen mit fünf Wacholderbeeren (leider ließen die sich nicht anheften) in die Brühe, wo sie sofort ihren kollektiven aufdringlichen Duft an die Umgebung abgaben. Den geräucherten Schweinebauch legte ich am Stück vorsichtig obendrauf.

„Was ist mit den Würstchen?“, fragte Berthold, als ich den Deckel auf den Topf setzte, und nahm die Dose von der Ablage.

„Die müssen ja nicht mitkochen. Es reicht, wenn man sie zum Schluss einfach dazugibt, damit sie warm werden. Sonst platzen sie womöglich.“

Nicht weit vom offenen Küchenfenster stand der Türke von vorhin mit noch einem anderen auf dem Trottoir. Sie schauten herein auf unseren Tisch mit dem Eimer und unterhielten sich angeregt.

„So“, sagte ich und warf Friedel, Jörg und Bozo die Tüten mit den Wacholderbeeren, den Lorbeerblättern und den Nelken auf den Tisch, „wir haben ja jetzt ein wenig Zeit, bis die Suppe fertig ist. Zählt mal nach, wie viel da jeweils drin sind – dann können wir später hochrechnen, wie viele Packungen wir von jedem benötigen werden.“

„Is’ des net e’ bissel übertrieben?“, meinte Friedel und sicherte sich schon mal die Lorbeerblätter. „Die Supp’ wird ja am End’ doch net g’esse.“

„Naja – so ungefähr soll’s ja schon stimmen. Da könnte man ja gleich ganz auf die Gewürze verzichten, wenn’s nur nach einer Bohnensuppe *aussehen* soll. Ein wenig Idealismus gehört ja schließlich auch dazu.“

„Eben“, pflichtete mir Berthold bei. „Außerdem soll’s ja nicht nur richtig aussehen, sondern auch richtig riechen.“

„So isses.“

„Naja – ’s is’ ja dei’ Supp’. Ich nehm’ auf jeden Fall die Lorbeerblätter.“

„Und überhaupt – wer sagt denn, dass wir nichts davon essen werden? Wir können ja vorher einen großen

Topf voll abzwacken. Zu einer Party gehört ja schließlich auch was zu Essen.“

Ich nahm den Zettel und den Bleistift und setzte mich zu Berthold an den Tisch.

„So – und wir zwei machen uns jetzt an die Kopfarbeit.“

„Meinscht du, Lorbeerblätter zähle’ is’ kä Kopfarbeit?“, warf Friedel ein.

„Doch, natürlich. Dann machen wir uns eben ans Rechnen.“ Ich trank meine Schorle aus und tauchte mein Glas erneut in den Eimer. „Also – ein Vollbad hat so etwa zweihundert Liter; ich würde deshalb vorschlagen, dass wir von eben zweihundert Litern Suppe als Gesamtmenge ausgehen sollten. Als Gesamtmenge nehmen wir das Wasser und die Bohnen – das sind die wesentlichen Bestandteile. Der Rest wird wohl nicht so sehr ins Gewicht fallen.“

„Tja, ich weiß nicht – was ist, wenn der Rest nun doch ins Gewicht fällt?“ Berthold nahm das Rezept in die Hand und studierte die Zutatenliste. „Vier Stangen Lauch, zwei Paprika, eine Zwiebel und ein halbes Pfund Fleisch pro Rezept ist schon allerhand.“

„125 Gramm Fleisch.“

„Wieso – hier steht 250 Gramm.“

„Ich hab ja jetzt auch 250 Gramm genommen, aber für die Party will ich doch die Hälfte durch Würstchen ersetzen.“

„Also doch ein halbes Pfund Fleisch.“

„Du hast Recht.“ Ich hatte mir eigentlich ausgemalt, die Würstchen am Ende hauptsächlich als Kette um die Badewanne herum zu drapieren – aber das war jetzt nicht so wichtig.

„Hast du dir schon mal überlegt, was du machst, wenn du mit deiner dicken Barbara in die Suppe steigst und es stellt sich heraus, dass die Wanne tatsächlich zu voll ist?"

„Dann tausch' ich sie kurzerhand gegen Uschi aus."

„Kommt die auch?", fragte Bozo.

„Ich lad' sie jedenfalls mal ein."

„Also, jetzt lasst uns doch mal Nägel mit Köpfen machen", meinte Berthold leicht ungeduldig, als wäre die Suppe sein Baby. Er strich den Zettel vor sich mit beiden Händen glatt. „Wie viel ist denn überhaupt jetzt im Topf drin – ein Liter Wasser, 250 Gramm Bohnen …"

„500 Gramm Bohnen – die sind doch inzwischen eingeweicht und haben sich in der Menge verdoppelt."

„Also, 500 Gramm. Wie viel Volumen könnten 500 Gramm Bohnen denn haben?"

„Ich weiß nicht. Du hast doch Chemie gelernt. Was haben denn weiße Bohnen für ein spezifisches Gewicht?"

„Auf jeden Fall sind sie schwerer als Wasser, sonst würden sie oben schwimmen …"

„Wenn wir den Berthold net hätte' …", schob Friedel kaum hörbar ein und schüttelte bewundernd den Kopf.

„… sagen wir mal vierhundert Milliliter – macht zusammen vierzehnhundert Milliliter. Und dann noch das Gemüse und das Fleisch. *Und* die Würstchen! Also, ich würde sagen, einfach alles mal hundert – das gibt dann zirka zweihundert Liter." Berthold legte dabei den Bleistift abrupt auf den Tisch und lehnte sich mit den Händen im Nacken und zufrieden mit sich selbst zurück.

„Da reden die fünf Minuten lang so gebildet daher", meinte Bozo, ohne mit dem Zählen aufzuhören, „und am Ende machen sie einfach alles mal hundert."

„Naja – da muss man aber erst mal drauf kommen."

„Scheiße!“, sagte Jörg plötzlich, „jetzt hab ich mich verzählt!“

„Wie zählscht’n du auch!“, meinte Friedel, „du muscht erschter alles in Zehnergruppe’ sortieren, und später brauchscht nur noch die Gruppe’ zusamme’zuzähle’.“ Er hatte bereits mehrere kleine Blätterstapel unterschiedlicher Größe vor sich aufgereiht.

„Lorbeerblätter lassen sich ja wohl auch etwas einfacher stapeln als Wacholderbeeren.“

„Es hat ja keiner g’sacht, dass du dei’ Wacholderbeere’ stapeln sollscht.“

„Es geht im Übrigen hier nicht nur ums Hochrechnen“, schob ich mich dazwischen, „wir müssen uns auch noch Gedanken darüber machen, wie wir die Suppe überhaupt zubereiten wollen. Schließlich können wir die Badewanne ja nicht auf den Herd stellen.“

„Wir können ja den Herd unter die Badewanne stellen“, meinte Jörg und tauchte sich eine neue Schorle ein.

Einen Augenblick lang war ich mir nicht sicher, ob Jörgs Vorschlag nun blöd war oder aber genial. Geniale Einfälle waren nicht selten auch die naheliegendsten und wurden deshalb erst gar nicht in Betracht gezogen. Ich entschied mich dennoch fürs Erstere.

„Komm, Berthold, wir rechnen weiter. Also – fünfhundert Gramm eingeweichte Bohnen mal hundert, macht fünfzig Kilo. Eine *Albertini*-Dose hat 560 Gramm.“

„Woher weißt du das?“

„Ich hab’ eben nachgeschaut. Abtropfgewicht, natürlich.“

Berthold nahm den Zettel und rechnete.

„Neunundachtzig Komma drei Dosen“, sagte er schließlich und legte den Bleistift wieder auf den Tisch.

„Also, neunzig Dosen Bohnen.“ Ich holte mir ein neues Blatt Papier aus dem Schlafzimmer und begann eine Liste. „Hundert Liter Fleischbrühe – das sind einhundert Liter Wasser und zweihundert Brühwürfel. Fleisch nehmen wir nur die Hälfte, haben wir gesagt. Das sind 125 Gramm mal hundert – macht zwölfeinhalb Kilo, plus zwölfeinhalb Kilo Würstchen.“

„Beim *Albertini* gibt's solche Riesendosen mit Brühwürsten“, warf Berthold ein. „Die sind relativ billig.“

„Also, Riesendosen mit Brühwürsten – die Anzahl lassen wir noch offen. Dann noch vierhundert Stangen Lauch, zweihundert Paprikaschoten grün …“

„Aber …“

„Die Roten sind viel zu teuer. Und einhundert Zwiebeln.“

„Mein Gott“, meinte Bozo, „wer soll'n das alles essen?“

„… hunnertsechs! Ich bin fertisch!“, jubelte Friedel. Er griff sich sein speckiges Glas und trank es aus.

„Das trifft sich gut – ich bin gerade bei den Gewürzen. Wie viele sind es?“

„Einhundertsechs – hab' ich doch eben g'sacht.“ Er tauchte sein Glas in den Eimer und zog es randvoll und triefend wieder heraus. „Die sin' allerdings sehr unnerschiedlich in der Größ'.“

„Das macht nix. Wir brauchen insgesamt zweihundert – macht zwei Tüten, beziehungsweise …“ – ich schaute auf die leere Tüte – „… vierzig Gramm.“

„Insgesamt“, meinte Berthold. „Wir haben ja schon eine.“

„Ach so, genau – also noch eine Tüte beziehungsweise zwanzig Gramm.“ Ich fügte es meiner Liste hinzu und stand anschließend auf, um den Tisch sauber zu wischen, der durch das ewige Eintauchen der Gläser in den Eimer klitschnass geworden war und an allen Ecken klebte.

„Wacholderbeeren und Nelken lass' ich noch frei“, sagte ich und warf den Spüllappen über die Köpfe hinweg in den Wasserstein, wo er lautstark aufklatschte. Ich setzte mich wieder. „Salz, Pfeffer und Majoran machen wir nach Gutdünken.“

„Ach? Und warum zähle ich seit fünfzehn Minuten Nelken?“, fragte Bozo.

„Gemahlener Pfeffer und Majoran kann man ja wohl schlecht zählen. Wir haben von jedem eine Tüte – das wird zum Abschmecken schon reichen. Und scharfes Paprikapulver, würd' ich sagen, lassen wir ganz weg.“

„Warum? Eine *serbische* Bohnensuppe kann doch sicherlich nicht einfach auf Paprika verzichten.“

„Wegen der Weichteile.“ Ich hatte mir darüber bereits meine Gedanken gemacht.

„Was denn für *Weichteile*?“

„Barbaras und meine Weichteile – wobei ich da insbesondere an Barbaras denke. Wir müssen ja schließlich die ganze Nacht in der Suppe verbringen. Hast du schon mal mit Paprikapulver hantiert und dir dann ins Auge gelangt?“

„Oder in der Nase gebohrt?“, warf Jörg seine eigenen Erfahrungen mit ein.

„Danach pinkeln zu gehen, ist aber auch nicht ohne“, meinte Bozo.

„Na also. Jetzt stell' dir mal Barbaras Weichteile vor.“

„Ich seh' sie förmlich vor mir.“

„Also – weiter geht's. Ein Schuss Kräuteressig – da reicht wohl eine Flasche. Und ein Achtelliter süße Sahne – die lassen wir auch weg, sonst wird's uns womöglich schlecht. Und das war's auch schon."

„Stell' dir vor", meinte Berthold, „zwölfeinhalb Liter Sahne!"

„Mehr als ein Putzeimer voll."

„Zusammen mit einer Flasche Essig – das stell' ich mir ziemlich unappetitlich vor!"

„So – fehlen nur noch die Nelken und die Wacholderbeeren."

„Ich bin gerade fertig", sagte Bozo und angelte sich eine Zigarette aus seiner Packung, „einhundertzwölf. Das riecht ganz schön extrem an den Fingern!"

Ich schaute auf seine Häufchen. „Das waren also die Nelken. Dreihundert brauchen wir, also noch zwei Tüten, oder …" – ich suchte die leere Tüte ab – „zirka fünfzehn Gramm."

„Scheiße!", rief Jörg, „mir fehlen noch zwei Wacholderbeeren!"

„Un' was wär dann, wenn ich frage' darf?", meinte Friedel.

„Dann hätt' ich genau vierhundert."

„Der hat aber schnell gezählt. Das sind ja viermal so viel wie die anderen."

„A, der kann net ganz klor sein. Des kann doch wohl *dir* scheißegal sein, ob des jetzert vierhunnert sin' oder dreihunnertachteneunzig!"

„Sag' mal, hast du was gegen mich?"

„Ach, wenn enner so dumm daherbabbelt!"

„Ich hätt' mich halt gefreut, wenn's genau aufgegangen wär'. Ich bin ein sensibler, harmoniebedürftiger Mensch – das würde dir sicherlich auch nix schaden."

Bozo schmunzelte.

„Wir haben doch schon fünf in der Suppe", beruhigte ich ihn. „Fünfhundert brauchen wir – da denk' ich, dass vierhundert reichen. Dann brauchen wir nicht noch eine zu holen."

„Schmecken tut man sie eh nicht, wenn man nicht gerade auf eine beißt."

„Meine Worte."

„Wie lange braucht denn die Suppe noch?", fragte Bozo. „Ich bekomme langsam Hunger."

Ich warf einen Blick auf die Uhr am Herd. „Noch etwa zwanzig Minuten."

„Bis dahin können wir ja austüfteln, wie wir das Ganze überhaupt in Angriff nehmen wollen", meinte Berthold und hob den Bleistift wieder auf, „anders ausgedrückt: wie wir eine Suppe im Zweihundertliterformat kochen."

„Naja – regelrecht kochen werden wir sie nicht können", sagte ich. „Selbst wenn wir einen großen Einmachtopf nehmen würden; der fasst vielleicht zehn Liter – das heißt, wir müssten die Suppe zwanzig Mal komplett kochen und nach und nach in die Badewanne kippen. Das wäre allein schon wegen der Temperatur nicht machbar."

Wir zogen unsere Gläser noch einmal nachdenklich durch die Schorle, wobei wir sie inzwischen wegen der Flaute im Eimer und trotz des Schräghaltens gerade noch halbvoll bekamen.

„Nun ja", machte ich den Anfang, „ich würde sagen, wir füllen auf jeden Fall erst mal einhundert Liter Wasser in die Badewanne und bringen sie irgendwie zum Kochen – mit einem Tauchsieder, vielleicht."

„Hält das eine Badewanne überhaupt aus?", gab Bozo zu bedenken.

„Was denn?"

„Naja – dass man einhundert Liter Wasser in ihr kocht. Sie ist ja nicht gerade dafür geschaffen."

„Ihr müsst die Badewanne auf ein nasses Tuch stellen", warf Jörg ein, „und 'n Löffel reinstellen. Wenn die Meta sich im Winter einen Grog macht …"

„Ich glaub' nicht, dass das ein Problem sein dürfte", unterbrach ich ihn. „Das Wasser kommt ja nicht kochend hinein, es wird ja ganz langsam aufgewärmt. Das ist wie bei der Großmutter, wenn sie Einmachgläser im Backofen sterilisiert hat; sie stellte sie in den kalten Ofen hinein und erwärmte ihn dann auf 150 Grad – mit dem Unterschied, dass die Wanne ja immerhin aus Blech ist, oder Guss – oder was weiß ich."

„Es gibt solche und solche", meinte Berthold. „Die Alten waren noch aus Guss, die sind auch entsprechend schwer."

„Das dauert bestimmt Stunden, bis hundert Liter Wasser kochen."

„Das Problem lautet eher – gibt's denn überhaupt so große Tauchsieder?"

„Die gibt es schon", sagte Berthold, der Ex-Sodafabrikler. „Ich weiß auch schon, wo ich einen herkriegen könnte."

„Also gut – Punkt eins …" Ich fing eine neue Liste an. „‚*Wasser mit Riesentauchsieder zum Kochen bringen*' – das hätten wir mal. Punkt zwei – die Bohnen. Die müssen nicht gekocht werden, weil sie aus der Dose sind. Die kippen wir einfach dazu."

„Du hast die Brühwürfel vergessen", unterbrach mich Bozo. „Aber ich würde sowieso vorschlagen, dass wir stattdessen gekörnte Brühe nehmen. Das ist so ein loses Bouillonpulver, das man nur in heißes Wasser einrühren muss. Das mach' ich mir im Geschäft manchmal, statt Kaffee."

„Das ist gut!" Das kannte ich gar nicht – *gekörnte Brühe.* Ich änderte gleich die Zutatenliste, fügte die gekörnte Brühe als Punkt zwei der Aufgabenliste hinzu und verwies die Bohnen auf Platz drei.

„Ich glaube nicht, dass es auf Dauer funktionieren wird, wenn der Tauchsieder ständig mit den Bohnen in Berührung kommt", meinte Berthold. „Die würden kleben bleiben und verbrennen, und der Tauchsieder würde überhitzen."

„Was schlägst du vor?"

„Ich weiß nicht."

„Dann bauen wir eben einen Käfig drum herum", sagte Bozo, „aus Fliegendraht oder so was."

„Ein Bohnenabstandhalter, quasi."

„Ich glaab, ich hab' so was daheim."

„Was – einen Bohnenabstandhalter?"

„Nee – Fliege'droht!"

„Alla hopp." Ich notierte: *Friedel – Fliege'droht.* „So – und dann werden wir noch Hunderte von Paprikaschoten und Lauchstangen haben, die in Streifen und Scheiben geschnitten werden wollen", fuhr ich fort. „Das ist ganz und gar unmöglich. Wir werden uns von irgendwoher eine Küchenmaschine ausleihen müssen. Es reicht, wenn einhundert Zwiebeln geschält und mit Nelken gespickt werden müssen.“

„Und mit Lorbeerblättern!“, erinnerte uns Jörg an seinen Beitrag.

„Und mit Lorbeerblättern, natürlich.“

„’e Küche’maschin’ ham wir daheim“, meinte Friedel.

„Sehr gut! Dann schreibe ich das auch gleich dazu!“

„Den Schweinebauch können wir in der Freibankmetzgerei in der Rohrlachstraße kaufen“, schlug Berthold vor. „Dort ist er um einiges billiger.“

„Aber hallo! Dort wird doch nur verdorbenes Fleisch verkauft!“, warf Jörg ein.

„So’n Quatsch! Es gibt doch kein Spezialgeschäft für verdorbenes Fleisch! Das Fleisch ist eben minderwertiger als in den normalen Metzgereien – es ist wässrig, oder es hat nicht die richtige Farbe. Deswegen verkaufen die auch vorwiegend Gelbwurst. Und dafür kostet’s ja auch nur die Hälfte.“

„Und warum *ist* es wässrig oder hat nicht die richtige Farbe? Weil das Schwein an der Schweinepest gestorben ist – oder beim Transport aus dem Zug gefallen ist und erschossen werden musste.“

„Jetzt geht aber die Fantasie mit dir durch! Außerdem wollen wir ja daraus keinen Sonntagsbraten machen. Das Fleisch soll lediglich zusammen mit Peter und seiner Barbara in der Wanne herumschwimmen und schön aussehen.“

„Ich ess’ auf jeden Fall nix davon!“

„Sollscht ja a’ gar net.“

„Weißt du überhaupt, wo deine Billigfrikadellen an der *Tränke* herkommen?“, mischte ich mich ein.

„Ja – die werden aus nicht verkauften Bratwürsten hergestellt.“

„Und, wo kommen *die* her?“

„Weiß ich nicht. Jedenfalls nicht von der Freibank.“

„Naja – du musst es ja wissen.“

„Wenn man sich überlegt, dass die in Afrika zum Teil nur Maisbrei zu essen haben“, meinte Berthold, „und wir kochen uns hektoliterweise fette Suppe mit Schweinebauch, sitzen drin und schütten sie anschließend weg.“

„Die essen doch sowieso kein Schweinefleisch.“

„Willst du mir etwa ein schlechtes Gewissen aufdrücken?“, fragte ich. „Dafür ist die Idee schon viel zu weit gediehen.“

„Ich mein’ ja nur.“

„Wir können ja das nächste Mal aus Solidarität eine Wanne voll Maisbrei kochen und uns da reinsetzen“, meinte Bozo.

„Jetzt wird’s aber geschmacklos …“

„Lasst uns doch das Fleisch in der Pferdemetzgerei in der Hartmannstraße kaufen“, schlug Jörg vor. „Da ist es auch viel billiger.“

„A, jetzert bin ich baff!“

„Wieso?“

„Schweinebauch aus der Pferdemetzgerei!“

„Oh …“, sagte Jörg kleinlaut und grinste verlegen. „Naja – wie wär’s mit Pferdebauch?“

„Du bischt a’ so’n Pferdebauch!“

„Also, Pferde landen tatsächlich in der Metzgerei, weil sie erschossen werden mussten.“

„Wir leihen uns irgendwo einen Einmachtopf aus“, nahm ich den verlorenen Faden wieder auf, „oder am besten gleich zwei – um den Lauch, die Paprika und die

Zwiebeln en masse zu kochen. Die Gewürze kippen wir gleich alle mit dazu – das verteilt sich ja dann später wieder. Danach kochen wir den Schweinebauch, schneiden ihn in Scheiben und kippen das ganze Zeug zu den Bohnen in der Badewanne. Zum Schluss noch die Flasche Essig, umrühren und – voila!" Genau so und nicht anders. Ich nahm den Bleistift vom Tisch und fügte alles meiner Aufgabenliste hinzu.

„Nun ja – rein theoretisch ist das ja alles vom Ablauf her recht überschaubar", meinte Berthold.

„Fehlt nur noch das Popcorn."

„Die zwanzig Minuten sind um", stellte Bozo fest.

Ich stand auf und schaltete den Herd aus.

„Wischt mal einer den Tisch nochmal ab?", bat ich. Ich holte einen Stapel Suppenteller aus Frau Kamps Fünfzigerjahre-Kollektion von unten aus dem Schrank hervor. Ich gab Berthold den Dosenöffner, zusammen mit der Würstchendose und schnitt die Ecken von der Pfeffer- und der Majorantüte ab, um der Suppe die krönenden Prisen und Messerspitzen zu verabreichen.

„Hopp, Bozo", sagte ich, nachdem ich die alles abrundende Prise Salz untergerührt hatte, „schneid' uns mal das Fleisch in Scheiben." Ich suchte den großen Braten-Zweizack aus dem Schieber und bugsierte ihm das glitschige, tropfende Stück auf einen Teller.

„Ist das hier auch von der Freibank?", fragte Jörg misstrauisch.

„Keine Angst – das ist von einem ganz normalen Metzger. Das Schwein ist glücklich lächelnd im Schlaf gestorben." Über dem Spülstein goss ich die geöffnete Dose ab und ließ die Würstchen in die Suppe gleiten. Es waren die ganz Billigen der Marke *Vater Williams* – für 99

Pfennige, die mehr den hölzernen Walzen an den Klopapierhaltern in den Kneipen ähnelten als wirklichen Würstchen, und die über keinerlei Haut verfügten. Es waren genau fünf, was uns im Moment sehr entgegenkam.

„Vergiss' den Essig nicht."

„Ach, ja."

„Der ist wichtig – wegen der Bohnen."

„Wohin mit den Fleischscheiben?", fragte Bozo.

„Ach, verteil' sie gleichmäßig auf die Teller."

Nachdem Jörg das Brot geschnitten, Suppenlöffel ausgeteilt und Bozo noch einmal mit dem Eimer herumgegangen war und die Gläser nachgefüllt hatte, lud ich die Teller mit der Suppenkelle voll bis zum Rand und legte jedem ein Würstchen obendrauf. Ich stellte den Topf auf ein zusammengefaltetes Geschirrtuch in der Tischmitte und setzte mich schließlich hin.

„Komm, Herr Jesus …"

„Scholle is' nimmer viel da."

Jörg brach sein Brot in kleine Stücke, die er auf die Suppe legte. Mit dem Löffel tauchte er sie unter, bis sie aufgequollen waren und unten blieben.

„He! Die schmeckt gar nicht schlecht!", meinte Bozo mit vollem Mund, sodass ihm die heiße Brühe übers Kinn lief. „Hast du auch Senf da?"

Ich langte nach hinten und fingerte ihm die Tube aus dem Kühlschrank.

„Doch", sagte ich, zufrieden mit meiner Rezeptwahl, „sie ist der Sache durchaus würdig." Schade, dass Barbara nicht dabei ist, fügte ich in Gedanken hinzu; schließlich wird sie es sein, die meiner Suppe als Zierde dienen wird, und nicht Jörg oder Bozo. Aber ich denke, sie wird zufrieden sein.

„Wir könnten das Popcorn doch im Backofen machen“, meinte Bozo beiläufig, „dann stünde uns eine viel größere Fläche zur Verfügung. Und die Temperatur wäre immer gleichmäßig.“

Einen Augenblick lang war es still, und das Klappern der Löffel in den Suppentellern erschien lauter als es in Wirklichkeit war.

„Naja, war ja nur so eine Idee.“

„Nein!“, sagte ich, verblüfft über die Einfachheit dieser Überlegung. „Das ist mehr als eine Idee – das ist ein Geniestreich! Wahrscheinlich bräuchte man dann auch gar kein Fett! Das Fett war mir ohnehin ein Dorn im Auge.“

„Dann könnte man wahrscheinlich auch gleich zwei Bleche auf einmal machen“, meinte Berthold.

„Warum net glei’ drei?“, gab Friedel noch eins drauf.

„He!“ Ich war begeistert. Die – wenn man ehrlich ist – eigentlich kaum durchführbare Aufgabe, eine solche Menge Popcorn am Küchenherd herzustellen, dass man damit ein Schlafzimmer auffüllen konnte, erschien mir mit einem Mal durchaus realisierbar. Ich drehte mich um und schaltete den Backofen gleich mal auf 200 Grad, holte die zwei Bleche, die ich hatte, vom unteren Schieber heraus und schob sie übereinander mit zwei Schienen Abstand hinein.

„Popcornprobe, die Erste! Hoffentlich klappt’s.“ Ich war tatsächlich aufgeregt!

Bis der Suppentopf leer und die Teller ausgelöffelt waren, war das rote Thermostatlicht am Herd ausgegangen. Wir waren auf Temperatur.

„Wie viel meint ihr, soll ich auf jedes Blech tun?“, fragte ich, nachdem ich die Maistüte aus dem Schlafzimmer geholt und auf dem Küchentisch abgelegt hatte.

„Schütt’ doch einfach auf jedes die Hälfte“, schlug Berthold vor.

Ich zog das zusammengefaltete Geschirrtuch unter dem Suppentopf heraus, holte damit einhändig das erste heiße Blech aus dem Ofen und legte es rasch oben auf die Kochplatten, bevor sich die Hitze durch das Tuch fressen und sich meiner Finger ermächtigen konnte. Dann kippte ich Maiskörner darauf und rüttelte so lange, bis die Fläche einigermaßen bedeckt war und alle Körner Bodenberührung hatten. Nachdem ich mit dem zweiten Blech ebenso verfahren war und beide wieder im heißen Ofen ihrem ungewissen Los entgegensahen, befand sich noch ein ansehnlicher Rest in der Tüte. Ich nahm die Küchenwaage von der Ablage und kippte ihn in die Waagschüssel. Er wog in etwa zweihundert Gramm.

„Also, das waren vierhundert Gramm pro Blech“, rundete ich ab und notierte mir den Befund auf einem neuen Blatt Papier.

Ich schaute auf die Uhr, und in der Küche war es so still, dass Friedels Schlucke grotesk deutlich zu hören waren. Es dauerte nicht lange, und die ersten Körner fingen tatsächlich an zu poppen. Alle jubelten, pfiffen und hoben ihre Gläser – bis auf Berthold, dessen eher sachliche Natur solche Gefühlsausbrüche nicht zuließ. Er schaute stattdessen mit angehobenen Augenbrauen in den Ofen.

„Darauf einen Dujardin!“, rief Jörg und teilte den Rest aus dem Eimer aus. Bozo stand auf und räumte den Tisch ab.

Ich setzte mich im Schneidersitz auf den Boden und sah dem Treiben im Backofen aufmerksam zu. Inzwischen poppte es an allen Ecken und Enden. Die aufgeplatzten Körner machten dabei Sprünge von einem Ende des Blechs zum anderen, und immer wieder fielen welche hinten in den Ecken hinunter auf den Ofenboden, wo sie dann allmählich zu verkokeln begannen. Das rührte daher, dass die Backbleche an den Ecken abgerundet waren und dadurch eine Lücke freiließen, die aber sicherlich der notwendigen gleichmäßigen Wärmeverteilung diente.

Nach fast genau neun Minuten war das Schauspiel ganz plötzlich zu Ende, und die mittlerweile ansehnlich angewachsene weiße Pracht rührte sich nicht mehr.

„Holt mal schnell ein paar Behälter unten im Schrank heraus!“, rief ich aufgeregt und stand auf.

Ich holte die Bleche mit dem Geschirrtuch wieder aus dem Ofen und schüttete das heiße, duftende Popcorn in die auf der Ablage rasch aufgereihten Töpfe und Schüsseln. Aus dem Ofen roch es heiß und leicht verbrannt.

Nachdem ich die leeren Bleche wieder im Ofen verstaut und ihn ausgeschaltet hatte, schüttelte ich nacheinander vorsichtig die Popcornbehälter, damit die schwereren, ungepoppten Körner nach unten rutschen konnten. Danach schöpfte ich mit beiden Händen den gelungenen, warmen Rest ab, um ihn zu wiegen.

Die achthundert Gramm Maiskörner hatten genau 720 Gramm Popcorn ergeben, und folglich achtzig Gramm Ausschuss. Das anschließende Messen mit dem Messbecher ergab fast genau zehn Liter Volumen – die Körner waren tatsächlich um weit mehr als das Zehnfache aufgegangen.

„Das wären ja bei drei Blechen fünfzehn Liter pro Arbeitsgang“, stellte ich fest und notierte es. „Das sind anderthalb Putzeimer voll!“

„Nicht schlecht!“

„Apropos Putzeimer“, meinte Friedel, „wir ham endgültig nix mehr zu trinke’.“

„Dann schlage ich vor, wir holen uns noch einen“, meinte Bozo, „der Abend ist noch lange nicht um.“

„Ich trinke höchstens noch zwei“, sagte Berthold und legte drei Mark auf den Tisch. Friedel legte einen Zehnmarkschein, gefolgt von einem *Alla hopp,* dazu.

„Ich hab’ kein Geld mehr“, sagte Jörg resigniert.

„Naja – wer nix trinkt, hat auch morgen früh keinen dicken Kopf“, sagte Bozo. „Wir müssen das Popcorn übrigens salzen, solange es noch warm ist; dann bleibt das Salz besser haften.“

„Du kannscht net ganz sauber sein – do kummt Zucker druff und kä Salz!“

„Bei dir daheim, vielleicht.“

„Hopp, Bozo, gehst du diesmal mit?“, fragte ich und steckte das Geld ein.

„Ja, klar. Ein bisschen Tapetenwechsel kann nicht schaden.“ Er nahm sich einen der Popcorntöpfe, ließ den Salzstreuer ein paarmal darüber kreisen und stellte ihn außer Reichweite oben auf den Küchenschrank. „Wenn du dein Zuckerle ebenfalls jetzt draufmachst, wo’s noch warm ist, kann’s auch nicht schaden“, sagte er zu Friedel und nahm den leeren Eimer vom Tisch.

„Bis gleich“, warf ich in die Runde, und Bozo und ich gingen auf die Straße.

„Her! Habt ihr Säck' vor de' Tür daheim?", pöbelte uns der Mann am Automaten an, als wir reinkamen.

„Oh – pardon!" Ich ging zurück und machte die Tür zu, damit die letzte natürliche Wärme des Jahres seinem Spielerglück nicht in den Weg geriet.

„Na, Buwe", begrüßte uns Frau Schrader, „hamma noch Dorscht?"

„Ja", sagte ich und stellte den Eimer auf die Theke. „Einmal volltanken, bitte – und nochmal zwei fürs Warten."

Frau Schrader bückte sich und holte zwei Flaschen Wein unter der Theke hervor.

„Her, Hilde!", brüllte sie nach hinten. Das war ihre gestörte Nichte, die daraufhin sofort zur Stelle war und leicht unterwürfig-gebeugt ihren Auftrag erwartete. „Bring mer mol noch 'e Kischt' vom Weiße. Un' noch 'n Kaschte Cola! Aber wenn's geht, heut' noch!" Hilde schaute mit ihren ungleichen Augen eingeschüchtert in die Runde, und ich versuchte mit einem Lächeln die Wucht des erteilten Befehls ein wenig abzufedern.

„'e anner Sprooch versteht die net", sagte unser Glücksheld fast unhörbar, ohne sich umzudrehen, und Hilde verschwand rasch in den Hof.

„Was die wohl in der Stunde verdient?", meinte Bozo leise, aber nicht leise genug, und ich trat ihm gegen den Knöchel.

„Vielleicht sollten wir dieses Mal die Cola zuerst reinkippen", schlug ich Frau Schrader vor, „und wenn's sich beruhigt hat, dann den Wein. Vielleicht schäumt's dann nicht so arg."

Sie machte uns erst einmal unsere zwei Schorlen fürs Warten fertig und stellte sie vor uns hin. Hilde schleppte mit bedrohlich in die Länge gezogenen Armen und nach hinten geneigtem Oberkörper die Kiste Cola heran und knallte sie mit Karacho auf die Holzpalette hinter der Theke.

„Da, nehm die Leere' glei' mit!" Nachdem Frau Schrader fünf Flaschen Cola auf der Theke aufgereiht hatte, drehte sie die erste Flasche auf und leerte sie in den Eimer, während ich mich um die anderen kümmerte. Nachdem dann die Kiste Wein neben dem Colakasten gelandet und Hilde wieder nach hinten verschwunden war, entnahm sie die noch fehlenden drei Flaschen und stellte sie zu den anderen auf die Theke.

„Da, macht mer die mol uff!"

„Her, sag' emol – sauft ihr immer aus'm Butzeimer?", fragte der Mann vom Automaten, der jetzt mit seiner leeren Bierflasche hinter uns stand, während Bozo den Korkenzieher in die erste Flasche drehte.

„Kumm, loss mer mei' Buwe in Ruh", kam mir Frau Schrader zuvor, „die wer'n schon wisse', was sie mache""

„Naja, des geht mich jo nix an." Eben. „Hopp, mach' mer mol noch e' Bier uff, do!"

„Jetzert wartscht, bis'd drankommscht."

Meine Rechnung ging auf bis zu dem Zeitpunkt, da Frau Schrader die erste Flasche Wein in den Eimer leerte. Dann nämlich zeigte die Cola, was noch so alles in ihr steckte. Nach der dritten Weinflasche stand der Schaum wieder fest wie ein Fels. Sie schöpfte ihn mit einem Glas ein wenig ab und ließ die letzten zwei Flaschen wieder peu-à-peu, mit den nötigen Unterbrechungen, an der Innenwand entlang hineinlaufen.

Irgendwann war auch die letzte Flasche untergebracht und der Eimer endlich voll. Wir tranken aus, bezahlten –

auch diesmal mit Mengenrabatt – und machten uns wieder auf den Heimweg.

Bozo hatte, während Frau Schrader mit dem Rücken zu uns an der Kasse gestanden hatte, sein Schorleglas eingesteckt und mitgenommen.

„Man kann nie genug davon haben“, meinte er.

„Da hast du allerdings Recht.“

Als wir vor der Haustür standen und ich in meiner Hosentasche nach dem Schlüssel suchte, entdeckte ich in der Ferne Gabi, die uns mit zügigen, aber dennoch gemütlich wippenden Schritten entgegenkam. Die war mir nun wirklich völlig aus dem Sinn gekommen, so lange war das mittlerweile her, da sie überstürzt ausgeflogen war. Bozo folgte meinem Blick, und wir blieben stehen.

„Na“, sagte ich, als sie schließlich vor uns stand und mich gut gelaunt anstrahlte, „dich gibt’s ja auch noch.“ Sie sah blendend aus und vor allem erholt, und ihr allgemeiner Ausdruck und ihr Gang verrieten, dass es ihr auch tatsächlich gut ging.

„Ja – ich bin heute zurückgekommen. Ich war bei meinen Eltern und meiner Tochter, fernab der bösen Stadt. Das hat mir richtig gutgetan.“

„Das sieht man.“ Sie hatte zugenommen – das war’s. Sogar ihre Brüste waren jetzt viel voller. Und Farbe hatte sie auch bekommen, richtig rote Backen, denen ihre ständig nach oben gerichteten Mundwinkel zusätzliche Glanzpunkte verliehen. Das Lächeln stand ihr gut!

„Was habt ihr denn da im Eimer?“, fragte sie und versuchte offensichtlich, den kühlen Geruch von Cola und Magensäure, der dem Eimer entströmte, zuzuordnen.

„Was? Ach so – Schorle. Möchtest du einen Schluck?“ Ich zog Bozos Glas aus seiner Jacketttasche und tauchte es ihr ein.

„Danke“, sagte sie und nahm es. Sie trank mit großen Schlucken und weit vorgebeugtem Oberkörper, um sich am dünnen Schorle-Rinnsal nicht zu bekleckern, der im leichten Bogen vom Glas zum Trottoir lief.

Jörg öffnete das Küchenfenster und beugte sich heraus. „Her, wo bleibt ihr denn?“

„Wir sind gerade dabei, eine Party zu planen“, sagte ich zu Gabi. „Ein bisschen kompliziert, das Ganze – ich erklär’s dir irgendwann. Aber es wäre schön, wenn du auch kommen würdest, wenn’s so weit ist.“

Sie trank aus, holte tief Luft – wobei ihr unvermeidlich ein leiser Rülpser in die Quere kam – und gab mir das Glas zurück.

„Ja, gerne!“, sagte sie und wischte sich den Mund mit dem Handrücken ab. „Sag’ mir einfach rechtzeitig Bescheid. Du weißt ja, wo du mich findest.“

„Das mach’ ich. Also – tschüs!“

Sie drückte mir noch einen nassen, kalten Schorlekuss auf die Backe und ging weiter. Ich schaute ihr nach, und kurz bevor sie um die Ecke verschwand, winkte sie mir noch lächelnd mit zwei Fingern zu.

„Das war die Frau mit dem Horrortrip, damals nachts“, sagte ich zu Bozo, als ich aufschloss.

„Das dachte ich mir. Die sieht aber gut aus!“

„Du hättest sie in dieser Nacht mal sehen sollen!“

Im kühlen und mittlerweile dunkler gewordenen Treppenhaus stürzte uns unvermittelt eine hechelnde, röchelnde und hörbar sabbernde Cleo mit ihren leise tackernden

Krallen entgegen, blieb jäh vor uns stehen und drehte sich zweimal aufgeregt und heftig niesend im Kreis.

„Um Himmels willen – was is'n das?", fragte Bozo erschrocken und blieb hinter mir stehen.

„Das ist nur Cleo, der Mops meiner Vermieterin. Die stromert abends immer durchs Treppenhaus."

„Was hat sie denn?", fragte er und schaute skeptisch auf das aufgedrehte kleine Energiebündel zu meinen Füßen.

„Nichts. Die sind immer so hektisch."

Ich klopfte kurz gegen die Tür. Jörg öffnete sie und nahm mir flugs den Eimer ab. Wie ein Kind vorm Weihnachtsbaum glotzte Cleo mit ihren großen schwarzen Froschaugen in die hell erleuchtete und laute Räuberhöhle, aus der es nach Suppe und Zigarettenqualm roch, schnaufte tief durch ihre kleine, platte Nase und verschwand blitzschnell unter dem Küchentisch.

„Hoppla! Was war'n das?"

„Die Möpsin meiner Vermieterin. Lasst euch durch sie nicht stören – die ist öfters hier zu Gast."

„Das hat aber wieder gedauert", sagte Friedel. „Her mit dem Zeug – Popcorn macht ganz schön Dorscht!"

„Ach, der Schaum wollte mal wieder nicht. Irgendwie sind Putzeimer nicht das richtige Behältnis für Schorle." Meine Finger ließen sich vor lauter Eimertragen kaum noch gerade biegen. „Hopp, Berthold, wir messen mal das Schlafzimmer aus."

„Wozu denn das?", meinte Friedel und ließ sein Glas volllaufen.

„Ich muss doch wissen, wie viel Mais ich bestellen muss. Jetzt, wo wir wissen, wie weit er sich beim Poppen ausdehnt, müssen wir feststellen, wie viel Raum er letztendlich ausfüllen muss."

Ich ging ins Schlafzimmer, um meinen Klappmeter aus der Nachttischschublade zu holen, und Berthold kam mit unseren gefüllten und triefend nassen Gläsern nach und stellte sie auf die Glasplatte vom Waschtisch.

Ich bog den Meter auseinander und maß das Zimmer Pi-mal-Daumen grob in beiden Richtungen aus.

„Also – das wären einmal vier mal vier Meter."

„Und wie hoch soll das Popcorn werden?"

„Einen Meter, hab' ich mir gedacht. Ich will auch die kleine Uschi einladen – die ginge mir sonst verloren."

„Also, dann wären das genau sechzehn Kubikmeter."

„Nicht ganz", sagte ich und klappte den Meter wieder zusammen. „Für das Podest, auf dem die Badewanne stehen soll, hab ich zwei Mal einen Meter geplant, und einen Meter hoch – das macht genau zwei Kubikmeter. Und für den Schrank und den Waschtisch nochmal zwei."

„Willst du die etwa drin lassen?"

„Wo soll ich denn hin damit?"

„Und was machst du mit dem Bett?"

„Naja – das Bett kann ich wenigstens zerlegen und irgendwo verstauen."

„Das stimmt." Er hob unsere Gläser auf und reichte mir meins. „Also – sechzehn minus zwei minus zwei macht dann gerade noch zwölf Kubikmeter. Prost."

„Prost." Ich stieß mit ihm an, und wir nahmen einen langen Schluck.

„Das ging jetzt aber schnell", meinte Berthold und wischte sich mit Daumen und Zeigefinger über die Mundwinkel.

„Wieso? Jetzt geht die Rechnerei erst richtig los. Wir müssen uns jetzt ausrechnen, wie viel Kilo Maiskörner wir im gepoppten Zustand in zwölf Kubikmetern unterkriegen."

Wir gingen wieder in die Küche und setzten uns an den Tisch, auf dem die Schorlepfützen bereits wieder langsam zusammenwuchsen und sich das Hauptinteresse mittlerweile auf das kleine röchelnde Zappelhündchen gerichtet hatte, das sich – die Vorderpfoten auf Friedels Knie gestützt – gierig knurrend mit Schweinebauchstückchen füttern ließ. Ich hob den Bleistift auf und legte mir ein neues Blatt zurecht.

„Also – wenn man von drei Blechen à vierhundert Gramm Maiskörnern ausgeht, dann wären das zwölfhundert Gramm. Die ergeben nach neun Minuten fünfzehn Liter Popcorn." Das hatten wir ja bereits errechnet.

„Vielleicht sollte man ein wenig großzügiger sein und fünfzehn Minuten pro Arbeitsgang veranschlagen", meinte Berthold. „Du musst ja auch zwischendurch die Bleche auskippen und von Neuem auffüllen."

„Na, dann ist es ja einfach. In fünfzehn Minuten fünfzehn Liter Popcorn, das macht im Schnitt pro Minute einen Liter – und folglich pro tausend Minuten einen Kubikmeter."

„Seit wann ist denn ein Kubikmeter tausend Liter?", warf Bozo skeptisch ein.

„Schon immer." Ich teilte tausend Minuten durch sechzig. „Das wären dann genau sechzehn Komma sechs sechs Stunden lang Maiskörner poppen für jeden Kubikmeter Popcorn."

„Und das mal zwölf", sagte Berthold und nahm mir den Bleistift ab. „Das ergibt fast genau zweihundert Stunden."

„Also, wenn ich sonst nichts anderes mache als Mais zu poppen, dann könnte ich in einem Tag mit Müh' und Not einen Kubikmeter zusammenkriegen."

„Aber das wären dann ja zwölf Tage", meinte Bozo, „da müsstest du dir ja Urlaub nehmen."

„Ich hab' ja noch über vier Wochen."

Mit dem Bleistiftende zwischen den Zähnen blickte Berthold ins Grenzenlose und blinzelte leicht mit den Wimpern. „Jedes Blech fasst vierhundert Gramm Maiskörner", rechnete er, „und zwei Bleche ergeben zehn Liter Popcorn. Zehn Liter mal hundert ergeben einen Kubikmeter; achthundert Gramm mal hundert sind genau achtzig Kilo Mais. Das macht mal zwölf insgesamt neunhundertsechzig Kilo, also fast tausend."

„Also, bei mir sind tausend Kilo eine Tonne", meinte Bozo.

„Mein Gott!", sagte ich, „eine Tonne Popcorn! Ich werd' die am Montag gleich bestellen, damit wir keine Zeit verlieren." Ich war tief beeindruckt!

„Das war's doch jetzt eigentlich, oder?"

„Da gibt es noch das Problem mit der Badewanne. Wir müssen von irgendwoher eine Badewanne bekommen."

„Wenn man *keine* braucht, stehen sie an jeder Straßenecke herum", sagte Jörg.

„In welcher Gegend wohnst *du* denn?"

„Ist zurzeit irgendwo Sperrmüll?"

„Glaub' nicht."

„Ich hab' neulich mol so 'e alte Badewann' g'sehe'", meinte Friedel. Cleo hatte ihn mittlerweile zu ihrem besonderen Freund erkoren und leckte knurrend seine Finger. „In Friesenheim, in 'm Garten."

„Wo gibt's'n in Friesenheim Gärten?"

„Hinten im alten Teil", wusste Berthold.

„Genau dort", fuhr Friedel fort. „Die könnt' mer doch mol abends hole' gehe'."

„Keine schlechte Idee", meinte ich. „Dann lasst uns das doch gleich morgen machen – wer weiß, wie lange die noch dort steht …"

„Je früher, je besser."

„Wie willst du denn eine Badewanne über diese Strecke nach Hause bekommen?", gab Berthold zu bedenken. „Das sind doch mindestens zwei Kilometer!"

„Das schaffen wir schon – wir sind doch genug Leute."

„Ich hab morgen Abend keine Zeit", sagte Bozo. „Wir kriegen hohen Besuch aus Amerika – irgendeine Kusine von meiner Mutter."

„Macht nix – wir sind auch zu viert noch genug."

„Also, so viel zur Badewanne", meinte Berthold, „jetzt fehlt nur noch das Podest, auf dem sie stehen soll. Dafür nimmst du am besten dicke Spanplatten – mindestens zwei Zentimeter!"

„Spanplatten? Weißt du, was des Zeug wiegt?", meinte Friedel.

„Na und? Dafür halten sie auch einiges aus. Stell' dir vor, das Podest und die volle Badewanne mitsamt den Zweien kracht irgendwann zusammen."

„Dann landen sie wenigstens weich."

„Das Podest hat noch Zeit", entschied ich. „Es handelt sich dabei ja nicht um ein großartiges Problem."

„Ich unterstütze den Antrag."

„Alla hopp."

So weit waren wir mit allem fertig, und wir zogen, was unsere Vorbereitungen betraf, einen Schlussstrich unter den Abend. Unsere Aufmerksamkeit richteten wir nunmehr nur noch auf den Inhalt unseres Putzeimers und die Popcornschüsseln.

Als dann schließlich gegen halb eins beides vertilgt war und unsere Hände zunehmend hartnäckiger an den Gläsern und die wiederum an den eingetrockneten Schorlepfützen kleben blieben, beschlossen wir, Feierabend zu machen und weckten Jörg.

„Was is'n passiert?", fragte er laut und sah sich erschrocken um.

„Ganz ruhig. Die Sitzung ist geschlossen."

Ich spülte in der Dusche den Eimer aus und stopfte meine Strümpfe wieder hinein, während Bozo den Tisch abdeckte und Berthold auf der Plastiktischdecke alle Spuren beseitigte. Cleo fiel wieder ein, dass sie eigentlich ein hektisches kleines Monster war, und sie begann, vor sich hin knotternd, wieder im Kreis zu springen. Ich schnappte sie vom Boden auf und warf sie hinaus ins dunkle Treppenhaus, wo sie mich mit verwunderten großen Augen und leicht zur Seite geneigtem Kopf anschaute, bevor die Tür ins Schloss fiel.

„Gehe' mir jetzert morge' die Badewann' hole'?", fragte Friedel und hob sein Schorleglas, damit Berthold darunter wischen konnte.

„Ja, ich denke schon."

„Un' wann?"

„Ich würde sagen, irgendwann nach acht – es sollte ja wohl dunkel sein. Bleibst du heute Nacht hier?"

„A jo. Die Alt' macht mer jetzert nimmer uff."

Ich zog den Stecker vom Radio, das nur noch leicht verdaulich Seichtes von sich gab, und wir machten uns zum Schlafen bereit. Friedel bestand auf der Küchenbank, auf die er sich sogleich, mit seinem Parka bedeckt, in Embryonalstellung begab. Jörg bekam eines der Deckbetten, musste dafür aber auf dem Schlafzimmerboden vor dem Waschtisch schlafen; und Bozo, Berthold und ich bekamen das Bett – Erstere dafür ohne Decken. Ich hingegen hüllte mich wohlig in mein Deckbett ein und knipste das Nachttischlämpchen aus.

Wer würde dabei schon an einen Pavianfelsen denken?

14
Die Badewanne

Ich war am nächsten Morgen der Erste, der sich dazu entschließen konnte, aufzustehen. Das Geläut der Kirchenglocken, das wie jeden Sonntag um diese Uhrzeit aus unterschiedlichen Richtungen über den Hemshof hereinbrach und abrupt die Nacht für beendet erklärte, hatte mich mit einem Ruck aus der Tiefe gezogen, und ich blickte überrascht auf die schnarchenden Gestalten, die mit mir das Bett teilten. Meine Nacht war unruhig und immer wieder unterbrochen gewesen, was sich unschwer auf die aufputschende Wirkung unvernünftiger Mengen an Colaweißwein zurückführen ließ. Dies hatte zur Folge gehabt, dass ich die Unruhe meiner Bettgenossen umso stärker wahrgenommen und dadurch erst recht unruhig geschlafen hatte. Denen hatte wohl die Wärme und Geborgenheit der Federdecke gefehlt, in die Jörg irgendwo außerhalb meines Blickfeldes verknotet war. Wir hatten in diesem Jahr wohl einen sonnigen, warmen Herbst, aber die Nächte erinnerten daran, dass die Betonung zunehmend auf Herbst lag.

Ich stieg vorsichtig über Jörg beziehungsweise über das Knäuel, in dem ich ihn vermutete, hinweg und schlich hinaus in die Küche, um mich unter einer ausgedehnten heißen Dusche von der vergangenen Nacht zu befreien.

Auf dem Weg am Küchenschrank vorbei, fiel mein Auge auf Bozos Styroporflasche, die sich aus irgendeinem Grund unter Friedels Sitzbank befand. Sie war offensichtlich leer, jedenfalls lag sie auf der Seite und hatte keinen Deckel mehr. Der lag oben auf dem Tisch. Wir alle hatten sie vergessen gehabt, nur Friedel nicht. Nun wurde mir auch klar, warum er so vehement darauf bestanden hatte, in der Küche zu schlafen. Ich kümmerte mich nicht weiter darum und schlüpfte durch die Tür in die Duschkabine.

Nach einer Ewigkeit mit geschlossenen Augen und offenem Mund unterm heißen Wasserstrahl stehend, in deren Verlauf mein Kreislauf zunehmend in Schwung kam, drehte ich, in Dampf gehüllt, das Wasser ab und ging mit nassen Fußstempeln und einem um den Bauch gewickelten Handtuch wieder zurück in die Küche. Ich setzte Kaffeewasser auf, stöpselte routiniert das Radio ein, und alsbald verströmte sich das obligatorische Sonntagmorgengeklimper langsam durch die Küche und kroch allmählich durch den Türspalt ins Schlafzimmer.

Friedel drehte sich zur Wand und schmatzte. Seine fettigen Haare boten ein heilloses Durcheinander und schienen hoffnungslos verheddert. Wahrscheinlich sorgte das Fett dafür, dass er mit der Bürste immer wieder von Neuem durchkam.

„Was riecht denn hier so?", fragte Bozo plötzlich hinter mir und ich zuckte zusammen. Er war fast lautlos in die Küche gekommen und hatte nur seine Unterhose – den Kamm im Bund – und Strümpfe an.

„Dein Aquavit."

„Wieso mein Aquavit? Hast du dir in aller Frühe schon einen Aquavit genehmigt?"

„Ich nicht", sagte ich und deutete mit dem Kinn unter den Küchentisch. Mit ungläubiger Miene bückte sich Bozo und hob mit gespreizten Fingern seine Flasche vom Boden auf.

„Die ist ja leer! Weiß das Arschloch überhaupt, was so was kostet?"

„Naja – du hast sie ja nicht bezahlt. Im Gegenteil."

„Na und? Aber irgendjemand *hat* sie bezahlt! Und bestimmt nicht, damit sich der Herr Schorlefriedel morgens die Hucke vollsaufen kann!"

„Sag's *ihm,* wenn er wach wird – falls er noch mal wach wird." Wahrscheinlich war er schon längst wach und spielte nur aus Verlegenheit Toter Mann.

„Ich vertrag' ja schon einiges, aber das ist ja schon unverantwortlicher Alkoholmissbrauch!"

Das ließ sich in der Tat nicht so leicht von der Hand wiesen. Ich holte Bozo ein frisches Handtuch aus dem Schlafzimmer und bugsierte ihn in die Dusche, damit er sich nicht unnötig hineinsteigerte – die Flasche war leer, und daran ließ sich jetzt auch nichts mehr ändern.

Der Wasserkessel fing irgendwann an zu pfeifen, und ich ließ ihn bei offener Schlafzimmertür eine Weile gewähren, damit die anderen auch noch wach wurden. Ich schaufelte fünf Löffel Sofortlöslichen in die Kaffeekanne und brachte schließlich den Kessel zum Schweigen, indem ich ihm den Pfeifaufsatz wegnahm.

Bis Bozo mit sauber gezogenem Scheitel aus der erneut zugenebelten Dusche kam, hatten sich die anderen bereits um den gedeckten Küchentisch versammelt. Da weder Berthold noch Jörg Anstalten machten, die Lücke, die Bozo im Nebel hinterlassen hatte, auszufüllen, nahm ich die Kanne und schenkte reihum Kaffee ein. Als wir dann endlich alle Platz genommen hatten, schwang sich Friedel, der sich die ganze Zeit noch schlafend gestellt hatte, plötzlich auf und saß genau vor seiner dampfenden Tasse, den Kaffeeduft tief einatmend.

„Morsche', Jungs", sagte er mit heiserer Stimme und blickte verstohlen mit seinen verquollenen Schweinsaugen in die Runde.

„Guten Morgen, Friedel", sagte Bozo spitz. „Gut geschlafen?"

„Oh je", sagte er und nahm sich eine Scheibe Brot, „ich bin irgendwann heut' Nacht mit'm furchtbare' Drücke' in der Magengegend aufgewacht. Da hab' ich mir 'n Schluck von dei'm Styropurzeugs genehmigt. Muss die Bohnesupp' gewese' sein."

„Jaja, so'n Kümmel räumt auf", meinte Jörg mit vollem Mund und nickte ernst. Er hatte das ganze Ausmaß von Friedels Verdauungstrunk nicht mitbekommen.

„Sag' mal", lenkte ich Bozo vorsichtshalber ab, „warum kannst du eigentlich heute Abend nicht kommen?"

„Hab' ich doch gesagt – wir bekommen Besuch aus Amerika. So eine entfernte Kusine von meiner Mutter. Der Anstand verlangt, dass ich mich wenigstens mal blicken lasse. Aber wenn ihr eh erst am späten Abend loszieht, komm' ich vielleicht doch noch vorbei. Seid ihr dann hier?"

„Nö – ich würd' sagen, wir warten bei Pino, so gegen acht. Dann hast du noch ein wenig Luft."

„Alla hopp."

Ich stand auf und bereitete uns die nächste Kanne vor.

Am Abend gegen acht Uhr saßen wir also bei Pino am Ecktisch neben dem Eingang und warteten auf Bozos eventuelles Erscheinen und darauf, dass es draußen etwas ruhiger wurde. Dunkel war es bereits um sieben gewesen. Jörg hatte den ganzen Tag hauptsächlich schlafend bei mir verbracht, während Berthold in Mannheim eine Verabredung hinter sich gebracht hatte und Friedel sich unter bösen Vorwürfen mal wieder zu Hause hatte blicken lassen.

Bei Pino war wenig los. Es war Sonntagabend, und sonntagabends pflegte der gemeine Sodafabrikler nicht auszugehen, sondern sich im Kreise der Familie beim Abendbrot und anschließend vorm Fernseher seelisch und moralisch auf die bevorstehende Arbeitswoche einzustellen – was unserem kleinkriminellen Vorhaben sicherlich zugutekommen würde.

Irgendwann schwang die Tür zwischen den Monster-Amphoren auf, und Bozo betrat die Bühne.

„Und?", fragte ich, als er am Tischende Platz nahm. Er war sonntäglich herausgeputzt und trug sogar eine Weste unter seinem Jackett. „War er schön, dein Besuch?"

„Ja – vor allem die Tochter von meiner Tante. Ich wusste gar nicht, dass es sie gibt. Spricht kein Wort Deutsch!" Er legte seine Zigaretten und sein Feuerzeug vor sich auf den Tisch.

„Warum hast du sie nicht mitgebracht?"

„Zum Badewannenklauen?"

„Naja, da hätte sie die einmalige Gelegenheit gehabt, einen Einblick in urban-pfälzisches Kulturschaffen zu bekommen."

Pinos neuer Kellner, den wir heute zum ersten Mal hier sahen und der ausnahmsweise mal nicht zum Iagallo-Clan gehörte, kam an unseren Tisch und legte Bozo eine der schweren, mürben, ledergebundenen Speisekarten hin. Er war noch relativ jung, natürlich Italiener – das verlangte die Kundschaft – und hatte ein sehr sympathisches Gesicht mit einem faulen, abgebrochenen Schneidezahn, der ihm beim Sprechen, insbesondere bei den vielen *Sch* in der pfälzischen Sprache, hörbare Schwierigkeiten bereitete.

„Aha – ein neues Gesicht?“, meinte Bozo und schlug die Speisekarte auf. „Das kann dem Laden hier sicherlich nur guttun. Wie heißt du denn?“

„Bruno.“

„Bruno? Ist das überhaupt ein italienischer Name?“

„Ja, klar.“

„Hört doch mit’m *O* auf, oder?“, meinte Friedel.

„Bruno, der Braune – sprich: der Braunhaarige“, wusste Berthold.

„Kommst du auch von da, wo Pino und der Rest herkommen?“ Pino und seine Familie waren aus Sizilien.

„Nee – ich komme vonne Taranto.“

„Toronto?“, fragte Bozo überrascht.

„Nix – Taranto!“

„Kenn’ ich“, sagte Berthold und hob den Finger. „Da geht die schnelle Wasserki-Fähre nach Korfu ab.“

„Du meinschte Otranto“, korrigierte ihn Bruno, „net Taranto.“ Mit einem kurzen und sichernden Blick nach hinten hob er seinen rechten Fuß und legte ihn mit der Hand auf den Tisch. Er trug einen eleganten, hochschaftigen italienischen Schuh.

„Aber hallo!“, meinte Jörg und zog mit erhobener Augenbraue an seiner Zigarette.

Bruno klickte die Spitze seines Kugelschreibers heraus, spreizte den kleinen Finger ab und zeigte auf den Rücken seines hohen italienischen Absatzes, knapp über dem Flecken.

„Otranto“, sagte er.

Dann führte er die Kugelschreiberspitze an die Stelle, wo der Absatz innen an der Sohle befestigt war.

„Taranto – komme ich her."

„Aah – so."

Ich sah unter Brunos Arm hindurch, wie Pino mit hochrotem Kopf auf unseren Tisch zustürmte.

„Oh oh – Don Iagallo ist im Anmarsch."

Bruno drehte sich um, stellte etwas verlegen seinen Fuß wieder auf den Boden, wo er hingehörte, und steckte seinen Kugelschreiber wieder in seine Westeninnentasche. Pino ließ schon im Anmarsch sein ganzes gebärdenreiches Repertoire an Beschimpfungen auf ihn ab und deutete dabei ein paar Mal in Richtung Tür. Als Bruno zum zaghaften Versuch einer kleinlauten Erklärung ansetzte, griff sich Pino hochtheatralisch in den Schritt, um das, was wir nicht verstanden hatten, eindrucksvoll zu illustrieren. Danach dampfte er wieder ab und verschwand hinter seiner Theke. Die Gäste an den anderen Tischen, die den Auslöser für Pinos wilden Auftritt nicht mitbekommen hatten, verloren nach und nach das Interesse und wandten sich wieder ihren mediterranen Speisen und ihrem Gegenüber zu.

„Was trinkschte du?", fragte Bruno leise und schmunzelte. Irgendwie gefiel er mir.

„Ein großes Bier", sagte Bozo und klappte mit einem satten Knall die Speisekarte zu. „Und eine große Pizza Nr. 5, aber ohne Champignons und mit Salami statt Schinken." Bozo verabscheute Champignons.

„Das wäre dann doch praktisch die Nr. 2, ohne Oliven", meinte ich.

„Nimm doch einfach die Margherita *mit* Salami", schlug Berthold vor. „Das ist am Allereinfachsten." Damit hatte er Recht, bestand die ja nur aus Tomaten und Käse.

„Was jetzt?“, fragte Bruno.

„Eine große Nr. 1, mit Salami.“

„Die Salami koschte aber extra.“

„So dacht' ich's mir.“

Bruno nahm ihm die Speisekarte ab und ging an den Küchenschalter, wo er routiniert den Zettel aufspießte und auf die Klingel drückte.

Nachdem nach zirka zwanzig Minuten Bozos Pizza Nr. 1 – mit Salami – gebracht und ihm mit einer eleganten, mediterran anmutenden Handbewegung vorgesetzt wurde, begann er, sie wie ein grimmiger Fugumeister seinen Kugelfisch akribisch zu sezieren und feinsäuberlich Genießbares von Ungenießbarem zu trennen. Zum Ungenießbaren gehörte neben den in der Küche wohl übersehenen Strünken der verwendeten Dosentomaten auch der anderswo hochgeschätzte Pizzarand, der denn auch gleich unter Bozos Tischgesellen dankbare Abnehmer fand, allen voran bei Jörg. Nach weiteren zwanzig Minuten war die Operation abgeschlossen, und Bozo wischte sich zufrieden den Mund und die Finger mit der Stoffserviette ab, die er dann abschließend zum Abfall auf seinen Teller legte.

Es war mittlerweile neun Uhr vorbei. In Pinos Pizzeria war nun überhaupt nichts mehr los, und die Straßen waren wie leer gefegt. Wir winkten Bruno herbei, um zu bezahlen, und machten uns anschließend auf den Weg ins Innerste Friesenheims.

„Wo steht denn nun deine Badewanne?", fragte Jörg, als wir die große, hell erleuchtete Kreuzung an der Sternstraße überquerten.

„Ganz hinne – noch hinner der Luitpoldstrooß, wo's dann raus zum Willersinnweiher geht." Der Willersinnweiher war ein Baggersee, der zwar offiziell noch zur Gemarkung Ludwigshafen gehörte, aber de facto bereits außerhalb der Stadtgrenze zwischen den Feldern lag. Seit dem Hochsommer war der Weiher, wie jedes Jahr, längst umgekippt, was jedoch noch nie jemanden davon abgehalten hatte, zwischen den stinkenden Schaumkronen und den nach oben treibenden weißen Fischbäuchen gemächlich seine Bahnen zu ziehen oder sich prustend den Freuden des Sommers hinzugeben.

Wir liefen noch immer entlang derselben Straße, in der sich einen Kilometer hinter uns Pinos Pizzeria befand. Sie hatte sich mittlerweile jedoch auf gerade mal die halbe Breite verengt und war von Bordstein zu Bordstein mit Kopfsteinen gepflastert, sogar zwischen den Straßenbahnschienen. Die Sodafabriksiedlungen waren längst abgelöst worden, zuerst von unterschiedlich gestalteten Jahrhundertwende-Backsteinhäusern – die einen waren geschmückt mit kleinen, gemütlichen Fachwerktürmchen oder -erkern, während andere mehr an alte Lagerhallen erinnerten – und dann nur noch von den ganz alten, windschiefen Dorfhäusern, die aus der Zeit stammten, da Friesenheim noch ein unbedeutendes vorderpfälzisches Kaff und die Stadt Ludwigshafen noch reine Zukunftsmusik waren. Die Häuser waren teilweise in Reihe gebaut, und manche ihrer großflächigen Dächer reichten vom spitzwinkligen, praktisch nicht vorhandenen, aber dennoch mit einem kleinen tauben Fenster ausgestatteten

Obergeschoss bis hinunter an den oberen Rand der niedrigen Erdgeschossfenster. Wenn eine Häuserlücke den Blick freigab, konnte man hie und da noch eine halbabgedeckte Scheune erkennen, die wahrscheinlich nur deshalb noch stand, weil ein Abriss ihren Restwert weit übertroffen hätte. Die Geschichte dieses Teils der Stadt ließ sich mühelos und wie ein offenes Buch nachblättern.

Irgendwann sah es kein bisschen anders aus als in den Kuhdörfern des Umlandes, und der einzige Hinweis auf die nahe Industriestadt war das pulsierende Orange am Nachthimmel, das, wie jeden Abend, von den brennenden Schornsteinen der Sodafabrik herrührte, die in weiter Ferne wie die Fackel eines Heißluftballons fauchten. Wie auch der typische Friesenheim- und Hemshofgeruch aus gleicher Herkunft, den man, wenn man die Stadt nicht verließ, kaum noch wahrnahm, und wenn doch einmal, dann einfach zum Gefühl des Nachhausekommens gehörte. Wie der Gestank des vernachlässigten Katzenklos früher bei meiner Mutter.

Wir überquerten die Luitpoldstraße, in deren Schleife die 19er Straßenbahn zur 9er schrumpfte, und nach einigen rechten Winkeln waren wir endlich in der hintersten Siedlung am Radstadion angelangt, wo sich die etwas besseren und neueren Einzelhäuser mit ihren Gärten befanden – Gärten, die nach verschwenderisch amerikanischem Vorbild fast nur aus gepflegtem Rasen und blaugrünen Koniferen bestanden, statt aus Zwiebelreihen und Tomatenstöcken, wie man sie in den Sodafabriksiedlungen fand. Irgendwann blieb Friedel stehen.

„Hier isses“, sagte er leise.

Die Stelle war gut. Sie schien für unser Vorhaben geradezu ideal. Auf dieser Seite gab es nur blasse Gaslampen, und die nächsten standen ein gutes Stück vor beziehungsweise hinter uns. Außerdem lagen die Häuser der besseren Friesenheimer weiter auseinander und waren jeweils nur von einer Partei bewohnt, sodass die Gefahr, hier auf der Straße jemandem über den Weg zu laufen, relativ gering war. Allerdings hatten solche besseren Leute auch verwöhnte Hündchen, die nachts um neun zum Pipimachen noch einmal ausgeführt werden mussten.

Wir schauten in den Garten hinunter, der um etwa einen Meter tiefer lag als die Straße. Die Badewanne stand in seiner Mitte und war vom Haus aus von einer Reihe eng aneinandergepflanzter, spitzer Koniferen verdeckt. Sie war alt und hatte vier Füße und leuchtete weiß in der Dunkelheit.

„Alla hopp“, sagte ich.

Wir stiegen über den niedrigen Scherenzaun, der den Garten zur Straße hin abgrenzte, und schlichen lautlos zu ihr hinunter. Unten auf dem Rasen war es kalt. Die Badewanne war etwa zur Hälfte mit Wasser gefüllt, und gelbe, aufgeweichte Herbstblätter, die wohl von der Straße herbeigeweht waren, schwammen auf der Oberfläche.

„Wozu stellt sich einer bloß eine Badewanne in den Garten?“, flüsterte Jörg.

„Um Gießwasser zu sammeln, damit es abstehen kann. Das weiß doch jeder.“

„Naja, wir sind ja zu fünft – wir können sie ja ganz vorsichtig umkippen.“

„Wir könnten aber auch zu fünft ganz vorsichtig nur den Stöpsel ziehen.“

„Klingt auch nicht schlecht.“

Ich langte in die kalte Brühe und setzte meinen Vorschlag sogleich in die Tat um.

„Und – wie gefällt sie dir so?“, fragte Berthold leise, als wir warteten, dass die Wanne leer lief.

„Tja – ich weiß nicht. Ich kann mich noch nicht so recht mit ihr identifizieren.“ Über dem Abflussloch bildete sich tatsächlich jener berühmte Wirbel, der uns nachts im Bett so zu schaffen machte, und einige der alten Blätter ließen sich von ihm einfangen und kreisten langsam um ihn herum.

„Das kommt sicherlich noch, wenn du sie erst einmal sauber geschrubbt bei dir stehen hast.“

Jörg ging ein wenig im Dunkel des Gartens spazieren und verschwand irgendwann hinter den Büschen, die uns vom Haus abschirmten.

„Wo stellst du sie überhaupt hin?“

„Vorerst in den Hof wohl.“

„Wird man da keine Fragen stellen?“

„Och, da steht schon so einiges herum. Frau Kamp wird ja nicht wissen, dass sie mir gehört.“

Der Boden begann allmählich aufzuweichen, und wir traten einen Schritt zurück. Friedel, der am Wannenrand saß, fluchte leise, als ihm das kalte Wasser durch ein Camel-Loch in seinem Schuh sickerte.

Jörg tauchte irgendwann aus dem Nichts wieder auf und schleppte einen großen Spankorb mit kleinen, grünen Birnen mit sich.

„Was willscht'n damit?“

„Die nehmen wir gleich mit“, flüsterte er verschwörerisch und stellte den Korb neben der Wanne auf den Boden.

„Pass' auf – da ist nass.“

Die Badewanne kippte leicht zur Seite, und Friedel sprang auf.

„Sie is' leer", stellte er fest. Er schob darin die nassen Blätter zusammen und warf sie heraus.

„Das ging jetzt aber schnell!", meinte Berthold.

„Was hascht'n du gedacht, ohne Abflussrohr!"

„Seid mal ein bisschen leiser", sagte ich. „Hopp, Jörg, geh' du mal hoch und guck', ob die Straße frei ist."

Er kletterte die Böschung hoch, stieg leise über den Zaun und schaute sich um.

„Alla hopp", flüsterte er laut herunter, „kein Schwein in Sicht!"

„Pscht!"

„Das hätt' mich auch gewundert", sagte Bozo und warf seine Kippe mit einem *Zisch* in die Wasserpfütze.

Jörg kam wieder herunter und stellte die Birnen in die Badewanne.

„Also, Jörg – du gehst uns ein Stück voraus und passt auf, dass niemand kommt."

„Zu Befehl!"

„So – und wir nehmen uns jeder eine Ecke. Bei drei heben wir sie uns auf die Schulter und verschwinden von hier."

Wir gingen in Position, wie vier Sargträger, die alle unbeteiligt nach vorne blickten und auf ihren Einsatz warteten. Jörg verschwand wieder nach oben auf die Straße, und ich schob noch schnell den Korb mit den Birnen in die Mitte der Wanne, damit keiner zu viel abbekam.

„Also – eins … Hopp, runter in die Hocke, damit das Kreuz gerade bleibt. Ward ihr noch nie auf einer Beerdigung?"

„Nee."

„… zwei …"

„Ach, komm …"

„Doch, ehrlich. Als mein Opa starb, war ich g'rad im Krankenhaus wege'm Blinddarm."

„… und drei!" Völlig synchron richteten wir uns auf und hievten die Wanne mit ihrem gefährlich schrundigen Rand auf unsere Schultern.

„Die wiegt ja gar nix."

„Wart' nur, wie viel die nach einem Kilometer wiegt!"

Jörg zischte und winkte uns hoch, dabei ständig nervös um sich schauend, und wir tippelten vorwärts bis zum Zäunchen, das wir wegen der Badewanne nicht sehen konnten.

„Und jetzt erst mal nix wie weg!", sagte ich. Wir stiegen vorsichtig drüber, und ich betete, dass jetzt niemand stolperte. Als der Letzte hinten signalisierte, dass er drüber war, liefen wir leichten Fußes davon – ausgerechnet genau am großen Wohnzimmerfenster unserer Sponsoren vorbei.

An einer günstigen Stelle nach der nächsten Ecke stellten wir die Wanne erst einmal wieder ab und berieten uns über den Fluchtweg. Wir standen genau im Lichtkegel einer Gaslaterne, und Edward Hopper ließ mal wieder grüßen.

„Ich würde sagen, wir laufen auf direktem Weg in den Ebertpark", schlug ich vor. „Dann kann uns auf mehr als der Hälfte der Strecke überhaupt niemand sehen." Der Ebertpark erstreckte sich von hier in Friesenheim bis weit in den Hemshof hinein, wobei der hintere Ausgang dort fast auf Höhe meiner Wohnung lag. Lediglich die Strecke von dort bis zu meiner Wohnungstür führte noch ein gutes Stück durch dicht bewohntes Gebiet, nicht zuletzt auch über die breite, hell erleuchtete Straße, in der sich weiter oben auch Pino befand und auf der die 19er von und nach Friesenheim fuhr. Die Straße lag allerdings nachts in der Regel brach, sonntags sowieso.

„Und wie machen wir's mit dem Tragen?“, fragte Bozo. „Ich meine, Jörg kann ja nicht die ganze Strecke nix tragen.“

„Wieso? Ich trage doch die Verantwortung dafür, dass uns niemand in die Quere kommt.“

„Wenn wir uns da nur drauf verlassen können.“

„Verhindern kannscht du's ja doch net!“

„Wir machen eine Rotation und wechseln uns etappenweise ab“, schlug Berthold vor. „Ich melde mich freiwillig zum Vorausgehen bis zum Eingang vom Ebertpark.“

„Also gut – dann gehst jetzt du, Jörg, an Bertholds Ecke. Und auf geht's.“

Wir hoben die Wanne wieder auf die Schultern und setzten unseren langen Heimweg fort. Friedels Schuh quietschte und schmatzte in der Nacht.

„Die wiegt jetzert schon mehr!“, meinte er

„Wo geht's denn überhaupt lang?“

„Immer geradeaus, bis zur Sternstraße.“

Wir überquerten die hell ausgeleuchtete Sternstraße, diesmal an einer ruhigeren Stelle, und tauchten dann gleich durch den unauffälligen Hintereingang in den dunklen, kühlen und feuchten Ebertpark ein. Der dicke Holzpfosten, der in der Mitte des Durchgangs verhindern sollte, dass man mit dem Auto in den Park fuhr, erwies sich als nicht minder wirksam gegenüber Badewannen, sodass wir sie mühsam über ihn hinweghieven mussten. Wir setzten sie anschließend dankbar ab und warteten, bis sich unsere Augen an die Dunkelheit gewöhnt hatten.

„Alla hopp“, sagte ich, nachdem ich die Pause für hinreichend befunden hatte, „jeder rückt eine Position weiter.“ Bei schwierigen Unternehmungen war es wichtig, dass einer die Führung übernahm, damit alles reibungslos ablief – zumal bei so unterschiedlichen Temperamenten, wie wir sie darstellten. Da es sich bei dieser Aktion letztendlich um mein Geistesprodukt handelte und unser mühsamer Transport in meinem Hinterhof enden würde, wo der Ärger mit Frau Kamp bereits vorprogrammiert war, lag es nahe, dass ich das Kommando übernahm. Jeder nahm deshalb ohne Murren im Uhrzeigersinn die nächste Position ein, wobei Bozo, der von hinten rechts nach hinten links rückte, das Gewicht der Wanne auf die andere Schulter verlegen konnte. Friedel, der vorne links gegangen war, war für eine Runde aus dem aktiven Arbeitsprozess herausgenommen und ging uns nun einige Schritte voraus, während Berthold, der bis jetzt als Späher gedient hatte, sich vorne rechts wieder einreihte. Ich, der ich bis jetzt vorne rechts getragen hatte und mich nun hinten rechts einreihen musste, musste meiner linken Schulter eine weitere Runde zumuten, so wie Jörg auf der anderen Seite der Wanne seiner rechten.

An den gepflasterten Spazierwegen leuchtete etwa alle hundert Meter eine blasse Laterne gerade bis unten hin zu ihrem Sockel und lockte saftlose Nachtfalter in die Spinnweben, die unter ihr ausgespannt waren und die mit ihrem eingeflochtenen Ungeziefer an die alten Fischernetze unter der Decke von Pinos Pizzeria erinnerten. Wir zogen es vor, im Dunkeln über den Rasen zu gehen.

Nachdem wir den grässlichen, vor Kurzem erst angelegten Rosengarten mit seinen ungezählten Alteleuteparkbänken durchquert und einen großen Bogen um die hell erleuchtete Eberthalle gemacht hatten, schlichen wir uns hinten am einstmals futuristischen Turmcafé und der dazugehörigen Konzertmuschel vorbei, um den breiten, hellen Haupteingang des Ebertparks mit seiner Straßenbahnendhaltestelle zu umgehen. Schließlich erreichten wir die endlose, dunkle Wiese im vorderen Teil des Parks, mit ihren verschlungenen Wegen und alten Stillhäuschen, die heutzutage nur noch von knutschenden und anderweitig vertieften Liebespaaren benutzt wurden, weil nur wenige noch ihren ursprünglichen Zweck kannten. Ein großer Teich erstreckte sich bis weit in die Hemshofhälfte hinein, und außer einer Unzahl von Enten und Gänsen, die aufdringlich wie Hunderte über die Wiese verstreute Lachsäcke schnatterten, war keine Seele weit und breit.

Die Badewanne wurde, wie vorausgesehen, zunehmend schwerer, und unsere Pausen und Positionswechsel fanden in immer kürzeren Abständen statt. Die Wanne stand, nachdem wir den Ententeich hinter uns gelassen und abermals eine Verschnaufpause eingelegt hatten, als geisterhaft leuchtendes, skurriles Fehl-am-Platz in der Mitte der riesigen, dunklen Rasenfläche zwischen unseren nur schemenhaft erkennbaren Figuren.

Schließlich erreichten wir das andere Ende des Ebertparks und machten vor dem letzten Ausgang eine längere Rast, um für die nächste Etappe, die weniger großzügig mit Rastplätzen ausgestattet sein würde, unsere Kraftreserven aufzustocken. Ein Pfau schrie ebertparktypisch in der Ferne, aus der Richtung, wo neben der Konzertmuschel die schwarzen Umrisse der alten Bäume die Vogelvoliere hinter sich verbargen.

Bozo, der nun als Scout an der Reihe war, trat aus der Dunkelheit hinaus und schaute sich auf der Straße um, während sich der Rest um die Wanne herum auf dem Rasen fläzte.

„Alla hopp!“, winkte er uns leise hoch. Wir standen lustlos auf und bei *drei* ruhte die Wanne wieder auf unseren geschundenen Schultern.

„Ich hab’ mich richtig an sie gewöhnt“, meinte Friedel, während er sich vom kalten Bauch der Wanne seine linke Wange platt drücken ließ.

Wir trugen die Wanne hoch bis an die Schwelle des Ausgangs. An dem kurzen Verbindungsstück zur Hauptstraße, auf der die Straßenbahn fuhr, lag rechts nur das Städtische Hallenbad mit der beleuchteten Telefonzelle davor, wo es um diese Zeit natürlich ruhig war, und links, neben der geschlossenen Tankstelle, die Gaststätte *Zum Hallenbad.* Dort schwang just in diesem Moment die Tür auf, und zwei Betrunkene stolperten heraus und wankten langsam, in rührender Eintracht, um die Ecke.

„Und – jetzt!“, rief Bozo im Flüsterton, als sie uns endlich den Rücken zuwandten. Wir hievten die Wanne über den Pfosten in der Mitte des Ausgangs und liefen rasch, mit kurzen Schritten, in Richtung Häuserschluchten.

„Da vorne ist ein Bunker“, sagte Bozo, der neben mir herlief, nachdem er sich in der hohlen Hand eine Zigarette angezündet hatte, „da können wir sie noch einmal abstellen.“

„Die Hohenzollernstraße müssen wir noch schaffen.“ Das war die breite Straße mit den Straßenbahnschienen, auf der sich einen Kilometer weiter unten Pino befand.

„Sag’ mal – ist es eigentlich verboten, seine Badewanne um diese Uhrzeit auf der Straße herumzutragen?“, fragte Jörg.

„Das hab' ich mich eben auch gerade gefragt", meinte Berthold.

„Sicherlich nicht", meinte ich. „Aber was ist, wenn uns ein grüner Käfer über den Weg fährt und wir gefragt werden, was wir hier machen?"

„Dann hab' ich dir eben eine gebrauchte Badewanne verkauft, und nun tragen wir sie zu dir nach Hause. Is' doch was ganz Normales."

„So was passiert jeden Tag."

Wir überquerten die Straße und stellten die Wanne außerhalb des Lichtkegels der Straßenlampe neben dem Bunker ab.

„Vorm Schwesternwohnheim ist noch ein winziger Park", sagte ich. „Dort stellen wir sie ein letztes Mal ab, und dann kommt der Endspurt. Das sind dann höchstens noch hundert/hundertfünfzig Meter." Eine hell erleuchtete Straßenbahn ohne Fahrgäste fuhr vorbei. Der Fahrer schaute fragend zu uns herunter und bimmelte bis fast zur nächsten Ecke.

„Also", sagte ich, als sie außer Sicht- und Hörweite war, „weiter geht's!"

Nach der Pause an dem dreieckigen Pärkchen vorm Schwesternwohnheim, das eher wie eine bewaldete Verkehrsinsel mit Parkbank aussah, ging ich voraus und hielt meinen Hausschlüssel bereit, um nur ja keine Sekunde zu verlieren. Wenn es auch nicht verboten war, nachts seine Badewanne spazieren zu tragen, Frau Kamps Aufmerksamkeit wollte ich jetzt nicht unbedingt erregen.

Dem unruhigen, blauen Licht hinter Frau Kamps Wohnzimmerfenster nach zu urteilen, saß sie gerade mit ihrem Prinzgemahl vor dem Fernseher. Ich schloss leise die Haustür auf, und die Wanne wurde ohne Unterbrechung direkt durchs Treppenhaus in den Hof getragen.

„Wohin?“, flüsterte Bozo.

„Gleich hier in die Ecke, neben meinem Schlafzimmerfenster.“ Dort war es dunkel, und zwischen dem sonstigen Schutt würde sie nicht so ins Auge fallen.

„Hopp, wir gehen noch auf einen Sprung zu Frau Schrader“, schlug ich vor, nachdem die Badewanne so unauffällig wie's nur ging verstaut war.

„Hört, hört“, sagte Friedel und machte kreisende Lockerungsübungen mit der zuletzt in Anspruch genommenen Schulter. Ich nahm den Korb mit den kleinen Birnen und stellte ihn vor meiner Wohnungstür auf der Fußmatte ab. Jörg nahm sich eine Handvoll und steckte sie links und rechts in seine Jacketttaschen.

Frau Schrader wollte gerade schließen, als wir vor ihrer Tür standen, aber sie gewährte uns noch eine Privatrunde – als geschlossene Gesellschaft sozusagen. Sie war nun mal keine Wirtschaft, sondern eben eine Probierstube, und probieren durfte man eigentlich nur bis zehn.

Später, zu Hause, schrieb ich eine Bestellung über zwanzig Zentner Puffmais an das Mannheimer Kraftfutterwerk – das klang seriöser als *eine Tonne* – und klemmte das Kuvert hinter den Türrahmen, damit ich es morgen früh nicht vergaß.

Die Birnen waren hart und schmeckten nach nichts, was ganz ihrem Aussehen entsprach und daher nicht überraschte. Ich nahm mir vor, sie irgendwann im Laufe der Woche mit Zucker weich zu kochen, und machte mich fertig fürs Bett.

Dritter Teil

15
Das Popcorn 1

Gegen Ende der Woche erhielt ich eine Karte vom Kraftfutterwerk, auf der man mir mitteilte, dass man mir am darauffolgenden Montagvormittag zwanzig Zentner Puffmais ins Haus zu liefern gedachte. Ferner bedankte man sich für meine Bestellung und drückte die Hoffnung aus, auch in Zukunft meinen Aufträgen mit Freude entgegensehen zu dürfen. Der Ton gefiel mir!

Im Geschäft unterschrieb ich erst einmal für drei Wochen Urlaub – im Notfall konnte ich ja noch eine Woche dranhängen. Berthold bat ich, am Montag zum Frühstück zu kommen und auch gleich ein Backblech aus seiner Kollektion mitzubringen, in der Hoffnung, dass es die gleichen Maße hatte wie meine zwei.

An besagtem Montag wurde ich zum ersten Mal um sechs Uhr herum wach, als Barbara die Zeitung hinter den Laden schob, und dann wieder um sieben, als Berthold klingelte und *„Aufstehen – Popcorn!"* durchs halboffene Küchenfenster rief. Ich stand auf und ließ ihn herein. Wortlos, wie es seiner Art entsprach, trat er wippenden Schrittes über die Schwelle und legte ein fettiges und obendrein völlig verstaubtes Backblech auf den Tisch. Ich machte sogleich die Tür hinter ihm zu, denn ich hatte nichts an, und das gesellschaftliche Leben im Treppenhaus schien bereits in vollem Gange zu sein.

„Morgen“, sagte ich und fuhr mir gähnend mit den Fingern durch die Haare. „Warum so früh? Es ist doch erst sieben.“

„Weißt *du,* wann die mit deinem Popcorn kommen?“

„Nee. Gehst du nochmal weg, Brötchen holen?“

„Kann ich machen.“

„Hast du Geld?“

„Nein.“

Ich ging ins Schlafzimmer und suchte mir eine Mark aus der Hosentasche zusammen.

„Da. Sieh’ zu, dass ein Salzweck für mich dabei ist.“ Ich hatte mittlerweile eine Schwäche für Salzbrötchen entwickelt, trotz ihrer groben Salzkörner, die weiche Stellen an den Zähnen gezielt aufzuzeigen vermochten, und der hart gebackenen, spitzen Kümmelkörner, die sich gerne unters Zahnfleisch schoben und sich vor dem nächsten Zahnarztbesuch von dort praktisch nicht mehr hervorlocken ließen.

„Is’ gut – bis gleich.“ Er ging wieder, und ich verschwand alsdann unter die Dusche.

Wir frühstückten und warteten. Es war nun mittlerweile halb neun durch.

„Was haben die denn eigentlich geschrieben, wann sie kommen?“, fragte Berthold mit vollem Mund und versuchte vergebens, die Brösel auf seinem Teller mit einem trockenen Stück Brötchen aufzunehmen.

„Irgendwann heute Vormittag.“

„Vielleicht kommen sie um fünf vor zwölf.“

„Man steckt nicht drin.“ Ich stand auf und setzte noch einmal Wasser auf.

Gegen neun Uhr klingelte es endlich. Ich sprang auf und drückte auf den Öffner. Ein dicker, unrasierter Blaumann mittleren Alters kam um die Ecke und klopfte am Türrahmen. Er hatte einen rosanen Lieferschein in der Hand und trug eine beachtliche Underbergfahne vorm Gesicht.

„Dumfarth – sin' Sie das?"

„Ja."

„Mir bringe' zwanzisch Sack Puffmais. Wo kommen die hie'?" Er schaute auf Berthold, als hätte er noch nie einen Einmeterneunzigmann mit Pferdeschwanz gesehen.

„Hier, ins Schlafzimmer." Ich machte die Schlafzimmertür auf, und er warf einen Blick hinein. Das Bett war noch nicht gemacht.

„Sin' Sie sicher?"

„Ich werd's doch wohl wissen."

„Alla hopp – Sie sin' der Chef."

Er ging wieder hinaus und stellte die Haustür fest, und durchs Küchenfenster sah ich einen jüngeren Blaumann mit langen Haaren hinter dem Kraftfutterwerklaster, der gerade die hintere Ladeklappe entriegelt hatte und nun die Plane unter Zuhilfenahme einer Latte hochwarf. Er sprang hinauf und begann, einen Sack nach dem anderen an die Ladekante vorzuziehen, während der Alte sich eine Zigarette anzündete und unten wartete.

„Komm"', sagte ich zu Berthold, „wir machen mal im Schlafzimmer Platz." Ich zog mein Deckbett ein wenig glatt, und als wir den Nachttisch auf meiner Seite aus dem Weg räumten, wurde auch schon der erste Sack schnaufend hereingetragen und aufrecht in die frei gewordene Ecke gestellt. In meiner kleinen Wohnung sah er plötzlich riesengroß aus.

„Heute ist ein denkwürdiger Tag", sagte ich, als der Alte wieder draußen war. „Hoffentlich geht jetzt Frau

Kamp in den nächsten zehn Minuten nicht an den Briefkasten.“

„Wieso? Es genügt doch schon, wenn sie in den nächsten zehn Minuten aus dem Fenster schaut, um zu sehen, wer da vor ihrem Haus so viel Krach macht.“

„Oh Gott …“ Ich musste mir überhaupt überlegen, wie ich Frau Kamp in nächster Zeit aus meiner Wohnung heraushalten konnte.

Der zweite Sack kam herein und wurde zum ersten gestellt.

„Steht was in deinem Mietvertrag drin, das dir verbietet, Puffmais in deiner Wohnung zu lagern?“

„Natürlich nicht. Aber das Lagern von zwanzig Zentnern Puffmais wirft da sicherlich einige Fragen auf. Frau Kamp hat schließlich einen Schlüssel zu meiner Wohnung und macht auch regen Gebrauch davon. Meinst du, wir sollten denen helfen?“

„Quatsch! Die werden doch dafür bezahlt. Von dir sogar, wenn man’s genau nimmt.“

Die Säcke waren inzwischen alle hervorgeholt und wurden nun von beiden Männern hereingetragen, sodass es jetzt Gott sei Dank ein wenig flotter ging. Der Jüngere stöhnte unter der Last und geriet dabei etwas aus dem Gleichgewicht. Ich nahm an, dass er Student war und diese Arbeit nur als Aushilfe machte. Wer weiß, vielleicht kam er sogar vom Penneramt! Wir halfen ihm beim Abstellen.

„Danke“, keuchte er und bog sein Kreuz wieder gerade.

„Her – aber owends[13] die zentnerschwere Weiber rumhebe'!", meinte sein dicker Kollege und lachte heiser. Das war wohl der übliche Branchenscherz. Jede Berufssparte pflegte ihre eigenen, einer dümmlicher als der andere.

„Arschloch", sagte B. leise, als A. wieder außer Hörweite war.

Mit zehn Säcken war die Wand von der Ecke bis zur Tür vollgestellt, und die nächsten zehn mussten waagerecht in mehreren Schichten obendrauf gelegt werden. Zwischen Bettkante und Wand konnte man sich nun nicht mehr bewegen.

Während der Jüngere mit dem letzten Zentner ins Schlafzimmer torkelte, breitete der Dicke den Lieferschein auf dem Küchentisch vor mir aus und legte den ausgefahrenen Kugelschreiber dazu. Er steckte sich einen Zahnstocher zwischen die Zähne, den er aus der Brusttasche hervorgezaubert hatte, und schaute sich in der Küche um. Ich holte meine Ersparnisse aus der Waschtischschublade, zahlte in bar – und mit einem Schlag war mein Schwanenhofgeld zum größten Teil wieder im Wirtschaftswunder unterwegs.

„Ihr'n Servus noch", sagte er und machte ein X an der entsprechenden Stelle. Ich nahm den Kugelschreiber und unterschrieb, und er zählte mit seinem dicken, derben Daumen das Restgeld auf den Tisch.

„Was machen Sie eigentlich mit dem ganze Zeugs?", fragte er und zog die Lieferscheine auseinander. „Der is' für Sie", fügte er leise hinzu und legte mir den weißen un-

---

[13] abends

teren hin, auf dem meine Unterschrift schon gar nicht mehr zu erkennen war.

„Wir machen eine kleine Popcornparty."

Er sah ins Schlafzimmer. „Naja, dann mal viel Spaß."

„Danke."

Er steckte seinen zusammengelegten Schein und den Kugelschreiber in die Brusttasche und ging, auf seinem Holzspreißel herumkauend, wieder hinaus, wo sein Kollege gerade die Klappe verriegelte und die Plane wieder festzurrte. Nachdem der Dicke im Führerhaus einen Schluck direkt aus seiner Thermosflasche genommen hatte, ließ er wummernd den Motor an, und schon fuhren sie wieder los, verschwanden langsam in Richtung Apostelkirche und waren bald außer Hörweite.

Es war still in meiner Wohnung, und durch das geschlossene Küchenfenster hörte man gedämpft die Pausenklingel der Schule, die sich gegenüber hinter dem Gestrüpp versteckte. Bald würde sich der Schulhof mit Leben füllen und der Geräuschpegel für die nächsten fünfzehn Minuten sich ins Unermessliche steigern, um beim nächsten Klingelton genauso schnell wieder zu verebben.

Wir standen im Schlafzimmer und begutachteten unseren mannshohen, staubigen und nach Stroh riechenden Säckeberg. Nun gab es kein Zurück mehr. Die Vorbereitungsphase meines kühnen Projektes war nun abgeschlossen. Ich hatte das Material, noch etwas übriges Geld, die nötige Zeit und das Konzept beisammen. Nun galt es, in den bevorstehenden drei Wochen aus alledem das herbeizuzaubern, was Bozo und mir damals in der *Shiloh Ranch* so leicht über die Lippen gekommen war.

„Am besten, wir verlieren keine Zeit", sagte ich. „Wie wär's, wenn wir heute gleich damit anfangen? Kannst du überhaupt?"

„Äh – ja, schon …"

„Gut. Ich hab' mir am Samstag beim *Rala* eine große Abdeckfolie gekauft, damit wir den Boden und den unteren Meter der Wand in einem Stück abdecken können. Auch wenn das Popcorn fettfrei zubereitet wird – es ist sicherlich besser, wenn die ganze Masse von der Plane zusammengehalten wird."

„Das stimmt. Es wird außerdem während der Party auch sicher mal die eine oder andere Schorle verloren gehen. Und das Aufräumen danach wird sich dadurch auch etwas einfacher gestalten."

„Genau – wir nehmen dann einfach die vier Ecken, knoten sie oben zusammen und stellen unsere zwanzig Zentner Popcornabfall neben die Mülltonne in den Hof."

Ich hatte mir überlegt, mit dem Hineinkippen des Popcorns ins Schlafzimmer bereits anzufangen, bevor ich das Bett abbaute. So würde ich für ein paar Tage noch ein Quäntchen Lebensqualität für mich herausschlagen können, die danach sicherlich restlos dahin sein würde. Dann würde ich wohl oder übel mein Lager in der Küche aufschlagen müssen und genau dort die Nächte verbringen, wo ich den ganzen Tag über geschuftet haben würde. Jedenfalls gab es im Moment noch genügend Platz zwischen Bett und Fenster, um die ersten Chargen Popcorn abzuladen.

„Komm"', sagte ich und warf meine Kippe über den Tisch hinweg in den Spülstein, wo sie zischte und rasch erlosch, „wir machen erst einmal die Fensterwand frei. Dann kann ich dort die Folie schon mal anbringen."

„Meinst du, die linke Betthälfte lässt sich abbauen? Dann hätten wir quasi das halbe Zimmer leer."

„Doch, das müsste gehen." Kopf- und Fußende hatten zwar eine durchgehende, geschwungene Vierzigerjahre-Form, waren aber augenfällig in der Mitte geteilt. Ich raffte das Deckbett und die Leintücher von der unbenutzten Seite und türmte sie zusammen mit dem Kopfkissen auf meine Hälfte. „Hopp, hilf mir mal."

Zusammen hoben wir die Matratze und den Rost vorsichtig heraus und lehnten sie erst einmal unter dem Fenster quer gegen die Wand. Die Seitenteile und die zwei Enden ließen sich danach ganz einfach aushaken.

„Na also, wer sagt's denn!"

Die Matratze und der Rost passten anschließend genau unter das Restbett und waren somit fürs Erste aus dem Weg. Das Bett zogen wir ein wenig vor und ließen Kopf- und Fußende dahinter verschwinden.

„Als wäre es nie anders gewesen", meinte ich. „So, und jetzt der Kleiderschrank. Nur ein Stück vorziehen, damit ich die Folie an der Wand anheften kann. Und dann heben wir jeweils ein Ende hoch und schieben sie unten durch."

„Wenn's weiter nichts ist."

Jeder nahm sich ein Ende des Schranks, unten zwischen dessen vorderen und hinteren Füßen, und versuchte, ihn anzuheben. Unsere Kraft reichte zwar nicht aus, ihn auch tatsächlich vom Boden zu bekommen – dafür war er schlicht zu schwer – doch setzten wir die Schwerkraft für kurze Momente soweit aus, dass er sich verhältnismäßig leicht schieben ließ. Bertholds Augäpfel drohten, jeden Moment zu platzen, und auf seiner knallroten Stirn trat eine dicke, gewundene Ader hervor, wie ich sie höchstens mal am abgebundenen Blutspendearm bekommen hatte. Nach unserem Kraftakt blieb diese noch eine ganze Weile deutlich sichtbar.

„Mein Gott“, keuchte er und lehnte sich, wie ein ausgelutschter Hund hechelnd, gegen die Wand, „und wer soll jetzt noch die Schrankenden anheben?“

„Das machen wir jeweils zusammen“, sagte ich. „Trägst du vorher noch den anderen Nachttisch irgendwohin, wo er uns nicht im Weg ist?“

Ich holte derweil den Beutel mit der Plastikfolie aus der Waschtischschublade und riss ihn mit den Zähnen auf. Die Folie wickelte sich rasch ab und fiel auf den Boden, und ich zerrte am losen Ende, bis ein mehrere Meter langer Schlauch wie eine Luftschlange durchs Zimmer flog. Solche Folien benutzte man normalerweise, um den Boden und die Möbel abzudecken, wenn man die Wände und die Decke strich. Sie waren hauchdünn, und wenn man glaubte, sie auf ihr endgültiges Maß auseinandergefummelt zu haben, entdeckte man doch noch irgendwo einen losen Rand, und sie war mit einem Mal doppelt so groß und noch einmal so dünn.

Jetzt aber fummelte ich den losen Rand nur auf etwa zwei Meter Breite ab und heftete ihn in einer Höhe von einem Meter mit Reißnägeln, die ich am vergangenen Freitag im Büro hatte mitgehen lassen, an der Wand fest. Das entsprach auch zufällig der Höhe des Fensterbretts, was der gesamten optischen Harmonie zugutekam. Auf dem Boden breiteten wir sie etwa einen Meter aus. Das mit dem Schrank erwies sich am Ende dann doch als schwieriger, als ich gedacht hatte. Während Berthold mit beiden Händen und ich nur mit meinem linken Arm das fensternahe Ende anhoben, musste ich mit dem rechten gleichzeitig die Folie drunterschieben und darauf achten, dass sie nicht mehr als nötig riss. Danach schoben wir den Schrank wieder zurück in die Ecke. Berthold ließ sich anschließend langsam an der Wand herunterrutschen und zählte am Boden sitzend seine Herzschläge. Nur aus Nudeln und Brühwürfeln ließ sich nun mal nicht viel Kraft schöpfen.

„So“, sagte ich und ging zurück in die Küche, „und jetzt kann's endlich losgehen!“

Ich warf den Ofen an und verstaute das Gitter im Dreckfang zwischen Herd und Küchenschrank. Mit spitzen Fingern hob ich Bertholds Backblech von der Sitzbank auf und hielt es mit ausgestrecktem Arm weit von mir.

„Wie wär's, wenn du das mal auf ein hygienisches Mindestmaß herunterschrubben würdest? Wir hatten ja beschlossen, dass wir ohne Fett arbeiten …“

„Guck' doch erst mal nach, ob es überhaupt passt.“

„Wieso? Wenn nicht, setzen wir es einfach aufs Gitter.“

„Vielleicht ist es aber zu groß“, konterte er.

Eins zu null für dich, dachte ich. Ich holte meine zwei blitzblanken Bleche aus dem Schieber unterm Backofen heraus und hielt Bertholds Blech genau darüber. Sie kamen unverkennbar aus derselben Stanze, und ich reichte Berthold seins hinüber.

„Passt genau. Unterm Spülstein ist *Vim* – spül's danach aber gut ab.“

Berthold nahm zusätzlich ein Küchenmesser zu Hilfe und kratzte, schabte und scheuerte, was das Zeug hielt, während ich das Frühstücksgeschirr abräumte und den Küchentisch in eine Werkbank umfunktionierte. Ich holte die saubere Wolldecke aus dem Schlafzimmer, die bis vor ein paar Minuten noch auf meiner nunmehr abgebauten linken Betthälfte Leintuch und Federdecke auseinandergehalten hatte, und deckte damit den Tisch ab, um die heißen Backbleche abstellen zu können, ohne Frau Kamps Plastiktischdecke erneut in Mitleidenschaft zu ziehen. Ans hintere Tischende, Richtung Fenster, stellte ich den Putzeimer und den leeren Mülleimer, der ja letztendlich auch ein Putzeimer war. Der eine sollte für das Element dienen, das meine nächsten paar Wochen nachhaltig prägen und mich bis in den Schlaf verfolgen würde, der andere wäre für den unvermeidlichen Ausschuss zuständig.

„Hier", sagte Berthold schließlich und gab mir ein sauberes, glänzendes und nach Scheuerpulver riechendes Blech zurück. „Am besten du schiebst sie alle gleich in den Ofen, damit sie schon heiß sind, wenn die Maiskörner draufkommen."

„Das ist doch klar, so haben wir's bei der Probe doch auch gemacht."

Nachdem die Bleche im Ofen verstaut waren, schleppten wir den ersten Sack in die Küche, stellten ihn hochkant neben der Schlafzimmertür an die Wand und schnitten ihn mit dem gezackten Brotmesser auf. Ich grub meine Hände in die goldene, glänzende Masse und ließ sie durch meine Finger rieseln. Sie waren wunderschön, meine Körner!

Mit einem leisen *Klick!* ging das Thermostatlicht aus.

„Das war das Zeichen", sagte ich feierlich. „Ab jetzt ist die Welt eine andere!"

„Flipp' mir jetzt nicht aus – wir haben viel Arbeit vor uns. Wie hast du dir das jetzt eigentlich vorgestellt?"

Ich holte drei Suppenteller und meine Küchenwaage aus dem Schrank und stellte sie auf den Tisch. Der nun folgende Arbeitsablauf stand schon längst als Plan in meinem Kopf fest und war x-Mal in Gedanken durchgegangen worden.

„Also, erst einmal kommen in jeden Teller vierhundert Gramm Mais – für jedes Blech einen Teller.“ Ich nahm eine kleinere Schüssel, die gut in der Hand lag, und schaufelte den Mais vom Sack zuerst in die Waagschale und dann von dort nacheinander auf die Teller. Mit der Zeit würden wir vermutlich ein Auge für die richtige Menge bekommen, und der Zwischenschritt über die Waage würde wegfallen können.

„Und wer macht das mit dem Abwiegen?“, fragte Berthold.

„Du.“

„Dann muss der Sack hierher, zu mir, sonst gerate ich dir ständig in den Weg.“

„Das ist richtig“, sagte ich, und wir zogen den Sack am Ofen vorbei und weiter zum Küchenschrank.

„So“, fuhr ich fort, „ich bediene die Bleche. Ich zieh’ sie aus dem Ofen und stelle sie auf dem Tisch ab, und du kippst dann jedes Mal einen Teller Mais drauf. Danach füllst du die Teller sofort wieder auf. Alles klar?“

„Alles klar.“

Ich holte mir noch zwei frische Handtücher aus dem Schlafzimmer, die mir als Topflappen dienen sollten, und nahm den Griff der Ofentür in die Hand.

„Fertig?“

„Fertig.“

Ich war richtig aufgeregt! Ich zog die Tür auf und schnellte mit dem Kopf zurück, als mir die 200 Grad heiße Ofenluft mit voller Wucht von unten ins Gesicht schlug. Dann holte ich mit dem zusammengelegten Handtuch rasch das erste Blech heraus und legte es Berthold auf den Tisch, woraufhin er sofort den ersten Tellervoll Körner draufleerte. In der Zwischenzeit holte ich das zweite Blech aus dem Ofen.

Zur gleichen Zeit, da ich das erste Blech wieder vom Tisch nahm und den Inhalt gleichmäßig flachrüttelte, stellte ich das zweite Blech hin, und Berthold leerte den nächsten Teller drauf, währenddessen ich das erste, gefüllte wieder in den Backofen schob und dafür das leere dritte herausnahm. Das tauschte ich dann auf dem Tisch gegen das volle zweite aus, rüttelte dieses ebenfalls flach und schob es unter das erste in den Ofen.

In null Komma nix waren alle drei Bleche wieder im Ofen verstaut, und kurz darauf fing es auch schon an zu poppen.

Der satte Klang der explodierenden Körner war jetzt noch Engelsgesang in meinen Ohren, aber ich ahnte schon, wie das bereits heute, womöglich schon in einer Stunde, umschlagen und mir zunehmend auf die Nerven gehen würde, ähnlich dem unaufhörlichen Gepiepse eines gelangweilten Käfigvogels in der Küche. Berthold nahm die Schaufelschüssel und füllte sogleich die Teller nach.

Meine Popcornmaschine war angeworfen und knatterte wie ein Silvesterfeuerwerk vor sich hin. „Na also", meinte ich zufrieden, „das hat doch jetzt wunderbar geklappt, oder?"

„Schon. Aber diese kleine Pause gilt nur jetzt, beim ersten Mal. Danach müssen wir in dieser Zeit das Popcorn vom Ausschuss trennen."

„Oh."

Das Knallen im Ofen steigerte sich vom ungleichmäßigen Maschinengewehrgeratter zu einem einzigen satten Dauerton, der einige Minuten anhielt und dann allmählich wieder zusammenfiel. Bald konnte man wieder bequem mitzählen, und irgendwann war es dann auch schon wieder still – von einzelnen, gedämpften Spätzündern abgesehen.

Mit abgewandtem Gesicht öffnete ich die Ofentür, zog mit den Handtüchern die heißen Bleche mit ihrer weißen Pracht nacheinander heraus und kippte sie vor Berthold auf dem Tisch aus. Es roch warm und gut. Berthold leerte jedes Mal sofort die nächste Runde Körner drauf, und im Nu waren die Bleche flachgerüttelt und auf ein Neues in den Ofen geschoben. Die erste Runde griff nahtlos in die zweite über, und nach wenigen Minuten fing es auch schon wieder an zu poppen.

„Das waren jetzt aber keine fünfzehn Minuten gewesen“, stellte ich fest und versuchte, mit den Händen das heiße Popcorn in den Putzeimer zu schaufeln.

„Umso besser“, sagte Berthold und wog schon wieder die nächste Ladung ab. „Dann können wir uns ab und zu eine Pause gönnen. Zieh’ dir doch ein paar Handschuhe über.“

„Gute Idee.“ Ich ging rasch an den Waschtischschieber und wühlte ein altes Paar von ganz hinten heraus, wo sie seit dem letzten Winter lagen.

Das Trennen ging damit viel einfacher als ich erwartet hatte. Das aufgegangene Popcorn war groß und leicht, und man konnte es mit beiden Händen mühelos abheben, während die kleineren, schwereren Nieten auf dem Tisch liegen blieben. Als der Putzeimer voll war, rannte ich rasch mit ihm ins Schlafzimmer – das Knallen hinter der

Ofentür war bereits wieder am Abklingen – und kippte den Inhalt neben dem Bett auf den Fußboden.

„Ach, wie lieb!", sagte ich, als ich mir das kleine Häufchen ansah. Ich schaute mich im Zimmer um und versuchte, mir vorzustellen, wie oft ich den bisherigen Vorgang noch wiederholen musste, bis ich schließlich am Ziel sein würde. Dies sprengte allerdings die Grenzen meiner Vorstellungskraft.

„Hopp, mach'!", rief Berthold, „die nächste Ladung rührt sich schon fast nicht mehr!"

Ich rannte zurück in die Küche und stellte den Eimer wieder auf den Tisch. Als ich den Rest hineingeschaufelt hatte, war er gerade mal halbvoll.

„Tatsächlich – fünfzehn Liter! Das haben wir gut geschätzt."

„Den Eimer lassen wir jetzt bis zur nächsten Runde stehen. Dann musst du jedes zweite Mal nur einmal ins Schlafzimmer rennen."

„Alla hopp."

Mit einem finalen, lauten Knall war es im Ofen plötzlich still, und der ganze Ablauf wiederholte sich. Blech raus, auskippen, nachfüllen, flachrütteln, Blech rein; nächstes Blech raus, auskippen, und so weiter. Nächste Runde.

Berthold und ich waren bald gut eingespielt, und mit der Zeit entwickelte sich das Häufchen hinterm Bett immer mehr zu einem stolzen kleinen Haufen. Schließlich kamen bei jeder zweiten Runde gleich zwanzig Liter, sprich zwei Putzeimer voll, hinzu.

Irgendwann wurde es in der näheren Umgebung des Ofens so warm, dass ich zwischen den einzelnen Ausschussaussortierungsrunden die Handschuhe ausziehen musste, um meinem Körper einen Wärmeableiter zu bieten.

Nach der zehnten Runde – Berthold hielt unseren Fortschritt tatsächlich fest, indem er am Tischrand nicht aufgegangene Maiskörner aufreihte – legten wir die erste Pause ein; nicht nur, weil es mir einfach zu warm geworden war, sondern auch, weil alles so glatt und sauber lief, dass ich das Gefühl hatte, die Arbeit galoppiere mir davon, und ich kam nicht nach. Zudem hatte ich ein wenig Angst um den Ofen, der derlei Dauerbetrieb ja gar nicht gewohnt war, und schließlich auch nicht mir gehörte. Immerhin hing das Gelingen unseres Vorhabens maßgeblich von seiner Funktionsfähigkeit ab. Ich schaltete ihn deshalb aus und ließ ihn zum Abkühlen offenstehen. Unter unregelmäßigen Knacklauten schrumpfte er langsam wieder seiner kalten Größe entgegen.

„Was meinst du", fragte ich und pickte mir einige liegen gebliebene Popkörner vom Tisch, „soll ich uns einen Kaffee machen?"

„Gerade wollt' ich's vorschlagen." Berthold stellte die Eimer auf die Sitzbank, hob das Ende der Wolldecke an und schüttelte den Ausschuss in der Mitte zusammen, derweil ich den Kessel unterm Spülstein hervorholte und Wasser aufsetzte.

Aus dem Ofen roch es nach Verbranntem, was von den zwar aufgegangenen, aber unglücklicherweise vom Blech gesprungenen Popkörnern herrührte. Fiel ein aufgegangenes Popcorn vom oberen oder vom mittleren Blech in eine der offenen Ofenecken, so hatte es immerhin noch die Chance, auf einem der unteren Bleche zu landen. Blieb ihm diese letzte Chance jedoch verwehrt, so endete es, zusammen mit den Körnern vom unteren

Blech, auf dem Ofenboden, wo sie dann bis zu zehn Runden gemeinsam vor sich hin kokelten. Ich holte den Pfannenheber aus der Besteckschublade, schob die Glücklosen zusammen und warf sie zum restlichen Ausschuss in den Ausschusseimer. Der Kessel begann zu singen, und ich richtete uns die Tassen.

„Mein lieber Mann, ist das warm hier." Ich öffnete das Straßenfenster und ließ frische Luft herein. „Da, lies was", sagte ich und warf Berthold die *Rheinpfalz* auf den Tisch.

„Das gibt bestimmt eine saftige Stromrechnung", meinte er und schlug sogleich den Lokalteil auf. „Was deine Frau Kamp wohl dazu meinen wird?"

„Tja – wir hätten die Party im Winter veranstalten sollen. Dann hätten wir dafür die Heizung auslassen können." Aufgefallen wäre es in der Chefetage dennoch, da Strom und Heizung in der Nebenkostenabrechnung als getrennte Posten aufgeführt wurden.

„Vielleicht hast du Glück und es wird noch kalt."

Ich überbrühte den Kaffee und setzte mich mit beiden Tassen zu Berthold.

„Irgendwie macht diese Popcornsache Spaß", sinnierte ich und schlug die Beine übereinander. „Der Sack wird mit jeder Runde ein wenig leerer, und der Haufen im Schlafzimmer dafür umso größer – so richtig produktiv, das Ganze."

„Im Prinzip läuft doch jede Arbeit so ab", sagte Berthold mit einem Achselzucken.

„Bei mir im Büro nicht. Und hier weiß ich auch noch, wofür es gut ist."

„Du hast aber nicht nur einen Sack, sondern zwanzig. Und aus dem Häufchen sollen schließlich irgendwann mal zwölf Kubikmeter werden."

Berthold war ein rationales Arschloch. Ich schlürfte meinen Kaffee hastig und mit ein wenig Ungeduld, und schon bald schaltete ich den Ofen wieder ein und klappte die inzwischen erkaltete Ofentür wieder zu.

„Komm', machen wir weiter", sagte ich schließlich und stand auf. Ich stellte meine Tasse weg und stöpselte das Radio ein, damit wir bei den sich ständig wiederholenden Handgriffen nicht allzu stumpfsinnig wurden. Irgendwann stellte sich unter leisem Knistern das grüne Leuchtauge ein, und eine warme Weichspülerstimme meldete sich aus dem Äther.

„… mit Höchsttemperaturen morgen um die 12 Grad …".

Das ist aber kalt, dachte ich bei mir.

„… im Bergland, achtzehn Grad …"

„Aber hallo! Wo bleibt denn da die Logik?", meinte ich.

„… in der Rheinebene."

„Häh?"

„Der hatte bei Rhetorik wohl die Masern gehabt", stellte Berthold nüchtern fest.

Bei mir im Geschäft lief ebenfalls irgendwo in den obersten Regalen ununterbrochen ein kleines, staubiges Transistorradio, das verhindern sollte, dass ich und meine zwei angejahrten Bürokollegen am Schreibtisch oder am Mikrofiche einnickten. In der Regel erfüllte die Berieselung letztendlich auch ihren Zweck, trotz der sich täglich wiederholenden Hausfrauen-Telefonwunschsendungen, deren seichte, vorsintflutliche Inhalte sich eigentlich nur durch die täglich etwas veränderte Reihenfolge der Musikwünsche unterschieden.

„Alla hopp“, sagte Berthold. Er trank aus und stellte mit wiederhergestellter Energie die Putzeimer erneut auf den Tisch. Das Thermostatlicht ging aus, und das lustige Popcornspiel setzte sich fort.

Wir arbeiteten diesmal ohne Unterlass, Stunde um Stunde, und im Schlafzimmer war bis zum späten Nachmittag ein richtiger kleiner Berg entstanden. Der erste Sack Mais ging dementsprechend langsam, aber sicher zur Neige. Irgendwann schaltete ich den Ofen aus, der den Dauerbetrieb offensichtlich gut vertrug, und schlug eine längere Pause vor.

„Eine Schorle würde uns sicherlich guttun“, meinte ich und füllte den Eimer ein letztes Mal mit der lockeren, weißen Masse auf.

„Fraglos. Und was zum Essen wahrscheinlich auch.“

„Ich renn’ mal schnell an die Ecke und hol’ uns was. Was hältst du von einer Dose Ravioli? Das geht schnell und macht satt.“

„Klingt gut. Ich komm’ mit – ich muss wenigstens für kurze Zeit mal was anderes sehen und riechen als Popcorn.“

Ich kippte den Eimer ins Schlafzimmer und nahm meinen Hausschlüssel vom Waschtisch.

Im Eckladen packten wir zwei Flaschen *Tiroler Bauerntrunk* und die entsprechende Menge Cola in den Korb, legten einen Beutel Schnittbrot oben drauf und krönten das Ganze schließlich mit einer Dose Ravioli. Für zwei von unserer Statur kam die Dose wohl etwas klein daher, aber aufgrund meiner Erfahrung mit Monatsgehältern, die im günstigsten Fall gerade mal bis zum 20. reichten, hatte ich mir die im Wirtschaftswunder langsam wieder verloren gegangene Wertschätzung des Brots als Aufsaug- und Streckmittel wieder zu Eigen gemacht. Nicht umsonst gab es in den ärmsten Regionen der Welt jedes Mal blutige Aufstände, wenn der Staat den Brotpreis mal wieder um zwei Pfennige pro Fladen erhöhte – dort konnte man unter Zuhilfenahme eines Brotes mit einer Dose Ravioli gleich eine ganze Familie durch den Tag bringen.

„Wenn's nicht reicht, dann ham wir ja noch genug Popcorn zu Hause", las Berthold meine Gedanken und stellte den Korb auf die Ablage an der Kasse.

Ich bezahlte und stellte mir dabei schmunzelnd vor, wie die unglücklichen Popkörner es nie schaffen würden, zur Verdauungsmühle vorzudringen, weil sie ewig in einem Schorlesee im Magen trieben, wie die Zigarettenfilter in Pinos Toilettenschüsseln, die nach drei Monaten immer noch nach dem Spülen auf dem Wasserspiegel tänzelten.

„Das hätte ich allein gar nicht gepackt", sagte ich, als wir mit je einer vollen Tüte vor der Brust wieder auf der Straße waren.

Zu Hause drehte ich die Dose auf und leerte sie mit einem langsamen Schmatzgeräusch in den Topf, wo der Inhalt wie ein plumper, roter Schiefer-Turm-von-Pisa seiner Bestimmung harrte. Ich schwenkte noch ein wenig Wasser durch die Dose, kippte es dazu und stellte den Topf auf die Kochplatte, während Berthold den Popcorntisch abräumte und uns zwei Schorlen einschenkte. Allmählich schmolz der geriffelte Raviolizylinder dahin, und ich drückte ihn mit dem Kochlöffel in der Mitte auseinander.

„Da, trink erst mal was", sagte Berthold und stellte mir meine Schorle auf die Küchenschrankablage. Ich nahm sie und trank in großen, kühlen Zügen, und alles, was sich im Laufe des Tages bei der Popcornroutine in mir verkantet hatte, löste sich wohltuend auf.

Ich holte uns Suppenteller aus dem Hängeschrank und Löffel aus dem Schieber, und als zwischen den Ravioli die ersten roten Blasen auftauchten und lustlos wie in einem brodelnden isländischen Schlammsee zerplatzten, stellte ich den dampfenden Topf in die Tischmitte und legte den Brotbeutel dazu. Ich holte noch die Suppenkelle von weit hinten aus dem Schieber und setzte mich.

„Hast du Margarine?", fragte Berthold, als ich die Teller füllte. Ohne hinzuschauen, fummelte ich die Margarinedose hinter meinem Rücken aus dem Kühlschrank und stellte sie auf den Tisch.

„Meinst du, wir schaffen heute noch unser Tagessoll von einem Kubikmeter?", fragte ich und begann, eine Scheibe Brot in Stücke zu brechen und in meinem Teller zu verteilen.

„Ich weiß nicht …" Berthold stand auf und holte sich ein Messer aus dem Schieber. „Wir haben ja erst nach neun Uhr angefangen. Neun Uhr plus sechzehn Komma sechs sechs Stunden macht fünfundzwanzig Komma sechs sechs Uhr – sprich zirka halb zwo in der Früh'. Die Pausen noch dazu – nein, ich denke eher nicht."

„Sechzehn Komma sechs sechs …?"

„Ja – das haben wir doch letztens ausgerechnet: Fünfzehn Minuten für fünfzehn Liter Popcorn pro Arbeitsgang macht im Schnitt eine Minute pro Liter; tausend Minuten für tausend Liter, geteilt durch sechzig Minuten macht sechzehn Komma sechs sechs Stunden – periodisch natürlich."

„Natürlich. Wir sind aber meistens unter fünfzehn Minuten pro Arbeitsgang geblieben. Das gleicht schon mal die Pausen aus. Plus noch ein paar Schorle … Der erste Sack ist ja schon fast leer."

„Du kannst ja den Ofen schon mal wieder anwerfen", meinte Berthold und schenkte sich Schorle Nummer zwo ein. „Wir werkeln einfach, bis wir von der Stange fallen."

„Alla hopp!"

Als schließlich der Raviolitopf und unsere Teller leer gelöffelt und abschließend mit Brot sauber ausgewischt waren, ging kurz darauf auch schon das Thermostatlicht wieder aus.

„Die Pause ist um", sagte ich und stellte die Teller ineinander. „Und weiter geht's!" Wir räumten alles in den Spülstein und richteten unsere Arbeitsfläche wieder her.

Zum nunmehr dritten Mal setzten wir die Maschinerie mit der entsprechenden Routine wieder in Gang und poppten unentwegt und unermüdlich weiter. Mit der Schorle kam denn auch die gute Laune, und Berthold erzählte mir die wahre Geschichte von seiner Hodenentzündung, die er sich vor einigen Monaten zugezogen hatte. Dabei waren ihm die Eier dermaßen angeschwollen – er sprach von Handballgröße, wobei sich das auf die ganzen Kronjuwelen bezog und nicht auf die einzelnen Klunker – dass er die Tage nur breitbeinig und aufrecht im Bett sitzend verbringen konnte. Das war bei Bertholds damaliger Freundin in Mannheim gewesen, die zusammen mit ihren zwei jüngeren Schwestern noch bei den Eltern wohnte. Ich malte mir aus, wie er, wenn es sich partout nicht mehr aufschieben ließ, wie ein Sumo-Ringer vor dem Angriff durch die elterliche Wohnung aufs Klo watschelte. Die einzigen Medikamente, die in der Lage waren, dem Elend ein Ende zu bereiten, kosteten pro Tagesration so viel wie viermal Blutspenden einbrachte, und da Berthold sich ja der Fürsorge der gesetzlichen Krankenkassen längst entzogen hatte, musste seine arme Freundin bei verschiedenen Ärzten solange hausieren gehen und Probepackungen sammeln, bis die Kur schließlich beisammen war. Dafür schaffte sie dann aber auch rasch Abhilfe, und am Ende konnte er aufrechten Ganges das Haus wieder verlassen und nach Ludwigshafen zurückkehren. Ich hatte Berthold ein solch vorzügliches Anekdötchen gar nicht zugetraut.

Die Popcornproduktion lief indes nur noch mechanisch nebenher ab, und gegen acht Uhr war dann auch endlich der erste Sack leer.

„Darauf einen Dujardin!", meinte Berthold und wir setzten eine Runde aus. Er schenkte uns nach, während ich den zweiten Sack aus dem Schlafzimmer in die Küche schleifte. Den Leeren legte ich zusammen und hob ihn für den späteren Abfall auf.

„Unser Soll wäre genau eins Komma sechs sechs Säcke beziehungsweise ein Kubikmeter pro Tag", meinte Berthold, wieder voll der Herr seiner Rationalität, und fingerte etwas aus seiner Schorle (Kork konnte es nicht sein, da die billigen Weißweinbomben mit einem Kronverschluss ausgestattet waren).

„Wie kommst du auf eins Komma sechs sechs?" Immer diese Perioden.

„Zwanzig Säcke durch zwölf Kubikmeter." Er nahm das herausgefischte Etwas und schnippte es im hohen Bogen in den Wasserstein.

„Dann haben wir ja noch einiges vor uns“, meinte ich. Ich schnitt den Sack mit dem Brotmesser entlang der grob genähten Naht auf, und wir setzten die Mühle erneut in Gang.

Kurz vor ein Uhr – im Radio lief nur noch das abgeschmackte gemeinsame Nachtprogramm – war der Inhalt des zweiten Sacks auf weniger als die Hälfte der goldenen Maiskörner geschrumpft.

„Feierabend!“, sagte ich feierlich und erklärte damit das Tagesziel für erreicht. Ich schaltete den Herd aus und ließ mich, von Hitze und Eintönigkeit völlig erschöpft, auf den Stuhl fallen und zündete mir eine Zigarette an. Wie wir die letzten Stunden hinter uns gebracht hatten, war mir nunmehr ein Rätsel.

„Meine Scheiße!“, sagte ich und nahm einen tiefen, dankbaren Schluck aus meinem abgegriffenen Glas, „und das mal zwölf!“

Berthold nahm den letzten Eimer voll Popcorn vom Tisch und trug ihn ins Schlafzimmer.

„Das sieht aber nicht gerade wie fünfzehn Stunden Arbeit aus“, meinte er und leerte ihn auf den bereits vorhandenen, nun nicht mehr ganz so unscheinbaren Popcornberg. Seine Stimme erklang aufgrund der abgebauten Betthälfte mit einem leichten Hall, der sich aber mit zunehmender Popcornmasse sicherlich bald wieder verflüchtigen würde.

„Ist es aber“, sagte ich. „Das ist bereits ein Zwölftel der Gesamtmenge – immerhin über acht Prozent!“ So betrachtet waren wir schon längst und unwiederkehrbar auf dem Weg zum Ziel. Ich stand auf, nahm die Enden unserer Arbeitsdecke und schüttelte den letzten Ausschuss des Tages in der Mitte zusammen.

„Acht Komma drei drei Prozent“, sagte Berthold, als er wieder in der Küche war, und schmunzelte dabei. „Ich werde am besten heute Nacht gleich hier bleiben. Ich hab’ morgen eh nichts vor und kann dir noch einmal zur Hand gehen.“

„Das ist gut!“ Zusammen hoben wir die Decke vom Tisch und schüttelten die nicht aufgegangenen beziehungsweise missratenen Maiskörner zu den anderen in den Ausschusseimer. So hatte ich das noch gar nicht betrachtet – Berthold war mir heute lediglich „zur Hand gegangen“. Er half mir nur, und wenn er seine komische Arbeit an der Verkehrszählmaschine endlich antrat, würde ich das alles allein machen müssen. Von Bozo war wohl keine Hilfe zu erwarten, was ja auch verständlich war, ging er doch seiner eigenen Arbeit nach. Und Jörg? Dann schon lieber allein.

„Hopp, die Flasche machen wir noch alle“, sagte ich und schenkte ein letztes Mal ein.

„Danke“, meinte Berthold und zog sein Glas wieder an sich. „Weißt du, ich hab’ mir das schon oft überlegt – bei drei Milliarden Menschen in der Welt, da gibt es doch bestimmt irgendwo zwei, die just in diesem Moment quasi genau das Gleiche machen wie wir.“

„Was denn – eine Tonne Popcorn herstellen?“

„Zum Beispiel. Das ist einfach eine Sache der Wahrscheinlichkeit – wenn die Chancen auch nur eins zu anderthalb Milliarden stünden, dann gibt es sie irgendwo!“

„Aber von deinen drei Milliarden Menschen kannst du gleich mal eine Milliarde abziehen.“

„Wieso?“

„Das sind die Chinesen – die wissen doch gar nicht, was Popcorn überhaupt ist.“

„Das weißt doch *du* nicht."

„Und die Hunderte von Millionen Kinder, die sich so viel Popcorn vielleicht wünschen würden, aber gewiss nicht leisten können."

„Naja … Wobei allerdings jedes dritte dieser Kinder bereits bei den Chinesen abgezogen wurde."

„Und die Abermillionen in der Dritten Welt, die gar keinen Backofen besitzen. Oder die, die ihren ganzen Jahresurlaub bereits genommen haben – es geht schließlich auf den Winter zu."

„Mhm … sollte der Einzelne also tatsächlich einzig sein, so auch wir?" Er nahm einen Schluck aus seinem speckigen Glas und blickte tief ins Universum hinein.

„Ich denk' schon." Ich stand auf und öffnete das Küchenfenster, damit der Rauch und der Popcorngeruch abziehen konnten. „Komm', lass' uns deine Matratze richten. Ich bin todmüde."

Wir gingen ins Schlafzimmer und bauten Bertholds Lager auf dem Boden neben meinem Bett auf, und nachdem wir unsere Gläser ausgetrunken und in den Spülstein gestellt hatten, fielen wir ohne Umwege erschöpft ins Bett.

Berthold fing binnen kürzester Zeit an zu schnarchen, ich aber lag noch eine Ewigkeit wach und betrachtete die unruhigen Lichtstreifen an der Decke. Am Großen Wasserstrudel im Kopf konnte man sich tatsächlich vergewissern, dass sich die Erde noch drehte. Man war ein richtiges kleines, wenn auch unbedeutendes Rädchen im Weltgetriebe, und das zu wissen gefiel mir. Die ganze Wohnung roch nach Popcorn, und dass ich in meiner endlosen Grenzwanderung zwischen Wachen und Schlafen auch noch von Popcornvisionen heimgesucht wurde, war eigentlich schon vorprogrammiert gewesen.

Am nächsten Morgen wachte ich von allein auf und schaute mich verwirrt um. Es war noch dunkel vorm Fenster, und mein Wecker, der heute, weit außer Reichweite und darüber hinaus zur Wand gedreht, auf dem weggerückten Nachttisch stand, leuchtete die Ecke und einen Teil des Popcornhaufens seltsam grünlich aus.

Ich hatte geträumt, dass ich von den Ludwigshafener Stadtwerken einen bitterbösen Brief bekommen hätte, in dem man mir meinen in letzter Zeit unnatürlich angestiegenen Stromverbrauch unter die Nase rieb. Des Weiteren teilte man mir mit, dass mir eine erhebliche Nachzahlung ins Haus stehen und man mir aufgrunddessen auch die Pauschale für das kommende Jahr entsprechend erhöhen würde.

Der mäßige Autoverkehr auf der Straße und die vorbeischrammenden Pfennigabsätze vor dem Küchenfenster sagten mir, dass es keineswegs zu früh war, um aufzustehen. Ich raffte mich auf und stieg vorsichtig über Berthold hinweg, der völlig lautlos neben mir auf dem Boden lag. Mit einer blind aus der Waschtischschublade herausgefummelten Unterhose in der Hand schlich ich mich leise in die Küche und schloss die Tür hinter mir.

Die Küche roch nach Popcorn, wie auch das Schlafzimmer nach Popcorn gerochen hatte, und mir war, als hätte mein aufdringlich riechendes Produkt auch vor der Duschkabine nicht Halt gemacht. Wenn man einen allgegenwärtigen Geruch erst einmal in der Nase hatte, dann brannte er sich fest ein und ließ einen – wie der Geruch von totem Tier – nicht mehr los. Ich ging deshalb davon aus, dass auch die gänzlich unbeteiligte Straße nach Popcorn riechen würde, wenn ich draußen die Fensterläden feststellte.

Nachdem ich schlecht abgetrocknet und mit nassen Füßen wieder aus der Dusche gestapft kam, zog ich mich im Schlafzimmer halb an und weckte Berthold mit meinem großen Zehennagel an seiner Fußsohle, die unter der Decke herauslugte. Er zuckte zusammen und setzte sich abrupt auf.

„Hopp, aufstehen – Verkehr zählen!"

„Oje", sagte er und rieb sich die Augen, bis er noch müder aussah als zuvor, „hoffentlich werd' ich morgen wach, so ganz ohne Wecker."

„Wieso? Fängst du morgen schon an?"

„Ja, klar – hatte ich doch gesagt."

Scheiße, dachte ich. Ich öffnete das Schlafzimmerfenster und die Läden, ließ die Blicke und die frühmorgendlich kalte Herbstluft aus dem Hinterhof herein, während Berthold fluchend in die Küche und weiter unter die Dusche flüchtete.

Barbara war noch nicht da gewesen, und ich richtete für sie auch eine Tasse Kaffee. Als dann kurz darauf ihr sauberer, wie mit dem Lineal gezogener blonder Cheerleader-Scheitel am Fenstersims erschien, bat ich sie herein, damit sie die Früchte unserer fünfzehnstündigen Arbeit bewundern konnte.

„Wo isser denn?", fragte sie, als sie mit ihrer großen orangefarbenen Acht auf schwarzem Grund durch die Tür kam und einen Blick ins Schlafzimmer warf. Sie hatte die kühle Straßenluft im Schlepptau und roch nach Seife.

„Hinterm Bett."

Sie lief um mein halbiertes Bett herum und schaute auf den Boden.

„Ach ja, da. Da hast du aber noch einiges vor dir."

„Ja – vorneweg noch zwei Wochen." Berthold kam plötzlich nackt und mit dem nassen Handtuch über der Schulter aus der Dusche und schaute verdutzt auf Barbara und ihre fülligen vollen Brüste.

„Oh – guten Morgen …"

„Morgen", sagte sie unbeeindruckt und legte mir meine Zeitung auf den Küchentisch. Berthold verschwand mit wehender Fahne ins Schlafzimmer. „Hast du überhaupt noch Zeit zum Lesen?"

„Ja, in den Pausen – eine sehr willkommene Abwechslung."

„Alla hopp", sagte sie und trank rasch aus. „Ich muss weiter – die Kundschaft wartet. Viel Spaß noch!"

„Danke."

„Tschüs", rief Berthold aus dem Schlafzimmer, und Barbara begab sich wieder auf die Straße, um ihr Tagwerk zu vollenden.

„Isse das?", fragte er, als er in Unterhosen wieder in die Küche kam.

„Jap", sagte ich, nicht ohne Stolz.

Berthold und ich arbeiteten wieder den ganzen Tag hindurch, unterbrochen nur durch ein paar kurze Pausen, und bis zum zweiten Feierabend hatten wir bereits mehr als drei Säcke Mais verwandelt. Der zweite Kubikmeter hatte den ersten längst unter sich begraben.

Bei dieser Idiotenarbeit durfte man nicht an sein Ziel von zwölf Kubikmetern denken. Man durfte überhaupt nicht an die Arbeit denken, sonst hielt man es irgendwann für aussichtslos, denn je größer der Haufen im

Schlafzimmer wurde, desto langsamer schien er zu wachsen. Man schaltete einfach sein Zeitgefühl ab und klotzte wie ein Roboter vor sich hin – oder wie mein Freund Friedrich in seinem Zeitschriftenvertrieb in Sandhofen. Abends schenkte man sich noch ein paar Schorlen ein, und letztendlich war es dann doch irgendwie erträglich. Noch. Heute war ja erst der zweite Arbeitstag von voraussichtlich zwölf – das hieß, ich hatte noch deren zehn vor mir.

Der Popcornausschuss hatte sich indessen so zusammengeläppert, dass wir begonnen hatten, einen leeren Sack damit zu füllen.

„So, das war's dann für mich", sagte Berthold, als er gegen eins die Schorlegläser zum letzten Mal füllte. Wir saßen wieder erschöpft am Tisch und schauten in den leeren Ofen. „Du wirst nun ab morgen allein weitermachen müssen. Vielleicht hab ich zwischendurch mal wieder Zeit – am Samstag, zum Beispiel."

„Am Wochenende wird nix geschafft. Ich würde ja irgendwann durchdrehen, wenn ich mich nicht ab und zu ausruhte, oder zumindest was anderes machte."

„Durchdrehen wirst du so oder so noch." Der Ofen knackte, als er langsam abkühlte. „Lass' uns doch am Samstag das Podest für die Badewanne bauen, bevor das Popcorn zu viel an Boden gewinnt."

„Gute Idee – das können wir gerne machen. Dann komm' ich mal wieder unter die Leute. Komm am Samstag einfach vorbei – aber nicht so früh."

„Is' gut."

Wir hoben unsere Gläser völlig entkräftet in die Höhe und stießen noch einmal an.

Am Mittwoch arbeitete ich also allein, was schon mal bedeutete, dass ich ohne Umschweife und Herumtrödeln gleich nach dem knappen Frühstück den Backofen anwarf. Barbara stellte gegen sechs Uhr für fünf Minuten meine Verbindung zur Außenwelt dar, und kurz nachdem sie gestärkt wieder um die Ecke verschwand, ging auch schon das Thermostatlicht am Ofen aus.

Wenn Berthold an seinem heutigen ersten Arbeitstag so ganz ohne Wecker tatsächlich seine Eintrittskarte in eine würdigere Daseinsform verpasst haben sollte, dann konnte er mir ja morgen früh schon wieder zur Verfügung stehen, dann allerdings wohl kaum mehr in der gleichen Gemütsverfassung wie bisher. Aber eigentlich brauchte Berthold gar keinen Wecker, er hatte ja den Uhrturm der Apostelkirche in Hörweite seiner Arme-Poeten-Dachkammer. Und wenn das auch auf Dauer eine Wohnung nicht unbedingt aufwertete – die Apostelkirche machte bei ihrem viertelstündlichen Hinweis auf die Uhrzeit nachts keine Ausnahme, auch wenn es dann niemand wirklich wissen wollte – heute Morgen war er sicherlich froh drum.

Allein arbeitete man gar nicht so schlecht. Es war wohl langweiliger, das war klar; aber umso besser konnte man dafür auch abschalten und sich mit dem Kopf aus dem ganzen Geschehen ausklinken. Den Wecker im Schlafzimmer ließ ich mit dem Gesicht zur Wand stehen, und den am Herd verbarg ich hinter dem Zipfel des Geschirrtuchs, mit dem ich die Herdplatten abgedeckt hatte. Die Kaffeepausen ließ ich einfach sausen. Gewerkschaften waren keine Erfindung des selbstständig Arbeitenden. Sich selbst stand man während einer Pause nur im Weg herum, und die Arbeit zu unterbrechen bedeutete letztendlich nur, dass man aus dem Rhythmus kam und die verlorene Zeit am Ende wieder nachholen musste. Also arbeitete ich durch, zwischen Backofen und Küchentisch, Küchentisch und Schlafzimmer, Schlafzimmer und Backofen.

Bis zum Nachmittag. Dann schaltete ich den Ofen aus, nahm meine Jacke von der Türklinke und machte mich auf nach Mannheim, zum Blutspenden. Es war ja schließlich Mittwoch, und nicht nur brauchte ich jede Mark, ich brauchte auch jede Abwechslung, die ich bekommen konnte. Und da bot sich der Mittwoch, genau in der Mitte zwischen meinen popcornfreien Wochenenden, vorzüglich an.

Gerade als ich meine Wohnungstür hinter mir abschloss, kamen Frau Kamp und ihre röchelnde Möpsin die Treppe herunter, und ich versuchte, mich nach einer kurzen Begrüßung rasch davonzustehlen.

„Guten Tach, Herr Dumfarth!", rief sie laut. „Gerade wollte ich zu Ihnen!" Sie hatte einen Stapel sauberer Bettwäsche unterm Arm. „Haben sie zurzeit Urlaub?"

Cleo richtete sich mit ihren harten, spitzen Krallen an meinem Hosenbein auf und muffelte mich hektisch schnaufend an, während ihr Ringelschwanz nervös hin und her zuckte.

„Ja, ich hab' noch über drei Wochen abzufeiern – da wollte ich es mir zu Hause ein wenig gemütlich machen."

„Recht hamse. Was riecht denn eigentlich seit ein paar Tagen so aus Ihrer Wohnung?"

„Äh – das ist Popcorn …" Das ließ sich wohl schlecht verleugnen. „Ich bin zurzeit auf'm Popcorntrip – das kann man sich ja mittlerweile selbst auf'm Herd machen, in so 'ner Wegwerfpfanne aus Alufolie …" Ich lächelte verlegen und hoffte, dass meine unbeholfene Antwort ihren Argwohn nicht allzu sehr anstachelte und weitere Fragen nach sich zog. „Sie können mir die Wäsche geben“, sagte ich, um schnell das Thema zu wechseln. „Ich bringe Ihnen die gebrauchte Wäsche später hoch.“

„Wenn Sie meinen, Herr Dumfarth – legen Sie sie mir einfach vor Ihre Tür.“

„Das mach’ ich“, sagte ich und zwinkerte ihr zu. Ich nahm ihr den Wäschestapel ab und drückte mich eine Weile an meinem Briefkasten herum, bis sie mit Cleo im Schlepptau wieder die Treppe hinauf verschwunden war. Dann schloss ich noch einmal auf und legte den Stapel in der Küche auf die Sitzbank, bevor ich mich endgültig auf die Socken machte.

Beim Einlaufen in den Spendensaal kam ich mir ein wenig unbeholfen vor und geriet immer wieder aus dem Tritt. Ich fühlte mich von fünfzig forschenden Augenpaaren argwöhnisch verfolgt. Das kam von dieser tagelangen einseitigen und eingeengten Bewegungsfreiheit und dem plötzlichen Eintauchen in die reale Welt mit ihren vielen Menschen. Man verlernte sehr schnell, sich wie ein fester Bestandteil des Geschehens zu fühlen und zu bewegen. Ich hatte zudem das Gefühl, dass ich gewaltig nach Popcorn roch, und dass die Blicke der Spender und der weißgestärkten Schwestern ihre Missbilligung darüber zum Ausdruck bringen wollten.

Nachdem ich meine noch schlaffen Spendebeutel mit meiner Unterschrift versehen hatte – die ließ sich auf dem weichen Kochsalzwasserbett wunderschön leisten – setzte ich mich mit meinen Lesezirkelheften auf die nächste freie Liege und ließ meinen bescheidenen privaten Kreislauf an den großen kommunalen Blutbankkreislauf anschließen.

Ich war müde, und da meine Hefte nichts wirklich Intelligentes zu bieten hatten, nickte ich über deren Geschichtenbrei fortwährend ein. Angesichts der bevorstehenden anderthalb Stunden drohten es heute äußerst qualvolle und schwer verdiente fünfunddreißig Mark zu werden. Beim Blutspenden einzuschlafen war ebenso verboten wie das Kauen von Kaugummi, und auf die Einhaltung dieser Verbote wurde streng geachtet. Wenn meine Lider also zu schwer wurden, um noch klimpernd gegen sie ankämpfen zu können, dauerte es höchstens ein paar Sekunden, bis irgendeine Schwester zur Stelle war und mich zu mehr Spenderdisziplin ermahnte.

Das Schlafverbot lag natürlich im eigenen Interesse des Blutspenders, gab es doch welche, insbesondere Neulinge, deren Kreislauf plötzlich versagte, und wenn sie schliefen, konnte man nicht sehen, wie sie ihre Augen verdrehten und das Bewusstsein verloren. Dieser Notfall begründete auch das Kaugummiverbot. Unabhängig davon hatte man schließlich auch noch eine durchaus ehrfurchtgebietende Kanüle im Arm, dick wie eine Spaghetti, die auch noch zwei bis drei Zentimeter tief in der Vene versenkt war. Und wer sich im Schlaf aus welchem Grund auch immer mit diesem Arm am Kopf zu kratzen gedachte, der konnte anschließend mit dem Einnickverbot schon eher was anfangen.

Ich überlebte es und abends, zu Hause, poppte ich – um etliches hinter mein Tagessoll zurückgefallen – noch bis nach Mitternacht weiter.

16
Das Podest

Am Sabbat, wie gesagt, ruhte der Herr. Ich wachte entspannt und ausgeschlafen und nach fünf Tagen Dauerbelastung endlich mal wieder ohne Zeitdruck im Nacken auf. Ich schaute mich in meinem abgedunkelten Schlafzimmer um. Die Spalten zwischen den Lüftungslatten in den Fensterläden warfen blasse Lichtstreifen auf das Fußende meines Restbetts und auf die mittlerweile mächtig um sich greifenden Popcornwogen auf dem Fußboden daneben. Die kleinsten der Lichtflecke bildeten perfekte kleine Kreise, und ganz langsam blendeten sie sich aus, während ihr Lichtspender allmählich hinter einer Wolke verschwand.

Die Ausläufer meines Popcornberges griffen entschlossen nach meinem Bett, und ein baldiger Umzug in die Küche schien unumgänglich. Ich hatte nun fast fünf Kubikmeter beisammen, und wenn ich noch einen dazupoppte, dann war das Schlafzimmer bereits zur Hälfte voll.

Ich stand gut gelaunt auf und ergab mich meinem eingespielten Samstagmorgenritual, bestehend aus Duschen im Dampfwürfel, Grimassenschneiden vor dem Spülsteinspiegel und der obligatorischen Nescafé-Zeremonie auf der Resopalablage des Küchenschranks, während die Fünfzigerjahre-Schlagerparade aus dem grünäugigen Dampfradio für den musikalischen Rahmen sorgte.

Berthold klingelte, während ich selbstvergessen beim Frühstück saß. Ich zuckte zusammen und verschüttete dabei meinen Kaffee auf die pralle Samstagszeitung. Fünf Tage in der Popcornmühle hatten mich nervös gemacht.

„Morsche'", sagte er, als er an mir vorbeirauschte. Er wirkte heute viel lockerer als sonst. Er bewegte sich sogar anders – er federte regelrecht, sodass er um ein Haar mit dem Scheitel gegen den Türsturz knallte. Ich schätzte, die neue Arbeit hatte ihm sein Selbstbewusstsein wiedergegeben. Er war nicht mehr darauf angewiesen, sich für eine Packung *Albertini*-Nudeln oder einen Brühwürfel vor irgendjemandem in den Staub zu werfen. Anders ausgedrückt, die reale Welt hatte ihn wieder.

„Hoppla!", sagte er, als er ins Schlafzimmer trat und sich, die Hände in den Hosentaschen vergraben, wie ein Bauherr beim ersten Inspektionsgang umschaute. Seine Stimme klang darin bereits um einiges gedämpfter, wie an einem Weihnachtsmorgen, nachdem es die ganze Nacht hindurch leise, aber heftig geschneit hatte. „Wir nehmen ja langsam Form an!"

Wir?

„Wie sieht's aus", meinte er, als er wieder in die Küche kam, die seiner Stimme den gewohnten Hall wieder zurückgab, „sollen wir heute nun deine Spanplatten holen und das Podest bauen?"

„Ich denke, das wird wohl das Beste sein", sagte ich mit verhaltener Begeisterung und ging an den Spülstein, um frisches Kaffeewasser aufzustellen. „Ich würde zwar heute am liebsten überhaupt nichts machen – vor allem würde ich den Tag am liebsten wo ganz anders verbringen – aber ich denke, wir haben keine Wahl."

„Natürlich haben wir keine Wahl. Bis nächstes Wochenende ist das Zimmer bereits viel zu voll, um darin noch ein zwei Kubikmeter großes Podest zusammenzubauen."

„Bis nächstes Wochenende sollte es eigentlich schon fast fertig sein!“

„Also! Du kannst heute Mittag immer noch wohin fliehen – so arg viel Zeit hab’ ich ja auch nicht.“

„Alla hopp, jetzt setz’ dich erst mal hin“, sagte ich. „Hast du schon gefrühstückt?“

„Nee.“

Ich schaltete die Herdplatte an und ging ins Schlafzimmer, um Papier und Bleistift zu holen.

„Da müssen wir wohl wieder ein wenig rechnen“, meinte ich und setzte mich zu ihm an den Tisch.

„Allerdings.“ Er nahm sich eine Scheibe Brot aus dem Beutel und mein Messer vom Teller und schabte sich eine Ladung Margarine herunter. „Wenn das Ding halten soll, dann brauchen wir auf jeden Fall drei Zentimeter dicke Spanplatten. Es soll schließlich eine Badewanne, vier Zentner Suppe, dich und zwei Zentner Frau aushalten. Und das über längere Zeit hinweg.“

„Na alla – zwei Zentner!“ Berthold hatte kein Augenmaß für füllige Frauen. Er hatte es, was Freundinnen betraf, eher mit der Spargelfraktion zu tun – die passten mit ihren maximal fünfundvierzig Kilo besser zu ihm.

„Wir rechnen besser zu viel als zu wenig.“ Er verschlang auf Vorrat mehrere Bissen auf einmal und legte sich Bleistift und Papier zurecht, wie ein Maler seine Utensilien, bevor er ans Werk ging.

„Also“, sagte er mit vollen Backen. Ein nasser Brösel fiel ihm dabei aus dem Mund auf das leere Blatt und blieb wie angeklebt liegen. „Zwei Kubikmeter Podest bedeutet: zwei Enden von je einem Quadratmeter, zwei Seiten von je zwei Quadratmetern – also zwei mal eins – und ein ebenso großes Oberteil. Und wegen der Stabilität, das

Gleiche für unten. Und für eine *noch* bessere Stabilität, noch zwei von den Quadratmeterstücken für innen." Er zeichnete das Ergebnis grob und mit dilettantisch ausgeführten Fluchtlinien auf.

„Draußen im Hof stehen solche dicken Holzbohlen herum", sagte ich, „ich schätze so zehn mal zehn im Querschnitt." Ich hatte sie diese Woche zufällig entdeckt, als ich zur Zerstreuung in den Hof ging und meine Badewanne dabei inspizierte. „Wenn man die auf einen Meter kürzt und im Podest da senkrecht anbringt, wo letztendlich die Füße der Badewanne stehen werden, dann wäre das die Stabilität in Vollendung."

„Die gehören doch wohl jemandem."

„Ich weiß nicht. So wie die aussehen, stehen sie schon eine Ewigkeit herum. Wir können sie ja nach der Party wieder rausstellen."

„Auf einen Meter gestutzt?"

„Na, und? Wenn sie doch niemandem gehören …"

„Naja, meinetwegen. Besser wär's schon. Hast du eigentlich eine Säge?"

„Nee. Aber ich glaube, ich hab' im Hof einen rostigen Fuchsschwanz gesehen. Da ist so 'ne Art Geräteschuppen mit allerlei Gerümpel neben dem Klofenster." Ich stand auf und überbrühte Bertholds Kaffee. Nachdem er ihn mit Dosenmilch und Zucker genießbar gemacht hatte, schlürfte er mit gestrengem Heißerkaffeeblick die Oberfläche ab und schob dann die Tasse zusammen mit meinem Messer zur Seite.

„Also", sagte er und beförderte mit einem Wisch seines Unterarms die Brotkrümel vom Tisch auf den Boden, wo sie den ersten Spähern meiner nächsten Ameisenplage vor die Mandibeln fielen, „jetzt machen wir uns eine Materialliste."

„Wo holen wir das Zeug eigentlich?"

„Beim *Rala*, in der Stadt."

„Bist du wahnsinnig?"

„Hast du eine bessere Idee?"

„Aber, das sind doch vorneweg zwei Kilometer zu laufen – vier Spanplatten von je zwei Quadratmetern und nochmal vier von je einem … Weißt du, was so eine Spanplatte wiegt?"

„Aber, klar – die wiegt sogar noch viel mehr bei drei Zentimetern. Wir müssen eben ein paar Mal gehen."

„Auch das noch."

„Es gibt hier im Hemshof nun mal kein Geschäft, wo man Spanplatten bekommt, geschweige denn nach Maß."

„Warum sind die denn überhaupt so schwer? Sperrholzplatten wiegen bei Weitem nicht so viel."

„Was weiß ich – das liegt wahrscheinlich am Bindemittel."

„Und warum nehmen wir keine Sperrholzplatten?"

„Viel zu teuer! Und die Stabilität eben. Spanplatten sind eine einheitliche Masse ohne Maserung. Also, los geht's!"

Ich beugte mich dem Erfahreneren, und Berthold nahm sich die erste Platte vor.

„Die obere und die untere Platte messen also genau ein mal zwei Meter …" Er zeichnete flugs ein langes, waagrechtes Rechteck und trug an zwei Seiten die Maße mit *sehr* spitzen Pfeilen ein. Daneben, an den linken Rand, schrieb er ein großes *2-mal.*

„Warum nur zweimal? Die Seitenteile sind doch auch ein mal zwei Meter!"

„Nein, eben nicht. An den zwei Seitenteilen müssen wir oben und unten je drei Zentimeter abziehen. Das ist die Plattenstärke der oberen und der unteren Platte. Macht also zwei Meter mal vierundneunzig Zentimeter." Er zeichnete ein zweites Rechteck mit leicht verkürzter Höhe und staffierte es mit dem gleichen Beiwerk aus.

„Die zwei Endstücke und die zwei Innenteile, die ja alle identisch sind, müssen in beiden Richtungen um zwei mal drei Zentimeter kleiner sein – also: vierundneunzig mal vierundneunzig Zentimeter." Diesmal zeichnete er ein Quadrat.

„Was kostet denn so etwas eigentlich?"

„Keine Ahnung – aber das wird nicht so wild sein. Ach ja – und dazu brauchen wir noch Schrauben, am besten gleich hundert Stück. Und dann noch acht große Zimmermannsnägel, für deine Holzbohlen."

„Hast du eigentlich eine Bohrmaschine?"

„Ja, aber keine Bohrer."

„Dann schreib' die auch gleich mit auf. Was macht denn eigentlich deine neue Arbeit?"

„Och, das läuft ganz gut." Er zog seine Kaffeetasse wieder zu sich und legte die Hände um sie. „Die Gegend ist im Moment ein wenig langweilig – in Feudenheim, gegenüber von der Ami-Kaserne auf dem Gehweg." Das war in Mannheim. „Aber ich hab' eine sehr nette Mitzählerin – eine Studentin aus Kanada. Die hat zurzeit Semesterferien."

„Wie sieht sie denn aus?"

„Gut! Sehr gut, sogar!"

„Und wozu braucht man einen Mitzähler?"

„Damit man sich beim Zählen abwechseln kann. Oder der eine zählt die Pkws und der andere den Rest. Man wird ja sonst irgendwann verrückt. Außerdem muss man ja auch mal pinkeln gehen. Man kann ja dafür schlecht mal den Verkehr anhalten."

„Ich bräuchte auch eine Mitpopperin, um nicht verrückt zu werden. Wo geht man denn da eigentlich hin zum Pinkeln, vor allem die Kanadierin, ohne Auffahrunfälle zu verursachen?"

„Zur Ami-Feuerwehr rein – die ist genau gegenüber, noch vor dem Tor zur Kaserne. Das machen die Taxifahrer auch."

Die Platten wogen tatsächlich ein Vermögen, kosteten dafür aber erfreulich wenig – was letztlich nicht verwunderlich war, bestanden sie doch hauptsächlich aus Sägespänen und sonstigem Schreinereiabfall. Als Bohrer brauchten wir nur den einen großen für die acht Zimmermannsnägel – den gab es zum Glück als Einzelstück – denn für Spanplatten gab es spezielle Schrauben, für die man nicht vorbohren musste. Sie schnitten sich einfach ihren Weg durch die Pressmasse – *wie durch Butter*, wie der Dicke im grünen *Rala*-Kittel nicht ohne Stolz verkündet hatte. Erleichternd kam noch hinzu, dass Spanplatten über keinerlei Maserung verfügten und allein deshalb schon nicht springen konnten. Zur zusätzlichen Stabilität des Podests boten selbstschneidende Schrauben sicherlich Vorteile, aber ich fragte mich voll düsterer Vorahnung, was es für unsere rechten Unterarmmuskeln bot, mit denen wir die hundert Schrauben durch je drei Zentimeter Platten und noch einmal zwei Zentimeter in die nächste Platte hineindrehen mussten. Rein mathematisch entsprach das dem gleichen Wert, als würde man eine einzelne riesige

Fünfmeterschraube durch eine ebenso dicke Spanplatte drehen. Ohne vorzubohren.

Nachdem die Platten auf Maß gesägt und mit Sägemehl bestäubt vor dem Tresen der Auftragsannahme aufgestellt waren, war gleich ersichtlich, dass zwei Gänge genügen würden, um sie in den Hemshof zu schaffen. Nachdem ich bezahlt und den Auftragsschein eingesteckt hatte, trugen wir die ersten zwei großen Platten der Länge nach und waagrecht zwischen uns, wie zwei Sanitäter eine Tragbahre, ließen uns zwei der vier kleineren Endstücke obendrauf legen und machten uns dann auf den langen Heimweg. Für den Vorausgehenden war das durchaus unbequem, musste er doch seine Armmuskulatur auf längere Zeit auf unnatürliche Weise nach hinten ausrichten und überdies bei jedem Schritt die spreißeligen Plattenkanten im Hintern erdulden. Aus diesem Grund tauschten wir etwa alle hundert Meter unsere Positionen, indem wir uns erst jeder um seine eigene Achse drehten und übergangslos noch einmal zusammen um die gemeinsame, was dem nicht eingeweihten Außenstehenden sicherlich wunderlich vorkommen musste. Damit war der ehedem Vorausgehende hinten und hatte zum Ausgleich die Platten sowie die Arme vor sich – und umgekehrt.

Die einkaufenden Volksmassen mit ihren prallen *Kaufgut*-Tüten und Einholnetzen zeigten wenig Verständnis für unser platzintensives Unterfangen, vor allem auf dem Viadukt, auf dem ein reger spätsamstagmorgendlicher Fußgängerverkehr herrschte. Geradezu spannend wurde es, wenn wir aufgrund unseres flotteren Zahnes einen nichtsahnenden, gedankenverlorenen Vordermann über die Schulter bitten mussten, freundlicherweise zur Seite zu treten, damit wir passieren konnten, und direkt nach dem Überholmanöver unsere Platztauschpirouette vollführten. Unverhohlen musterten sie uns dann mit Argwohn und Missbilligung, während sie uns notgedrungen ausweichen mussten, als überlegten sie sich, wozu denn zwei Langhaarige, noch dazu einer mit Pferdeschwanz, wohl einen Stapel roher Spanplatten in den Hemshof trugen. Wahrscheinlich hatten sie sie – mangels Ressourcen, da arbeitsscheu – von einer Baustelle entwendet, um damit das Matratzenlager ihrer *Kommune* für einen neu eingezogenen Gruppensexpartner auszubauen. Man wusste ja, wie diese Typen hausten.

Wenn dem nur so wäre, dachte ich bei mir.

„Was gucken die alle so blöd?“, rief Berthold einer entgegenkommenden stämmigen Frau unwirsch ins entgeisterte Gesicht, die daraufhin sofort und mit höher geschaltetem Gang einen großen Bogen um uns und unsere Fracht beschrieb.

„Lass sie doch gucken“, sagte ich und änderte die Stellung meiner verkrampften Hände, „wofür *diese* Platten zurechtgeschnitten wurden, erraten die nie!“

Nachdem wir die erste Ladung nach Hause gebracht und im Schlafzimmer vorsichtig gegen die Wand gelehnt hatten, zogen wir erneut los, um den Rest zu holen. Wir benötigten auch die gesamte Strecke von etwa zwei Kilometern zurück zum *Rala*, bis unsere Finger und Handinnenflächen wieder ihre ursprüngliche Form und Beweglichkeit zurückerlangt hatten – um dann gleich darauf wieder gefoltert zu werden.

„So“, sagte Berthold, nachdem wir auch die zweite Ladung zu Hause verstaut hatten und mit knacksenden Fingerübungen versuchten, unsere verkrampften Hände wieder in Gang zu bringen, „das Zusammenbauen ist quasi nichts anderes als ein großes Puzzlespiel, da ja schon alles vorgeschnitten ist."

„Puzzlespiel ist bei mir nicht unbedingt ein Synonym für leichte Arbeit", meinte ich.

„Also gut, ein hölzernes Kinderpuzzle – eins mit acht Teilen, wovon sich sechs auch noch am Rand befinden."

„… und je einen Zentner wiegen."

„Ich geh' mal schnell meine Bohrmaschine holen – du kannst uns ja in der Zwischenzeit einen Kaffee kochen."

„Das mach' ich."

Nachdem ich Wasser aufgesetzt und zwei Tassen gerichtet hatte, stellte ich mich ans Küchenfenster und versuchte, den einen oder anderen unsichtbaren, jedoch schmerzlich spürbaren Spanplattenspreißel in meinen Fingern und Handflächen zu lokalisieren und herauszuzupfen. Mangels Pinzette und aufgrund meiner erst vor Kurzem kurz geschnittenen Fingernägel gelang mir dies nur teilweise. Aus der Ruhe bringen ließ ich mich deshalb nicht, nahm ich doch an, dass der Körper schon wusste, wie er mit solchen Eindringlingen fertigwurde. Entweder drückten sich die Spreißel langsam, aber sicher von selbst heraus, bis sie von allein abfielen, oder sie schafften sich immer tiefer hinein, bis sie von einer Blutbahn weggetragen und entsorgt wurden – oder bis sie unten an den Fußsohlen wieder herauskamen, wie angeblich so manche Gewehrkugel zwanzig Jahre nach dem Krieg.

Es klingelte, als ich den Kaffee überbrühte, und ich ließ Berthold herein.

„Das riecht aber gut", sagte er, als er die Bohrmaschine polternd auf den Tisch legte und die Tür hinter sich zumachte.

„Wozu hast du eigentlich eine Bohrmaschine?", fragte ich, während ich das restliche Wasser in den Spülstein kippte – wo er doch sonst kaum etwas besaß, geschweige denn sich in seiner spartanischen Dachkammer irgendwelche Regale befanden oder sonstige Löcher in der Wand zu finden waren.

„Die hab' ich mir mal ausgeliehen, als ich noch in der Sodafabrik arbeitete. Irgendwann hab ich dann gekündigt, und sie gehörte mir." Er schälte sich aus seiner knallengen Jacke und hängte sie an die Türklinke. „Lass' uns erst einmal das Bett abbauen", sagte er, nachdem er Milch und Zucker in seinen Kaffee gerührt hatte, und wippte mit seiner dampfenden Tasse hinüber ins Schlafzimmer.

Nachdem wir das Restbett zerlegt hatten, verstauten wir die Einzelteile – inklusive jener, die wir am Montag bereits abgebaut hatten – in der Küche rechts neben dem Schrank, also hochkant hinter der Schwingtür zur Dusche. Den Stuhl, der dafür mittelfristig seinen angestammten Platz abtreten musste, stellten wir zur Wiederherstellung der Harmonie dafür ins Schlafzimmer. Eigentlich war neben dem Schrank gar nicht genügend Platz, vor allem, da die beiden Bettroste, wegen ihrer je drei ausladenden Metallquerbügel, allein schon weit über die Hälfte in Anspruch nahmen. Es gelang uns jedoch, sie so ineinander zu verhaken, dass der vordere Rost nur noch unwesentlich aus dem hinteren herausragte und mit dem Boden selbst gar nicht mehr in Berührung kam. Die Schwingtür zur Dusche ging gerade noch so weit auf, dass man sich mit etwas Mühe durchzwängen konnte.

Der Vergleich mit dem hölzernen Kinderpuzzle aus acht Teilen war stark untertrieben. Das Zusammenfügen des Podests erwies sich als noch viel einfacher, denn im

Gegensatz zu einem Kinderpuzzle waren hier die Einzelteile in Gruppen ja auch noch untereinander austauschbar. Wo der Geist allerdings weitgehend verschont blieb, wurde der Körper umso mehr in Anspruch genommen. Die Spezialschrauben drehten sich anfangs tatsächlich „wie durch Butter", aber trotz abwechselnden Einsatzes kündigte sich im Unterarm schon bald die bevorstehende Sehnenscheidenentzündung an, und auf der Handinnenfläche kündete ein kreisrunder roter Fleck von der Reibung des sich endlos drehenden Schraubenzieher-Endstücks, die brennnesselartig brannte und präzise die Stelle anzeigte, wo sich während einer künftigen Schraubendrehung die Oberhaut abzwirbeln würde. Zu alledem wurde das Podest von Platte zu Platte schwerer – dafür allerdings auch spürbar stabiler.

Fast hätten wir das letzte große Ober- beziehungsweise Unterteil – wir hatten uns noch nicht entschieden – angeschraubt, bevor wir die zwei inneren Teile, die der endgültigen Stabilität dienen sollten, eingepasst hatten. Bevor wir dann schließlich die beiden Endstücke passgenau hineinklopfen konnten, mussten die Bohlen aus dem Hinterhof gesägt und innen angebracht werden.

„Miss an der Badewanne auch gleich die Abstände der Füße zueinander aus, wenn du schon dabei bist", sagte Berthold, als ich aufstand, um nach draußen zu gehen, „in beide Richtungen."

„In beide Richtungen?"

„Naja – der Länge nach und quer."

Ich nahm meinen *Rala*-Klappmeter aus dem Schieber und ging hinaus in den Hof. Die Bohlen lehnten an der vermoosten Backsteinmauer neben der Tür zum Geräteschuppen – wenn es denn einer war. Es waren vorneweg zwanzig Stück, alle zirka eins fünfzig lang, und dem Aussehen und der sattgrünen Moosbeschichtung nach zu urteilen, waren sie schon seit sehr vielen Jahren hier draußen den wechselnden Elementen ausgesetzt gewesen. Ich suchte mir vier Schöne aus, die auf einer Länge von wenigstens einem Meter keinen Sprung aufwiesen. Die meisten hatten einen, der an der Schnittfläche einen halben Zentimeter und mehr auseinanderklaffte und damit der Stabilisierungsaufgabe im Podest nicht gerecht werden würde. Ich klopfte sie am Boden aus, damit der historische Dreck längst vergangener Jahre abfiel.

Ich schaute unauffällig hoch zu Frau Kamps Fenstern, um mich zu vergewissern, dass mich niemand beobachtete, und ging dann an die Badewanne, die halb versteckt im Schatten an der Hausmauer stand, um sie zu vermessen. Frau Kamp hatte ja keine Ahnung, wem die Badewanne gehörte. Die Füße waren wie kleine Löwentatzen geformt. Badewannenfüße waren früher ein unverzichtbares Accessoire, bevor man anfing, dem Bad, sofern man überhaupt eins hatte, den Status eines vollwertigen Zimmers zuzugestehen – anstatt den eines kalten, schmuddeligen und unangenehm muffelnden Aborts. Danach wurde die Wanne sauber mit Wandkacheln eingefasst und die Füße waren unnötig geworden.

Die Maße wie ein Mantra vor mich hin murmelnd, um sie nicht zu vergessen, ging ich zurück in die Wohnung und schrieb sie auf ein Stück Papier.

Wir legten zwei der Bohlen auf die obere Fläche des Podests – der Länge nach und mit drei Zentimetern Abstand von der jeweiligen Kante – und maßen sie quer von Bohlenmitte zu Bohlenmitte aus. Es ergab sich, dass der Abstand ziemlich genau dem der zwei vorderen beziehungsweise hinteren Badewannenfüße entsprach und wir deshalb die Bohlen innen direkt an die Seitenwände stellen konnten. Das vereinfachte deren Befestigung natürlich erheblich. Den Längenabstand der Füße zogen wir von der Gesamtlänge des Podests ab, zentrierten das Ergebnis und markierten die entsprechenden Stellen für die Füße mit jeweils zwei fetten Bleistiftstrichen.

„Wir hätten das obere Teil noch nicht festmachen sollen“, meinte Berthold, „dann hätten wir die Bohlen einfach reinstellen und am oberen Plattenrand entlang rings um die Bohle herum einen Strich ziehen können.“

„Die kleinen quadratischen Platten sind doch alle genauso groß wie die Bohlen lang sein müssen – das genügt als Maß.“

„Das stimmt allerdings.“

Also stellten wir die Bohlen mit den schönen Enden nach unten nebeneinander in einer Reihe hochkant auf den Boden, setzten eine der Abschlussplatten dagegen und zogen mit dem Bleistift über alle vier hinweg einen durchgehenden Strich. Mit den drei restlichen Seiten verfuhren wir genauso, bis sich der letzte Strich mit dem ersten auf den Millimeter genau wieder vereinte. So markiert, stapelten wir sie in der Küche auf den Tisch, und ich ging noch einmal in den Hof, um die alte Säge aus dem Schuppen zu holen.

Das Sägen der Bohlen erwies sich als äußerst mühselig. Der alte Fuchsschwanz hatte offenbar schon ein erfülltes Leben hinter sich und blieb mit seinen stumpfen Zähnen immer wieder in der nicht ganz trockenen, frisch gesägten Kerbe hängen. Und da unsere Werkbank über keinen Schraubstock verfügte, mussten wir uns zudem abwechselnd mit dem Hintern auf die Bohle setzen, während der andere sägte. Das verhinderte wohl, dass die Bohle auf dem Tisch umhersprang, nicht jedoch ihre Seitwärtsbewegungen. Und nachdem Frau Kamps Tisch diese Bewegungen anfangs deutlich sichtbar zu dokumentieren begann, legte ich den *Pfälzer Feierabend* darunter.

„Die Zeitung kannst du den Hühnern geben", meinte Berthold, nachdem alle vier Bohlen schließlich gleich lang und nebeneinander auf dem Tisch lagen und wir uns den Holzstaub von den Hosen klopften.

„Das waren doch nur der *Pfälzer Feierabend* und der Wohnungsmarkt", sagte ich.

Wir trugen unsere Teile ins Schlafzimmer und begannen, sie nacheinander mit dem Hammer vorsichtig – ein Schlag oben, ein Schlag unten – in das Innere des Podests zu klopfen. Da wir nach jeweils zehn Zentimetern nicht mehr mit der nötigen Wucht herankamen, benutzten wir eins der abgesägten Enden aus der Küche als Schlagdorn, bis sie schließlich alle an ihrem designierten Platz vor den inneren Querplatten festsaßen.

„Eigentlich ist es völlig unnötig, die auch noch festzunageln", meinte ich und rüttelte an unserem Gesamtwerk.

„Das stimmt", sagte Berthold, „aber jetzt haben wir die Nägel schon mal gekauft."

„Alla hopp."

Berthold schob den neuen Bohrer in die Bohrmaschine und drehte ihn mit dem Backenfutterschlüssel fest, der an seiner kurzen Kette am Steckerkabel baumelte. Nachdem er die Maschine in die Wand gestöpselt hatte und sie zur Probe zweimal aufheulen ließ, senkte er ihn ruckzuck und laut viermal durch den Kasten und in die Bohlen hinein. Ich nahm die riesigen Nägel und versenkte sie anschließend mit wenigen, kräftigen Schlägen, bis nur noch ihre über Kreuz schraffierten Kopfflächen zu sehen waren.

Um die Bohlen am anderen Ende ebenfalls festzunageln, mussten wir die ganze Kiste umdrehen, wodurch uns das Ausmaß und die Festigkeit unseres Wunderwerks erst richtig bewusst wurden.

„Da hätten wir die dicke Doris auch noch draufgekriegt“, sagte ich voller Stolz, während ich die Stellen für den Bohrer abmaß und ankreuzte, und vergaß dabei, dass Berthold die dicke Doris gar nicht kannte.

„Ganz sicher“, stimmte er mir trotzdem zu.

Nachdem wir schließlich die zwei Abschlussplatten hineingeklopft und verschraubt hatten, rollten wir das fertige Podest in Richtung Küchentür aus dem Weg, damit wir die Abdeckfolie weiter ausbreiten konnten, um sie dann später entlang der gesamten Wand festmachen zu können. Danach rollten wir es wieder über die mittlerweile dünn gewordene Folienwurst zurück und, in dem Moment, als wir es, schon ziemlich atemlos geworden, an seinem designierten Standort direkt unter der Deckenlampe hatten, standen die Bohlen quer.

„Scheiße.“

„Hopp – wieder eins zurück!“, befahl Berthold hektisch, wie ein Ertrinkender, der sein Werk noch vollenden wollte, bevor er unterging.

„Wir hätten es von Anfang an an seinem endgültigen Platz zusammenbauen sollen.“

„Hätten, hätten …“, keuchte Berthold, und die ihm eigentümliche dicke Ader schwoll auf seiner Stirn an.

Wir rollten das Podest wieder zurück und hievten es dann in seine Position, wobei die Folie leicht in Mitleidenschaft gezogen wurde. Das Podest war derart schwer und in sich starr, dass sämtliche Restzweifel bezüglich seiner Stabilität endgültig verflogen.

„Sollen wir gleich noch die Badewanne reinholen?“, fragte Berthold, „wo ich schon mal außer Atem bin.“

„Oh ja – gute Idee! Je eher die aus dem Hof verschwindet, desto besser. Ich mach’ sie aber erst einmal sauber.“

Ich ging in die Dusche und ließ einen Eimer warmes Wasser einlaufen. Ich warf meinen Schwamm hinein, mit dem ich sonst die Kacheln glatt wischte, und holte das *Vim* unterm Spülstein hervor.

„Steck’ mir mal den Hausschlüssel in die Hosentasche“, bat ich Berthold, und wir gingen hinaus in den Hof.

Frau Kamp war eindeutig nicht zu Hause. Gerade samstags um die Mittagszeit ging sie für gewöhnlich in ihrer Küche auf und ab, jedenfalls verrieten mir das ihre alten Fußbodendielen. Das waren die nicht enden wollenden knarrenden Schritte zwischen Wasserstein und Herd und Küchenschrank und Tisch, die bereits zu Hause bei meiner Mutter den Samstagen den Takt gaben und sie so endlos und langweilig erscheinen ließen. Heute aber war es still, denn es war langer Samstag, bis 18 Uhr, und den durfte man sich als rechtschaffener Konsument um nichts in der Welt entgehen lassen. Und was das Putzen meiner Badewanne und ihren anschließenden Einzug in meine Wohnung betraf, hätte der lange Samstag besser nicht fallen können.

Ich ließ den Stöpsel mit der Kügelchenkette über den Rand rattern, machte die Wanne ordentlich nass und puderte sie dick mit Scheuerpulver ein. Dann schrubbte ich sie, wie ich meine Dusche noch nie geschrubbt hatte, bis der Spülschwamm sauber und ohne Widerstand über das alte Email glitt. Anschließend leerte ich den Eimer mit einem flächendeckenden Rundumschwung aus und bat Berthold, ihn an dem alten, rostigen Wasserhahn neben dem Geräteschuppen noch einmal aufzufüllen.

„Guten Tag", sagte meine Hinterhofnachbarin, die urplötzlich erschienen war und geheimnisvoll lächelnd auf ihren Pfennigabsätzen schrammend über den Hof zum Treppenhaus stolzierte.

„Tach", antwortete ich.

„Wer war denn *das*?", fragte Berthold mit großen Augen, als er mir den Eimer zurückgab.

„Meine türkische Nachbarin", sagte ich und schleuderte den Eimerinhalt in die Wanne, dass er am anderen Ende wieder herausschwappte. „Die wohnt allein da hinten – *hurt* angeblich *herum*, laut Aussage von Frau Kamp."

„Wahrscheinlich ist deine Frau Kamp nur neidisch. Oder die Türkin gefällt ihrem Mann."

„Kann schon sein. Mir gefällt sie auch." Ich wrang den Schwamm aus und wischte das Wanneninnere trocken.

„Mach' mal drinnen die Wohnungstür auf", sagte ich und warf Berthold den Hausschlüssel zu, „und dann geht's los."

Meine Badewanne glänzte wie ein frisch geputzter alter Zahn. Nachdem Berthold zurück war, ergriffen wir sie an beiden Enden und trugen sie vorsichtig durchs Treppenhaus und – mit etwas Mühe beim Manövrieren um die Kurven – durch meine Wohnungstür in die Küche, stets auf der Hut, dass wir nirgends anschrammten.

„Der Tisch muss weg", keuchte Berthold, „sonst kommen wir nicht um die Ecke ins Schlafzimmer."

„Nun, denn …" Wir stellten die Wanne vorsichtig ab. Mein Ende war noch immer im Treppenhaus, während Bertholds bereits die halbe Küche ausfüllte. Sie war weitaus größer, als es draußen den Anschein gehabt hatte.

Nachdem Berthold den Tisch und die Stühle am Spülstein zusammengepfercht hatte, trugen wir die Wanne erst einmal in die Küche und dann, diesmal mit mir als Frontmann, geradeaus zurück und ins Schlafzimmer, wo wir sie neben unserem Bauwerk abstellten.

„Hopp – eins, zwei und – drei!" Bei *drei* hievten wir die Wanne hoch und setzten sie aufs Podest. Anschließend wuchteten wir sie mit den Schultern an ihren vorgesehenen Platz, was uns nicht allzu viel Grütze abverlangte, denn die Stellen für die Löwenfüße wurden praktischerweise durch die Nagelköpfe angezeigt.

„Ganz schön schwer, zu zweit", meinte ich und rollte meine Schulter erst im Uhrzeigersinn und dann wieder zurück.

„Ich glaub', die alten Wannen sind noch aus Guss und nicht einfach gepresstes Blech. Das ist schwerer."

Ich nahm mir den Küchenstuhl, den ich aus Platzmangel von hinter der Duschtür ins Zimmer gestellt hatte, und kletterte hinauf aufs Podest. Vorsichtig stieg ich über den Badewannenrand und ließ mich sachte hineingleiten.

„Endlich sieht's mal nach was aus!", sagte Berthold und schaute zu mir hoch. Sein Kopf war tiefer als ich erwartet hatte – und die Decke näher als gedacht.

Ich legte meine Ellbogen auf den Rand und schaute mich um. Was ich zu sehen bekam, machte mich stolz auf mein bisheriges Werk. Die Popcornmassen türmten sich unterm Fenster, und alles begann, genau so auszusehen, wie ich es mir vor Wochen ausgemalt hatte.

„Was für einen Eindruck hast du vom Podest?“, fragte Berthold, der eher Sachliche.

Ich hielt mich am Wannenrand fest und rüttelte leicht mit meinem Hintern. „Starr wie der Fels von Gibraltar“, befand ich. Ich begutachtete mein glühendes Schraubenziehermal auf der Handfläche. Jetzt war mir endlich klar, was die Wundmale auf den Herz-Jesu-Bildern in den Altfrauenschlafzimmern darzustellen versuchten – der Dargestellte soll ja nebenberuflich Schreiner gewesen sein.

„Alla hopp, komm wieder runter. Wir rollen die Plane noch fertig aus – ich muss bald weg.“

Ich stieg über den Rand und kletterte vorsichtig wieder hinunter.

Nachdem wir die Matratzen vorübergehend in der Küche aufrecht gegen die Wohnungstür gestellt hatten, hängten wir zu zweit die schwere Schlafzimmertür aus und stellten sie auf der Innenseite des Schlafzimmers als Sperre quer vor ihren Rahmen, damit die Popcornmassen nicht in die Küche vordringen konnten. Das rechte Ende der Tür konnten wir bequem in die schmale Lücke zwischen Waschtisch und Wand schieben, das andere klemmten wir auf der linken Seite mit dem einen Nachttisch gegen die Wand, wodurch wir ihn schon nicht mehr auszulagern brauchten.

„Das sieht ja immer professioneller aus“, sagte ich voller Begeisterung. Dadurch, dass das Schlafzimmer nun auf gleicher Höhe wie das spätere Popcornmeer von der Küche scharf abgegrenzt war, vermittelte es den Eindruck eines in sich abgeschlossenen Kunstwerks.

Wir rollten die Abdeckfolie ganz aus und befestigten sie ringsum mit Reißnägeln an Wand und Tür. Die marmorne Waschtischoberfläche ließen wir frei und die Folie um den Waschtisch herum lose, damit ich noch an die Schubladen mit meinen Unterhosen und Strümpfen kam. Nachdem die Matratzen schließlich wieder übereinander in der noch halbwegs freien Zimmerhälfte lagen, war unsere Arbeit für heute abgeschlossen.

„Vielleicht hast du nächste Woche mal wieder ein bisschen Zeit“, meinte ich, als Berthold sich in seine enge Jacke zwängte.

„Ich glaube eher nicht – es kommt darauf an. Ich weiß noch nicht, wie ich diese Woche zum Zählen eingeteilt werde.“

„Naja – vielleicht mal abends.“

„Mal sehen. Ach ja – fast hätt’ ich’s vergessen ...“ Er bohrte sich zwei Finger in seine enge Hosentasche und fummelte mühsam ein metallenes Etwas heraus, in dem ein kleiner BKS-Schlüssel stak. „Ein Steckschloss für deine Wohnungstür. Hält dir deine Frau Kamp vom Leib.“

„Hoppla! Da fällt mir aber ein Stein vom Herzen! Wo hast’n das her?“

„Ich hab’s normalerweise bei mir in der Tür – aber bei mir gibt’s ja doch nichts zu holen. Also – ich muss. Tschüs!“

„Tschüs!“

Er verschwand federnden Ganges um die Ecke. Ich wartete, bis er draußen auf der Straße war, und schloss leise die Tür.

Mit einem Mal war es still in meiner Wohnung. Nachdem ich das Steckschloss in mein Riesenschlüsselloch installiert hatte, räumte ich ein wenig in der Küche auf. Ich kehrte die Sägespäne zusammen und versuchte, mit einem Tropfen Salatöl den Kratzern auf Frau Kamps Küchentisch zu etwas weniger Augenfälligkeit zu verhelfen –

mit Erfolg – bevor ich die Plastiktischdecke wieder drüberlegte. Im Hof versteckte ich die abgesägten Enden der Holzbohlen an der Mauer hinter den Davongekommenen, und schließlich gelang es mir sogar, die Bettteile hinter der Duschtür ein wenig platzsparender ineinanderzuschieben, sodass die Schwingtür zur Dusche ein klein bisschen weiter aufging.

Noch zwei, drei Tage Popvergnügen, und ich würde wohl oder übel auf dem Küchenboden schlafen müssen – genauer gesagt, unterm Küchentisch. Hätten wir die Wanne noch nicht draufgestellt, so hätte ich bis zum Schluss auf dem Podest schlafen können. Dann aber wäre sie noch länger draußen gestanden und Frau Kamps Argwohn ausgesetzt gewesen. Ich war ja froh, dass sie bis dato noch nichts zu dem Fremdkörper in ihrem Hof gesagt hatte, wo sie mir doch sonst jeden Klatsch aus dem Haus sofort auf die Nase band. Aber die Italienerin von gegenüber war ja seit Kurzem wieder zurück vom *Kinderwerfen* in der südlichen Heimat, zusammen mit ihrem unermüdlich brüllenden Zuwachs, und in ihr hatte sie allemal ein geeigneteres Opfer gefunden. Wahrscheinlich hatte ich sie deshalb schon seit Wochen kaum noch gesehen.

Ich war eine ganze Weile nachdenklich und zufrieden mit mir selbst in meiner Badewanne hoch oben unter der Decke gesessen, als es klingelte. Wenn das jetzt Frau Kamp war, konnte ich nun nicht mehr einfach die Schlafzimmertür hinter mir zumachen und so tun, als hätte sich in der letzten Woche bei mir nichts Außergewöhnliches ereignet. Andererseits ging die Wohnungstür ja nach rechts auf und versperrte damit dem neugierigen Besucher den Blick ins Schlafzimmer, sofern er nicht eintrat. Die ganze Kunst lag nun ausschließlich darin, Frau Kamp eben daran zu hindern. Ich kletterte von meiner Badewannenburg herunter, stieg über meine horizontale Schlafzimmertür und drückte auf den Öffner. Vorsichtig öffnete ich die Tür einen Spaltbreit – es waren Bozo und Jörg, wohl auf der Suche nach einem Sinn, den sie diesem noch jungen Samstag geben konnten.

„Hallo, kommt rein“, sagte ich, „aber fallt mir nicht über die Tür.“

„Warum sollten wir über die Tür fallen?“, meinte Bozo, und sie traten – Hände in den Hosentaschen und sich neugierig umschauend – in die Küche.

„Aber hallo!“, rief Jörg ohne jeden Widerhall ins Schlafzimmer hinein und hielt sich an der quer gestellten Tür fest, „was ist denn hier passiert?“

„Hoppla!“, reihte sich Bozo ein, „waren die Heinzelmännchen da?“

„Schön wär’s.“

Sie stiegen nacheinander über die Tür und schauten sich um wie zwei Wohnungssuchende, die ein Angebot begutachteten.

„Also, entweder hast du geschafft wie ein Brunnenputzer“, meinte Bozo und rüttelte vorsichtig an der Badewanne, „oder wir waren schon eine ganze Weile nicht mehr hier gewesen.“

„Sowohl als auch.“

„Hilft dir jemand?“

„Berthold war am Anfang zweimal hier, und heute haben wir zusammen das Podest für die Badewanne gebaut.“

„Na alla – das nimmt ja richtig Form an!“

„Kommst du mit in die Stadt, eine Schorle trinken?“, fragte Jörg und nahm kurz seine Hand aus der Tasche, um prüfend gegen das Podest zu klopfen, „ich lade euch heute ein."

„Was – *du* lädst ein?"

„Jaja, es geschehen noch Zeichen und Wunder", meinte Bozo. „Das dürfen wir uns nicht entgehen lassen!"

„Ich hab' die ganze Woche gearbeitet."

„Na, also – es geht doch! Wo denn?"

„Bei der *Nesco*, im Hafen."

„Wie bist du denn da dran gekommen – übers Penneramt?"

„M-hm."

„Und in was machen die?"

„Spedition. Hauptsächlich für die Sodafabrik."

„Alla hopp, ich bin dabei!", sagte ich und nahm meinen Parka von der Sitzbank. „Ich bin froh, wenn ich das ganze Popzeugs mal eine Weile nicht sehe."

„Kann man das eigentlich noch essen?", fragte Bozo. Er schaufelte sich eine Handvoll Popcorn heraus und nahm die Körner kritisch in Augenschein.

„Ja, klar! Nimm aber von den oberen – die sind noch relativ frisch."

Er füllte sich die Jacketttaschen und stopfte sich eine Handvoll in den Mund. „Hmm – die schmecken ja nach nix", mümmelte er, „da ist ja gar kein Salz dran."

„Ja, was hast denn du gedacht?"

Bozo und Jörg kletterten wieder in die Küche, und ich schnappte mir meinen nunmehr erweiterten Schlüsselbund von Tisch.

Wir entschieden uns für die *Bürgerstube*, eine Wirtschaft auf der gegenüberliegenden Seite der Innenstadt, die ihren Namen von der *Bürgerbräu*-Brauerei herleitete, die sie ausgestattet hatte und mit Stoff versorgte. In diesem Teil der Stadt waren die Strukturen weniger gewachsen als die im Hemshof und die Einwohnerschaft weniger alteingesessen. Gehörte der Hemshof im Wesentlichen dem Blaumann, so war der Stadtteil Süd, wie die Gegend um die *Bürgerstube* herum genannt wurde, Heimat von dessen grau bekitteltem Meister und den Beamten der hier ebenfalls untergebrachten städtischen Ämter. Auch dieser Stadtteil war zum Teil alt und architektonisch hübsch anzusehen, jedoch ohne Wassertürme, italienische Gemüsegeschäfte und Pferde- beziehungsweise Freibankmetzgerei. Vornehmer, halt.

Was allerdings die nicht unbedingt vornehme *Bürgerstube* hierher verschlagen hatte, war auf den ersten Blick nicht ohne Weiteres nachzuvollziehen. Vielleicht war es das nahe gelegene Südweststadion, das gelegentlich ungestüme Zeitgenossen in die Gegend lockte, oder die übrigen, kleineren chemischen Betriebe der Stadt, deren rußgeschwärzte Backsteinpaläste die Straße zum Stadion säumten und deren durstige Blaumänner nach getanem Tagwerk auch zu ihrem Recht kommen wollten.

In die *Bürgerstube* gingen wir immer samstagabends, wenn uns fürs Wochenende nichts Besseres eingefallen war. Hier gab es einen etwas klein geratenen Billardtisch mit Münzeinwurf, auf dessen abgeschabtem Filz wir auch solchen Abenden einen Sinn zu verleihen versuchten. Bozo war ein regelrechter Virtuose der bunten Kugeln, der sein Können von Kindesbeinen an vom Vater am heimischen Pooltisch erworben hatte. Ich wiederum war Bozos bescheidener Schüler und diente ihm als Handlanger und Zuarbeiter, wenn seinen Gegnern nach einem Doppel zumute war. Ich war zwar nicht sonderlich gut, stellte für Bozo aber offenbar doch eine gute Ergänzung dar. Gegen zwei hervorragende Spieler anzutreten war auf Dauer uninteressant, zumal als Einsatz stets ein Literstein Schorle auf dem Tisch stand, den der Verlierer dann bezahlen musste – wenn sich auch letztendlich alle Beteiligten daran gütlich taten. Was Bozo manchmal zu virtuos vortrug, glich ich durch meine ureigene Spielweise meist gleich wieder aus, was dazu führte, dass wir hin und wieder doch verloren und dadurch unseren unbelehrbaren Herausforderern ein wenig das Risiko schmälerten.

Einfallswinkel gleich Ausfallswinkel, eine Sache der Intuition, die vom bloßen Auge gemeistert werden musste. Wer den geistigen Winkelmesser dafür einblendete, konnte gleich wieder aufhören und war am Skattisch besser aufgehoben. Dass Bozo diese Intuition mit steigendem Schorlepegel zunehmend einbüßte, machte uns zu einer gern in Anspruch genommenen unberechenbaren Herausforderung.

Die *Bürgerstube* war im klassischen getäfelten Gaststättenstil gehalten und in zwei deutlich voneinander getrennte, jedoch gegenseitig einsehbare Bereiche geteilt. Die helle vordere Hälfte mit den Pseudobutzen-Straßenfenstern und der Theke gehörte den alten, dicken Herren mit den stinkenden Zigarren, den Weinrömern, die sie schon in aller Herrgottsfrühe zu heben pflegten, und den Hosenbünden bis hoch unter die Achseln, mit den dazugehörenden, zwangsläufig kurzen Hosenträgern. Denen hatte die *Bürgerstube* schon vor dem Krieg gehört, und ihr Anspruch darauf wurde von keinem infrage gestellt. Die hintere Hälfte hingegen, die kleinere, dunklere, mit dem Billardtisch und den Zugängen zu den Toiletten, die mit einem zeitungsstangenbehangenen Mantelhaken-Raumteiler vom vorderen Bereich getrennt war, gehörte der degenerierten, Colaweiß saufenden Jugend. Zu der zählten auch wir, und deswegen gingen wir gleich nach hinten durch und nahmen um den ersten Tisch herum Platz. Außer ein paar stummer alter Herren, die uns von der anderen Seite der Mantelhaken unter ihrer Zigarrenrauchglocke grimmig missachteten, war in der *Bürgerstube* noch nichts los. Es war ja auch erst später Nachmittag.

„Na, Männer – was kriege' mer'n?", fragte Frau Frosch, die Wirtin, die tatsächlich so hieß, und warf drei Bierdeckel gezielt vor uns auf den Tisch, auf denen ein fast noch sütterliner Schriftzug auf den besonderen Vorzug des *Bürgerbräu* hinwies: *Schmeckt immer!*. Frau Frosch steuerte unaufhaltsam auf die sechzig zu und war der Inbegriff der klassischen Kneipenwirtin alter Schule. Stämmig, vollbusig und mit ihrer heiseren Raucherstimme laut und ordinär, war sie jedoch stets gut gekleidet, tadellos geschminkt und parfümiert und trug ihr tizianrotes Frisurenwerk täglich von Neuem lässig, jedoch elegant, hochgesteckt. Sie war eine alternde Diva, die ihr Reich mit mütterlicher Strenge kontrollierte und vor der auch noch der ausfälligste Säufer Respekt hatte. Frau Frosch war eine der vielen kinderlosen Kriegerwitwen, deren Ehen zerstört waren, bevor sie noch richtig begonnen hatten, und die sich durch eine für Frauen ihres Alters durchaus unübliche Resolutheit auszeichneten. Da die meisten Männer diese Eigenschaft unterschwellig mochten, sie aber bei ihren eigenen Frauen nicht sonderlich schätzten (und diese sie folglich auch nicht besaßen), kamen sie hierher, zu Frau Frosch, wie andere zu einer Prostituierten gingen, die ihnen genau jenes aufregend Derbe bot, welches man in der realen Welt empört von sich wies.

Sie führte den Laden schon seit über zwanzig Jahren, zusammen mit ihrer Altjungfern-Schwester Maria, ebenfalls stämmig und vollbusig, jedoch grau und mit einem männerfaustgroßen Haarknoten am Hinterkopf, Blümchenkleid und Schürze und einem breiten, weichen Gesicht, das gutgemeinte großmütterliche Autorität ausstrahlte.

Frau Frosch hatte vor langer Zeit einmal ein Techtelmechtel mit meinem Großvater gehabt, der – als er noch lebte – die *Bürgerstube* seine Stammkneipe nannte. Er war ein altmodischer Charmeur des Typus' *Ufa-Film* gewesen und trotz seiner gedrungenen und gleichzeitig hageren Statur bei den alten Mädels stadtweit bekannt und beliebt. Als kleine Kinder, deren Welt noch einem Hochglanz-Schwarzweißfoto glich, saßen Berthold und ich oft (nach meinem damaligen Empfinden ständig) mit ihm hier in der *Bürgerstube* im Rauch, zwischen damals noch grimmiger dreinschauenden, Zigarren kauenden und nahezu kahl geschorenen Hindenburgs und dem ewigen Geruch von abgestandenem Bier. Wir durften hin und wieder zu seinem Entzücken unsere kleinen, rosanen Zungenspitzen in seine Schorle stecken, damals selbstverständlich noch keine Colaweiß – die war eine Erfindung der dekadenten Sechziger –, sondern eine klassische saure Schorle, in der Regel ein trockener Riesling mit saurem Rülpswasser, das aus wundersamen Flaschen mit metallisch-roten Folienhalskrausen eingeschenkt wurde.

Er wohnte damals gerade um die Ecke, wo meine Großmutter stets brav – und meist vergeblich – das Essen für ihn warm hielt. Als er dann ziemlich unerwartet starb, war die Affäre mit dem Frosch, so glaube ich, noch in vollem Gange. Und so hatte ich, als sein Spross, bei ihr stets einen Stein im Brett, und das, obwohl sie Langhaarige ansonsten nicht sonderlich schätzte.

„Drei Colaweiß“, sagte Jörg, der eigentlich nur Bier trank.

„’s is’ recht“, sagte Frau Frosch und marschierte selbstbewusst wieder hinter ihren Tresen.

„Wann bist du jetzt eigentlich mit deinem Popcorn fertig?“, fragte Bozo und beugte sich vor, um den Aschenbecher vom anderen Tischende heranzuziehen. „Ich denk’, man sollte für die Leute so langsam einen Termin für die Party festsetzen.“

„Lass’ mich mal nachrechnen – ich hab’ bis jetzt nicht ganz fünf Kubikmeter beisammen. Das heißt, ich muss noch über sieben Kubikmeter herstellen.“

„Wenn du jeden Tag einen schaffst, wie du gesagt hast, dann wären’s ja nur noch sieben Tage“, meinte Jörg.

Frau Frosch kam mit unseren sprudelnden schwarzen Schorlen auf dem Tablett und platzierte sie vor uns auf unsere Bierdeckel.

„Zum Wohlsein, Männer“, sagte sie und ließ uns wieder allein.

„Prost“, sagte Bozo, und wir nahmen gleichzeitig unseren ersten Schluck. Frau Froschs Colaweiß waren stets so eiskalt, dass einem die Zähne wehtaten, was niemand sonderlich mochte, uns aber dafür zwang, sie in kleinen, vorsichtigen Schlucken zu genießen. Angesichts der frühen Stunde konnten wir davon auf längere Sicht nur profitieren.

„So einfach ist das nicht“, nahm ich den Faden wieder auf und wischte mir mit dem Handrücken über den Mund. „Wie du ja siehst, arbeite ich am Wochenende nicht – die Pause bin ich mir einfach schuldig. Außerdem gehe ich mittwochs immer zum Blutspenden – auch diesen Tapetenwechsel lass' ich mir nicht nehmen. Und wenn ich dann frühestens in anderthalb Wochen fertig bin – und ich geh' mal davon aus, dass es länger dauert –, muss erst mal alles für die Suppe eingekauft werden. Das wird eine Aktion für sich! Und da das Fest natürlich am besten an einem Samstag stattfinden sollte, wird das wohl erst heute in drei Wochen sein."

„Mein lieber Mann", sagte Bozo und nahm noch einen Schluck.

„Wobei mir einfällt – ich darf nicht vergessen, übernächste Woche nochmal im Geschäft anzurufen. Ich muss noch eine Woche Urlaub dranhängen; ich hab' nur drei genommen."

„Hast du überhaupt noch so viel?"

„Ja klar."

„Kann man also definitiv sagen, in drei Wochen am Samstag?"

„Auf jeden Fall."

„Dann müssen wir den Leuten Bescheid sagen. Wer kommt denn jetzt alles?"

„Lass' mal sehen – wir drei …" Ich begann, mit den Fingern abzuzählen, „… Berthold, Friedel und seine Freundin – das sind sechs; Barbara und Gabi – denen sag' ich Bescheid …"

„Wer ist denn Gabi?"

„Das ist die mit dem Horrortrip."

„Ach ja, die …"

„Und dann noch Uschi und Joe."

„Das sind genau zehn", sagte Jörg.

„Die Uschi seh' ich jeden Tag in der Mittagspause am Berliner Platz", sagte Bozo, „der sag' ich gleich am Montag Bescheid."

„Den Joe sieht man dagegen recht selten."

„Hmm … Telefon ham seine Eltern auch nicht."

„Naja – es sind ja noch drei Wochen hin. Wer ihn sieht, sagt's ihm einfach. Übrigens – ich könnte mir vorstellen, dass es ziemlich unbequem ist, den ganzen Abend mit langen Hosen durchs Popcorn zu waten. Ich schlage vor, jeder bringt sich eine Badehose mit."

„Ich besitze keine Badehose", warf Jörg ein, der sich am kleinen Tischautomaten nebenan gerade für eine ganze Mark eine dürftige Handvoll rot eingefärbter Pistazien gezogen hatte und diese in der Tischmitte zur allgemeinen Plünderung freigab.

„Ich bring' dir eine mit", sagte Bozo und pickte sich die Dickste heraus, „wir haben genug daheim."

Frau Frosch schaute vorbei und nahm Jörgs leeres Glas vom Tisch. „Noch 'n Colaweiß?"

„Noch drei", verlangte er mit großzügiger Geste. Er genoss sichtlich seine Spendierlaune, und wir gönnten es ihm. Bozo und ich tranken schnell aus und klemmten unsere leeren Gläser zwischen Frau Froschs knallrot lackierte und vorbildlich manikürte Fingernägel.

„Vergesst jedenfalls nicht, den Leuten zu sagen, dass sie sich auch eine Badehose mitbringen sollen." Ich musste aufstoßen nach dem schnellen Austrinken, und es biss und glühte nachhaltig in der Nase. „Und übrigens – die Uschi ist die Einzige, die keine Ahnung hat, um was es sich bei der Party handelt. Ich möchte, dass das auch so bleibt."

„Warum?"

„Nur so, als Überraschung. Sie wird denken, sie geht auf eine schummrige Nullachtfuffzehn-Party, mit Martini aus der Flasche, Matratzen entlang der Wand und *Child in Time* auf dem Plattenteller."

„Und wie soll ich ihr das mit der Badehose klarmachen?"

„Lass dir was einfallen."

„Alla hopp. Apropos *Child in Time* – wir werden auch Musik brauchen."

„Das ist deine Aufgabe", meinte ich. „Du hast doch genug Platten zu Hause. Und die passende Anlage, die du bei der Party zu Jörgs angeblichem dreißigsten Geburtstag dabei hattest."

Frau Frosch brachte die nächste Runde und machte bei jedem sogleich einen doppelten Strich an den Bierdeckelrand.

„Prost, Jörg", sagte ich, und Bozo und ich hoben unsere Gläser, „auf dein Glück, dass du uns endlich mal einen ausgeben kannst."

Er hob wortlos sein volles Glas und schaute mit bereits leicht angeglasten Augen in die Runde.

Die Tür schwang plötzlich auf, und Herbert und der Perser kamen munter parlierend herein und durchquerten zielstrebig das stumme und von staubigen Nachmittagslichtbalken durchzogene verrauchte Wachsfigurenkabinett im vorderen Raum. *Der Perser* hieß so, weil er angeblich wie ein solcher aussah – jedenfalls war das Jörgs Interpretation. Da er unter seinen langen, schwarz gewellten Haaren eine Schattierung dunkler daherkam als der Durchschnittspfälzer, bezog sich sein Name wohl auf seinen Teint. Dagegen sprach allerdings, dass die einzigen Perser, die ich kannte, der Schah und seine schöne Gattin waren, die die Titelblätter der Horrorzeitschriften bei meiner Mutter zierten – und die waren so hell wie zwei deutsche Kinderärsche.

Wie dem auch sei – Herbert und der Perser, die stets im Doppelpack auftraten, waren eine ernst zu nehmende Herausforderung am Billardtisch, und Bozo und ich mussten nicht selten für einen Großteil ihrer Schorlerechnung geradestehen.

Sie zogen sich vom Nebentisch zwei Stühle heran und setzten sich zu uns. Der Perser nahm sich sogleich eine rote Pistazie vom Tisch und knackte sie zwischen den Zähnen.

„Na, ihr drei", sagte Herbert, das Sprachrohr des Duos, den seit Kurzem eine Art Rod-Stewart-Frisur zierte, von der er behauptete, sie sei bei der Morgentoilette weniger arbeitsintensiv, da man sie nur einmal kräftig durchschütteln musste. Er saß falsch herum auf seinem Stuhl und hatte die Arme lässig auf der Rückenlehne vor sich liegen. „Wie wär's mit 'nem Vierer?"

„Was? Am helllichten Tag?", meinte Bozo mit gespielter Überraschung.

„A na, umso besser! So fit wie jetzert werden wir heut' nimmer sein!"

„Also gut – 'n Stein Schorle?"

„Ja, klar! Was denn sonst?"

„Aber eine Colaweiß." Herbert und der Perser hassten Colaweiß.

„Aber hallo! Des Bappzeug kamma doch net saufe'! Wir machen 'n Saure draus."

„Das können *wir* wiederum nicht saufen."

„Also gut – wenn mir gewinne', zahlt ihr 'n Saure, und wenn ihr gewinnt, zahle' mir e' Colaweiß."

„Na also." Der Handel war perfekt, und der unterschiedliche Einsatz erhöhte den Reiz.

„Hopp, Fröschel", rief Herbert laut zur Theke rüber, „erscht mol zwo halbe saure Hofstückschorle!" Nicht restlos jeder ließ Frau Frosch den ihr gebührenden Respekt zuteilwerden.

Der Perser stand indessen an der Musikbox und drückte einen der alten amerikanischen Schmalzer, die der hinteren Hälfte der *Bürgerstube* so am Herzen lagen und Jörg regelmäßig die Tränen in die Augen trieben und ihn zum tenoren Mitträllern veranlassten. Ich legte derweil ein Markstück auf die Bande des Billardtischs und suchte mir einen geraden Queue aus, indem ich sie alle nacheinander mit dem dicken gummierten Ende nach unten am Boden rotieren ließ, während Bobby Vinton und sein samtener Background-Chor antraten, die *Bürgerstube* mit *Blue Velvet* in die rechte samstagabendliche Stimmung zu versetzen.

„Holst du mal vorne die Weiße?", bat mich Bozo, während er die Kugeln in die Fangschale poltern ließ und ins Dreieck auf dem Tisch legte.

Die weiße Kugel wurde, wenn nicht im Einsatz, stets hinter der Theke aufbewahrt. Das ergab keinen Sinn, aber wir nahmen an, dass der Ursprung dieser Gepflogenheit in grauer Vorzeit lag, als es noch keine Automatentische gab und man stattdessen die Weiße, ohne die nichts lief, für eine Mark beim Wirt abholte.

Ich legte die weiße Kugel auf den Punkt und nahm mir fest vor, heute Nacht so spät wie nur möglich nach Hause zu gehen.

Bozo ordnete mit flinken, pistazienrot gefärbten Fingern die Kugeln im Dreieck immer wieder neu um, ein sich stets wiederholendes Ritual, bis ihm ihre Lage irgendwann endlich zusagte. Er gab dem Dreieck schließlich einen Stoß, dass es nahezu schwebend und sich langsam drehend über den grünen Filz zu mir rüber rollte. Ich schob es an seinen vorgesehenen Platz, drückte mit den Daumen die Kugeln eng gegen die obere Spitze und hob das Dreieck vorsichtig ab.

„Wer stoßt'n an?", fragte der Perser.

„Die Mark ist von uns", sagte Bozo und holte sich den blauen Kreidewürfel von einem der Tische.

„Alla hopp."

Bozo kam mit seinem Queue herum und legte, ohne den Tisch aus den Augen zu lassen, die Kreide zur Seite. Er nahm die Kugeln lange aufs Korn, indem er immer wieder und immer langsamer und eleganter werdend auf die Weiße einstach, freilich ohne sie zu berühren – und knallte sie dann plötzlich mit Wucht auseinander.

Er richtete sich wieder auf und zählte die Kugeln, die nacheinander in die Ecken plumpsten beziehungsweise immer wieder von Neuem aneinanderklackerten, während er blind nach der Kreide tastete. Er war heute wieder gut in Form.

17
Das Popcorn 2

In der folgenden Woche setzte ich meine Anstrengungen fort, unermüdlich und ohne Unterlass, und das Überschreiten der magischen Sechskubikmetermarke am Dienstagvormittag, das sich mit dem Heranschleppen und Aufschneiden des elften Maissacks vollzog und die zweite Halbzeit einleitete, erweckte in mir den erforderlichen Antrieb schlagartig wieder.

An diesem Morgen, kurz nachdem ich meine erste Kaffeepause beendet und die heiße Ofentür hinter einer neuerlichen Charge Maiskörner zugeklappt hatte, war Berthold völlig überraschend vorbeigekommen, um mir ein wenig unter die Arme zu greifen. Er hatte einen zählfreien Tag, da er für den kommenden Samstag zum Zählen des chaotischen Innenstadtverkehrs am Mannheimer Paradeplatz eingeteilt worden war.

Oh je, dachte ich, als er die Tür hinter sich zugemacht hatte und seinen Blick sichtlich beeindruckt, aber kommentarlos durchs Schlafzimmer schweifen ließ. Ich wusste nicht, was ich von dieser unverhofften, zweifellos gut gemeinten Unterstützung halten sollte. So plötzlich mal wieder zu zweit zu arbeiten würde für mich eine nicht unerhebliche Umstellung mit sich bringen und den gesamten routinierten Ablauf möglicherweise sogar beeinträchtigen. Ich hatte mich, nach so vielen Tagen allein, mit allen Handgriffen perfekt eingespielt und war mir deshalb gar nicht so sicher, ob mir diese plötzliche Hilfe überhaupt recht war. Wegschicken konnte ich ihn jetzt allerdings auch nicht mehr, und so schob ich seine Utensilien auf seine Tischhälfte hinüber. Nachdem das Poppen im Backofen zum Erliegen gekommen war, öffnete ich die Ofentür.

„Also – weiter geht's!", sagte er feierlich und rieb sich die Hände, als hätte sich seit seinem letzten Handgriff vor einer Woche nichts Wesentliches getan. Er schaufelte die erste Ladung kalter Körner mit der Messschüssel auf das erste frisch geleerte heiße Backblech, während ich das zweite von seinem warm duftenden weißen Produkt befreite.

Es dauerte allerdings nicht lange, bis wir unseren alten Rhythmus wiedergefunden hatten, und abends, noch vor Mitternacht, legten wir Sack Nummer 11 zusammen und stopften ihn in den Sack mit dem bisher angefallenen Abfall.

Ich betete, dass mein bis jetzt treu schuftender Backofen diese Dauerbeanspruchung weiterhin über sich ergehen und mich bis zum letzten Korn nicht im Stich lassen würde.

Für den Rest der Woche war ich dann wieder mit mir und meinem Popcorn allein, bis es dann am Freitagabend plötzlich gegen halb sieben – Sack Numero 14 ging gerade zur Neige – mehrfach hintereinander und fast ein wenig ungeduldig bei mir klingelte. Ich bekam beim Klingeln immer wieder einen Schreck, und mehr als einmal war mir dabei das heiße Blech mit den frischen Popkörnern aus den Händen gefallen. Frau Kamp war schon eine Ewigkeit nicht mehr bei mir gewesen, dafür hatte eine mir wohlgesonnene höhere Macht gütig gesorgt. Aber je länger diese Glückssträhne anhielt, desto größer wurde die Chance, dass sie irgendwann plötzlich doch einmal abriss. Es klingelte gar nicht so selten, wie ich durch meinen nunmehr zwei Wochen währenden Urlaub zu Hause festgestellt hatte. Morgens gegen zehn klingelte die Briefträgerin, ob nun etwas für mich dabei war oder nicht – meist war natürlich nichts dabei. Über den restlichen Tag verteilt, manchmal sogar noch spätabends, klingelten dann die diversen Überbringer von Wurfsendungen, Kirchenblättern und Hinweisen auf bevorstehende Altkleidersammlungen, meist alte Frauen, die ihre spärliche Kriegerwitwenrente aufbessern mussten, oder auch Jugendliche, die sich damit ihr Taschengeld verdienten. Da mein Klingelknopf ganz unten den Blick als Erstes einfing, fiel mir fast immer die Aufgabe des Türöffners zu.

Ich hörte Frau Kamp oben zwischen Herd und Spülstein hin- und hergehen und ging beruhigt zur Tür, um auf den Öffner zu drücken. Unter ungewöhnlichem Flaschengeklirre, das im Treppenhaus laut widerhallte, sprang die Haustür auf, und Gabi – die ich nun am allerwenigsten erwartet hatte – kam plötzlich um die Ecke gebogen und hielt einen großen, übervollen Plastikbeutel vom *Konsum* vor ihrem Bauch umklammert.

„Ja, sag' mal …", sagte ich mit freudiger Überraschung.

„Hallo!" Sie strahlte, dass sich ihre Backen wölbten, und stellte die Einkaufstüte vorsichtig auf die Küchenbank. „Was riecht denn hier so gut?"

Sie ruckelte mit dem Beutel so lange hin und her, bis er von allein stehen blieb. Er war bis oben hin gefüllt mit vollen Bierflaschen, deren oberste bei der kleinsten Erschütterung herunterzufallen drohte. Gabi schaute auf den Tisch mit der Decke und den Popcorneimern, dann wortlos auf den satt knallenden Backofen, und als sie sich umdrehte und über die quer gestellte Tür ins Schlafzimmer schaute, waren ihre Augen so weit aufgerissen, dass man ringsum das Weiße sehen konnte. Dabei fiel mir ein, dass nicht nur Uschi, sondern auch Gabi nichts von der besonderen Natur meiner bevorstehenden Party wusste.

„Was machst denn *du*?", fragte sie, ohne ihren Blick von den Popcornwogen abzuwenden.

„Och, das ist für die Party, von der ich dir neulich erzählt habe." Die Körner hatten aufgehört zu knallen, und ich holte die Bleche mit dem Handtuch nacheinander aus dem Ofen und leerte sie auf den Tisch. Ich beschloss, die Gelegenheit zu nutzen und eine Pause einzulegen, und setzte die Bleche oben auf den Herdplatten ab. „Wenn ich fertig bin, wird es überall einen Meter hoch sein."

„Mein lieber Mann!", sagte sie ehrfurchtsvoll. Sie beugte sich hinein und fuhr mit den Fingern durch die lockere Masse. „Das sieht ja irre aus – vor allem riecht es gut. Kann man das auch essen?"

„Ja, klar – bedien' dich nur. Es ist mehr als genug da." Ich zog meine Handschuhe über und begann, das heiße Popcorn in den Eimer zu füllen. Endlich mal eine angenehme Abwechslung, dachte ich.

„Sind ein bisschen zäh", meinte sie kauend und ging zu ihrer *Konsum*-Tüte auf der Sitzbank, „und fad. Schau, ich hab' uns ein paar Flaschen Bier mitgebracht." Sie nahm die oberen zwei heraus und stellte sie auf den Tisch. „Ich hab' heute Stütze bekommen, und da dachte ich mir, lädst ihn auch mal zu ein paar Bierchen ein." Sie legte ihren Arm um meinen Rücken und sah mir beim Sortieren zu.

Ein paar ist gut, dachte ich, und schleuderte den Inhalt des Eimers von meinem Platz aus geübt und gezielt durch die Schlafzimmertür.

„Eine hervorragende Idee“, sagte ich und stellte ihn wieder ab. Ich holte den Flaschenöffner aus dem Schieber und schaffte, so gut es ging, Platz auf dem Tisch. Gabi machte die Flaschen mit zwei knappen *Zischs* auf, was darauf schließen ließ, dass sie sie kalt gestellt hatte, und wir setzten uns.

„Prost!“, sagte ich und hob mein Bier kurz in die Höhe. Dieser unverhoffte Besuch war jetzt genau das, was mir am Ende meiner langen, heißen Woche zwischen Herd und Küchentisch fehlte. Wir tranken aus der Flasche. Für sie eh der einzige Weg, sich Bier zuzuführen, und außerdem bot der Tisch auch weder Platz noch feste Unterlage, um auch noch zwei Gläser unterzubringen. Gabi sah geradezu hübsch aus, als sie mir beim Trinken mit den Augen zulächelte. Sie wirkte entspannt und mit sich und ihrer Welt im Wesentlichen zufrieden. Sogar ihre Fingernägel waren tadellos gefeilt und bis zur Nagelhaut hinunter sattpink lackiert. Sie stieß verstohlen auf und musste lachen.

„Wo schläfst du eigentlich?“, fragte sie und strich sich mit der gespreizten Hand die langen Haare aus dem Gesicht und über den Kopf hinweg.

Ich deutete mit dem Kinn auf die Matratze unterm Tisch. „Voila.“

„Sieht ja nicht gerade einladend aus“, meinte sie, als sie an ihren ausgestreckten Beinen entlang auf mein Lager schaute.

„Ist es auch nicht.“

„Wenn du willst, kannst du bei mir schlafen. Ich hab’ zwar auch nur eine Matratze auf dem Boden, aber wenigstens kein Tischbein an jeder Ecke.“

„Und vermutlich auch keine rohe Tischschublade direkt überm Gesicht."

„Nicht eine einzige."

„Na, also – Angebot ohne Gegenstimmen angenommen. Du glaubst gar nicht, wie das an die Substanz geht, vierundzwanzig Stunden am Tag in der Küche zu verbringen – nachts *unterm* Tisch und tagsüber kniend daneben."

Ich hatte zur Popcornherstellung nun wirklich keine Lust mehr und entschied mich, für heute – beziehungsweise für diese Woche – einen Schlussstrich zu ziehen. *Eine* Matratze, hatte sie gesagt. Ich schaltete den Ofen aus und stand auf.

„Komm', ich zeig' dir mal das Schlafzimmer", sagte ich. Ich nahm ihre Hand und führte sie zur Tür, die die Werkstatt von ihrem teuren Produkt trennte. Mittlerweile hatte ich auf beiden Seiten einen Stuhl hingestellt, um das Ein- und Aussteigen zu erleichtern. Nachdem ich ihr hinübergeholfen hatte, kletterte ich ihr nach, und wir standen bis zu den Knien in Popcorn. Die reale Welt der Geräusche schien plötzlich in weite Ferne gerückt zu sein. In der Ecke neben dem Fenster stieg die weiße Pracht auf etwa anderthalb Meter an, weit über den oberen Rand der ringsum angehefteten Abdeckfolie.

„Das ist ja der Wahnsinn!", quietschte sie vergnügt wie ein Kind und hielt weiterhin meine Hand. Mit der freien Hand wühlte sie immer wieder die Popcornoberfläche auf, und die federleichten Körner flogen uns geräuschlos um die Ohren wie entfesselte Styroporflocken in der Schwerelosigkeit einer Raumkapsel. Vielleicht könnte ich mein Schlafzimmer nach der Party als Tonstudio untervermieten, dachte ich bei mir – dann könnte ich mir diesen Teil der Entsorgung sparen. „Wofür ist denn eigentlich die Badewanne?"

„Die wird mit einer warmen Bohnensuppe gefüllt", erklärte ich, „und dann setze ich mich das ganze Fest über mit einer dicken Frau hinein."

Sie schaute mit offenem Mund und überrascht angehobenen Augenbrauen zu mir hoch.

„Nackt?", fragte sie.

„Natürlich, nackt – wie denn sonst, in einer Bohnensuppe?"

„Und wer ist diese Frau?"

„Sie heißt Barbara."

„Hast du was mit ihr?"

„Ach was – Barbara kenne ich schon, solange ich denken kann. Sie ist für mich wie eine Schwester, und die Rolle der dicken Frau in der Bohnensuppe passt einfach zu ihr." Da ich nie eine Schwester hatte, war meine Vorstellung von einer solchen allerdings doch nicht ganz so asexuell, wie sie eigentlich sein sollte – wie beispielsweise bei Bozo oder Jörg, die je eine besaßen –, und meine diesbezüglichen Fantasien waren früher, in den stürmischen Zeiten der pubertären Erweckung, mehr als einmal mit mir durchgegangen. Ähnlich verhielt es sich heute noch, wenn ich nachts, mit dem Blick hinauf an die Schlafzimmerdecke, an Schwester Barbara dachte. „Die Rolle der dicken Frau" – irgendwie klang das ein wenig wie die klassische Bühnenrolle, mit der jede Schauspielerin einmal im Leben brillieren wollte, um ihr wahres Können unter Beweis zu stellen. So wie *die Nora*, oder wie sie alle hießen.

„Würdest du dich mit einem dicken Mann auch die ganze Nacht über in eine Suppe setzen?"

„Nö.“ Dazu reichte mein Fantasie nicht aus. Sie schaute mich noch eine Weile skeptisch von unten an und fing dann prustend an zu lachen, und die leichte Spannung, die plötzlich in der Luft gelegen hatte, zerstreute sich sofort.

Sie ließ meine Hand los und pflügte sich langsam vor zum Podest, die Füße wie ein Skilangläufer abwechselnd über den Boden schiebend. Man hob die Füße instinktiv nicht, um das Popcorn nicht zu zertreten. Gabi blieb stehen und schaute hinauf. Sie wuchs um einige Zentimeter in die Höhe, während sie sich am Wannenrand festhielt, über den sie mit etwas Mühe gerade so schauen konnte, ähnlich wie die durch den Genuss von Zauberpilzen geschrumpfte Alice im Wunderland an der Teetasse.

„Ich möchte auch mal mit dir in einer Badewanne sitzen“, sagte sie.

„Dem ist leicht abzuhelfen“, gab ich zurück und schob mich zu ihr vor. „Komm’, ich helf’ dir hoch.“

Sie zog sich etwas unsicher am Wannenrand hoch und stieg unter dem leicht angerosteten Wannenbauch aufs Podest, während ich ihr mit beiden Händen am Hintern nachhalf. Sie hatte ein wenig zugenommen, und er fühlte sich gut an.

„Vorsicht, ganz langsam …“ Die Löwenfüße der Badewanne standen nur wenige Zentimeter vom Podestrand entfernt, und noch konnte die leere Wanne relativ leicht umkippen.

Zögernd hob Gabi das Bein über den Wannenrand und kletterte vorsichtig hinein, während sie sich mit den Händen so verkrampft festhielt, dass die Knöchel weiß hervortraten. Dann ließ sie sich ganz langsam hinunter – so, als wäre das Badewasser noch eine Spur zu heiß – bis über dem Rand nur noch ihr Kopf und ihr Arm zu sehen waren. Mehr wird man also letztendlich nicht sehen von Barbara und mir.

„Gut siehst du aus", sagte ich. „Ich geh' mal gerade noch unsere Flaschen aus der Küche holen."

Mir wurde jetzt zum ersten Mal so richtig bewusst, wie weit ich mit meinem Zimmer eigentlich schon gediehen war, wie bedeutend sich mein Kunstwerk bereits darstellte! Ich stieg mit den Bierflaschen zwischen den Fingern wieder über die Sperre an der Tür und arbeitete mich zurück zur Wanne, reichte sie Gabi hoch, zusammen mit meinen Zigaretten, und kletterte dann vorsichtig zu ihr hinauf.

Es war ganz schön eng zu zweit, und ich musste meine Füße hoch auf den Wannenrand und unter ihre Arme legen, während sie mit ihren Kniekehlen meine Taille umklammerte. Der Bauch der Badewanne drückte von allen Seiten auf die Knochen, vor allem die Hüftknochen über dem Hintern, und die Jeans spannte an allen Ecken. Aber dies war ja nur eine kurze Trockenübung. Die schwere Bohnensuppe dagegen würde Barbara und mich tragen und wie zwei nackte Zwillinge im warmen Mutterleib schweben lassen.

„Mit deiner dicken Barbara wird dir aber nicht viel Platz bleiben", meinte Gabi und gab mir meine Flasche rüber.

„Das stimmt. Dafür werd' ich aber auch weniger Suppe brauchen."

„Wie viel Suppe wird es denn sein?"

„Zweihundert Liter."

„Oh!"

Sie legte ihren Unterarm auf meinen Unterschenkel und fuhr mit dem Zeigefinger immer wieder langsam um meine Kniescheibe herum, die in dieser Stellung seltsam locker in ihrer Verankerung saß. Von Weitem konnte man den letzten Feierabendverkehr an der Sodafabrik hören. Es hupte allenthalben, wenn auch leise, aus jedem belanglosen Anlass, und auch wegen gar keinem – wie überall auf der Welt.

„Seit diesem Wahnsinnsabend hab' ich nicht *ein Mal* mehr gedrückt", sagte sie und legte ihre Hand wieder zur Seite. „Es ist mir danach vorerst nicht unbedingt besser gegangen, aber die Furcht vor nochmal so einem Albtraum war größer als alles andere."

„Und wie geht's dir jetzt?"

„Oh, jetzt geht's mir viel besser! Schon eine ganze Weile. Ich könnte sogar behaupten, mir ging's noch nie so gut wie jetzt! Jedenfalls nicht, so weit ich zurückdenken kann." Sie steckte sich eine Zigarette an, und ich nahm ihr mit spitzen Fingern das noch glühende Streichholz ab.

„Meine Bierchen-zwo-drei brauch' ich schon noch, aber das war's dann auch schon."

„Wer braucht das nicht."

„Weißt du – jeder, der in eine solche Abhängigkeit gerät, ist ihr auf andere Art verfallen. Wahrscheinlich werden die einen überhaupt nicht süchtig, und die anderen dafür umso mehr. Bei mir war's denn wohl auch mehr psychisch als körperlich, da ich in der Droge den Halt suchte, der mir sonst fehlte." Sie hörte sich an, als würde sie vom Blatt ablesen.

„So viel hast du doch auch gar nicht, oder?"

„Nö, eigentlich nicht – verglichen mit manchen anderen.“

„Es wird dir bestimmt guttun, wenn ich dir ab heute ein wenig Leben in die Bude bringe.“

„Ganz bestimmt“, sagte sie und strahlte plötzlich und widmete sich, ohne hinzuschauen, wieder meinem Knie.

„Was ist jetzt eigentlich mit deinem Stefan?“, fragte ich, offenbar etwas unsensibel, denn ihr Lächeln ging um ein paar Schattierungen zurück.

„Auch so ein Halt, den ich suchte, um ein bisschen *Normalität* in mein kaputtes Leben zu bringen. Ich hab’ mich nach dieser Nacht von ihm getrennt; ich konnte ihn nicht mehr ertragen. Irgendwie tut er mir ja leid – er kann ja nun wirklich nichts dafür.“

Kein Verlust, der wesentlich ins Gewicht fallen dürfte, dachte ich, nach alldem, was sie mir von ihm erzählt hatte. Ihr Albtraum kam ja wohl auch nicht von ungefähr.

Gabis Flasche war leer, und die Asche an ihrer Zigarette konnte sich gerade noch halten. Ich klopfte sie auf meine Handfläche ab, wo sie noch zwei Sekunden lang nachglühte und dann erlosch.

„Lass’ uns doch unser nächstes Bier gleich bei dir aufmachen“, schlug ich vor.

„Okay!“, sagte sie und lachte wieder.

Ich richtete mich vorsichtig auf und hielt mich mit der flachen Hand an der Decke fest, während ich mein erstes Bein über den Wannenrand hob. Das Rund des Wannenbodens war ein denkbar unsicherer Untergrund, und ich kam mir vor, als schwankte ich zehn Meter über der Popcornoberfläche. Die altmodische Deckenlampe mit ihren sechs blassgrünen, spinnwebenumwehten Glastüten, die ich nun unter meiner Nase hatte, roch nach warmem

Staub. Ich rührte mir mit dem ausgestreckten Fuß einen Einstieg in das Popcorn und ließ mich vorsichtig hinunter. Nachdem sie die Flaschen und die Zigaretten unter der Wanne abgestellt hatte, kletterte Gabi mir nach, und ich hob sie vom Podest herunter.

„Wann ist denn deine Party eigentlich?", fragte sie, als wir uns durch das in diesem Teil des Schlafzimmers noch relativ seichte Popcornmeer zur Küche vorwühlten.

„Morgen in zwei Wochen." Ich half ihr über die Sperre.

„Ich kann dir ja bis dahin noch ein bisschen helfen – wenn du willst."

„Ja gerne!", sagte ich. „Das würde mir sicherlich guttun! Ach so – ich muss mir noch ein paar Sachen zum Anziehen zusammenpacken. Schaust du mal nach, ob der Ofen richtig aus ist?"

Ich schob mich zurück zum Waschtisch und friemelte mir hinter der Abdeckfolie aus dem oberen Schieber eine Unterhose und ein Paar Strümpfe und aus dem darunterliegenden ein frisches T-Shirt heraus.

„Jaaa!", rief sie aus der Küche, und es klang wie aus einer anderen Welt.

„Was denn?"

Sie erschien wieder an der Tür. „Der Ofen ist aus", sagte sie leise.

„Ach so." Ich watete zurück und kletterte mit Gabis Hilfe wieder hinüber in die wirkliche Welt, da, wo die Klänge noch eine Weile im Raum standen, bevor sie sanft verhallten, und nicht augenblicklich und unwiederbringlich von Popcornmassen abgeschnitten und verschluckt wurden. Ein einzelnes Popcorn war mit in die Küche gefallen und wurde prompt von einem Ameisenspäher mit vorsichtiger Distanz und suchenden Fühlern in Augenschein genommen. Ich holte eine Plastiktüte aus dem Schieber im Küchentisch, packte noch mein Waschzeug ein und nahm meine Zigaretten vom Tisch.

„Alles klar?"

„Japp!", sagte sie und lächelte. Sie klemmte sich ihre Biertasche vor die Brust, und wir gingen.

In dem Moment, da wir hinaus ins Treppenhaus traten, liefen uns Frau Kamp und ihr kleines Hechelmonster über den Weg. Ich schloss die Tür rasch hinter mir ab.

„Ah, Herr Dumfarth!", sagte sie laut. „Gerade wollte ich zu Ihnen!"

„Ich muss jetzt leider gehen – wir haben's eilig." Cleo kletterte mit ihren Vorderkrallen an meinen Hosenbeinen hoch und inspizierte mich ausgiebig, und ich fragte mich, welche geheimnisvollen Gedankengänge sich wohl hinter ihren fragenden, schwarzen Glubschaugen verbargen.

„Ach so. Hamse gesehen, Herr Dumfarth – die alte Badewanne ist endlich wieder aus dem Hof verschwunden. Die Türken können aber auch *al-les* gebrauchen!"

„Jaja, das war aber mal höchste Zeit."

Sie musterte Gabi abschätzig, und die reagierte mit demonstrativem Desinteresse, während sie ihre Flaschentüte vor sich festhielt.

„Ich hab' gesehen, Sie haben sich ein Steckschloss eingebaut?"

Oh je.

„Ja, das war einfach eine Frage der Sicherheit – wenn man so allein lebt, und noch dazu im Erdgeschoss. Sie wissen ja – der Hemshof … Aber wir müssen jetzt wirklich weiter." Gabi stand bereits an der Haustür und studierte mit sichtbarem Interesse am Detail die verbeulten Briefkästen. „Tschüs, Frau Kamp."

„Wiedersehen, Herr Dumfarth!"

Gabi schloss ihre Wohnungstür auf, und wir traten ein. Es war duster und muffig und roch nach ausgekühlter, unaufgeräumter Küche und längst erkalteter Nudelsuppe aus der Packung. Das einzige Lüftchen, das sich bewegte, war das, das wir vor uns her schoben, und die Fenster schienen seit Einbruch der kühleren Jahreszeit nicht mehr geöffnet worden zu sein.

Der kleine Flur besaß die gleiche frühsiebziger Standardoptik wie der bei meiner Mutter. Eine zehn Jahre alte, farblose Kleinmustertapete, die, wie abgemessen, überall die Grenzen zu den Türrahmen aus welchem Grund auch immer um exakt einen Zentimeter überschritt. Oben, unter der Decke, hingen mit Ölfarbe dick angemalte, schwarz zugestaubte Abwasserrohre, die einfach irgendwo aus der Wand traten und scheinbar wahllos wieder in ihr verschwanden. Dann gab es noch den fest verklebten dunkelgrauen Filzbelag auf dem Boden, der bei späteren Mietergenerationen mangels Entfernungsmöglichkeiten notgedrungen als Isoliermatte unterm Teppich verschwinden würde. Als Nichtflurbesitzer überraschte mich jedes Mal, wie viele Türen so eine kleine Wohnung eigentlich besaß, die dann alle in den winzigen Flur mündeten und auch noch einzeln in zentnerschwere, immer wieder überlackierte Türrahmen verpackt waren. Ein Wunder, dass meine Wohnung ohne Flur überhaupt funktionierte.

Wir gingen ins Wohnzimmer, wo Gabi sich sogleich am Ölofen zu schaffen machte, um der schlechten Luft die nötige wohlige Wärme zu verleihen. Das Wohnzimmer war nur mit dem Allernötigsten ausgestattet. An den Wänden war nichts zu finden, außer dem Ausgang des Ofenrohrs und einem an den üblichen drei Ecken angehefteten Poster mit dem Augenpaar und dem grünen Reisepass von Klaus Doldinger. Auf dem Boden, in der Mitte des Raumes, lag diagonal ein dünner, dunkelrot gemusterter alter Teppich von der Sorte, die alte Omas als Couchüberwurf benutzten und aus dem sich so mancher Freak eine Jacke oder eine Tasche nähen ließ. Darauf lagen drei kleine Matratzen, wie Berthold sie früher, mit sanft knirschendem Stroh gefüllt, auf seinem Erste-O.G.-Bett gehabt hatte und die zusammen etwa die Größe einer meiner Matratzen bei Frau Kamp besaßen. Auf den Matratzen lag eine aufgeworfene dünne Steppdecke, die seit dem letzten Waschen wohl so manchen durchstandenen und durchschwitzten Horrortrip miterlebt hatte. Auf dem Boden drum herum standen verstreut ein übervoller Aschenbecher, eine Kerze in einem weißen, angeschlagenen Emailständer mit Ringgriff, eine umgefallene leere Bierflasche, und gerade noch in Reichweite ein kleiner Wecker und ein aufgeklapptes Taschenbuch von George Eggburn. Das war nicht gerade viel, aber diese Teppichfrau-Wohnungen, von denen es in Ludwigshafen so manche gab, besaßen – im Gegensatz zu Bertholds Dachstube – trotz allem einen Hauch von Gemütlichkeit, was dann wohl mit dem schwer definierbaren, aber eindeutig vorhandenen Frauenfaktor zusammenhing

Gabi war es endlich gelungen, den Ölofen so anzufachen, dass er auch an blieb, und die langsame Flamme waberte müde zwischen den Ritzen. Mit geübten Bewegungen kickte sie ihre Schuhe von den Füßen, die dabei über den staubigen Dielenfußboden bis in die leere Ecke flogen und sich zum Schluss mehrmals überschlugen. Sie setzte sich auf ihr Matratzenlager und zündete die Kerze an. Mit einem leisen Lächeln sah sie zu mir hoch und reichte mir die Hand.

„Komm', steh' nicht so rum", sagte sie, „setz' dich zu mir."

Ich setzte mich neben sie, und meine Kniegelenke knirschten dabei, als wären sie mit Sand geschmiert worden. Die Matratze dagegen knirschte nicht und war demnach doch nicht mit Stroh gefüllt. Ich holte uns zwei Flaschen Bier aus der Einkaufstüte und machte mich daran, mit dem großen Zacken meines Hausschlüssels die Kronkorken ringsum aufzuhebeln, während Gabi uns zwei Zigaretten anzündete. Sie steckte mir eine zwischen die Lippen, streckte sich auf der Matratze aus und legte ihren Kopf auf meinen Schoß. Ich fuhr ihr mit den Fingern durch das lange Haar, und sie blickte mich von unten an.

Ich musste an die getretenen Katzen bei meiner Mutter denken, die sich früher, als ich noch zu Hause wohnte, jeden Abend mühsam schnurrend auf meinem Schoß von ihrer täglichen Tracht Prügel erholt hatten, während ich ihnen die Nackenhaare zu Berge kraulte. Ein leiser Luftzug hatte sich von irgendwoher eingeschlichen, und Gabis Haar glänzte dunkelrot im flatternden Kerzenlicht. Ich erinnerte mich, wie auffallend stumpf es war, als sie das erste Mal bei mir am Tisch gesessen hatte.

„Hast du immer noch das Bedürfnis, wem auch immer die Augen auszukratzen, wenn du mich mit ihr sehen solltest?", fragte ich und stellte ihr ihre geöffnete Bierflasche hin. Ich dachte dabei an Barbara, meine großbusige nackte Suppenpartnerin, die sich damit wohl bestens für Gabis Drohung qualifizierte.

„Ach, weißt du“, sagte sie und legte ihren Kopf bequemer zurecht, „ich denke, man sollte vielleicht nicht so viel fordern, dann springt am Ende möglicherweise mehr heraus.“

Hört, hört, dachte ich und nahm einen langen Schluck.

In diesem wortkargen Zustand versanken wir dann in den Rest des Abends hinein, und der einzige Hinweis darauf, dass die Zeit trotzdem weiterlief, war, dass ich uns in regelmäßigen Abständen immer wieder zwei neue Flaschen aufmachte und dass Gabi irgendwann zwischendurch aufstand, um den Plattenspieler, der neben dem Ölofen auf dem Boden saß, zum Leben zu erwecken und eine Platte aufzulegen.

Sie kam auf leisen Sohlen zurück und nahm ihre alte Position auf der Matratze und in meinem Schoß wieder ein, während der Verstärker seine nähere Umgebung in ein blassgrünes Geisterlicht tauchte. Nach einer nicht nachvollziehbaren langen Anfangspause, gespickt mit kaum hörbaren, aufnahmetechnischen Geräuschen, setzte urplötzlich eine bläserlastige, zunehmend hektischer werdende Jazzrockattacke mit unermüdlichem Schlagzeug ein, wodurch Gabis Wohnzimmer mit einem Mal mit Leben erfüllt wurde, um anschließend, nach einer kurzen Pause, von den angenehm einlullenden, leisen Flötentönen von *In the Court of the Crimson King* abgelöst zu werden, als welches ich die Platte erst jetzt identifizierte. *King Crimson*, mit dem wüsten rotblauen HNO-Plattencover, eine Platte, die zu dem ausschließlichen Zweck aufgenommen wurde, den musikalischen Rahmen für sämtliche wortlosen und zeitentrückten Teppichfrau-Freitagabende der Republik zu liefern. Die mit der ewig brennenden Kerze, die irgendwann, spät in der Nacht, von alleine lautlos erlosch und die kleine zweisame Welt in Dunkelheit tauchte, und die nach einem ineinanderverschlungenen Doppelschlaf auf der schmalen Matratze und unter der einzelnen dünnen Steppdecke schließlich mit einem gleichermaßen zeitlosen samstagmorgendlichen Frühstück im staubigen spätherbstlichen Lichtbalken auf dem Wohnzimmerboden endeten.

Und was hätten wir uns auch sagen sollen? Dass wir einander guttaten? Das wussten wir auch so. Wir spürten, dass unsere Schwingungen vielleicht nicht unbedingt dieselbe Frequenz hatten, sie aber doch zumindest ineinandergriffen, irgendwo einen gemeinsamen Nenner hatten. Wie zwei unterschiedlich große Zahnräder, die sich gegenseitig umkreisten. Wer beim Essen zu viel redete, wusste am Ende womöglich nur noch, *dass* er gegessen hatte, unter Umständen auch noch, was es gewesen war, jedenfalls aber nicht mehr, wie es geschmeckt hatte.

Es müssen für jeden fünf Flaschen gewesen sein – die, die wir hoch oben in der Badewanne getrunken hatten, nicht mitgezählt. Als Gabi dann irgendwann ihre Letzte geleert hatte, stand sie wortlos auf und verschwand ins Bad.

Ich streckte mich wohlig aus und schaute, die Hände im Nacken verschränkt, zur Decke hoch. Genau über mir schwebte eine völlig unpassende quadratisch-flache Lampenschale aus Glas einen Fingerbreit unter der Decke, die wohl ursprünglich für ein kleines, niedriges Bad oder einen engen Flur gedacht war, nicht aber für ein großes Wohnzimmer. Ihr Schatten, den die durch Gabis Abgang unruhig gewordene Kerzenflamme ihr verlieh, sprang ziellos um sie herum. Ich hörte lange das Wasser laufen und versuchte, mir vorzustellen, wo Gabi sich jetzt gerade überall wusch. Als sie schließlich wieder herauskam, bekleidet mit nur noch ihrem halbnassen Slip, nahm ich mein Waschzeug vom Boden und ging nach ihr hinein.

Es roch dampfig, und der Spiegel über dem Waschbecken war angelaufen. Ich wischte ihn mit dem klammen Handtuch frei und schaute mich aus der Nähe an. Doch, Dumfarth, dachte ich, heute hast du es dir verdient!

Gabi besaß eine eigene Badewanne, eine alte mit Füßen und meiner Suppenwanne nicht unähnlich. Dem Aussehen nach zu urteilen, benutzte sie sie aber nicht. Das Badezimmer war rein zweckmäßig ausgestattet und überdies auch noch ziemlich schäbig, mit einer glänzendblassgelb gestrichenen, rissigen Wand und einem grauen, kalten Steinfußboden, der wie die Schnittfläche einer riesigen Schnittleberwurst aussah.

In der Ecke über der Badewanne hing ein großer, mit lockeren Staubflocken behafteter Wasserzähler; möglicherweise war's auch ein Gaszähler – ich konnte es vom Becken aus, vor dem ich mich zum Waschen aufgebaut hatte, nicht erkennen. Jedenfalls hatte etwas hinter der angelaufenen Glasscheibe zu rotieren begonnen, als ich das Wasser aufgedreht hatte, aber da es sich dabei um das Warmwasser handelte, konnte das sowohl für das eine als auch für das andere sprechen. Ich hätte es wohl mit geringem Aufwand herausfinden können, doch lagen meine Prioritäten im Moment ganz woanders.

Ich schäumte mich überall dort ein, worauf es jetzt ankam, an den Reibungsflächen gewissermaßen, da, wo der Herrgott dem Menschen hat Haare wachsen lassen, damit er beim Gehen nicht plötzlich in Flammen aufging. Dies war der Augenblick, der sich als der vorzüglichste von allen erweisen würde, die letzte Stufe vor dem Ziel, die allerletzte, die sich noch steigern würde. Wenn man nämlich am ersehnten Ziel angekommen sein wird, ist es bereits schon vorbei – womit einem dann wieder einmal klar wird, dass sich das eigentliche Ziel keinesfalls unter der gemeinsamen Steppdecke befindet, sondern hier, beim Seifenschaumschlagen im fremden Bad vorm fremden Spiegel. Menschen lächeln sich gar nicht an, um am Ende miteinander im Bett zu landen, sondern um sich mit einem Kribbeln im Bauch über dem Waschbecken die Weichteile zu waschen.

Ich schrubbte mir die Zähne, dass mein Zahnfleisch glühte, und scheuerte mir die Zunge solange wund, bis sie frisch und unverbraucht wie eine Babyzunge heraushing. Im Spiegel prüfte ich ein letztes Mal mein Bild, fuhr mir mit den feuchten Händen durch die Haare und knipste schließlich das Licht aus.

Bevor ich wieder ins Wohnzimmer ging, wo es inzwischen still geworden war und nur noch die Kerze leise flackerte, schaute ich noch in der Küche vorbei, um auch dort das Licht auszumachen.

Die Küche hatte schon eher Ähnlichkeit mit Bertholds. Auf dem Tisch, der hier allerdings – im Gegensatz zu seinem – mit drei Stühlen ausgestattet war, lag in einem heillosen Durcheinander ihr vermutlich gesamtes Arsenal an Tellern ungespült herum, mit alten, ausgetrockneten Brotkanten und Bröseln und an den Tellerrändern abgestreiften rotweißen Messerbelägen. Die dazugehörenden Messer lagen in beachtlicher Zahl dazwischen. Ein offenes Marmeladenglas stand dabei, und daneben ein nur einmal angebissenes und durch Austrocknung grotesk gewölbtes Marmeladenbrot. Es ging mich alles nichts an. Ich schraubte das Glas dennoch zu, machte in der Küche das Licht aus und ging über den dunklen Flur zurück ins Wohnzimmer.

Gabi lag im Kerzenschein unter ihrer Steppdecke, und als ich vor ihr stand, hob sie sie an und ließ mich drunter. Es war bereits warm. Ich zog die Decke über uns glatt, und sie rutschte zu mir herüber und begann, sich wie eine Ausgehungerte über mich herzumachen. Mein Oberschenkel nahm seinen Platz zwischen ihren ein, und sie passten ineinander wie zwei warme Hände, die zueinander fanden. Den Slip hatte sie nicht mehr an, und ihre Reibungsfläche war vom Waschen noch ganz nass und kühl. Ich fühlte mich gut. Ich drehte mich um und blies die Kerze aus. Am Wochenende wird nicht geschafft. Und keiner weiß, wo ich bin.

Die ganze darauf folgende Woche ging mir Gabi täglich, von früh bis spät, beim Popcornschaffen zur Hand. Montagmorgen hatten wir uns binnen einer Stunde perfekt eingespielt, wobei sie die Rolle übernahm, die Berthold bei seinen drei Gastspielen innegehabt hatte. Das heißt, sie bediente die Bleche am Tisch, indem sie sie mir heiß abnahm, nachdem ich sie auf die Decke geleert hatte, sie dann mit frischen Körnern wieder auffüllte und mir schließlich wieder zurückgab, während ich mit den Blechen am Ofen hantierte und in den Zwischenphasen das heiße Popcorn vom Ausschuss trennte und durch die Schlafzimmertür schleuderte. Zwischendurch musste ich, um Platz zu schaffen, mit dem Besen immer wieder den überhand nehmenden Popcornberg auf der Schlafzimmerseite aus dem Weg kehren und in die nähere Umgebung verteilen, ganz wie beim winterlichen Schneekehren auf dem Trottoir.

Gabi tat die Arbeit sichtlich gut. Sie hatte damit eine Aufgabe und ein Ziel, wenn auch nicht ihr eigenes, und sie war von unbestreitbarem Nutzen – für sie vermutlich ein völlig ungewohntes Gefühl. Wir blieben dennoch in vorsichtiger Distanz zueinander, um die zarte Haut der Seifenblase, die uns umgab, nicht zu verletzen. Sie wusste ebenso wie ich, dass wir uns einander nur die Gegenwart versüßen konnten, keinesfalls aber die Zukunft – dafür waren unsere Schwingungen denn doch zu verschieden. Und so erwiesen wir uns gegenseitig nach unserer selbstauferlegten Fronarbeit lediglich den wohlverdienten Ausgleich.

Am späten Nachmittag brachten wir unsere leeren Flaschen zum Eckladen und tauschten sie gegen volle ein, womit der gesellschaftliche Teil des Tages begann. Dieser zeichnete sich vornehmlich durch eine zunehmend herabgesetzte Humor- und Albernheitsschwelle aus, zusammen mit einer Verlagerung der Prioritäten vom Popcorn weg und zueinander hin, und gipfelte schließlich – so zwischen Mitternacht und ein Uhr – im feierlichen Ausschalten des Backofens, dem kurzen Lüften unseres Arbeitsplatzes und dem Umzug in unser Nachtquartier, wo wir uns bei Kerzenlicht, *Atom Heart Mother* (diesem *Doktor Schiwago auf LSD*, wie Joe sie gerne nannte) und einem letzten Bier unter Gabis vergammelter Steppdecke warm hielten, bis wir irgendwann, ohne es zu merken, einschliefen.

Allmählich vervollständigte sich das Bild, das ich mir damals mit Bozo in der *Shiloh Ranch*, zwischen warmen, überschäumenden Bierflaschen, aufgereihten Popkörnern, einem neben seiner Biersuppe eingeschlafenen Jörg und sich um Sitzrechte prügelnden Blaumännern, zurechtgelegt hatte. Die weiße Popcornlandschaft hatte inzwischen, zusammen mit der erhabenen weißen Badewanneninsel in deren Mitte, eine unbestreitbare Ähnlichkeit mit einem sorgfältig geharkten Zen-Garten aus Kies, was dem Ganzen etwas geradezu Tiefsinniges verlieh, und ich begann, langsam darüber nachzudenken, welche unterbewusste Eingebung mich womöglich zu der ganzen Aktion bewogen hatte.

Am Freitag, dem voraussehbar letzten Tag unserer Plackerei, kam Berthold morgens vorbei und rollte zum Endspurt noch einmal seine knochenengen Ärmel hoch. Es war nicht möglich, ihn in unseren eingespielten Ablauf zu integrieren, und so bekam er die Aufgabe, mit seinen langen Armen den Popcorngarten auf die vorgeschriebene, gleichmäßige Höhe von einem Meter zu bringen. Nach und nach zeigte sich am einmeterhohen Podest, wie präzise unsere Vorausberechnungen gewesen waren.

Nachdem Gabi das erste Mal an diesem Morgen in der Toilette im Treppenhaus verschwunden war, kraulte Berthold zur Tür vor, setzte sich auf den inzwischen untergetauchten Stuhl und zündete sich eine Zigarette an.

„Sag mal“, meinte er und blies den Rauch weit von sich, „wie seid *ihr* denn wieder aneinandergeraten?“

„Och – sie hat letzte Woche irgendwann geklingelt und kam mit einer Tasche voll Bier unterm Arm herein. Sie scheint wieder halbwegs ein Mensch zu sein, und ich sorge so gut ich kann dafür, dass das auch so bleibt.“ Ich stellte ihm den Aschenbecher auf den Gegenstuhl auf der Küchenseite. „Und *sie* sorgt dafür, dass ich nicht schon längst nackt im Popcorn sitze und Unsinniges vor mich hinbrabble. Ich schlafe sogar bei ihr drüben."

„Und – wie sieht's mit *hier* aus?", fragte er und machte mit den Fingern das Taubstummenzeichen für *hier*.

„Wir können beide nicht klagen."

Gabi kam vom Klo zurück und machte die Tür wieder hinter sich zu.

„Wir müssen uns übrigens etwas überlegen wegen des Rauchens während der Party", sagte ich, um das Thema zu wechseln. „Stell' dir vor, ein vollgesoffener Jörg oder Friedel lässt eine brennende Kippe aufs Popcorn fallen, und die verschwindet auf Nimmerwiedersehen irgendwo in der Tiefe."

„Nicht auszudenken! Am besten wäre wohl ein radikales Rauchverbot im Schlafzimmer."

„Ja – besser wär's. Wohl oder übel."

Zu dritt holten wir am Nachmittag gemeinsam und zum allerletzten Mal die drei Bleche aus dem Backofen. Das Zimmer war nun auch amtlich voll und die Säcke leer – außer der beiden, die mit den nichtaufgegangenen und den verbrannten Körnern gefüllt waren. Ich schaltete mit dem Handtuch den Ofen aus, und mir war, als hörte ich ihn erleichtert aufatmen.

„Hopp", sagte Berthold, „wir gehen uns was zu trinken holen – das muss begossen werden. Ein Tag wie dieser wird einem im Leben nur selten beschert!"

„Allerdings", sagte ich, und Gabi hatte sich bereits die Jacke umgehängt. Wir waren alle ziemlich aufgedreht, hatten wir doch das Unmögliche geschafft und wussten zudem, dass wir im ganzen Leben nicht *ein* Maiskorn mehr zum Poppen bringen mussten.

Wir gingen hinüber in den Eckladen, ignorierten dabei die Schwarz', die mit ihrer Altkleidersammlung und Bierflasche in der Hand vor der Treppe unter Gleichgewichtsstörungen litt und herumsabberte, und holten einige Flaschen billigen Weißwein und Cola und für Gabi ein paar Flaschen Bier aus den Regalen.

Den Rest des Abends verbrachten wir schließlich gut gelaunt, mit uns und der Welt zufrieden und bis zu den Hälsen in unserem Kunstwerk begraben.

18
DER COUNTDOWN

... noch 5 Tage ...

Am Montag der letzten Woche vor dem großen Fest, morgens um sechs Uhr, als ich wach wurde, begann der Countdown. Am anderen Ende dieser Woche lag nun endlich das Ziel von fast zwei Monaten der Suche und des Austüftelns, des Erprobens und außerplanmäßigen Gelderwerbs, der selbstauferlegten Fron, der Angst vor Frau Kamps Entdeckung wie auch vor der eigenen Courage, eine Aufgabe wie diese Popcornparty vielleicht zu sehr ernst genommen zu haben, als stellte sie eine wesentliche Weichenstellung für mein künftiges Leben dar. Und vor allem der Angst vor dem letztendlichen Scheitern, nachdem das Ganze dafür viel zu weit gediehen war. Am Ende dieser Woche musste eben alles endgültig im Kasten sein.

Das Wochenende hatte ich damit verbracht, Ordnung in meiner Wohnung zu schaffen, damit diese letzte Phase der Vorbereitungen ungehindert abgewickelt werden konnte. Ich hatte den Schlafzimmerschrank frei gegraben und ihm alles an Lebensmitteln entnommen, was ich im Laufe der Woche noch brauchen würde, damit er bis nach dem Fest nicht mehr geöffnet werden musste. Danach schloss ich ihn ab, legte den Schlüssel obendrauf in den Staub und brachte die Popcornoberfläche wieder auf einheitliches Niveau. Der Waschtisch, dessen Marmorplatte mit dem Popcorn eine gemeinsame Fläche bildete, konnte nach Bedarf frei gewedelt werden, da ich für die vorübergehende Lagerung meiner Wäsche und Handtücher nur die obere Schublade benutzte.

Was Gabi und mich betraf, ging es uns in diesen Tagen ganz gut. Wir sahen uns nur abends zum gemeinsamen Umtrunk auf ihrem Teppich und kurz am Morgen, wenn ich aufstand und sie dabei wach wurde. Ich kochte ihr dann nach dem Duschen mithilfe der röchelnden Kaffeemaschine einen Becher Kaffee und stellte ihn auf den Boden neben der Matratze, bevor ich ihr die zerzausten Haare aus der Stirn strich und für den Rest des Tages das Haus verließ. Ich hatte einen Schlüssel zu ihrer Wohnung und verbrachte meine Zeit entweder bei mir zu Hause oder unterwegs. An Letzterem hatte ich einen erheblichen Nachholbedarf, den es zur Wiederherstellung meines vor Überlastung etwas aus dem Lot geratenen Seelenlebens unter allen Umständen zu befriedigen galt. Ich musste am Samstag physisch wie psychisch auf der Höhe sein.

Das ergänzende Gegenstück zu der gewaltigen, lockeren, farb- und geschmacklosen Popcornmasse war die alles überragende Bohnensuppe – schwer, bunt und kalorienreich, wie das stark gewürzte süßsaure Schweinefleisch auf dem faden Klebreisberg im Chinarestaurant, das protzende männliche Yang gegenüber dem ruhenden weiblichen Yin, gewissermaßen. Für dieses Yang mussten Bohnen, Gemüse, Schweinebauch und Würstchen herangeschafft beziehungsweise vorbestellt werden, ganz zu schweigen von den Gewürzen, der gekörnten Brühe und all dem Kleinkram, der der Suppe erst zur Aufnahme in das blaue Sammelwerk meiner Mutter verholfen hatte. Und so hieß die Losung für die nun bevorstehende Woche: Großeinkauf.

Am Montagmorgen stand ich also früh auf und ging nach dem Duschen unverzüglich rüber in meine Wohnung, um für Barbara und mich Kaffee zu kochen. Dadurch, dass ich während meines Popcornmarathons jeden Tag erst etwa um sieben Uhr aufgestanden und zum Schluss auch noch zu Gabi übergesiedelt war, war ich völlig außer Übung geraten, und ich musste mir überlegen, wann ich das Wasser eigentlich aufsetzen musste, damit die Tasse pünktlich auf dem Fenstersims stand.

Ich fing einfach mal an, und als ich nach dem Überbrühen das restliche kochende Wasser zu den Silberfischchen in den Abguss leerte, klopfte es auch schon am Fensterladen.

„Ihre Zeitung, bitte“, sagte Barbara, als ich die Läden aufstieß, und reichte mir die *Rheinpfalz* hoch. „Bist du auch mal wieder da? Ich hatte schon gemutmaßt, du seist ausgezogen.“

„Fast ist es auch so“, sagte ich und stellte ihr ihren Kaffee hin. „Ich übernachte mittlerweile woanders. Hier ist kein Platz mehr für mich.“

„Dein Popcorn riecht ja schon bis auf die Straße“, sagte sie, während sie meine Läden ganz aufklappte und festklemmte.

„Nun ja – ich bin ja auch endlich nach drei Wochen am anderen Ende des Tunnels herausgekrabbelt. Der Popcorntopf ist nun voll, und die Party findet am kommenden Samstag statt.“ Ich setzte mich mit einer Backe aufs Fensterbrett und klappte die Zeitung auf, um mir flüchtig die Überschriften anzusehen. „Ich hoffe, du hast am Samstag nicht schon was vor.“

„Nö – eigentlich nicht.“

„Wunderbar. Hättest du Lust, nachher mit mir einkaufen zu gehen? Die Zutaten für unsere Suppe müssen noch eingekauft werden.“ Mit dem Wort *unsere* wollte ich in ihr eine Art Mitverantwortungsbewusstsein für die Suppe entfachen. „Es ist allerdings eine ziemliche Menge.“

„Das dachte ich mir. Klar, hab’ ich Lust – ist ja schließlich auch meine Suppe.“ Bingo! „Ich muss jetzt nur noch die Riedsaum und die Falken hoch und runter, dann bin ich fertig.“

„Naja, jetzt isses eh noch zu früh – die Geschäfte haben ja noch gar nicht auf. Ich hol’ dich später zu Hause ab. Was hältst du von neun Uhr?“

„Neun is’ gut.“

„Wir müssen sowieso zuerst nach Friesenheim zum *Albertini*, wegen der weißen Bohnen. Da liegst du ja genau auf dem Weg.“

„Die weißen Bohnen sind dort übrigens spottbillig.“

„Ich weiß, 59 Pfennig die Dose. Und ich brauche neunzig davon.“

„*Neunzig?* Mein lieber Mann!“ Sie warf einen Blick auf ihre Uhr. „Hoppla, ich muss weiter. Wenn die Leute zum Frühstück ihre Zeitung nicht haben, gibt’s Ärger.“

„Da wüsste ich was Spannenderes.“

„Ich auch. Also – bis neune.“ Sie trank rasch aus, stellte ihre Tasse ab und verschwand mit ihrem Zeitungswagen die Straße hinunter.

Pünktlich um neun klingelte ich an Barbaras Wohnungstür. Nach einer kurzen Weile machte sie einen Spaltbreit auf und steckte ihren Kopf heraus. Ihr ungeschminktes

Gesicht war nass und ihr Haar in einen großen Handtuchturban gepackt.

„Komm' rein – ich bin noch nicht so weit", sagte sie und verschwand wieder ins Bad. Sie hatte ein großes Frotteebadetuch wie eine Toga um den Körper gewickelt, das irgendwo unter einer ihrer Achselhöhlen festgesteckt war. Blassorangene Sommersprossen sprenkelten ihre weichen Schultern und Oberarme. So in etwa hatte ich sie mir vorgestellt.

Ich schloss die Tür leise hinter mir. Barbaras Bruder, der ein paar Jahre jünger war als sie, stand wortlos im Flur vorm Spiegel und cremte sich die Ohrläppchen mit Nivea ein.

„Hallo", sagte ich und platzierte mich, die Hände hinter dem Rücken, neben die Wandgarderobe. Wir mochten uns nicht.

„Hallo, Peter", sagte er mit übertrieben-freundlichem Unterton und schaute mich arrogant durch den Spiegel an. Ich hegte schon länger den Verdacht, dass er schwul war, traute mich aber nicht, Barbara zu fragen. Letztendlich war es mir ja auch egal. „Ich hab' gehört, dass du neuerdings ein wenig – wie soll ich's sagen – *exzentrisch* geworden bist?"

„Ja, das stimmt. Ich hab' mich mit deiner großen Schwester zum Lümmeln in einer warmen Bohnensuppe verabredet, splitternackt, mit Brüsten und allem Drum und Dran – die ganze Nacht hindurch." Jeder andere Bruder hätte mir an dieser Stelle die Faust samt Niveadose auf die Nase gedrückt.

„Es soll in anderen Teilen der Welt angeblich Menschen geben – ob's stimmt, weiß ich nicht –, die froh wären, sie könnten sich *einen* Teller Bohnensuppe überhaupt leisten. Und eine Badewanne voll sind – wie viel?"

„… zweihundert Liter. Ja, davon hab' ich auch schon gehört. Es sollen aber auch welche dabei sein, die wären noch viel froher, wenn sie zu ihrem Teller Bohnensuppe auch noch den Luxus genießen könnten, sich jeden Tag ihre kleinen, fetten Ohrläppchen einzucremen."

Die gegenläufigen Kreisbewegungen von Daumen und Zeigefinger kamen kurz aus dem Takt, fingen sich aber bald darauf wieder.

Im Bad ging die Klospülung, und Barbara kam heraus, sauber und wohlgemut, mit luftigem Haar und nach Seife, Strahler-Küssen und frisch versprühtem Deospray duftend.

„Na", sagte sie, „was hältst du davon, wenn wir meinen Zeitungswagen mitnehmen?"

„Das klingt gut!"

Sie schnappte sich ihre obligatorische Footballjacke vom Haken und klopfte ihrem Bruder im Vorbeigehen auf den Hintern.

„Tschüs, bis später."

„Tschüs", sagte er leise und machte sein blaues Döschen mit einem satten *Klack* wieder zu.

Ich hatte es vorgezogen, beim *Albertini* in Friesenheim einzukaufen, da wochentags um halb zehn sämtliche Friesenheimer im arbeitsfähigen Alter, ausgenommen die Hausfrauen natürlich, in der direkt angrenzenden Sodafabrik standen und ihre Hebelchen bedienten – das heißt, hier war weniger Publikum zu erwarten als beim *Albertini* in der Stadt. Außerdem hatte ich auch keine Lust, neunzig Dosen Bohnen durch die belebte Bismarckstraße zu ziehen, geschweige denn über das Viadukt mit seinen chaotischen Verkehrsverhältnissen. Von der Entfernung her lagen sie von meiner Wohnung aus etwa gleich weit weg. Am Halteverbotsschild vorm *Albertini* kettete Barbara ihren Zeitungswagen an.

„Der gehört nicht mir, sondern der *Rheinpfalz*“, sagte sie und steckte das Schlüsselchen in die Brusttasche ihrer Footballjacke. „Sicher ist sicher.“

Der Wagen sah mit seinen geschwungenen und am vorderen Ende miteinander verbundenen Seitenstangen ein wenig aus wie eine kleine Lauf-Rikscha und fuhr auf zwei Speichenrädern, mit Ventil und allem – wie zwei Fahrradräder, nur kleiner.

Wir gingen hinein. In den Gängen war kaum was los, und die Holzpaletten präsentierten sich noch montagmorgendlich unberührt.

„Ich glaube, die Bohnen sind in der mittleren Reihe“, meinte Barbara, „da, wo auch die anderen Konservendosen sind.“ Dort, in derselben Reihe wie die Lambrusco-Bomben, hätte ich sie auch vermutet.

Wir wurden auch auf Anhieb fündig. Die weißen Dosenbohnen waren eben ein gefragter Artikel und für viele, allen voran die bohnenlastigen jugoslawischen und türkischen Gastarbeiter, der Hauptgrund, überhaupt beim *Albertini* einzukaufen. Womöglich war das auch ihr einziger Daseinszweck, als eher nichtprofitabler Köder zu dienen. Jedenfalls waren sie in der Regel um einiges zahlreicher vertreten als andere Dosenartikel. Das Problem für uns war jetzt nur, dass gerade mal neununddreißig Stück im Regal standen.

„Wie viele, hast du gesagt, brauchen wir?“, fragte Barbara.

„Neunzig.“

„Dann lass' uns mal jemanden fragen. Vielleicht gibt es noch welche hinten im Lager, und die räumen nur eine bestimmte Menge in die Regale."

„Das kann schon sein. Ist auch ziemlich klein hier, viel kleiner als beim *Albertini* in der Stadt."

Wir ließen den Einkaufswagen stehen und schauten im nächsten Gang nach, wo wir auch gleich einen jungen Einräumer im weißen Kittel fanden, der gerade haufenweise den nicht weniger populären *Albertini*-Kaffee in ein leeres Regal stopfte.

„'Tschuldigung – ham Sie von den Bohnen hier noch welche im Lager?", fragte ich und hielt ihm das mitgebrachte Muster hoch.

„Nee, aber es müssen doch noch genug im Regal sein. Ich hab' g'rad vorhin ein paar Kartons eingeräumt."

„Tja, das war einmal – die haben wir schon. Wir brauchen aber noch etwa fünfzig."

„Was wollen Sie denn mit fünfzig Dosen Bohnen?"

„Insgesamt brauchen wir neunzig. Wir wollen eine Bohnensuppe kochen."

„Ach ja?" Skeptisch blickte er mir zuerst ins eine Auge und dann ins andere. „Dann versuchen Sie's doch mal in der Hauptfiliale in der Stadt. Die sind viel größer als wir und haben einen entsprechend größeren Lagerbestand." Er nahm mit beiden Händen und unter Zuhilfenahme seiner Unterarme einen ganzen Stoß Kaffeepackungen auf einmal aus seinem Karton und setzte seine Arbeit fort.

„… und sind ständig gerammelt voll", ergänzte ich. „Naja – is' gut, dankeschön."

Wir bezahlten die Bohnen, die wir hatten, griffen uns einen Karton aus dem *Albertini*-Kartonberg neben dem

Ausgang und gingen wieder hinaus an unseren Zeitungswagen. Barbara stellte den Karton hinein, und ich reichte ihr paarweise die Dosen.

„Neunzig Dosen hätten wir da gar nicht reinbekommen", meinte sie, als sie die letzten obendrauf legte.

„Das stimmt allerdings."

„Was glaubst du, wie die das schaffen, für 59 Pfennige auch noch ein Panoramafoto im Vierfarbendruck rings um die Dose zu drucken?"

„Das hab' ich mich auch schon gefragt!"

Einander abwechselnd, zogen wir unsere Ladung durch halb Friesenheim und den halben Hemshof, wobei uns der fast menschenleere Sodapark als willkommene Abkürzung diente. Der wurde weniger zum Verweilen denn als öffentliche Hundetoilette und -auslauf sowie als Rückzugsgebiet für die Friesenheimer Pennergemeinde genutzt, und prompt wurden wir von einem Rudel hyperaktiver Köter entdeckt und hektisch hechelnd umkreist, während uns zwei staubige, bereits winterlich verpackte Stadtstreicher von ihrer Parkbank aus neugierig beäugten.

Barbara kettete ihren Wagen an die Straßenlaterne vor meinem Küchenfenster, während ich den Karton mit den Dosen vorsichtig so aus dem Wagen balancierte, dass er seinen Inhalt nicht gleich aufs Trottoir entließ, um ihn auf einen Streich ins Haus zu tragen. Eine in Gedanken durchgeführte Blitzkalkulation ergab ein Gesamtgewicht von etwa dreißig Kilogramm, inklusive Blech, Panoramadruck und Gemüseeinlage.

Nachdem ich den Karton in die Küche getragen hatte, schloss Barbara die Wohnungstür hinter mir, steckte mir meinen Hausschlüssel wieder in die Hosentasche und schaute ehrfurchtsvoll ins Schlafzimmer, wie ein Kind, das ins geschmückte Weihnachtszimmer blickt.

„Mein lieber Mann!“, sagte sie und lehnte sich über die quer gestellte Tür ins Schlafzimmer hinein, was ihrer Stimme sofort einen Dämpfer verpasste. „Das kann sich aber sehen lassen!“

Im Moment sah das Zimmer aber auch wirklich gut aus. Die Herbstsonne, die von irgendeinem gekippten Fenster hierher gelenkt wurde, legte sich bis weit in den Raum hinein und setzte die stolze Badewanne in ein pudriges und weichgezeichnetes Gegenlicht, ganz wie durch den berühmten Perlonstrumpf fotografiert. Auf der darunterliegenden Popcornfläche wurde ihr verzerrtes Schattenbild von den Umrissen des Schlafzimmerfensters eingerahmt.

„Also, wohin damit?“, sagte ich außer Atem und suchte nach einem Platz für den Karton. Ich stellte ihn schließlich auf die Matratze unter dem Küchentisch – bis zur Party würden die Dosen ja eh wieder verschwunden sein.

„Gehen wir gleich weiter in die Stadt?“, fragte Barbara. Sie warf ein Popcorn hoch und fing es mit dem Mund geschickt wieder auf.

„Ich würde sagen, ja. Dann ham wir's hinter uns.“

„Sie sind schon ein bisschen fad“, meinte sie. Sie nahm sich dennoch eine Handvoll für unterwegs, und wir gingen wieder auf die Straße.

Beim großen *Albertini* in der Stadt winkte uns das bunte Rundumfoto schon aus der Ferne zu. Von der Aufteilung her waren wohl alle *Albertinis* dieser Welt gleich angelegt, sodass jeder, der schon einmal in einem eingekauft hatte, sich mühelos in jedem anderen zurechtfinden konnte. So befanden sich auch hier die berühmten Bohnen in der mittleren Reihe, unweit des Lambrusco-Regals. Der Unterschied zwischen diesem *Albertini* und dem in Friesenheim bestand lediglich in der etwas breiteren Palette (womit das Warenangebot gemeint war und nicht die hölzernen Untersätze, auf denen sich ein Großteil davon schmucklos darbot) und der dem größeren Publikum angepassten angebotenen Menge. Und so kamen wir auch anstandslos zu den noch fehlenden einundfünfzig Dosen.

Wie es schien, hatten wir uns mit dieser Menge der Höchstgrenze des zulässigen Ladegewichts unseres Einkaufswagens bedrohlich genähert. Er ließ sich, nachdem wir alles draufgeladen hatten, nur noch schieben, wenn Barbara ihn gleichzeitig vorne zog. Gut, dass sie darin Übung hatte.

„Lass uns gleich die gekörnte Brühe und die Gewürze mitnehmen“, sagte ich, „das ist mengenmäßig nicht so viel.“

„Das Angebot an Gewürzen ist hier aber etwas dürftig“, meinte Barbara.

„Unsere Suppe ist derbe serbische Hausmannskost, da brauchen wir nichts Herausragendes.“

Die mir bis vor Kurzem noch völlig ungeläufige gekörnte Brühe wurde in großen Pappdosen mit rotem Plastikdeckel angeboten.

„Wie viele Liter Brühe brauchen wir denn?“, fragte Barbara und nahm eine aus dem Regal.

„Einhundert.“

Sie suchte die gesamte Dosenfläche ab, bis sie endlich die Suppenmenge entdeckte, die aus dem Inhalt herzustellen war. Sie sagte leise „Hoppla!“ und nahm noch vier aus dem Regal. Sie wogen praktisch nichts, und so mussten die kleinen Räder unseres Einkaufswagens noch nicht unter der zusätzlichen Last abknicken.

„Gewürze sind weiter vorne“, sagte sie, während sie die gekörnte Brühe so auf den Bohnendosen unterzubringen versuchte, dass sie nicht bei nächster Gelegenheit herunterfielen.

„Bleib’ du mit dem Wagen hier stehen“, sagte ich. „Nicht, dass der Lehrling kommt und die Dosen wieder ins Regal räumt.“ Ich ging den Gang entlang zum Gewürzständer und suchte mir aus dem spärlichen Angebot eine Tüte Lorbeerblätter und zwei Tüten Nelken heraus, was recht flott ging, weil viel mehr gar nicht zur Auswahl stand. Was brauchte der durchschnittliche *Albertini*-Kunde schon mehr, um seinen Dosenrotkohl aufzupeppen? Von den restlichen benötigten Gewürzen hatte ich noch genug zu Hause, und somit waren wir mit unserer Einkaufsliste durch. Mir kam’s vor, als kauften Barbara und ich für den gemeinsamen Hausstand ein, und so etwas Ähnliches war es ja wohl auch.

„Du nimmst deine Sache aber sehr ernst“, sagte sie, als ich ihr die Gewürztüten gab.

„Ja klar. Potemkinsche Bohnensuppe gibt’s bei mir nicht.“

Wie zu erwarten war, war es an der Kasse voll, und wir standen eine Ewigkeit, bis wir endlich dran waren. Barbara hatte während der Wartezeit in der Schlange die Bohnen so symmetrisch geordnet, dass die Tippistin deren Anzahl mit bloßem Auge erfassen konnte. Ich bezahlte, während Barbara unseren Wagen mit beiden Händen zum Kartonstall neben dem Eingang zog und sich kopfüber hineinwühlte, um ein passendes Stück für unsere Zwecke auszusuchen.

Der Heimweg gestaltete sich erwartungsgemäß schwierig. Nicht nur, dass uns auf der Bismarckstraße kein Schwein aus dem Weg ging, sodass deren Bezwingung trotz der schweren Last wie bereits bei den Spanplatten zum regelrechten Slalomlauf ausartete. Die zahlreichen Randsteine bildeten zudem schier unüberwindliche Hindernisse, und die Fahrbahn war viel zu befahren, als dass wir auf sie hätten ausweichen können. Das größte Hindernis war jedoch, wie ich befürchtet hatte, das Viadukt. Als regulärer Fußgänger stand einem an beiden Enden des Viadukts die Winkeltreppe direkt nach ganz oben zur Verfügung, nicht aber dem, der einen Zeitungswagen voller Bohnen nach Hause ziehen musste. So mussten wir eine der zwei Rampen benutzen, die sich zum ersten Mal als außerordentlich steil erwies, was das Gewicht der Bohnen um einiges in die Höhe trieb und uns zwang, unsere Last mit vereinten Kräften mühsam rückwärts gehend hochzuziehen. Auf halber Strecke löste sich dann tatsächlich eine Dose Brühe aus dem Dosenverbund und rollte leise hüpfend die Rampe wieder hinunter. Da der kleine Zwischenfall bei den Passanten höchstens desinteressierte Zurkenntnisnahme hervorrief, musste ich ihr hinterherhechten, bevor sie unten von einem Auto erfasst und samt Inhalt auf der Fahrbahn breitgewalzt wurde.

Die hinunterführende Rampe auf der Hemshofseite des Viadukts war nicht weniger schwierig zu bewältigen als die an der Postkantine hinauf. Dort hatte die Arbeit darin bestanden, die Schwerkraft zu überwinden und das Gewicht auf eine höhere Ebene zu ziehen. Hier aber mussten wir alle Kraft aufwenden, um zu verhindern, dass sich der Wagen verselbstständigte und unkontrolliert in den Hemshof hineinrollte.

Irgendwann hatten wir unseren Großeinkauf jedoch schließlich nach Hause gebracht, und die ganze Aktion bekam dann noch zu guter Letzt dadurch die Krone aufgesetzt, dass wir – wenn schon, denn schon – im Treppenhaus Frau Kamp in die Arme liefen.

„Oh! Was hamma denn da?", fragte sie und zählte mit den Augen die Dosen im Karton vor meiner Brust.

„Sonderangebot beim *Albertini*", keuchte ich, „da muss man zugreifen."

„Recht haben Sie", nickte sie anerkennend und musterte Barbara mit etwas mehr Wohlwollen, als sie dies letzte Woche für Gabi übrig hatte. „Aber passen Sie auf – Sie wissen ja: *Jedes Böhnchen ein Tönchen*!" Dabei zwinkerte sie Barbara schelmisch zu, die daraufhin höflich zurücklächelte.

„Ich werd' dran denken."

Frau Kamp ging zum Glück gleich weiter, über ihr Bonmot lachend, und Barbara schloss hastig meine Wohnungstür auf. Der Karton verschwand unter den Tisch zu dem anderen, und wir setzten uns erleichtert hin und ruhten uns aus.

„Soll ich uns einen Kaffee machen?", fragte ich.

„Oh ja, gern. Was brauchen wir eigentlich noch alles?"

„Gemüse, vor allem – *viel* Gemüse." Nachdem ich Wasser aufgesetzt hatte, kletterte ich ins Schlafzimmer und holte meine Liste vom Waschtisch.

„Also – vierhundert Stangen Lauch, zweihundert Paprikaschoten und einhundert Zwiebeln. Und dazu noch das Fleisch von der Freibank sowie die Würstchen. Scheiße! Die hätten wir auch beim *Albertini* mitnehmen sollen!" Ich kletterte wieder zurück in die Küche und fingerte anschließend die Popkörner heraus, die sich zwischen Schuhe und Strümpfe hineingeschmuggelt hatten.

„Das macht doch nix – dann gehen wir eben noch einmal. Die hätten wir doch gar nicht mehr auf den Wagen bekommen.“ Barbara war die Ruhe selbst und das gefiel mir.

„Das stimmt allerdings. Also gut – *Albertini*, die Dritte. Bei der Gelegenheit können wir auch gleich den Essig mitnehmen – den haben wir nämlich ebenfalls vergessen. *Und* eine Tube Senf. Mein Gott – ich hätt' den Zettel mitnehmen sollen!“

„Morgen ist übrigens Hemshofmarkt auf dem Goerdelerplatz“, sagte Barbara. „Da können wir uns einen Gemüsehändler aussuchen und das Zeug für Donnerstag bestellen. Dann wäre alles schön beisammen und ordentlich verpackt.“

„Hättest du denn morgen wieder Zeit?“, fragte ich.

„Ja, klar. Und dann bestellen wir auch noch gleich das Fleisch für den Samstag – dann ist es auch schön frisch.“

„Naja, es handelt sich ja um geräucherten Schweinebauch – der hält sich. Aber du hast Recht, so muss ich es nicht auch noch im Kühlschrank aufbewahren. Wahrscheinlich reicht der Platz dort eh nicht für zwölfeinhalb Kilo Schweinebauch.“

„Was – zwölfeinhalb Kilo?“

„Ja, klar – *und* zwölfeinhalb Kilo Würstchen.“

„Da reicht aber eine Tube Senf nicht“, meinte sie und schmunzelte.

„Wir holen uns einen Eimer.“

„Gibt's das denn?“

„Klar – beim *Albertini* gibt's alles.“

Das Wasser kochte und ich stand auf, um die Tassen zu richten.

Beim *Albertini* gab's tatsächlich Senf in Eimern, fünf Liter groß, aus weißem Plastik und mit einer richtigen Pumpe oben auf dem Deckel. Eimer wie diese standen nicht selten in den Imbissstuben auf den Stehtischen zur gefälligen Selbstbedienung, jedenfalls in denen, die noch nicht diesem zwar zugegebenerweise hygienischeren, jedoch völlig unwirtschaftlichen und verschwenderischen Senfbeutelchenwahn verfallen waren. Ich hievte den Eimer mit beiden Händen von der Palette in den Einkaufswagen. Wenn man sich die Pumpe wegdachte, erinnerte er an einen Eimer Dispersionsfarbe beim *Rala*.

Die Dosen mit den *Brühknackern*, wie die Würstchen hießen, waren groß wie Spielzeugtrommeln, und der aufgedruckte Begleittext versprach, dass der gesamte Inhalt aus einer einzigen zusammenhängenden Kette bestand.

„Das macht sich optisch sicherlich gut", meinte ich und begann, nach und nach unseren Einkaufswagen zu beladen. Das direkt auf das Dosenblech aufgedruckte Foto stellte sie kurz und dick und leicht gebogen dar – die klassische Wurst eben – und ich malte mir aus, wie die prallen Ketten wie Girlanden fotogen über den Badewannenrand hängen würden.

„Wozu ist denn eigentlich der Essig?", fragte Barbara, als ich die Flasche aus dem Regal nahm.

„Das ist der Schuss Essig, der jedem Teller Bohnensuppe den verdauungsfördernden Schliff verleiht."

„Wird die Suppe jetzt eigentlich gegessen, oder wie?"

„Vielleicht. Wir können ja vor dem Bad einen großen Topf voll abzweigen. Irgendwas essen müssen wir ja schließlich."

Nachdem wir auch diese Ladung zu Hause und unterm Küchentisch verstaut hatten, klingelte es, und Berthold wippte mit einer Plastiktüte unterm Arm herein.

„Na, ihr zwei Schönen – ward ihr weg? Ich war schon ein paar Mal hier, aber es hat niemand aufgemacht."

„Wir haben Wochenendeinkäufe getätigt."

„Was – am Montag? Was gibt's denn?"

„Bohnensuppe."

„Das ist aber nicht sehr einfallsreich."

Er setzte sich an den Tisch und zog aus seinem Beutel den größten Tauchsieder hervor, den ich je in meinem Leben gesehen hatte.

„Aber hallo!", sagte Barbara ehrfurchtsvoll. Er sah im Grunde nicht anders aus als die kleinen Tauchsieder, mit denen man sich im Büro auf dem staubigen Regal neben dem Waschbecken seine Tasse Tee bereitete, nur dass dieser an der Spirale dick wie eine gereckte Proletarierfaust war und lang wie der dazugehörige Unterarm.

„Es wäre gut, wenn er das Ganze heil überstehen würde", meinte Berthold. „Der, von dem ich ihn habe, hat ihn sich in der Sodafabrik ausgeliehen und musste dafür unterschreiben."

„Und wer ist unser Gönner?"

„Der Koschinsky. Mit dem hab' ich früher mal im Labor gearbeitet."

„Ach ja, ich kann mich vage erinnern. Was für einen Grund hat er denn angegeben, wofür er ihn braucht?"

„Was weiß ich. Wahrscheinlich, dass sein Boiler kaputt ist und der Handwerker erst nächste Woche kommt."

„Koschinsky, Koschinsky – war das nicht der mit den zwei Scheiben Brot?"

„Genau der." Er legte das Riesending auf den Tisch und stand auf. „Ich muss schon wieder weiter – den Feierabendverkehr an der Kurpfalzbrücke zählen." Das war eine der drei Neckarbrücken in Mannheim.

„Dann mach' mal. Wir sehen uns spätestens am Samstag, um acht."

„Um acht erst?"

„Nee, um acht schon – in der Früh'. Die Suppe muss doch gekocht werden."

„Stimmt – hab' ich ganz vergessen. Also, bis Samstag, um acht schon."

„Wie war das denn mit den zwei Scheiben Brot?", fragte Barbara, nachdem Berthold weg war.

„Ach, der hat mal vor Jahren in der Frühstückspause zwei Scheiben Brot ausgepackt. Die eine hat er sich auf ein Mal komplett in den Mund gestopft und ordentlich durchgekaut, und anschließend hat er den Brei vor aller Augen auf die zweite Scheibe wieder ausgespuckt und mit dem Kantinenmesser darauf verteilt, als wär's eine Ladung Fleischsalat gewesen."

„Und dann?", fragte sie, Böses ahnend.

„Und dann hat er's genüsslich aufgegessen."

„Das hab' ich befürchtet. Pfui Teufel! So etwas kann auch nur einem Mann einfallen!"

„Tja ..."

„Hopp, wir gehen auf einen Sprung zu Pino", schlug Barbara vor. „Bei dir ist's zurzeit ein bisschen ungemütlich. Und außerdem knurrt mir der Magen. Ich hab' heute noch nichts gegessen."

„Die Geschichte mit dem Koschinsky hat dir wohl Appetit gemacht."

„So isses", lächelte sie, und wir standen auf.

… noch 4 Tage …

Am nächsten Morgen stand ich wieder früh auf und lief durch die dunklen Straßen zu meiner Wohnung. Es war Dienstag, also Mülltag, und ich musste die Müllabfuhr abpassen, die in diesem Teil der Stadt sehr früh ihre Runden drehte, um, so gut es ging, den morgendlichen Berufsverkehr zu behindern. Ich wollte mir für den Abfall am kommenden Samstag ein paar dieser riesigen, orangefarbenen Plastikmüllsäcke kaufen, für die leeren Bohnen- und Würstchendosen, die einhundert Zwiebelschalen, die Paprika- und Lauchabfälle und was sonst noch anfallen würde.

Während ich Wasser aufsetzte, fiel mein Blick auf die zwei vollen Maissäcke mit den Popcornnieten, die unterm Küchenfenster am Heizkörper lehnten. Die müssen weg, dachte ich, am besten gleich jetzt mit der Müllabfuhr.

Gerade als Barbara am Laden klopfte und ich ihn aufklappte, kam der Müllwagen auch schon um die Ecke gebogen und hielt wummernd genau vorm Haus. Die Müllmänner sprangen ab, noch bevor er richtig zum Stehen kam, und verteilten sich in die umliegenden Häusereingänge.

„Hallo, Barbara – ich muss mal rasch zum Müllwagen." Ich stellte ihr noch schnell die Tasse auf den Fenstersims und ging dann hinaus zum Fahrer.

„Morsche', Chef", sagte ich, „ich hätte gerne fünf Müllbeutel, von den großen."

Sein Ellbogen ragte aus dem geöffneten Seitenfenster, und er schaute gelassen von seinem Hochsitz auf mich herunter.

„Macht genau fuffzehn Maik", sagte er, als er mir eine Handvoll der Plastiksäcke herunterreichte, und stocherte dabei mit einem abgebrochenen Streichholz zwischen seinen Zähnen herum.

„Ich hab' gesagt, *fünf* Müllbeutel – nicht fünfzig!"

„Ja, und? sag' ich doch – fünf mal drei Maik macht fuffzehn Maik."

„Mein lieber Mann", sagte ich und gab ihm das Geld hoch, „ihr nutzt euer Monopol ganz schön aus."

„Ich mach' doch net die Preise! Schmeißt euer Zeug doch rechtzeitig in die Mülltonne, dann braucht ihr auch keine Müllsäck' zu kaufe'." Er warf das Geld lässig aufs Armaturenbrett und nahm seinen Zahnstocher aus dem Mund, um die platt gekaute Spitze zu begutachten. Ein Müllmann lief gerade um den Wagen herum und wirbelte beidhändig und mit geübter Eleganz unsere zwei schweren, runden Mülltonnen über den Asphalt und hängte den ersten in die Hebevorrichtung, bevor er salopp auf den Startknopf drückte.

„Wie wär's", sagte ich und stieg aufs Trittbrett, „ich hätte da noch so zwei große, volle Papiersäcke mit Abfall. Nehmen Sie mir die ab?"

„Dürfen wir net. Sonst würde uns ja keiner die Müllbeutel für drei Maik abnehmen."

„Hopp, stellen Sie sich nicht so an. Ich hab' doch jetzt fünf Stück gekauft."

Er nahm sein Streichholz und warf es weg. „Alla hopp – her damit!" Er machte die Tür auf und sprang herunter auf die Straße. Er war viel kleiner als ich.

Ich eilte ins Haus und zog die Säcke nacheinander von der Küche ins Treppenhaus und vor zur Haustür. Sie waren schwer. Nach unserer ursprünglichen Berechnung mussten es etwa zehn Prozent der gesamten Puffmaismenge sein, also zwei Zentner. Aber klar!, dämmerte es mir – es waren ja auch zwei Säcke.

„Mein Gott, was is'n da drin?", fragte der Müllfahrer, als er den ersten Sack lupfen wollte, „eine Leiche?"

„Nein, je ein Zentner nicht aufgegangener Puffmais."

Er drehte den Sack auf und schaute hinein.

„Und sonst ist nix drin?"

„Nein. Außer ein paar leere Säcke."

„Tja, dann nehm' ich mir die doch g'rad mit für meine Tauben!"

„Die Körner sind aber doch schon gebacken."

„Na und? Was meinen Sie, was ich mit meine' Taube' mach, wenn sie fett sind?" Er lachte laut und zog die Säcke um den Wagen herum zur Beifahrerseite, wo er sie mühsam, aber gut gelaunt, nach oben in sein Führerhaus schaffte.

Er kletterte wieder hinter sein riesiges Lenkrad, hupte zweimal und fuhr, während er anfing *La Paloma* zu pfeifen, langsam los. Seine Männer standen schon etliche Häuser weiter und warteten auf ihn.

Barbara stand unterm Fenster und trank ihren Kaffee aus. „Ich bin in einer halben Stunde wieder da", sagte sie, als ich mich zu ihr stellte. „Kochst du nochmal Kaffee? Ich bring' uns Brötchen mit."

„Aber ja", sagte ich. Ich nahm ihr die Tasse aus der Hand und eine Zeitung aus dem Wagen, und sie zog weiter in Richtung Bessemerstraße.

Gegen neun, gleich nach dem Frühstück, verließen wir das Haus und machten uns auf den Weg zur Freibankmetzgerei, die sich tief im Hemshof am entlegenen Ende der Rohrlachstraße befand.

„Das mit dem Gemüse machen wir später auf dem Rückweg“, sagte Barbara, als wir den geschäftigen Wochenmarkt auf dem Goerdelerplatz überquerten. Barbara hatte immer alles im Griff und wusste stets, was sie tat. Nach fast zwei Wochen im Dunstkreis von Gabi bewunderte ich das zutiefst.

Das Haus, in dem sich die Freibank befand, war einer der dieserorts seltener anzutreffenden nüchternen Nachkriegs-Lückenfüller. Die Fassade war auf ihrer gesamten Breite bis hinauf zum ersten Stock mit glänzendbraunen, offensichtlich regelmäßig gereinigten Kacheln geplättelt, wie man sie eher in einer Hofeinfahrt als an einer Häuserfront vermutet hätte. Zusammen mit dem strengen Interieur hinter dem nackten Schaufenster verlieh sie dem Ganzen die langweilige Sauberkeit der Läden in den *Das-ist-unsere-Stadt*-Bilderbüchern für Kinder.

Zusammen mit einer kleinen, dicklichen Frau, die kurz hinter uns ging, betraten wir die Metzgerei und stellten uns an die Wursttheke. Es war im Moment niemand da, weder Kundschaft noch Personal, und nachdem die Tür mit einem Ruck wieder ins Schloss gefallen war, war es von der Straße her so ruhig wie an einem Sonntagmorgen im Winter. In der Metzgerei selbst summten die Kühlaggregate leise um die Wette, und aus der offenen Tür nach hinten drangen kurz einige saftige Schläge eines Fleischerbeils auf Knochen und dann abschließend ein einzelner trockener auf Holz.

Die Frau, die mit uns hereingekommen war und nun etwas abseits stand, schaute mit starrem Blick nach vorne, und ihr nervöses Spiel verriet, dass es ihr zutiefst unangenehm war, unter Zeugen dort stehen und warten zu müssen, wo das kosmetisch etwas weniger wohlgeratene

Fleisch um fast die Hälfte billiger war als anderswo. Ich tippte auf acht dicke Kinder zu Hause, deren Schulbrote, zum Ausgleich diverser anderer Mängel, nicht dick genug belegt sein konnten. Aber wen interessierte das – wir standen ja schließlich auch hier, um preiswert einzukaufen.

Der ganze Verkaufsraum war äußerst spartanisch eingerichtet und ringsum, von der Decke bis zum Boden, hellgelb gekachelt, wie die berühmten Toilettenwände in den Wirtschaften, den unterirdischen Bedürfnisanstalten und auf dem Bahnhofsklo. Hinten, entlang der Wand, hingen in einer langen Reihe und in gleichmäßigen Abständen lauter lange, kerzengerade Gelbwürste an kleinen Fleischerhaken – unterbrochen nur von der Tür, die nach hinten führte – auf deren orange-gelben Plastikhüllen oben *Freibank* und weiter unten, der Länge nach, *nicht für den Verzehr geeignet* aufgedruckt war. Ich entdeckte an einigen Exemplaren, dass diesem Hinweis das Wörtchen *Wursthülle* voranging. Die Schnittfläche einer Gelbwurst war ungewöhnlich blass, keineswegs aber gelb, und ich wunderte mich über die Tatsache, dass die Gelbwurst ihren Namen lediglich ihrer auffälligen Plastikhülle zu verdanken hatte.

Das Fleisch in der Auslage war nicht minder blass, fast wie Hühnerfleisch, und ich musste an die missratenen Zigarren im Tabakladen denken, die in ihrer farblichen Entwicklung statt des angestrebten Brauntons bereits bei Olivgrün stehen geblieben waren. Die wurden ebenfalls um einiges billiger verkauft und schmeckten doch nicht anders als ihre unerreichten Vorbilder.

Die Sonne schien schräg durchs Schaufenster, und der Schatten des schnörkellosen Schriftzuges *Freibankmetzge-*

rei, der über den Fehlfarben lag und nun richtig herum zu lesen war, sowie die Schatten der Gelbwürste auf den hellen Kacheln verliehen dem Laden eine fast schöne, plakative Ästhetik.

Eine noch recht junge, dicke und rosane Verkäuferin in einer prall gefüllten weißen Schürze kam mit einer Nirostawanne voller Cervelats heraus und stellte sie lächelnd in die Auslage.

„Guten Morgend zusamme'!", sagte sie überdreht freundlich, wie in einer Metzgerei eben üblich, und legte eine der Würste obendrauf, die über den Rand gefallen war. „Wer kummt'n?"

„Wir", sagte ich. „Wir möchten für den Samstag zwölfeinhalb Kilo geräucherten Schweinebauch bestellen." Die Frau neben uns drehte sich nun doch um und schaute verwundert und mit offenem Mund zu uns hoch.

„Geht in Ordnung. Wie war doch widder der Name?"

„Dumfarth, mit teha. Sollen wir gleich bezahlen?"

„Nee nee – bezahle' Sie am Samstag, wenn Sie's abhole'!" Sie schrieb einen Zettel und legte ihn in eine Pappschachtel neben der Kasse.

„Alles klar. Auf Wiedersehen dann."

„Wiedersehen, Herr Dumfarth!", sang sie.

„Ich krieg' so e' Stückel Gelbwurscht", hörte ich noch beim Rausgehen die andere Frau leise sagen, begleitet vom Klimpern vieler kleiner Geldstücke in der Geldschale.

„'s is' Recht."

Also doch keine acht dicken Kinder. Viel eher verarmte Kriegerwitwe mit dreihundert Mark Rente im Monat. So eine Freibankmetzgerei entsprach ganz und gar den Regeln der Natur – nachdem sich die einen an ihrem Erlegten sattgefressen und gerülpst hatten, machten sich die Schwachen über den Abfall her. Der Herrgott sorgte eben für alle seine Kinder.

„Warum müssen Metzgereiverkäuferinnen immer wie Schweinchen aussehen?“, fragte ich, als wir wieder auf der Straße waren.

„Das hängt mit ihrem Milieu zusammen“, sagte Barbara. „Wenn sie lange genug in Wurst machen, identifizieren sie sich irgendwann mit ihrem Produkt, indem sich ihr Körper ihm anpasst. Das geht völlig unbewusst vor sich.“

„Meinst du?“ Wie wissenschaftlich, dachte ich. Meine Frage war eigentlich eher rhetorisch gemeint.

„Ja, klar. Das ist wie bei alten Ehepaaren oder bei Frauchen und Hund, die sich mit den Jahren äußerlich auch immer ähnlicher werden.“

„Aber die war doch noch ganz jung.“

„Ja, das stimmt allerdings.“

Wir warteten den Verkehr ab und überquerten dann die Straße. In der *Jägerlust* brannte zu dieser frühen Stunde schon Licht, und durchs offene Fenster konnte man hinten unter den Mantelhaken, entlang der getäfelten Wand, die dicken Opas sitzen sehen, mit ihrer üblichen Brustbundhose und dem Römerglas, wie sie im Qualm ihrer *Weißer-Rabe-*Zigarren die unpraktischen Stangenzeitungen hastig überflogen. Die *Jägerlust* war die älteste Wirtschaft der Stadt, die zudem auch noch ununterbrochen in Betrieb war. Sie stand schon lange bevor der Hemshof und die Sodafabrik gebaut wurden, und es drängte sich die Frage auf, wem sie damals eigentlich gedient hatte, stand sie doch theoretisch mitten auf dem Acker. An der Hausmauer neben der Eingangstür konnte man die Hochwassermarken früherer Naturkatastrophen erkennen, zusammen mit den dazugehörigen Jahreszahlen. Die höchste Marke stammte aus jenem Jahr, in dem der endlich gebaute Hochwasserdamm gebrochen war und den ganzen Hemshof – und überhaupt das ganze Umland – schlimmer als jemals zuvor auf Kniehöhe unter Wasser setzte.

„So – und jetzt bestellen wir das Gemüse?“, stellte ich eher fest, als dass ich fragte, nachdem wir um die Ecke des ummauerten und ungenutzten Biergartens der *Jägerlust* bogen und uns plötzlich dem Markttrubel gegenübersahen.

„Ja, müssen wir“, sagte Barbara. „Um vor dem Samstag das Gemüse abholen zu können, müssen wir es heute bestellen. Es ist ja sonst nur noch am Donnerstag Markt. Und am Samstagmorgen hast du sicherlich andere Sorgen.“

Das stimmte. Wir ließen uns durch das hektische, laute Getümmel treiben und suchten nach einem Gemüsehändler, dessen Ware uns preislich am ehesten zusagte. Ich ging davon aus, dass die großen Mengen, die wir benötigten, auch noch einen zusätzlichen Preisnachlass nach sich ziehen würden.

„Wie sieht's mit dem aus“, sagte ich und blieb an einem Stand stehen, dessen Lauchstangen dick und schmutzig waren und die Paprikaschoten ausschließlich grün, derb, ungleichmäßig und einheimisch, sprich pfälzisch, aussahen – ganz so wie der Bauer, der dahinter stand, vom Grün mal abgesehen. Die Preise lagen etwas unter dem Durchschnitt der umliegenden Stände, und nur darauf kam es uns heute an. Die Optik war in unserem Fall von untergeordneter Bedeutung, würde doch eh alles klein geschnippelt werden und zusammen im großen Topf verschwinden.

„Alla hopp“, meinte Barbara.

„Was kriege’ mer’n, Kinners?“, fragte der Mann vom Lande. Seine Stimme war hell, und sein Tonfall ließ auf Schifferstadt schließen, die Gemüsemetropole der Vorderpfalz und Austragungsort des alljährlichen Rettichfestes, auf dem Bozo, Jörg und ich regelmäßig unterzugehen pflegten. Das Gemüse im Allgemeinen, und der Rettich im Besonderen, genossen in Schifferstadt ein ähnlich hohes Ansehen wie in Bad Dürkheim der Wein.

„Wir möchten eine größere Bestellung aufgeben für den Donnerstag – geht das?“

„Ja, klar geht das“, sagte er und stierte dabei unverhohlen auf Barbaras Klavier, das sich vor ihm auf Augenhöhe befand. „Was brauchen er’n?“

„Vierhundert Stangen Lauch und zweihundert Paprikas.“

„Hoppla!“, sagte er und schaute mich, wie frisch aus der Hypnose geschnippt, an. „Da muss ich ja direkt ’n Zettel mache’. Uff wellen Name?“

„Dumfarth, mit teha – ich wohn’ gleich hier um die Ecke.“

„Dumfarth, Dumfarth – do gibt’s e’ paar in Schifferstadt. Hänn Sie dort Verwandte?“

„Nicht, dass ich wüsste.“ Ich entdeckte hinterm Stand zwischen den Spankisten einige große Zwiebelsäcke, und dabei fiel mir ein, dass ich Gemüse Nr. 3 völlig vergessen hatte. Eigentlich konnte ich die gleich heute kaufen und in meine Wohnung schaffen, als vertrauensbildende Maßnahme sozusagen. Zudem würde mir das den Donnerstag etwas weniger anstrengend gestalten.

„Ich nehm' gleich mal so'n Sack Zwiebeln mit. Könnten da hundert Stück drin sein?"

„Des kummt hie."

Er nahm einen Sack und trug ihn um den Stand herum. Ich bezahlte, stemmte ihn hoch, umklammerte ihn mit den Armen und drückte ihn gegen den Bauch.

„Wenn Sie am Dunnerschtag bis um zwölfe do sin', wär' mir's ganz recht."

„Alla hopp", sagte ich, „bis Donnerstag also. Aber nicht vergessen!"

„A – do wär' ich schää blöd!", erwiderte er und lachte heiser.

„Soll ich dir nicht helfen?", fragte Barbara, als wir die Straße überquerten.

„Nee, ich glaub', so geht's am einfachsten – oder zumindest am schnellsten." Denn einfach war es sicherlich nicht. Aber wir hatten es ja nicht weit – nur den einen Block die Straße hinunter, in der Berthold wohnte.

In der Ferne entdeckte ich die Schwarz', die an ihrer Ecke zwischen ihren Tüten stand und eine Flasche Bier in der Hand hielt. Wir wechselten die Straßenseite.

„Huuhu! Herr Dumfarth!", rief sie laut herüber und winkte, als wir auf ihrer Höhe waren. „Oh! Zwiebeln? Recht ham Sie – kann man nie genug davon haben!" Sie rülpste hörbar. „Prost, Herr Dumfarth, Frau Dumfarth! Endlich seh' ich Sie auch mal!"

„Wer war denn *das*?", fragte Barbara entsetzt, als wir um die Ecke waren.

„Was? Ach so – die. Das war *die Schwarz'*, eine Edelpennerin."

„So edel sah die mir aber nicht aus."

„Naja – verglichen mit anderen …"

„Woher kennt die deinen Namen?"

„Keine Ahnung. Nimmst du mir den Schlüssel aus der Hosentasche und schließt auf?"

In der Küche rutschte mir der Zwiebelsack unsanft auf den Boden, und ich rollte ihn mit dem Fuß unter die Sitzbank.

„Ich muss jetzt weiter", sagte Barbara und zupfte mir mit spitzen Fingern das Zwiebelzeug vom T-Shirt. „Kommst du am Donnerstag zurecht mit dem Gemüse?"

„Ich glaub' schon. Wenn nicht, lass' ich mir vom Schorlefriedel helfen. Zu dem muss ich eh noch wegen der Getränke. Kommst du am Samstag schon zum Suppekochen?" Sie hatte schon so viel getan, dass ich nicht darauf bestehen wollte.

„Ja, klar – spätestens. Wann denn, um acht?"

„Acht wäre gut – wenn die *Rheinpfalz* es zulässt."

„Die ist um acht längst ausgelesen."

… noch 3 Tage …

Am nächsten Morgen – es war Mittwoch – ging ich nach dem Frühstück als Erstes zur Sparkasse und überzog mein Girokonto um einhundert Mark. Fürs Gemüse hätten meine Ressourcen wohl noch gereicht, nicht aber für die Getränke und einen Viertelzentner geräucherten Schweinebauch.

Meine Bank befand sich in Friesenheim, unweit der Siedlung, in der wir die Badewanne hatten mitgehen lassen, und mit einem flotten Zahn war sie zu Fuß in etwa einer halben Stunde zu erreichen. Ich hatte seit dem Auszug bei meiner Mutter noch immer nicht den Antrieb gefunden, mein Konto in den Hemshof zu verlegen. Das lag zum einen daran, dass ich immer mal wieder mit meinen Einlagen in die Miesen geriet und die Konfrontation scheute, die mit der Bitte um Auslagerung eines roten Kontos zu erwarten war. Zudem war ich ganz einfach zu bequem, den Aufwand zu betreiben – wenn ich mal im Plus stand – und mir dafür künftig jeden Monat den langen Fußmarsch nach Friesenheim zu ersparen. Die meiner Wohnung am nächsten gelegene Sparkasse im Hemshof befand sich keine zwei Minuten entfernt am Goerdelerplatz.

Nach meiner Transaktion machte ich mich alsdann mit der Straßenbahn auf den Weg nach Mannheim, um meinen wöchentlichen Termin bei der Blutbank wahrzunehmen. Die hielt direkt vor der Sparkasse und rollte just in dem Moment heran, als ich die Bank wieder verließ. Der bevorstehende Aderlass würde mir weitere 35 Mark bescheren, plus die Treueprämie von 25 Mark, die es jedes zehnte Mal gab und heute erfreulicherweise wieder fällig war.

Den Nachmittag hatte ich dann gewissermaßen zur freien Verfügung, und so entschloss ich mich, nachzuschauen, ob Friedel zu Hause war – woran ich keinen Zweifel hatte, denn Friedel war eigentlich immer zu Hause.

„Hallo – ist der Friedel da?“, fragte ich völlig außer Atem, als ich antrat, die letzte Treppe zu erklimmen. So frisch vom Blutspenden kommend, geriet man leicht ins Keuchen.

„Ja, klar“, sagte seine Freundin, die wie immer oben am Geländer lehnte und herunterschaute. „Wo soll er denn sonst sein?“

Eben. Ich folgte ihr in die Wohnung und machte leise die Tür hinter mir zu.

Der Schorlefriedel war aus freien Stücken arbeitslos, wie Berthold auch, und keiner wusste so richtig, wovon er eigentlich lebte. Klar, für Klamotten und Shampoo brauchte er offensichtlich kaum Geld, und die Miete zahlte vermutlich seine Freundin, denn es war, soviel ich wusste, ihre Wohnung. Jedenfalls war Friedel damals bei ihr eingezogen, nachdem sie bereits da war. Im Gegensatz zu ihm arbeitete sie in ständig wechselnden Schichten als Krankenschwester im nahe gelegenen Städtischen Krankenhaus, weshalb auch stets eine steif geplättete, blütenweiße Krankenschwesternkluft auf einem Kleiderbügel an der Schlafzimmertür hing. Nun ja, für seine tägliche Schorleration reichte wohl Friedels Arbeitslosengeld – sofern ihm in diesen fetten Jahren überhaupt welches zustand.

Friedel saß an seinem Stammplatz am Wohnzimmertisch und hatte sein obligatorisches, halbvolles Zylinderglas vor sich stehen. (Da Friedel seine Schorle immer in zwei Zügen austrank, war sein Glas stets entweder voll, halbvoll oder leer.)

„Oh wie, Peter", sagte er gut gelaunt und strich sich eine fettige Haarsträhne hinters Ohr, „was verschafft uns die Ehre?"

„Ich müsste deinen Sachverstand in Anspruch nehmen", sagte ich und setzte mich zu ihm. „Ich muss für meine Party Getränke holen und bin mir nicht ganz sicher, wie viel von was wir brauchen werden. Außerdem kannst du mir dann helfen, das Zeug zu holen und zu mir nach Hause zu schaffen." Der Getränkehändler befand sich gegenüber, neben dem Luftschutzbunker, in dessen feuchtem Schatten der tote Hamster von Friedels Freundin seit ein paar Wochen in seiner vermutlich prall geblähten Plastiktüte vor sich hin gammelte.

„Aber, klar! Fraa, hol emol was zum Schreibe'."

Sie holte ein Blatt Papier und einen Bleistift aus der Küche und legte mir beides hin. „Möchtest du 'ne Tasse Kaffee, Peter? Er ist noch ein wenig warm."

„Ja, gern."

„Also, wie viel simmer denn?", fragte Friedel und trank in einem Zug sein Schorleglas leer, so wie ein anderer vielleicht in die Hände gespuckt hätte.

„Ich glaube, zehn." Ich zog einen Strich von oben nach unten und teilte das Blatt in zwei Rubriken ein – eine für Bier und eine für Schorle.

„Also", fuhr ich fort und deutete blind mit dem Bleistift in Friedels Richtung, „Barbara und Gabi trinken im Grunde nur Bier. Beide haben einen guten Zug – vor allem Gabi. Uschi und Joe dagegen trinken eigentlich überhaupt nichts." Ich zog unter meiner Tabelle noch einen Querstrich und trug dort die Nichttrinker ein. „Jörg trinkt auch nur Bier, verträgt aber nichts. Alle anderen trinken Schorle – das wären ihr zwei, ich, Berthold und Bozo."

„Sind genau zehn", sagte Friedels Freundin und stellte mir meine Tasse hin.

Friedels Blick wendete sich blinzelnd nach innen, und man konnte förmlich sein inneres Rechenzentrum arbeiten hören.

„Also, auf jeden Fall zwei Käschte' Bier", spuckte er das Ergebnis dann aus. „Un' dann würd' ich sage', zwei Kischte' Wein un' zwei Käschte' Cola. Un' noch drei Flasche' Cola dazu – damit ham die zwei, die nix trinke', auch was zu trinke'. Des müsste reiche'." Er fummelte sich zufrieden eine Zigarette aus der gelbwurstgelben Reval-Packung, die neben seinem leeren Schorleglas lag, und steckte sie mit sachkundiger Miene und zur Seite geneigtem Kopf an.

„Un' wenn net, dann gibt's ja immer noch de' Putzeimer!", fügte er hinzu und blies den ersten Rauch weit von sich.

„Genau."

„Was hältst du davon, wenn wir uns mit zwanzig Mark an den Getränken beteiligen", meinte seine Freundin, die sich auf dem Sessel neben mir auf fast ordinäre Weise hingefläzt hatte. „Du hast bestimmt schon genug Geld ausgegeben."

„Das ist schon richtig, aber …"

„Nix aber", sagte sie und legte mir den zusammengefalteten grünen Schein hin, den sie sich wohl vorhin in der Küche bereits zurechtgelegt hatte.

„Danke", sagte ich leise. Es war mir schon fast ein bisschen peinlich, aber sie hatte natürlich Recht. Wenn die anderen auf die gleiche Idee kämen, könnte ich einen Teil meiner Ausgaben tatsächlich wieder reinholen. Aber damit war eher nicht zu rechnen. Ich nahm den Schein und steckte ihn unauffällig ein, wie es die Etikette verlangte.

„Sagt mal, habt ihr vielleicht noch einen großen Einmachtopf? Mir fehlt noch einer. Wir wollen doch einen Teil der Suppe vorher abzwacken, damit wir was zu essen haben."

„Ja, klar – ham wir. Du kannst ihn gleich mitnehmen."

„Das wäre jetzt ein bisschen unpraktisch – wir wollen doch noch zum Getränkehändler. Friedel soll ihn am Samstagmorgen einfach mitbringen."

„Wieso Samstagmorgen? Fängt des schon morgends an?“, warf Friedel ein.

„Wir müssen doch die Suppe kochen. Das dauert bestimmt den ganzen Tag.“

„Soll ich euch nicht helfen?“, fragte seine Freundin.

„Wir sind doch so schon zu viele. Ich hab keinen Platz mehr in der Küche.“

„Ich hab übrigens de’ Fliege’droht, von dem wir neulich g’schproche’ ham.“

„Ach ja! Wo denn?“

„Drüben.“ Er stand auf, und ich folgte ihm in die Küche. Der Hamsterkäfig war wieder bewohnt, und sein Bewohner schien gerade dabei zu sein, inmitten eines Holzwollknäuels durchzudrehen.

„Na! Wo isser denn?“, sagte Friedel und fummelte ihn oben vom Küchenschrank herunter. Ich nahm ihm das fensterscheibengroße Stück ab und hielt es gegen das Licht.

„Sieht schon ein bisschen mitgenommen aus, aber er erfüllt sicherlich seinen Zweck.“

„Des mein’ ich auch. Was glaubscht, wie der nach de’ Party aussieht!“

„Hast du auch noch etwas Bindedraht?“

„Ich glaub’ schon – loss’ mol sehe’ …“

Er kramte in einer Werkzeugschublade herum und zog schließlich eine Rolle Bindedraht heraus, die um ein kurzes Hölzchen gewickelt war.

„Wunderbar – damit kann ich den Fliegendraht um den Tauchsieder herum festbinden. Den müsstest du mal sehen – so groß wie eine Weinflasche!“ Ich rollte den Fliegendraht auf wie ein Poster, brach mir zwei Meter Bindedraht ab und band das Ganze zusammen.

„Hilfst du mir dann g'rad noch mit den Getränken? Ich kann nicht so viel schleppen – ich war heute Blut spenden." Der noch frische Einstich im Arm musste in den ersten zwei Stunden geschont werden, damit er nicht wieder aufplatzte.

„Ja, klar – war doch ausgemacht."

Er ging in den Flur und holte seinen Parka. Meine Rolle fühlte sich an wie ein eben verliehenes, aus Draht geflochtenes Diplom.

„Wann soll ich denn kommen am Samstag?", fragte Friedels Freundin und machte uns die Tür auf.

„Och, so abends um sechs, halb sieben. Das hab' ich den anderen auch gesagt."

„Is' gut – bis dann also."

„Des mit dem Geld war der Fraa ihr Idee", sagte Friedel, sich fast entschuldigend, als wir unten auf der Straße waren.

„Das hatte ich mir fast gedacht", meinte ich. „Ich fand's jedenfalls sehr aufmerksam – vielleicht ist es ansteckend, und es bricht während der Party eine Spenden-Epidemie aus."

„Des glaub' ich eher net."

„Ich auch net."

Der Getränkehändler lag dem Haus, in dem Friedel wohnte, genau vis-à-vis, und der Verdacht drängte sich auf, dass diese Tatsache damals entscheidenden – wenn auch möglicherweise unterbewussten – Einfluss auf seine Partnerwahl ausgeübt haben könnte.

„Oh, Friedel!", sagte die Frau hinterm Tresen, als wir eintraten, „was kriege' mer'n heut' – 's Übliche?" Sie hatte etwa das Alter und die Statur von Frau Kamp.

„Nee – heut' gibt's 'n Großauftrag! Zwee Käschte' Bürgerbräu Export, zwee Kischte' vom übliche' Morio, und zwee Käschte' Cola. Un' noch drei Flasche' Cola dazu, für die, die nix trinke'!"

„Mein liewer Scholli! Wird g'feiert?"

„Mir mache' am Samstag de Bock fett, un' net zu knapp!"

„Oh! Bin ich auch eingelade'?", fragte sie mit einem Zwinkern, und wir folgten ihr nach hinten ins Lager. Ja, dachte ich bei mir, als Sondereinlage in der Bohnensuppe, wenn Barbara und ich Pinkelpause machen.

„Können wir uns einen Sackkarren ausleihen?", fragte ich, „dann können wir alles auf einmal heim schaffen."

„Ja klar, wenn ihr'n mir glei' wieder bringt."

„Zehn Minutte'", meinte Friedel.

„Alla hopp."

Sie stapelte die Kästen und Kisten unter viel Lärm mühelos übereinander, keilte den Sackkarren ruckzuck darunter ein, und Friedel schob alles vor ans Tor, während ich ihr wieder ins Büro folgte, um zu bezahlen.

„Viel Spaß", sagte sie schließlich und legte mir das Restgeld in die Schale. „Brauchense e' Quittung?"

„Nee, so was lässt sich schlecht absetzen. Tschüs, dann."

„Tschüs", sagte sie und warf den zerknüllten Bon in den Papierkorb.

Wir rollten unsere Kästen und Kisten nach Hause und schleppten sie durch das Treppenhaus in den Hof, wo wir sie unters Schlafzimmerfenster stellten. Dort standen sie kühl und unauffällig und waren vom Popcorn aus gut zu erreichen. Und abgesehen davon, ließen sie sich in der Wohnung eh nicht mehr unterbringen.

„Also, Friedel, du weißt Bescheid – Samstagmorgen um acht. Wir frühstücken dann erst mal alle.“

„Gebongt!“

„Nimm doch g’rad den Sackkarren wieder mit. Und vergiss’ den Einmachtopf und die Küchenmaschine nicht am Samstag.“

„Samstagmorgen um acht, Einmachtopf und Küche’-maschin’ – alla hopp.“

Abends ging ich an den Goerdelerplatz ans Telefonhäuschen. Ich rief Bozo an und bat ihn, am Samstag seinen Plattenspieler und das übliche Sortiment an Schallplatten mitzubringen.

„Bring’ noch etwas Feierliches mit für den großen Einstieg in die Bohnensuppe“, sagte ich, „etwas mit Fanfaren oder so. Hast du eigentlich Uschi und Joe getroffen?“

„Ja, beide“, sagte er. *„Sie kommen um halb sieben.“*

„Gut. Du musst aber schon morgens um acht da sein.“

„Was? Wieso morgens um acht schon?“

„Die Suppe muss doch gekocht werden.“

„Aber ich kann doch gar nicht kochen!“

„Das macht überhaupt nichts. Und vergiss Jörgs Badehose nicht."

„Ja, is’ gut.“

… noch 2 Tage …

Donnerstag war wieder Markttag – das heißt, das Gemüse musste abgeholt werden. Ich hatte es nicht eilig, da ja alles bestellt war und des Schifferstädters Wunsch, möglichst bis um zwölf Uhr da zu sein, war meine einzige zeitliche Einschränkung. Und so war ich nach dem Aufwachen einfach liegen geblieben und hatte mit im Nacken verschränkten Armen zur Deckenlampe hochgeblinzelt, bis irgendwann gegen halb zehn auch Gabi wach wurde. Dabei fiel mir auf, dass wir zwar jede Nacht nebeneinander geschlafen, uns jedoch so gut wie nie gesehen oder nennenswert gespürt hatten.

Also sahen und spürten wir uns jetzt – so lange, bis die Sonne durchs Fenster genau auf die Matratze und somit auf uns fiel, und auf den staubigen Boden drum herum.

„Du hast dich ja ganz schön rar gemacht in letzter Zeit“, sagte sie lächelnd mit ihrem zerzausten roten Haargebilde und steckte sich eine Zigarette an.

„Tja – ich hab’ eben viel Logistisches zu erledigen, damit am Samstag alles reibungslos funktioniert.“ Ich steckte mir ebenfalls eine an, stand auf und ging ins Bad.

Nach einem gemeinsamen Kaffee auf der Matratze, machte ich mich auf den Weg zum Goerdelerplatz.

„Oh – do kimmt er jo, unser junger Mann“, sagte der Gemüsebauer mit seiner hellen Stimme und begann, die Spankisten mit dem Lauch und den Paprikaschoten um den Stand herumzutragen und vorne abzustellen. „Do muss er aber zweemol gehe’!“

„Sieht fast so aus“, bemerkte ich und begutachtete meine Ware. Es war schon einiges, was da zusammenkam. Die vier Ecken der Spankisten waren etwas hochgezogen und passten sich in den Boden der darüberliegenden Kiste ein, was dem Stapel eine gewisse Stabilität verlieh und das Tragen gewiss einfacher und sicherer gestalten würde. Zum Glück waren die Paprikaschoten nichts weiter als große, grüne Gemüseblasen, und so täuschte ihre scheinbare Masse über ihr tatsächliches Gewicht hinweg.

„Allo, junger Mann“, sagte er und salutierte mit dem Zeigefinger, nachdem ich bezahlt hatte, und ich ging in die Hocke, um meine erste Ladung aufzuheben.

„Ich komm’ ja noch einmal“, sagte ich und stolperte zwischen den hektischen und im Weg stehenden Menschenmassen hindurch zur Straße, in der Berthold wohnte und die auf direktem Wege zu mir führte.

Nachdem ich dann später auch den zweiten Stapel Gemüse in der Küche untergebracht hatte, machte ich mich daran, aus Friedels Fliegendraht einen Käfig um den Tauchsieder herum zu basteln. Da das Ganze am Ende nach Möglichkeit auch seinen Zweck erfüllen sollte, nämlich die Bohnen von der heißen Spirale des Tauchsieders fernzuhalten, musste ich die jeweils beiden links und rechts auseinanderklaffenden Fliegendrahtränder mit dem Bindedraht regelrecht zusammennähen, bis sie aussahen wie dilettantisch gefertigte Mokassinnähte und das ganze Gebilde wie ein pralles, federndes Drahtkissen daherkam. Danach war ich mit allen Vorbereitungen fertig. Vor Samstag gab es nun nichts mehr zu tun.

… noch 1 Tag …

Am Freitag stellte sich die Ruhe vor dem Sturm ein. Nach einem kargen Frühstück an Gabis Küchentisch wanderte ich in die Stadt, um mich zu zerstreuen, denn so recht war mir das im Laufe der hektischen Woche bis jetzt noch nicht gelungen.

Es war nun mittlerweile richtig Herbst geworden, und mir fiel dabei auf, wie die Zeit an mir vorbeigegangen war. Die Brückenbauarbeiten hinterm alten Bahnhof näherten sich bedrohlich dem Viadukt, und weiter unten, in Richtung des neuen Bahnhofs, hatte man bereits begonnen, eine Behelfs-Straßenbahnstrecke samt Straße über die an dieser Stelle schon längst entfernten Gleisanlagen zu legen. Die Tage des Viadukts waren gezählt, und neue Zeiten für Ludwigshafen lagen auf der Lauer.

Ich lief an der alten Lutherkirche und am Arbeitsamt vorbei, wo sich die Pennerschar bis auf wenige Ausnahmen bereits aufgelöst hatte; vorbei am *Kleinen Schwanenhof*, wo das *Neuer Wein*-Schild hinter der rosanen Pseudo-Butzenscheibe durch ein *Mittagstisch*-Schild ersetzt worden war, und landete schließlich am Berliner Platz, dem unvermeidlichen, wenn auch nicht immer bewussten Ziel eines jeden Gangs in die Stadt.

Nachdem ich dem ewigen Treiben von der Treppe aus eine Weile zugesehen hatte, lief ich schließlich wieder nach Hause. Ich bewegte mich ungeduldig in dieser zeitlosen, abstrakten Lücke zwischen Weg und Ziel.

Zu Hause führte ich eine letzte Inspektion durch, ging die ursprüngliche Einkaufsliste noch einmal durch, um die vorhandene Ware zu überprüfen und die noch zu besorgende zu ermitteln – das waren nur noch der Schweinebauch und das Brot.

Schließlich, gegen Abend, begab ich mich in Pinos Pizzeria, um mich bei Colaweiß und Pizza Marinara mit Herbert, dem Mann mit dem Schnurrbart und den Bremsspuren in den Bummfuddeln, über andere Dinge zu unterhalten als über Suppe und Popcorn. Gegen elf Uhr packte ich dann meine Zigaretten ein und trödelte langsam nach Hause – das heißt zu Gabi.

Irgendwann, mitten in der Nacht, kam auch sie nach Hause, schlüpfte mit ihren kalten Pobacken unter die Decke und drückte sie in meinen Schoß. Ich hielt sie fest und schlief langsam wieder ein.

19
Die Suppe

Der Wecker klingelte um halb sieben, und ich war augenblicklich hellwach, als hätte man mich an den Haaren gepackt und mit einem Ruck aus den Tiefen meiner abstrakten Träume gezogen und in der realen Welt der Sachlichkeit abgesetzt. Diese Form des Aufwachens kannte ich gut – es war das Wachwerden am Morgen einer Prüfung, der man skeptisch entgegensah, oder am Morgen einer lang ersehnten Reise. Ich schaute über meine Schulter hinweg zu Gabis Fenster. Die Rollladenschlitze waren noch dunkel.

Hier war er also, mein großer Tag. In relativ kurzer Zeit war aus einer Tüte Popcorn in der *Shiloh Ranch* eine wahre Popcornlawine entstanden, und aus meiner biederen Einzimmerwohnung ein handfester, wenn auch origineller Kündigungsgrund. Wenn ich das nächste Mal in einem Bett aufwache, wird es nur noch ein bizarrer Traum gewesen sein, der sich dann allerdings rasch als ernüchternder Albtraum herausstellen wird, wenn es an die unumgängliche Entsorgung ging. Aber das war im Moment völlig irrelevant; noch war heute, und es stand vor dem großen Fest noch einiges auf dem Programm.

Gabi drehte sich ruckartig auf die andere Seite und deckte mich dabei auf, während sie mir ihre hintere Längshälfte entgegendrückte. Das Klingeln des Weckers hatte sie nur sachte gestreift und besaß zudem für sie eh nicht die besondere Signalwirkung, die es für mich heute hatte.

Ich setzte mich auf und deckte Gabi wieder zu, damit sie sich in der herbstlichen Morgenkühle ihres Wohnzimmers keinen Bipps[14] holte. Ich fummelte mir eine frische Unterhose und ein Hemd aus meinem Wäschebeutel, stand mit knirschenden Knien auf und stolperte frohen Mutes ins kalte Badezimmer.

Mein Spiegelbild sah ausgeruht und entspannt aus. Der gestrige Leerlauf hatte mir sichtlich gutgetan, und ich sah dem Chaos, das heute über meine Küche hereinbrechen würde, relativ gelassen entgegen. Ich kauerte in Gabis schmuddeliger Badewanne nieder, drehte den Heißwasserhahn auf und spülte mir minutenlang die allerletzten Spuren der vergangenen Wochen von den Schultern. Eigentlich hätte ich bei der Gelegenheit auch gleich noch meine Haare waschen können, aber ich hatte noch den Gang zum Bäcker vor mir und beschloss deshalb, es für später aufzuheben, wenn ich zu Hause sein würde. Dann konnten sie in Ruhe trocknen, während ich Zeitung lesend und Kaffee trinkend auf meine Hilfsköche wartete.

Ich trocknete mich mit einem klammen und nicht mehr ganz frischen Handtuch ab, schnappte mir meine Shampooflasche von der Spiegelablage und ging zurück ins Schlafzimmer, um mich anzuziehen. Dabei musste ich das Licht anmachen, und Gabi wurde wach.

„Na“, sagte sie und lächelte mit ihren verschlafenen Augen, während sie sich wie in Zeitlupe streckte, bis ihre Ellbogen und Zehenspitzen zu zittern begannen, „heute ist wohl Zahltag.“

„Das stimmt“, sagte ich, während ich in meine Hose stieg. „Es gibt allerdings noch einiges zu tun. Ich muss noch das eine oder andere besorgen, und vor allen Dingen muss die Suppe noch gekocht werden. Da müssen

---

[14] Erkältung

wir alle miteinander noch einmal so richtig die Ärmel hochkrempeln.“

„Soll ich nicht mitkommen und euch helfen?“, fragte sie und gähnte, als wollte sie mir damit bedeuten, keinesfalls Ja zu sagen.

„Nee nee – wir sind jetzt schon so viele. Schlaf' du dich aus, du bist erst spät nach Hause gekommen. Außerdem wird's eine lange Nacht heute.“

„Wie du meinst – viel Spaß.“ Sie drehte sich um und deckte sich dabei wieder auf. Ich setzte mich neben sie auf die Matratze und zog meine Strümpfe und Schuhe an.

„Ich komm' um sechs herum nochmal her, um mich vor der Party noch ein wenig hinzulegen. Wirst du da sein?“

„Mmh“, murmelte sie wie aus weiter Ferne und war schon wieder fast weggetreten. Ich deckte sie erneut zu, hob meinen Beutel auf und ging leise hinaus auf die Straße.

Der Samstag dämmerte bereits, und es war auf eine angenehme Weise kalt – angenehm, wie man es nur im Herbst empfinden konnte, wenn man der bevorstehenden Kälte des Winters noch etwas abgewinnen konnte.

Auf der Straße roch es bereits nach den ersten Kohleöfen, und die winterlichen Qualmschwaden quollen aus den Kaminen und wirbelten abenteuerlich über die dunklen Dächer hinweg. Der Himmel selbst war schon blau, und in der Richtung, in die die Nacht davongezogen war, jagten noch die letzten schwarzen Wolken dahin. Die Straßen des Hemshofs waren leer, vom vereinzelten Nachtschichtler mit seinem Werksfahrrad abgesehen, der leise in die Pedale trat, um vor dem endgültigen Tagesanbruch im Bett zu liegen, damit er noch ohne größere Mühe würde einschlafen können. Aber der zählte nicht, er gehörte noch zur Nacht, genau wie die davonziehenden schwarzen Wolken.

Eine Armee von Krähen stolperte heiser krächzend und unbeholfen auf der Fahrbahn umher und nutzte die Ruhe dieser kurzen Phase zwischen Nacht und dem Moment, da der Mensch zum hektischen Wochenendeinkauf aus den Häusern stürzte und zum Goerdelerplatz und den Ladenstraßen dahinter strömte. Morgen konnten sie länger herumstolpern – dann war Sonntag, und die Stille bis zum plötzlichen, ohrenbetäubenden Einsetzen der Kirchenglocken, das den Hemshöfer in ähnlich hektischer Weise aus den Häusern lockte, währte länger. Was sie auf der Fahrbahn suchten, war nicht ersichtlich. Wahrscheinlich essbare Dinge, die von den Bäumen gefallen waren – wir hatten ja, wie gesagt, Herbst.

Ich lief direkt zu der Bäckerei neben dem *Konsum* am Goerdelerplatz, um zwei Brote für heute Abend und eine große Tüte Brötchen fürs Frühstück zu holen, und ließ mich von einem Strom schwer beladener Mütter und Hausfrauen mit hineinziehen.

„Oh! Nachschub?“, sagte der ältere Herr neben mir mit lauter Stimme zur fetten, topfschnittigen Verkäuferin, und schaute selbstgefällig und Beifall heischend in die Runde. Er gehörte zu jener Sorte von Rentnern, die sich in Geschäften gerne laut reden hörten und sich dabei überaus amüsant fanden.

„Bitte?“, fragte sie gelangweilt und kippte aus einem großen Plastikkorb frische Schneckennudeln in die Auslage, wo sie die zwei letzten der vorigen Charge unter sich begruben.

„Ich sagte: Nachschub! Neue Schnecke'nudle'!", wiederholte er und versuchte sich an einem charmanten Ufa-Filmlächeln.

„Was?" Eine Schneckennudel war auf den Boden gefallen, und sie hob sie genervt auf und warf sie obendrauf, von wo sie dann nach vorne zwischen Glasscheibe und Schneckennudelhaufen fiel und auf ersterer einen unschönen Zuckergussstreifen hinterließ.

„Es gibt frische Schnecke'nudle'! *Nach*-schub!", sang er langsam und vorsichtig artikulierend, um dem Knalleffekt seines Kommentars ins Ziel zu verhelfen.

„Ja, is' gut, Opa – also, was kriege' mer'n?"

„E' Pfünder Mischbrot", sagte er kleinlaut. Er war mit seiner witzigen Einlage ins Leere gelaufen, und nun schauten ihn die Mütter und Hausfrauen, um deren Beifall er gebuhlt hatte, kopfschüttelnd an.

„Wissen *Sie,* was der wollte?", fragte mich die Verkäuferin, als er draußen und ich dran war.

„Tja, ich weiß auch nicht – eine Schneckennudel, dachte ich eigentlich."

Ich hatte es nicht wirklich eilig und lief mit meinen Broten und der Riesentüte, die ich vor die Brust geklemmt hielt, noch einmal schnell über den Markt, den ich um diese Uhrzeit offenbar noch nie gesehen hatte. So kannte ich ihn gar nicht! Die Obst- und Gemüsehändler zeigten sich von einer unerwartet kreativen Seite. Sie waren morgens um sieben offensichtlich noch stolz auf ihre Tomaten und Birnen und Steckrüben und türmten sie in spielerischem Wetteifer zu geradezu abenteuerlichen Pyramiden auf, das schönste Exemplar als i-Tüpfelchen obendrauf gesetzt. Die Äpfel flogen noch in elegantem Bogen nacheinander in die Spitztüte und wurden sanft aufgefangen, bevor die Tüte mit einer flinken Handbewegung gekonnt verschlossen wurde. Das hier war das künstlerische Pendant zu ihrer derben Feldarbeit unter der Woche, und ich kam mir eher vor wie auf einem Jahrmarkt als auf dem Wochenmarkt.

Die Kartoffelfrauen, die ansonsten nur noch in Pfälzer Zwiebeln machten und deren Knollen aus mangelnder Uniformität nur in losen Haufen präsentiert wurden, waren sichtlich gut drauf und sahen aus, als hätten sie ihr erdiges Produkt gerade erst ausgebuddelt.

Das Tragen meiner Brote und der prall gefüllten Brötchentüte gestaltete sich zunehmend schwierig, und so machte ich mich auf den Heimweg.

Nachdem ich die Haustür aufgeschlossen hatte und ins warme Treppenhaus eingetreten war, fummelte ich blind den Schlüssel in meine Wohnungstür, drückte sie mit dem Knie auf und trat in die Küche ein. Die Wohnung war kalt und dunkel, wirkte regelrecht unbewohnt, und es roch, wie eben noch auf dem Markt, nach Gemüse und Erde. Ich drückte mit dem Hintern die Tür wieder ins Schloss, ließ meine Backwaren auf den Tisch fallen und drehte unterm Straßenfenster die Heizung an, ehe ich die Flügel öffnete und die Samstagszeitung gerade noch rechtzeitig auffing, bevor sie sich auf dem Boden in ihre zahlreichen samstäglichen Einzelteile zerlegte.

Ich stellte mich in den Rahmen der Schlafzimmertür und versuchte, mein Popcornwerk mit ganz jungfräulichen Augen anzuschauen, also ohne Penneramt, *Kleiner Schwanenhof* und den wochenlangen Dienst am Backofen als störendes Beiwerk. Das Bild, das sich mir präsentierte, war unbestreitbar schön, mit seiner sanft wogenden, weißen Popcornoberfläche, dem alles überragenden Badewannenthron in der Mitte und den imaginären Wurstketten, die seine Seiten im Halbbogen wie elegante Girlanden schmückten, und es fiel mir schwer, nachzuvollziehen, wie all das letztendlich so gut und mehr oder minder reibungslos gelungen war. Zudem würde heute Abend das Licht auch noch ein anderes sein, über der Wanne würden sich Dampfwölkchen kringeln, und mein erlesenes Publikum würde bis zum Bauch in seinen Popcornkratern im Zimmer verstreut stehen.

Eine Steckdose für den Tauchsieder war vorhanden, irgendwo rechts unter dem Schlafzimmerschinken mit der schlafenden Fee – da, wo mein Nachttisch normalerweise stand und mein Nachttischlämpchen und der orangene Wecker angeschlossen waren. Bozos Plattenspieler konnten wir auf den Waschtisch stellen, dessen Marmoroberfläche ja oben aus dem Popcornspiegel herausragte. Dort, irgendwo in der Tiefe gleich neben dem Türrahmen, musste es noch eine Steckdose geben.

Die Deckenlampe gefiel mir überhaupt nicht. Sie würde zwar nicht, wie ich ursprünglich befürchtet hatte, genau zwischen Barbara und mir hängen, sondern schon noch ein wenig über uns. Aber sie würde uns viel zu hell in die Augen leuchten. Man konnte wohl zwei Birnen heraus- und damit die Gesamtleistung um die Hälfte herunterschrauben, oder sie gleich alle durch schwächere ersetzen – was wattmäßig aufs Gleiche herauskäme, sich auf die Augen jedoch weitaus sanfter auswirken würde. Dann wäre es aber den Leuten unten vermutlich viel zu dunkel – und ich müsste noch einmal weg, um die Birnen irgendwo zu besorgen. Und wenn wir die Deckenlampe ganz ausließen und nur die Nachttischlämpchen irgendwo unten hinstellten, würden Barbara und ich, oben auf unserem Olymp, im eigenen Schatten sitzen, was genau das Gegenteil wäre von dem, was heute Abend unserem Status entsprechen würde. Wir mussten wohl beides miteinander verknüpfen – für Barbara und mich ein paar Birnen aus der Deckenlampe herausschrauben, und fürs gemeine Publikum unten die Nachttischlämpchen aufstellen. Aber wozu zerbrach ich mir wegen solcher Trivialitäten jetzt schon den Kopf? Dafür hatten wir noch reichlich Zeit.

Nachdem meine Haare gewaschen und angeföhnt waren und ich eine Tasse Sofortlöslichen überbrüht hatte, sorgte ich, so gut es ging, in der Küche für ein wenig zusätzlichen Platz und setzte mich zum Austrocknen mit der Zeitung an den Tisch und genoss das bisschen Ruhe, das mir noch blieb.

Kurz nacheinander trudelten Berthold, Friedel und Barbara ein. Wie Barbara, trug auch Friedel einen Einmachtopf unterm Arm, der so gar nicht recht zu ihm passen wollte. Im Gegensatz zu Barbaras schwarzem Topf war der von Friedel hellgrau mit weißen Sprenkeln und laut Aufkleber eigentlich ein *Waschtopf*. Das erklärte auch das fehlende Thermometerloch im Deckel. Vom Aussehen her war er ein älteres Modell und diente früher vermutlich dazu, auf dem Küchenherd die Bremsspuren aus Friedels Opas Bummfuddeln auszukochen.

„Die Fraa hot mer'n in die Hand gedrückt. Ich hätt' ihn glatt vergesse'. Die Küche'maschin' is' innedrin."

„Na denn Gott sei Dank für die Fraa", sagte ich und nahm ihm den Topf ab. „Na, Bawett …" – das war Pfälzisch für *Babette*, und Barbara hasste es zutiefst, so genannt zu werden; ihre Mutter tat das immer, auch wenn ihre Freunde in Hörweite waren – „… wann bist *du* denn aufgestanden?"

„Meinst du mich?" Sie stellte ihren Topf oben auf den Küchenschrank, damit er erst einmal aus dem Weg war. „Um halb fünf, wie immer. Ich werde vor heute Abend noch einmal heimgehen müssen, um mich ein wenig auszuruhen, sonst schlaf' ich dir heute Abend noch in der Suppe ein."

„Hab' ich mir auch vorgenommen."

„Wer kommt denn jetzt noch alles?", fragte Berthold.

„Zum Kochen – nur noch Jörg und Bozo."

„Und wo sollen wir alle hin?"

„Keine Ahnung. Am besten frühstücken wir gleich, solange alle noch Platz haben." Ich stellte Friedels Waschtopf in die Dusche und setzte Kaffeewasser auf. Bis heute Abend – und auch morgen früh – würden einige Liter Sofortlöslicher den Besitzer gewechselt haben, und ich hatte vorsorglich einen entsprechenden Vorrat angelegt. „Ich werde ja später hauptsächlich im Schlafzimmer zugange sein und mich um die Badewanne kümmern. Dann bin *ich* schon mal aus dem Weg."

„Wir brauchen einen Arbeitsplan", stellte Barbara fest.

„Im Grunde haben wir schon einen." Ich beugte mich ins Schlafzimmer hinein und nahm den Zettel, den wir am Probeabend ausgefüllt hatten, vom Waschtisch. „Wir müssen nur die einzelnen Aufgaben verteilen."

„Was gibt's denn so alles?"

„Nun ja", sagte ich und ging mit dem Blick rasch die Liste durch, „die Zwiebeln müssen erst einmal geschält werden."

„Dann melde ich mich freiwillig für die Zwiebeln", meinte Barbara.

„Na alla – wenn du meinst … Ich würde keine hundert Zwiebeln schälen wollen.“

„Einer muss es ja. Außerdem muss man nur wissen, wie.“

„Und wie *muss* man es denn?“, fragte Berthold mit einem Anflug von Allwissenheit in der Stimme und im Blick.

„Am offenen Fenster. Dann zieht alles rasch ab nach draußen statt in die Augen.“

„Wir sollten froh sein, dass sie nicht in feine Würfel geschnitten werden müssen“, meinte ich und überbrühte den Kaffee. „Deckt mal einer den Tisch?“

„Was geschieht denn eigentlich mit dem Gemüse?“, fragte Barbara.

„Des jage’ mer alles durch die Küche’maschin’“, sagte Friedel.

„Es muss aber erst einmal geputzt werden“, warf ich ein. „Das könnt’ ihr zwei ja machen.“

„Dann opfere ich mich gleich mal, um den Lauch zu schälen“, bot sich Berthold an.

„Des glaub’ ich. Is’ ja auch einfacher, als Paprikaschote’ auszupule’“, meinte Friedel. „Un’ was machen Sie, Herr Dumfarth?“

„Da du ja schon die Paprika auspulst, wird Herr Dumfarth nach dem Frühstück als Erstes das Fleisch abholen, bevor’s in der Metzgerei zu voll wird.“

„In der Freibank ist es nie zu voll“, meinte Barbara. „Und außerdem hast du das Fleisch ja vorbestellt. Da braucht man nicht zu warten.“

„Es gibt außerdem tausend andere Dinge zu tun“, sagte ich und riss die Brötchentüte der Länge nach auf. Ich nahm mir den Salzweck, bevor ihn jemand anders nahm.

„Als da wären …?“

„Die Wanne muss mit Wasser gefüllt werden, die Dosen alle geöffnet, das Gemüse und das Fleisch rationsweise gekocht und, und, und … Wir werden froh sein, wenn wir bis heute Abend mit allem fertig sind.“

Es blieb uns wohl auch nichts anderes übrig.

Nach dem Frühstück räumte ich in der wortlos einberufenen Zigarettenpause – die Ruhe vor dem Sturm, gewissermaßen – das Geschirr zusammen und spülte es ab, um unser bevorstehendes Schlachtfeld frei zu machen. Wie oft bei solch schwierigen Großunterfangen, bei denen die Zeit begrenzt war, mangelte es auch hier am richtigen Startimpuls, und Barbara gab ihn schließlich, indem sie den Zwiebelsack an den frei gewordenen Spülstein zog, ihn an zwei Zipfeln packte und in den Spülstein fallen ließ, wobei ich ein leises aber deutliches *Knack* vernommen zu haben glaubte.

„Mein lieber Scholli, ist der schwer“, stöhnte sie. „Hast du mal ein kleines Messer?“

Ich gab ihr das Kurze mit dem rosanen Plastikgriff aus der Besteckschublade und rüttelte ein wenig besorgt am Spülstein. Der schien die plötzliche Überbelastung jedoch gut überstanden zu haben. Schließlich fasste er ja mindestens fünfzehn Liter Wasser, und einhundert fallende Zwiebeln wogen sicherlich auch nicht viel mehr. Außerdem wurde er unten von zwei starren T-Trägern gestützt.

„Er ist mir aus den Fingern gerutscht“, entschuldigte sie sich. Sie holte ihren Einmachtopf vom Küchenschrank herunter und stellte ihn neben dem Becken auf den Boden. Mit einem *Ratsch!* schnitt sie den Sack auf, und das Purzeln der ersten nackten Zwiebel in den Topf war zugleich der Gong für die erste Runde.

„Zähl' besser mit“, schlug ich vor, „ich weiß nicht, wie viele Zwiebeln tatsächlich im Sack sind. Nicht, dass du unnötigerweise zu viele schälst.“

„Ich heb' einfach die Skalps auf.“

„Das ist gut!“

Berthold und Friedel holten die jeweils ersten Gemüsekisten unter der Sitzbank hervor und stellten sie vor sich auf den Tisch – Berthold die erdigen Lauchstangen, die größtenteils erfreulich dick waren, was weniger Schälarbeit bedeutete, und Friedel die glänzenden grünen Paprikaschoten, von denen einige bereits eine weiche, leicht schrumpelige Oberfläche aufwiesen.

„Ihr könnt ja nach der Hälfte tauschen“, meinte ich.

„Hast du überhaupt noch zwei Küchenmesser?“, fragte Berthold.

„Oh! Ich glaub' nicht.“

„Ich hab' zu Hause welche – ich werd' mal kurz rüberspringen.“

„Spül' sie aber erst!“

In Barbaras Topf lagen gerade mal zehn Zwiebeln, als sie mit rot angeschwollenen, tränenden Augen das Messer ins Becken fallen ließ und sich ein Tempo aus der Hosentasche zog und auseinanderschüttelte.

„Ich kann nicht mehr“, sagte sie mit verschnupfter Stimme und putzte sich die Nase. „Und dabei habe ich kaum angefangen.“

„Tja – war wohl nichts mit dem offenen Fenster“, stellte Berthold mit erhobenen Augenbrauen fest, als hätte er einen Sieg für sich errungen.

„Ich hab' mal gelesen, dass man Zwiebeln unter Wasser schälen soll.“

„Kannscht dich ja mit'm Zwiwwelsack nackisch unner die Dusch' stelle'."

„Das würde dir gefallen – was?", meinte Barbara und stopfte ihr Taschentuch unauffällig in die Gesäßtasche.

„Ich hab zu Hause noch so eine alte Schutzbrille herumliegen", sagte Berthold, als er sich seine schmale Jacke über die hageren Schultern hängte. „Vielleicht nützt die was. Ich bring' sie mal mit."

„Mach mal", sagte Barbara und rieb sich vorsichtig mit dem Handrücken unter den Augen, um den Lidstrich nicht vollends zu verschmieren.

Ich legte meine zwei Schneidebrettchen und mein letztes Küchenmesser auf den Tisch, und Friedel nahm seine erste von zweihundert Paprikaschoten, schnitt sie in der Mitte über Kreuz zweimal durch und schälte ihr überraschend gekonnt den Strunk heraus.

Berthold war schneller wieder da, als er das Haus verlassen hatte. Er legte zwei saubere Küchenmesser, an denen noch ein paar wenige klare Wassertropfen hafteten, auf den Tisch und reichte Barbara ihre Zwiebelschutzbrille rüber. Es war so eine Altmodische, wie man sie vom Schleifstein her kannte, mit klaren, runden Gläsern (eins hatte einen Sprung) und einem für jedes Auge individuellen Gehäuse aus rotbraunem Bakelit, der spröden Mutter aller Kunststoffe.

„Wo hast du *die* denn her – vom Flohmarkt?"

„Weiß ich nimmer. Vermutlich noch aus der Sodafabrik."

Barbara justierte das schwarze Gummiband und setzte sie auf, sodass ihre senfblonden Haare wie von einem dünnen Stirnband abgeschnürt waren. Sie nahm eine Zwiebel und ihr Küchenmesser aus dem Spülstein und setzte ihre Arbeit fort, indem sie das Wurzelende mit einer geschickten Drehbewegung abtrennte. Sie sah ungewöhnlich blöd aus, wie ein Schnorchler aus den Dreißigerjahren, und unser Türke aus dem Hinterhof, der sich in seinem altmodischen, übergroßen Anzug offenbar zu einem samstäglichen Spaziergang entschlossen hatte, blieb draußen in einiger Entfernung vorm Fenster stehen und schaute ihr eine Weile interessiert zu.

Berthold setzte sich zu Friedel an den Tisch, nahm eins seiner Messer und rückte sich seine Spankiste zurecht. Er schnitt einer Lauchstange nach der anderen beide Enden ab, schlitzte sie der Länge nach auf und zog die äußere, derbe Schicht herunter, während Friedel seine Paprikaschoten nunmehr routiniert viertelte und den Strunk und das Kerngebilde herausschnitt. Die Kerne klackerten dabei ganz fein über den Tisch und auf den Boden, als stammten sie von einer winzigen geborstenen Perlenkette. Ich war zufrieden mit meinem Personal und beschloss, diese Vollbeschäftigung zu nutzen, um schnell auf die Freibank zu flitzen.

„Ich geh' mal das Fleisch holen", sagte ich, aber keiner hörte auf mich. Umso besser. Ich nahm meine Jacke und ging.

Auf dem Markt war mittlerweile das Chaos ausgebrochen. Es war laut und hektisch, und die Gemüsehändler schienen von ihrer Kundschaft zunehmend genervt zu sein. Ihre Pyramiden waren zu Ruinen zerfallen, und die Identifizierung mit der Ware war dahin. Die Tomaten und die Salatköpfe wurden langsam lästig, und würden sie heute nicht mehr verkauft, so würde der allwöchentliche Wettlauf mit der Zeit von Neuem beginnen.

Alleinig die Kartoffelfrauen waren nach wie vor guter Dinge, wussten sie doch, dass *ihre* Früchte geduldig waren – wenn's sein musste bis zum Frühjahr. Und das beruhigte. Die Kartoffeln wechselten dabei lediglich ihr Prädikat von erfreulich festkochend auf praktischerweise mehlig. Und wo kämen wir hin, wenn es für Brei oder Knödel keine mehligen Kartoffeln gäbe? Was heute nicht verkauft wird, kommt das nächste Mal eben noch einmal auf den Verkaufstisch. Dafür kosteten sie aber auch so gut wie nichts. Ohne Kompromisse lief hier eh nichts – bunte Früchte, die auch noch ewig hielten, gab es eben nicht.

Beim Metzger war in der Tat nichts los, und als die Tür mit ihrem Gummistreifen unten langsam über den Boden fegte und ins Schloss fiel, stand ich plötzlich an der Theke wie in einer Unterdruckkammer, von Zeit und Hektik draußen völlig abgeschnitten.

Vor mir war lediglich ein Penner an der Reihe, für den nahenden Winter bereits dick angezogen, der für zwanzig Pfennige Blutwurst verlangte. Er legte seine zwei Münzen in die Schale, während die dicke Verkäuferin sich großzügig zu seinen Gunsten verschnitt (es sei denn, die Blutwurst war hier tatsächlich so billig). Sie schaute mich an, während sie die trotz allem kleine Gabe auch noch routiniert in Papier einschlug. Aber das gehörte wohl dazu, aus reiner Diplomatie, sonst hätte es ausgesehen wie der kleine Wurstzipfel, den die Kinder immer aufgenötigt bekamen.

„Un' was bekomme' Sie?“, sagte sie zu mir und steckte die zwei Zehner in die Blindenkasse. Ich wartete, bis mein Vordermann wieder draußen und somit außer Hörweite war und verlangte dann meine bestellten zwölfeinhalb Kilo Schweinebauch, mit Hinweis auf meinen Namen.

„Ach ja, Herr Dumfarth“, sagte sie betont überfreundlich und ging nach hinten, wo das pausenlose saftige Hacken des Fleischerbeils zu hören war. Sie war sofort wieder da, hielt ein riesiges rosanes Paket im Arm, lief um die Theke herum und legte es mir auf die Ablage.

„So“, sagte sie und ging wieder an ihren Platz, „des macht dann achtefuffzisch Mark fünfesiebzisch.“ Mit orthopädisch bedenklicher Handhaltung drückte sie den Betrag in die Kasse, und der Schieber sprang auf.

Ich bezahlte, steckte das Wechselgeld in meine Gesäßtasche und nahm das Paket mit beiden Armen vor die Brust. Es war weich und fühlte sich kalt und feucht an, obwohl das rosane Packpapier trocken war. Die Verkäuferin rannte noch einmal schnell um die Theke herum zur Tür und hielt sie mir auf.

„Viel Spaß, dann“, sagte sie und lachte, „hoffentlich hält das Wetter!“

„Was? Ach so – ja. Hoffen wir’s.“

Ich überquerte die Straße, warf im Vorbeigehen einen Blick durchs offene Fenster in die *Jägerlust* und bahnte mir im Slalom meinen Weg über den Marktplatz und schließlich in Bertholds Straße hinein. Es hätte mich schon mal interessiert, wo die Freibankverkäuferin eigentlich *ihr* Fleisch und *ihre* Wurst kaufte. Sicherlich nicht auf der Freibank.

Mit dem vorgeschobenen Kinn betätigte ich meine Klingel, und irgendjemand machte mir auf. Ich lief direkt durch in die Küche und ließ mein Fleischpaket so auf den Tisch plumpsen, dass er ins Wanken geriet. Es roch überall frisch, nach geschnittenem Lauch und Paprika und nach Zwiebeln. Meine Armbeugen hatten sich schmerzhaft versteift, und ich bekam sie nur unter vorsichtigem Hin- und Herbewegen langsam wieder in Gang. So fühlte es sich an, wenn man volle Bierkästen nach Hause schleppte.

Wer mir aufgemacht hatte, war nicht mehr zu erkennen, alle drei waren voll Ernst in ihre Arbeit vertieft. Friedel und Berthold hatten gerötete Augen, und gelegentlich wischten sie sich mit dem Handrücken eine entronnene Träne von der Wange.

Ich schloss die Tür hinter mir und ging hinüber zu Barbara, die immer noch am Spülstein stand und emsig Zwiebeln abzog. Ich beugte mich vor und schaute von vorne in ihre Schutzbrille hinein.

„Na – hat wohl funktioniert?"

„Mhm."

„Wie viele hast du noch?" Auf dem Fensterbrett lagen die Wurzelschöpfe in Zehnergruppen sortiert.

„Nach der, noch zwölf", sagte sie und ließ sie in den Einmachtopf fallen. „Wenn die Außenschalen nur nicht so brüchig wären – da geht jedes Mal nur so viel ab, wie vom Messer geradenmal erfasst wird."

„Die Fraa legt sie immer vorher zehn Minutte ins warme Wasser", meinte Friedel beiläufig. „Dann ziehtse die Schal' in einem Ruck ab."

„Na, danke für den zeitigen Tipp", sagte Barbara, und Zwiebel Nummer 89 plumpste zu den anderen in den Topf. Ich holte die Nelkentüten aus dem Küchenschrank und legte sie aufs Fensterbrett.

„Da sind die Nelken", sagte ich und lenkte ihr begrenztes Blickfeld in deren Richtung. „Wenn du so weit bist … In jede Zwiebel kommen drei Stück. So …" Ich nahm eine Zwiebel aus dem Topf und machte es ihr vor, indem ich die Nelken wie drei verrostete Stecknadeln hineinstach.

„Is' gut“, sagte sie und ließ Zwiebel Nummer 90 fallen.

„So – und ich werde mal endlich die Badewanne mit Wasser füllen, damit sie anfangen kann, sich aufzuwärmen. Wer weiß, wie lange das dauert, so ganz ohne Deckel.“ Ich nahm den Putzeimer und schwenkte ihn in der Dusche aus. „Hilfst du mir mal, Friedel?“

„Aber ja“, sagte er und ließ dankbar sein Messer fallen, wie ein Roboter, dem man den Stecker gezogen hatte – oder ein Eloi beim Erklingen des Pausenhorns.

Ich füllte den Eimer mit warmem Wasser, um dem Tauchsieder ein wenig auf die Sprünge zu helfen, und stieg dann mit ihm vorsichtig über die Schlafzimmerabsperrung.

„Un' wo kumm ich?“, fragte Friedel.

„Du füllst den Eimer immer wieder auf, damit ich nicht jedes Mal rausklettern muss. Wir brauchen insgesamt zehn Eimer voll.“

„Das sin' aber dann keine zwohunnert Liter!“

„Mit den Bohnen, dem Gemüse und dem Fleisch schon.“

„Alla hopp!“

Mit erhobenem Eimer schob ich mich langsam durch das Popcorn bis zur Badewanne vor, stieg vorsichtig aufs Podest hinauf und vergewisserte mich, dass der Stöpsel festsaß. Am liebsten hätte ich ihn mit Pattex festgeklebt, um auf Nummer sicher zu gehen – aber ich hatte keines. Aber das Gewicht von vier Zentnern Suppe hatte vermutlich die gleiche Wirkung, und wenn Barbaras und meine gemeinsamen drei Zentner mitzählten, so waren das bereits sieben Zentner. Womit jegliche Bedenken hinfällig waren.

„Wo hängt's?", fragte Friedel.

„Bin schon da!" Ich leerte den Eimer vorsichtig in die Wanne, um den Stöpsel nicht unnötig zu provozieren, und legte ein Popcorn auf den Wannenrand, damit ich mich nicht verzählte. Mit dem leeren Eimer arbeitete ich mich dann wieder zur versperrten Tür vor und reichte ihn Friedel hinüber.

„Stell' dir doch de' zweite' Stuhl in die Mitt'", meinte er, „dann kannscht trockenen Fußes bis zum Podescht vorspringe'."

„Ach, ja – gute Idee!" Ich hatte mir gerade überlegt, ob ich mir jetzt schon meine Badehose anziehen sollte. „*Warmes* Wasser, Friedel!", rief ich ihm nach, „dann wärmt's schneller auf!"

„Bin jo net blöd", hallte es aus dem Duschraum. „Ich hab' mir ja auch schunnemol e' Tass' Kaffee gekocht."

Und ich hatte gedacht, seine Freundin mache das immer. Auf halber Strecke zwischen dem schlafzimmerseitigen Stuhl und der Badewanne hob ich, so gut es ging, einen halben Meter Popcorn aus und drückte den zweiten Stuhl, der auf der Küchenseite gestanden hatte, hinein, bis er mit allen Vieren den Boden berührte. Zwischen den zwei Stühlen und bis hin zum Podest, schob ich dann noch einen Graben frei, damit ich ungehindert hin und her schreiten konnte, waren die Stühle doch mit den Sitzflächen höchstens fünfzig Zentimeter hoch und damit ebenso tief unterhalb der restlichen Popcornoberfläche.

Friedel erschien mit Eimer Numero zwo im Türrahmen und stellte ihn auf dem ersten Stuhl ab. Ich stieg auf die neu installierte Trittfläche in der Mitte und nahm den langen Schritt hinüber, woraufhin er den Eimer rasch wieder an sich riss.

„Pass' auf, dass'd net hinfliegscht", meinte Friedel.

„Das gäbe sicherlich eine weiche Landung." Ich nahm ihm den Eimer ab und trat vorsichtig wieder hinüber zum Podest.

„Ich dachte jetzert mehr an den Eimer Wasser. Net, dass der sich auf Nimmerwiedersehen ins Popcorn entleert!"

Der Türke, der vorhin am Küchenfenster Barbara beim Zwiebelschälen zugeschaut hatte, stand mittlerweile im Hinterhof am offenen Schlafzimmerfenster und schaute mit großen Augen nun mir zu.

„Guten Morgen", sagte ich und leerte den Eimer in die Wanne. Ich nahm ein zweites Popcorn und legte es neben das erste.

Nachdem der zehnte Eimer Wasser in der Wanne war, war sie gerade mal zu einem Viertel voll, und es fiel mir schwer zu glauben, dass Barbara und mir die Suppe irgendwann noch bis zum Hals stehen würde. Aber rein rechnerisch hatte wohl alles seine Richtigkeit. Ich fegte meine aufgereihten neun Popkörner vom Wannenrand und entließ Friedel wieder an seinen Paprikahaufen.

„Wie viele hast du noch?", fragte ich in die Küche hinein.

„Keine Ahnung – wie viel waren's denn?"

„Zweihundert, wenn der Gemüsehändler ehrlich war."

„Oh je – dann sind's vorneweg noch hunnertfuffzisch, wenn's langt!"

„Naja, wir haben ja Zeit. Berthold kann dir ja helfen, wenn er fertig ist. Lauchstangen waren's ja nur hundert Stück."

„Wenn der Gemüsehändler ehrlich war", meinte Berthold.

„Und wenn nicht, dann wären's ja sogar noch weniger."

Es klingelte. Berthold stand auf und drückte auf den Öffner, und gleich darauf kamen Jörg und Bozo vollbeladen herein und füllten den Schlafzimmertürrahmen aus.

„He! Hier ist ja richtig was los!", sagte Bozo und reckte seinen Hals ins Schlafzimmer hinein.

Ich kletterte zu ihnen in die Küche. Die war nun räumlich wie akustisch brechend voll. Jemand war gerade dabei, die Treppe herunterzukommen, und ich machte schnell die Tür wieder zu.

„Habt ihr schon gefrühstückt?", fragte ich und nahm ihnen den Plattenspieler, die Boxen samt Kabelsalat und die Plastiktüten mit den Schallplatten ab. Ich stapelte alles übereinander auf das Nachttischchen, das im Schlafzimmer das eine Ende der quer gestellten Tür festhielt.

„Ja, schon lange. Sag' uns einfach, was wir machen sollen." Bozo setzte sich auf die Sitzbank neben Barbara, die schon eine ganze Weile leicht entrückt Nelken in die Zwiebeln steckte. „Was machst denn *du* da?"

„Du musst ihn fragen", sagte sie und deutete mit ihrer Nase in meine Richtung. „Ich führe nur Befehle aus."

„So steht's im Rezept", sagte ich und setzte Bozo das Fleischpaket vor die Brust. „Jede Zwiebel bekommt drei Nelken verpasst." Dabei fiel mir ein, dass wir eigentlich die Lorbeerblätter gleich mit anheften wollten, aber das war jetzt nicht so wichtig. „Du kannst derweil das Fleisch in Scheiben schneiden." Ich nahm Barbaras verwaistes Zwiebelmesser und legte es dazu.

„Und worauf soll ich schneiden? Auf der Tischdecke?"

„Untersteh' dich – die gehört Frau Kamp. Mir wurde gerade neulich eine angesengt."

„Du kannst gleich mein Brett haben", meinte Berthold, „ich bin fast fertig."

Bozo legte das Zwiebelmesser, das nunmehr ein viel zu kleines Fleischmesser war, zur Seite und packte das rosane Paket aus. Der Fleischberg bestand aus drei großen, weichen Speckseiten, die leicht geräuchert rochen und auf deren Schwarten neben einigen aufgereihten Zitzen mehrfach und in deutlichen, lila Lettern das Wort *Freibank* gestempelt war.

„Also, Schummeln geht da wohl kaum", meinte Berthold. „Da ist ja kein Quadratzentimeter unbedruckt."

„Höchstens beim Wurstmachen. Da kommt eh alles in den Fleischwolf."

„Ich weiß nicht", gab Jörg zu bedenken, „die Schwarte ist das A und O in der Wurst, und dafür ist eigentlich zu viel Lila dran."

„Schau dir mal die Nippel an!", meinte Friedel. „Ich stell' mir g'rad vor, mei' Alte hätt' so'n Doppelreiher!"

„Ja, sag' mal …", sagte Barbara mit zum Teil gespielter Empörung und riss die nächste Nelkentüte auf.

„Wie dick hättest du es gern?", fragte Bozo.

„Och – 'n Zentimeter vielleicht."

Ich holte den ersten der großen, teuren Müllsacke, die ich am Dienstag erworben hatte, aus dem Schieber und drückte ihn Jörg in die Hand. „So, Jörg, und du darfst als

Erstes mal den Gemüseabfall einsammeln – das Zeug auf dem Tisch und die Zwiebelschalen im Spülstein."

„Wo sind denn eigentlich beim Fleisch die Adern?", fragte Bozo, nachdem er die erste Scheibe mühsam heruntergeschnitten hatte. „Angeblich wird jeder Winkel im Körper mit Blut versorgt, aber mir ist beim Fleischessen noch nie eine Ader unter die Augen gekommen."

„Des sin' die aderlose' Schweine", meinte Friedel und schälte den Strunk aus seiner Paprikaschote, „die lande' immer auf der Freibank."

„Deshalb ist das Fleisch dort auch immer so blass", ergänzte Jörg. Er schüttelte den Müllsack auseinander und fing an, die Lauchblätter zusammenzuraffen und in den Sack zu stopfen. Bozo säbelte derweil die nächste Scheibe Schweinebauch herunter, wobei der erste Nippel dran glauben musste; er sah im Querschnitt völlig unspektakulär und kein bisschen anders aus als der Rest der rosa glänzenden Schwartenkante.

Ich tastete oben auf dem Küchenschrank nach dem Tauchsieder und holte ihn herunter, wobei ich mit dem Kopf gerade noch rechtzeitig dem herabstürzenden Stecker ausweichen konnte.

„Aber, hallo!", sagte Barbara, „was ist denn das?" Das Gerät sah mit seinem Fliegendrahtkorb und dem Kabel ein wenig aus wie ein riesiges Mikrofon.

„Unser Tauchsieder – mit Bohnenabstandhalter. Damit wird unsere Suppe aufgeheizt."

„Reicht das denn?"

„Ich hoff's mal."

Ich schwang mich über die Tür ins Schlafzimmer, schritt von Stuhl zu Stuhl und tauchte dort ins Popcorn ein, wo ich die Steckdose vermutete, in der normalerweise das Nachttischlämpchen steckte. Blind tastete ich mich unterm Popcornspiegel an der Wand entlang, und irgendwann hatte ich sie. Mit dem Finger bohrte ich ein kleines Loch in die Folie und stöpselte den Stecker ein. Ich legte die hohle Hand um den Fliegendrahtschutz, der rasch warm wurde, und nachdem ich mich wieder zur Badewanne zurückgepflügt hatte und aufs Podest geklettert war, tauchte ich ihn mit einem *Zisch* ins Wasser. Der Tauchsieder rutschte sofort hinunter auf den Wannenboden, da die Wanne nicht voll genug war, als dass ich ihn mit dem Haken am Rand hätte einhängen können – was letztendlich auch gar nicht gegangen wäre, da der Wannenrand für den Haken viel zu breit war. So ein Tauchsieder war nun mal für ganz andere Aufgaben geschaffen, als Badewasser aufzuheizen. Ich überlegte mir, ob ich ihn einfach unten liegen lassen sollte, entschied mich aber dann doch dafür, den Stecker wieder zu ziehen und einen lockeren Knoten ins Kabel zu machen, an dem er dann schließlich in der richtigen Höhe am Rand hängen blieb.

Nun hatte der Tauchsieder vorneweg acht Stunden Zeit, die Suppe auf Badetemperatur zu bringen.

Als ich wieder in der Küche stand und meine mitgeführten Popkörner vom Boden auflas und zurück ins Meer warf, klingelte es schon wieder. Ich hielt den Atem an. Inzwischen erwarteten wir niemanden mehr – zumindest nicht vor heute Abend.

„Das kann jetzt nur noch Frau Kamp sein“, sagte ich leise. Ich sah sie förmlich, wie sie mit ihrem fetten, furzenden kleinen Mops vor der Tür stand mit einem Stapel Bettwäsche unterm Arm, um wie selbstverständlich an mir vorbeizurauschen und ihre mütterliche Pflicht zu erfüllen. Ich musste ihr die Wäsche abnehmen – die geöffnete Tür würde dabei den Blick ins Schlafzimmer versperren – und ihr sagen, dass ich das Bett heute wieder selbst überziehe und ihr die gebrauchte Wäsche später vor die Tür lege. Ich hätte heute ein paar Freunde da, mit denen ich zu Mittag koche. Ich warf einen Blick auf die Gemüse- und Schweinebauchberge und auf die zum Teil noch vollen, gestapelten Spankisten auf dem Tisch und weiter auf das abgeschlagene Bett, das in der Lücke zwischen Küchenschrank und Dusche an der Wand lehnte. Scheiße, dachte ich.

Ich öffnete meines Henkers Tür einen Spaltbreit und linste vorsichtig hinaus. Es war niemand da. Ich tastete neben dem Türrahmen nach dem Öffner und drückte drauf. Die Haustür sprang auf, und Vetter – wer sagt's denn – kam mit großen Schritten und geradem Kreuz um die Ecke gekurvt, eine kleine Tüte Brötchen in der Hand.

„Oh! de' Vetter!", sagte Friedel mit leichtem Spott in der Stimme und spaltete mit einem Hieb gelangweilt eine Paprikaschote.

„Oh je", sagte Berthold leise. Er mochte seinen Cousin nicht. Bozo blickte unauffällig zu mir hoch und hob missbilligend die eine Augenbraue.

„A her – was is'n hier los?", fragte Vetter, als er verdutzt in die Gemüse und Fleisch verarbeitende Runde blickte. Seine kleine Brötchentüte wirkte ein wenig deplatziert und mutete angesichts der überdimensionalen Mengen an Mensch und Material geradezu drollig an.

„Wir feiern heute Abend eine kleine Party", sagte ich. „Komm' rein." Ein leises Raunen – für den nicht Eingeweihten kaum wahrnehmbar – wanderte um den Tisch.

Ich schloss die Tür hinter ihm und gab damit den Blick ins Schlafzimmer frei. Vetter blieb davor stehen und schaute sichtlich verdattert hinein. Die ersten leichten Dampffähnchen tanzten bereits über der Badewanne, da, wo er noch vor ein paar Wochen den Schlaf des Gerechten geschlafen hatte.

„Hopp, wir machen mal eine Kaffeepause“, schlug ich vor und legte Vetters Tütchen zu den anderen Brötchen auf die Ablage des Küchenschranks. Während überall die Zigaretten aufflammten, setzte ich Kaffeewasser auf und stellte die Margarine und die Marmelade auf den Tisch, in die wenigen noch verbliebenen Lücken zwischen dem mittlerweile streng nach Schwein riechenden Fleischberg und den Gemüsehaufen.

„Ja, sag' mal – was wird denn das, wenn's fertig ist?“, fragte Vetter, der sich nun am Türrahmen festhielt und sich verdutzt im Schlafzimmer umschaute. Ob ich ihn einladen sollte? Er würde sicherlich eine Art Gegenpol in die Runde bringen, der für einen gewissen Stromfluss sorgen könnte. Aus Erfahrung wusste ich, wie viel Schwung ein bisschen Variationsbreite in eine Party bringen konnte. In Amerika soll es sogar Agenturen geben, die für teures Geld sich streitende und prügelnde Proleteneheppaare vermieteten, um festgefahrene Partys zu retten.

„Eine kleine Popcornparty“, sagte ich.

„Und wozu ist die Badewanne?“ Vetter roch, wie immer, ein bisschen streng.

„Da bade ich heute Abend mit Barbara drin.“

Er drehte sich um und schaute zu Barbara rüber, die gerade die letzten Nelken in die letzte Zwiebel piekste.

„Und das viele Gemüse und das Wellfleisch?“

„Daraus kochen wir eine Serbische Bohnensuppe“, sagte ich und holte Messer und Kaffeelöffel aus dem

Schieber. „In irgendetwas müssen wir ja schließlich baden."

Er nickte verständnisvoll mit dem Kopf. „Und wo sind die Bohnen?"

Ich deutete mit dem Kinn auf die *Albertini*-Kartons unter der Sitzbank. „Wenn du heute noch nichts vorhast, kannst du ja nach dem Frühstück mit anpacken und die Dosen alle aufmachen." Berthold und Barbara schauten mich entsetzt an.

„Ich hab' heut' noch nix vor", sagte er. Er setzte sich neben Bozo auf die Sitzbank, wo er sein muffelndes Odeur an die unmittelbare Umgebung abgab, und sein Blick stahl sich immer wieder zur Schlafzimmertür.

„So, das war's", sagte Barbara und warf erleichtert ihre letzte Zwiebel in elegantem Bogen in den Einmachtopf.

„Ich hab' ja nur sechs Tassen", stellte ich fest und beschloss, vorerst auf meinen Kaffee zu verzichten. Das Wasser kochte noch nicht, und ich stieg noch einmal ins Schlafzimmer, um sicherheitshalber den Vorhang zuzuziehen.

Nach der Pause warf Barbara einen kurzen Blick auf meine Notizzettel, auf die ich den nun folgenden Arbeitsablauf geschrieben hatte. Sie trank auf ein Mal ihre Tasse aus und stand auf, um die gespickten Zwiebeln in den Spülstein zu kippen. In der Dusche füllte sie beide Einmachtöpfe zur Hälfte mit heißem Wasser und schleppte sie nacheinander an den Herd, wo sie sie über Kreuz auf die großen Kochplatten stellte.

„Scheiße", sagte sie.

„Was denn?"

„Die Platten sind unterschiedlich hoch, und ausgerechnet die kleinen Platten sind höher als die großen.

Dadurch liegen die Töpfe auf den Großen nicht flach auf." Die Töpfe waren so groß, dass sie zwangsläufig auf den kleinen Platten mit auflagen.

„Dann dauert's eben ein bisschen länger, bis es kocht – was soll's, wir haben ja Zeit."

„Naja – hoffentlich brennen die Platten nicht durch. Wenn die Töpfe nicht richtig aufliegen, könnten sie überhitzen."

„Der Herd hat schon bewiesen, dass er was aushält. Das wird schon klappen."

Berthold hatte sein Lauchmesser wieder an sich genommen und damit begonnen, zusammen mit Friedel die letzten Paprikaschoten zu putzen, während Bozo rauchend seinen mittlerweile fertig in Scheiben geschnittenen, wabbeligen Fleischberg bewachte. Ich drückte Vetter den Dosenöffner in die Hand und begab mich schließlich mit einem wackligen Stapel gekörnter Brühe vor der Brust wieder ins Korn. Dort fiel die Säule erwartungsgemäß in sich zusammen, aber da die Dosen nichts wogen, gab ich ihnen einfach nacheinander einen Schubs und ließ sie auf der Popcornoberfläche in Richtung Badewanne rollen. Die friedliche, gedämpfte Leere im Schlafzimmer stand in angenehmem Kontrast zur Enge in der Küche, und ich fühlte mich in meinem Kunstwerk richtig wohl. Vielleicht war das das Geheimnis der langweiligen Zen-Gärten.

Das Wasser in der Wanne war mittlerweile schon sehr viel wärmer geworden und kleine, gesiebte Dampfbläschen schlüpften durch die Maschen des Fliegendrahts und stiegen unruhig nach oben. Ich wickelte meinen rechten Hemdsärmel hoch bis fast an die Schulter und leerte eine Dose des Bouillonpulvers nach der anderen hinein. Mit dem Arm ruderte ich in der Brühe solange kräftig herum, bis sich alles restlos aufgelöst hatte und die Oberfläche mit feinen, gleichmäßigen Fettaugen bedeckt war. Der neue, warme Geruch machte direkt Appetit und ich überlegte mir, warum sich die vielen kleinen Fettaugen nicht zu einem einzigen großen zusammenballten. Wahrscheinlich war es der unterschwellige Drang, die gesamte Oberfläche bedecken zu müssen.

Mit der trockenen linken Hand warf ich die leeren Bouillondosen in Richtung Küchentür, sprang ihnen über meine Trittstühle hinterher und kletterte zurück in die Küche, um mir den Suppenarm abzuwaschen.

„Da, Müllmann“, sagte ich zu Jörg, der untätig herumsaß, und drückte ihm die leeren Bouillondosen in den Schoß. Die anderen bauten gerade die Küchenmaschine auf, während Vetter wortlos auf dem Boden kniete und mit zuckenden Oberarmmuskeln eine Bohnendose nach der anderen aufdrehte. Eine ansehnliche Anzahl davon hatte er bereits mit hochgebogenen Deckeln entlang der Bodenleiste neben dem Herd aufgereiht.

„So, Jörg“, sagte ich, als ich wieder aus der Dusche kam und mir mit dem Handtuch den Arm abtrocknete, „du kannst mir dann die geöffneten Bohnendosen ins Schlafzimmer reichen.“

„Her! Ich kann immer nur die Idiotenarbeiten machen – Abfall einsammeln, Bohnendosen ins Zimmer reichen und so …“ Ein solches Aufbegehren wollte so gar nicht zu seiner Kreidestimme passen, und es fiel mir entsprechend schwer, es sonderlich ernst zu nehmen.

„Die Bohnen sind neben dem Popcorn das Zweitwichtigste an der ganzen Aktion!“, sagte ich und hob mein Bein über die Schwelle. „Da wäre mancher froh, er könnte auch an vorderster Front stehen!" Er öffnete den Mund, um etwas zu entgegnen, aber die Küchenmaschine heulte plötzlich auf, und ich stieg ins Zimmer.

Ich gab Jörg das Zeichen für die ersten zwei Dosen, und wir spielten uns schnell ein. Ich stand jedes Mal auf dem Stuhl in der Mitte und sprang dann mit den vollen Dosen zum Podest und leerte sie in die Brühe. Dabei schwenkte ich sie noch einmal rasch aus, um allzu anhängliche Bohnen oder Gemüseeinlagen zum Loslassen zu bewegen. Danach sprang ich wieder zum Stuhl zurück, reichte Jörg das Leergut und nahm die nächsten zwei in Empfang.

Die Brühe wurde von Mal zu Mal trüber – und natürlich auch wieder kälter. Als endlich alle Bohnen darin versenkt waren – was immerhin bedeutete, dass ich fünfundvierzig Mal hin- und hergesprungen war – stand sie schon fast doppelt so hoch in der Wanne wie zuvor. Und sie hatte bereits eine gewisse Ähnlichkeit mit der billigen Bohnensuppe bei Pino.

Aus der Küche roch es plötzlich aufdringlich nach Nelken. Barbara hatte ihre Zwiebeln in die Einmachtöpfe gekippt, in denen es endlich zu brodeln begonnen hatte.

„Wie lange müssen die Zwiebeln eigentlich kochen?", rief sie laut, um die Küchenmaschine zu übertönen. Die wurde allerdings nach dem Wort *Zwiebeln* abrupt ausgeschaltet, sodass der Rest ihrer Frage grell und nackt im Raum stand.

„Was schreischt'n so?", fragte Friedel und fummelte mit dem Finger Lauchringe aus der Tröte.

Ich stieg über die Tür und schaute in die Töpfe hinein. Die Zwiebeln mit ihren kleinen, schwarzen Warzen wirbelten in ständig wechselnden Kreisen umher, und ich musste an Pinos Fischaquarium denken, in dem sich ein Bewohner nur bewegen konnte, wenn sich alle anderen mitbewegten.

„Ich weiß nicht“, sagte ich. „Vielleicht eine Dreiviertelstunde – bis sie halt durch sind. Sie sollten schon leicht auseinanderfallen.“

„Scheiße“, sagte Berthold, als er die Küchenmaschine in ihre Einzelteile zerlegte, „zwischen der Schneidewalze und dem Gehäuse bleiben ganze Lauchschichten hängen. Schaut euch das mal an!“ Er fingerte ein ganzes Knäuel heraus, das zusammengepresst war wie ein zerknülltes und platt gesessenes Papiertaschentuch unter einem Stuhlkissen. Ich legte meine Hand aufs Gehäuse – es war heiß.

„Macht mal Pause“, sagte ich, „sonst bekommt der Friedel noch Ärger zu Hause.“

„Oh ja – die Alt’ un’ ihre Küche’maschin’!“

Ich ging an den frei gewordenen Spülstein und wusch mir mit einem Tropfen Spüli und warmem Wasser die nunmehr aufgemotzte Suppe erneut vom Arm.

„Du warst mir eine große Hilfe“, lobte ich Jörg, nachdem ich mich mit dem klammen Geschirrtuch abgetupft hatte, und klopfte ihm auf die Schulter. „Trittst du jetzt bitte alle Dosen flach und packst sie in einen Müllbeutel?“

„Das mach’ ich doch gerne“, sagte er mit unüberhörbarer Ironie in der Stimme.

Auf dem Tisch türmte sich mittlerweile ein lockerer Lauchberg. Ich fuhr mit den gespreizten Fingern beider Hände durch und lockerte ihn noch mehr auf – es fühlte sich richtig gut an! In den Töpfen sprudelte es unentwegt, und Jörg trat eine Dose nach der anderen mit den dünnen

Hartlederabsätzen seiner Vorkriegsschuhe platt. Wir lagen gut in der Zeit.

„Ich bau' mal den Plattenspieler auf und mach' ein bisschen Musik", sagte Bozo. Er ging an die Schlafzimmertür und warf einen Blick hinein. „Wo soll'n der eigentlich hin?"

„Auf den Waschtisch, hab' ich mir gedacht."

„Was denn für'n Waschtisch?"

„Links. Die Kommode mit dem Dreifachspiegel."

„Warum is'n das ein *Waschtisch*?"

„Was weiß ich – das heißt halt so."

„Früher, als es noch keine Bäder in den Wohnungen gab, da hat man sich mit einer großen Schüssel und einem Wasserkrug am Waschtisch gewaschen", klärte uns Barbara auf. „Und im Spiegel konnte man sich dabei zusehen."

„Von drei Seiten", ergänzte Berthold.

„Mir sin' früher einmal in de' Woch' ins Volksbad gegange'", sagte Friedel. „Mir ham kän' Waschtisch g'habt."

„Wo kommt eigentlich der Abfall hin?", fragte Vetter und drehte Jörgs vollen Dosensack zu.

„In den Hof, unter mein Schlafzimmerfenster – da, wo die Getränkekästen stehen."

„Oh! Stichwort!", sagte Friedel und klopfte mit der flachen Hand auf den Tisch. „Ich glaub', ich haach mir jetzert 'n Scholle in de Kopp!"

„Keine schlechte Idee."

„Alla hopp!" Friedels Ankündigung wurde auf breiter Front freudig aufgegriffen.

„Vetter, bring' doch gleich eine Flasche Wein, eine Cola und zwei Bier mit, wenn du schon mal draußen bist", sagte ich. „Ach, lass' – ich komm' mit."

„Kommt da noch jemand heut' Abend?", fragte Vetter, als wir im Hof waren. Ich sah durch eine Lücke im Vorhang durchs Fenster in mein Popcornzimmer hinein. Aus dieser Perspektive kam mein Werk noch viel kunstvoller daher, als von der Küche aus gesehen. Die Popcornfläche erstreckte sich in etwa gleicher Höhe wie der untere Fensterrand links und rechts bis außer Sichtweite und in sanften Wogen um die Festungsinsel des Podests mit ihrer dampfenden Burg bis ans hell erleuchtete „Fenster" zur Küche, durch das Friedel gestikulierend und mit gedämpfter Stimme im Gespräch mit seinen Suppenkollegen zu sehen und zu hören war. Im Hintergrund, am Straßenfenster, schob sich gerade ein Schnuller-Kind auf einer Schulter vorbei und schaute herein.

„Ja, klar", sagte ich. „Die Freundin vom Schorlefriedel kommt noch. Und die Gabi – das ist die Blasse, die das letzte Mal, als du hier übernachtet hast, auch da war. Bei der wohne ich zurzeit, vorübergehend – solange mein Schlafzimmer anderen Zwecken dient. Sie wohnt gerade da hinten ..." Ich deutete aus dem Schatten heraus auf das Haus hinter unserem Hinterhof. „Ja, und die kleine Uschi – die kennst du ja; und der Joe, den kennst du nicht."

Vetter stellte den zusammengezwirbelten Müllsack neben die Getränkekästen unters Fenster, wo er sich wieder langsam aufdrehte. Es war richtig kalt in dieser schmutzigen Backsteinnische, für unsere Getränke und für den Abfall allerdings genau richtig.

Ich nahm die Flaschen aus den Kästen, drückte Vetter zwei davon in die Hand, und wir gingen wieder hinein.

Als wir die Küche betraten, standen Barbara und Berthold gerade auf dem Podestrand über der Badewanne, wo sie, über irgendetwas herzhaft lachend, den ersten Einmachtopf mit den Zwiebeln vorsichtig zu der Suppe kippten, während der zweite auf dem Stuhl an der Tür stand und gehörig vor sich hin dampfte.

„Ihr habt das Wasser ja gar nicht vorher ausgeleert", sagte ich. „Ihr wisst doch, der Wanneninhalt ist sehr begrenzt."

„Daran haben wir schon gedacht", meinte Berthold, der sich mit dem Kopf knapp unter der Zimmerdecke befand. „Aber wozu die ganze Mühe mit den Nelken, wenn das Nelkenwasser dann quasi im Abfluss landet?"

„Das ist auch wieder wahr", gestand ich ein. „Aber zumindest auf das Fleisch- und Gemüsewasser sollten wir verzichten."

„Ach, die paar Liter", meinte Barbara.

„Was muss'n jetzt als Nächstes gemacht werden?", wollte Bozo wissen, der mittlerweile seine Anlage aufgebaut hatte und seinen nicht immer nachvollziehbaren Musikgeschmack leise zum Besten gab.

„Die Flaschen auf!", meinte Friedel ungeduldig.

„Genau. Und anschließend muss das Fleisch gekocht werden." Ich gab Friedel den Korkenzieher aus der Besteckschublade, und er drehte ihn mit professionell leicht abgespreiztem kleinen Finger in den Korken hinein. „Danach kommt das Gemüse dran. Viel mehr gibt's eigentlich gar nicht mehr."

„Die Paprikaschoten sind noch nicht alle durch die Maschine."

„Das hat doch noch Zeit – lass' die Maschine erst mal ein wenig abkühlen. Das Gemüse passt sowieso nicht auf einmal rein."

Ich holte vier Schorlegläser aus dem Schrank und stellte sie in einer Reihe auf den Tisch. Mit einem satten Knall zog Friedel den Korken aus der Flasche und steckte sie kopfüber ins erste Glas, während er die anderen drei eng daran aufreihte.

Friedel beim Schorleeinschenken zuzuschauen, war geradezu eine Lust. Es gab ja in den Wirtschaften die unterschiedlichsten Methoden, und die meisten dienten ausschließlich dazu, den Empfänger zu täuschen und ihm dabei ein ehrliches Getränk vorzugaukeln. Friedels Methode hingegen diente nicht dazu, Wein zu sparen – wozu auch – und sie besaß einen geradezu künstlerischen Anspruch. Das zeugte von jahrelanger Erfahrung und sorgte für ein perfektes Mischungsverhältnis und damit auch für einen fortdauernd gleichbleibenden Geschmack. Er stellte die Gläser – in diesem Fall praktischerweise vier – stets in einer lückenlosen Reihe auf, steckte die volle Flasche kopfüber und senkrecht in das erste und zog sie rechtzeitig wieder heraus, sodass das Glas exakt zur tatsächlichen (im Gegensatz zur vermeintlichen) Hälfte gefüllt war. So verfuhr er dann auch mit den anderen Gläsern, und am Ende war die Flasche leer und die vier Schorlegläser so genau gleichhoch gefüllt, als wären sie unten miteinander verbunden. Genauso verfuhr er dann mit der Colaflasche, und am Ende war auch sie leer und die Gläser bis zum eingeätzten Eichstrich gleich voll.

Ich öffnete mit zwei schaumigen *Zischs* die Bierflaschen für Barbara und Jörg und stellte sie dazu.

„Es fehlt eine Schorle“, stellte Vetter fest und erkannte das fehlende Getränk offenbar instinktiv als seins. „Ich geh’ nochmal holen.“

„Da, nimm die Leeren mit“, sagte ich und holte noch ein Glas aus dem Schrank.

„Alla hopp, wo bleiben die annere zwei?“, rief Friedel. Er hätte ja schon längst anfangen können, aber Friedels Laster war für ihn zugleich auch immer Ritual, und dazu gehörte eben, dass in Gesellschaft die erste Schorle des Tages gemeinsam zelebriert wurde.

„Wir kommen!“, sagte Barbara und purzelte fast mit Berthold und den Einmachtöpfen aus dem Popcornzimmer zurück in die Küche. „Ich setz’ gerade noch mal Wasser auf für das Fleisch.“

Vetter kam vom Hinterhof zurück mit einer neuen Flasche in jeder Hand und stellte sie auf dem Tisch ab, bevor er die Tür hinter sich schloss.

„Alla hopp, aber jetzert …“, sagte Friedel voller Ungeduld und nahm sein Glas großflächig in die Hand, „rein damit!“ Auf Vetter und Barbara wollte er offenbar nicht mehr warten. Er holte tief Luft und setzte an – wobei seine wulstige, rote Unterlippe das Glas fast von allein zu halten schien – und in vier, fünf großen Zügen war es auch schon wieder leer. Er hielt das ausgetrunkene Glas vor sich und schaute mit seinen feuchten Schweinsäuglein fachmännisch urteilend hindurch. Sabber lief außen herunter, und ich sah, wie Berthold das Glas unauffällig nach besonderen Merkmalen absuchte, um späteren Verwechslungen vorzubeugen.

„Des hot jetzert müsse’ sein“, sagte er und rülpste. Er setzte sein Glas auf dem Tisch ab, und Vetter, der gerade dabei war, sich seinen Nachzügler einzuschenken, füllte es gleich wieder auf.

Irgendwann wurden die wabbeligen Schweinebauchscheiben vorsichtig in die sprudelnden Wasserkessel geschichtet, und nachdem sie ihre vorgeschriebene Zeit unter den Deckeln abgesessen und die Küche mit einem ordinären Schweinsgeruch erfüllt hatten, trugen Barbara und ich die Töpfe vorsichtig ins Schlafzimmer und leerten sie zu der Suppe. In der Wanne dampfte es nach diesem Hitzeschub bereits um eine Nummer stärker.

Wir kletterten mit mittlerweile choreographisch eingeübten, eleganten Beinbewegungen aus dem Popcorn zurück in die Küche und setzten erneut Wasser auf. Das Fenster neben dem Spülstein war bis zur völligen Undurchsichtigkeit angelaufen, und ich ging hin, um es zu öffnen. Es war mittlerweile vier Uhr vorbei.

„Vielleicht solltet ihr langsam den restlichen Paprika klein machen", meinte Barbara, „das Gemüse ist als Nächstes an der Reihe."

„Alla hopp!" Berthold und Friedel stellten ihre Gläser und ihre Unterhaltung ab beziehungsweise ein und warfen die Küchenmaschine erneut an. Als das Wasser in den Töpfen irgendwann endlich zu kochen begann, passte gerade mal die Hälfte des Gemüses hinein.

„Oje, das gibt ja *noch* eine Ladung!"

„Das war doch irgendwie klar, oder?"

„Ich muss jedenfalls jetzt nach Hause", sagte Barbara und trank ihr Bier aus. „Ich muss mich ein wenig langlegen – ich bin schon seit um fünf auf den Beinen. Den Rest schafft ihr ja wohl auch ohne mich."

„Tja, ich weiß nicht …"

Sie stand auf und nahm ihre Footballjacke vom Geschirrtuchhaken. „Ich bin um sieben wieder da."

„Is' gut", sagte ich und ging mit ihr zur Tür. „Ich dann auch." Ich zwinkerte ihr verschwörerisch zu und schloss dann hinter ihr die Tür.

Nachdem die erste Ladung Gemüse durchgekocht war und in der Suppe schwamm – diesmal endlich *sans* Kochwasser – setzten wir zum letzten Mal Wasser auf. Diesmal kam die gesamte Ladung Gewürze mit in die Töpfe – der Pfeffer, die Lorbeerblätter, die Wacholderbeeren und der Majoran – und mit einem Schlag herrschte in der Küche jener penetrante Geruch, dem man sonst im größeren Umkreis der Gewürzmühle im Mannheimer Handelshafen ausgesetzt war. Eine Duftmarke, die ich auf lange Sicht vermutlich nicht so schnell wieder loswerden würde.

Dass diesmal das Kochwasser wieder *mit* in die Suppe kam, verstand sich natürlich von selbst, und Berthold und ich schnappten uns je ein Geschirrtuch und trugen die Töpfe nacheinander ins Schlafzimmer hinein. Zum Schluss schmeckte ich die fertige Suppe noch mit einem Pfund Salz und der Flasche Essig ab und rührte alles mit dem Besenstiel ordentlich um.

„Riecht nicht schlampig“, meinte Berthold, der sich mit seinen Armen auf dem Wannenrand abstützte und tief einatmete. „Da könnte man direkt Appetit bekommen.“

„An dieser Suppe ist ganz gewiss nichts auszusetzen.“ Ich kletterte hinunter und ging zur Tür, wo ich Bozo den Besen in die Hand drückte. „Gib’ mir mal einen Suppenlöffel rein“, sagte ich, „im linken Schieber. Und spül’ dann den Besenstiel in der Dusche heiß ab.“

Bozo reichte mir den Löffel durch, und ich sprang über die Stühle zurück an den Wannenrand.

„Achtung“, sagte ich und tauchte den Löffel ehrfürchtig in die Brühe. Ich manövrierte ein Stückchen Gemüse und ein paar Bohnen mit drauf und probierte davon. Sie war schon fast heiß. „Wer sagt's denn – die schmeckt kein bisschen schlechter als unsere Probesuppe neulich!"

„Fehlen nur noch die Würstchen", sagte Jörg, der sich im Türrahmen zu Bozo gesellt hatte.

„Ach ja, genau! Die gibt's ja auch noch! Machst du die Dosen mal auf? Die stehen irgendwo unterm Tisch." Ich bot Berthold den Löffel zum Probieren an, aber Berthold teilte keine Löffel oder Gläser – nicht mal eine Zigarette.

Jörg stellte die erste Riesendose in den Spülstein, klopfte unter einer regelrechten Würstchenbrühefontäne den Dosenöffner hinein und drehte sie langsam auf. Nachdem er die Brühe abgegossen hatte, suchte er sich ein freies Ende und weidete sie aus, bis er eine Wurstkette von mindestens zwei Metern in die Höhe hielt. Er ließ sie abtropfen und trug sie auf erhobenen Armen, wie eine erlegte Schlange, an die Schlafzimmertür.

„Die musst du noch alle mit der Gabel einstechen", meinte Vetter mit erfahrenem Blick, als ich sie mit beiden Händen entgegennahm.

„Wozu denn das?"

„Damit sie nicht platzen – das weiß doch jedes Kind!"

„Die platzen doch nicht", sagte ich und machte den großen Schritt hin zur Wanne. „Die werden doch nur aufgewärmt." Ich legte die Wurstgirlande in die Suppe und ließ sie etwa einen halben Meter über den Rand hängen.

„Richtig gut sieht's aus", sagte Berthold. „Und du meinst, der Platz reicht noch für euch?"

„Das fällt dir aber früh ein", sagte ich und ging zurück an die Tür, wo die nächste Wurstkette bereits auf mich wartete und ins Popcorn tropfte. „Aber ich denk' schon. Ich hoff's jedenfalls. Es muss ja sowieso ein voller Topf wieder raus – wir müssen ja später auch noch was zu essen haben.“

„Dann lass’ ich die letzte Wurstkette gleich in der Küche“, meinte Jörg, der nun endlich so etwas wie eine echte Verantwortung bekommen hatte.

„Genau – leg’ sie gleich in einen der Töpfe und gib ihn mir dann rein. Und noch einen kleinen Topf mit Stiel, zum Schöpfen – irgendwo unten im Küchenschrank.“ Von der zweiten Wurstkette ließ ich diesmal eine Schlaufe heraushängen. Ich kam mir vor, als schmückte ich meiner Familie am Heiligen Nachmittag den Weihnachtsbaum. Das Zimmer hatte mittlerweile auch etwas richtig Feierliches, mit dem gedämpften Licht und dem alles verschluckenden Klang, wenn man sprach – eine gänzlich andere Welt als die draußen in der Küche. Wie ein Bescherzimmer eben, welches ein Kinderherz noch an Wunder glauben ließ.

„Aua!“, rief Berthold und fiel fast vom Podest. Er hatte beim Versuch, ein Stück Bauchfleisch zu stibitzen, in die unmittelbare Umgebung des Tauchsieders gelangt.

„Das wird dir wohl eine Lehre sein.“

„Arschloch“, sagte er und steckte seinen Finger in den Mund. Er fischte sich am entgegengesetzten Ende der Wanne eine lauwarme Scheibe heraus und sprang damit mit großen Schritten in Richtung Küche.

„Da“, sagte Jörg zu Berthold und reichte ihm den Einmachtopf rein, „gib den noch schnell weiter.“ Ich streckte mich nach vorne und nahm ihn Berthold ab, der daraufhin in die Küche verschwand. Der kleine Topf zum Schöpfen lag drin, auf einem nass glänzenden Würstchenhaufen, der aussah, als sei er gerade eben aus der Wursttülle geschlüpft.

Den Einmachtopf auf der Ecke der Badewanne balancierend, angelte ich mit dem Schöpftöpfchen etwa zwanzig Scheiben Bauchfleisch aus der Suppe, rührte das Ganze einmal kräftig auf und füllte dann den Topf bis fast zum Rand mit Gemüse und Brühe. Um einem Sturz von meinen Trittstühlen vorzubeugen, arbeitete ich mich mit den Füßen langsam in das Popcorn hinein, bis ich schließlich den Boden erreichte, nahm den Einmachtopf vor die Brust, wobei die Popcornmasse sein Gewicht ein wenig abmilderte, und schob mich damit langsam, ohne die Füße zu heben, zur Tür vor, wo ihn mir Jörg abnahm und auf den Herd stellte. Die Suppe, die vom Topf auf das Popcorn geschwappt war, hob ich einfach unter. Es würde noch einiges überschwappen, bevor der Tag um war.

„Wisch' doch bitte den Topf noch außen ab", sagte ich und stieg über die Tür, „sonst brennt es nachher unten an." Ich drehte mich noch einmal um und sah mir mein Werk an. Es war vollendet, und ich sah, dass es gut war.

Gut gelaunt ging ich an den Spülstein und wusch mir zum letzten Mal die Hände.

„Hopp", sagte ich, „zum Abschluss noch eine Schorle!"

„Wieso zum Abschluss?", fragte Friedel verwundert.

„Für mich – ich geh nochmal bis um sieben rüber zu Gabi, um mich zu duschen und ein wenig auszuruhen, bevor es hier richtig losgeht." Vetter schenkte reihum ein, und ich ließ mich müde, aber zufrieden, auf der Küchenbank nieder und lehnte den Kopf zurück gegen die Wand.

„Falls es später klingelt, auf keinen Fall Frau Kamp reinlassen", sagte ich und trank. „Sagt, ich wäre um sieben wieder da und käm' meinetwegen hoch oder so. Lasst euch was einfallen."

„Und woher sollen wir wissen, dass es Frau Kamp ist?", fragte Bozo.

„Naja – wenn eine resolute ältere Dame direkt an der Wohnungstür klingelt, wird es sicherlich nicht meine Freundin sein. Außerdem kennt Berthold sie."

Ich trank meine Schorle in einem Zug aus und ging noch einmal ins Schlafzimmer, um mir frische Wäsche aus dem Waschtisch zu friemeln und den Stecker vom Tauchsieder zu ziehen.

„Wozu brauchst du nachher frische Wäsche?", fragte Berthold, als ich im Küchenschrank nach einer Plastiktüte suchte.

„Damit ich was Anständiges zum Ausziehen hab'. Ich hoffe, das hast du auch." Ich packte meine Wäsche ein und nahm mir meinen Parka von der Türklinke. „Also, Leute – bis später. Ihr wisst ja, wo alles ist."

20
Die Party

Gabi saß auf ihrer Matratze mit dem Rücken zur Tür und föhnte sich die Haare, als ich hereinkam. Ich schlich mich heran, und als ich mich von der anderen Seite her leise neben sie setzte, schreckte sie zusammen und schaltete den Föhn aus. Vor gar nicht so langer Zeit wäre ihr vermutlich noch das Herz stehen geblieben.

„Da bist du ja", sagte sie und pickte mir mit spitzen Fingern ein Popcorn aus den Haaren. „Du riechst ja ganz schön nach Bohnensuppe."

„Das glaub' ich – ich hab' mich auch den ganzen Tag mit nichts anderem befasst. Ich muss mich unbedingt duschen und umziehen. Hier – ich hab dir ein Bier mitgebracht."

„He! Danke!"

Es war so herrlich ruhig hier. Auf der Straße war es wieder Samstagabend in Ludwigshafen, und hinter den Wänden konnte man von überall her hören, wie die Abendbrotteller brav auf die Tische gestellt wurden. Welch wohltuender Kontrast zu meiner hektischen Hexenküche drüben. Von Gabis Zimmer aus konnte man hinüber auf mein Hinterhoffenster schauen, das aus seiner düsteren Backsteinkulisse schwach herausleuchtete. Ich hatte mich längst an Gabis spartanische Unordnung gewöhnt und begonnen, mich angesichts ihrer anspruchslosen und zufriedenen Ruhe direkt wohlzufühlen. Leider würde es aber vermutlich hiermit auch schon zu Ende sein. Auch wenn meine Wohnung morgen und in den nächsten Wochen genauso unbewohnbar sein würde wie in den letzten paar Wochen, Gabi war lediglich ein Teil meines Weges zum Ziel gewesen, und dieses Ziel war heute Abend erreicht. Morgen früh würde eine andere Sonne aufgehen.

„Was hast du denn den ganzen Tag gemacht?“, fragte ich, wie ein Fünfzigerjahre-Ehemann bei der Heimkehr nach einem anstrengenden Tag im Büro.

„Nichts. Ich hab’ lange geschlafen, und dann hab’ ich nur herumgelungert, Musik gehört und Kamillentee getrunken. Es war richtig gemütlich. Zum Glück hatte ich fürs Frühstück noch ein Brötchen übrig von gestern.“ Sie bürstete ihr Haar durch, und es knisterte hell und sauber, als sprühte es kleine Funken in alle Richtungen.

„Bei mir ging’s dafür ganz schön rund. Ich bin völlig geschafft. Aber es ist alles nach Plan gelaufen – die Suppe in der Wanne kann man sogar essen, obwohl sie zwangsläufig nicht als Ganzes gekocht werden konnte.“

„Wie habt ihr sie dann gekocht?“

„Ich hab’ das Wasser in der Badewanne erst mal mit einem großen Tauchsieder heiß gemacht, und danach wurden die Zutaten einzeln in großen Einmachtöpfen auf dem Herd gekocht und anschließend dazugekippt.“ Ich stand wieder auf. „Ich werd’ mich mal frisch machen und dann bis um sieben noch ein wenig hinlegen.“

Ich nahm mir mein mitgebrachtes frisches T-Shirt aus dem Beutel und ging ins Bad.

„Wer ist denn schon alles da?“, wollte Gabi wissen, als ich, nur mit dem T-Shirt bekleidet und mit nassen Winkeln zurückkam und mich auf die Matratze setzte.

„Fast alle. Nur Uschi und Joe und Friedels Freundin noch nicht. Die kommen erst später. So viel Platz hätten wir in der Küche gar nicht gehabt.“ Mir fiel ein, dass sie die Leute gar nicht kannte. Ich schüttelte mir das Kopfkissen zurecht und legte mich lang. „Barbara ist auch heimgegangen und kommt um sieben wieder. Sie musste heute Morgen so früh aufstehen, um die *Rheinpfalz* auszutragen.“

Gabi machte sich ihr Bier auf und setzte sich zu mir. Sie strich mir eine Strähne aus der Stirn und lächelte.

„Stell’ dir vor“, sagte ich, „gerade als die Suppe in der Badewanne zu dampfen anfing und die Fleisch- und die Gemüseberge sich auf dem Tisch türmten, kam Vetter, mein missratener Cousin, mit zwei Brötchen vorbei und wollte mit mir frühstücken.“

Dass ich eingeschlafen war merkte ich erst, als Gabi mich weckte. Es war auf einmal dunkel vorm Fenster geworden, und Gabis mittlerweile geschminktes, hennaumrahmtes Gesicht zierte ein aufdringlicher Duft von Patschuli, jener magischer Tropfen, den sich Frauen ihres Kalibers einmal in der Woche hinters Ohr tupften und der dort beharrlich seine Open-Air-Atmosphäre verströmte. Ich lag noch genauso auf dem Rücken, wie ich mich hingelegt hatte, und mir war, als wären gerade mal zehn Sekunden vergangen.

„Es ist sieben Uhr“, sagte sie und entließ mit jedem Wort ein müdes Rauchzeichen aus ihrem Mund, während sie ihre Zigarette in den Aschenbecher drückte, der vor ihr auf dem Boden stand.

„Schon? Es war doch eben erst viertel nach sechs.“ Ich setzte mich wie gerädert auf und zog meine Hose und meine Schuhe langsam zu mir. Mir war im Kopf ganz schwummrig, eben ganz so wie nach zwei Nachmittagsschorlen und einer Dreiviertelstunde Schlaf auf dem Rücken.

„Bist du so weit?“, fragte ich, als ich mit halbangezogener Hose und frisch besohlt aufstand. Ich schlängelte mir die enge Hose über den Hintern und zog den Reißverschluss zu. Mein Kopfblut wollte nur zögernd nachfolgen, und kleine Sterne erschienen abwechselnd vor meinem geistigen Auge und verschwanden langsam wieder.

„Von mir aus können wir“, sagte sie.

„Deine Badehose hast du?“ Ich fuhr mir noch schnell mit Gabis Bürste von unten durch die Haare.

„Den Bikinislip, ja.“

„Alla hopp.“ Ich zog meinen Parka an, pfropfte meinen Finger in Gabis leere Bierflasche, und wir verließen das Haus.

Es war mittlerweile frisch geworden auf der abendlichen Straße. Gerade als wir bei mir um die Ecke bogen, erschien auch schon Barbara von der anderen Seite und wartete vor der Tür. Sie war sauber herausgeputzt. Ihr senfblondes Haar war luftig und glänzte golden im Lichtkegel der Straßenlaterne, und ihr sauberer Scheitel war wie mit dem Lineal gezogen. Ein kakophonisches Durcheinander aus schriller Musik, lautem Lachen, dem Klimpern von Gläsern und Friedels Unterhalterstimme quoll aus meinem Küchenfenster. Ich löste die Läden und schloss sie vorsichtshalber.

„Barbara, Gabi – Gabi, Barbara“, stellte ich die beiden rasch einander vor und schloss die Tür auf.

„Hallo“, sagte Barbara leise. Sie wirkte ein wenig nervös, wie vor einem großen Auftritt.

„Hallo“, sagte Gabi.

Hoffentlich finden wir den Anschluss noch, dachte ich. Es gab nichts Absonderlicheres, als mehr oder minder nüchtern in eine Party einzutauchen, in der seit Stunden bereits die Korken mit dem Finger hineingedrückt wurden. Ich machte die Haustür leise hinter uns zu, und schon liefen wir im Treppenhaus, wie bestellt, Frau Kamp über den Weg, ausnahmsweise mal nicht in Begleitung ihres hyperventilierenden gotischen Wasserspeiers.

„Was ist denn bei Ihnen da drin los?", fragte sie und deutete mit dem Kopf zu meiner vibrierenden Wohnungstür.

„Och, wir feiern ein bisschen."

„Ohne Sie?"

„Wieso? Ich bin doch da – ich hab' nur die Damen abgeholt."

„Dann feiert mir mal nicht so arg. Es wohnen ja auch noch andere Leute im Haus!" Sie musterte Gabi und Barbara von Kopf bis Fuß und wieder hoch und zog dann, sichtlich wenig beeindruckt, in Richtung Hoftür weiter.

„Is' gut", sagte ich und fummelte noch ein wenig mit meinem Wohnungsschlüssel herum. Als sie dann im Hof bei den Mülleimern war, schloss ich auf, und wir gingen rasch hinein.

Die Wohnungstür schien mir fast ein wenig schwer aufzugehen, so dick standen der Zigarettenrauch und der Lärm in der Küche, und so schreiend war auch der Kontrast zum leeren und sauberen Treppenhaus. Die Schorlegläser standen speckig und abgegriffen auf dem Tisch. Ich ließ Barbara und Gabi samt den sie einhüllenden Duftwolken an mir vorbei und machte die Tür schnell hinter uns zu.

Uschi und Friedels Freundin waren schon da und standen etwas unbeteiligt am Rande des blauen Nebels, während der Lärm rings um dem Küchentisch – wenn man nicht genau hinhörte – zu einem einzigen Geräuschebrei verschmolz, aus dem lediglich Friedels originelle Lache gelegentlich herausstach. Es fehlte also nur noch Joe, dann konnte es losgehen.

Dass wir neu hereingekommen waren, schien kaum aufgefallen zu sein. Ich drückte mich durch die Menge hindurch zum Fenster und sperrte es zum Lüften ganz auf. Auf der Ablage über dem Spülstein stand neben meinem Rasierzeug eine volle Flasche *Picon* mit einem zu zwei bunten Spiralen abgezogenen Geschenkband um den Hals, die jemand offenbar mitgebracht hatte.

„Na", sagte ich, während ich die Läden verriegelte, zu Uschi, die hübsch und mit umgehängter Handtasche und verschränkten Armen am Fenster stand und mit offenem Mund Kaugummi kaute, „wie geht's dir?"

Es war das erste Mal, dass ich sie wiedersah, seit jenem Freitagnachmittag am Berliner Platz, bevor wir zur Grundsteinlegung just dieses Abends zur *Shiloh Ranch* weitergezogen waren. Ob ich für sie heute anders aussah? Zwischen damals und heute Abend hatte sich gewiss einiges getan. Damals war ich noch der unterversorgte Automatensteher, dessen wöchentlicher Höhepunkt darin bestand, dass Uschi ihn für zehn Minuten zur Kenntnis nahm. Heute Abend residierte Peter Dumfarth nackt in der Badewanne, mit Damenbegleitung, und die Welt zog ihre Bahnen um ihn. Nun ja, sie sah jedenfalls aus wie immer. Gabi, die rauchend am Rahmen der Schlafzimmertür lehnte, lächelte mir durch den Rauch zu, und ich lächelte durch ihn zurück.

„Mir geht's gut", sagte Uschi mit ihrer Kinderstimme. „Ein bisschen eng ist es hier."

„Allerdings. Wir gehen auch gleich nach nebenan. Wir warten nur noch auf Joe.“

„Kommt der auch?“

„Ja.“ Sie schien öfters auf Popcornpartys zu gehen. „Die Flasche ist übrigens von mir. Ich wusste nicht so recht, was ich holen sollte, und meine Mutter sagte, mit einer Flasche *Picon aus Paris* macht man nie einen Fehler.“

„Das ist allerdings wahr – danke schön!“ Irgendwann würde im Laufe der Nacht schon noch der Moment kommen, da Friedel sogar vor einer Flasche *Picon* nicht Halt machen würde.

„Wo ist denn eigentlich dein Klo?“, schälte sich die Stimme von Friedels Freundin plötzlich aus der Geräuschkulisse heraus.

„Draußen, im Treppenhaus – gleich neben der Hoftür.“

„A na – da kann ich ja lange suchen!“

Hoffentlich kann sie im Stehen pinkeln, dachte ich, als ich mich wieder am Küchenschrank vorbeidrückte und über die Schlafzimmertür ins Popcorn kletterte. Dieses eine Mal hätte ich das Klo ruhig putzen können, so etwas sollte man seinen Gästen eigentlich schuldig sein. Ich hätte ja Vetter damit beauftragen können, schließlich übernachtete er ja auch vermutlich wieder hier. Naja, dazu war es jetzt eh zu spät.

Ich quirlte mich vor zur versunkenen Steckdose an der hinteren Wand und stöpselte den Tauchsieder wieder ein. Der Bauch der Badewanne war angenehm heiß auf meiner Handfläche, wie das blecherne Wärm-Ei früher bei meiner Großmutter, mit dem sie ihr Bett vorwärmte, um ihre müden Glieder beim Einstieg nicht zu erschrecken.

Ich reckte mich hoch und steckte meinen Finger in die Suppe. Sie hatte sich kaum abgekühlt.

Es lag eine erwartungsvolle Spannung in der Luft. Draußen in der Küche saßen und standen sie alle mit dem Schorleglas in der einen Hand und der Zigarette in der anderen, unterhielten sich angeregt und warteten darauf, dass ich mit dem Glöckchen bimmelte. Noch fand die Party nicht statt. Erst wenn ich sie für stattfindend erklärte, Barbara und ich unser Podest erklommen und unseren Platz eingenommen haben würden und die anderen sich nach und nach im Popcorn verteilten, um dann, Schorleglas und Zigarette in der Hand, ihre angeregte Unterhaltung wieder aufzunehmen – erst dann würde sie stattfinden.

Es klopfte plötzlich am Fensterladen in der Küche, und gleich darauf klingelte es dreimal kurz hintereinander. Jemand drückte auf den Summer und ließ Joe herein.

Es war so weit.

Joe streckte seinen Kopf durch die Schlafzimmertür und schaute sich mit großen Augen unter dem haarscharf geschnittenen Pony um. Er trug sein gammeliges schwarzes Jackett über einem unmöglichen lila Paisleyhemd und hatte seine obligatorische Schallplattentüte unterm Arm, die sich heute jedoch um einiges dicker präsentierte als sonst.

„Ja, sag' mal …", sagte er mit der ihm eigenen gut gelaunten Stimme und grinste, „du hast wohl was von einer Popcornparty gesagt, aber das …! Wo hast du denn das ganze Zeug her? Das ist ja der Wahnsinn!" Wie der nette, alte Kaffeebohnenprüfer aus der Fernsehwerbung grub er seine Hand in die Popcornoberfläche und pflügte sie prüfend um.

„Das ist alles im Ofen selbst gemacht."

„Im Ofen? Geht denn das?" Sein Blick blieb am Podest hängen. „Und wozu ist die Badewanne? Die dampft ja!"

„Das wirst du gleich sehen." Ich hielt mich oben am Türrahmen fest und machte, zusammen mit mindestens einem Pfund Popcorn, einen Klimmzug über die Tür hinweg in die Küche. „Was trinkst du denn?", fragte ich ihn.

„Och, im Moment nichts. Hier, ich hab' uns ein bisschen Musik mitgebracht – wo kann ich die ablegen?"

„Das ist gut!" Ein kleines Kontrastprogramm zu Bozos Schallplattensammlung konnte sicherlich nicht schaden. „Leg sie zu den anderen auf den Waschtisch. Hast du eine Badehose dabei?" Es sah nicht so aus, aber vielleicht hatte er sie schon an.

„Nee, wozu denn eine Badehose?"

„Hat dir Bozo nichts gesagt? Wegen dem Popcorn. Man kann sich in langen Hosen so schlecht darin fortbewegen."

„Ich kann ja auch in Unterhosen reingehen."

„Ja, klar."

Joe erspähte Uschi neben dem Fenster und drückte sich zu ihr durch. „Na, Bozo", grinste er im Vorbeigehen und knetete ihm mit beiden Händen kurz die Schultern.

„'n Abend, Joe."

„Wann geht's denn eigentlich los?", fragte mich Berthold.

„Gleich." Ich schenkte mir am Tisch zwischen all den eng zusammengerückten Leibern eine Schorle ein und nahm einen Schluck. Es klopfte kurz an der Tür, und Friedels Freundin kam mit einem angenehm kühlen Luftzug vom Klo zurück.

„Un', Fraa", meinte Friedel laut, „hoscht g'schisse'?"

„Friedel! Du Sau!"

„Mach' dir nix draus, Fraa – des macht hier jeder. Des is' was ganz Natürliches." Er drehte den Korkenzieher in die nächste Weinflasche und zog ihn rasch mit einem lauten *Plopp!* wieder heraus. „Wenn die mol ihre Sach' hat", sagte er vertraulich zu Jörg, der neben ihm saß, „do muscht aber auch *jedes* Wort auf die Goldwaag' lege', bevor'd was sagscht."

„Ich wünsch' dir's nur *ein* Mal", sagte sie, sichtlich genervt, und meinte damit wohl *die Sach'* – zu Deutsch: die Tage, die Regel, Ragtime – die sich bei jeder Frau offenbar anders äußerte.

„Jaja – jetzt kummt die G'schicht' wieder." Er wandte sich wieder Jörg zu: „Unsereiner kann des nämlich net *nachempfinden* – verstehscht?" Und dann, wieder an seine Freundin gerichtet: „Aber dafür kamma *dir* net in die Eier trete'. Das kann aber auch kä Frau *nachempfinden*, wie do die Poscht abgeht."

„Ich glaub' kaum, dass man dir alle vier Wochen regelmäßig in die Eier tritt", erwiderte sie und winkte ab.

Friedel schenkte sich nachdenklich ein. „Also, wo se Recht hat, do hat se Recht", sagte er zu Jörg. Er nahm einen tiefen Schluck und rülpste abschließend laut röhrend in sein Glas hinein. Uschi zuckte zusammen und verlor dabei fast ihren Kaugummi, den sie sich gerade zum Schnalzenlassen zurechtgelegt hatte. Sie kannte Friedel halt nicht.

„Mein Gott, Friedel!", sagte seine Freundin resigniert.

„Wo gehowwelt wird, do falle' Späne!"

„Ja, aber doch nicht ins Glas hinein!"

Dieser für Friedel und seine Freundin typische Dialog lief natürlich relativ unauffällig und am Rande ab. Ich schaltete den Herd auf kleine Stufe, um der Suppe im Einmachtopf Gelegenheit zu geben, sich wieder ganz langsam aufzuwärmen, damit unten nichts anhing, und begab mich dann wieder ins Schlafzimmer.

Ich hatte mich schon oft gefragt, was die zwei damals eigentlich veranlasst hatte, sich kurzzuschließen – er: derb, ungehobelt, ein hoffnungsloser Säufer, aber durchaus eine Persönlichkeit, die sich von anderen abhob und die jeder in Ludwigshafen kannte; sie: anständig, ruhig, unauffällig, geradezu hausfraulich und farblos – fast unsichtbar. Ich wusste nicht einmal, wie sie hieß, und dabei kannte ich sie seit mindestens einem Jahr, seit Fritz sie das erste Mal dabeihatte. Und darin lag eigentlich auch schon die Antwort: Beide saßen an den entgegengesetzten Enden ihres gemeinsamen Bootes, und jeder zog den anderen ein wenig zur Mitte hin, damit dieses nicht aus dem Gleichgewicht geriet und kenterte. Ohne seine Freundin würde Friedel vermutlich gnadenlos über Bord gehen – mit Pauken und Trompeten wohl, aber eben über Bord. Sie dagegen, ohne ihn, würde in der Masse der Anständigen, Unauffälligen und Farblosen ebenfalls untergehen, ohne dass es irgendjemand sonderlich zur Kenntnis nehmen würde. Sie brauchten sich gegenseitig. Er war das Salz in ihrer faden Suppe, und sie das farb- und geschmacksneutrale rohe Eiweiß, mit dem sie diskret den Überschuss in seiner versalzenen Suppe zu binden vermochte.

„Also, Leute“, rief ich feierlich hinunter in Richtung Küche, „ich würde sagen, es ist so weit!“ Aus der unveränderten Geräuschemauer an der Tür schloss ich, dass meine Bekanntmachung im Lärm wie auch im Popcorn verloren gegangen war. Ich schritt über die Stühle zur Tür und schwang mich durch.

„Also, Leute", wiederholte ich und klatschte in die Hände, „es ist so weit! Hat jeder seine Badehose dabei?"

„Was denn für 'ne Badehose, wieso?", sangen Vetter und Uschi im Duett. Aus demselben Grund wie Joe hatte Uschi ihre natürlich auch nicht dabei, doch hatte sie, genauso wenig wie er, kein Problem damit, ihren Slip als Alternative anzubieten. Ich betete hingegen, dass Vetter seine Bummfuddel nicht als ebenso harmlos einstufte und fummelte schnell meine eigene Badehose aus der Waschtischschublade. Ich bot sie ihm kurzerhand an. Nach der Party konnte ich sie ja im Hof verbrennen.

„Brauchst du denn keine?", meinte er, während er sie kritisch begutachtend entgegennahm.

„Nein, heute nicht."

Die ganze Korona fing gleichzeitig an, sich um- beziehungsweise auszuziehen, und nach und nach stapelten sich die Hosen auf der Küchenbank zu einem Berg unterschiedlichst ausgewaschener Blaus – mit Ausnahme von Bertholds enger, roter Cordhose, die dem Ganzen einen fröhlichen Farbtupfer verlieh. Bozo hatte seine Badehose bereits an, und Vetter verzog sich vernünftigerweise diskret in die Duschkabine, um sich aus seinem muffeligen Beinkleid zu schälen. Wenigstens schätzte er sich in diesem Punkt realistisch ein. Die Badehose – wenn es denn überhaupt eine war – die Bozo für Jörg mitgebracht hatte, war riesengroß, hatte fast knielange Beine sowie ein großes orange- und grünfarbenes Blumenmuster und kam daher wie ein Paar labberige Frottee-Bermudas.

„A na!“, sagte Jörg entsetzt und hielt sie vor sich, „da seh’ ich ja aus wie ’n Depp!“

„Ach was – das sieht doch keiner, wenn du bis zum Bauch im Popcorn stehst! Das ist übrigens das Bikiniunterteil von meiner Mutter.“ Bozos Mutter war ein Schwergewicht.

Jörg zog seine graue Großvaterhose aus und präsentierte uns zum ersten Mal die untere Hälfte seiner kuriosen Figur. Er zog die Badehose über eine dünne, weiß gerippte und blitzsaubere Ur-Schießer und steckte sein großes, weißes Sonntagshemd hinten in den lockeren Bund.

Vetter kam käs- und pickelbeinig aus der Duschkabine und warf seine Jeans, in der wohl noch sein derbes Dessous steckte, zu den anderen auf die Küchenbank. Jeder schnappte sich sein Schorleglas beziehungsweise seine Bierflasche und reihte sich ein. Schließlich stiegen sie, einer nach dem anderen, über die Tür und begaben sich ins Korn. Das Eintauchen in die lockere Popcornmasse entlockte ihnen allerlei Ausrufe in den unterschiedlichsten Superlativen, und Uschi, die von allen wegen ihrer geringen Größe am tiefsten in den Genuss kam, quietschte am vergnüglichsten – wenngleich es auch etwas künstlich klang. Ich reichte Friedel die Wein- und Colaflaschen sowie ein paar frische Schorlegläser durch, und er schaffte sie nach hinten und reihte sie auf der Fensterbank auf, die fortan unsere Bar war – und Friedel deren Keeper.

„Also, meine Liebe“, sagte ich zu Barbara, als wir schließlich allein in der Küche standen, und schaufelte mit dem Fuß den entstandenen Schuhberg unter die Sitzbank, „runter damit. Es ist so weit.“ Wir zogen erst einmal unsere Schuhe und Jeans aus, legten sie auf und unter die Bank und kletterten zu den anderen über die Tür.

Jetzt, mit den vielen Leuten, war mein Kunstwerk erst richtig komplett. Sie waren wie die vergänglichen Äpfel in der Obstschale eines Stilllebens, die ohne sie eben nur eine simple Schale ohne Bestimmung war. Jetzt wurde sie endlich mit Leben erfüllt, und der Zerfallsprozess konnte beginnen. Jeder hatte einen kleinen Krater um den Bauch, außer Uschi – die hatte ihn um die Brust. Ich hatte tatsächlich Lampenfieber.

„Das Zeug fühlt sich ja richtig gut an!", sagte Barbara voller Begeisterung und planschte mit den Armen darin herum wie ein mit Schwimmflügeln bestücktes Kind im Anfängerbecken.

„Hopp, Bozo", rief ich, „die Einstiegsmusik!"

Bozo watete in angestrengtem Zeitlupentempo zum Waschtisch vor, wo er mittlerweile den Plattenspieler quer auf die beiden Lautsprecherboxen gestellt hatte, um ihn außer Reichweite eventuell herbeigewehter Popkörner zu halten, zog die Schallplatte aus der Hülle und legte sie mit spitzen Fingern auf den Plattenteller. Mit einem *Knack* zog er den Tonarm zurück, um die Maschine in Gang zu setzen, und platzierte die Nadel über dem Plattenrand in Bereitschaftsstellung.

„Und wie kommen wir da jetzt hoch?", fragte Barbara und schaute skeptisch hinauf zum Badewannenrand. Sie hatte meine Gedanken gelesen. Das Podest war einen Meter hoch, der Rand der Badewanne noch einmal etwa achtzig Zentimeter, und deren Erstbesteigung würde sich in höchstem Maße exhibitionistisch gestalten.

„Wir steigen erst auf den Stuhl, und dann schreiten wir rüber zur Suppe. Danach können wir den Stuhl in der Mitte entfernen."

„Alla hopp."

Nachdem wir unsere Getränke weitergereicht hatten und jemand die am Podestrand abgestellt hatte, zogen wir unsere restlichen Kleider aus und warfen sie in elegantem Bogen durch die Tür auf die Küchenbank. Um meine Lenden herum breitete sich ein ähnlich wohliges Gefühl aus wie vor vielen Jahren beim ersten Nacktbaden im Willersinnweiher. Barbaras Brüste waren wuchtig und schwer und nach der Befreiung aus ihrem Gefängnis noch lange nicht zur Ruhe gekommen. Wie auch ihre Schultern und Oberarme, waren auch ihre Brüste zum Teil mit lustigen orangefarbenen Sommersprossen gesprenkelt. Die großen Warzen waren wider Erwarten hell wie Barbaras restliche Haut, und irgendwo fiel, kaum hörbar, das böse Wort vom *Bierdeckel.* Bozo, dessen Urinstinkte durch diesen Anblick aus ihrem Schlummer gerüttelt wurden und der gerade im Begriff gewesen war, die Eröffnungsmusik vom Stapel zu lassen, ließ den Tonarm fallen. Der zog einen lauten, kratzenden Bogen quer über die Platte, und er fing ihn nervös wieder ein.

„Also", sprach Bozo und senkte ihn vorsichtig auf den Plattenrand. Es war die Musik zu *Zarathustras Odyssee im Weltall*, oder wie auch immer der Film hieß. Auf Bozo war eben Verlass.

Zum Klang der Hörner zog ich den verborgenen Stecker, hob den dampfenden Tauchsieder aus der Suppe und übergab ihn Berthold.

„Da, kümmere dich um den."

Er klopfte ihn am Wannenrand ab, um das Fliegendrahtgitter von angehangenen Bohnen und sonstigem Beiwerk zu befreien, und legte ihn außer Sichtweite unter die Badewanne aufs Podest.

Ich stieg als Erster auf den Stuhl, dessen Sitzfläche sich ein gutes Stück unter der Popcornoberfläche befand, und schritt, meine Arme nach dem Wannenrand ausgestreckt, zum Podest hinüber. Ich kam mir schrecklich nackt vor, so hoch oben neben der Deckenlampe, mit unkontrolliert baumelnden Kronjuwelen und zehn Augenpaaren auf mich gerichtet – wie in einem dieser furchtbaren, sich regelmäßig wiederholenden Kinderalbträume, in denen man splitternackt durch die belebten Schulgänge rennt und verzweifelt nach irgendeinem Fetzen oder zumindest einem Versteck sucht.

Uschi hatte sich neben das Fenster gepflanzt und verfolgte, mit einem Glas Cola in der Hand und Kaugummi schnalzend, meine Bewegungen, während Gabi zu meinen Füßen auf dem Podestrand saß und mir Mut zuzwinkerte.

Mit rudernden Zehen tauchte ich den ersten Fuß vorsichtig in die Suppe hinein. Sie war angenehm heiß. Als ich dann mein restliches Gewicht hinzugab, trat ich ausgerechnet direkt auf eine Scheibe Schweinebauch und rutschte beinah aus, bevor ich das zweite Bein zur Sicherung des Gleichgewichts nachziehen konnte. Der Wannenboden war glitschig, und ich musste mich zu beiden Seiten am Rand festhalten, um nicht auszurutschen und rücklings mit voller Wucht in die Suppe zu klatschen, mit all den möglichen Konsequenzen. Ich kam mir vor wie ein gehbehinderter Opa im Pflegeheim beim vorsichtigen Herablassen in das wöchentliche heiße Bad. Als ich den zweiten Fuß in die Wanne setzte, stieß ich zu alledem mit dem Kopf gegen die Deckenlampe, sodass die Schatten unten auf dem Popcornmeer wild umhersprangen, bis ich die Lampe mit der Hand wieder anhielt.

Ich ging in die Hocke und tauchte langsam in die Suppe ein. Die dicke Oberfläche kroch heiß meinen Gesäßwinkel hoch, und als ich dann endlich saß, klemmten sich etliche Bohnen dazwischen. Ich war am Ziel. Der Suppenspiegel reichte mir bis knapp über den Bauchnabel, und wenn Barbaras Massen ihren Anteil verdrängt haben würden, würde er – so schätzte ich – meine Brustwarzen überschreiten.

„Der Nächste, bitte“, rief ich nach unten und versuchte, mich mit unauffälligen Verrenkungen von meinen eingeklemmten Bohnen zu befreien. Meine Hände wollte ich nach Möglichkeit suppenfrei halten, um den ganzen Abend hindurch ungehindert trinken und rauchen oder mich nach Bedarf am Kopf kratzen zu können. Die Musik war für den Anlass wie geschaffen, als hätte Bozo sie extra in Auftrag gegeben. Ansonsten war es im Raum jedoch mucksmäuschenstill.

Barbara stieg auf den Stuhl und trat herüber an meine Seite, während ich nach ihrer Hand griff. Ich hielt sie fest, und sie hob vorsichtig den ersten Fuß und setzte ihn in die Suppe.

„Vorsicht“, sagte ich leise, „es ist glitschig am Boden.“

Um ihr Platz zu machen, musste ich meine angewinkelten Beine links und rechts erst einmal wieder aus der Suppe heben, wobei sich mein Bohnenproblem von selbst löste. Sie setzte den zweiten Fuß hinein und stand, vorgebeugt und sich am Wannenrand festhaltend, unsicher vor mir. Ihre Brüste schwankten bedrohlich vor meinen Augen, und wenn die Brust als solche für mich die Bedeutung gehabt hätte, die sie für Bozo hatte, wäre ich jetzt vor lauter Ehrfurcht glatt untergegangen.

Barbaras Oberschenkel waren dick und weich, und zusammen mit ihrem weißen Bauch mit dem tiefen, vorbildlich abgebundenen Nabel erinnerte sie an einen alten Rubens, der früher als billiger, verblasster Vorkriegsdruck bei meiner Mutter im Schlafzimmer hing und auf dem sich zwei pralle, zellulitische Damen splitterfasernackt von zwei wackeren Rittern hoch zu Ross verschleppen ließen.

Sie ließ sich langsam nieder, und nach ihrem strubbeligen, dunkelblonden Schamdreieck verschwanden schließlich auch ihre mächtigen Brüste in der Suppe. Ich legte meine Beine um ihre weiche Taille, wie auch sie ihre um meine, und lächelte ihr aufmunternd zu. Wir hatten es geschafft, und es war eng.

„Hiermit erkläre ich das Fest für eröffnet!“, rief ich feierlich.

Es war, bis auf *Zarathustra*, für weitere fünf Sekunden still.

„Hurra!“, rief Jörg dann plötzlich auf seine, wie so oft antiquierte Art und applaudierte hektisch, woraufhin die anderen es ihm nach und nach gleichtaten, darüber hinaus auch noch johlten und zum Teil sogar pfiffen und dabei ihre Gläser hochhielten. Es war wie kurz nach Mitternacht an Silvester auf dem Goerdelerplatz.

„Hopp, hopp, in de' Kopp!“, hob sich Friedels Stimme von den übrigen ab, und Berthold reichte Barbara und mir unsere Getränke hoch.

„Wenn dich deine Mutter jetzt sehen könnte“, sagte er. Barbara und ich lachten erleichtert und stießen an.

„Auf eine lange Nacht“, sagte ich.

„Das wird sie ganz bestimmt“, erwiderte sie.

Zarathustras Odyssee ging wie mit der Stoppuhr gemessen zu Ende, und Bozo nahm sie vorsichtig vom Plattenteller, ließ sie zurück in ihre Hülle gleiten und steckte sie weg. Er blätterte kurz durch seine mitgebrachte Plattensammlung und suchte etwas Alltäglicheres.

„Und, sag' an – wie fühlst du dich?", fragte ich Barbara durch unser allgegenwärtiges Gliedergewirr hindurch, währenddessen das rustikale Gitarrenriff von *Oh Well* urplötzlich einsetzte und Raum und Anlass den passenden musikalischen Rahmen verpasste. Ich hätte mir noch eine Lichtorgel ausleihen sollen!

„Richtig gut!", sagte sie, „jetzt, wo ich endlich sitze! Es ist so herrlich heiß – wie ein heißes Aufwärmbad im Winter! Nur die vielen Brocken – an die muss man sich erst gewöhnen, vor allem der Schweinebauch überall." Sie hob eine Scheibe mit spitzen Fingern heraus und ließ sie vor meiner Nase wabbeln. „Der fühlt sich richtig glibberig an."

„I can't help about the shape I'm in; I can't sing, I ain't pretty, and my legs are thin …"

„Ich hoffe nur, uns wird es vom ständigen Bohnensuppengeruch direkt unter der Nase nicht irgendwann schlecht. Stell' dir vor, einer von uns muss sich plötzlich übergeben!"

„Oh Gott – nicht auszudenken! Wir könnten uns ja sicherheitshalber den Putzeimer aufs Podest stellen lassen."

„But don't ask me what I think of you; I might not give the answer that you want me to."

„Was machen wir eigentlich, wenn wir aufs Klo müssen?"

„Wieso? Dann gehen wir aufs Klo."

„Das gibt aber eine Aktion jedes Mal. Was meinst du, wie wir aussehen, wenn wir hier aussteigen und dann total verschmiert durchs Popcorn waten und durch die Küche stapfen? Wie geteert und gefedert!"

„Das sieht bestimmt spaßig aus. Aber uns bleibt wohl nichts anderes übrig. Frauen müssen zum Glück nicht so oft."

„Warum eigentlich? Weil sie weniger trinken?" Das traf auf sie schon mal nicht zu, und auf Gabi oder meine Mutter erst recht nicht.

„Nee. Frauen können's einfach länger halten. Männer finden von klein auf immer ein Plätzchen, wo sie hinpinkeln können, ohne gleich ihr allerletztes Geheimnis preiszugeben. Deshalb haben sie auch nie gelernt, mit voller Blase noch ein paar Stunden durchzuhalten."

„Aha. Das heißt also, wenn die Männer ebenfalls ohne Kronjuwelen auf die Welt kämen, dann würde es unter den Brückenauffahrten nicht überall so riechen, als gäbe es bei der Meta heute saure Nierchen."

„Wer ist denn die Meta?"

„Das ist die alte Mutter von Jörg." Ich blickte zum Fenster. Dort stand unser Türke vom Hinterhof leicht hereingebeugt und staunte nicht schlecht.

„Was machen?", sagte er leise zu Friedel und schüttelte fragend den Kopf. Er hatte ein altmodisches, billiges Jackett um seine Schultern gehängt.

„Mir feiern e' Fescht."

In der Fensterscheibe spiegelte sich ein zweiter Türke, der gerade den Hof überquerte und in dem ich den anderen Hinterhofbewohner zu erkennen glaubte. Der erste rief ihn her. Er sagte etwas zu ihm, und der streckte seinen Kopf ebenfalls durchs Fenster und schaute sich ungläubig um. Sein Blick heftete sich schließlich auf die Walküre in der dampfenden Wanne und auf die Würste, die prall und glänzend über den Wannenrand hingen, wie die steinernen Girlanden oben an der Walzmühle.

„Warum Wurst?“

„Das ist eine Bohnensuppe“, versuchte sich Friedel in Hochdeutsch, „da gehöre' Würscht rein.“

„Bohnensuppe? Wie viele Bohnensuppe?“

„Zwohunnert Liter.“

Die Türken wandten sich einander zu und unterhielten sich aufgeregt.

„Die armen Kerle“, meinte Barbara, „das war zu viel auf einmal.“

„Die kriegen heute einen kostenlosen Schnellkursus in pfälzischem Brauchtum.“

„Du meinst, eine kostenlose Überdosis“, warf Berthold ein.

„Hopp, trinkt emol 'n Scholle“, sagte Friedel und füllte, ohne die Antwort auf seinen Vorschlag abzuwarten, zwei neue Gläser zur Hälfte mit Wein. „Gebt mer mol noch e' Flasch' Cola rein.“

Der eine Türke – der erste – bückte sich, bis man ihn nicht mehr sehen konnte, holte unter lautem Geklirre eine Flasche Cola aus der Kiste und reichte sie herein, während Friedel mit der flachen Hand den Korken wieder in die Weinflasche hieb und sie zur Hälfte in die Popcornoberfläche steckte. Er füllte die Gläser mit Cola auf und stellte sie den Türken hinaus auf die äußere Fensterbank. Sie rochen daran, berieten sich kurz und nahmen dann einen vorsichtigen Schluck.

„Un'?“

„Gut.“

„Alla hopp – willkommen im Club! Stellt mir die mal raus und gebt mir noch e' paar volle rein.“ Sie nahmen ihm die leeren ab, und nun waren wir zu dreizehnt.

Berthold stand verkehrsgünstig zwischen der Badewanne und Friedels Fenster, und ich gab ihm mein Glas runter. „Da, lass' mir auch gleich nachfüllen.“

Partys wie diese liefen eigentlich immer von selbst. Der Gastgeber stellte dabei lediglich den Rahmen zur Verfügung, innerhalb dessen sie dann abliefen – in diesem Fall kein abstrakter, wie ein Geburtstag oder Silvester, sondern ein durchaus greifbarer, wie eine Tonne Popcorn. Selten hat er dabei Gelegenheit, dem Treiben so schön von oben zuschauen zu dürfen wie heute ich, der ich wie ein Schöpfer über seinem Werk thronte und es beobachtete, wie der liebe Gott seine missratene Welt.

Ein wesentlicher Faktor für den gelungenen Ablauf einer Party war das stetige und zuverlässige Bilden von Grüppchen, die sich entweder um ein gemeinsames Gesprächsthema scharten oder um einen geographischen Anziehungspunkt. Letzteren stellte meist die grell beleuchtete Küche dar, wo die mitgebrachten Nudelsalate auf dem Küchentisch um Aufmerksamkeit buhlten und der Nachschub an kaltem Bier stets in Reichweite stand. In unserem Fall war dies Friedels Schorlestation am Fenster, wo sich neben Friedel und seinen zwei Gästen am Straßenschalter auch noch Uschi und Joe aufhielten, und natürlich die Badewanne auf dem Podest, einem heidnischen Altar gleich, zu dessen gusseisernen Löwenfüßen sich die zweite Gruppe scharte. Gabi und Berthold saßen gemeinsam plaudernd zu meiner Rechten, Jörg an der Ecke unter meinem linken Fuß, und unterhalb von Barbara und für mich unsichtbar, wenn auch hörbar, stand

Friedels redselige Freundin. Genau genommen waren es allerdings mehr die sonst im Raum spärlich vorhandenen Sitzgelegenheiten, die die Jünger die Nähe zur Badewanne suchen ließen, als die Ehrfurcht vor dem goldenen Kalb auf dem Sockel.

Bozo saß im Schneidersitz neben seinem Plattenspieler auf dem Waschtisch und spiegelte sich dreifach und aus verschiedenen Blickwinkeln im Hintergrund, während *Oh Well* seinem euphonischen Ende zusteuerte. Und Vetter schließlich, der sich offenbar noch nicht zwischen Uschi und Gabi als seiner nächsten Verlobten entscheiden konnte, stand wie ein einsam hochgeschossener Spargel im Popcornmeer genau zwischen Schorlestation und Badewanne. Die laute Musik und das gedämpfte Licht sorgten dafür, dass sich keiner von ihnen über den höheren Sinn einer Party allzu viele Gedanken machte.

Barbara und ich saßen außerordentlich eng aneinandergepresst und füllten, wie es schien, die untere Hälfte der Badewanne restlos aus. Einen Moment lang dachte ich mir unsere gusseiserne Hülle und unsere Suppe weg und konnte mir ein Schmunzeln nicht verkneifen. Vor meinem geistigen Auge bot sich ein fleischfarbenes Stehaufpärchen mit gemeinsamem halbeierförmigen Unterteil dar, das einander zugewandt und Händchen haltend wild in alle Richtungen schaukelte und doch stets zuverlässig wieder senkrecht zum Stehen kam. Der Suppenspiegel war durch unsere Fülle derart angestiegen, dass meine Haare zwangsläufig darin schwammen. Barbaras Haare waren noch um einiges länger als meine und konnten daher hinten über den Rand hängen.

Die runde Form der Badewanne, vor allem aber die Schrägstellung unter meinem Rücken, gepaart mit unserer taillenumklammernden Sitzposition, hatte zur unausweichlichen Folge, dass sich unsere Weichteile frontal berührten, oder vielmehr aneinander platt drückten. Barbaras Weichteil schien von der Natur recht großzügig ausgestattet zu sein und entsprach ganz und gar seiner euphemistischen Benennung, was man von meinem allmählich immer weniger behaupten konnte. Die warme, fleischige Bohnensuppe sorgte zusätzlich dafür, dass es zwischen uns immer enger wurde, und ich stellte mir vor, ich würde unfreiwillig in sie hineinwachsen. Barbara dachte offenbar an das Gleiche und fing plötzlich an, laut zu lachen, und unsere Untertanen am Fuße des Throns blickten fragend zu ihrem Königspaar hinauf.

Friedels Unterhaltung mit den Türken am Fenstersims hatte seinen Schorlekonsum zum Gegenstand, ein Thema, über das er stets bereitwillig Auskunft gab, betrachtete er doch diesen keineswegs als Makel, sondern vielmehr als Ausdruck heimatverbundenen Kulturbewusstseins. Schorle war nun mal ein Getränk, das man in Mengen genoss; wer jedoch glaubte, dass deswegen der billigste Wein mehr als gut genug war, der wurde von Friedel empört eines Besseren belehrt. Der Pfälzer Trinker war trotz scheinbarer oder tatsächlicher Maßlosigkeit ein geradezu pingeliger Connaisseur. Für die klassische saure Weinschorle, die mit Mineralwasser gemischt wurde und die in unseren Kreisen aus Mangel an Geschmack eher weniger geschätzt wurde, obwohl sie als edelste Form dieser Getränkegattung galt, war ein Pfälzer Riesling – oder zur Not auch noch ein Müller-Thurgau – aus der Literflasche gerade gut genug. Der musste zudem trocken oder halbtrocken sein, zwischen vier und fünf Mark kosten und in der Gegend um Bad Dürkheim oder Neustadt, notfalls auch noch weiter südlich, um Landau herum, herangereift sein. Die von uns und vor allem von Friedel bevorzugte Colaweiß, harmonierte am besten mit einem Morio-Muskat, kurz: Morio, der über dieselben Attribute verfügen musste. Dass durch die Beimengung von Cola althergebrachte Kulturnormen mit besonders großen Füßen getreten wurden, störte dabei wenig. Kultur ist ein sich ständig veränderndes Phänomen, ohne das wir uns immer noch von Grünkern, dicken Bohnen und Maikäfern ernähren würden. (Das alles galt selbstverständlich nicht für die Schorle in der Probierstube von Frau Schrader. Dort war sie so billig, dass es die Qualität des Weines auch sein durfte beziehungsweise geradezu sein musste.)

Alkohol spielte in der Türkei eine eher untergeordnete Rolle, und eine Mischung aus Vorurteil und einem guten Quäntchen Wahrheit den Deutschen gegenüber ließen unsere türkischen Nachbarn in Friedel vermutlich einen typisch urpfälzischen Kulturträger vermuten, dem sie mit echtem Interesse ihre ungeteilte Aufmerksamkeit zuteilwerden ließen.

Barbara klemmte sich mein an seine Wachstumsgrenze gelangtes einstmaliges Weichteil zwischen ihre prallen Oberschenkel und schmunzelte mir über ihre zusammengepressten Knie hinweg unverschämt zu.

„Das Popcorn ist ja immer noch nicht gesalzen!“, stellte Bozo auf dem Waschtisch empört fest und spuckte ein fades Exemplar in hohem Bogen wieder aus.

„Was hast du denn erwartet?“, meinte ich. „Meinst du, ich streue noch einen Zentner Salz durchs Zimmer, bloß damit man nach Bedarf immer ein gesalzenes Popcorn erwischt?“

„Warum nicht? Salz kostet doch nichts.“

„Außerdem gibt es ja auch Leute, die ihr Popcorn lieber mit Zucker essen“, warf Barbara ein, „ich, zum Beispiel.“

„Und ich“, schloss sich Uschi an.

„Ich auch“, meinte Joe und grinste.

Bozo schaute skeptisch in die Runde, als hätte er mehr von uns erwartet. „Man hätte ja das Popcorn aufteilen können“, meinte er, „die halbe Tonne von der Tür bis zur Badewanne hätte man salzen können, und die von der Badewanne bis zum Fenster mit Zucker bestreuen.“

„Was meinst du, wie deine Haut morgen aussehen würde, wenn das alles gesalzen wäre?“

„Das ist schon eher ein Argument.“

„Hol’ dir doch eine Schüssel und den Salzstreuer aus der Küche“, schlug ich vor.

„Das mach’ ich.“ Er richtete sich vorsichtig auf seinem Waschtisch auf, um seine Plattennadel nicht zu erschrecken, was allerdings nicht verhinderte, dass sie dennoch ein paar Rillen übersprang und Fleetwood Macs *Green Manalishi* ein vorzeitiges Ende bereitete. Mit einem geschickten Schritt hin zur Türkante, der dafür sorgte, dass der Tonarm gleich ganz zur Plattenmitte hüpfte, sich erhob und in Bereitschaftsstellung zurückging, erreichte Bozo die Küche, ohne in die Popcornmasse eintauchen zu müssen.

Das war das Problem mit dem Popcorn – nicht genug, dass es ungesalzen beziehungsweise ungezuckert war, gestaltete sich auch die Fortbewegung darin äußerst schwierig. Die Partygrüppchen blieben nicht nur deshalb so stabil, weil Gesprächsthemen oder mangelnde Sitzgelegenheiten sie zusammenhielten, sondern auch, weil jeder in der Popcornmasse steckte wie ein Löffel in erkaltetem

Grießbrei und sich folglich jeden Schritt zweimal überlegte.

Bozo kam mit Schüssel und Salzstreuer zurück ins Zimmer, schaufelte sich um den Stuhl neben der Küchentür herum einen Krater frei und setzte sich, sodass sein Kopf gerade mal die allgemeine Popcornoberfläche überragte. Er nahm die Schüssel und schöpfte sich in Augenhöhe eine Ladung Popcorn aus der Masse.

„Die Suppe auf dem Herd hat übrigens fast gekocht", sagte er und streute großzügig Salz in die Schüssel. „Auf jeden Fall dampft sie nicht schlecht aus dem Loch im Deckel."

„Das wird aber auch Zeit", meinte ein unsichtbarer Jörg unterhalb Barbaras Rücken. „Ich hab' extra seit dem Frühstück nix mehr gegessen."

Der letztendliche Zweck von gesellschaftlichen Veranstaltungen bestand im Verlauf der Kulturgeschichte – vom gemeinsamen Zerlegen eines über die Klippe gejagten Mammuts bis hin zum feierlichen Bad in einer Bohnensuppe – schon immer darin, neue Kontakte zu knüpfen. Nicht zuletzt bot dies den Partnerlosen, welche wir fast alle waren, eine hervorragende Gelegenheit, etwas an diesem unbefriedigenden Los zu ändern. (Ursprünglich dienten sie wohl auch dazu, frisches Blut in die Herde zu bringen, um dem Dorftrottel-Syndrom vorzubeugen.) Vetter, dessen letzte Verlobung nun auch schon wieder eine ganze Weile zurücklag, hatte offenbar ausgerechnet die schöne und wohlriechende Uschi ins Auge gefasst und widmete sich nun, in vertrauliche Nähe zu ihr vorgerückt, dem Grüppchen um Friedel am Hinterhoffenster. Er lauschte aufmerksam dem Schorle-Dialog zwischen

Friedel und dem ersten, redseligeren Türken und wartete geduldig auf seinen Einsatz.

„Her, Friedel!", nutzte er dann eine Pause, „wenn du so 'n großer Trinker vor dem Herrn bist, dann verrat' uns mal, wie viele Apfelkorn du schaffst!" Er schaute Beifall heischend in die Runde. Die Frage diente natürlich nicht der bloßen Unterhaltung, sondern der Hinlenkung des Gesprächsthemas auf sich und seinen Kneipenrekord im *Schwanen*, auf den er so stolz war, und der nun wiederum Uschis Aufmerksamkeit erwecken und ihre Bewunderung auslösen sollte. In der Verhaltensforschung gab es dafür sogar einen Namen. Das ist die Phase, in der die jungen Pavianmänner Grimassen schneiden, um von den Pavianmädchen begehrt zu werden, und die sich dann wiederum vor lauter Entzücken umdrehen und ihren roten Hintern präsentieren.

„Was is'?", meinte Friedel, ohne aufzuschauen, und nahm einen Schluck aus seinem Schorleglas. Niemand schätzte Vetter sonderlich.

„Wie viele Apfelkorn du schaffst, hätten wir gerne gewusst!"

„Appelkorn? Was soll'n des sein? So'n Pipifax trink ich net. Der besteht ja zur Hälft' aus Appelsaft – des is' was für Angeber."

„Was soll'n das heißen – Angeber?", fragte Vetter und richtete sich auf. Er drehte ihm die rechte Schulter zu und schwellte die Brust, als stünde er Modell für Arno Breker. Damit war er in Pavianphase Nummer zwei angelangt, und Uschi hatte sich immer noch nicht umgedreht. Die kaute weiterhin lautstark ihren Kaugummi, während sie den tadellosen Schliff ihrer Fingernägel begutachtete.

Friedel nahm noch einen Schluck und wischte sich mit dem Handrücken über die nassen Lippen.

„Is' dir schon mal aufg'falle', dass all' die, die mit ihrem *Appelkorn*-Konsum angeben, auch nie vergesse' zu betonen, dass das Zeug wie Appelsaft schmeckt?"

„Und? Stimmt's vielleicht nicht?"

Uschi nutzte die langweilige Diskussion und arbeitete sich zu Joe vor, der mittlerweile mit verschränkten Armen am Waschtisch stand und der Podestgruppe aufmerksam lauschte.

„… und 'n Liter von ebbes zu trinke', was wie Appelsaft schmeckt, des kann ja wohl jeder. Ob der dann später von der Stange fällt, is' dabei eine andere G'schichte."

„Mein Rekord im *Schwanen* liegt aber bei fünfundachtzig. Das sind beinah' *zwei* Liter – jetzt kommst du!"

„Alla hopp – dann eben zwei Liter Appelsaft."

Sieg nach Punkten!, dachte Vetter bei sich und zog zufrieden an seiner Zigarette, die er mit Daumen und Zeigefinger falsch herum in der hohlen Hand hielt.

„Das gibt ja eine richtige kleine Evolutionstheorie!", sagte Bozo plötzlich *Heureka!*-mäßig und stellte seine Schüssel auf der Popcornfläche ab. Sein Krater hatte sich größtenteils wieder gefüllt, und im Moment ragten gerade mal sein Kopf und die ausgestreckten Arme hervor.

„Was denn?" Ich wechselte die Wannenseite und holte mir neben dem Podestrand eine Hand voll Popcorn hoch. Es war nicht nur ungesalzen, sondern auch noch zäh, wahrscheinlich vom langen Herumliegen. Ich stellte mir vor, ich hätte es tatsächlich auf herkömmliche Weise mit Fett herstellen müssen.

„Mal angenommen, unser Vetter behauptet, er schaffe fünfundachtzig Apfelkorn an einem Abend. In Wirklichkeit packt er aber nur fünfundsechzig …" Er machte eine Kunstpause, um Vetter die Gelegenheit zu geben, sich der Wucht dieser Aussage bewusst zu werden.

„Was heißt hier, *in Wirklichkeit pack' ich nur fünfundsechzig?*", meinte der. Er war mittlerweile unauffällig in vertrauliche Nähe zu Gabi gerückt, sein vermeintlich zweites Eisen im Feuer.

„Mal angenommen, hab' ich gesagt – das ist nur ein Beispiel. Also, alle Vetter-Fans im ganzen Land …"

„Was denn für Vetter-Fans?", fragte Barbara leise und rollte mit den Augen.

„Das hab' ich zufällig gehört!", meinte Vetter spitz.

„… alle Vetter-Fans eifern ihrem Meister nach und kippen wie blöde Apfelkorn, mit dem Ziel, dessen vermeintlichem Rekord möglichst nahe zu kommen oder ihn gar zu brechen, womit sie dann Anspruch auf seine Krone hätten."

„So einen Rekord stellt man ja nicht zu Hause auf, sondern in der Wirtschaft, unter Zeugen!" Er nahm einen angestrengten Zug von seiner Zigarette.

„So sehr sie sich aber auch anstrengen, mehr als fünfundsiebzig kriegen sie nicht runter."

„Ja, und? Wo kommt die Evolution zum Einsatz?", warf Joe ungeduldig ein.

„Versteh' doch!", rief Bozo, „sie sind um zehn Apfelkorn besser als ihr Idol, ohne es zu wissen! Gerade *weil* sie es nicht wissen! Sie wurden durch das unbekannterweise zu hoch angesetzte Ziel angezogen. Wenn sie dann *ihren* Fans gegenüber genauso bluffen wie er – was sie ja allein schon aus Gründen der Gesichtswahrung tun würden –

dann schraubt sich der Apfelkornrekord allmählich und stetig ins Unermessliche!“

„Was für eine *-wahrung?*“, hörte ich Jörg leise fragen.

„*Gesichts*-wahrung“, sagte Joe.

„Sag’ mal, du bist ja ein richtiger kleiner Darwin“, sagte ich. „Hopp, Berthold – schenk’ dem Mann noch ’ne Schorle ein!“

„Ich geh’ dann mal raus und schneid’ Brot“, sagte Friedels Freundin pflichtbewusst und rutschte vom Podest runter.

„Hopp, lass’ uns mal unser Gewicht irgendwie verlagern“, sagte ich zu Barbara, „sonst liegen wir uns noch wund.“ Mein Körper fühlte sich mittlerweile an wie von der Mafia in Beton eingegossen, und jeder Muskel verspürte den quälenden, vergeblichen Drang, Luftsprünge zu machen. Verlagern konnten wir uns nur, wenn wir unsere Bewegungen aufeinander abstimmten. Der Hydraulikeffekt in Pinos Aquarium, bei dem die Bewegung eines einzelnen Fisches eine ganze Massenumwälzung nach sich zog, funktionierte hier nicht. Dafür waren wir im Verhältnis zu unserem Medium einige Nummern zu groß.

„So schnell liegen wir uns nicht wund. Die Suppe hat ja auch einiges an Auftrieb.“

„Das stimmt“, mischte sich Berthold ein, „du wiegst, solange du in einer dicken Bohnensuppe quasi suspendiert bist, vielleicht gerade mal noch zehn Kilo.“

„Ich bin aber nicht in der Suppe *suspendiert* – ich befinde mich unter ihr und habe zu allem Unglück auch noch vier Zentner davon auf meinem Bauch liegen.“

„Falsch“, sagte Barbara, „zwei Zentner davon liegen auf meinem.“ Sie hob ihren Hintern an, wobei der Suppenspiegel mit einem schmatzenden Geräusch bis auf meinen Bauchnabel absank, und verlagerte sich etwas nach rechts, während ich ausgleichend nach links rutschte.

„So isses gut“, sagte ich und spürte, wie mein Blut kühlend die vernachlässigten Bereiche meines Körpers durchspülte. Eine dicke Luftblase stieg auf und zerplatzte träge zwischen uns auf der Oberfläche. Wir hatten eine lange, anstrengende Nacht vor uns und würden jeder Pinkelpause dankbar entgegenfiebern.

Vetter stand inzwischen unmittelbar, wenn auch vermeintlich unauffällig, vor Gabi, die mit angewinkeltem Bikini-Bein und dem Rücken am wärmenden Bauch der Badewanne auf dem Podest saß und ihr Bier trank. Irgendwann, offenbar zu einem von ihm genau vorausberechneten Zeitpunkt, knöpfte er seine Hemdtasche auf und zog ein zweifach zusammengelegtes, vom Alter mürbe gewordenes Papier hervor. Er schüttelte das Dokument wie ein Tempotaschentuch elegant auseinander und hielt es Gabi vor die Nase, ohne sie dabei anzuschauen. Es war zwei Seiten stark, an der Seite gelocht und oben in der linken Ecke von einer rostigen Heftklammer zusammengehalten.

„Was ist das?“, fragte sie gelangweilt und nahm einen Schluck aus ihrer Flasche.

„Schau’s dir ruhig an“, sagte er und sah dabei mit angehobener Augenbraue zu mir hoch. Ich erkannte eine sauber getippte Auflistung von Frauennamen samt Adressen, einige dazu noch mit einer Telefonnummer versehen. Die Namen waren nummeriert wie eine Hitliste, und die meisten waren, gleichsam wie abgehakt, mit einem *X* versehen.

„Und – was soll ich damit?“

„Die kenn' ich alle. Du kannst dich ruhig auch eintragen!" Er zauberte einen Kugelschreiber aus seiner Hemdtasche hervor und drückte die Spitze heraus.

„Wieso? Wir kennen uns doch gar nicht", sagte sie und ließ sich vom Podest rutschen.

„Was nicht ist, kann ja noch werden!" Er schaute hoch und zwinkerte mir zu, als wollte er sagen, *siehst du, wie man das macht?*.

„Und sonst hast du keine größeren Probleme?" Gabi schob sich mühsam durchs Popcorn zum Fenster vor, wo sie sich vom Hinterhofnachbarn ein neues Bier geben ließ und sich dann auf den Heizkörper setzte.

„Dann eben nicht", sagte Vetter und steckte seine Liste und den zurückgeklickten Kugelschreiber elegant wieder ein. „Her, Friedel! Lass' mal 'ne Schorle rüberwachsen!"

Friedels Freundin war gerade dabei, Bohnensuppe in die Teller zu schöpfen, als es klingelte. Sie reagierte auf das selbstverständliche Geräusch auf eine ebenso selbstverständliche Weise: Sie setzte den Teller ab und öffnete die Tür.

Frau Kamp stürmte mit hochrotem Kopf an ihr vorbei. Sie blieb im Rahmen der Schlafzimmertür stehen, hielt sich an der quer liegenden Tür fest und sah mit weit aufgerissenen Augen fassungslos herein. Das erste Wort, das sie gerade ansetzte auszustoßen, blieb fast sichtbar an ihren ungläubig aufgesperrten Lippen hängen.

„Oh, Gott …", sagte ich und versuchte, ihrem Blick auszuweichen.

„Wer is'n das?", fragte Barbara und drehte sich zur Tür um. Als sie Frau Kamp sah, setzte sie sich, ohne an ihr gegenwärtiges Erscheinungsbild zu denken, unbewusst aufrechter hin. Ihre gewaltige rechte Brust legte sich langsam neben ihren rechten Arm über den Badewannenrand, und Bohnen und Gemüsescheiben rutschten träge an ihr herunter und fielen hinab ins Popcorn.

„Meine Vermieterin“, murmelte ich leise.

„Oje – ich seh’s.“ Barbara zog Brust und Arm wieder an Bord und tauchte mit allem bis zum Hals unter, wie ein Kind, das sich zum Schutz die Decke bis unters Kinn zog.

Ein lautloser, heiserer Schrei, wie man ihn noch von kindheitlichen Albträumen her kannte, kam fast hörbar über Frau Kamps Lippen, und langsam und wortlos bewegte sie sich rückwärts wieder hinaus. Friedels Freundin machte leise die Tür wieder zu. Es war still im Zimmer, bis auf Bozos Plattenspieler, auf dem sich gerade eine aktuelle musikalische Verirrung mit dem passenden Namen *Popcorn* drehte, die Bozo eigens für den großen Tag gekauft hatte und deren niedliche, prägnante Pong-Töne nun umso aufdringlicher daherkamen. Das war sicherlich die perfekte musikalische Unterlegung für das Bild gewesen, das sich Frau Kamp geboten hatte.

Ich kam mir vor wie ein Kind, das beim Studium seines Hinterns im elterlichen Schlafzimmerspiegel von der Mutter ertappt wurde, die, aufgrund der Tatsache, dass sie sich nie darüber Gedanken gemacht hatte, wie sie mit einer solchen Situation umgehen sollte, ihre Reaktion auf später verschob oder sie gar abends an den Vater abtrat.

„Das gibt Ärger“, sagte ich.

„Besser jetzt, als dass sie vielleicht vor einer Woche reingeplatzt wäre“, meinte Barbara. „Der Party wird es jetzt jedenfalls nichts mehr anhaben können.“

„Das stimmt." Ich überlegte mir, ob positives Denken nun schrecklich naiv oder besonders schlau war. „Es ist mir eh ein Rätsel, wie ich es geschafft habe, sie mir wochenlang vom Hals zu halten, wo sie doch sonst wegen jedem Scheiß hereinplatzt."

Friedel beugte sich zum Hoffenster hinaus. „Ihr könnt wiederkomme'. Sie is' weg!" Meine zwei türkischen Hinterhofnachbarn trauten der Sache nicht ganz und streckten ihre Köpfe erst nach einer kurzen Weile verstohlen wieder durchs Fenster herein.

„Hopp, Bozo", sagte ich, „leg' mal was Lautes auf! Wenn man schon mal in der Scheiße liegt …"

„Genau – mehr als einmal rauswerfen kann sie dich ja nicht." Er stand auf und arbeitete sich mühsam durch das Popcornmeer auf seinen Plattenstapel auf dem Waschtisch zu.

„Die Suppe ist fertig!", rief Friedels Freundin schließlich mit der Kelle in der Hand, als wäre nichts gewesen.

„Gott sei Dank!", sagte Jörg und erhob sich aus seinem Krater. „Mir knurrt schon der Magen!" Ich erkannte endlich seinen blonden Scheitel und den großen roten Kopf mit den wasserblauen Froschaugen durch Barbaras wuschelige Achselhöhlen hindurch. Unter Einsatz all ihrer Kräfte mühten sich alle quälend langsam zur Tür vor, wie auf der vergeblichen Flucht in einem bösen Traum, und purzelten nacheinander in die Küche wie ein Lemmingheer über die Klippe – alle, bis auf Friedel, der am Hoffenster und damit an der Getränkequelle auf dem untergetauchten Heizkörper saß und die Stellung hielt.

Der ehedem glatte Popcornspiegel war nun eine einzige Dünenlandschaft, wie eine Müllhalde, die von einem Traktor immer wieder zusammengeschoben wurde. Bozo ließ ohne Vorwarnung *Speed King* aus den Boxen krachen, dass sich Ringe auf meiner Schorleoberfläche bildeten, und purzelte dann den anderen hinterher.

Der Trubel hatte sich ausgelagert, und es war, bis auf die Musik, still im Zimmer.

„Wir sind allein", sagte Barbara.

„Ja, ja – es ist ein einsames Leben als Königspaar."

„Ich komm' ja schon", sagte Berthold und stieg storchengleich wieder über die Tür mit seinem hoch gehaltenen Suppenteller in der einen Hand und einem kleinen Stapel Brotscheiben und zwei Suppenlöffeln in der anderen.

„Hier", sagte er, als er endlich neben dem Podest stand und seinen Teller in Bauchhöhe unter der Badewanne abstellte. Er reichte uns die Löffel hoch und legte das Brot auf den Wannenrand.

„Danke." Ich zog mir einen der beiden Wurststränge wie eine Ankerkette an Bord und brach Barbara und mir vom trockenen Ende je eine ab. „Ich hab' inzwischen richtig Hunger bekommen", meinte ich, „mit diesem ständigen Essensgeruch direkt unter der Nase." Ich rührte die Suppe über meinem Bauch ein wenig auf und nahm einen Löffel voll. So hatte man sich nach dem Krieg wohl das Schlaraffenland vorgestellt.

„Hier ist noch Senf", sagte Berthold und zog eine Tube aus seinem Badehosenbund.

„Hoppla! Wo kommt denn die her?", fragte ich und drückte uns ein Häufchen auf den Wannenrand neben den Brotstapel. „Wir haben doch einen Eimer gekauft." Ich reichte sie ihm wieder runter.

„Die lag hinten im Kühlschrank. Wo ist er denn, der Eimer?"

„Irgendwo unter der Küchenbank." Ich entdeckte über meinem Nabel knapp unter der Oberfläche eine Scheibe Schweinebauch und fischte sie heraus.

„Ich hab als Kind auch immer von meinem Badewasser getrunken", sagte Barbara, während sie ihr Brot in Stücke brach und zwischen ihren Brüsten auf die Suppe legte.

„Und ich hab' immer meinen Waschlappen leer gesaugt", meinte ich. „Das hatte irgendwie was Erfrischendes, obwohl das Wasser warm war." Ich stippte den Schweinebauch in den Senfhaufen und biss hinein.

„Und?", fragte sie und tauchte ihre Brotstücke mit dem Löffel unter.

„Schmeckt richtig gut!" Ich drückte dem Schweinebauch die Nase noch einmal in den Senf und ließ sie abbeißen.

„Mhm!", stimmte sie mir zu und fischte sich mit der Zungenspitze einen Senfklecks vom Mundwinkel.

„Hopp, esst a' was!", forderte Friedel seine Leute am Fenster auf. „Es ist mehr als genug da!"

„Nein. Nix gut, Sch'wein."

„Na alla, des müsst ihr selber wisse'. Hopp, Peter", rief er und klatschte in die Hände, „werf' mir mol e' Worscht rüber!"

„Warum essen Türken eigentlich kein Schwein?", fragte ich Barbara. Ich brach Friedel eine Wurst ab, drücke beide Enden in den Senfhaufen und warf sie ihm im hohen Bogen rüber.

„Her, du Arschloch!"

Meine Hinterhofnachbarn verfolgten jede unserer Bewegungen und Bemerkungen mit offenkundig ernsthaftem Interesse am kulturellen Anderssein.

„Schweine sind unrein", meinte sie.

„Die könnten sie doch vor dem Schlachten waschen."

„Schweine sind unrein, weil sie alles essen. Sogar Scheiße."

„Tatsächlich?" Ich drehte das Ende meiner Wurst durch den Senf und biss mit einem satten *Knack* nachdenklich hinein. „Ich würde sagen, das ist nicht unrein, sondern höchst ökonomisch. Stell' dir vor, du installierst dir ein Plumpsklo direkt über dem Schweinestall. So kannst du jeden Tag ganz nebenbei dein Schwein füttern. Selbstversorger ist es zum Teil ja auch noch. Und dann noch die ganzen Küchenabfälle – und sogar die *Rheinpfalz*, wenn sie ausgelesen ist! Und am Ende des Jahres ist Schlachtfest! Du fütterst das Schwein, und das Schwein füttert dich!"

„Ein wandelnder Komposthaufen."

„Ein Perpetuum mobile!"

„Stimmt nicht", bremste uns Berthold, der bis jetzt still am Podestrand gesessen und seine Suppe geschlürft hatte, „wenn das Schwein verspeist ist, bleibt die Maschine quasi stehen."

„Besser wär's, wenn Kühe Scheiße fräßen", meinte Barbara, „von denen kann man sich ernähren, ohne sie vorher durch den Wolf zu drehen."

„Man muss das Schwein nur rechtzeitig decken lassen", sagte Berthold.

„Wer schläft denn schon mit einem Schwein, das Scheiße frisst."

Uschi kraxelte über die Tür, quirlte sich ins Popcorn hinein und mühte sich mit angehobenen Armen und Brüsten durch die weiße Masse zur Badewanne durch.

„Ich unterbreche eure Diskussion nur ungern“, sagte sie und kletterte zu mir herauf, „aber es ist bereits halb zehn durch – ich muss gehen. Wo fährt denn hier eine Straßenbahn in Richtung Berliner Platz ab?“ Ihr Atem war reiner Kaugummi.

„Weißt du, was ich eben verstanden habe?“, sagte ich und tätschelte ihre kleinen, makellosen Hände, mit denen sie sich am Wannenrand festhielt. „Dass du nach Hause musst, weil es schon halb zehn ist. Ist das nicht komisch?“

„Aber das *hab'* ich doch auch gesagt …“

„Oh. Und warum musst du so früh nach Hause?“

„Naja, *so* früh isses ja auch wieder nicht!“, lachte sie laut, und die Türken unterbrachen ihre Unterhaltung und schauten verwundert zu uns rüber. „Jedenfalls hab' ich nur bis halb elf Ausgang, und die Busse am Berliner Platz fahren um diese Zeit nicht mehr so oft.“ In diesem Moment, im schummrigen Licht und mit ihren unverbrauchten Zügen, sah sie aus, als sei sie gerade mal vierzehn.

„Nun ja – wie bist du denn hergekommen?“

„Mein Vater hat mich gefahren.“

„Kannst du ihn nicht anrufen, dass er dich wieder abholt? Dann hättest du noch eine Stunde. Am Goerdelerplatz ist eine Telefonzelle.“ Ich stellte mir vor, es klingelte, und ein arroganter Spießer mit grauen Schläfen aus der Sodafabrik-Aristokratie käme in Schlips und Anzug und mit Old-Spice-Fahne hereingestürmt, um seine minderjährige Tochter aus den Fängen einer dekadenten Hippiekommune zu befreien, um sie anschließend zu vier Wochen Hausarrest zu verdonnern.

„Besser nicht.“

„Du hast Recht. Also, du gehst nebenan an der Ecke nach rechts und läufst ganz durch bis zur Parkanlage – dann hundert Meter nach links zur Marienkirche. Dort fährt die 19er durch."

„Das kann man sich leicht merken", sagte sie und lächelte. „Also dann" – sie gab mir artig die Hand, und anschließend Barbara, deren Brustwarzen argwöhnisch aus der Suppe spähten – „vielen Dank für die Einladung. Es war sehr nett gewesen."

„Nichts zu danken", sagte ich leise. Wo lernte man denn so etwas – in der Tanzschule?

Sie arbeitete sich wieder durch das Popcorn hindurch und kletterte über die Tür, sodass man die Konturen ihres kleinen, wohlgeformten Hinterns durch den dünnen Slip sehen konnte. In der Küche zog sie Hose und Schuhe wieder an, winkte mir zwinkernd mit den Fingern noch einmal rein, während sie sich ihre Handtasche über die Schulter hängte, und ging.

„Hast du das gehört?", sagte ich und rutschte mit meinem Hintern nach links, während Barbara nach rechts rutschte, „es war nett gewesen."

Barbara grinste. Ich kam mir allmählich vor wie eine siamesische Zwillingshälfte. Die Haustür fiel ins Schloss, und ich hörte Uschis kurze Schritte am Küchenfenster vorbeischrammen und in Richtung Marienkirche verschwinden.

Ein gehöriger Druck hatte sich irgendwann unmerklich meiner Blase bemächtigt und ließ sich mittlerweile nicht mehr wegleugnen. Mein prognostiziertes Pinkelproblem wurde also langsam Ernst. Es einfach unauffällig laufen zu lassen wie im Hallenbad oder im Willersinnweiher, ging wohl nicht. Erstens hatte die Suppe sicherlich unsere Körpertemperatur längst unterschritten, sodass die heimliche Entsorgung nicht unbemerkt an Barbara vorbeigehen würde. Und außerdem wäre es im höchsten Maße unglaubwürdig, anfangs das mangelnde Durchhaltevermögen der Männer zu beklagen, um danach eine Schorle nach der anderen zu leeren und dann die ganze Nacht nicht ein Mal aufs Klo zu müssen. Darüber hinaus pinkelte man als Erwachsener nicht ins Badewasser, es gehörte sich einfach nicht. Ich musste da also durch.

„So allmählich müsste ich mal aufs Klo", sagte ich, „ich habe aber keine Lust, aufzustehen."

„Was bleibt dir anderes übrig?"

„Als Kind hab' ich's einfach laufen lassen."

„Und dann hast du deinen Waschlappen leer gesaugt?"

„Nee – das lief umgekehrt ab." Ich klopfte von außen an den Bauch der Badewanne. „Kommt, Leute, euer König möchte aufs Klo."

Es wurde ruhig in der Küche, und ein paar Köpfe erschienen in der Türöffnung.

„Was is'?"

„Ich muss aufs Klo."

„Wie soll'n das gehen?"

„Stellt mir den zweiten Stuhl hier in die Mitte und legt Zeitungspapier auf dem Küchenboden aus, von der Tür bis zur Dusche."

„Wo ist denn Zeitungspapier?"

„Die *Rheinpfalz* müsste oben auf dem Küchenschrank liegen."

„Alla hopp."

Mit einem schmatzenden Geräusch stand ich vorsichtig auf und knallte mit dem Kopf gegen die Deckenlampe, während Barbara plötzlich weit unter mir und bis zum

Bauchnabel auf dem Trockenen lag. Ich fing die Lampe schnell wieder ein und begann, mir die Bohnen und das Gemüse abzustreifen. Ich kam mir dabei vor wie ein grünbehangener Neptun, der sich aus einem von Entengrütze zugewucherten Froschtümpel erhob. Die Türken verfolgten vom Fenster aus aufmerksam jede meiner Bewegungen. Auch wenn Frauen blasenmäßig das stärkere Geschlecht waren – dass Barbara im Laufe dieser langen Nacht früher oder später auch aussteigen musste, stand außer Frage. Und das wussten sie.

„Normal ist es ja nicht, was wir hier machen", sagte ich, als eine Scheibe Schweinebauch, die an meinem Oberschenkel geklebt hatte, den Halt verlor und in die Suppe plumpste.

„Willst du so ins Treppenhaus gehen?", fragte Barbara.

„Natürlich nicht. Ich pinkle in die Dusche, wie immer. Dir wird später auch nichts anderes übrig bleiben."

Ich ließ mir von Bozo, der mit einer Backe auf der Türkante saß und mir, seine Suppe löffelnd, zuschaute, ein Handtuch aus dem Waschtisch grabbeln und herüberwerfen. Ich wickelte es mir um den Bauch, stieg hinab auf den Podestrand, wo ich einen bohnenreichen Fußabdruck hinterließ, und schritt hinüber auf den mittlerweile zurechtgestellten Stuhl in Richtung Küche. Bereits nach dem ersten Schritt machten sich zunehmend Popkörner an meinen verklebten Füßen fest. Auf dem kühlen Weg durch die Küche blieb mir zudem das Zeitungspapier an den Fußsohlen haften, wobei mir das Märchen von der Erfindung des Pantoffels in den Sinn kam, in dem ein egozentrischer orientalischer Herrscher im ganzen Land verkünden ließ, dass er, egal wo er ging und stand, einen roten Teppich unter den Füßen zu haben wünschte – woraufhin ihm einer seiner pfiffigeren Kriecher aus einem Stück roten Teppichstoff die allerersten Pantoffeln der Menschheitsgeschichte schneiderte. Ich, Peter Dumfarth, konnte indes ab jetzt nach Herzenslust und überallhin auf Popkörnern und Zeitungsseiten wandeln.

„Oh wie, Peter!“, sagte Jörg mit vollem Mund. „Gut siehst du aus!“

„Danke.“

Ich verschwand in die Duschkabine, drehte das Wasser auf, und die lebhafte Geräuschkulisse aus der Küche ging sofort im Rauschen des Brausestrahls unter. Ich entspannte meine schon vor Schmerz pochende Blase und ließ los, während ich damit begann, mir den bereits im Trocknen begriffenen Unflat von der Haut zu spülen. Ich pinkelte ohne Umwege direkt in den Abfluss hinein und machte damit den einzigen legitimen Grund, nicht in die Dusche pinkeln zu sollen, hinfällig – unterm Boden liefen eh alle Abflüsse zusammen, auch die der Toilette im Treppenhaus. Die Bohnen waren zum Glück größer als die sechs Löcher im Abfluss, was zur Folge hatte, dass sie dort bald hängen blieben und sich anhäuften und mir das Wasser langsam bis an die Knöchel stieg. Das war angesichts der trüben Brühe eher unangenehm, doch immer noch besser, als wenn die Bohnen sich irgendwo tief im Abflussgewirr festsetzten. Es genügte schon, dass mein Schlafzimmer für die mittelfristige Zukunft unbrauchbar geworden war. Zudem besaß eine Erdgeschosswohnung den Abfluss aller Abflüsse im Haus – und wenn der verstopft war, lief gar nichts mehr. Ich hatte auch so schon genug Ärger am Hals.

Während das Wasser langsam versickerte, trocknete ich mich ab und band mir dann das verklebte Handtuch wieder um den Bauch. Schließlich sammelte ich die nunmehr sauber gespülten Abflussbohnen ein und ging zurück in die Küche, wo ich sie kurzerhand in den Eimer unter dem Spülstein warf und mir die Hände am nassen Geschirrtuch abtrocknete.

„Na, Leute", sagte ich, ganz Gastgeber, und legte meine Hände knetend auf Jörgs Schultern, „geht's euch gut? Schmeckt die Suppe?"

„Die ist hervorragend!", meinte Joe begeistert, der mit seinem Teller zwischen Hosen und Jacken auf der Küchenbank saß und löffelte. „Wie hast'n die gemacht?"

„Oh je – das ist eine lange Geschichte. Die erzähl' ich dir irgendwann mal."

Jörg reichte mir seinen leer geputzten Teller hoch. „Da, wenn du gerade stehst – mach' mir mal noch einen Schlag drauf."

„Mach' dir selber einen Schlag drauf – ich muss wieder rein. Ich beginne zu frieren." Ich nahm mir einen Schluck aus dem Schorleglas von Friedels Freundin (das von Friedel war mir zu speckig und sabbrig) und kletterte wieder zurück ins Popcornzimmer, das mir im Vergleich zur Küche vorkam, wie ein gemütliches, abendliches Schlafzimmer mit seiner aufgeschlagenen Decke, in dem nur das Nachttischlämpchen brannte.

„Die Suppe müsste so langsam mal nachgewärmt werden", meinte Barbara oben in ihrem Thron mit der Tütenlampenkrone um ihren Kopf. „Meinst du, ich kann einfach drinbleiben?"

„Besser nicht“, sagte ich und holte den Tauchsieder unter der Badewanne hervor, „ich hab heute schon genug Ärger.“

„Dann kann ich wohl auch gleich aufs Klo gehen.“

„Du meinst, in die Dusche.“

„Natürlich“, sagte sie leise, und ich hatte den Eindruck, dass ihr der bevorstehende Vorgang nicht ganz geheuer war.

„Du kannst ja, während du pinkelst, gleich duschen. Dann kommst du dir dabei nicht so blöd vor.“

„Das mach' ich.“ Sie stand langsam auf und ließ sich erst einmal etwas abtropfen. Ich gab ihr mein Handtuch hoch und half ihr über den Rand, während Berthold von unten mit aufgesetztem Alltagsgesicht hinaufschaute. Unsere Gäste am Fenster waren verstummt und wurden sichtlich nervös. Die hünenhafte nordische Kriegerin ihrer seit dem letzten Heimaturlaub überschäumenden nächtlichen Fantasien, sie war tatsächlich zu Fleisch geworden.

Barbara sprang mit wabernden Brüsten von Stuhl zu Stuhl und verschwand in die Küche, von wo aus man kurz darauf das Platschen des ersten Brausestrahls auf ihren Rücken hörte.

Ich stöpselte den Tauchsieder in die Steckdose ein und hängte ihn in die Suppe.

„Warum sind die denn alle in der Küche?“, fragte Berthold mit vollem Mund und schob seinen leer gelöffelten Teller unter die Badewanne.

„Die wollen sich zum Essen wohl anständig hinsetzen. Das Sitzangebot hier drinnen ist ja mit euch zweien bereits erschöpft.“ Gabi saß wieder auf ihrem alten Platz auf der anderen Seite der Wanne. „Ich hol' mir noch 'ne Schorle – soll ich dir eine mitbringen?"

„Alla hopp", sagte Berthold und reichte mir sein leeres Glas.

Ich pflügte mich mit meiner nackten Unterhälfte um das Podest herum.

„Hallo, Gabi", sagte ich und setzte mich mit meinen zwei Gläsern kurz neben sie. „Geht's dir gut? Von dir hört man ja gar nichts."

„Ja, ja." Sie setzte ihren Suppenteller neben sich ab und legte ihren Arm um meine Taille. „Die Wurst in deiner Suppe ist gut. Wo is'n die her?"

„Vom *Albertini* – das sind allerdings solche Riesendosen." Ich deutete mit den Händen Blechtrommelgröße an. „Nichts für den normalen Hausgebrauch. Daneben hängen genug, wenn du noch willst."

„Die sollten schon warm sein."

„Das andere Ende liegt in der Suppe – die wird gerade wieder aufgeheizt. Erinnere mich später noch einmal daran – ich seile dir dann eine ab."

„Mach' ich. Bringst du mir noch ein Bier mit?" Sie angelte ihre leere Flasche unter der Badewanne hervor, und ich nahm sie ihr ab.

Ich grub mich bis zum Fenster vor und begutachtete das vorhandene Angebot. Es war mit der Zeit recht kühl geworden. Das Popcorn hielt unten zwar hervorragend warm, aber oben, durch das offene Fenster, wurde es allmählich zu kalt. Immerhin hatten wir schon fast November.

„Kommt doch rein in die Küche", sagte ich zu den Türken, die mich nun interessiert aus der Nähe musterten, und gab ihnen die leeren Flaschen hinaus. „Dann können wir das Fenster zumachen."

„Ja, ja – des wird jetzert ganz schön kalt nachts", sagte Friedel und gähnte, „dadurch, dass in letzter Zeit kä Wolk' am Himmel is'." Zur Bestätigung blinkten ein paar blasse Sterne müde zwischen den Silhouetten der Kamine über Gabis dunklem Hinterhof.

„Gebt mir g'rad von jedem ein paar Flaschen rein", sagte ich und warf einen Blick hinaus auf unsere Bestände vorm Fenster. Es schien noch mehr als genug da zu sein.

„In Neuseeland hamse jetzert April."

Ich legte die Flaschen, die mir hereingereicht wurden, nebeneinander aufs Popcorn.

„Bis bald, dann", sagte ich und lehnte das Fenster an, damit der Rauch trotz allem abziehen konnte. Ich zog den Vorhang vor und begann, die Flaschen eine Armeslänge weiter in Richtung Waschtisch zu legen, den ich mir als neue Bar auserkoren hatte. Als Sitzgelegenheit für Bozo hatte er sich ja als ganz und gar ungeeignet erwiesen. Ich arbeitete mich anschließend mühsam an ihnen vorbei, nahm sie nacheinander mit und stellte sie neben Bozos Plattenspieler in zwei Reihen vor den Spiegeln auf. So sah es schon viel professioneller aus.

„So, jetzert geh' ich a' mol was esse'", meinte Friedel und verließ seinen Platz am Fenster, der nun zum unwirtlichen Zonenrandgebiet geworden war. Er setzte sich auf die Türkante und schwang seine Beine nacheinander gewandt in die Küche hinüber.

Barbara kam daraufhin quietschsauber und splitternackt aus der Dusche zurück, kraulte durchs Popcorn und steckte ihren Fühler in die Suppe.

„Ich glaub', sie wird langsam wärmer", sagte sie.

„Dann warten wir noch ein klein bisschen. Soll ich dir noch ein Bier mitbringen?“

„Oh ja, danke.“

Friedels Anspruch auf einen Sitzplatz am Küchentisch *(„Alla hopp – ich steh' jetzert schon seit um achte hinne im Eck rum un' mach' euch die Flasche' uff!“)* veranlasste die anderen, sich nach und nach wieder ins Popcorn zu begeben. Nach kurzer Zeit war unser Schauplatz wieder mit Leben erfüllt und die Popcornoberfläche den Gezeiten ausgeliefert.

Es klopfte kurz an der Wohnungstür, und Barbara und ich schauten uns mit eingekrallten Zehen an. Friedel machte vorsichtig auf und linste hinaus. Es war der Türke, der vorhin als Erster am Fenster gestanden hatte.

„Wo is'n de anner'?“, fragte Friedel und ließ ihn vorbei.

„Andere Mann sch'lafen. Ich glaube, vielleicht Angst.“ Er stellte eine Flasche auf den Tisch.

„Was is'n des?“

„Raki. Muss probieren!“

Friedel hob die Flasche an ihrem Hals auf und schaute sie mit fachmännischem Blick gegen die Deckenlampe an. Flasche und Etikett waren, wie auch der Inhalt, völlig farb- und schmucklos. Hauptsache, es törnt, dachte ich bei mir.

„Rake, Rake – noch nie gehört“, sagte Friedel und suchte kurz im Hängeschrank, bis er ein kleines, wie ein Bierkrug gestaltetes ehemaliges Senfgläschen fand. „Ich bin aber gern' bereit, mein' Horizont zu erweitern.“

Er stellte das Glas auf den Tisch, und der Türke knackte die Flasche auf und schenkte ein.

„Du Spezialist – zuerst trinken.“

Friedel hielt das Glas hoch und schaute mit prüfendem Blick hindurch. Dann roch er kurz daran und kippte es auf ex. Er schluckte mit spitzem, nassem Mund, bekam feuchte Augen und rülpste. Der Vorgang erinnerte an das festgeschriebene Prüfritual eines dieser biederen Hamburger Teemischer in der Fernsehwerbung, nur dass der jeden trüben Mundvoll im hohen Bogen wieder ausspuckte – und natürlich, soviel ich wusste, nicht abschließend rülpste.

„Aber hallo!", sagte Friedel heiser mit Blick ins Leere und schmatzte mit der Zunge, „der schmeckt jo nach Lakritz!"

„Gut für Magen", meinte der Türke.

„Oh, des trifft sich aber gut – ich hab's öfters im Mage'!"

Diesmal schenkte Friedel ein und stellte das Glas dem Türken hin. „Wie heischt'n du?"

„Was?"

„Deine Na-me."

„Ismet."

„Alla hopp, Ismet – uff ex!"

Ismet kippte das Glas und schenkte abermals ein.

„Und ich hab' gedacht, Türken trinken nicht", sagte ich und prüfte mit dem Zeigefinger die Suppe. „Ich glaub', das reicht." Ich nahm den Tauchsieder heraus, zog den Stecker und legte ihn wieder unter die Badewanne.

„Also, auf ein Neues", sagte Barbara.

Wir kletterten gleichzeitig hoch, diesmal gänzlich ohne Scham und Lampenfieber, und nahmen unsere alten Plätze in der Suppe wieder ein. Es war wieder angenehm heiß.

„Das ist wie im Winter“, meinte Barbara, „wenn man nachts zum Pinkeln rausgeht und anschließend zurück ins warme Bett kriecht.“

Bozo ruderte vor zum Waschtisch und legte eine neue Platte auf, um die Stimmung ein wenig anzuheizen. Es war *Olé, Wir fahr'n in' Puff nach Barcelona*, die deutsche Bierzeltvariante eines italienischen Originals, die sich im Lande bei der derben Masse größter Beliebtheit erfreute. Dass Bozo sie besaß, sie irgendwann mal im Plattenladen regelrecht verlangt und gekauft hatte, sprach nicht für ihn.

„Sag mal“, echauffierte sich Barbara, angesichts des pubertären Textes, „wo sind wir denn?“

„Bist du etwa prüde?“, meinte Bozo.

Barbara glaubte, sie höre nicht recht. Sie richtete sich in ihrer Bohnensuppe auf und drehte sich zu ihm um. „Seh' ich aus, als wäre ich prüde?“, fuhr sie ihn an. Suppe tropfte in einem unregelmäßigen, gebogenen Rinnsal von ihrem Ellbogen ins Popcorn direkt vor Bozos Bauch.

„Hmm … nicht wirklich.“

„Tausend nackte Weiber auf dem Männerpissoir …“

„Ach, komm' – das muss doch jetzt wirklich nicht sein!“, meinte Joe, der Plattenconnaisseur, und arbeitete sich unter allgemeinen Zustimmungsbekundungen dem Waschtisch entgegen, um das Kommando zu übernehmen. Schließlich hatte er seine eigene – aller Voraussicht nach anspruchsvollere – LP-Auswahl mitgebracht.

Bozo hatte ein Einsehen. Er nahm seine Stimmungsplatte flugs wieder vom Teller, steckte sie in ihre bunte Hülle und räumte das Feld.

Jörg, der hockend gegen die Wand lehnte, war irgendwann eingeschlafen, und seine Hand mit der noch fast vollen Bierflasche versank langsam im Popcorn, während ein leises, ungewöhnlich stereophones Windrauschen das einleitende E-Gitarrenstakkato von *One of These Days* ankündigte. Friedels Freundin nahm ihm die brennende Zigarette aus den Fingern und warf sie in den Aschenbecher auf dem Fensterbrett.

Später – alle hatten sich mittlerweile um das Podest herum gruppiert, außer Friedel und sein neuer Freund, die beide auf der Küchenseite am Türrahmen lehnten und hereinschauten – warf ich zufällig einen Blick in die Ecke und sah, dass Jörgs Krater einerseits noch da war, er selbst aber nicht mehr. Das Rund des Kraters und sein flacher Trichter waren allerdings viel zu makellos gestaltet, als dass irgendjemand dort hätte aussteigen können.

„*Overhead the albatross hangs motionless upon the air …*"

„Sagt mal, wo ist denn der Jörg?", fragte ich erschrocken und setzte mich aufrecht.

„Der wird' uffs Klo sein."

„So wie der Trichter aussieht, müsste er noch da sein", meinte Berthold.

„Eben!"

„Der ist untergegangen", meinte Vetter trocken, „samt seiner Bierflasche."

„Oh je, das gibt eine Sauerei, hast du Dielenfußboden?"

„Er hat doch alles mit Abdeckfolie ausgelegt. Außerdem saugt das Popcorn vermutlich alles auf."

„Ach so."

„He! Wacht auf, Leute!", sagte ich. „Buddelt den Kerl mal aus – oder wollt ihr euch am Montag in der *Rheinpfalz* auf der ersten Seite wiederfinden?"

„Der kann doch gar nicht ersticken“, winkte Berthold ab, „da ist doch mehr als genug Luft in den Popcornzwischenräumen.“

„Und was ist, wenn ihm zwei Popkörner in die Nasenlöcher geraten sind?“ Schließlich wog so ein Popcorn so gut wie gar nichts und konnte ohne Frage in null Komma nix eingeatmet werden.

„Wo er Recht hot, do hot er Recht!“, sagte Friedel. Er drückte seine Zigarette und seine Schorle Ismet in die Hände, der mit seiner eigenen Flasche Bier und seiner qualmenden Kippe unter dem Schnurrbart nunmehr hoffnungslos überladen war, und stieg rasch über die Tür. „Hopp, Berthold, mir nach – wir retten ihn!“

„Alla hopp“, sagte der und stellte sein Glas ohne große Eile unter die Badewanne.

Berthold und Friedel kraulten unter großer Anstrengung aus unterschiedlichen Richtungen kommend zur fraglichen Stelle hin und legten schließlich mit wenigen Aushüben Jörgs roten Kopf frei. Popkörner hatten sich überall in seinen zerzausten Engelslocken und in seinem Hemdkragen verfangen.

„Do isser jo schun.“

„Und – atmet er noch?“, fragte ich.

„Ihr müsst ihm einen Spiegel unter die Nase halten“, schöpfte Vetter aus seinem Erfahrungsschatz als Bestattungsfahrer.

„Ein Streichholz“, meinte Joe, „oder die Kerze.“

„Dann explodiert er womöglich.“

„Ach was – so viel hat er gar nicht getrunken. Er verträgt doch nix.“

Jörg begann mit den Zähnen zu knirschen.

„Aha!“, rief Friedel.

„Er mahlt, also ist er“, sagte ich erleichtert.

„Du meinst, er ist, deshalb mahlt er“, meinte Barbara.

„Oder so.“

Berthold und Friedel legten ihn großzügig bis zur Brust frei und streckten dann seine Arme auf der Popcornfläche aus, als Bremse sozusagen.

„Wo ist denn seine Bierflasche? Er hat doch eine fast volle Bierflasche in der Hand gehabt!“

„Die liegt längst auf dem Meeresgrund.“

„Da liegt sie gut. Ich bin mal gespannt, was wir beim Aufräumen im Popcorn so alles finden werden. Ich hab’ vorhin beim Durchwaten fast einen Schuh verloren.“

„So etwas lässt man ja auch nicht an.“

„Die ham irgendwann mal den Boden vom Baggerweiher in Oggersheim trockengelegt und aufgeräumt“, wusste Vetter zu berichten. „Dabei haben sie neben dem üblichen Scheiß wie Autoreifen, Fahrräder und Kühlschränke auch noch ein ganzes Auto gefunden, und vier Leichen.“

„Im Auto?“

„Nee, unabhängig vom Auto – und voneinander.“

„Naja – das hätten wir ja auch fast gehabt“, meinte ich und warf einen Blick auf Jörg, der friedlich mit dem Kinn auf der Brust und offenen Mundes vor sich hin döste. Der Baggerweiher war ob seiner Wasserqualität berüchtigt, hatte er doch weder Zu- noch Ablauf. Die Fische dar in schnappten im Sommer an der Oberfläche direkt nach Luft, bevor sie schließlich in großer Zahl tot und mit ihren weißen Bäuchen nach oben gedreht ans Ufer gespült wurden. Zudem ließ jeder, der darin gemächlich schwimmend seine Runden drehte oder in Ufernähe mit den Schwimmflügeln planschte, seiner prallen Blase freien

Lauf, anstatt die Viertelstunde zum Toilettenhäuschen auf sich zu nehmen und sich in der Schlange der Bedürftigen einzureihen. Und wenn ich so in die Runde blickte, traute ich das dem einen oder anderen hier im Popcornweiher ohne Weiteres auch zu.

„Was willst du mit dem ganzen Zeug eigentlich machen nach der Party?", fragte Joe. „Das nimmt dir doch die Müllabfuhr niemals ab."

„Wir kippen die Suppe zum Aufsaugen ins Popcorn und rollen alles in der Folie auf", schlug Bozo vor. „Und dann tragen wir es nachts heimlich weg und stellen es irgendwo in Friesenheim ab. Dann *muss* es die Müllabfuhr abholen – und es würde dich nichts kosten."

„Stell' dir bloß das Rätselraten vor, das das auslösen würde!"

„Aber jetzt mal im Ernst", sagte Berthold mit vernunftbetonter Stimme, „was willst du tatsächlich mit dem Zeug machen?"

„Mann, was weiß ich – ich zieh' aus und lass' es einfach liegen. Oder ich kauf' mir ein Huhn und lass' es allmählich wegpicken."

„Des is' gut!", sagte Friedel und lachte laut. „Und du hascht jeden Tag noch e' Ei dazu!"

„Wenn ich mir darüber vorher Gedanken gemacht hätte, dann hätt' ich das Ganze vermutlich erst gar nicht angefangen! Lasst uns erst einmal die Party genießen, und ab morgen zerbrechen wir uns den Kopf über das weitere Vorgehen."

„Das Popcorn selbst ist ja nicht unbedingt das größte Problem", meinte Berthold. „Wenn jeder einen Müllsackvoll mit nach Hause nimmt, jedes Mal, wenn er hier ist, dann ist das Ganze in ein paar Wochen abgetragen."

„Aber nicht, wenn darin halbvolle Bierflaschen verschwinden oder Würste oder wenn Suppen überschwappen und jeder reinpinkelt. Dann fault sie uns vorher weg."

„Wer pinkelt denn hier rein?", fragte Friedels Freundin erstaunt.

„Niemand – das war nur so eine Fantasie von mir. Außerdem kostet ein einziger großer Müllsack drei Mark!"

„Dann trinkst du eben für jeden Sack eine Schorle weniger. Aber die Suppe – die ist das eigentliche Problem. Die ist ja in null Komma nichts verdorben."

„Man muss sie nur kräftig salzen", bot Vetter an.

„So'n Quatsch!", konterte Joe. „Täglich einmal aufkochen muss man sie!"

„Du weißt es ja wohl am besten!"

„Ach, wenn ich so was hör' – *kräftig salzen*! Im Sauerkrautfass geht erst richtig die Post ab, wenn *kräftig gesalzen* wird." So impulsiv kannte ich Joe gar nicht.

„Is' ja gut …"

„Warum denn jeden Tag aufkochen?", fragte Barbara.

„Dadurch wird sie täglich sterilisiert und verdirbt nicht", sagte ich. „Und jeder nimmt zum Müllsack auch noch eine Milchkanne voll Suppe mit nach Hause und kippt sie ins Klo, oder auf die Straße, oder was weiß ich."

„Uff die Stroß' kippe' würd' gar net auffallen. Es wird eh draußen überall hingekotzt. G'rad neulich vor unserem Hauseingang war …"

„Wie redest du denn über meine Bohnensuppe? Und außerdem – warten wir erst mal ab, was Frau Kamp dazu zu sagen hat. Vielleicht haben wir gar keine Zeit, das Zeug eimerchenweise wegzutragen."

„Lass' se doch auch mal mit dir nackt in de' Supp' rumplansche'", schlug Friedel vor. „Vielleicht versöhnt sie des." Joe grinste bei dem Gedanken.

„Ich plansche nicht mit ihm in der Suppe herum", sagte Barbara, „ich erfülle eine kulturelle Aufgabe!"

„Hot jo a' keiner g'sacht."

„Doch – du hast gesagt, *auch* mit ihm in der Suppe herumplanschen!"

„Oh, pardong! Krieg' ich von euch noch e' Worscht? Dann muss ich net extra in die Küch'."

„Ja klar, brich dir eine ab", sagte ich, „Senf ist hier, am linken Rand."

„Ich brauch' kein Senft."

Friedel manövrierte sich um das Podest herum, griff sich das letzte Glied der Wurstkette und biss gleich zweimal hinein, bevor er es anschließend mit einer Drehbewegung abbrach.

„Her, Joe", sagte er mit vollem Mund und stippte das angebissene Ende seiner Wurst nun doch in den Senfhaufen, der bereits begonnen hatte anzutrocknen, „hascht du was von *Grand Funk* do?"

„Nee, leider – ich kann dir was von *Led Zeppelin* anbieten."

„Alla hopp, dann lass' mal krache'!"

Joe durchkramte seine Plattentüte und entnahm ihr schließlich das Cover mit dem schlecht kolorierten alten Reisigsammler. Die Platte glitt fast von selbst heraus und wurde vorsichtig und mit gespreizten Fingern auf den Teller gelegt.

Es klingelte plötzlich, und da niemand Anstalten machte, die Tür zu öffnen, wurde gleich mit energischem Klopfen nachgelegt. Ismet, der mit verschränkten Armen am Rahmen der Schlafzimmertür lehnte, richtete sich auf und erbarmte sich. Er wurde sogleich von Frau Kamp robust zur Seite geschoben, die mit Klein-Cleo im Arm und ihrem Gatten im Schlepptau hereinmarschierte und sich im Türrahmen aufbaute.

Im selben Moment setzte, wie zur Begrüßung, *Black Dog* mit beachtlicher Lautstärke ein: *„Hey, hey, mama, said the way you move; gonna make you sweat, gonna make you groove!"* – komplementiert durch ein ausgesprochen bodenständiges, geradezu dreckiges Gitarrenriff.

„'n Abend, Herr Kamp", hörte ich mich sagen, und der staunte nicht schlecht über die Topffrisur seiner besseren Hälfte hinweg ins Schlafzimmer hinein, wo sich sein Blick auf die großbusige Blondine in der Badewanne heftete. Herr Kamp trug wie immer seinen Blaumann mit dem Klappmeter griffbereit in der Beintasche, und samstagabends um diese Uhrzeit und in dieser Umgebung, wirkte er wie ein Wesen aus einem anderen Film.

„Eins sag' ich Ihnen, Herr Dumfarth", legte Frau Kamp los und richtete ihren Zeigefinger auf mich, „wenn Sie glauben, Sie könnten hier einfach meine Wohnung in eine Räuberhöhle verwandeln, dann haben Sie sich gewaltig geschnitten!"

„Ah, ah, child, way you shake that thing; gonna make you burn, gonna make you sting!"

„Das wird ernsthafte Konsequenzen nach sich ziehen, darauf können Sie sich verlassen! Also, so etwas ist mir in meiner ganzen Laufbahn noch nicht unter die Augen gekommen!"

„Hey, hey, baby, when you walk that way; watch your honey drip, can't keep away!"

„Schau dir mal die jungen Mädels an, Odwin! Jetzt sag' doch auch mal was!" Sie kam allmählich in Fahrt. „Und die Badewanne! Was ist denn da überhaupt drin? Das dampft ja regelrecht! Und die vielen Würste! Ja, wo sind wir denn?"

„Das ist eine Serbische Bohnensuppe", antwortete ich ein wenig verschüchtert von meiner exponierten Stellung herunter, „zweihundert Liter."

„Un' die is' ordentlich mit'm Tauchsieder auf Temperatur gebracht!", gab Friedel bereitwillig zu Protokoll und nahm einen tiefen Schluck aus seinem speckigen Schorleglas.

„Also – da hört doch der Gemüsehandel auf!" Frau Kamp rang nach Luft, derweil Cleo zweimal niesen musste und sich mit ihrer kleinen, rosanen Zunge über das schwarze Gesicht leckte, bis alles glänzte. „Dass Sie sich für so etwas hergeben, junges Frollein!", wandte sie sich vorwurfsvoll an Barbara, die bis zum Kinn untergetaucht war, wodurch ihre Frisur endgültig im Eimer war. „Sie sind so ein patentes Mädel – und dann treiben Sie sich mit den jungen Männern nackt in einer *Bohnensuppe* herum! Weiß Ihre Familie überhaupt, was Sie hier veranstalten? Ach Gott – wenn mein Vater das noch erlebt hätte!"

„Mach', dass sie weggeht!", flüsterte mir Barbara zu.

„I gotta roll, can't stand still; got a flamin' heart, can't get my fill!"

„Und Sie, Herr Aydin – so etwas lassen *Sie* sich natürlich nicht entgehen!"

„Was gesag'?" Ismet stand da wie ein getadelter Schuljunge.

„Du – deutsche Frau guckemol!“ Sie stach ihren Zeigefinger mehrmals zwischen seine Rippen. „Schämen sollten Sie sich! Wenn Ihre Frau wüsste, was Sie hier in der Ferne treiben! Und du, Odwin – du stehst auch nur da und glotzt! Schau sie dir nur an, die jungen Dinger! Ich weiß, warum ich keine Kinder wollte!“

„Eyes that shine burning red, dreams of you all through my head!“

„Unsereiner baut nach dem Krieg alles wieder auf – sofern wir ihn überhaupt überlebt haben …“

Oh je.

„… und die Jugend tummelt sich anschließend nackt in fetten Suppen herum! Und der ganze Puffmais! Wo ham Sie den überhaupt her? Warum hab’ ich davon nichts mitbekommen? Jetzt ist mir auch klar, weshalb Sie Ihr Steckschloss eingebaut haben!“

„Den Puffmais hab’ ich selbst gemacht“, sagte ich, nicht ganz ohne Stolz, und setzte mich gerader hin, „im Backofen. Eine Tonne!“

„Mein lieber Scholli, Herr Dumfarth!“

Cleo schien eine Witterung aufgenommen zu haben und wurde zunehmend unruhig. Sie zog sich, mit forschenden Nüstern und den Blick auf die Wurstkette fixiert, in die Länge und begann, in Frau Kamps Armen zu strampeln.

„Ganz ruhig, mein Kleines“, sagte Frauchen und strich ihr die Faltenlandschaft zwischen den schwarzen Glubschaugen glatt. „Das ist nichts für uns.“

„Didn’t take too long ’fore I found out what people mean by down and out!“

Mit einem tiefen Grollen, das gar nicht zu ihrem kleinen, bebenden Körper passen wollte, riss sich Cleo plötzlich los und entzog sich dem hilflos ins Leere grapschenden Griff von Frau Kamp.

„Cleo!“, entfuhr es ihr.

„Spent my money, took my car; started tellin' her friends she's gonna be a star!“

Cleo grub sich mit jedem Schritt etwas tiefer in die Popcornoberfläche hinein, ihr angepeiltes Ziel am Badewannenrand nicht aus den Augen lassend, bis sie schließlich nach etwa anderthalb Metern völlig darin verschwand, wie eine Ladung verschütteter Dosenmilch auf einer imprägnierten Stofftischdecke, die schließlich doch nachgeben musste. Cleo hinterließ nur noch einen kleinen länglichen Trichter, der allmählich wieder zuwuchs, und ich musste an den tückischen Treibsand in einem schlechten Kopfjägerfilm aus den Fünfzigerjahren denken. Der hatte auch sein Opfer samt Tropenhelm verschluckt und anschließend so getan, als sei nichts gewesen.

„I don't know, but I've been told, a big-legged woman ain't got no soul!“

Nach Luft japsend geriet Frau Kamp zunehmend außer Kontrolle und schickte sich an, ihrem Liebling zu Hilfe zu eilen. „Keine Angst, mein Mädchen“, schrie sie geradezu hysterisch, „ich komme!“ Sie raffte ihren Rock hoch und schwang ihren plumpen rechten Schenkel über die Tür, aber ihr Mann hielt sie zurück. Unter meinen Partygästen setzte sich indes eine hektische Rettungsmaschinerie in Gang.

„Hopp, Männer“, rief ein nunmehr kampferprobter Friedel und übernahm das Kommando, „wir haben Jörg gefunden, un' wir finden auch den kleinen Mops – des wär' ja gelacht!“

Zusammen mit Berthold begann er auf der Stelle, mit beiden Armen großzügig Popcorn auszuheben, und für jeden Aushub, der zur Seite geschafft wurde, rutschte die Hälfte der Menge wieder nach und füllte den Trichter teilweise wieder auf. Es war ein Wettlauf mit der Zeit, und Joe quälte sich zu ihnen durch und ging ihnen zur Hand.

„Wer weiß, wo die inzwischen ist", meinte er. „Die hat sich vielleicht schon längst bis in die hinterste Ecke durchgegraben!"

„Quatsch", erwiderte Berthold, „das ist doch kein Maulwurf! Die hat doch quasi überhaupt keine Erfahrung mit der Fortbewegung im Popcorn. Außerdem ist es stockdunkel da unten."

„Ja, umso schlimmer – dann gerät sie in Panik und dreht durch!"

„Oh Gott, Herr Dumfarth!", entfuhr es Frau Kamp plötzlich, „ist Ihr Puffmais etwa gesalzen? Cleo hat doch so empfindliche Augen!" Ihr Mann hielt sie an den Schultern fest und schaute dem Treiben interessiert zu. Wir schienen sein vollstes Vertrauen in unsere Rettungsaktion zu genießen.

„Keine Angst", beruhigte ich sie, eingezwängt in meine Badewanne und zum Nichtstun verdammt, „da ist weder Salz noch Zucker dran. Und genug Luft hat sie da unten auch."

„Das versprech' ich Ihnen, Herr Dumfarth – wenn meiner Kleinen was passiert …"

Vetter, der eher amüsiert an der Ecke des Podests stand und das Geschehen aufmerksam verfolgte, schrie plötzlich auf. Das Bein hochreißend, geriet er aus dem Gleichgewicht und griff grapschend nach dem Wannenrand, sodass Barbara und ich leicht ins Schwanken gerieten. Barbara richtete sich instinktiv auf, samt Brüsten und allem, und hielt sich links und rechts fest.

„He – pass' auf!", rief ich Vetter zu und ergriff ebenfalls den Wannenrand. „Was ist denn passiert?"

„Die Sau hat mich gebissen!"

„Was heißt hier *die Sau*, junger Mann?", stammelte Frau Kamp fassungslos.

Gabi, die nach wie vor am Podestrand saß, hob sicherheitshalber die Beine aus dem Popcornmeer und hielt sie mit den Armen umklammert, während Berthold sicherstellte, dass die Wannenfüße noch auf ihren vorgesehenen Stellen ruhten. Man konnte hören, wie Cleo aus der Tiefe mit ihren Krallen am Podest kratzte, aber es ließ sich nicht feststellen, von welcher Seite das Geräusch kam. Vetter äußerte den Verdacht, dass sie sich mittlerweile auf der anderen, dem Hinterhoffenster zugewandten Seite befand.

„Also – alle Mann mir nach!", befahl Friedel, und Bozo gesellte sich beherzt zum harten Kern, der sich, trotz Zeitdrucks, um die Wanne herum wälzte, als quirle er sich durch ein mit Frischbeton gefülltes Planschbecken. Zu viert verteilten sie sich dann zwischen Badewanne und Fenster und scharrten mit den Füßen mühsam den Boden ab, während sie an der Oberfläche im großen Stil Popcorn zur Seite schaufelten.

In der Küche kam erneut Hektik auf, und plötzlich stand das italienische Ehepaar von gegenüber im Türrahmen, ihr kleiner, schwarz gelockter Nachwuchs in den Armen seiner nicht ganz schlanken Mamma.

„Wasse passiert?", fragte sie und schaute sich sichtlich beeindruckt im Schlafzimmer um.

„Wir suchen Frau Kamps kleinen Hund“, erklärte Friedels Freundin, die neben ihr stand. „der ist ins Popcorn gesprungen und untergegangen.“

„Wie viele is’, Poppecorn?“

„Eine Tonne.“

„Mamma mia!“

Das Baby schaute Friedels Freundin mit großen Augen an und streckte die Händchen mit den ziellos rudernden kleinen Fingern nach ihr aus.

„Ach Gott, wie süß!“, jauchzte sie voller Entzücken und ließ das Baby ihren Zeigefinger umschließen. „Wie heißt sie denn?“

„Giacomo!“

„Giacomo?“

„Si.“

„Ist es denn ein Junge?“

„Ja, Junge is’ – zwölfe Woche’ alt!“ Sie strahlte vor lauter Mutterstolz über das ganze Gesicht.

Ismet, der mit verschränkten Armen wieder lässig am Türrahmen lehnte, machte zur Erheiterung des kleinen Gastes hohle Klackgeräusche mit der Zunge, und Giacometti lauschte fasziniert und streckte sich mit ungelenken Bewegungen nach der Quelle der lustigen Laute aus, während er unkontrolliert sein Lätzchen vollsabberte. Seine dicke Mamma schaute den dubiosen Hinterhofnachbar missbilligend von der Seite an, bedeckte den Blick ihres Babys mit ihren prallen Fingern und drückte es schützend an sich.

Joe spürte etwas an seinem Bein vorbeigraben. „Ich glaub’, ich hab’ sie!“, rief er, „eben ist was über meinen Fuß gekrochen!“

„In welche Richtung?“, fragte Berthold.

„Zum Jörg hin!“ Jörg saß immer noch in seinem Krater und schlief friedlich, von dem Wirbel um ihn herum völlig unbeeindruckt. Joe stürzte sich ins Popcorn und begann, wie ein Schaufelrad zu baggern – aber Cleo war ihm längst entkommen.

„All I ask for, all I pray; steady rollin' woman gonna come my way!“

Mit einem Mal teilte sich lautlos der Vorhang, und die schöne Türkin vom Hinterhof streckte ihren Kopf durchs Fenster und schaute sich fragend um. „Was mache' Sie?“, fragte sie Friedel. „So viel Krach!“

„Mir feiern e' Party“, sagte der und war über die kleine Verschnaufpause sichtlich froh. „Dabei is' der Hausherrin ihr'n Hund ins Popcorn g'falle', und jetzert suchen wir ihn!“ Er wickelte seine Zigarettenpackung aus dem T-Shirt-Ärmel heraus und zündete sich eine an. „Wollense auch eine?“

„Oh ja, danke!“ Sie ließ sich gleich Feuer geben und schaute fasziniert zu Barbara und mir unter der Deckenlampe hoch, während sie langsam eine nicht enden wollende dicke Rauchfahne entließ.

„Need a woman gonna hold my hand; won't tell me no lies, make me a happy man!“

Ohne Vorwarnung wühlte sich Cleo plötzlich wieder durch die Oberfläche ans Tageslicht und kam direkt auf Jörgs Brust zum Vorschein, wo sie sich schwer schnaufend und zweimal kräftig niesend mit ihren Krallen in seinem weißen Hemd verfing. „Hilfe! Eine Ratte!“, schrie er, als er erschrocken seine wässrigen Augen aufriss und sich offenbar auf der nächtlichen Rheinwiese wähnte. Mit einem Satz sprang er auf und blickte erschrocken und mit zerrupftem Hemd auf das hektische Wesen vor seinen Knien.

„Cleo! Meine Süße!“, rief Frau Kamp hysterisch. Nun hielt sie nichts mehr zurück. Während Joe und Bozo das durchgedrehte, hechelnde Knäuel einfingen, kletterte sie über die Schlafzimmertür und versank langsam in der Popcornmasse. Ihr Rock breitete sich dabei auf der Oberfläche aus wie bei einer Selbstmörderin, die entschlossen in den Willersinnweiher watete. Mit ausgestreckten Armen mühte sie sich vorwärts, kam aber nur unwesentlich voran.

Cleo begann zu kläffen und zu knottern, und als Bozo sie aufhob und an Berthold weiterreichte, entdeckte sie am Wannenrand schließlich das ursprüngliche Objekt ihrer Begierde, und sie strampelte sich frei und hinauf auf Bertholds Schulter, wo es mir mit Müh' und Not gelang, sie vom Sprung in die Bohnensuppe abzuhalten. Berthold packte sie mit beiden Händen an den Hüften und zog sie wieder von der Wanne weg, wo es ihr im letzten Moment noch gelungen war, sich knurrend in der Wurstkette festzubeißen.

„Mein lieber Mann, hat die Krallen!“, keuchte er. Samt Wurstkette reichte er sie schließlich mit ausgestreckten Armen an Frau Kamp weiter, die in der Zwischenzeit etwa einen Meter weit gekommen war.

Die Türkin am Hinterhoffenster rief unversehens laut „Bravo!“ und begann zaghaft zu klatschen, woraufhin zuerst die Italiener, dann Ismet und schließlich alle, inklusive Herr Kamp, nach und nach einfielen. Vetter und Friedel pfiffen zudem laut durch die Zähne, und alle waren erleichtert, dass Cleos kurzes, aber abenteuerliches Intermezzo glimpflich ausgegangen war.

Frau Kamp ließ sich von ihrem Mann über die Tür helfen, während Cleo, von Frauchen fest an die Brust gedrückt, knurrend ihre Beute verteidigte.

„Wo ist denn dein Schuh?“, fragte Herr Kamp.

„Den hab’ ich verloren.“

Joe erbarmte sich und wühlte sich rasch mit den Armen in die Tiefe hinunter, dahin, wo Frau Kamp eben noch gestanden hatte. Der Schuh war rasch gefunden, kopfüber ausgeschüttelt und mit einem höflichen „Bitteschön“ sowie Joes unverkennbarem charmanten Grinsen zweihändig der rechtmäßigen Besitzerin übergeben.

Frau Kamp schnappte sich ihren Schuh, und mit einem abschließenden, einschüchternden „Wir sprechen uns noch, Herr Dumfarth“, war sie samt Mops, der über ihre Schulter drapierten Wurstkette sowie Ehemann zur Tür hinaus.

„Viele Spaß noch“, sagte meine resolute Nachbarin mit breitem Lächeln und winkte gut gelaunt in die Runde, bevor auch sie mit ihrem unauffälligen Mann und Klein-Giacomo verschwand. Pünktlich zum Fade-out von *Black Dog* machte Friedels Freundin die Tür hinter ihnen zu, und es war mit einem Mal gespenstisch still.

Doch nicht für lange. Plötzlich, und natürlich auch nicht ganz unerwartet, bereitete ein prägnantes John-Bonham-Schlagzeugsolo vom Feinsten ganze sechs Sekunden lang den Boden für *Rock and Roll*, den Titel, der dem Genre, dessen Namen er trug, ein ewiges Denkmal zu setzen versprach. Friedel, ganz in seinem Element, verfiel alsbald in einen entrückten, tranceartigen Tanzmodus, der sich durch heftiges Kreisen seiner nicht ganz unfettigen Haare sowie des virtuosen Bedienens einer imaginären Gitarre auszeichnete, in deren Saiten er griff, was das

Zeug hielt. Mit dieser Vorstellung gewann er unversehens einen Fan in der Türkin im Fensterrahmen, die sich begeistert twistend und lachend als sein tänzerisches Pendant inszenierte. Frau Kamp und ihre bepelzte Kröte waren rasch vergessen, und der Abend bekam seinen ursprünglichen Sinn wieder.

„Wie heischt'n du?“, fragte Friedel, nachdem er wieder zu sich gekommen war, und strich sich sein wirres Haar quer über den Kopf aus dem Gesicht.

„Bitte?“

„Deine Name.“

„Ach so – Filiz.“

„Alla hopp, Filiz – trinkscht auch was?“

„Ja, gerne! Hast du Flasche Bier?“

„Ja, klar – guck' mal da draußen, do müsst' noch was im Kaschte' sei'.“

Filiz entzog sich meinem Blickfeld und erschien wieder mit einer vollen Flasche zwischen den Fingern. Friedel nahm den Öffner vom Fensterbrett und machte sie ihr auf, bevor er sein Schorleglas ergriff und mit ihr anstieß.

Vetter, der die beiden die ganze Zeit über beobachtet hatte, witterte seine Chance und begann, sich langsam zum Fenster vorzuarbeiten. Endlich dort angekommen, versuchte er bei der schönen Türkin zu punkten, indem er sein gesamtes, ausschließlich auf der Lektüre von *Durchs wilde Kurdistan* beruhendes Wissen um die Türkei vom Stapel ließ. Als er schließlich den vollen, dreizeiligen Namen seines Jugendhelden *Hadschi Halef Omar* wie eine Perlenkette abrollen ließ – wobei er in die Runde schaute, um Huldigungen entgegenzunehmen, die aber nie kamen

– schnappte sich Filiz ihre Flasche und verschwand unter einem Vorwand, schneller als sie aufgetaucht war.

„Bravo“, sagte Friedel, „die kannscht jetzert vergesse’!“

„Tja – wer nicht wagt, der nicht gewinnt!“

Cleos aufgeregte wie auch aufregende kleine Einlage im Popcorn verlor sich zunehmend in der Vergangenheit und kam mir mittlerweile vor, wie ein fest eingeplanter Programmpunkt, den ich zur Unterhaltung meiner Gäste bei einem Partyservice bestellt hatte. Es war nun weit nach Mitternacht, und je später es wurde, desto schneller lief die noch verbliebene Zeit ab, bis jeder irgendwo in seinem eigenen Krater eingeschlafen sein würde. Die Luft in unserem großen Popcornballon kühlte zunehmend ab und ließ ihn langsam wieder zu Boden schweben.

Barbara und ich waren mittlerweile zusammengewachsen, und ich war mir nicht sicher, ob der Harndrang in unserer Mitte nun meiner war oder ihrer. Die Erinnerung an die strapaziöse Prozedur der letzten Pinkelpause war jedoch noch nicht vergessen, und ich beschloss, die nächste so lange wie nur möglich hinauszuzögern.

Ismet hielt sich nach wie vor in der Küche auf und konnte sich offenbar nicht so recht mit dem Gedanken anfreunden, sich zu den anderen im Popcorn zu gesellen. Er gab Friedel und Bozo stattdessen Türkischunterricht am Küchentisch und belohnte jeden ihrer kleinen Fortschritte mit einem Gläschen Raki, was es irgendwann notwendig gemacht hatte, dass er nach hinten ging und eine zweite Flasche aus seiner kleinen Wohnung holte. Friedel lernte schnell, er rollte sogar das *R* musterhaft, woraus zu schließen war, dass mit der nötigen Motivation auch Nichtmachbares machbar wurde.

Joe war auf dem Waschtisch längst eingeschlafen, und Vetter stand bei Friedels Freundin und gab seine Revolvergeschichten zum Besten. Überraschenderweise erntete er dabei geduldige Aufmerksamkeit und verständnisvolles Kopfnicken – sie war eben Krankenschwester, was sich zuweilen wohl auch auf Briefkastentante reimte. Diese Tatsache ermunterte ihn zusätzlich, auch noch die skurrilsten Märchen seines Repertoires aus dem Sack zu lassen, inklusive der Geschichte von der ausgeräumten Schwiegermutter.

„Das ist natürlich *sehr* praktisch“, kommentierte sie.

„Das kann man wohl sagen!“, entgegnete er. „Weißt du übrigens, wie man bei den Massai in Kenia Käse herstellt?“

„Nein – ich wusste gar nicht, dass man dort Käse isst!“

„Die essen nichts anderes – sie sind schließlich ein Hirtenvolk! Also, die stillen ja ihre Kinder, bis sie sechs Jahre alt sind – manchmal sogar noch viel länger. Ab einem Alter von zirka einem Jahr bekommen die Kinder in regelmäßigen Abständen bis zu fünf Liter Kuhmilch eingeflößt – die Menge variiert je nach Alter beziehungsweise Größe des Kindes. Nach etwa zwanzig Minuten werden sie dann an den Knöcheln gepackt und kopfüber hoch gehalten. Dann steckt ihnen die Mutter den Finger in den Hals, und der ganze Klumpatsch ergießt sich in eine Schale, die mit einem Käsetuch ausgelegt ist. Das Tuch wird dann an den Ecken zusammengeknotet und das Ganze zum Abtropfen in einen Baum gehängt, bis es die richtige Konsistenz hat. Der Käse dient dann sowohl der eigenen Ernährung als auch zum Tauschgut.“

„Mein lieber Mann!“, sagte sie und schüttelte gekünstelt fassungslos und mit angehobenen Augenbrauen den Kopf.

Gabi, die rechts unter mir nur durch ihren rosanen Scheitel und den Duft ihres Patschulitropfens präsent war, verfolgte den einseitigen Dialog aufmerksam. Ich ließ meine Hand hinunter, und sie nahm sie ohne hinzuschauen zwischen ihre, als suchte sie Schutz vor der Dummheit.

Berthold schob sich indes mit je einer Flasche Cola und Wein unterm Arm langsam zum Podest vor und stellte sein leeres Glas neben mir auf den Wannenrand.

„Wo ist denn dein Glas?“, fragte er.

Ich holte es unter der Wanne hervor, trank die warme, klebrige Brühe aus und stellte es dazu. Unsere Glaszylinder hatten mittlerweile ein ungewöhnlich unappetitliches, speckiges Äußeres angenommen, das sich im flachen Gegenlicht, das von der Küchentür heraufgelenkt wurde, als noch viel unappetitlicher und speckiger präsentierte. Berthold zog den Korken mit den Zähnen aus der bereits angebrochenen Flasche und schenkte uns nacheinander ein. Er trank in einem langen Zug aus und stellte sein Glas unter der Wanne ab.

„Ich bin müde“, sagte er und stieß ruckartig auf. „Ich glaub’ ich leg’ mich in die Ecke und schlaf’, solange noch eine frei ist.“

„Mach’ das. Ich werd’ heute auch nicht mehr viel älter.“

„Gut’ Nacht, ihr zwei – und macht mir nimmer so lang“, fügte er im Tonfall unserer Mutter hinzu, während er sich langsam mit ausgebreiteten Armen in die letzte verfügbare freie Ecke schob und sich schließlich eingrub.

Mein Blick tastete sich durchs Zimmer. Vetters Quelle haarsträubender Anekdoten war mittlerweile auch versiegt, sodass die allgemein um sich greifende Müdigkeit auch ihn einholte. Friedels Freundin saß, offenbar hellwach, auf der Fensterbank und schaute leicht entrückt ihrem Zigarettenrauch nach. Die Party war wohl vorbei.

„Es ist ganz schön ruhig geworden", meinte Barbara.

„Es war ein aufregender Tag – das schafft jeden. Und spät ist es sicherlich auch schon."

Draußen in der Küche tuschelten Friedel, Bozo und Ismet leise miteinander, und hin und wieder hörte man das eine oder andere Glas sich füllen. Die kurzen, mit der Zeit immer heller werdenden Gluckser stammten von den kleinen Rakis und die langen, sprudeligen, in der Mitte geteilten, waren die Schorlen.

„Ich schätze, es ist höchstens eins vorbei." Barbara peilte eine der vielen Bohnen an, die sie im Laufe des Abends am Wannenrand aufgereiht hatte, und schnippte sie in die Ecke, wo sie Bertholds Kopf knapp verfehlte.

„Schier gar", sagte ich.

„Ich hab' ja gar nicht richtig gezielt", sagte sie und nahm die nächste Bohne ins Visier, diesmal mit sichtlich mehr Konzentration. Dieser Schuss verfehlte Berthold auf der anderen Seite.

„Tauch' sie doch noch einmal kurz in die Suppe – dann flutschen sie besser vom Wannenrand weg."

„Oh ja – wir machen ein Spiel!", sagte sie wie ein plötzlich entflammtes Kind und richtete sich mit einem saugenden Geräusch auf. „Jeder bekommt zwanzig Bohnen. Dann schießen wir abwechselnd, und wer jemanden am Kopf trifft, bekommt einen Punkt. Der wird dokumentiert mit einem Popcorn, das wir auf dieser Seite auf den Rand legen. Du kriegst den Jörg und den Joe da hinten, und ich den Berthold und den Vetter." Sie fegte die angetrockneten Bohnen zurück in die Suppe und begann, neue herauszufischen und am Wannenrand abermals aufzustellen. „Wer trifft, darf natürlich gleich noch einmal, wie beim Billard."

„Und wer jemanden in den offenen Mund trifft, darf das mit einer gespickten Zwiebel dokumentieren", legte ich nach.

„Der würde sich wundern, wenn er morgen früh mit einer Bohne im Mund aufwacht! Und was muss man für eine Scheibe Schweinebauch getroffen haben?"

„Ein Schorleglas, und zwar ins Glas hinein!" Es standen zwei halbvolle Schorlegläser neben Friedels Freundin auf dem Fensterbrett sowie eins auf dem Waschtisch.

„Da ist ein offener Mund aber schwieriger."

„Also gut – eine gespickte Zwiebel für ein Schorleglas und den Schweinebauch für einen offenen Mund." Ich begann meinerseits, eine Bohne nach der anderen mit spitzen Fingern herauszupicken und aufzureihen.

„Fehlt nur noch was für eine Brühwurst."

„Die bekommt derjenige, dessen Bohne in einer Bierflasche landet."

„In einer *Bierflasche*? Das schafft man unmöglich!"

„Wieso? Über Bande?"

„Also gut."

Friedels Freundin schaute fragend zu uns herüber und stippte dabei mit dem Zeigefinger auf ihrer Zigarette, bis die Asche ins Popcorn fiel.

„Wer fängt an?"

„Ich", sagte Barbara, „es war meine Idee."

„Alla hopp."

Barbara rutschte mit dem Oberkörper tiefer in die Suppe hinein, wobei sich ihre Knie gleichzeitig aus der ansteigenden Suppenoberfläche hoben. Sie nahm Berthold aufs Korn und schoss. Daneben.

„Tja", sagte ich und nahm mir Jörg vor. Der saß von meiner Seite aus geradezu ideal und bot mir zudem mit seinem offenen Mund die Gelegenheit, gleich mit einem großen Vorsprung ins Rennen zu gehen. Ich schoss. Ebenfalls daneben. „Du bist wieder dran."

Diesmal schoss Barbara weit über die Latte hinaus und hinterließ einen Fleck auf der Tapete.

„Macht irgendwie keinen Spaß", sagte ich und zielte auf ein Schorleglas. Diesmal landete meine Bohne mit einem *Tack* auf der Fensterscheibe, genau zwischen der Kerze und Friedels Freundin, und blieb dort hängen.

„Du hast Recht. Komm', wir hören auf." Mit einem Wisch waren die Bohnen wieder in der Suppe.

„Ich denk', ich geh' noch einmal pinkeln, bevor wir hier einschlafen. Sonst mach' ich womöglich doch noch in die Wanne. Gehst du auch noch?"

„Nö, ich warte bis morgen früh."

„Wie du meinst", sagte ich und stand vorsichtig auf. Ich war mittlerweile unsicherer geworden auf den Beinen. „Denk' aber an das Los des goldlackierten Mädels in *Goldfinger*."

„Wieso?"

„Deine Haut sollte mal wieder atmen."

„Ich lass' die Arme und die Unterschenkel über den Rand baumeln."

„Alla hopp." Mit steifen Gelenken stieg ich aufs Podest hinaus und hinunter über die Stühle bis zur Küchentür. Die Reste der zusammengelegten *Rheinpfalz* lagen noch immer auf dem Boden neben dem Türrahmen auf der Küchenseite, und ich ging in die Hocke und beugte mich, mittlerweile völlig ungeniert, hinunter und legte mir einige Doppelseiten zurecht.

„Soll ich das Deckenlicht ausmachen?“, fragte ich zurück ins Zimmer, während ich über die Tür stieg.

„Oh ja, das wär’ toll! Die Kerze ist ja noch an – das reicht völlig.“

„Oh, Peter! Wie?“, sagte Friedel. „Hock’ dich her!“

Das Licht in der Küche war grell und kalt, und die Küche selbst wirkte irgendwie geschrumpft, wie in jener Nacht, in der Gabi mich schreiend überfallen hatte.

„Ich muss erst aufs Klo – ich komm’ gleich. Schenk’ mir schon mal ein Betthupferl ein.“

Das Handtuch lag zerknüllt in der Ecke. Ich hob es auf und verschwand damit unter der Dusche.

Frisch geduscht, für die Nacht entsorgt und mit meinem besudelten Badetuch um den Bauch gewickelt trat ich wieder hinaus in die Küche. Ich warf die eingesammelten Abflussbohnen in den Mülleimer und setzte mich an den Tisch, wo meine Schorle bereits fein perlend auf mich wartete.

„Macht Spaß in Bohnensuppe mit Frau?“, fragte Ismet und stellte mir den nun wirklich allerletzten Raki neben mein Schorleglas.

„Eigentlich schon.“ Ich hob das Gläschen vorsichtig an meine Nase und roch daran. Er roch tatsächlich nach Lakritz. „Mein Rücken tut mir nur weh.“ Nein, eigentlich roch er mehr wie diese kunterbunten, klebrigen Hustenbonbonwürfel, die, mit kleinen grauen Lakritzkrümeln und sonstigen undefinierbaren Fusseln behaftet, in der kalten Jahreszeit vorm *Kaufgut* lose verkauft wurden und um deren penetranten Geruch ich stets einen großen Bogen machte. Mancher würde sagen, der Raki rieche genau wie ein Ouzo, jener berüchtigte griechische Filmriss-Garant, und das kam der Sache sicherlich am nächsten. Ich kippte ihn mit angehaltener Luft runter und stellte das Gläschen falsch herum neben die leere Flasche, während sich die weihnachtliche Süße und die beißende Schärfe des kleinen türkischen Teufelstranks in meinem Kopf ausbreiteten.

Bozo hatte inzwischen ganz glasige kleine Augen, die andauernd klapperten und zufielen, um dann sofort wieder mit verwundertem Blick aufzuspringen. Ich schaute auf die Uhr am Herd – es war bereits zwei durch.

„Do drin bei euch is' ja nimmer viel los“, meinte Friedel und deutete mit dem Kopf in Richtung Popcornzimmer.

„Nein, die sind größtenteils bereits eingeschlafen. Und ich geh' jetzt auch wieder rein. Mir wird's langsam kalt, so ganz ohne Suppe.“ Ich stand auf und band mir das Handtuch erneut um.

„Gute Nacht“, sagte Ismet.

„Gut' Nacht.“ Ich nahm meine Schorle vom Tisch und kletterte zurück in das nunmehr gedämpfte Gelb des Schlafzimmers.

Das Schlafzimmer erinnerte mittlerweile stark an ein Endzeitaltarbild von Hieronymus Bosch. Überall saßen leblose, offenmündige Gestalten bis zu den Achselhöhlen in Popcornwogen begraben, und die Badewanne, mit der in der Zwischenzeit eingeschlafenen und mit ihren langen, bohnen- und gemüsebehafteten Haaren nach hinten gelehnten Barbara, wirkte fast bedrohlich im unruhig flackernden Gegenlicht der Kerze.

Ich entledigte mich meines Handtuchs, schritt von Stuhl zu Stuhl und kletterte leise aufs Podest hoch.

Barbaras Beine hatten sich in meiner Abwesenheit in meiner Suppenhälfte breit gemacht und lagen nun lang gestreckt und übereinandergeschlagen zwischen den Bohnen. So sehr ich ihr einen Stellungswechsel auch gönnte, mir blieb keine andere Wahl, als mein Territorium zu verteidigen und zurückzuerobern, und so versuchte ich, ihre Unterschenkel mit meinen Zehen auseinanderzuhebeln, während ich mich mit den Handflächen an der Zimmerdecke festhielt. Daraufhin hob sie, ohne einen Mucks, ihre prallen Schenkel an und hängte sie, einer gewissen Derbheit nicht entbehrend, links und rechts über dem Wannenrand ein. Rasch nahm ich meinen warmen maßgeschneiderten Platz wieder ein, und wir waren abermals vereint.

Ich beugte mich rechts hinunter zu Gabis Scheitel, wo ich glaubte, eben eine Bewegung wahrgenommen zu haben.

„Bist du wach?“, flüsterte ich.

„Was denn sonst?“, sagte sie mit ungewohnter Verärgerung in der Stimme, „deine Freundin hat mich eben als Fußabtreter benutzt!“ Sie legte ihren Kopf zurück, bis er mit dem Scheitel die Wannenaußenwand berührte, und schaute zu mir hoch.

„Komm’ doch ein bisschen zu mir. Wir sind die Letzten.“

„Okay. Ich hol’ mir eben noch ein Bier.“ Sie nahm ihre Flasche und bohrte ihre spitzen Füße durch das Popcorn hindurch zum Boden hinunter. „Hast du noch Schorle?“

„Ja, sogar zwei. Ich hab' mir eben von draußen noch eine mitgebracht." Ich tastete unter der Badewanne nach der Kühleren der beiden und stellte sie auf dem Wannenrand ab.

Als Gabi in quälend langsamer Zeitlupe von ihrem Besorgungsgang zurück war, kletterte sie hoch und kniete sich auf den Podestrand, den Po nach hinten gestreckt, um auf meiner Höhe zu sein. Sie hielt sich neben Barbaras stacheligem Unterschenkel mit verschränken Armen an der Wanne fest und spielte mit dem Zeigefinger in der Suppenoberfläche.

„Und?", fragte sie, „wie fühlt man sich als Suppenkönig?"

„Sehr eingeengt. Jetzt, wo sie eingeschlafen ist, kann ich mich praktisch überhaupt nicht mehr rühren. Wir konnten den ganzen Abend unsere Bewegungen miteinander abstimmen, aber jetzt geht nichts mehr. Naja – ich wollte schon immer mal wissen, wie sich ein siamesischer Zwilling fühlt, wenn sein Partner schläft."

„Die ur-siamesischen Zwillinge sollen sogar beide verheiratet gewesen sein und zusammen über zwanzig Kinder gezeugt haben."

„Hoppla!"

„Als der eine dann irgendwann starb, musste es ihm der andere wenige Tage darauf zwangsläufig gleichtun."

„Nun ja – war wahrscheinlich auch besser so."

Stumm schauten wir uns Barbara gemeinsam an. Ihr Kopf lag mit offenem Mund und leise schnarchend seitlich nach hinten gekippt auf ihrer Schulter, und ein Teil ihrer langen Haare schwamm zwischen ihren Brüsten in der Suppe – das zeitlose, archaische Bild einer prallen Rheinnixe auf einem verblassten Schlafzimmerschinken.

„Gefällt sie dir?“, fragte sie.

„A na! Wie kannst du so etwas fragen – jetzt, wo sie sich nicht wehren kann!“

Gabi rührte nachdenklich und mit einer spiraligen Bewegung ihres Zeigefingers den Rest meines Senfhaufens zu einer flachen Schnecke.

„Ist es nicht irgendwie frustrierend, Wochen oder sogar Monate damit zu verbringen, an einer Party zu basteln, und das Ganze ist dann an einem Abend vorbei?“

„Nö – wieso? Es hat doch Spaß gemacht, das Basteln.“

„Ja, schon – aber die aufwendigen Vorbereitungen stehen doch in gar keinem Verhältnis zur Party selbst.“

„Das müssen sie doch gar nicht. Man muss nur alles als ein Ganzes betrachten.“

„Hm.“

„Gelegentlich reist man nicht, um irgendwo anzukommen, sondern um unterwegs zu sein – wobei das Unterwegssein natürlich nur einen Sinn ergibt, wenn man auch irgendwann ankommt.“

„Konfuzius.“

„Kann sein.“

„Und was hat Konfuzius mit deiner Bohnensuppe zu tun?“

„Konfuzius hat einen entfernten Verwandten in Australien. Der ist so etwas wie ein Medizinmann, ist splitternackt, mit Asche beschmiert, und malt wunderschöne, komplizierte Bilder von heiligen Tieren und solchen Dingen auf ein großes Stück Baumrinde. Dabei geht er nach seit Urzeiten festgelegten Regeln vor. Jedes Känguru und jeder Vogel haben im Bild ihren festen Platz und ihre vorgeschriebene Größe und Gestalt. Jedes Ornament wird in der richtigen Reihenfolge und zum richtigen Zeitpunkt hinzugefügt, um der Harmonie Genüge zu tun, und das Ganze dauert eine Ewigkeit. Und wenn der schwarze Konfuzius das Bild dann nach Monaten endlich fertig hat, wirft er es zufrieden weg."

„Um Himmels willen – warum?"

„Weil es fertig ist. Er braucht es nicht mehr."

Gabi leckte ihren Senffinger ab. „Schade um das schöne Bild."

„Naja – heutzutage würde er es wahrscheinlich eher für fünfhundert Dollar an einen reichen Amerikaner verkaufen, wo er es doch nicht mehr braucht."

„Vielleicht finden wir für deine Suppe und dein Popcorn auch noch einen reichen Ami."

„Ich wäre schon glücklich, wenn ich es zufrieden wegwerfen könnte." Ich versuchte, mich zu verlagern, steckte aber hoffnungslos fest. „Wir können ja das ganze Zeug nach Biafra schicken – die wären sicherlich froh drum."

„Wieso – für die gibt's doch genug zu essen", meinte Gabi.

„Wie bitte?"

„Es gibt dort unten genug zu essen. Man lässt es nur nicht durch zu ihnen, um sie zum Aufgeben ihres Kampfes zu zwingen. Der Hunger dort ist rein politisch."

Ich sollte mehr Zeitung lesen.

„Weißt du was – ich hab' zu Hause eine elektrische Kaffeemühle. Damit malen wir dein ganzes Popcorn zu Mehl und machen Pfannkuchen daraus."

„Eine Tonne Pfannkuchen – das wäre doch dasselbe wie das hier in Grün."

„Nacheinander, natürlich. Jeden Tag nur so viele backen, wie man braucht. Du bräuchtest zwei Jahre lang keine Brötchen zu kaufen."

„Ist das dein Ernst?"

„Nein."

„Nun ja, aber von allen Vorschlägen bis jetzt, war der noch der beste."

„Ich bin müde."

„Zieh' dich aus und komm' ins Bett – ich hab's schon angewärmt."

„Ich teile schon einen ganzen Monat mit dir das Bett. Gönnen wir heute Barbara das Privileg."

„Vor einem Monat hättest du ihr noch die Augen ausgekratzt!"

Sie lachte, beugte sich vor und gab mir einen Kuss auf die linke Wange. „Schlaf' gut!"

„Du auch."

Sie stieg hinab und begann, sich neben dem Podest nach und nach einzugraben, bis irgendwann nur noch ihr Kopf und ihre Arme auf dem Popcorn zu sehen waren. Sie sah dabei aus wie eine der Riesengorilladamen in *Ein Platz für Tiere* beim allabendlichen Nestbau.

Das Zimmer war voll belegt, und aus allen Ecken, wie auch aus der Küche, schnarchte es in den verschiedensten Tonlagen. Nichtsdestoweniger fühlte ich mich allein. Als Nachtlicht brannte auf dem Fensterbrett nur noch die Kerze, deren Flamme sich leise unter einem nicht wahrnehmbaren Luftzug bog.

Gabi hatte Recht. Da quält man sich wochenlang herum, und auf einen Schlag ist alles vorbei. Es ist jedes Mal dasselbe – immer, wenn eine Sache nach längerer Zeit zu Ende geht, sei es nun die Schule, die Lehre, die Zeit mit einer Freundin oder eine Popcornparty, dann erst spürt man so richtig, wie stark einem die Zeit um die Ohren weht. Vorher fühlt man sich fest in ihr eingebettet, und danach bläst sie einem frontal die Haare aus dem Gesicht. Was werde ich wohl am nächsten Wochenende machen? Gelangweilt bei Pino sitzen und eine Schorle trinken, als sei nichts gewesen? Barbara gegenüber, die nun kein Geheimnis mehr in sich barg? Wahrscheinlich werde ich auf Wohnungssuche sein. Vielleicht könnte ich vorübergehend bei Berthold unterkommen. Nee – besser nicht. Mein Gott, Barbara! Beweg' doch mal deinen Hintern!

Ich trank aus und stellte mein Glas unters Bett. Eine späte Fliege stürzte sich wie ein kleiner Kamikazeflieger in die Suppe. Sie brummelte noch ein wenig an der Oberfläche und erlosch. Banzai.

21
Der Morgen danach

„Her! Scheißdreck, do!"

Was? Ich öffnete die Augen. Das Linke ging erst beim zweiten Versuch auf – die Wimpern hatten sich über Nacht ineinander verfangen. Es war bereits hell; ich hatte tatsächlich in einem Stück durchgeschlafen! Dieses Gefühl hatte ich immer bei diesen endlosen nächtlichen Zugfahrten in den Süden, wenn man morgens sitzend, mit verschränkten Armen und überraschenderweise ausgeschlafen zwischen sieben weiteren Abteilteilhabern aufwachte und durch das Fenster in eine wie durch Zauberhand plötzlich mediterran gewordene Landschaft blinzelte. Sogar das steife Genick und der unangenehme Geschmack im Mund waren dieselben.

Friedel stand neben dem Fenster und inspizierte leise vor sich hin mosernd den Sitz seiner Badehose im Tageslicht, das sich zwischen den Vorhanghälften durchgezwängt hatte. Die Kerze, die sich in dem gleißenden Licht dem Spott preisgab, hatte tatsächlich die Nacht überlebt und war gerade noch einen halben Zentimeter hoch.

Ich schaute Barbara an. Sie schlief noch, leise schnarchend, wie alle anderen auch, und sah dabei seltsam ordinär aus.

Oh Gott!, wurde mir mit einem Schlag bewusst – die Suppe! Jetzt konnte ich die Stöpselkette um meinen großen Zeh und die hügelige Bohnenlandschaft zwischen mir und Barbara erst richtig deuten. Die Unterarme auf den Wannenrand gestemmt, reckte ich mich so gut es ging hoch und warf einen Blick unter die Badewanne. Es war also wahr – die Suppe war über Nacht ausgelaufen!

Die Brocken waren freilich noch da, sie lagen angetrocknet und stumpf zwischen Barbaras Brüsten und um unsere Körper herum. Aber die ganze Brühe, über einhundert Liter, die war weg!

„Her, was is'n do passiert?", fragte Friedel, nunmehr eher amüsiert als verärgert. Popcorn klebte überall an seinen weißen Oberschenkeln und an seiner Badehose.

„Ich hab' wohl im Schlaf versehentlich den Stöpsel gezogen", meinte ich. Ich erinnerte mich – der Abfluss bestand nicht aus sechs kleinen Löchern, wie der in meiner Dusche, der im Notfall nach sechs Bohnen wieder dicht gewesen wäre. Er besaß vielmehr so eine Art Mercedesstern als Sieb, der mit seinen drei großen Tortenstücklöchern wohl die Bohnenflut hatte zurückhalten können, nicht aber die Brühe selbst.

„Wie kann denn so was passiere'? Ich denk', dei' Barbara sitzt mit'm Arsch druff."

„Das dachte ich auch. Sie muss wohl im Schlaf nach vorne gerutscht sein und mein Fuß dabei nach hinten, unter die Kette."

Barbara wurde wach und schaute aus kleinen, verquollenen Augen verwirrt um sich. Sie hatte wohl im Unterbewusstsein ihren Namen gehört. Nun sah sie mich an und dann unsere Körper.

„Oh oh", sagte sie mit rauer Morgenstimme und musste schmunzeln, „ich trau' mich gar nicht, weiterzudenken."

„Das brauchst du auch nicht – das hab ich bereits für uns getan. Uns sind einhundert Liter Brühe auf den Boden gesickert. Das macht, auf sechzehn Quadratmetern verteilt …" Ich versuchte zu rechnen, wusste aber nicht, wo ich ansetzen sollte.

„Etwa sechseinhalb Millimeter“, sagte Berthold von hinten, „plus/minus.“ Einer nach dem anderen wurde das Rudel nun wach und jeder strich sich gähnend die zerzausten Haare aus dem Gesicht oder blinzelte verwirrt um sich.

„Danke. Das geht ja eigentlich! Und wenn’s dann noch hinaus in die Küche läuft, sind es noch weniger.“

„Ach was – das Popcorn saugt doch alles auf.“

„Ja, das stimmt wohl.“ Das Zeug wird mir unter den Fingern wegfaulen, noch bevor ich angefangen habe, es zu entsorgen.

„Her! Ich glaub’s hackt!“, rief Vetter plötzlich und schnellte ohne Zwischenstufe aus seiner Schlafposition in eine stehende, als könnte er mit dieser akrobatischen Leistung gerade noch jenen Fluten entkommen, in denen er eben noch stundenlang gelegen hatte. „Was soll’n das?“

„Ganz ruhig“, sagte ich, „du bist nicht allein betroffen. Und außerdem ist es meine Badehose.“

Langsam erhoben sich auch die anderen aus ihren Kratern, und ein jeder fragte, wie eine morgendliche Begrüßungsformel, „Sag mal, was is’n da passiert?“ Außer Joe – der schlief noch, auf dem Waschtisch um Bozos Musikanlage herumgebogen, im Trockenen.

„Kein Grund zur Panik“, beruhigte ich sie, „Frauen und Kinder zuerst in die Küche.“ Friedels Freundin nahm es wörtlich und stieg als Erste über die Tür.

„Ein Teil deines Entsorgungsproblems hat sich ja wohl quasi von selbst gelöst“, meinte Berthold und zog sich, samt Füße, aufs Podest hoch.

„Naja, dafür hat sich der andere als ungleich schwieriger herausgestellt.“

„Wenn das deine Frau Kamp jetzt sehen könnte …“, grinste er.

„Ja, das hat gerade noch gefehlt …“

„Gott sei Dank für Abdeckfolie.“

„Ja, immerhin.“

„Mei’m Magen geht’s heut’ Morgend aber überhaupt net gut“, meinte Friedel und schaute sich, den Magen geradezu liebevoll massierend, um. „Do müsst doch noch irgendwo e’ Flasch’ Wein sein.“

Er entdeckte eine Viertel Volle, die jemand oben auf dem Kleiderschrank abgestellt hatte, und fischte sie wie einen gefundenen Pilz herunter. Den Flaschenhals lässig zwischen die Finger geklemmt, fing er an, den Boden langsam über der Kerzenflamme kreisen zu lassen, um den trüben Inhalt magenfreundlich aufzuwärmen und mit neuem Leben zu erfüllen.

„Des is’ jetzert genau das Richtige!“

Er nahm irgendwann einen langen Schluck und rülpste zufrieden, während er sich die Flasche vor die Augen hielt und mit nassen Lippen und fachmännisch nickend das Etikett begutachtete. „Des is’ die reinschte Medizin!“

„Du bist auch so ’ne Medizin“, sagte Joe, der mittlerweile aufgewacht war und nun mit aufgestütztem Kopf gemütlich von seiner trockenen Insel aus das allgemeine Geschehen verfolgte. „Was glaubst du wohl, wo deine morgendlichen Magenschmerzen herkommen?“

„Was weiß ich. Ich weiß nur, womit sie weggehen“, sagte Friedel und rülpste erneut.

„Was ist denn mit euch zweien los?“, fragte Berthold.

„Friedel löscht Feuer mit Benzin.“

„Wenn man’s richtig anstellt, kann man ein Feuer tatsächlich mit Benzin löschen“, gab Vetter zum Besten, während er versuchte, seine Beine von den Popkörnern zu befreien.

„Für einen, der sich ausschließlich von Glickerleswasser[15] ernährt, weißt du ja ganz schön Bescheid!", richtete Friedel an die Adresse von Joe, freilich ohne ihn anzusehen.

„Lieber ein Leben lang Glickerleswasser trinken, als mit dreiundzwanzig schon am Schorletropf zu hängen!"

„Einundzwanzig, bitte!"

„Oh, pardong! Das ist ja noch schlimmer!"

„Hopp! 'n Satz mit neun *P*", sagte Jörg mit seiner Kreidestimme, der stets – wenn auch eher unbewusst – drohende Konflikte zu zerstreuen verstand.

„Oh je – jetzt kommt der berühmte Satz mit den neun *P*", sagte Berthold leise.

„Naja, besser als seine um diese Uhrzeit übliche Schlagerparade." Ich hielt mich am Wannenrand fest und stand vorsichtig auf.

„Das stimmt allerdings."

„Paul pimpert Pauline …"

Barbara hob in pikierter Erwartung die Augenbraue.

„Pimmel passte prima …"

Angetrocknete Bohnen und Lauch klebten hartnäckig an meinen Oberschenkeln.

„Pariser platzte, peng!"

Erwartungsvolles Schweigen.

„Darauf einen Dujardeng!"

Joe klatschte müde in die Hände.

Ich fror und kam mir geradezu schmutzig vor. Mit den Händen streifte ich von meinem Körper alles ab, was

---

[15] Sprudel, Mineralwasser

nicht dorthin gehörte, und stieg schließlich vorsichtig aus der Wanne heraus und auf den Podestrand. Ich schaute zu Barbara hinunter und sie zu mir hoch, und wir mussten beide lachen. Sie war ein Bild für Götter, mit ihrem überdimensionalen Busen, der wie ein riesiger, praller, glubschäugiger Ochsenfrosch in seinem Tümpel aus weißen Bohnen und Gemüse saß; ihren mit Schweinebauchscheiben und Brühwürsten geschmückten Schenkeln, die links und rechts über den Wannenrand hingen; und ihren verkrusteten Haarspitzen, die sich der Abwärtswölbung ihrer Schultern trotzig widersetzten. Und zu alledem verströmte sie den aufdringlichen Geruch von erkalteter Bouillon. Und irgendwie, so völlig losgelöst von jeglichen gesellschaftlichen Konventionen, gefiel sie mir dabei.

„He!“, sagte etwas Weiches unter meinem Fuß, als ich hinuntersteigen wollte. Es war Gabi.

„Hoppla! Dich gibt’s ja auch noch. Guten Morgen.“ Sie war wohl eben erst aufgewacht.

„Guten Morgen. Was ist denn hier passiert?“ Sie hatte offensichtlich aufgrund der Wahl ihrer Schlafstätte das größte Stück vom Kuchen abbekommen.

„Buschmanns Farbtopf ist umgefallen. Direkt aufs Bild.“

„Oh je. Zum Glück war es schon fertig.“

„So isses. Du kannst dich gleich nach uns abduschen.“ Ich schritt hinüber zur Tür, angelte mir mein mittlerweile steifes Badetuch vom Boden und bog es mir um den Bauch. Ich ließ den Blick über mein stark ramponiertes Kunstwerk schweifen. Der Popcornspiegel war nicht nur ein wüstes Durcheinander, sondern auch mittlerweile um einiges in sich zusammengefallen.

Ich war gerade dabei, mir die Popkörner vom Leib zu schnippen, als ein Schrei aus der Küche drang. Friedels Freundin stand am Spülstein und sah hinein.

Ich stieg über die Tür und ging rasch zu ihr. Ismet saß mehr oder weniger unverändert auf der Sitzbank am Tisch und rauchte eine Zigarette.

„Was ist denn passiert?", fragte ich und schaute ins Becken. Dort drinnen lag ein vollgekotzter Hut. Es war ein alter, speckiger, honiggelber Cordhut, den ich mal nachts bei einem Kneipenrundgang mit Jörg und Bozo gefunden und aufgesetzt und ihn irgendwann unter die Küchenbank verstaut und völlig vergessen hatte.

„Aber hallo", sagte ich leise mit ehrfürchtiger Scheu, „was haben wir denn hier?"

„Ich wollte gerade Kaffeewasser aufsetzen!"

„Heute Nacht, Bozo krank", sagte Ismet und schilderte uns in bunten, gebrochenen Farben den nächtlichen Vorfall. Demnach hatte sich der kotzelende Bozo, der sein Lager unter dem Küchentisch zu Ismets Füßen aufgeschlagen hatte, in seiner Not das nächstbeste Behältnis gegriffen – sprich meinen alten Hut, der vor seinen Augen im Staub gelegen hatte – und ihn bis zum Rand vollgekotzt. Danach sei er sofort wieder eingeschlafen. Ismet, um die Durchlässigkeit des Hutes (er war, wie gesagt, aus Cord und besaß zudem zwei Lüftungslöcher an der Seite) und um Bozos unruhigen Schlaf besorgt, habe ihn daraufhin vorsorglich in den Spülstein gestellt.

Der Hut hatte allerdings erstaunlich gut dichtgehalten, im Gegensatz zur Badewanne. Nur wenig Brühe war durch den dicken Stoff gesickert und verband ihn jetzt mittels eines verwaschenen, rötlichen Strichs mit dem Abfluss. Der Inhalt hatte noch viel Ähnlichkeit mit der

Bohnensuppe, die er einmal gewesen war – er roch nur etwas strenger, säuerlicher. Ich ekelte mich plötzlich vor den an mir noch haftenden und nach Brühe riechenden, kalten Suppenbrocken.

Bozo lag unterdessen unterm Tisch und tat so, als schliefe er noch. Er hatte das Gesicht unter der Sitzbank zur Wand gedreht. Seine übertriebene Regungslosigkeit und das gleichzeitige Blinzeln seiner Augen jedoch verrieten, dass er hellwach war und die Ohren unter den wirren blonden Locken spitzte.

„Hopp, Bozo", sagte ich und stupste ihn mit dem Fuß an, „schaff' mal deinen Unflat hier weg! Wir wollen Kaffee kochen!"

„Hm? Was?"

„Dein nächtliches Malheur sollst du aus dem Spülbecken entfernen."

Mit einem verlegenen Räuspern und ohne Widerrede kam er schließlich unterm Tisch hervor. Er sah arg mitgenommen aus.

„Du musst eben besser kauen", sagte ich.

Er kam sich sichtlich blöd vor. Den Hut mit beiden Händen fest an der Krempe haltend, ging er langsam und vorsichtig zur Tür, den Blick starr auf seinen Inhalt fixiert, damit nur ja nichts überschwappte. Ismet beugte sich vor über den Wäscheberg und öffnete sie ihm von der Sitzbank aus, und wir konnten hören, wie Bozo im Treppenhaus zu irgendjemandem „*Guten Morgen*" sagen musste.

„Scheißend", sagte Ismet leise und musste schmunzeln.

Ich schloss das Radio ans Netz, ließ mir von Joe eine frische Unterhose aus der Waschtischschublade unter ihm herüberwerfen und verschwand damit rasch in der Abgeschiedenheit meiner Dusche.

Das Wasser war heiß und tat grenzenlos gut. Meine Haut, die von der angetrockneten Bohnensuppe bei jeder Bewegung gespannt hatte, weichte rasch auf und fühlte sich, nach einer kurzen glitschigen Zwischenphase, wieder gleichmäßig zart und elastisch an. Ich fühlte mich wie frisch gepellt!

Gewöhnlich nahm ich beim Duschen immer die Brause in die Hand, damit meine Haare nicht mit nass wurden, brauchten sie doch eine Ewigkeit, bis ich sie wieder trocken bekam. Heute aber ließ ich mich mit Genuss und Freude an der Verschwendung minutenlang, nach Luft schnappend, überspülen, bis ich die Kugellampe über der Tür durch meine nassen Haarsträhnen nur noch als einen aus dem Fokus geratenen Lichtkreis erkennen konnte. Das Wasser staute sich allmählich bis zu meinen Knöcheln, und ich drückte die dafür verantwortlichen Bohnen mit dem großen Zeh auf gut Glück durch das Abflusssieb.

Nach einer beflügelnden Ewigkeit drehte ich das Wasser schließlich wieder zu, trocknete mich so gut es ging ab und zog mir meine Unterhose an, die ich blind am Türgriff ertastete und die vom Nebel so klamm geworden war wie das inzwischen wieder schmiegsam gewordene Handtuch. Der Blick nach unten in die Duschwanne war weniger dunstig als in Augenhöhe, und er ließ knapp unter der Beckenkante ringsum einen rötlichen Fettrand erkennen, den ich alsdann mit dem Scheuerschwamm rasch zur Unsichtbarkeit verschmierte, bevor ich mich schließlich wieder in die Küche begab. Hier war die Luft kühl, trocken und von Kaffeeduft und Sonntagsmusik aus dem Radio erfüllt.

„Oh! 'e Sauna gibt's bei dir auch!", sagte Friedel, der inzwischen mit seiner Restmedizin neben Ismet auf der Küchenbank Platz genommen hatte. „So was fehlt uns noch, Fraa, 'e Sauna – was meinscht?"

Bozo sprang auf und steuerte auf die Dusche zu.

„Nix da – immer der Reihe nach", sagte ich und stellte einen Stuhl in die Tür, damit der Dampf abziehen konnte. „Erst kommen die Härtefälle dran."

„Härte*fälle* ? Wer denn noch, außer Barbara?"

„Die Gabi. Die saß sozusagen direkt unterm Abfluss."

„Was für'n Abfluss?" Er verstand nichts. Woher denn auch?

„Die Suppe ist in der Nacht versehentlich ausgelaufen."

„Hoppla! Wie hast du denn *das* geschafft?"

„Ich hab' mit dem großen Zeh den Stöpsel gezogen."

„Na, bravo."

„Du kannst raus, Barbara – die Dusche ist frei!" Ich suchte im Wäscheberg nach meiner Hose und zupfte sie heraus. „Bringst du noch einen Meter Würste mit, fürs Frühstück?"

„Nur, wenn du mir das Handtuch rüberwirfst."

„Lass' dir von Joe ein Frisches aus dem Waschtisch geben. Meins ist inzwischen unbrauchbar geworden."

„Ich werd' mich mal ans Geschirr machen", sagte Friedels Freundin mit der ihr eigenen hausfraulichen Entschlossenheit.

„Eine gute Idee – lass' das Wasser aber vorher eine Weile laufen – du weißt ja, Bozos Hut."

„Schon längst geschehen."

„Alla hopp – ich geh' dir dann gleich zur Hand."

Barbara arbeitete sich – die brennende Zigarette im Mundwinkel – zur Küche durch und stieg über die Tür. Ich breitete ein Stück Zeitungspapier nach dem anderen vor ihr aus, und sie schritt wie eine Königin in Richtung Dusche, das Badetuch wie der Dicke von Tonga knapp über der Brust um sich geschlungen und die Wurstkette wie die Insignien ihrer Würde über die Schulter gelegt. Ismets Augen verfolgten sie mit sichtbarer Ehrfurcht. So hatte man ihm zu Hause vermutlich die deutsche Frau beschrieben – groß, blond, vollbusig und stolz.

„Ich hab' einen Druck auf der Blase, der ist unter aller Sau", sagte sie und entließ dabei eine ungleichmäßige Rauchfahne in den Raum. Die ganzen Umstände hatten wohl unser aller Niveau ein wenig gedrückt.

Ich nahm ihr mit beiden Händen die Wurstkette ab, entfernte den Stuhl, und Barbara verschwand hinter der Tür in die Dusche. Hätte ich ihr die Wurstkette gelassen, hätte sie sie in einem Abwasch mit abduschen können, war doch der Spülstein mittlerweile belegt. Naja, zu spät – das Wasser lief bereits. Ich legte sie auf dem Tisch ab und holte mir ein Geschirrtuch aus dem Schieber.

Ich begann, Friedels Freundin nacheinander die Suppenteller und sonstigen Schüsseln und Notbehältnisse, die als Suppenteller gedient hatten, aus der Hand zu nehmen, abzutrocknen und auf der Ablage des Küchenschranks zu stapeln. Im Radio perlte es sonntäglich, und ich öffnete das Fenster zur Straße. Die Sonne schien herein, wie so oft in den letzten Wochen, und brachte eine kühle, sodafabrikschwangere Herbstluft mit.

„Lasst uns doch den Tisch und die Stühle in den Hof stellen und draußen frühstücken", schlug ich vor, während ich Friedels Freundin das erste entspeckte Schorleglas abnahm.

„Hört sich gut an", sagte Berthold, der auf seinen dünnen Beinen gerade dem Schlafzimmer entstieg, wie ein Storch einem Froschtümpel, „sehr gut sogar."

Nachdem Barbara mit nassem, sauberem Haar und rosa geschrubbter Haut aus der Dusche kam, nahm ihr Bozo gleich den Türknauf aus der Hand und ging als Nächster hinein.

„Ich brauch' nicht lange", sagte er und verschwand im Dampf. Er fühlte sich unter so vielen Leuten ungewaschen nicht lange wohl.

Barbara stellte sich vor den Wäschehaufen und suchte sich nach und nach ihre Klamotten zusammen.

„Ich denk', wir zwei gehen nach Hause", sagte Friedels Freundin, nachdem sie mir das letzte Glas übergeben hatte, „es wird jetzt eh ein bisschen eng hier."

„Schon – aber wir wollen doch sowieso zum Frühstücken in den Hof gehen."

„Trotzdem."

„Hat's euch denn gefallen?"

„Aber klar", sagte sie und nahm mir das Geschirrtuch ab. Sie trocknete ihren Einmachtopf, in dem sie die Teller und Gläser gespült hatte, und danach ihre Hände ab. „Wenn du irgendwann Hilfe brauchst beim Aufräumen, sag' uns Bescheid. Der Friedel hat unter der Woche mehr als genug Zeit."

„Was?", meinte Friedel, „überleg' dir gut, was du da sagscht, Fraa. Irgendwann meldet er sich wirklich!"

„Das soll er ja auch."

„Ans Entsorgen denk' ich jetzt noch nicht", sagte ich.

„Irgendwann wirst du es aber müssen – wahrscheinlich früher, als dir lieb ist. Also – denk' dran. Hopp, Friedel – wir gehen!"

„Alla hopp, Fraa", sagte er und leerte seine wohl nicht mehr ganz so warme Medizin. Er stand langsam auf und folgte seiner Freundin hinaus ins Treppenhaus, die Fingerspitzen in die Hosentaschen gezwängt.

„Tschüs", sagte jeder in seiner jeweils ihm eigenen Tonlage, und ich machte die Tür wieder hinter ihnen zu.

Bozo öffnete die Schwingtür der Dusche einen Spaltbreit und rief nach einem Handtuch. Ich gab den Wunsch weiter an Joe, der dann gleich selbst mit in die Küche kam. Damit war nur noch Gabi im Zimmer.

„Du bist als Nächste dran", sagte ich zu ihr hinein. „Die Dusche ist gleich frei."

„Is' gut."

„Wie heißt denn eigentlich Friedels Freundin?", fragte Barbara und begann, sich unter dem umgebundenen Badetuch geschickt anzukleiden.

„Ich weiß gar nicht", sagte ich, „keine Ahnung. Wenn der Name nicht schon vergeben wäre, würde ich sagen, sie heißt Gabi. Der würde jedenfalls zu ihr passen."

„Wer würde zu mir passen?", rief Gabi.

„Nicht du – Friedels Freundin."

„Heißt die auch Gabi?"

„Keine Ahnung. Vielleicht."

Ich holte Barbara meinen Föhn, und sie blies durch ihr langes Haar, während sie es mit der anderen Hand durchbürstete.

„Ich glaub', ich werd' jetzt wohl auch heimgehen", sagte Jörg und stand auf. Er hatte den orange- und grünfarbenen Frotteebikini von Bozos Mutters wieder gegen seine vertraute Vorkriegsware eingetauscht. „Hat jemand Lust, heute Nachmittag zum nassen Kuchen zu kommen?"

„Ich!", sagte ich sofort. Metas nassen Kuchen ließ ich mir nicht entgehen, und es klang zudem geradezu verführerisch, einen sonnigen Nachmittag lang weit weg von meiner Bohnensuppe zu verbringen.

„Oh! Ich kann nicht", sagte Vetter und sah mit skeptischem Blick auf seine Armbanduhr, „ich muss noch wo hin."

Warst ja auch gar nicht gemeint, dachte ich bei mir.

„Hab ich eben *nasser Kuchen* gehört?", sagte Bozo, der gerade aus der Dusche kam und seine rechte Haarhälfte abrubbelte.

„Ja, Jörg lädt ein."

„Alla hopp – ich bin dabei", sagte er und begab sich an den mittlerweile stark geschrumpften Wäscheberg.

„Alla dann – ich erwarte euch um drei Uhr bei der Meta. Macht's gut, Leute." Jörg nahm sein altes Jackett von der Türklinke, klopfte kurz auf den Türrahmen und ging. Die Runde begann sich allmählich zu lichten.

„Was ist denn ein *nasser Kuchen*?", fragte Barbara, als er draußen war.

„Das ist ein ganz gewöhnlicher Obstdeckel mit einem Glibberguss obendrauf. Den gibt's bei der Meta immer sonntags."

„Und warum *nass*?"

„Nun ja, weil der Boden in der Regel immer durchgeweicht ist, würd' ich doch sagen. Komm' doch nachher mit."

„Könnt' ich eigentlich machen. Ich hab' mir sicherheitshalber für heute nichts mehr vorgenommen."

„Es gibt neuerdings solche großen Oblatenscheiben“, warf Joe ein, „die man auf den Boden legt, bevor das Obst draufkommt. Das soll das Durchweichen verhindern.“

„Die Dinger sind doch scheiße“, meinte Bozo. „Die hat meine Großmutter auch schon verwendet. Das ist, als würde man ein Stück Pappe mitessen. Die Dinger werden sich nie durchsetzen.“

„Außerdem wär’s dann kein nasser Kuchen mehr.“

„Das ist allerdings wahr“, sagte Joe und grinste.

„Und das ist nämlich genau das, was einen Obstdeckel so besonders macht.“

„So isses.“

„Amen.“

Ich zog meine Schuhe an. „Ich werd’ mal Brötchen holen gehen.“

„Ach ja?“, meinte Vetter und zog mit angestrengter Miene an seiner Zigarette, die er wie immer falsch herum in der hohlen Hand hielt. „Kann es sein, dass wir heute Sonntag haben?“

„Am Goerdelerplatz ist eine Konditorei, und dort gibt’s sonntags frische Brötchen – aber nur bis zwölf Uhr. Hast du einen besonderen Wunsch, ein Laugenbrötchen vielleicht?“

„Äh – ja, gerne. Danke.“

Gabi purzelte über die Schlafzimmertür. „Ich möchte mich jetzt endlich duschen“, sagte sie.

„So wie du aussiehst, bleibt dir auch gar nichts anderes übrig.“ Ihre ganze rechte Hälfte war mit Suppe beschmiert, und ich musste lachen. „Da über’m Stuhl hängt ein Handtuch – das kannst du nehmen. Ich hab’ sonst kein Sauberes mehr.“

Ich fühlte nach, ob ich meinen Geldbeutel eingesteckt hatte, und nahm dann meinen Parka. Mein Haar war noch klamm.

„Bis gleich", sagte ich und ging.

Es war ein richtig schöner, kühler Herbstsonntag, und die alten Blätter lagen nicht, wie sonst um diese Jahreszeit, als braune, glitschige Masse im Rinnstein, sondern schaukelten auf dem Trottoir wie knackige, goldene Cornflakes in der Sonne. Das grelle Licht der Straße bemächtigte sich sofort meiner Augäpfel, und ich spürte regelrecht, wie das Blut in ihnen pochte. Mich ließ der Eindruck nicht los, dass ich noch immer nach Bohnensuppe roch, als wäre sie mir über Nacht langsam in die Haut eingesickert, die sie nun fein dosiert über die Poren wieder an die Umwelt abgab.

Sonntage wie diesen liebte ich, besonders seit ich hier in den Hemshof gezogen war. Vor den vernachlässigten wilhelminischen Ziegelfassaden waberte bereits allenthalben der schwere Duft von dicken Bratensoßen, hier und da untermalt von den zuweilen überraschend schonungslosen Wortfetzen, die dem Sonntagmorgenstreit derjenigen Familien, die sich zunehmend auf die Nerven gingen, durch die halboffenen Fenster entschlüpft waren. Als gewissermaßen akustische Kulisse tönte das ohrenbetäubende Geläut der nahen Apostelkirche, deren unterschiedliche, doch harmonisch aufeinander abgestimmte Glockentöne sich allmählich zu einem heillosen Durcheinander steigerten und sich hektisch, fast außer Kontrolle geratend, überschlugen – um sich anschließend wieder nach und nach in Wohlgefallen aufzulösen, bis sich am Ende nur noch die letzte Glocke in immer größer werdenden Abständen langsam verabschiedete. Und wenn man schließlich glaubte, das sei's dann gewesen, gab sie irgendwann noch leise einen Allerletzten obendrauf.

Aber noch war die schöne, heilige Kakophonie in vollem Gange, und im Strom der schwarz herausgeputzten alten Frauen – von denen es, dank des Krieges, weit mehr gab als alte Männer – pilgerten vornehmlich Väter im billigen Braunen zusammen mit ihrem eingeschüchterten Nachwuchs wieder zurück ins häusliche Glück, die Mädchen mit ihren entsetzlichen Sonntagsfrisuren und braven Kirchgangskleidchen und die Jungen in ihren weißen, schwitzigen Perlonhemden und eingeschnürten Krawatten- beziehungsweise Fliegenhälsen im mittlerweile viel zu kurzen Konfirmationsanzug. Die Mütter waren wie immer zu Hause geblieben, um für die wabernden Bratensoßendüfte zu sorgen und in Ruhe die angerührten Packungsknödel mit *Kracherle* zu impfen und zwischen ihren nassen Händen zu Kugeln zu drehen. Sie hatten den Kirchgang angeordnet, da er für sie die allwöchentliche willkommene Verschnaufpause war, die den Countdown für das endgültige Ende des Wochenendes einleitete. Die Kinder gingen ja noch – es war dies ihr einziger freier Tag in der Woche. Aber die Männer, die hatten eindeutig diesen einen Tag zu viel.

Um den Kirchturm kreiste unermüdlich der obligatorische Schwarm Sonntagskrähen, ungeachtet des dröhnenden Lärms. Möglicherweise wurden sie durch das Glockengeläut überhaupt erst angezogen, wie die verwirrten Mitternachtsvögel, die ihre endlosen Bahnen um die riesigen Straßenleuchten an den Brückenauffahrten zogen, bis sie irgendwann tot vom Himmel fielen. Vielleicht wohnten sie aber auch im Kirchturm und flogen ihre Warteschleifen nur, bis sich die Glocken wieder beruhigt hatten. Ich versuchte, mir vorzustellen, wie sie exakt zum ersten Glockenschlag wie Geschosse in alle Himmelsrichtungen aus ihren Ritzen stoben. Vielleicht hatte der Pfarrer ein Herz und warnte sie vorher. Oder die Vögel hatten die berühmte innere Uhr und nahmen rechtzeitig Reißaus.

Ich gefiel mir in diesem Sonntagsauflauf. Ich gehörte nicht dazu, Gott sei Dank, aber ich bewegte mich darin, wie ein Tourist in einem vertrauten, aber dennoch fremden Land. Ich nahm absichtlich einen Umweg, um ihn noch ein wenig zu genießen.

Am Goerdelerplatz, vor dem gelben Backstein-Toilettenhäuschen, saßen zwei Penner auf der Bank und bewarfen eine hektische Taubenschar mit Brotstückchen. Sie ließen sich dabei von der Sonne wärmen und unterhielten sich leise.

In der Konditorei und dem angeschlossenen kleinen Café war dem Anschein nach nicht viel los, und ich erklomm die drei Stufen und ging hinein. Es war für einen Sonntag ja noch früh, und der eigentliche Zweck der heutigen Öffnungszeit war ja auch nicht der Verkauf von Frühstücksbrötchen, sondern vielmehr der von Kuchen und Torten für den sonntäglichen Kaffeetisch, und der wurde erst am späteren Nachmittag gedeckt. Entsprechend dürftig fiel denn auch die Brötchenauswahl aus. Was Menge und Bandbreite betraf, diente sie wohl eher demjenigen als Notlösung, der am gestrigen Samstag den frühnachmittäglichen Ladenschluss verpasst hatte. Im rosa und weißen Nebenzimmer saßen zwei sonntäglich gekleidete alte Tanten zusammen und tranken mit ausgestrecktem kleinen Finger aus ihren barocken Kaffeetassen.

„Bei uns gibt's heut' Mittag Fisch", sagte einer meiner beiden Vordermänner zum anderen, „do geht die Poscht ab!"

Als ich schließlich an der Reihe war, verlangte ich zwanzig Brötchen gemischt, wodurch sich die Auslage schlagartig halbierte. Ich bezahlte, wünschte einen schönen Sonntag und machte mich alsdann mit zwei großen Tüten vor der Brust wieder auf den Heimweg. In Höhe von Bertholds Wohnung warf ich einen instinktiven Blick hoch zu seinen Dachgauben. Er hatte die Fenster offenstehen gelassen.

Genau an dieser Stelle waren Berthold und ich vor zwei Monaten Gabi über den Weg gelaufen. Sie hatte kaum aus ihren Augen herausschauen können, so winzig waren ihre Pupillen gewesen. Und wie viel hatte sich seitdem ereignet. Über Umwege war aus dem lebenden Wrack, das sie damals gewesen war, letztendlich wieder eine anziehende Frau geworden. Darin bestand ja auch der Vorteil, ein *lebendes* Wrack zu sein – man konnte sich selbst wieder instand setzen und seetüchtig machen, sofern man die Energie und den Willen dazu hatte, oder zur Not eben auch mit ein wenig Hilfe von außen. Die Gesellschaft, in der wir letztendlich alle bestehen mussten, war nun mal ein tosendes Meer, auf dem man nur zurande kam, wenn man sich dem Wellengang, wenn auch nicht unbedingt anpasste, so ihn doch zumindest für seine eigenen Zwecke zunutze machte und sich nicht *allzu* sehr querstellte. Klinkte man sich völlig aus dieser Ordnung aus, so war man ihm ausgeliefert, ohne ihm irgendetwas entgegensetzen zu können, und damit kamen dann wohl nur noch die allerwenigsten zurecht.

Ich schloss die Haustür auf und ging hinein in mein kühles Sonntagstreppenhaus, das heute eine ähnliche Stille ausstrahlte wie das bei Bertholds alten Damen. Die Hoftür stand offen, und ich lief mit meinen Brötchen gleich hindurch. Der Tisch stand bereits in der Sonne und war teilweise schon gedeckt.

Gabi saß neben dem Tisch auf einem Stuhl vor der Hofmauer und streckte der Sonne mit geschlossenen Augen ihre Nase entgegen, um sich von ihr die Haare und das notdürftig ausgewaschene T-Shirt trocknen zu lassen. Ihre abstehenden, da gespaltenen Haarspitzen wehten dabei leise in der kühlen Brise. Ismet und sein sichtbar ausgeschlafener Freund halfen beim Aufbau mit Stühlen aus ihrem eigenen Fundus aus, die sie gerade im Begriff waren, um den Tisch herum zu platzieren.

„Na?", sagte ich zu Gabi und legte die Tüten auf den Tisch. Aus der ersten fiel das oberste Brötchen heraus auf den Boden und schaukelte dort wie eine auf den Rücken geratene Schildkröte hin und her.

„Hallo", sagte Gabi und blinzelte mich lächelnd durch die Sonne an. „Ich freu' mich so richtig aufs Frühstück."

„Wir sind sicherlich bald so weit." Ich legte das Brötchen wieder auf den Tisch und ging zurück in die Küche. Die Tür war angelehnt.

„Da bist du ja", sagte Barbara. Sie schien das Kommando übernommen zu haben. „Wo warst du so lange? War viel los beim Bäcker?"

„Überhaupt nicht. Ich bin einen kleinen Umweg gelaufen – die Sonne schien so schön." Ich holte zwei Dosen Thunfisch und die Marmelade aus dem Küchenschrank und ging in die Hocke, um einen Blick in den

Kühlschrank zu werfen. „Ist die Margarine schon draußen?“

„Ich glaube, Gabi hat sie mit raus genommen.“

„In die Sonne?“

„Es ist ja nicht richtig warm – nur oberflächlich. Da sind noch ein paar Scheiben Schweinebauch im Topf – soll ich die auch noch abspülen?“

„Nee – wir wollen doch Ismet und Co. nicht über Gebühr verstören.“

„Wieso? Die brauchen ihn ja nicht zu essen“, warf Vetter ein, der sich wohl aufs vorbeugende Kalorienbunkern eingestellt hatte. „Die Würscht’ sind ja schließlich auch aus Schweinefleisch!“

„Aber nicht so offensichtlich. Außerdem schmeckt kalter Schweinebauch doch gar nicht – das ist doch fast nur Fett. Häng’ mir mal die Würste über die Schulter – ich nehm’ sie gleich mit raus.“ Die waren mittlerweile sorgfältig abgewaschen und lagen trocken und stumpf auf der Ablage.

Die Türken hatten unsere derbe Kost vorbeugend-sorglich etwas aufgemotzt mit ein paar über Gebühr weichen, dafür aber leuchtendroten Fleischtomaten, einem weißen, rissigen und nässenden Würfel Käse auf einem aufgeschlagenen Stück Wachspapier und einem Teller mit schwarzen, schrumpeligen Oliven, die aussahen, als hätte man sie nicht gepflückt, sondern mit erheblicher Verspätung irgendwo im wilden Kurdistan vom staubigen Boden aufgelesen.

„Gut, Oliven“, sagte Ismet.

„Das glaub’ ich aufs Wort“, sagte ich und häufte die Wurstkette wie ein Schiffstau daneben auf. „Fehlt noch was?“

„Senf, für die Wurst“, sagte Gabi.

„Ach, ja.“

„Und Musik“, meinte Joe, der fast unsichtbar im Schneidersitz auf dem Mülleimer im Schatten saß. „Sag' mal – stinken die Mülleimer denn nicht in die Wohnung hinein, so knapp unterm Fenster?“

„Doch, im Sommer schon – wenn sie so voll sind, dass sie nicht mehr zugehen. Aber jetzt geht's eigentlich.“

Ich ging noch einmal zurück in die Küche und holte den noch unangebrochenen Senfeimer mit der Plastikpumpe unter der Sitzbank hervor und zog den Radiostecker aus der Steckdose.

„Braucht ihr noch lange?“, fragte ich.

„Nö – nur eine letzte Ladung Nescafé überbrühen“, meinte Barbara, „der Wasserkessel zwitschert schon.“

„He, Bozo – besonders gut siehst du ja nicht gerade aus.“ Er saß wie ein Häufchen Elend auf der nunmehr freistehenden Sitzbank mit dem Aschenbecher in der Hand und zog lustlos an seiner Zigarette.

„Das hätte mich auch gewundert. Mein Kopf fühlt sich an wie ein praller Lkw-Reifen.“

„Da im Schieber sind Alka Seltzer – die lassen ein bisschen Druck ab.“

„Und dann ab an die frische Luft!“, befahl Barbara mit fast mütterlichem Unterton.

Ich klemmte mir den Radiokasten unter den Arm, sammelte das Kabel ein und ging wieder hinaus in den Hof, wo ich den Senfeimer auf den Tisch stellte und das Radio auf das Fenstersims. Anschließend zog ich mich am Fensterrahmen hoch und ließ mich vorsichtig ins dunkle Schlafzimmer gleiten und aufs Popcorn fallen, um nach einer Steckdose zu suchen. Mit den Fingern ertastete ich die, in der in meinem früheren Leben die linke Nachttischlampe gesteckt hatte, riss ein Loch in die Abdeckfolie und stöpselte den Stecker ein. Das Kabel war gerade lang genug. Die ganze Aktion lief überwiegend in der Horizontalen ab, um eine Begegnung mit meinem nächtlichen Ungemach möglichst gering zu halten. Ich schwamm geradezu zum Fenster zurück, von wo aus nun die Sonntagsmusik unbeschwert in den Hof plätscherte, und kletterte wieder hinaus.

„Und, gefällt's dir?", fragte ich Joe und stellte die Lautstärke ein wenig leiser.

„Es geht", sagte er und thronte auf seinem Mülleimer wie ein revierbewusster Hinterhofkater. „Kriegst du keinen anderen Sender rein?"

„Nee – der Einstellknopf ist ständig im Leerlauf. Aber was will man erwarten für die zehn Mark, die mich das Ding gekostet hat."

„Das stimmt allerdings. Es hätte ja auch schlimmer kommen können."

„Das ist wahr."

„Stell' dir vor, du hättest nur den *Vom-Telefon-zum-Mikrofon*-Sender drin."

„Das *ist* der *Vom-Telefon-zum-Mikrofon*-Sender."

„Oh."

Das Küchenpersonal kam hintereinander in den Hof marschiert, von Barbara angeführt, wie die drei Puddingköche auf dem Mondamin-Messbecher. Sie hatten je zwei Tassen dampfenden Kaffees in der Hand.

„Es kann gleich losgehen", sagte Barbara, „ich hol' nur noch die letzten drei Tassen."

„Alla hopp."

Jeder nahm sich einen Stuhl, und ich riss die Brötchentüten der Länge nach auf.

Abgesehen von der unaufdringlichen Musik aus dem Radio und dem Gezwitscher einiger Sonntagsvögel, das zwischen den schmutzigen Backsteinmauern hallte, war es still um uns herum, und das gelegentliche Geklapper des Bestecks auf den Tellern erschien umso lauter. Unsere Haare glänzten in der Sonne, und wenn zwischendurch mal keine Brise wehte, war es geradezu warm. Es wurde wenig geredet, und wenn, dann nur in gedämpftem Ton. Jeder von uns wirkte entspannt und zufrieden – inklusive Bozo, dem die Alka-Seltzer-Kur die Gesichtshaut wieder ein wenig gestrafft hatte.

„So müsste es immer sein“, sagte ich, und Joe nickte zustimmend. „Mehr braucht man wirklich nicht zum Leben.“ Ich brach mir mit einer Drehbewegung eine saubere Wurst ab und ließ das Ende der Kette wie den Schlauch einer Wasserpfeife um die Runde gehen, während Berthold an der Pumpe des Senfeimers so lange herumfummelte, bis sie plötzlich auf geheimnisvolle Weise entriegelt war und einen leuchtenden Klecks Senf auf die Plastiktischdecke entlud.

„Der wird dir eine Weile halten“, sagte Barbara mit vollem Mund.

Die Zeit zog sich dahin wie ein träge fließender Strom. Zwischen den vollen Stunden wurde im Radio kaum gesprochen, und wir saßen und frühstückten und unterhielten uns leise, bis die Sonne pünktlich zu den Dreizehnuhrnachrichten hinter den Dächern verschwand und es plötzlich anfing, ungemütlich kühl zu werden. Die Brötchen waren restlos aufgezehrt, und die leeren Tüten schaukelten zwischen den Tellern leise im Wind, bis Berthold sie irgendwann plötzlich schnappte und zerknüllte. Der Oliventeller unserer Nachbarn dagegen war noch halbvoll. Trotz einer gewissen Aufgeschlossenheit unsererseits neuen kulturellen Erfahrungen gegenüber, hatten sie uns nicht wirklich zu überzeugen vermocht. Sie schmeckten nicht nur genauso derb wie sie aussahen, sondern darüber hinaus auch noch, als hätte Ismet vorhin bei seiner kurzen Morgentoilette versehentlich sein Fläschchen türkisches Billigkölnischwasser hineinfallen lassen.

Als hätte jemand im Winter zu später Stunde unauffällig alle Fenster geöffnet, um seinen Gästen den alsbaldigen Aufbruch zu suggerieren, begann einer nach dem anderen aufzustehen und sich zu empfehlen. Als Erster verabschiedete sich Berthold aus der Runde.

„Ich hab' noch eine Verabredung in Mannheim", entschuldigte er sich. „Ihr seid ja dann später eh bei der Meta, wenn ich das richtig verstanden habe. Ich melde mich mal irgendwann diese Woche – okay?"

„Is' gut."

„Deine Party konnte sich wirklich sehen lassen!"

„Danke."

„Also dann!" Berthold winkte in die Runde und verschwand federnden Schrittes zur Treppenhaustür hinein und weiter auf die Straße.

„Ich verschwinde dann auch gleich", sagte Joe und stand auf. „Ich nehm' gleich mal meine erste Rate Abfallpopcorn mit."

„Hoppla! Ich hab jetzt aber gar keine Müllsacke mehr!"

„Naja – dann das nächste Mal. Melde dich einfach – wir sollten das so schnell wie möglich geregelt bekommen; du hast so schon Ärger genug.“

Ich war richtig gerührt! „Danke – das mach’ ich! Man sieht sich ja zwangsläufig irgendwann am Berliner Platz. Vergiss deine Schallplatten nicht!“

„Ach ja, stimmt! Also, ihr Leute!“ Er klopfte Bozo auf die Schulter und gab sein schönstes Grinsen zum Besten, bevor auch er im Treppenhaus verschwunden war.

Vetter war als Nächster an der Reihe und fragte, ob er noch ein paar Würste mitnehmen könne. „Ich hab’ gestern vor lauter Bohnensuppe und Popcorn verschwitzt, mir für heute was zum Essen einzukaufen.“

„Nimm nur“, meinte ich. „In der Küche ist ja auch noch Schweinebauch. In der Pfanne gebraten, lässt der sich mit einem Stückchen Brot sicherlich auch noch genießen.“

„Das mach’ ich glatt!“ Er ging ins Haus und packte sein Zeug zusammen.

„Ich hab’ mir noch die angebrochene Tube Senf aus dem Kühlschrank eingesteckt“, sagte er, als er mit seiner Pennertüte wieder in den Hof kam. „Du hast ja wohl vorerst ausgesorgt, was Senf betrifft.“ Er nahm sich das Bündel Würstchen, das ich ihm zurechtgelegt hatte, vom Tisch und stopfte sie nackt in die Seitentasche seines abgewetzten Jacketts. „Allo – mach’s gut.“ Er klopfte nach alter *Schwanen*-Manier mit den Knöcheln auf die Tischkante und war weg.

„Deine Bruder?“, fragte Ismet.

„Nein – Cousin“, sagte ich. „Andere Mann mit Pferdeschwanz, Bruder.“

Ismet schaute mich mit großen Augen an, als glaubte er, nicht richtig gehört zu haben.

Ich raffte meine Haare hinter meinem Kopf zusammen und drehte ihn zur Seite. „Pferdeschwanz", sagte ich und schüttelte ihn.

Nach einer kurzen Pause lachte er urplötzlich, geradezu erleichtert, und sagte etwas zu seinem Freund, der daraufhin auch laut zu lachen anfing und dabei zwei goldene Zähne zur Schau stellte.

Wir begannen, gemeinsam die Teller übereinanderzustellen und das Besteck einzusammeln, und ich fragte Gabi, ob sie nicht auch mitkommen wolle zu Jörgs nassem Kuchen.

„Nein, danke – ich hab' mir fest vorgenommen, heute zu meinen Eltern in den Odenwald zu fahren. Die haben gesagt, wenn ich mich mehr um mein Kind kümmern würde, könnte ich eine Weile dort wohnen."

„Hört sich doch gut an – oder?" Schade – aber wahrscheinlich besser so.

„Naja, wir werden sehen. Ich werde dann am besten auch gleich abhauen. Die Züge fahren heute nicht allzu oft." Sie machte die Runde und umarmte jeden, auch Ismet und seinen Freund, die dafür höflich aufsprangen. Zu mir kam sie zum Schluss und blieb einen Moment lang an mir hängen.

„Kommst du irgendwann wieder?", fragte ich leise.

„Aber ja – solange mir das Sozialamt die Wohnung bezahlt, behalte ich sie auch. Ich hab nicht vor, auf dem Land alt zu werden."

„Alla hopp. Da – nimm noch ein Würstchen mit." Ich steckte ihr eins wie eine Zigarre in die Brusttasche. „Für unterwegs."

„Danke. Tschüs."

Sie gab mir einen letzten Kuss, warf ihr rotes, gespaltenes Haar schwungvoll über die Schulter und lief zum Haus. Wir hörten es noch im Treppenhaus leise knacken, als sie in die Wurst biss, und dann fiel die Haustür auch schon ins Schloss. Ismet und sein Freund setzten sich wieder.

„Hat die ein Kind?", fragte Barbara und drückte ihre Zigarette in ihrem Teller aus.

„Ja, seit fünf Jahren. Nur hat das Kind bis jetzt noch keine Mutter."

„Gefällt sie dir?"

„Ja."

„Mir auch", sagte Bozo. „Und mir wird langsam kalt."

„Ja – ich würd' sagen, wir gehen langsam rein. Wir müssen eh bald los, wenn wir um drei da sein wollen."

„Was?", fragte Ismet.

„Feierabend – nasser Kuchen."

„Kuchen?"

„Ja."

Ismet schaute auf seine Uhr und sagte etwas zu seinem Freund.

„Wo wohnt denn der Jörg eigentlich?", fragte Barbara.

„In Oppau."

Wir erhoben uns und begannen, das Geschirr, und was sonst noch auf dem Tisch stand, nach und nach ins Haus zu tragen. Ismet und seinem Freund war es offenbar nicht zu kalt geworden, und nachdem es mir gelungen war, vom Schlafzimmerfenster aus die lange Leine des Radiosteckers aus der Wand zu ziehen, und Bozo das nunmehr stumme aber warmknisternde Gerät in die Hand drückte, saßen sie immer noch da. Ich drückte ihnen ihren Käse und den Oliventeller in die Hand und nahm ihnen kurzerhand den Tisch weg.

„Frau Kamp schimpfen", entschuldigte ich mich. Sie saßen da, als hätte man ihnen während des Essens frühzeitig den Löffel aus dem Mund genommen und ins Spülwasser geworfen.

„Wohin gehen?"

„Wir sind bei Jörg zum Kaffee eingeladen, bei seiner Mutter. Also, macht's gut, ihr zwei."

„Nächste Mal Fest, mir sage'."

„Natürlich – das machen wir. Tschüs."

„Tschüs", sagten sie wie aus einer Kehle und gaben mir die Hand, und es klang so köstlich wie immer, wenn Türken *tschüs* sagten.

„Scheiße!", entfuhr es mir plötzlich, nachdem wir den Tisch wieder an seinen Platz vor der Küchenbank gestellt und zurechtgerückt hatten, „ich hab' noch Sachen bei Gabi!"

„Was denn für Sachen?", meinte Barbara.

„Klamotten. Und noch ein Kopfkissen, das Frau Kamp gehört."

„Hast du denn keinen Schlüssel?"

„Ach ja! Klar, hab' ich einen Schlüssel!" Natürlich. „Das ist auch gar nicht so schlecht – jetzt weiß ich nämlich, wo ich vorerst schlafe, bis es hier wieder halbwegs bewohnbar ist! Gabi ist ja erst mal weg."

„Und wenn du tatsächlich hier rausfliegst", ergänzte Bozo, „dann kannst du gleich dort bleiben."

Stimmt! Ich konnte dem Gedanken direkt etwas abgewinnen. Sogar eine Anlage und einen Stapel LPs stünden mir dann zur Verfügung! Ich nahm meinen Parka und warf noch einmal einen melancholischen Blick zurück ins Schlafzimmer. Wenn wir jetzt das Haus verließen, würde die Party endgültig in der Vergangenheit angekommen sein, verwandelten sich Popcorn und Suppe in ein ernst zu nehmendes logistisches Problem. Also, Dumfarth – an was Erfreuliches denken.

„Nasser Kuchen“, sagte ich.

„Gehen wir?“, fragte Barbara ein wenig ungeduldig.

„Ja.“ Ich zog meine Jacke an, tastete nach meinem Schlüssel, und wir gingen aus dem Haus.

„Wohin?“, fragte Barbara, nachdem die Haustür hinter uns ins Schloss gefallen war.

„Zur Sodafabrik – wir müssen die Dreier nehmen.“

„Oder die Vierundzwanziger“, meinte Bozo.

„Die fährt nur werktags.“

„Ah.“

Es war in der Tat Sonntag, in jeder Hinsicht, und wir mussten auf der Sitzbank neben dem Pfosten mit dem doppelten *H* die volle höchstmögliche Wartezeit von einer halben Stunde absitzen, gleich gegenüber den altehrwürdigen Vorzeige- und Verwaltungsgebäuden der Sodafabrik. Die eigentlichen Labors und Produktionsstätten, die zwischen den vorderen Bauten durchblitzten, sahen da schon weniger repräsentativ aus, eher wie eine riesige backsteinerne Werkstatt, die man vergessen hatte, am Freitagnachmittag aufzuräumen.

Schließlich kam sie um die Ecke gebogen, die Dreier, und blieb vor uns stehen. Wir stiegen hinten ein. Bis auf zwei schwarz gekleidete Gastarbeiter, die dem Anschein nach vom Flanieren am Berliner Platz wieder nach Hause fuhren, war sie leer. Wenn jetzt Jörg dabei gewesen wäre, hätte er sich an den Haltequerstangen hochgezogen, sich, *Sambalaya-die-Katz-legt-Eier* singend, nach vorne gehangelt und beim Fahrer einen Fahrschein gelöst – falls er so weit überhaupt gekommen und nicht vorher der Straßenbahn verwiesen worden wäre. Aber Jörg war nicht dabei, und wir setzten uns anständig hin – ohne Fahrschein.

Wir ließen rasch den Hemshof hinter uns, bald darauf auch Friesenheim, danach ging die Fahrt eine Weile durchs Grüne. Die ewige Sodafabrik mit ihren gewaltigen Gaskugeln, ihren abenteuerlich verwinkelten Rohren und dem brennenden Schornsteinwald lief uns rechter Hand freilich noch bis Oppau nebenher, und als die Straßenbahn an der Endstation ihre abschließende Schleife zog, lief sie sogar noch ein Stück weiter bis fast nach Frankenthal.

„Alla hopp“, sagte ich und stand auf, „den Rest müssen wir laufen.“

Bis zur Straße, in der Jörg wohnte, waren es noch etwa zehn Minuten. Oppau war zwar fester Bestandteil von Ludwigshafen, war aber gleichzeitig das Dorf geblieben, das es bereits vor hundert Jahren gewesen war, als Ludwigshafen noch in den Windeln lag – viel mehr noch als das ebenso alte Friesenheim, da es, im Gegensatz dazu, rein physisch auch noch isoliert im Grünen lag – von der Nabelschnur der Sodafabrik einmal abgesehen. Hier gab es noch ein richtiges Dorfzentrum, wo der ganze eigenständige Einzelhandel versammelt war, mit Dorfplatz und was sonst noch alles dazugehörte. Sogar ein alljährliches Dorffest gab es, das traditionsreiche „Dampfnudelfest“, das eine reine Oppauer Institution war und auf den Plakaten entsprechend ohne den Zusatz *Ludwigshafen* angekündigt wurde. Das alles gab es in Friesenheim schon längst nicht mehr, seit es zu einer reinen Schlafstadt der Sodafabrik verkommen war.

Wie in einem Dorf üblich, kannte hier jeder jeden, und auf Jörg traf das noch in besonderem Maße zu. Jörgs Mutter litt unter ihrem missratenen Sohn, gehörte sie doch noch einer Generation an, die die Auffassung vertrat, es sei sinnvoller und vor allem auch gerechter, wenn der dreißigjährige Sohn für seine alte Mutter sorgte, anstatt umgekehrt.

Die Meta war der Prototyp einer – wie man hierherum sagte – herzensguten Frau, mit großem Haarknoten, einem noch größeren Busen und der ewigen Schürze um das ewige geblümte Kleid. Um den psychologisch geschickt angewandten (aber nicht so recht funktionierenden) Eindruck der bloßen Duldung aufrechtzuerhalten, besaß Jörg – wohl um zur regelmäßigen Arbeit bewegt zu werden – kein eigenes Zimmer, obwohl es deren in den zwei Stockwerken des alten Hauses sicherlich zur Genüge gab. Lediglich eine alte Bettcouch in einer Nische im oberen Flur konnte er sein Eigen nennen, die tagsüber zudem noch hinter einem Vorhang verschwand.

Aber Jörg fühlte sich in diesem Zustand der bloßen Duldung ganz wohl, da er, wenn überhaupt, eh nur zum Schlafen nach Hause kam. Und da das dann auch immer erst sehr spät geschah, wenn alle Unschuld bereits schlief, fand seine kostenlose Ernährung auch noch schamlos und ungebremst statt. Lebenskünstler? Wohl kaum. Eher unverschämter Obdachloser mit Wohnsitz.

Wir konnten Jörg schon von Weitem an der Straßenecke stehen sehen, die Hände tief in den Hosentaschen vergraben. Er hatte ein frisches, knackigweißes Hemd an und einen frisch gebügelten, ehemals schwarzen Sonntagsanzug. Irgendwie passte das alles zu ihm, niemand hatte ihn je anders gesehen.

„Der hat bestimmt gedacht, wir kommen nicht“, meinte Bozo.

Er lächelte uns an mit seinem großen roten, leicht wackelnden Kopf, den wässrigen, hellblauen Froschaugen und seinen grellen Engelslocken.

„Hopp, die Meta hat schon den Kaffee überbrüht“, sagte er, und wir liefen zusammen zum Haus.

ENDE